Das Buch

Arthur Conan Doyle, als Schöpfer von Sherlock Holmes weltweit gefeierter Krimiautor, wird von seinem amerikanischen Verlag in die USA eingeladen. Im September 1894, zehn Jahre nach den Ereignissen um die geheimnisvolle Bruderschaft der ›Sieben‹ geht er an Bord des Schiffes, das ihn nach New York bringen soll. Er ist in Begleitung seines jüngeren Bruders Innes; beide machen während der Überfahrt einige merkwürdige Bekanntschaften. Conan Doyle erfährt während der Seereise auch von einer riesigen Verschwörung, bei der einige Machthungrige durch den Diebstahl alter mystischer Schriften die Weltherrschaft an sich reißen wollen. Der Schöpfer des Sherlock Holmes muß feststellen, daß ihn auch am anderen Ende der Welt Verbrechen, Machtgier und die dunklen Erlebnisse seiner Vergangenheit wieder einholen.

Der Autor

Mark Frost studierte Schauspiel, Regie und Playwriting in Pittsburgh an der Carnegie Tech. Er war dann am Guthrie Theatre in Minneapolis als Dramaturg tätig. Dann wandte er sich dem Schreiben zu. Sein Durchbruch erfolgte zunächst als Drehbuchautor: Er war einer der Autoren von David Lynchs Serie *Twin Peaks*, vorher hatte er bereits die Drehbücher zu einigen Folgen von *Hill Street Blues* geliefert. Mit seinem ersten Roman *Sieben* (01/9777) – auch hier steht Conan Doyle im Mittelpunkt – schrieb er sich in die Gruppe internationaler Spitzenautoren. Mark Frost lebt in Los Angeles.

MARK FROST

IM ZEICHEN
DER SECHS

Roman

Aus dem Amerikanischen
von Rainer Schmidt

WILHELM HEYNE VERLAG
MÜNCHEN

HEYNE ALLGEMEINE REIHE
Nr. 01/10519

Besuchen Sie uns im Internet:
http://www.heyne.de

Titel der Originalausgabe
THE SIX MESSIAHS
erschien 1995 by
William Morrow and Company, Inc., New York

Umwelthinweis:
Das Buch wurde auf
chlor- und säurefreiem Papier gedruckt.

Copyright © 1995 by Mark Frost
Copyright © der deutschen Ausgabe:
vgs verlagsgesellschaft, Köln 1995
Wilhelm Heyne Verlag GmbH & Co. KG, München
Printed in Germany 1998
Umschlagillustration: Archiv für Kunst und Geschichte, Berlin
Umschlaggestaltung: Atelier Ingrid Schütz, München
Satz: Pinkuin Satz- und Datentechnik, Berlin
Druck und Bindung: Pressedruck, Augsburg

ISBN 3-453-13102-9

Inhalt

Für meine Familie
Für Lynn

Vielen Dank an Ed Victor, Susie Putnam,
Howard Kaminsky, Will Schwalbe und Bob Mecoy

Prolog

Der Skorpion saß regungslos auf dem Handrücken des Spielers. Ein Beben erschütterte den gerippten, ledrigen Körper – der Schwanz war erhoben, der Stachel zuckte krampfhaft –, aber die aggressiven Instinkte des Insekts wurden im Zaum gehalten von einer überlegenen Macht, die sein simples Nervensystem nicht in Frage stellen konnte.

Es wußte nur: *Noch nicht.*

Der Spieler spürte, wie dieselbe Macht ihn an den Boden drückte wie eine flache Felsplatte. Alle Viere von sich gestreckt, Muskeln und Knochen verschmolzen. Seine Augen, wild und weit aufgerissen, konnten sich noch bewegen, und er sah den Skorpion, nicht aber den buckligen Prediger, der hinter ihm auf und ab schritt, daß seine Stiefel über den verkrusteten Lehm knirschten. Entsetzen schrillte durch den Spieler, laut jaulend wie in dieser *italjänischen* Oper, die er in St. Louis gesehen hatte. Seine Gedanken fraßen sich fest, die Wörter schmolzen wie Schnee im Frühling, ehe sie Gestalt annehmen konnten, und der Verstand, an dessen Ausbildung er so hart gearbeitet hatte, war jetzt so nutzlos wie ein ausgetrockneter Brunnen.

Der Prediger kam in Sicht, blieb stehen, spuckte dem Spieler einen heißen Strahl Tabaksaft ins starre Gesicht und lächelte auf den Unglücklichen herunter, der in Weste und Gamaschen stramm gespannt wie ein Zelt im Staub lag.

»Das verspreche ich dir: Einer, der mich beim Pokern betrügt, mein Freund, erhält von mir mehr als eine Kugel zum Dank«, sagte der Prediger im honigsüßen Näselton eines Mannes aus Alabama. »Gib gut acht, mein Sohn, und ich will dir eine Belohnung zuteil werden lassen, die angebrachter ist als eine Messerklinge in deinem Bauch.«

Der Prediger schüttelte die Arme und fühlte, wie das

Heilige Feuer durch seine Wirbelsäule heraufrumpelte: *O ja*, dachte er, *so belohnt unser Herr Seinen treuen Diener*. Meine unablässige Pein, jene schwarze, lange Straße mitten hinunter durch meinen Geist, alles vergessen: Ich habe empfangen die Saat des Propheten! *Ich bin auserwählt!* Die Vision, die seit einigen Monaten in meine Träume kommt, ist ein Geschenk von Gott, meine Bestimmung steht vor mir, so klar wie Eis: *Ich werde die Völkerscharen in die Einöde führen und erbauen ein neues Jerusalem in der Wüste. Wir werden den Hammer der Erlösung niederfahren lassen auf eine ruchlose Welt.*

Mit einem höhnischen Grinsen schaute der Prediger auf den Spieler hinunter: *Und dieser Möchtegern-Zocker mit dem As im Stiefel und dem Derringer im Gürtel und all die übrigen Prärie-Pißköpfe mit Kuhmist an den Schuhen sind ein Haufen leerer Gefäße, die darauf warten, daß ich ihre mickrigen Seelen mit Sinn erfülle. Der Erzengel trägt mich auf seinen Schwingen empor und erfüllt meine Seele mit Macht!*

Und wie er es geübt hatte, packte der Prediger die Macht, die in seinem Innern tobte und ließ sie, gleich dem gewaltigen Lichtkegel eines Leuchtturms, in die Wüste frei. Ein trockenes Rascheln war die Antwort. In der untergehenden Sonne erwachte der Sand zu kochendem Leben. Der Prediger beschirmte die Augen und spähte hinaus: Zangen, Schuppen, spitzige Klauen, eine lebendige Woge, die rasselnd heranschwärmte. Klapperschlangen, Tausendfüßler, Nattern, Kröten, Taranteln, allesamt gefangen im Netz der magnetischen Verheißung seines Wortes.

Der Prediger verdrehte den krummen, ewig steifen Hals in gespielter Überraschung ob dieses Anblicks.

»Ja, du liebe Güte«, flüsterte er, »wer hätte gedacht, daß da draußen so viele davon sind?«

Die Woge von Skorpionen und Spinnen und Schlangen erhob sich und erstarrte jäh nur einen Zollbreit vor dem Spieler; wie eine Wand umrahmte sie den Körper dort im Staub, überragte ihn bebend und verdunkelte den Sonnenuntergang, aber der taumelnde Verstand des Mannes brachte keinen Sinn mehr in das, was er sah.

Der Prediger streckte die Hände aus, und sein Wille floß

in den wimmelnden Schwarm; von einem einzigen Geist beseelt, kroch das Gewürm voran und bedeckte den Körper des Spielers ganz und gar; sein matter Atem sickerte rauh durch einen Wald von geschäftig wimmelnden Gliedern. So erstarrten die Kreaturen, gelähmt wie der Mann unter ihnen, und warteten gehorsam auf die nächste Anweisung.

Der Prediger trat zurück, verschränkte die Arme und strich sich übers Kinn – die Parodie eines Malers, der bewundernd vor seiner Leinwand steht.

»Die Gestalt eines Mannes, dargestellt in Insekten und Reptilien. Mir scheint … wir brauchen einen Titel für dieses prächtige Werk; meinst du nicht auch, Nachbar?« sagte der Prediger, dann schnalzte er mit den Fingern. »Ich hab's: Wüsten-Stilleben.«

Ein feuchtes Lachen blubberte über seine Lippen. Seine Hand schloß sich um das dicke Banknotenbündel des Spielers in seiner Tasche, und Freude flutete über ihn hinweg wie warmes Meerwasser.

Ja. Das ist besser, als am Straßenrand aufzuwachen, zitternd vor Kälte, ohne Namen, unfähig zum Sprechen, ohne Vergangenheit oder Zukunft, ein dummes Tier, gefangen in einer Spalte der Zeit. Auferstanden. Wiedergeboren in Seinem Bilde. Gekommen, das Wort zu verbreiten und das Heilige Werk zu beginnen.

Es gibt so viel mehr … Erfüllung.

Der Prediger hob dramatisch die Hände, ein Dirigent, der sein Orchester befehligte. Die Instrumente reagierten: Schwänze hoben sich, Beißwerkzeuge öffneten sich, Giftzähne starrten.

Der Spieler fühlte die Veränderung ringsumher, und was noch übrig war von seinem Verstand, flüchtete wie ein Dieb in der Nacht.

Jetzt.

Nach der Entladung löste das Stilleben sich augenblicklich in seine Bestandteile auf, die zurückhuschten in die Wüste, besinnungslos, vereinzelt und furchtsam wie zuvor.

Der Prediger versuchte, sich ein paar angemessene Sätze zu überlegen, die über dem Leichnam des Spielers zu spre-

11

chen wären, aber er verlor das Interesse, als sein Blick an dem Toten vorbei zu dem Kuhkaff in der Ferne wanderte, dessen Gebäude sich schwarz von dem rotorangefarbenen Horizont abhoben: In dem Fenster über dem Saloon, wo sie Poker gespielt hatten, glomm eine Lampe auf.

Wie nennt sich diese Gegend gleich wieder?

Texas.

Eine gottverlassene Provinzwildnis, dieser amerikanische Westen; keine Kultur, weder Theater noch Kaffeehäuser. Was für eine Verschwendung von erstklassigem Grund und Boden.

Andererseits sind die Leute um soviel leichter zu beeindrucken.

Der Prediger warf eine Handvoll Erde auf den aufgedunsenen, verfärbten Leichnam, machte auf dem Absatz kehrt und humpelte, sein steifes Bein nachziehend, mit klirrenden Sporen in Richtung Stadt.

Ich werde die Bibel lesen müssen, erkannte er. *Das ist das Allermindeste, was diese Bauerntrottel von mir erwarten werden.*

BUCH EINS

Die Elbe

1

Was für eine verwünschte Plage dieser ganze Holmes-Firlefanz doch geworden ist. Daß eine solche Null von einem Mann, eine wandelnde, sprechende Rechenmaschine, die so viel Menschliches ausstrahlt wie ein Steckenpferd, im Busen der lesenden Öffentlichkeit solche Leidenschaft hat entfachen können, ist mir ein größeres Rätsel als alle diejenigen, die ich mir je für ihn ausgedacht habe.

Selbst da ich diese Eintragung hier niederschreibe, beherrschte auch heute abend im Garrick Club – wo mein Abschiedsdinner stattfand – Sherlocks vorzeitiger Tod die Konversation mit all der bäurischen und voreingenommenen Sturheit eines Amerikaners, der für ein öffentliches Amt kandidiert. Erdacht in einem Augenblick, da meine einzige Sorge darin bestand, für meine Familie das Essen auf den Tisch zu bringen, hat dieser Holmunculus, diese Gehirnmarionette, bei einigen meiner Leser einen Platz in ihrem Leben eingenommen, an dem er ihnen wirklicher erscheint als ihre eigenen Freunde und Verwandten. Erschreckend – aber wenn Der da oben es bei allen Seinen göttlichen Schöpfungen nur auf Berechenbarkeit angelegt hätte, dann hätte er wohl Feierabend gemacht, nachdem er den Himalaya errichtet hatte.

Wie naiv war ich, mir einzubilden, ich brauchte den alten Holmesy nur in die Reichenbach-Fälle zu kippen, und schon hätte der Trubel ein Ende und ich könnte mich meiner seriösen Arbeit widmen. Fast ein Jahr ist es jetzt her, daß »Schieres Glück« Holmes seinen Kopfsprung machte, und die öffentliche Empörung über sein Hinscheiden zeigt keinerlei Anzeichen des Erlahmens; ja, ein paarmal ist es sogar vorgekommen, daß ich berechtigte Sorge um mein physisches Wohlergehen haben mußte. Diese stämmige Frau mit dem roten Gesicht auf einer Landstraße bei Leeds, die ihren Regenschirm zückte. Eine Vogelscheuche von einem Mann mit echter Verstörung im Blick, der meine Kutsche durch die Stadt verfolgte. Der zitternde, hohläugige Junge, der mich am Grosve-

nor Square ansprach, derart stammelnd von einem Überschuß an mühsam im Zaum gehaltener Gewalttätigkeit, daß man befürchten mußte, sein Kopf werde explodieren, ehe er einen Satz ausgespuckt hätte. Wahnsinn!

Was mich an den Rand meines Verstandes bringt, ist die Möglichkeit, daß meine übrigen Bücher, die ich wirklich mit meinem Herzblut geschrieben habe, infolge der fanatischen Gefolgschaftstreue, die mein Frankenstein aus der Baker Street erzeugt hat, womöglich niemals die gerechte Betrachtung finden werden, die jeder Autor sich vor dem Gericht der öffentlichen Meinung erhofft. Ich tröste mich mit dem Gedanken, daß meine sogenannten persönlichen Schriften sich wahrscheinlich auf keinem anderen Bord als auf den Bodenbrettern meiner Seekiste finden würden, wäre Mr. H. nicht gewesen.

Aber was die brennende Frage angeht, die mir gestern abend wieder energisch gestellt wurde, wie es bei jeder anderen Gelegenheit geschieht, da ich mich in der Öffentlichkeit zu zeigen geruhe (unter anderem, eine abscheuliche Situation, mit aufgesperrtem Mund, entblößtem Hals und angesichts scharfer Instrumente in den Händen des Inquisitors – mein kürzlich abgestatteter Besuch beim Zahnarzt), so bleibt die Antwort unerschütterlich:

Nein, nein und nein.

Es wird keine Wiederauferstehung geben. Der Mann ist fünfundsechzig Meter tief in eine Felsenschlucht gestürzt. Irreparabel zerschmettert, ohne jede vernünftige Hoffnung auf Genesung. Toter als Julius Cäsar. Den Göttern der Logik muß man Respekt zollen.

Ich frage mich, wie lange ich diese Leute noch daran erinnern muß, daß der Mann nicht nur tot ist, sondern eine fiktive Figur: Er kann auf ihre Briefe nicht antworten, er wohnt nicht wirklich im Hause 221b Baker Street, und er kann ihnen letzten Endes überhaupt nicht dabei behilflich sein, jenen hartnäckigen Rest von Geheimnis, der ihre Tage verdüstert – wenngleich mein ernsthafter Rat an sie immer noch der ist, daß sie einmal auf dem Baum nachschauen sollten, wenn die Miezekatze wirklich verschwunden ist. Hätte ich nur einen halben Shilling für jedes Mal erhalten, da man mich gefragt hat, ob er... aber wenn ich es mir recht überlege, so habe ich das vermutlich.

Was erwartet mich im Hinblick auf SHs Tod in Amerika? Wie ich höre, brennt dort die Leidenschaft für Holmes noch heißer. Aber die erregende Aussicht darauf, den Fuß auf jene Gestade zu setzen, sollte jegliche Mißhelligkeit aufwiegen, die durch Sherlocks Sprung in die Tiefe hervorgerufen werden könnte. Die Vereinigten Staaten und die Amerikaner beschäftigen meine Fantasie schon seit Kindertagen: ihr Ungestüm, der treibende Wille, der über dem atemberaubenden Fortschritt der Neuen Republik die Peitsche schwingt, sollten mir als starke und belebende Arznei dienen.

Fünf Monate im Ausland: Meine liebe Frau ist nicht annähernd so kräftig, wie sie mich gern glauben machen möchte, aber fest entschlossen, dafür zu sorgen, daß meine Karriere den Fortschritt macht, den diese Reise repräsentiert. Sei's drum: Meine frustrierende Unfähigkeit, ihre Beschwerden zu lindern, bringt keinem von uns beiden Frieden. Diese verdammte Krankheit wird ihren unvermeidlichen Lauf nehmen, meiner Bemühungen ungeachtet, und die Distanz zwischen uns wächst unabhängig von meinem Aufenthaltsort: Je mehr ich mich in die Welt hinausbewege, desto weiter zieht sie sich daraus zurück. Einstweilen wird die Energie, die sie darauf verwendet, mich zu bestärken, besser darauf gerichtet werden, ihre eigenen Reserven zu mobilisieren. Letzten Endes muß sie ihre Schlacht allein schlagen.

Also kein Bedauern. Die kommenden Tage werden schnell vergehen, wie sie es immer tun; ich werde meine Amerika-Tournee durchführen und bald genug wieder bei meinen Lieben zu Hause sein. Mein kleiner Bruder Innes wird einen prächtigen Reisegefährten abgeben: Zwei Jahre bei den Royal Fusiliers haben bei dem Jungen Wunder gewirkt. Als ich heute abend beobachtete, wie er mir im Garrick zur Verteidigung beisprang, wurde mir klar, daß Innes mich stark an den hitzköpfigen jungen Hecht erinnert, der ich selbst vor zehn Jahren war, als ich für kurze Zeit in der Gesellschaft eines Mannes reiste, der mir lebhafter und unvergleichlicher in Erinnerung ist als irgend jemand sonst, den ich im Leben kennengelernt habe.

Unser Zug nach Southampton geht bei Tagesanbruch, und morgen mittag stechen wir in See. Ich freue mich auf eine friedliche, ununterbrochene Woche des Luxus und der Entspannung.

Bis dahin, liebes Tagebuch ...

»Innes, gib diese Taschen dem Gepäckträger, dafür ist der Mann hier; rasch, beweg dich –«

»Wir haben noch reichlich Zeit, Arthur«, sagte Innes und hob einen Koffer hoch.

»Nein, nicht diesen Koffer; der enthält meine Korrespondenz. Laß ihn nicht aus den Augen –«

»Ich weiß genau, welcher welcher ist –«

Ein älterer Gepäckträger wuchtete den ersten Schiffskoffer auf seine Karre.

»Eine Kutsche wartet auf uns, Träger – Vorsicht mit dieser Kiste; sie ist voller Bücher.« Doyle nahm Innes beiseite. »Gib dem Burschen eine halbe Krone und keinen Penny mehr. Diese Rentner machen immer ein großes Theater und rackern sich mit dem Gepäck ab, während sie in Wahrheit so fit sind wie der Starke Mann im Zirkus – aber wo zum Teufel ist Larry?«

»Der Zug ist doch gerade erst eingefahren, Arthur«, sagte Innes.

»Und er sollte uns hier auf dem Bahnsteig erwarten. Der verflixte Kerl – wieso schickt man ihn einen Tag früher her, wenn er es nicht mal schafft, rechtzeitig –«

»Hallooo! Hallooo, Sir! Hier sind wir!«

Larry kam winkend vom Bahnhofseingang her auf sie zu.

Doyle warf einen Blick auf die Uhr und murrte: »Wir sind vor zehn Minuten angekommen. Pünktlich. Es soll schon vorgekommen sein, daß Schiffe abgelegt und Leute zurückgelassen haben.«

»Wir haben noch eine Stunde Zeit, Arthur. Schau, du kannst das Schiff von hier aus sehen. Ich glaube wirklich, du kannst dich entspannen –« Innes deutete zum Royal Pier, wo sich die massigen, roten Doppelkamine des Dampfers *Elbe* unübersehbar vor dem grauen, tiefhängenden Himmel abhoben.

»Ich werde mich entspannen, wenn wir an Bord sind, in unserer Kabine, und wenn das Gepäck sicher verstaut ist. Nicht einen Augenblick vorher.« Doyle kontrollierte zum dritten Mal, seit sie aus dem Zug gestiegen waren, Tickets und Pässe.

17

»Du hast wirklich Reisefieber, nicht wahr?« sagte Innes mit dem spöttischen Grinsen, das für besonders auffällig lächerliches Benehmen seines älteren Bruders reserviert war.

»Lach du nur; eines Tages wirst du deinen Zug oder dein Schiff versäumen, und dann werden wir sehen, ob du mich immer noch so erheiternd findest. Die Liste der potentiellen Mißgeschicke, die uns am Erreichen unseres Bestimmungsortes hindern können, ist so lang wie der Stab eines Laternenanzünders. Irgendwo pünktlich einzutreffen, ist keine Glückssache; es ist ein reiner Willensakt. Jede gegenteilige Auffassung bedeutet die offene Einladung an das Universum, dich blindlings mit Katastrophen zu überhäufen – nicht, daß es einer solchen Einladung je bedürfte –«

»Da sind wir, Sir!«

»Lieber Gott, Larry, wo haben Sie gesteckt? Wir sind schon vor einer Ewigkeit angekommen.«

»Sorry. War absolut höllisch heute morgen, Sir«, sagte der kleine, stämmige Larry, ganz außer Atem von seinem Kampf gegen den Strom der aussteigenden Fahrgäste.

»Ach, tatsächlich?« sagte Doyle und sah mit hochgezogener Braue zu Innes. »Inwiefern?«

»Na ja, also: Heute morgen um fünf geht im Hotel der Alarm los – Glocken bimmeln einem in den Ohren, Frauen heulen auf dem Korridor, alles schusselt im Unterzeug 'rum, und dann lassen sie uns fast drei Stunden nicht wieder 'rein in die Kojen. Anscheinend hat irgendein arabischer Scheich sich auf'm Zimmer 'n Curry gekocht und dabei die Vorhänge angesteckt.«

»Schrecklich«, sagte Doyle und behielt Innes im Auge, um zu sehen, wie Larrys betrübliche Erzählung auf ihn wirkte. »Und wie ging es weiter?«

»Infolgedessen kommt alles mit Verspätung aus dem Hotel, und es gibt 'ne Völkerwanderung zum Bahnhof 'runter. 'ne halbe Stunde muß man in der Vorfahrt warten, um 'ne Droschke zu kriegen, und obwohl ich vorsorglich 'n Fahrer für den Tag bestellt hatte, kriegt der Kerl seine Karre wegen dem ganzen Verkehr nicht bis in Rufweite vor den

Eingang, und ich kann ihn in dem ganzen Durcheinander nicht finden.«

»Ein Wunder, daß er sich nicht noch eine Achse gebrochen hat.«

»Oh, das war ein tolles Gedränge, ging zu wie beim Rugby«, sagte Larry, der die implizite Einladung zu weiteren Ausführungen noch nie ausgeschlagen hatte. »Mein Fahrer nirgends zu sehen, ich im Begriff, das Schiff zu verlassen und die Rettungsboote auszusetzen, als mein Freund endlich aus der Meute geschossen kommt. Und kaum haben wir den Hexenkessel vor dem Ritz hinter uns gelassen, da kippt vor uns in der High Street 'n Bierwagen holterdiepolter auf die Seite, und gleich geht in beiden Richtungen zwei Straßen weit kein Wimpernzucken mehr.«

»Muß eine halbe Stunde gedauert haben, an dem Fuhrwerk vorbeizukommen«, meinte Doyle mit einem neuerlichen Seitenblick auf Innes.

»Bestimmt 'ne halbe Stunde, bis wir dran vorbei waren. Und kaum sind wir wieder in Bewegung, da verliert einer seiner Wallache 'n Eisen im Matsch und fangt an zu hinken wie 'n Hund auf drei Beinen. Jetzt hat's meinem Fahrer die Petersilie verhagelt, und er läßt sich nicht trösten – er ist Waliser, und da überrascht das nicht –, und so bleibt mir nichts anderes übrig, als den Unglücksraben mitten auf der Straße stehenzulassen, im strömenden Regen die letzte halbe Meile hierher zu Fuß zu marschieren und mich draußen durch 'ne Meute von außer Rand und Band geratenen Touristen zu hacken, um 'ne andere Droschke zu finden. Nur gut, daß ich 'ne Stunde vor Ihrer planmäßigen Ankunft losgefahren bin, denn sonst wäre ich nicht bloß zehn Minuten zu spät gekommen.«

»Danke, Larry«, sagte Doyle.

Er fand seinen Disput mit Innes über die Launen des Schicksals eindrucksvoll beendet und ließ ein triumphierendes Lächeln aufstrahlen, aber wie es die Art jüngerer Brüder ist, offerierte Innes kein Eingeständnis seiner Niederlage, sondern spähte kühl ins Weite, als prangten fern auf einem Hang die Großen Pyramiden.

Doyle schnaubte trocken und setzte sich, den Gepäckträger im Schlepptau, mit den andern in Bewegung, dem Ausgang zu. Der robuste junge Innes lief als Stürmer voraus und pflügte ihnen einen Weg durch die Menge wie der Kuhfänger an einer Lokomotive.

»Sie können froh sein, daß unser neuer Fahrer 'n Fan der Rechenmaschine ist«, sagte Larry, einen ihrer Spitznamen für Doyles berühmte literarische Gestalt benutzend. »Mußte ihm ein Autogramm versprechen, damit er wartet.«

Noch bevor Doyle zu einer Bemerkung ansetzen konnte, holte Larry unter seinem Regenmantel eine Ausgabe des »Strand Magazine« mit einer alten Holmes-Story hervor: In fünf Jahren im Dienste Doyles hatte es der Cockney und ehemalige Einbrecher zu beinahe übernatürlichen Fähigkeiten gebracht, wenn es darum ging, die Bedürfnisse seines Herrn vorauszusehen. »Hab mir bereits die Freiheit genommen.«

»Brav«, sagte Doyle und zog einen Stift aus der Tasche. »Wie heißt der Bursche?«

»Roger Thornhill.«

Doyle nahm seinem loyalen Sekretär die Zeitschrift aus der Hand und kritzelte eine Widmung darauf – Für Roger – *die Jagd ist im Gange!* Arthur Conan Doyle –, während sie durch die Bahnhofstür drängten.

»Immer noch reichlich Zeit«, sagte Innes ruhig.

»Die Sache ist bloß«, bemerkte Larry, »wo ich ja nun das Getöse hab' überschreien müssen, damit die Kutscher mich hören konnten, hat sich leider auch rumgesprochen, daß Sie kommen –«

»Da ist er!«

Und mit diesem Aufschrei drängten sich ungefähr fünfzig Leute, viele davon mit »Strand«-Heften in der Hand, um Doyle, als er zur Tür herauskam, eine undurchdringliche, lärmende Meute zwischen ihnen und ihrer Droschke – der Kutscher Roger stand oben auf dem Bock und schwenkte hektisch die Arme –, und im Hintergrund ragten, verlokkend und unerreichbar, die Schlote der *Elbe,* deren Auslaufen wieder ein kleines Stück näher gerückt war.

»Spiel, Satz und Sieg«, sagte Doyle zu Innes, bevor er sein Publikumsgesicht aufsetzte und mit gezücktem Stift in die anbrandende Menge hinauswatete, mit einem freundlichen Wort für jeden, der kam, und entschlossen, auf höllische Weise jeden Wunsch so schnell wie nur menschenmöglich zu erfüllen.

Er kritzelte Unterschriften, erwiderte Grüße, ertrug Anekdoten (»Ich hab' 'n Onkel in Brighton, der auch so 'ne Art Detektiv ist …«) und wies angebotene Amateurmanuskripte freundlich, aber fest zurück. Unterdessen verging eine halbe Stunde wie im Fluge. Die zehnminütige Droschkenfahrt zu den Docks verlief ohne Zwischenfall, ausgefüllt nur vom Monolog des Kutschers über dessen erstaunliches Glück, lauter Variationen zum Thema: »Wenn ich das mal erst meiner Frau erzähle …«

Nach der Ankunft im Zollgebäude nahmen sie sämtliche Hürden des bürokratischen Hindernisreitens, das beim Verlassen des Mutterlandes zu absolvieren ist, mit einer derartigen Leichtigkeit, daß Doyle leise Enttäuschung verspürte: Er hatte mächtig Dampf aufgestaut, um den ersten Prinzipienreiter, der ihnen in die Quere käme, zu vernichten, und nun fand er keine Gelegenheit, ihn abzulassen.

Hier stimmte etwas nicht; es ging zu leicht.

So stand Doyle da, vor sich einen Beamten, seinen Paß in der einen, den Stempel in der anderen Hand; nur noch eine Hürde trennte ihn vom Ziel, und bis zum Auslaufen des Schiffs waren es immer noch fünf Minuten, als er aus dem Augenwinkel bemerkte und mit dem unfehlbaren Instinkt des gejagten Wildes unverzüglich erkannte, wer dort auf der Lauer lag: Ein einzelner Journalist, angespannt wie eine Dschungelkatze.

»Mr. Conan Doyle!«

Der Mann schlug zu. Gezückter Notizblock, zerknautschter Anzug, zerkauter Zigarrenstummel, Panamahut und die selbstbewußte Spannkraft eines Terriers auf der Fährte – in der Tat ein Jagdhund der gefährlichsten Sorte, ein amerikanischer Reporter.

Doyle schaute sich hastig um. Verdammt, Larry und Innes waren mit dem Gepäck beschäftigt. Er steckte in der Warteschlange fest; es gab keinen Fluchtweg.

»Mr. Arthur Conan Doyle!«

»Ich höre, Sir«, sagte Doyle und wandte sich ihm zu.

»Fantastisch! Heute geht's auf in die Staaten – Ihr erster Besuch! Irgendwelche Gedanken dazu?«

»Viel zu viele, um darüber zu sprechen.«

»Na klar! Warum auch nicht? Freuen Sie sich drauf? Müssen Sie ja! Man wird Sie lieben in New York – großartige Stadt – riesig! Das können Sie sich nicht vorstellen: senkrecht nach oben!« Er gestikulierte nachdrücklich mit beiden Händen zum Himmel. »Sehen Sie, wie das geht!«

Der Mann war nicht bei Sinnen, erkannte Doyle. Völlig aus dem Häuschen. Lächeln, Doyle; einen Wahnsinnigen muß man immer bei Laune halten.

»So! Große Pläne, was? Lesereise, fünfzehn Städte. Was sagt man dazu? Wenn Sie nicht die Wiedergeburt des alten Charley Dickens sind!«

»Nur in allertiefster Demut könnte man danach streben, in die Fußstapfen des unsterblichen Dickens zu treten.«

Der Blick des Reporters wurde glasig, aber totale Verständnislosigkeit schien bei ihm ein natürlicher Zustand zu sein und störte ihn nicht im geringsten.

»Sensationell!«

»Wenn Sie mich bitte entschuldigen wollen, ich muß jetzt an Bord –«

»Welche gefällt Ihnen am besten?«

»Welche was?«

»Holmes-Story – haben Sie eine Lieblingsgeschichte?«

»Ich weiß nicht; vielleicht die mit der Schlange – bedaure, aber beim besten Willen fällt mir der Titel jetzt nicht ein …«

Der Mann schnippte mit den Fingern und zeigte dann auf ihn. »›Das gefleckte Band‹, stimmt's? Fantastisches Ding!«

»Ich nehme nicht an, daß Sie eines meiner … anderen Bücher gelesen haben.«

»Was für andere Bücher?«

»Ja. Verzeihung, aber ich muß wirklich gehen –«

»Okay, aber jetzt sagen Sie die Wahrheit: Was hoffen Sie in Amerika zu finden?«

»Mein Hotelzimmer und ein bescheidenes Maß an Ungestörtheit.«

»Hah! Glaube ich kaum. Sie sind *der* Knüller, Mr. Doyle: Sherlock-Mania. Das ist wie ein Fieber, mein Freund, gewöhnen Sie sich dran. Man wird Schlange stehen, um bei Ihnen zum Schuß zu kommen.«

»Zum *Schuß*?«

»Na, sehen Sie, alle Welt wird wissen wollen: Wer ist dieser Kerl? Was steckt dahinter? Was ist das für ein unheimlicher, verdrehter Kopf, der sich solches Zeug ausdenken kann?«

»Wie abscheulich.«

»Hey, was glauben Sie, weshalb die Zeitung mir 'ne Karte für dieses Schiff gebucht hat? Ich soll einen ersten Blick auf Sie werfen; das war die Idee dabei.«

»Sie haben eine Passage auf *diesem* Schiff gebucht?« O nein; es war zu spät, um jetzt noch andere Pläne zu machen.

»Okay, also folgender Vorschlag«, sagte der kleine Mann und schob sich an seine Seite. »Sie helfen mir auf der Überfahrt mit ein paar Exklusivstories, und ich kann's Ihnen drüben auf der anderen Seite ziemlich leicht machen. Ich habe Beziehungen in New York. Tierreich, Pflanzenreich, Mineralreich – was Sie wollen. Ende offen. Silbertablett.«

Der Mann zwinkerte ihm zu. Was für ein außergewöhnliches Geschöpf.

Der Zollbeamte reichte Doyle seine Reisedokumente mit verlegenem Zahnlückengrinsen zurück. »Hätten ihn ja nicht gerade umbringen müssen, was, Meister?«

»Wir müssen alle irgendwann scheiden«, antwortete Doyle freundlich, steckte die Papiere ein und ging schnellen Schritts auf das Tor zu.

Der Reporter blieb ihm auf den Fersen, und er hielt Doyle eine Karte vors Gesicht. »Pinkus der Name. Ira Pinkus. *New York Herald*. Überlegen Sie sich's, ja?«

»Danke. Mr. Pinkus.«

»Könnte ich Sie für heute abend zum Essen einladen?«

Doyle winkte nur und lächelte.

»Oder wie wär's mit einem Drink? Ein Cocktail? Was meinen Sie?«

Die Wache am Tor hinderte Pinkus an der weiteren Verfolgung. War es möglich? Jawohl! Der Mann war noch nicht durch den Zoll gegangen. Der Abstand vergrößerte sich. Doyle grinste. Gab es unter allen menschlichen Erfahrungen ein reineres Vergnügen als das Entkommen?

»Hey, haben Sie eigentlich irgendwelche Pläne, Sherlock zurückzubringen?« brüllte Pinkus hinter ihm her. »Sie können ihn ja nicht da oben in den Schweizer Alpen begraben! Wir wollen neue Stories! Ihre Leser stehen vor einem Aufstand!«

Doyle drehte sich nicht um. Vor ihm ein geschäftiges Knäuel: Larry mit dem Gepäckwagen und Innes, der den Träger bezahlte. Dockarbeiter schulterten ihre Koffer und trugen sie die Gangway hinauf. Weiter unten am Pier wurde eine Reihe schlichter Holzsärge von einem Lastwagen direkt in den Laderaum des Schiffes geschafft: Verstorbene auf der Heimreise zur Beerdigung.

Seltsam, dachte Doyle; bei jeder Atlantiküberquerung werden auch Tote nach Hause überführt, doch zumeist verlud man die Särge in der Nacht vor dem Auslaufen, wenn die zahlenden Passagiere es nicht sehen konnten. Diese hier mußten in allerletzter Minute eingetroffen sein.

Besorgte Offiziere schauten vom Achterdeck auf Doyle herab; einer sah auf seine Uhr. Zwei Minuten vor zwölf. Von den Toten abgesehen, sah es aus, als seien sie die letzten Passagiere, die an Bord gingen – nach ihnen kam nur noch Ira Pinkus.

Oder mit etwas Glück auch nicht.

»Ich fürchte, ich hab' keine Zeit mehr, Sie an Bord zu bringen«, meinte Larry.

»Dann wollen wir uns jetzt verabschieden. Hier ist die Korrespondenz von heute morgen.« Doyle reichte ihm einen stattlichen Packen Briefe.

»Tut mir wirklich leid, daß ich nicht mitkomme.« Larry starrte auf seine Füße und sah so traurig aus wie ein Bluthund.

»Mir nicht weniger, Larry«, sagte Doyle und klopfte ihm herzlich auf die Schultern. »Ich weiß nicht, wie ich ohne Sie zurechtkommen werde, aber jemand muß die Heimatfront im Auge behalten, und das könnte keiner besser als Sie, alter Junge!«

»Ist bloß so 'ne scheußliche Vorstellung, daß mal 'n Augenblick kommt, wo Sie mich vielleicht brauchen und ich dann nicht zur Stelle bin. Das ist alles.«

»Innes wird Sie sicher erstklassig vertreten.«

»Oder sterben bei dem Versuch«, sagte Innes und salutierte zackig.

»Wir werden Ihnen jeden Tag schreiben. Und Sie tun es auch. Das hier ist für die Kinder.« Doyle überreichte ihm eine Tüte mit Geschenken und Süßigkeiten.

»Sie werden uns schrecklich fehlen«, sagte Larry mit zitternder Unterlippe.

»Achten Sie darauf, daß die Missus vor feuchtkalter Luft geschützt ist; seien Sie so gut.« Doyle umfaßte Larrys Arm, und seine Stimme klang rauh vor Bewegung. Er wandte sich ab und kämpfte mit den Tränen. »Los geht's. Innes. Vorwärts. Auf zur Eroberung Amerikas.«

»Bon voyage, Sir«, rief Larry und winkte enthusiastisch, obwohl Doyle und Innes erst zwei Schritte die Gangway hinaufgegangen waren. »Bon voyage.«

Der Zahlmeister begrüßte sie herzlich, als sie an Bord kamen. Larrys wackere Gestalt stand unten auf dem Dock; er wedelte mit dem Arm wie mit einer Fahne.

Und dann sah Doyle, wie hinter Larry jemand pfeilschnell vom Zollhaus zur Gangway spurtete.

Ira Pinkus. Verdammt.

Doyle trat hinaus auf das Oberdeck und atmete die erfrischende Salzluft tief ein; zum ersten Mal, seit die Schlepper sie hinausbugsiert hatten, war er allein. Ein Mann von fünfunddreißig Jahren mit einem Körpergerüst von gut einem

Meter fünfundachtzig, ausgefüllt von hundertachtzig Pfund Muskelmasse, die durch ein strenges Programm von Box- und Turnübungen gut in Form gehalten wurde. Der Schnurrbart dick, schwarz und wohlgepflegt, das Gesicht runder inzwischen, gefurcht und geformt von Erfahrung, der Blick bestimmt von Autorität, die ein weltlicher Erfolg rechtfertigte, ein Erfolg, den er, wie seine Kleidung und seine Haltung vermuten ließen, mehr als angenehm fand. Doyle hatte die magnetische, unbefangene Ausstrahlung eines Mannes, dem Großes bestimmt war, aber er selbst betrachtete sich immer noch zuerst und zuoberst als Familienvater, und diese lange Trennung von seiner Frau und seinen drei Kindern bedeutete für ihn eine mühsame Entbehrung.

Doyle hatte rasch herausgefunden, daß die Staffage des Ruhms keinerlei Schutz vor der Plage der unseligen kleinen Überraschungen im Leben bot, ganz zu schweigen von den tieferen Mißhelligkeiten der Einsamkeit oder der emotionalen Unruhe, während die tägliche Aufrechterhaltung dessen, was als Wohlstand empfunden wurde, einen so gewaltigen Kapitalaufwand erforderte, daß die Spanne zwischen Einkünften und Ausgaben sich auf jene Rasiermesserbreite abschliff, die ja die Existenz eines jeden Mannes überschattete.

Nicht, daß Doyle Mitgefühl für die Strapazen des neugewonnenen Reichtums erwartete, so wenig sein tatsächliches Vermögen auch den Spekulationen der Leute entsprechen mochte – der Abstand war in der Tat beträchtlich. Nein, wie er sich gebettet hatte, so lag er nun und machte große Augen. Er begriff immer noch nicht, wieso das Geld nur wenige Augenblicke nach seinem Eintreffen schon wieder jäh ausging – oft für lächerliche Dinge, die sich auf der Stelle daranmachten, Staub anzusammeln oder den geordneten Rückzug anzutreten, indem sie in Schränken, Pappschachteln, Wagenschuppen oder Müllbergen verschwanden –, aber so war es. Und das bei einem geborenen Schotten, einem Mann, dem der Sinn für Sparsamkeit in jeder Faser seines Wesens steckte und der sich sein Leben lang heldenhaft bemüht hatte, alles Unnötige und Extravagante zu vermeiden.

Es hatte keinen Sinn, sich dagegen zu sträuben: Die

Wanderlust des Geldes mußte als unverrückbares Naturgesetz respektiert werden. Man rackerte sich ab, um so viel zu verdienen, daß die elementarsten biologischen Bedürfnisse – nach Wärme, Nahrung, Behausung und Sex – befriedigt werden konnten. Und um sich für diese Knochenarbeit zu belohnen, warf man die verbliebene Barschaft für ganz unwesentlichen Luxus zum Fenster hinaus. War hernach die Erfüllung der Grundbedürfnisse ernstlich in Frage gestellt, sah man sich unversehens genötigt, das ganze verdammte Geschäft wieder von vorn zu beginnen, gefangen in den unerbittlichen Klauen des genetischen Geschicks, als Lachs stromaufwärts zu schwimmen, um zu sterben.

Eine Woche auf See: Lieber Gott, wie sehr er sich darauf freute. Diese mahlenden Alltagskopfschmerzen für eine Weile hinter sich zu lassen. Daß sich die Verantwortlichkeiten wie Steine in den Hosentaschen sammelten, merkte man ja erst, wenn man schwimmen gehen wollte. Allein die obligatorische Korrespondenz, die er in einer Woche zu erledigen hatte – im Durchschnitt sechzig Briefe pro Tag – würde genügen, um einen Mann unter Wasser zu ziehen.

Und welch ein gewaltiges Fluchtfahrzeug war dieser großartige Dampfer mit seiner verschwenderischen Pracht, ein Koloß, der sich durch die Wogen pflügte, beinahe immun gegen die Tücken von Wind und Wetter – eine kultivierte und würdevolle Erfahrung im Gegensatz zu den beengten Fregatten und Schaluppen, auf denen er als junger Schiffsarzt gesegelt war. Fünfzehn Jahre war das nun her; aber diese langen Monate auf See erschienen ihm jetzt wie ein Traum, den er vor hundert Jahren gehabt hatte.

Er stellte einen Fuß in die Reling und sah zu, wie England zurückwich. Dann zog er sein neues Fernrohr auseinander und richtete es auf die Promenade, die unterhalb des Hafens den Strand von Southampton säumte. Touristen saßen wie in einer Parade auf den Plankenstegen vor den Badeorten und genossen die gesunde Luft. Er zog das Glas scharf und sah die Wolldecken, die sie sich über den Schoß gebreitet hatten, sah die schwarzen Tücher vor den Mündern der Schwindsüchtigen in ihren Rollstühlen …

Der Anblick versetzte ihm einen Stich. Keine drei Monate war es her, daß er seine Frau Louise in einem solchen
Rollstuhl auf einem Spazierweg in der Schweiz entlangge-
schoben hatte. Kalt und blau der Himmel, hoch aufragend
die Berge – wie groß war sein Widerwille gegen die majestätische Gleichgültigkeit dieser unerschütterlichen Felsen
gewesen, und wie hatte er die standardisierte, herablassen-
de Munterkeit gehaßt, mit der das Sanatoriumspersonal
Louise behandelt hatte …

Schließlich hatte er eine von ihnen, eine plattgesichtige
österreichische Krankenschwester, beim Arm gepackt und
geschüttelt: Sie reden mit der *Krankheit!* Reden Sie mit *ihr!*
Hier sitzt ein *Mensch* im Rollstuhl! Louise war verlegen geworden, und die Frau war mit flatternden Händen zurückgewichen. Gehaßt hatte er sie alle! Sie kannten seine Frau
nicht, unternahmen keinen Versuch, sie zu gewinnen, wür-
digten nicht einen Augenblick lang, was sie bereits gelitten
hatte, diese großherzige, tapfere, gutmütige Frau.

Warum wenden sich die Menschen von dem Leiden ab?
Die Verwüstungen der Krankheit sind grausam, und es ist
schwer, sie mitanzusehen; wie oft mußte er sich selbst vor-
werfen, sich hinter die Maske ärztlicher Autorität zurückgezogen zu haben, während der Mensch, der vor ihm gesessen hatte, weit mehr als alle Medizin einen haltspendenden
Blick gebraucht hatte, der an dem Gebrechen vorbei ins Innere drang, wo eine Seele nach Trost schrie. Sein Zorn auf
die gleichgültige Krankenschwester war gleichermaßen
auch von seinen eigenen Unzulänglichkeiten befeuert, deren größte seine Unfähigkeit war, Louise von jener auszeh-
renden Krankheit zu erretten, für die es keine Heilung gab
und die sie in unmerklichen Schritten immer weiter von
ihm entfernte. Wie lange war es jetzt her, daß sie wirklich
Mann und Frau gewesen waren? Drei Monate? Vier?

Im Südosten kamen die Werften des Marinestützpunkts
Portsmouth in Sicht. O Gott, so viele Nachmittage hatte er
dort als frischgebackener Mediziner verfaulenzt und aus
dem Fenster seines Ordinationszimmers den Kanonenbooten dort unten im Hafen bei ihren Manövern zugeschaut.

Wenn man in sechs Monaten nur einen Patienten behandelt, hat man kaum etwas anderes zu tun als dazusitzen und den Kanonenbooten zuzuschauen. Fast zehn Jahre war es her, daß er nach der Sache mit den Sieben dorthin gezogen war. War das möglich?

Eine Flut von Erinnerungen brach los: der kleine Innes – damals gerade zwölf –, der in jenem Sommer als Empfangsdiener bei ihm gearbeitet hatte; mit frischem Gesicht hatte er in seinem steifen blauen Anzug voller Eifer auf Patienten gewartet, die nie kamen. Die warme Morgensonne, die träge Zoll für Zoll über die Küchenwand ihres Häuschens in Southsea gekrochen war. Der beißende Geruch der Kerosinlampe auf seinem Schreibtisch aus Rotahorn, an dem er die Nächte hindurch unaufhörlich geschrieben und geschrieben und von dem neuen Leben geträumt hatte, das seine Arbeit ihnen vielleicht bescheren würde. Das winzige Schlafzimmer, in dem ihre Erstgeborene, Mary, gezeugt und geboren worden war. Lachend hatte er Louise hier über die Schwelle getragen, als ihre Ehe eben erst begonnen hatte, in sprudelndem Überschwang von jugendlicher Ahnungslosigkeit, Empfindungsreichtum und blindem Vertrauen.

Der Horizont verschwamm, und sein Blick trübte sich – *darfst jetzt nicht an sie denken; komm schon, alter Junge, Kopf hoch.*

Passagiere erfüllten die Decks unter ihm. Aufgeregtes Geplapper. Das Schiff schien vollbesetzt zu sein. Deutsche hauptsächlich. Gutbetucht. Nur zwei Dutzend Engländer waren in Southampton an Bord gekommen. Die *Elbe* aus Bremen, ein deutscher Dampfer des Norddeutschen Lloyd, ein völlig neuartiges Schiff. 9000 Tonnen. Zwillingsschrauben. Mit einer Spitzengeschwindigkeit von siebzehn Knoten zog sie zügig durch die harte graue Kabbelung des Kanals. Die Erste Klasse bot Quartier für zweihundertfünfundsiebzig Personen; es gab nur fünfzig Kabinen Zweiter Klasse. Makellos und diszipliniert die Besatzung. Die deutschen Linien hatten fast ein Monopol auf den Handelsrouten nach Nordamerika. Von den Deutschen erwartete man ein hohes Maß an Professionalismus; eine Nation auf dem Vormarsch ...

Auf einem der unteren Decks gewahrte er Innes. Jemand drängte sich an ihn heran, drückte ihm eine Karte in die Hand, aber es war schwer, den Mann aus diesem Blickwinkel zu erkennen – oh Gott, es war allem Anschein nach Ira Pinkus.

»Fahren Sie in die Heimat oder nehmen Sie Abschied von ihr?«

Doyle fuhr herum; er hatte sich allein an der Reling gewähnt. Der Mann stand drei Schritte von ihm entfernt, dickbäuchig und rotgesichtig. Ein schütterer Kranz von grausträhntem roten Haar. Ein graumelierter Backenbart. Schätzungsweise fünfzig. Irischer Zungenschlag.

»Ich reise ab«, sagte Doyle.

»Langen Reisen gehen oft traurige Abschiede voraus«, sagte der Mann.

Doyle nickte in höflicher Zustimmung. Ja, *irisch*. Der Mann verlagerte sein Gewicht, schaute aber weiter aufs Meer hinaus. Doyle sah den Priesterkragen und die schweren Stiefel; ein schwarzer Rosenkranz mit einem Kruzifix hing aus der Tasche. Verdammt, das letzte, was er jetzt hören wollte, war die hohle, unerbetene Predigt eines katholischen –

»Manchmal sind die Freuden der Trauer schöner als selbst die Freuden der Freude«, sagte der Priester. »Etwas Neues ist in uns gekommen. Wir können das Unbekannte ohne Vorurteil oder vorgefaßte Meinung betrachten. Es als Gelegenheit willkommen heißen. Und womöglich finden wir uns auf unerforschtem Gelände wieder, an einem Ort, der dem Herzen des schrecklichen Geheimnisses dessen, was wir in Wirklichkeit sind, ein Stück näher ist.«

Der warme Tonfall des Mannes hatte den tiefen Klang der Wahrhaftigkeit. Dies war nicht das übliche fromme Gefasel; echtes Mitgefühl lag gewichtig hinter seinen Worten und rührte Doyle trotz seines Widerstrebens. Es fiel ihm schwer, eine Antwort zu finden. Wie konnte dieser Priester so genau wissen, was er durchmachte? Waren seine Empfindungen so offensichtlich? Der Mann wandte den Blick nicht vom Festland, respektierte die Grenzen der Privatsphäre seines Gesprächspartners.

»Manchmal läßt man das Beste seiner selbst hinter sich«, sagte Doyle.

»Reisen können einen Sinn haben, von dem man beim Abschied nicht zu träumen wagte«, sagte der Priester. »Sie können Leben retten. Manchmal sogar eine Seele.«

Doyle nahm die Worte wohltuend in sich auf; seine innere Stimme verstummte. Der träge Rhythmus des Kanals nahm seinen Blick gefangen, und friedliche Stille senkte sich auf ihn herab.

Zersplittertes Sonnenlicht tanzte vom Wasser herauf und durchbrach seine Tagträume. Er wußte nicht genau, wie lange er dagestanden hatte, seit diese Worte gesprochen worden waren. Das Bild des Ufers hatte sich verändert. Offenes Land lag jetzt dort, wellige Hügel. Und voraus lockte der Ozean. Er schaute zur Seite.

Der Priester war fort.

Auf dem Deck unterhalb der Stelle, wo Doyle einsam stand, kam ein hochgewachsener, gutaussehender, elegant gekleideter Mann, blond und breitschultrig, aus einem Treppenschacht, der in den Laderaum der *Elbe* hinunterführte. Geschmeidig schob er sich ins Gedränge und sprach beiläufig mit einigen von den Leuten; sein Deutsch war makellos und hatte jenen reinen, wohlartikulierten aristokratischen Tonfall der Bewohner von Hamburg. Mühelos gelang es ihm, als Teil der Gruppe zu erscheinen, ohne irgendwo einen besonders lebhaften Eindruck zu hinterlassen, derweil seine kraftvollen Züge zu einer elastischen Maske der unablässigen Belustigung geformt waren. Der Mann bestellte sich einen Drink, zündete sich eine Zigarette an, lehnte sich an einen Pfeiler und studierte seine Mitpassagiere.

Er kam zu dem Schluß, daß diese selbstzufriedenen Bürger ganz und gar mit dem zurückweichenden Ufer beschäftigt waren, so daß keiner von ihnen bemerkt hatte, wie er von unten an Deck gekommen war. Das war gut. Im Laderaum hatte ihn auch niemand gesehen. Und bis jetzt hatte noch kein Schiffsoffizier ihm auch nur einen flüchtigen Blick gewidmet.

Der Festlandstreifen versank hinter dem Horizont, und aufmerksam musterte der Mann die Passagiere, als sie sich schlendernd von der Reling entfernten. Viele begaben sich ins Innere zur Bar und wandten sich jenem hohlköpfigen Vergnügen zu, das sie an Bord eines Transatlantik-Schiffes anscheinend allesamt zu genießen gesonnen waren

Da waren sie, die beiden jungen Männer – sichtlich weniger gut gekleidet als diese Ferien-Bourgeoisie –, in einer Ecke bei den Rettungsbooten. Der Gestank von Krämern umgab sie, und sie redeten in dieser ernsthaften, verschwörerischen Weise miteinander, die er, wann immer er in London gewesen war, schon so oft hatte beobachten können: zwei Juden, die bemüht waren, sich anzupassen. Aber er wußte Bescheid.

Ob sie bemerkt hatten, daß sie beobachtet wurden? Im Augenblick jedenfalls nicht. Aber etwas hatte die Männer in London aufgescheucht, hatte sie mißtrauisch gemacht und sie veranlaßt, so rasch diese Reise zu buchen. Derart kurzfristig seine Leute zu versammeln und den beiden hierher zu folgen, war nicht leicht gewesen. Aber er hatte es geschafft.

Mitten in ihrem Gespräch schauten die beiden Männer zu ihm herüber; gleich wandte er seinen Blick gelassen einer vorübergehenden Frau zu und lüftete den Hut. Als er wieder hinsah, beachteten sie ihn nicht mehr; sie gingen davon, noch immer in ihr Gespräch vertieft.

Er sah ihnen nach, als sie sich entfernten. Als nächstes würde er ihre Kabinen finden. Dann würde er die anderen hinzuziehen –

Er schnippte seine Zigarette über die Reling und schlenderte den beiden Männern nach.

Sie machten es ihm leicht.

AUF SEE, MIT KURS AUF SAN FRANCISCO

Auf der anderen Seite der Welt, an Bord eines anderen Schiffes – es war die *Canton,* ein schmutziger Trampdampfer, der nur Zwischendeckpassagiere beförderte, ein rostiger Eimer aus Shanghai –, das auf seiner Reise nach Osten eben in die Meerenge einfuhr, hinter der sich ein anderer großer Seehafen auftat, stand ein Mann still und allein an der Steuerbordreling und stimmte lautlos ein Gebet an, während er zusah, wie das runde Vorgebirge eines fremden Kontinents heranrückte. Eine Horde armer, zerlumpter Immigranten umwimmelte ihn und jubelte, als das sagenumwobene Land des Überflusses in Sicht kam. Nach zwei Wochen unter Deck in einem verpesteten Höllenloch voll ansteckender Krankheiten und Gewalt, erschien es ihnen zum ersten Mal vorstellbar, daß das Risiko, das sie mit ihrem Leben eingegangen waren, sich gelohnt haben könnte.

Der Mann stand ganz allein beinahe inmitten der Meute, aber keiner der anderen bedrängte ihn oder rempelte ihn an. Er war mäßig groß und von unauffälliger Erscheinung und brauchte selbst nur wenig Platz; aber wenn es sein Wille war, wurde ihm dieser Platz nicht im mindesten streitig gemacht. Er war weder jung noch alt, und nichts an seiner Gegenwart blieb einem lange im Gedächtnis: Selbst hier, inmitten einer hellwachen, aufgeregten Menge blieb seine Anwesenheit fast unbemerkt – in der Fertigkeit, ein Loch in der Luft zu hinterlassen und sich buchstäblich unsichtbar zu machen, wenn die Situation es erforderte, hatte er sich am meisten geübt. Und auch dann störte ihn niemand; der Respekt, über den er gebot, wurde ihm unbewußt auch gewährt.

Seine Eltern und seine Familie waren ihm so unbekannt wie diese Fremden hier an Deck; kein ererbter Name war ihm gefolgt, als er nach der Geburt in einem Hauseingang ausgesetzt worden war. Schon früh hatte er eine solche von Selbstvertrauen und Zielstrebigkeit geprägte Kraft an den Tag gelegt, daß die Brüder des Klosters, die den Knaben von Kindesbeinen an aufgezogen hatten, ihn Kanazuchi genannt hatten: den Hammer.

Wenn das Schiff festgemacht hätte und sie in San Francisco durch die Einwanderungskontrolle gingen, würde kein Beamter auf den Gedanken kommen, er könnte etwas anderes sein, als es den Anschein hatte: einer von vierhundert mittellosen chinesischen Arbeitern aus der Provinz Quongdong auf dem Festland. Er wußte, mit seiner rasierten Stirn und dem zum Knoten gebundenen Zopf konnte er sich darauf verlassen, daß der Weiße Mann unfähig war, ein asiatisches Gesicht vom anderen zu unterscheiden.

Daß er Japaner sein könnte, ein Menschenschlag, der hierzulande noch selten anzutreffen war, würde keinem von ihnen einfallen, – sein Land lag wieder im Krieg mit China, dem alten, traditionellen Feind; es war also am besten, wenn auch seine Mitreisenden nie herausfanden, woher er in Wirklichkeit stammte.

Und daß er ein Heiliger von einem uralten Mönchsorden auf der Insel Hokkaido sein könnte, war vollends unvorstellbar.

Daß er zudem einer der gefährlichsten Männer der Welt war – nun, das war ein Gedanke, der niemals im Gehirn auch nur eines einzigen lebenden Wesens Gestalt annehmen würde; dessen konnte er ganz sicher sein.

Kanazuchi beendete seine Meditation mit einer Anmut, die seinem ausgeprägten Sinn für ästhetische Ausgewogenheit wohlgefällig war. Während das Schiff sich Amerika genähert hatte, waren die Visionen, die seit drei Monaten seine Träume heimsuchten, verstörender geworden als je zuvor; nur die Meditation hatte noch beruhigend gewirkt.

Die Aufregung an Deck nahm zu; die Ausläufer einer Stadt auf den welligen grünen Hügeln rückten immer näher heran. Kanazuchi verschob das leichte, längliche Bündel auf seinem Rücken und fragte sich, ob man ihn auffordern würde, es zur Inspektion zu öffnen, wenn sie die Einreisekontrolle erreichten. Viele der Facharbeiter an Bord – Zimmerleute, Maurer – hatten ihr Werkzeug mitgebracht. Vielleicht würde man sie alle ohne Untersuchung des Gepäcks passieren lassen, falls nicht, würde er einen Weg finden, die Behörden zu umgehen.

Kanazuchi war bereit. Er war jetzt zu weit gekommen. Sein Geist war verschlossen für die Möglichkeit eines Fehlschlags. Und er wußte, wenn jemand das Schwert erblicken sollte, würde er ihn umbringen müssen.

2

»Mein Name ist Werner. Wenn ich irgend etwas tun muß, damit Ihnen die Reise angenehmer wird, lassen Sie es mich bitte wissen.«

»Danke, Werner.«

Doyle wollte seine Kabine betreten, aber Werner versperrte ihm den Weg.

»Wenn ich die Kühnheit haben darf: Ich habe von Ihrem berühmten Detektiv gelesen, Sir, und ich würde Ihnen gern demonstrieren, daß der große Mr. Holmes nicht der einzige ist, der die deduktiven Fähigkeiten beherrscht«, sagte der adrette deutsche Steward auf Englisch mit sprödem Akzent.

»Schön. Wie wollen Sie das anfangen?« fragte Doyle höflich.

»Ich habe Sie nur ein paar Augenblicke beobachtet, nicht wahr?«

»Da kann ich Ihnen nicht widersprechen.«

»Und doch bin ich imstande, Ihnen zu sagen, daß Sie innerhalb des letzten Jahres nach Cherbourg gereist sind, nach Paris, Genf, Davos, Marienbad, wieder nach London, einmal nach Edinburgh und zweimal nach Dublin. Habe ich nicht recht, Sir?«

Doyle mußte zugeben, daß er recht hatte.

»Und wollen Sie, daß ich Ihnen verrate, wie ich zu dieser Schlußfolgerung gelangt bin, Sir?«

Doyle sah sich genötigt, zuzugeben, daß er es wollte.

»Ich habe mir die Aufkleber an Ihrem Gepäck angeschaut.«

Werner zwinkerte, ließ seinen kleinen blonden Schnurrbart zucken, salutierte zackig und huschte geschmeidig den Gang hinunter. Doyle hatte gerade angefangen auszupacken, als Innes in die Kabine gestürmt kam und sich am Türrahmen den Derby vom Kopf stieß.

»Tolle Neuigkeiten«, verkündete Innes und hob seinen Hut wieder auf. »Ich habe jemanden gefunden, der uns eine ungeheure Hilfe sein wird, wenn wir in New York ankommen.«

»Und wer wäre das, Innes?«

»Er hat mir seine Karte gegeben – hier.« Er zog sie hervor. »Sein Name ist Nels Pingle.«

»Pingle?«

»Ein Reporter der *New York Post*. Du wirst den Burschen höchst amüsant finden, Arthur. Er ist das, was man als ›Original‹ bezeichnen würde –«

»Zeig mal her«, sagte Doyle und nahm die Karte.

»Und ein höchst liebenswürdiger Knabe. Anscheinend ist er mit praktisch jedem bekannt, der in den Vereinigten Staaten irgend etwas darstellt –«

»Und was hat Mr. Pingle von dir gewollt?«

»Nichts. Er hat uns eingeladen, heute abend mit ihm zu speisen –«

»Du hast selbstverständlich nicht angenommen.«

»Ich dachte, es kann nicht schaden –«

»Innes, hör gut zu: Von diesem Augenblick an wirst du es in keinster Weise mehr unternehmen, dich diesem Mann zu nähern, mit ihm zu sprechen oder ihn in seinen Avancen zu ermutigen.«

»Ich sehe nicht ein, warum nicht. Er ist ein durchaus sympathischer Bursche –«

»Dieser Mann ist kein Bursche, kein Knabe und auch sonst keine normale Person; er ist ein Journalist und als solcher eine gänzlich andere Spezies –«

»Also nimmst du unverzüglich an, er könne meine Freundschaft nur suchen, um leichter an dich heranzukommen. Ist es das?«

»Wenn er der Mann ist, für den ich ihn halte, dann kannst du versichert sein, daß er nicht das leiseste Interesse an deiner Freundschaft oder auch nur an einer flüchtigen Bekanntschaft mit dir hat –«

Zwei kleine rote Flecke erschienen auf Innes' Wangen, und seine Pupillen wurden winzig wie Stecknadelköpfe –

o Gott, dachte Doyle, wie oft habe ich diese zuverlässigen Warnzeichen des Unheils schon gesehen.

»Du willst also damit sagen, es ist lächerlich, wenn ich annehme, daß irgend jemand an *mir* allein als menschlichem Wesen ein echtes Interesse aufbringen könnte –«

»Innes, bitte, das will ich überhaupt nicht sagen –«

»Ach nein?«

»Es herrschen andere Regeln für den gesellschaftlichen Verkehr an Bord eines Schiffes. Dieser Pingle oder Pinkus, oder wie er sonst noch heißen mag, hat mich bereits einmal angesprochen. Zeige ihm jetzt, noch bevor das Ufer außer Sicht ist, nur die geringste Ermunterung, und der Mann wird für den Rest der Seereise an unseren Rockzipfeln hängen.«

»Willst du wissen, was ich glaube?« fragte Innes; er wippte auf den Zehen, und seine Stimme wurde beunruhigend schrill. »Ich glaube, du hast zu viele von deinen Zeitungsausschnitten gelesen. Ich glaube, du hältst dich für besser als andere Leute. Ich bin vierundzwanzig Jahre alt, Arthur, und vielleicht war ich bis jetzt noch nie auf einem Schiff, aber das bedeutet nicht, daß ich meine Manieren vergessen habe; ich werde reden und speisen, mit wem es mir paßt.«

Um die Wucht seines Ausbruchs mit einem dramatischen Abgang zu unterstreichen, wandte Innes sich ab und riß die Tür zum Wandschrank auf. Zu seiner Ehre ist zu sagen, daß er die Fassung behielt und den Inhalt des Schranks einer kurzen Inspektion unterzog, als sei dies seine ursprüngliche Absicht gewesen; dann knallte er die Tür mit zufriedenem Grunzen zu und rauschte zur Kabine hinaus, wobei er sich, um das Maß vollzumachen, noch einmal am Türrahmen den Hut vom Kopf stieß.

Fünf Monate ohne Larry, dachte Doyle: Gütiger Himmel, ich werde es niemals schaffen, lebend nach England zurückzukommen.

An diesem Abend speiste Doyle am Tisch des Kapitäns Karl Heinz Hoffner ohne die Gesellschaft seines jüngeren Bruders, der seine erste Mahlzeit an Bord am Ende des eleganten Saales zusammen mit Ira Pinkus/Nels Pingle und den anderen vier Pseudonymen einnahm, unter denen Pinkus bei sechs verschiedenen New Yorker Zeitungen seinem Gewerbe nachging. Pinkus/Pingle gab flüchtig seiner Enttäuschung darüber Ausdruck, daß Innes' berühmter Bruder sich nicht zu ihnen gesellen würde, aber schließlich fängt ein Wurm nicht beim Kerngehäuse an, wenn er sich in einen Apfel hineinfrißt.

Erbost über Arthurs Snobismus verspürte Innes hernach keinerlei Gewissensbisse wegen des umfassenden Menüs von Conan-Doyle-Anekdoten, die er im Laufe des Essens mit Pingle ausplauderte – warum auch? Es war ja nicht, als ob der Mann ihn offen ausfragte, und Innes' eigene Eskapaden bei den Royal Fusiliers schienen ihn genausosehr zu faszinieren wie alles, was mit Leben und Taten des großen Autors zu tun hatte. Und Pingle selbst erwies sich als überaus unterhaltsam, was das Thema New York anging, vor allem seine intimen und anscheinend unerschöpflichen Informationen über die Showgirls vom Broadway.

Aber was denn, nein, es wäre überhaupt kein Problem, ihn mal mit ein paar von den Girls bekannt zu machen, versicherte Pingle ihm. Hey, ich hab' 'ne Idee: Wieso ziehen wir beide nicht mal mit 'ner ganzen Meute von denen um die Häuser? Oder, noch besser: Wir schmeißen 'ne Party und lassen sie zu uns kommen! Nehmen Sie noch einen Schluck Wein, Innes!

Vorzüglicher Bursche, dieser Pingle.

Doyle war sich darüber im klaren, daß von ihm erwartet wurde, er werde jeden Abend dieser Reise mit Kapitän Hoffner dinieren – einer steinernen Säule von Mann, einzigartig in seiner ausschließlichen Beschäftigung mit maritimen Statistiken, Schiffsetikette und Gezeitentabellen; das alles von keiner Spur Humor getrübt –, und so spulte Doyle die Fragen, die er sich über die *Elbe* ausgedacht hatte, in gemessenem Tempo ab und hoffte dabei, daß ihm die Antworten des Kapitäns genügend Zeit einbringen würden, um derweilen weitere Flächen zu roden und für die Konversation fruchtbar zu machen. Hoffners Antworten jedoch hatten keinen Wind in den Segeln; knapp, präzise, stromlinienförmig und so fesselnd wie ein Maschinenhandbuch, vorgelesen von einem Papagei. Dieser Mann hatte einen so großen Teil seines Lebens auf See verbracht, daß es ihm nicht gelungen war, sich zu irgendeinem nicht seetauglichen Thema eine Meinung zu bilden, und anscheinend hatte er noch nie einen Roman auch nur aufgeklappt. Ganz bestimmt jedenfalls keinen von Doyle.

Die anderen Gäste an der Tafel waren auch keine große Hilfe: eine Gesellschaft von Brauerei-Abteilungsleitern aus Bayern mit ihren wohlgepflegten Gattinnen auf dem Weg zu einer Vergnügungsreise durch die Brauereien des amerikanischen Mittelwestens. Sie alle verfügten über ein Englisch von bescheidener Brauchbarkeit, das sie aber überwiegend lieber nicht zur Ausübung brachten; statt dessen hingen sie fast während der gesamten Mahlzeit an Doyles Lippen, als berge jede seiner Äußerungen eine geheime religiöse Bedeutung in sich: Sherlock Holmes war Big Business in Deutschland.

Das »Berühmter Autor«-Syndrom lieferte Doyle zumeist genügend Inspiration, um ihn in den Sattel irgendeines hochtrabenden Steckenpferdes zu hieven; aber jedesmal, wenn er sich an diesem Abend anschicken wollte, einen wirklich erstklassigen Kathedervortrag vom Stapel zu lassen, warf ihn der Anblick von Innes, wie dieser und Pinkus/Pingle am anderen Ende des Saales die Köpfe zusammensteckten, wieder vom hohen Roß. Ein Gefühl von Windstille, ja, Flaute erfaßte ihn, das der Gletscherruhe Kapitän Hoffners glich. Die Pausen zwischen den einzelnen Äußerungen wurden länger und grimmiger, und das Kreischen von Besteck auf Porzellan wurde ohrenbetäubend.

»Ich entsinne mich, irgendwo gelesen zu haben, daß Sie ein ausgeprägtes Interesse am Okkultismus haben, Mr. Doyle«, sagte die einzige Engländerin am Tisch, die bis zu diesem Augenblick wachsames Schweigen gewahrt hatte.

Das habe er in der Tat, antwortete Doyle. Ein Interesse

allerdings, fügte er eilig hinzu, das durch eine natürliche und gesunde Skepsis gemäßigt sei.

Die düsteren Mienen am Tisch erwachten zu neuem Leben. Geschlossen bestürmten die Bürgerfrauen Kapitän Hoffner mit hartem deutschem Geschnatter und bemühten sich, ihn zu irgendeiner dunklen Unternehmung zu bewegen, die etwas mit Doyle zu tun haben mußte. Hoffner hielt der kurzen, einseitigen Attacke stand, ehe er sich mit tiefempfundenem Bedauern im Blick Doyle zuwandte.

»Ich habe gestern abend bei Tisch, während wir den Kanal überquerten, eine Geschichte erzählt«, sagte der Kapitän. »Wie es scheint, sind einige meiner Besatzungsmitglieder davon überzeugt, daß wir einen Geist an Bord haben.«

»Es spukt auf dem Schiff«, sagte die Engländerin.

Sie hockte auf der Stuhlkante, klein und vogelartig; während des ganzen Essens hatte Doyle kaum Notiz von ihr genommen, aber jetzt, nachdem sie den Fuß in ihr Element gesetzt hatte, erkannte er das leicht übergeschnappte Funkeln in ihren blassen Augen: Sie war eine Wahre Gläubige.

»Ich fürchte, ich kann nicht mit Gewißheit sagen, daß dem so ist, Mrs. Saint-John«, erwiderte Kapitän Hoffner und wandte sich, wieder im Tonfall des Bedauerns, an Doyle. »Wir haben seit etlichen Jahren an Bord der *Elbe* eine Serie von seltsamen und ... unerklärlichen Begebenheiten erlebt.«

»Warum erzählen Sie Mr. Conan Doyle nicht von der jüngsten Episode, Captain?« sagte Mrs. Saint-John und ließ ein nervöses Lächeln aufblitzen; dabei klapperte sie heftig mit den Lidern.

»Es hat sich heute abend zugetragen«, sagte Hoffner achselzuckend und senkte die Stimme.

»Nach dem Ablegen?«

Hoffner nickte jäh. »Eine Passagierin hörte seltsame Geräusche aus dem Frachtraum: mehrere kreischende Schreie, wiederholte Klopflaute ...«

»Weitere Zeugen?« fragte Doyle.

»Nein – nur diese eine Frau.«

»Ein klassischer Spuk«, erklärte Mrs. Saint-John, und

ihre Finger nestelten nervös an ihrem Serviettenring. »Ich bin sicher, Sie stimmen meiner Diagnose zu, Mr. Conan Doyle: Schritte in einem leeren Flur, dumpfe Schläge, Klopfen, traurige Stimmen. Und die Erscheinung einer hochaufragenden grauen Gestalt in einem Gang auf dem Frachtdeck.«

»Nichts davon sehe ich jemals selbst, wohlgemerkt«, sagte Hoffner, um die Sache herunterzuspielen: Auf seinem Schiff war offensichtlich kein Platz für einen glaubhaften Geist.

»Captain, haben sich an Bord der *Elbe* irgendwelche Tragödien abgespielt?« fragte Doyle.

»Dieses Schiff ist jetzt seit zehn Jahren auf dem Wasser, und ich bin jeden einzelnen Tag darauf gefahren. Wo immer Menschenleben derart regelmäßig zusammenkommen, muß zwangsläufig und bedauerlicherweise auch die Tragödie eine Rolle im Geschehen spielen«, antwortete Hoffner.

»Traurig, aber wahr«, sagte Doyle, überrascht darüber, wie dicht Hoffners Bemerkung an Redegewandtheit grenzte. »Gab es etwas, das besonders herausragte? Gewaltsame Morde oder Selbstmorde von eindrucksvoller Brutalität?«

Die Bürger und ihre Gattinnen wirkten ein wenig bestürzt.

»Verzeihen Sie mir meine Unverblümtheit, meine Damen und Herren, aber es hat keinen Sinn, um den heißen Brei zu reden. Phänomene, wie Mrs. Saint-John sie beschreibt, resultieren für gewöhnlich aus irgendeinem schrecklichen Unglück, das sich nicht aus der Welt wünschen läßt, indem wir uns im Interesse der Schicklichkeit auf Zehenspitzen um die Tatsachen herumdrücken.«

Endlich, dachte Doyle beglückt, ein Gesprächsthema, das ich ausschlachten kann.

»In früheren Zeiten«, sagte der Kapitän vorsichtig, »hat es ein paar solcher Fälle gegeben.«

»Sei's drum; ich will Sie in gemischter Gesellschaft nicht bedrängen, Details preiszugeben. Ich will Ihnen eine interessante Theorie über Geister darlegen, meine Damen und

Herren – meiner Ansicht nach die plausibelste, wenn Sie dem Phänomen überhaupt Glauben schenken wollen: Erscheinungen dieser Art bestehen aus den emotionalen Spuren eines Lebens, das unerwartet oder in großer spiritueller Unordnung geendet hat – deshalb stehen Geistersichtungen häufig in einer Beziehung zu Mord- oder Unfallopfern oder Selbstmördern, sind, wenn Sie so wollen, das Äquivalent eines Fußabdrucks an einem Sandstrand, ein Überbleibsel, das außerhalb unserer Zeitwahrnehmung lebt und in keinem engeren realen Zusammenhang zu seinem Urheber steht, als den Fußabdruck mit der Person verbindet, die ihn hinterließ –«

»O nein. Nein, nein, nein; was einem begegnet, ist die unsterbliche Seele des armen Unglücklichen selbst«, widersprach Mrs. Saint-John. »Gefangen zwischen Himmel und Erde, in der Leere des Fegefeuers –«

»Das ist ein völlig anderer Standpunkt«, sagte Doyle, verärgert darüber, daß er so aggressiv aus der Bahn geworfen wurde. »Einer, den ich leider nicht aus vollem Herzen unterstützen kann.«

»Aber ich kann Ihnen versichern, Mr. Conan Doyle, daß es in der Tat so ist. Wir haben immer und immer wieder diese Erfahrung mit ihnen gemacht –«

»Wir?«

Mrs. Saint-John lächelte zuversichtlich in die Runde der übrigen Gäste. »Damit meine ich meine Gefährtin, vor allem, und mich selbst in sehr viel begrenzterem Maße.«

»Gefährtin.«

Ach du liebe Zeit – hoffentlich nicht einer dieser unsichtbaren Geistführer, die gewissen leicht hysterischen Damen mittleren Alters hinterdreintrotten wie Pekinesen. Ohne Zweifel eine Verrückte, dachte Doyle.

»Leider fühlt Sophie sich nicht wohl und konnte deshalb heute abend nicht mit uns essen«, sagte Mrs. Saint-John. »Sie hat soeben eine anstrengende Vortragsreise durch Deutschland absolviert, und jetzt reisen wir weiter nach Amerika, ohne daheim Station zu machen.«

»Das hört sich an, als seien Sie und Ihre Freundin sehr

gesucht«, bemerkte Doyle, erleichtert darüber, daß ihre ›Freundin‹ zumindest zur Zeit in einem menschlichen Körper residierte.

»Ja. Wir wurden vor drei Jahren miteinander bekannt gemacht, nicht lange nach dem Tode meines Mannes. Ich trauerte, was ganz natürlich ist. Ja, eigentlich war ich untröstlich, denn damals empfand ich ganz so, wie Sie anscheinend heute, Mr. Conan Doyle: Ich glaubte, daß mein liebster Benjamin einfach fort sei. Da aber, in meiner Verzweiflung, bestand eine enge Freundin darauf, ich müsse Sophie kennenlernen. Sophie Hills.«

»*Die* Sophie Hills?«

»Ah, Sie kennen sie also?«

Sophie Hills war zur Zeit das berühmteste, vielleicht berüchtigtste Medium in England. Die Frau behauptete, sie werde von einer ungeheuren Schar körperloser Geister begleitet, die allesamt mit einer direkten Verbindung zur zentralen Schalttafel des Jenseits ausgestattet seien und auf Ersuchen Mal für Mal zutreffende und verifizierbare Informationen über verstorbene Verwandte, verlorene Briefe, verschwundene Verlobungsringe und mysteriöse Krankheiten ausgespuckt hatten.

In einem sensationellen Fall hatten sie sogar im Zusammenhang mit einem seit zehn Jahren unaufgeklärten Verbrechen in Heresfordshire eine Enthüllung geliefert, die zu einem Mordgeständnis geführt hatte. Gelegentlich demonstrierte Sophie auch das eigentümliche Talent eines Apportmediums, die Fähigkeit nämlich, aus dem Nichts eine wunderliche Vielfalt von dreidimensionalen Objekten erscheinen zu lassen: afrikanische Vogelnester, antike römische Münzen und exotische – noch zappelnde – Fische.

Ihre verblüffenden Begabungen waren erschöpfenden wissenschaftlichen Tests unterzogen worden, und bis zu diesem Tag hatte sich kein einziger vernünftiger Zweifel an ihrer Authentizität bestätigen lassen. In einem solchen Fall hatte Miß Hills, in eine Zwangsjacke gesteckt und mit einem Jutesack über dem Kopf, vor glaubwürdigen Zeugen einen ihrer Geister veranlaßt, auf einem Akkordeon, das am anderen Ende des Zimmers unter einem Weidenkorb versteckt war, das Lied ›Truthahn im Stroh‹ zu spielen.

O ja, Doyle kannte Miß Hills, und er war nicht nur beiläufig an einer Gelegenheit interessiert, das alte Mädchen einmal in Aktion zu sehen.

»Ich habe Mrs. Saint-John den Vorschlag gemacht«, sagte Kapitän Hoffner, »daß wir an irgendeinem Abend während unserer Überfahrt versuchen, Miß Hills zu einer Demonstration ihrer Fähigkeiten zu bewegen.«

»Und dabei den gemarterten Geist, der das gute Schiff *Elbe* heimsucht, zur Ruhe zu bringen«, ergänzte Mrs. Saint-John. »Als ich erfahren hatte, daß Sie mit uns reisen würden, schlug ich gleich vor, Sie um Ihre Beteiligung zu ersuchen, Mr. Conan Doyle. Und sollten Sie einer solchen Demonstration die hinreichende wissenschaftliche Strenge beimessen, dann könnte die Macht Ihres Rufes beträchtlich dazu beitragen, die allgemeine Öffentlichkeit von der Reinheit der Kräfte Sophics zu überzeugen.«

»Dann vielleicht morgen abend«, sagte der Kapitän. »Ich würde vorschlagen, wir tun es nach dem Abendessen?«

»Ich wäre entzückt, Kapitän«, sagte Doyle.

Wenn es jetzt nur eine Möglichkeit gab, zu verhindern, daß Ira Pinkus von der Sache erfuhr. Er sah die Schlagzeile schon vor sich, die ihn in New York erwartete:

HOLMES-ERFINDER JAGT KLABAUTERMANN.

CHICAGO, ILLINOIS

Sieh dich an, Jacob: Was machst du hier? Kann es noch einen Zweifel geben? Nein, ich glaube nicht: Im reifen Alter von achtundsechzig Jahren, wenn die meisten Männer in deinem Beruf Geist und Persönlichkeit zur Meisterschaft gebracht haben, hast du völlig den Verstand verloren.

Du alter Narr – der beste Teil deines Lebens wollte eben beginnen; weißt du noch, wie du dich in Mühen und Entbehrungen mit dem Versprechen aufrechtgehalten hast, daß du dich nach deiner Pensionierung der Gelehrsamkeit widmen würdest? Frei von häuslichen Ablenkungen und beruflichen Verpflichtungen, allein in deiner Bibliothek, wo die im Laufe eines Lebens angesammelte Weisheit die Winde säumt; Ruhe und Frieden und endlose Monate der metaphysischen Studien und einsamen Betrachtungen: die folgerichtige und zufriedenstellende Krönung eines Arbeitslebens. Eine so freudvolle Zeit sollte es werden! Und dazu die echte Möglichkeit der Erleuchtung in Reichweite.

Aber anstatt von Büchern umgeben an deinem Schreibtisch im behaglichen Kellerbüro in der Delancey Street zu sitzen, eine Tasse heißen Tee mit Zitrone in den Händen, stehst du hier im strömenden Regen auf einem Bahnsteig im Zentrum von Chicago, Illinois, und wartest auf den Zug nach – wohin? – nach Colorado, Gott behüte, wo du keine Menschenseele kennst. Und wann sie in Colorado zuletzt einen Rabbi gesehen haben, möchte ich wohl auch gern wissen.

Weil es dir im Traum befohlen wurde.

Also schön, kein Traum, genaugenommen: eine Vision, wenn du so willst, die seit drei Monaten durch deinen Schlaf spukt. Eine Vision, die so machtvoll und beängstigend ist, daß du aus deinem Kaninchenbau in die Wildnis hinaussaust wie ein verrückter Prophet aus der Bibel. Einer von diesen alttestamentarischen, knochenklappernden Alpträumen, von denen du mit soviel Interesse gelesen hast. In deinem behaglichen Sessel. Mit warmen, trockenen Socken an den Füßen.

Meschuggener Mamser! Du brauchst keine einfache Fahrkarte in den Wilden Westen; was du brauchst, ist ein Arzt: Vielleicht ist es ein Anfall von exotischem Fieber oder eine galoppierende Geisteskrankheit. Zeit ist noch: Du könntest wieder in New York sein, ohne irgend jemandem ein Wort von diesem Irrsinn zu erzählen, ehe dein Sohn vom Schiff kommt. Und höre, Jacob: Hast du eine Ahnung, wie beunruhigt Lionel sein wird, wenn er mit dem Buch ankommt, das er dir unter soviel Mühen beschafft hat, und du dich derweilen in Luft aufgelöst hast? In zwei Stunden fährt ein Zug nach New York; was um Himmels willen sollte dich daran hindern, ihn zu besteigen?

Du weißt sehr wohl, was dich daran hindert, mein Alter.

Nachdem du dein Leben dem Studium der Mythen und Allegorien der Kabbala gewidmet hast, weißt du auch, daß sie mehr sind als Wörter auf alten Pergamenten, durch die Zeitläufe auf uns herabgekommen. Du weißt, diese Erde ist ein Schlachtfeld für den Kampf zwischen den Mächten des Lichts und der Finsternis, und wenn du gerufen wirst, in diesem Kampf deinen Dienst zu tun – und im Grunde deines Herzens weißt du, dies ist es, was hier geschehen ist –, dann windest du dich nicht vom Haken, indem du eine Liste von Gebrechen rezitierst … obgleich du, weiß der Himmel, mit deiner Neuralgie und deiner Arthritis und allem, was dazwischen ist, ein überzeugendes Plädoyer liefern könntest.

Was haben die Rabbiner dir gesagt, als du mit dem Studium der Kabbala anfingst? Nur ein Mann, der verheiratet ist und der mit beiden Beinen fest auf der Erde stehend das Alter von vierzig Jahren erreicht hat, sollte dieses seltsame Buch studieren. Was sich zwischen diesen Deckeln verbirgt, ist viel zu gefährlich für einen Dilettanten. Wissen ist Macht, und esoterische Bücher sind wie Dynamitstangen, haben sie gesagt; es muß ein Mann von ganz besonderer Art sein, der sich darauf einläßt.

»Ich bin dieser Mann«, hast du zu ihnen gesagt.

Aber was war da in dich gefahren? Wenn es Wissensdurst war, so gab es Hunderte von weniger gefährlichen Quellen zum Trinken. Und achtundzwanzig Jahre später stehst du hier und wartest auf einen Zug. Rätselhaft, nicht wahr?

Sei ehrlich zu dir selbst, mein Alter: Ein Teil von dir wußte in dem Augenblick, als du das Buch aufschlugst – das authentische *Sefer ha-Sohar* –, daß dir als Folge davon eines Tages etwas Außergewöhnliches widerfahren würde. Du hast es *gewollt*. Also, was hast du dich eigentlich zu beschweren? Was ist überhaupt so kostbar an diesem Leben, das du da führst? Deine Frau ist seit sechs Jahren dahin, möge sie ruhen in Frieden, und dein Sohn ist erwachsen. Und dein Büro, Jacob, dort in dem Keller in der Delancey Street?

Nicht ganz das Refugium, das du dir immer vorgestellt hast. Es ist langweilig. So, jetzt hast du es gesagt.

Du wirst in diesen Zug nach Colorado steigen, Rabbi Stern, und diese Reise – der Himmel weiß wohin – machen, und zwar aus denselben Gründen, die dich schon nach Chicago gebracht haben: Weil du ein Mann bist, der glaubt, daß man Orakelvisionen Beachtung schenken muß, selbst wenn sie ungebeten zu achtundsechzig Jahre alten Männern kommen, deren Gesundheit alles andere als gut zu nennen ist und die kein Leben geführt haben, das du als tatkräftig zu beschreiben versucht wärest. Denn inzwischen hast du festgestellt, daß ein Teil dieser Vision bereits eingetroffen ist: Das Exemplar des Tikkunei Sohar *wurde* aus Rabbi Brachmans Synagoge in Chicago gestohlen.

Vor allem aber: Wenn du dich jetzt abwendest und Luzifer tatsächlich irgendwo in einer Wüste erscheint und die Erde am Ende dem Bösen in die Hände fällt, wie es dieser Traum da zu verstehen gibt ... na, wenn du dich jetzt schon elend fühlst, dann stell dir nur vor, wie miserabel dir dann erst zumute sein wird.

Da kommt der Zug. Herr im Himmel, gib acht auf meinen Sohn – vielleicht sollte ich warten, bis Lionel da ist, bevor ich davonlaufe. Was ist, wenn er auch in Gefahr ist? Ich könnte ihm wenigstens einen Brief schreiben ...

Nein. Das ist nicht das, was die Vision dir rät. Entspanne dich, Jacob. Atme, laß dein Herz zur Ruhe kommen. So ist es besser. Es gibt eine wundervolle Zuversicht, die mit dem Verlust des Verstandes einhergeht; man braucht sich nicht mit annähernd so vielen Bedenken herumzuschlagen.

Hast du deine Fahrkarte? Ja, hier ist sie. Wenn bloß dieser alte Koffer nicht so schwer wäre; ich habe ja noch nie für eine so unvorhersehbare Reise packen müssen – wer weiß denn, wieviel man da mitnehmen muß ...

Moment mal: Was waren die Worte, die du immer benutzt hast, um die Leidenden in deinem Tempel zu trösten? Alle unsere Probleme sind vorübergehend; warum also ihretwegen traurig sein?

Und ein bißchen Trost, nicht wahr, kannst du auch aus jenem anderen Teil der Vision ziehen, den du nicht verstehst. Aus diesen Worten, die dir immer wieder durch den Kopf gehen.

Wir sind sechs.

Keine Ahnung, was es bedeutet. Aber klingt irgendwie ermutigend, nicht wahr?

SAN FRANCISCO, KALIFORNIEN

Die *Canton* erreichte den Hafen von San Francisco am späten Nachmittag, aber es war dunkel geworden, ehe die Behörden die ersten Arbeiter von Bord ließen. Wohl besser, wenn die weißen Bürger der Stadt nicht bei Tageslicht sahen, wie so viele Asiaten Fuß auf ihr Gestade setzten, dachte Kanazuchi.

Als die Menge vorwärtsdrängte, um an Land zu gehen, bahnte er sich seinen Weg ans Ende der Meute, so daß er das Treiben auf dem Pier beobachten konnte. Zwei Chinesen am Fuße der Gangway brüllten Befehle auf Mandarin, während die Arbeiter das Schiff verließen – geradeaus, nicht schwatzen, in das Gebäude dort! Schwarz uniformierte Wachen mit langen Schlagstöcken bildeten einen lockeren Korridor, durch den die Massen der Einwanderer sich wie eine Rinderherde zum hohen Eingang eines langen Registrierungsschuppens wälzten.

Im Innern des Schuppens stellten sie sich auf weiteres Befehlsgebell hin gehorsam hintereinander auf und legten ihre Papiere einer Reihe von weißen Beamten vor, die auf hohen Bänken saßen. An breiten Tischen, die zu diesen Bänken hinführten, nahmen die Wachen den Arbeitern ihre Habseligkeiten ab und öffneten sie zum Zwecke der Inspektion.

Kanazuchi begriff, daß er andere Vorkehrungen treffen mußte.

Drei verlotterte Besatzungsmitglieder auf dem Vordeck über ihm unterhielten sich blökend über ihren bevorstehenden Landgang; mit seinem zweiten Gesicht sah Kanazuchi, daß die erwarteten Saufereien und Ausschweifungen ihre untere Leibesmitte schon jetzt stimulierten. Er drückte sich rückwärts in den Schatten, als die letzten Chinesen die Gangway hinuntergetrieben wurden.

Mit der stählernen Kraft seiner Finger zog er sich an einem Tau die zwanzig Fuß hoch, ließ sich lautlos hinter die Matrosen fallen und wartete, bis einer von ihnen, ein muskulöser, krummbeiniger Maschinenmaat, zur Seeseite an die Reling trat, um seine Blase zu entleeren. Als der Maat fertig uriniert hatte, schlossen zwei Hände sich um sein Gesicht, stark wie Bärenpranken. Eine Peitschenbewegung, ein leises Schnappen, und das Genick des Mannes war gebrochen. In dreißig Sekunden hatte er ihn seiner Kleider entledigt, und der Heilige Mann war, mit dem Leichnam auf seinem Rücken, über die Reling gestiegen.

Kanazuchi hielt sich am Schiffsgeländer fest, um sich außen am Schanzkleid entlangzuschieben, bis er die Ankerkette erreicht hatte. Dann ließ er sich mitsamt dem Maschinenmaat an der schweren Kette hinab, wo er den Leichnam behutsam in das ölige Wasser des Hafenbeckens gleiten ließ. Er schwamm, die Kleider und das Bündel mit seinen Waffen, Pulvern und Kräutern über Kopf haltend, eine Viertelmeile weit am Pier entlang bis zu einem leeren Liegeplatz, wo er die Leiter zum Kai hinaufkletterte.

Die Sachen paßten halbwegs. In den Taschen war ein kleiner Betrag in amerikanischem Geld. Bis jetzt lächelten die Götter, aber seine Reise hatte erst begonnen. Kanazuchi versäumte es nicht, dem Toten für das Geschenk seines Lebens zu danken und dafür zu beten, daß er seinen Lohn bereits genießen möge.

Unbemerkt stieg er über einen Zaun, warf sich das Bündel, das den Grasschneider enthielt, über die Schulter und machte sich auf den Weg nach San Francisco. Er wußte, daß seine bewußten Sinne sich nicht mit der Frage belasten mußten, wohin er ging oder wie er dorthin kommen würde: *Sensei* hatte gesagt, die Vision, die ihn für diese Aufgabe bestimmt hatte, werde ihn zu dem verschwundenen Buch führen.

Ein dunkler Turm, der sich aus dem Sand erhebt.

Ein schwarzes Labyrinth unter der Erde.

Chinesische Kulis, die einen Tunnel graben.

Ein dürrer alter Mann mit einem weißen Bart und einem runden schwarzen Hut.

Wir sind sechs.

Und während er so ging, wiederholte Kanazuchi den Satz, mit dem er seine Meditation begann: Das Leben ist ein Traum, aus dem wir aufzuwachen versuchen.

BUTTE, MONTANA

»Jetzt wird man mich nie mehr lebend in diesen verfluchten schwarzen Turm von Zenda zurückbringen! Und dir habe ich mein Leben zu verdanken, mein bester und teuerster Freund, Cousin Rudolfo, und auch meine Rückkehr auf den Thron von Ruritanien!«

Bendigo Rymer sank am Krankenbett des Königs schwerfällig auf die Knie, und wie immer ließ die Erschütterung die mottenzerfressene Kulisse mit der schwelgerischen Darstellung der ruritanischen Alpen erbeben. Rymer ließ seine Arme wie Windmühlenflügel kreisen und deutete damit die Tiefe der Empfindungen an, mit denen er in diesem Moment zu ringen hatte; die Sprache ließ ihn – ausnahmsweise – im Stich.

»Komm schon, du lächerlicher Ochse, mach's mal halblang«, knurrte Eileen, die vom Bühneneingang her zuschaute, während sie auf ihren Auftritt wartete; dabei überprüfte sie die Nadeln in ihrem Haar, um sicherzugehen, daß die billige Papptiara nicht wieder in den Orchestergraben flog, wie letzte Woche in Omaha.

»Eure Majestät, meine Arbeit hier ist beendet. Lob kann ich keines annehmen; es macht mich glücklich, Euch auf die einzige Weise gedient zu haben, auf die ein Engländer es vermag: mit meinem ganzen Herzen«, sagte Rymer schließlich, bevor er aufstand und sich über das Rampenlicht hinweg ans Publikum wandte: »Im Dienst einer so edlen Sache ein Opfer zu bringen, das fällt nicht schwer.«

Diese blutvoll vorgetragene Erklärung nötigte die Männer zum Applaus und förderte bei den Damen die Taschentücher zutage; und auch hier waren die braven Bürger von – wo waren sie? Butte, Montana? – nur zu gern bereit, ihren Teil zu erfüllen. Rymer sonnte sich im behaglichen Glanz ihrer unkritischen Zuneigung.

Eileen schnaubte angewidert: Schauspieler waren nicht eben berühmt für ihr zurückhaltendes Wesen, aber dieser Mann war wirklich völlig außerstande, sich zu schämen.

»Doch gibt es immer noch etwas, worin ich Eurer Majestät von Nutzen sein kann ...« Bendigo war mit zwei schnellen Schritten zurückgewichen, so daß der Trottel, der den König Alexander spielte, dem Publikum den Rücken zuwenden mußte, ehe er Gelegenheit hatte, diesen Zug zu kontern. Sechs Monate auf Tournee, und der Idiot hatte noch immer nicht gelernt, die zentrale Position zu behalten. »Ich werde Euch die Liebe Eurer Verlobten, Prinzessin Flavia, zurückbringen; in Eures ungewissen Schicksals dunkelster Stunde hat sie ausgeharrt und um Eure Rückkehr gebetet.«

Ha! Wenn ich Flavia wäre und darauf warten müßte, diesen Schwachkopf zu heiraten, hätte ich mich inzwischen mit einer ganzen Schwadron der Königlichen Dragoner verlustiert.

Rymer deutete in die Seitendekoration. Eileen schob ihre Brüste nach vorn, um ihr Decolleté auf das rundlichste auszufüllen – wir werden allmählich ein bißchen zu alt für diesen Blödsinn als junge Unschuld, nicht wahr, Schätzchen? – und tänzelte ätherisch auf die Bühne

»My Lord, Ihr seid am Leben! Meine innigste Hoffnung! Der Himmel soll Euch segnen!«

Sie drapierte sich über König Knallkopf und schnupperte versuchshalber: Gut, zumindest hatte er nicht wieder grüne Zwiebeln gefressen, während er draußen im Turm von Zenda gewartet hatte. Dann der große Kuß – der Bengel hatte ihr die Zunge nicht noch einmal in den Schlund gebohrt, nachdem sie ihm in Cleveland das Knie zwischen die Beine gerammt hatte – und Bendigos überaus anrührende Kehrtwendung nach hinten, bei der er seine Augen bedeckte, um sie vor diesem undelikaten Schauspiel zu schützen und nicht mitansehen zu müssen, wie die Frau, die er liebte, zu dem König zurückkehrte, dem er das Leben gerettet hatte, während der letzte Vorhang fiel und der erwartungsgemäße Applaus losbrach.

Amerikanische Zuschauer waren so lächerlich leicht zu erfreuen.

»Eileen, Darling, in unserer letzten gemeinsamen Szene, wenn ich dir meine, äh, unsterbliche Liebe erkläre – glaubst du, du könntest mit deinem Text über meinen Ring, und daß du ihn immer am Finger trägst, nur ein winziges bißchen, äh, schneller herauskommen?«

Bendigo Rymer starrte in den Spiegel; er war gerade dabei, die glänzende Fettschminke von seinem Gesicht zu entfernen. Hypnotisiert wie die Schlange vor dem Flötenspieler.

Was um alles in der Welt glaubt er da zu sehen? fragte sich Eileen. Die Bühne mit dem Mann zu teilen, war Strafe genug; dieselbe Garderobe zu benutzen, wie es in manchen dieser ländlichen Vorposten die Not gebot, kam ihr vor wie ein Gefängnisurteil.

»Bendigo, Darling, der Grund für Flavias Zögern hat etwas damit zu tun, daß sie hin und her gerissen ist zwischen ihrer Verpflichtung gegen ihr königliches Scheißerchen und der unbeschreiblichen Leidenschaft, die sie für ihren lieben Rudolfo empfindet. Wenn sie zu schnell antwortet, deutet das, fürchte ich, an, daß du nicht annähernd die gleiche gefährliche Macht über ihre Gefühle hast.«

Sie wartete, bis die Zahnräder seines Verstandes den Gedanken erfaßt hatten; hörte fast das Knirschen. »So habe ich es jedenfalls immer interpretiert«, fügte sie bescheiden hinzu.

»Wenn man es *so* spielt ...«, sagte er und strich sich übers Kinn; wie jede seiner Posen, die mit Nachdenken zu tun hatte, wirkte es sehr bemüht. »Dann ist sie ziemlich nützlich für uns, diese Pause, nicht wahr?«

»Wenn Flavia dich verzweifelt liebt, wäre es wahrscheinlich am besten, wenn man die Zuschauer in dieses Geheimnis einweiht.«

»Wie recht du hast!« brüllte er und sprang auf. »Gott segne dich, meine Liebe! Ich wußte immer, daß du ein echter Schatz für meine Kompanie bist!«

Bendigo legte den Kopf in den Nacken und besprühte seine Mundhöhle mit einer Flut von McGarrigle's Rachentröster, den er in einem Flacon auf seinem Tisch aufbewahrte.

O Gott, das bedeutet, daß er mich küssen will.

Rymers Atem machte für gewöhnlich den Eindruck, er habe soeben eine einbalsamierte Katze gefressen; das McGarrigle-Zeug vermochte dabei allenfalls den Anschein zu erwecken, als sei die Katze in einem billigen Eau de Cologne mariniert gewesen.

Rymer überschattete sie. Eileen bot ihm geschickt und nicht ohne Anmut den Scheitel dar; Fettschminke verschmierte ihr Haar, als seine Lippen dort abprallten. Im nächsten Moment stolzierte Bendigo wieder im Zimmer auf und ab; er fuhr sich mit den Händen durch die langen, gefärbten Locken und bot den Anblick eines Mannes in den Klauen rasender Inspiration.

Ich lebe in einem Alptraum, dachte Eileen Temple nicht zum ersten Mal. Nicht einmal an *diesem* Abend war es das erste Mal. Als sie sich vor zehn Jahren, beschwingt von Hoffnung und jugendlichem Ehrgeiz, nach Amerika eingeschifft hatte, wer hätte da gedacht, daß ihr Stern so tief hinter den sichtbaren Horizont sinken könnte?

Bendigo Rymer's Ultimatives Tournee-Theater (sie hatte nie gewagt, ihn zu fragen, ob er wisse, was ›ultimativ‹ tatsächlich bedeute, aber sie bezweifelte es). Das frühere Matinee-Idol Bendigo Rymer – in Wahrheit Oscar Krantz aus Scranton, Pennsylvania; sie hatte im Tresor der Kompanie einmal seine Geburtsurkunde gesehen – ging auf die Fünfzig zu, wenn er die nicht schon hinter sich gelassen hatte.

Hätte ich bloß das eine Mal in Cincinnati nicht mit ihm geschlafen, dachte Eileen: ein Augenblick der Schwäche zu

Beginn ihrer Tournee. Sie hatte zu tief in den *vino blanco* geschaut, und der arme Kerl vermochte immer noch halbwegs gut auszusehen – auf seiner Schokoladenseite jedenfalls, die er stets zu präsentieren bemüht war, und im richtigen Licht, zum Beispiel in der pechschwarzen Finsternis eines Kohlenschachtes.

Und schließlich, erinnerte sie sich nachsichtig, bist du auch nur ein Mensch, mein Entchen. Die Einsamkeit schafft seltsame Bettgenossen. Rymers nachfolgende Verführungsversuche waren lächerlich leicht abzuwehren gewesen; er war viel zu sehr mit sich selbst beschäftigt, um ein nachhaltiges Interesse für einen anderen Menschen aufzubringen – und die gelegentliche Eroberung irgendeiner anbetungsvollen, kuhäugigen Landpomeranze schien auf ihrem Weg nach Westen mehr als ausreichend zu sein, um seine verhältnismäßig – wie sollte sie es freundlich ausdrücken? – mageren männlichen Bedürfnisse zu befriedigen

Und was ist mit meinen Bedürfnissen? fragte Eileen sich. Das Bühnenleben blieb so weit zurück hinter dem Land von Milch und Honig, auf das sie während des Heranwachsens stets gehofft hatte. Oh, es hatte ein paar erregende Anfangstage in New York gegeben; jedes funkelnde Licht auf dem Broadway hatte Ruhm, Reichtum und einen endlosen Fundus an sagenhaft attraktiven Männern verheißen. Das hatte ungefähr eine Woche angehalten. Und das Theater war eine harte Herrin, wenn ein Mädchen erst einmal jenseits der Dreißig angelangt war. Dank sei Gott für Make-up, langes, dichtes Haar, einen anständigen Knochenbau und einen Körper, der nicht fett wurde, denn sonst wäre sie schon vor Jahren arbeitslos gewesen. Eileen war widerwillig zur Realistin geworden, im Herzen und im Verstand, eindeutig ein Handicap in einer Branche voller Träumer und Verlierer; in der Realität fielen die besten Rollen meistens an irgendein jüngeres Mädchen mit hungrigen Augen, und die meisten der Freier, die am Bühneneingang lauerten, suchten nichts weiter als einen Wochenendurlaub von ihrer öden Ehe, mit der sie einen dann bei Champagner, der die Eingeweide zerfraß, nur allzu eifrig zu Tode langweilten.

Gott, was diese amerikanischen Oberklasse-Gattinnen von Sex verstanden, konnte man wirklich einer Mücke auf die Stirn schreiben. Wieso heulten ihre Männer sonst wohl jede Nacht den Mond an? Eileen führte mit peinlicher Sorgfalt Buch über ihre eigenen Unzulänglichkeiten, jedoch, daß sie im Bett lausig war, zählte nicht dazu. Schade nur, daß sie damit nicht ihren Lebensunterhalt verdienen konnte. Nicht, daß sie es nicht schon in Erwägung gezogen hätte – sie hatte durchaus großzügige Angebote bekommen –, aber auch wenn sie gelegentlich so gnädig war, von ihren Bewunderern extravagante Kleinigkeiten entgegenzunehmen, so ließ sie doch nie zu, daß eindeutigere Offerten ihren Stand als begabte und begeisterte Amateurin in Gefahr brachten. Nein, den Sex in ein Geschäft zu verwandeln würde den ganzen Spaß daran verderben, und Spaß gab es in ihrem Leben wenig genug. Auch hatte sie nicht die Absicht, eine dieser rotnasigen Garderoben-Mätressen aus sich zu machen, die halb besäuselt hinter der Bühne herumknarrten und von den guten alten Zeiten brabbelten: wie sie mit dem So-und-so gespielt hatten, und wie prachtvoll ihr Kostüm gewesen war.

Aber welche Pläne hatte sie für den unausweichlichen Tag, da selbst die Bendigo Rymers dieser Welt sie für eine drittklassige Provinztour mit ›Der Gefangene von Zenda‹ nicht mehr haben wollten? Sie hatte sich im Laufe der Jahre nicht gerade einen fetten Batzen auf die hohe Kante gelegt, angesichts des Aufwandes für eine wohlassortierte Garderobe, mit der man die Gentlemen halbwegs bei der Stange hielt …

Nicht an die Zukunft denken, Schätzchen: Du mußt den Abend hinter dich bringen; der Morgen soll für sich selber sorgen. Eine weitere Vorstellung in Butte, und dann nach Boise, Idaho. Noch drei Wochen unterwegs, langsam südwärts und in immer tiefere Obskurität. Bendigo hatte gerade eine weitere Stadt in der Nähe von Phoenix hinzugefügt, die sie nicht mal auf der Landkarte finden konnte – irgendeine religiöse Siedlung, sagte er, wie bei den Mormonen in Utah. Ihm doch egal, wen diese Strolche anbeteten, solange sie bar zahlten, um ihren Hintern auf den Sitzen zu parken.

Erstaunlich, mit was für Enttäuschungen man sich im Leben abfinden kann, dachte sie, als sie sah, wie Bendigo auf und ab ging und seine Arme hin und her schleuderte wie ein Affe. Was hatte er jetzt wieder zu schwadronieren?

»– hatte keinen legitimen *Grund*, mich gehen zu lassen! Ich war *brillant* in dieser Rolle! Brillant! Ich habe mein Spiel nach dem Vorbild Keans gestaltet: Shakespeare-Darstellung durch Blitze! Es war nichts weiter als die ver-damm-te Eifersucht bei Booth persönlich –!«

Ach so. Diese Nummer. *Edwin-Booth-hat-mich-mit-sechs-undzwanzig-gefeuert-weil-er-sich-von-meinem-Genie-bedroht-fühlte-und-mit-einem-Streich-meine-Reputation-vernichtet-und-verhindert-daß-meine-Karriere-jene-olympischen-Höhen-erreich-te-die-mir-stets-vom-Schicksal-bestimmt-waren.* Kein Wunder, daß ich in Gedanken woanders war. Schau ihn an, wie er kocht, dieser versteinerte Clown. Eine Schande, daß er nicht das Talent hat, das seiner epischen Selbsteinschätzung entspräche. Allerdings, wenn der Größenwahn nicht wäre, hätte er überhaupt nichts Großes.

Ja, gut und schön, aber andererseits, Miß Hochnäsig, sieh dir doch an, wer dieses Loch von Garderobe hier in Butte, Montana, mit ihm teilt. Nützt dir dein gesunder Menschenverstand denn mehr als ihm sein Größenwahn? Sie haben Goldnuggets auf die Bühne geworfen, als die große Ada Issac Menken auf Tournee im Westen war. Bendigo schnappt bei den Premieren immer noch hin und wieder ein struppiges Sträußchen aus der Luft. Und wenn du zum Bühneneingang hinausschlüpfst, bist du so dankbar für eine Handvoll welke Gänseblümchen, überreicht von irgendeinem liebeskranken Prärie-Romeo mit derart blöder, stammelnder Aufrichtigkeit, daß du zu Tränen gerührt bist.

Letzten Endes kein großartiges Leben, meine Liebe. Aber es ist deins. Kein Gatte, der dich herumkommandiert und dem du die Schweißsocken stopfst. Keine quengelnden Babys, die an den Vorhängen hinaufkrabbeln. Du siehst neue Orte. Lernst neue Leute kennen. Es besteht immer die Chance, daß hinter der nächsten Ecke eine sonnige Überraschung auf dich wartet. Und wie viele Mädchen können schon jeden Morgen mit diesem Gedanken aufwachen?

Der Triumph der Hoffnung über die Erfahrung.

Und wenn ich einst mein letztes Stündlein bang auf der Bühne herumstolziert bin, dachte sie, können sie mir das ja in den Grabstein meißeln.

3

Deutsche Flaggen auf den Tischen. Deutsche Musik von der bayerischen Kapelle im Speisesaal. Deutscher Wein, deutsches Bier und deutsches Essen von deutschen Kellnern, die mit deutschen Passagieren deutsch sprachen. Das alles geriet ungemein, na ja, germanisch, dachte Doyle. Und die Dekoration: Preußische Banner, doppelköpfige Adler, Wappenschilde an den Wänden. Das einzige, was fehlt, ist Kaiser Wilhelm. Wenigstens waren die rechtschaffenen Bürger aus Frankfurt und München nicht eingeschnappt, als wir in unserer gutmütigen Art Vergeltung übten: Innes pflanzte einen selbstgemachten Union Jack auf den Tisch, und ich beschlagnahmte die Tuba der Kapelle und spielte meine Polka-Version von ›God Save the Queen‹.

Innes schlug mir sogar auf die Schulter, nachdem ich die Tuba entführt hatte. Schien beinahe stolz auf seinen alten Bruder zu sein. Herzerwärmend. Wenn ich es recht bedenke, war Innes eigentlich den ganzen Nachmittag über durchaus brav und erfüllte seine Aufgaben als Sekretär flott und zuverlässig. Und der Name Pinkus/Pingle wurde seit dem Abendessen nicht mehr erwähnt. Ich sollte den Jungen noch nicht ganz verloren geben. Aber wo steckt Pinkus? Er wartet ab; diese Sorte gibt nicht auf, wenn der Fuchs einmal gewittert ist. Glaubt, er hat ein Trojanisches Pferd in meinen Mauern. Das werden wir sehen; die Schlacht um Arthur Conan Doyles Privatsphäre ist eben erst eröffnet.

Der patriotische Gegenangriff der beiden Brüder erfreute das Herz der wenigen Engländer an Bord, und Doyle erkannte, daß er grundlos befürchtet hatte, die Deutschen könnten beleidigt sein. Er hatte sie immer als munteres, leutseliges Volk empfunden – wenngleich er gelegentlich den Verdacht hatte, daß einer von ihnen, wäre er auf einer einsamen Insel gestrandet, irgendwann anfangen würde, mit schlenkernden Armen hin und her zu marschieren und eine Keule zu schwingen. Aber ihr Beifall nach seiner Darbietung war ehrlich genug gewesen – ein Lächeln hatte sogar in Kapitän Hoffners Granitgesicht ein paar Risse entstehen lassen. Doyle hatte diesen Verfall der Hemmungen schon oft auf früheren Reisen bemerkt; je weiter die Menschen sich aufs Meer hinauswagten, desto weniger belastet waren sie von ihrer binnenländischen Identität.

Aber was hatte dieser unangenehme Zwischenfall vor dem Dinner zu bedeuten gehabt? Eine halb geflüsterte Konfrontation draußen vor der Brücke: Kapitän Hoffner und zwei beunruhigte junge Männer mit amerikanischem Akzent, Juden, einer von ihnen mit einem Davidstern um den Hals. Besorgnis über die Sicherheit an Bord, geäußert in hitzigem Tonfall – und wo denn ein bestimmter Gegenstand aufbewahrt werde? Ein Buch ...

Der jüngere der beiden Männer – schütterer Kinnbart und aschblonder Schnäuzer – sah verwirrt aus und schien ehrlich Angst zu haben. Hoffner klang höflich, aber angespannt; er war offenkundig verärgert. Das Gespräch verstummte augenblicklich, als Doyle um die Ecke kam. Ein vieldeutiger Blick vom zweiten der Männer, dem Älteren in dieser Partnerschaft, worin sie auch immer bestehen mochte: Erkennen, aufkeimende Erwartung, Erleichterung. Hoffner nickte Doyle zu und wartete, daß er vorüberging, bevor er das Gespräch mit den beiden wieder aufnahm, ungeduldig und in dem Wunsch, dieses Problem möge verschwinden.

Doyle hielt Ausschau nach ihnen, aber die beiden Männer waren zum Essen nicht erschienen – doch, halt, da war der eine, der Ältere von beiden; er stand im Gang vor der Tür des Speisesaals auf den Zehenspitzen und schien in der sich zerstreuenden Gesellschaft nach jemandem zu suchen.

Wahrscheinlich nach mir, dachte Doyle. Aber er hatte jetzt keine Zeit, sich um den Mann zu kümmern; er kam ohnehin schon zu spät zur Abendunterhaltung.

Sophie Hills hatte das einfache, vernünftige Gesicht und die nüchtern-sachliche Art einer geliebten Kinderfrau oder einer Gemüsehändlersgattin aus der Nachbarschaft. Kurzes, ergrauendes Haar. Keinerlei Zugeständnisse an die Mode. Der Blick klar und wach, der Händedruck fest wie der eines Admirals. In der korsettlosen Kleidung einer Suffragette zeigte sie nichts von der wolkigen Affektiertheit, wie sie unter den wandelnden Toten im Gewerbe der Geisterbeschwörer so verbreitet war. Nachdem sie Doyle vorgestellt worden war, eröffnete sie die Séance händeklatschend, als handle es sich um die Sitzung des Kleingärtnervereins von Wimbledon, und nahm zielstrebig ihren Platz vor den fünf Stuhlreihen ein, die man in die Schiffsbibliothek gezwängt hatte. Das Publikum kam rasch zur Ruhe.

Kein runder Tisch, kein Händehalten, kein Kerzenlicht: Miß Hills kam unmittelbar zur Sache. Neben ihr war ein Stuhl für Mrs. Saint-John reserviert, damit sie ihr zur Hand gehen konnte. Doyle setzte sich links von ihnen in die erste Reihe, umgeben von seinen Gefährten vom Kapitänstisch. Weder Innes noch der amerikanische Reporter waren zu sehen; er hatte seinem Bruder nichts von der Veranstaltung erzählt, und offenbar hatte sich die Kunde davon auch auf keinem anderen Wege zu Pinkus herumgesprochen. Doyle bemerkte, daß der rothaarige irische Priester sich rechts hinter ihm niederließ. Er hatte den Mann seit ihrer ersten Begegnung auf dem Topdeck nicht mehr gesehen. Sie begrüßten einander mit höflichem Kopfnicken.

Mrs. Saint-John begann mit den üblichen vorbeugenden Anmerkungen, die eine Séance einzuleiten pflegten: Manchmal folgten die Geister ihren eigenen Bedürfnissen; sie zeichneten sich durch nichts so sehr aus wie durch Unberechenbarkeit, und was ihre Aussagen angehe, so gebe es keinerlei Garantie für vollständige Authentizität …

»Manchmal führen sich die Geister genauso bockig und lächerlich auf wie jeder lebende Mensch. Zumal unsere engsten Verwandten«, sagte Sophie.

Herzhaftes Gelächter. Das Eis war gebrochen. Raffiniert. Bemerkenswert entspannte Atmosphäre, dachte Doyle. Absolut frei von allem Firlefanz und Hokuspokus. Bis jetzt. Doyle sah sich um –

Da war der junge Mann von der Brücke; er schob sich von hinten in den Raum. Ihr Blicke trafen sich kurz, und er zwängte sich auf einen der wenigen freien Sitze. Was will er nur? fragte sich Doyle. Na, ich werde es wohl bald erfahren –

Halt: Zwei weitere Gestalten drängten herein.

Innes und Pinkus mit seinem albernen Hut.

Verflixt.

»Wenn ich jetzt um absolute Ruhe bitten dürfte«, sagte Mrs. Saint-John.

Sophie Hills lächelte, winkte – wie ein Kind: bye-bye –, dann schloß sie die Augen und begann einige Male tief durchzuatmen. Ihr Körper erschlaffte zusehends und erstarrte dann jäh in einer ungelenken Haltung, die ganz anders war als die, welche sie vor dem Einsetzen der Trance eingenommen hatte. Sie hatte die Finger verschränkt und die Hände ineinandergelegt, als seien sie von den weiten Ärmeln eines Hausmantels umhüllt, so daß die Ellbogen steif zur Seite abstanden. Der Kopf, der auf dem langgestreckten Hals saß, wackelte sacht hin und her, als balanciere er auf einer Spindel. Ein breites, rätselhaftes Lächeln. Die Augen offen, aber waagerecht geschlitzt …

Man kann es nicht anders sagen, dachte Doyle, sie sieht aus wie ein Chinese.

Ein goldenes, perlendes Lachen sprudelte aus Sophie Hills Mund.

»Sieh nur all die freundlichen Gesichter hier«, sagte sie – es war eine Männerstimme, hochtönend und ganz anders als ihre eigene –, und tatsächlich, der Akzent klang nach Mandarin. Sie lachte wieder.

Das Publikum kicherte, eine unwillkürliche Reaktion.

»Alle glücklich auf einem Schiff; alle lassen ihre Sorgen daheim!« sagte sie und lachte wieder. Ihre Gutmütigkeit war nicht zu unterdrücken; sie erfüllte den Raum, und die Luft schien leichter und so kräftigend wie frisches Quellwasser.

Ja, ich selbst fühle mich gleichfalls besser, dachte Doyle glucksend: Was ist das für ein Trick? Ansteckende Fröhlichkeit? Mir neu.

»Niemand seekrank?« fragte sie.

Kollektives Aufstöhnen und neuerliches Gelächter. Eine Frau in der mittleren Reihe hob die Hand.

»Oh, wie unangenehm für Sie, Lady; setzen dort hinten hin, okay?« Ein paar Leute hielten sich die Seiten und krümmten sich vor Lachen. »Wie sein das Essen auf diesem Schiff? Ganz gut?«

Ja, das Essen sei gut, antwortete das Publikum.

»Lady, Sie verpassen etwas«, sagte sie zu der seekranken Frau. »Wir vermissen das Essen wirklich. Hier drüben nichts zu essen.«

Wir fressen dir heute abend jedenfalls aus der Hand, dachte Doyle. Séancen förderten zumeist sture, düstere Geisterpersönlichkeiten zutage, die vermuten ließen, daß bei ihrem Hinscheiden Selbstmord eine Rolle gespielt hatte; dies war ohne Frage die fröhlichste Seele, die Doyle je von einem Medium manifestiert gesehen hatte. Kein Wunder, daß Sophie so beliebt beim Publikum war.

»Mein Name ist Mr. Li«, sagte Sophie. »Aber nennen Sie mich ruhig ... Mr. Li.«

Sogar seine dümmsten Witze klangen noch komisch. Vielleicht war Mr. Li zu Lebzeiten Hofnarr gewesen.

»Wir haben alle möglichen Leute hier drüben. Leute über Leute. Alle glücklich, alle fröhlich, wenn nicht gleich, dann wenn treffen Mr. Li. Und Sie auch. Mr. Li sagen: Das Leben soll glücklich machen. Warum so ernst? Ist nicht so schlimm. Sehen Sie sich an: Auf Schiff. Gutes Essen. Nicht seekrank. Nur eine Lady. Nicht so nah bei ihr sitzen!« Wieder lachte sie, und das Publikum lachte mit.

Ein außerordentliches Talent zur Mimikry, dachte Doyle. Ich bin fest davon überzeugt, einen munteren alten Chinesen vor mir zu sehen, und nicht eine von diesen kernigen Engländerinnen mittleren Alters, die man sonntags nachmittags beim Spazierengehen im Hyde Park trifft. Aber vorläufig ist da nicht unbedingt etwas Übernatürliches am Werk.

»Alle möglichen Leute hier heute abend. Jemand dort will sprechen mit jemandem hier drüben, Sie sagen Mr. Li.

Wenn sind hier drüben, Mr. Li geht suchen, okay? Mr. Li wie, äh, Tele-fon-Vermittlung.«

Ein durchaus übliches Verfahren, eine Vorstellung in Gang zu bringen. Jetzt wollen wir mal sehen, was ›Mr. Li‹ zu bieten hat, dachte Doyle und beobachtete jede ihrer Bewegungen.

»Wenn Sie bitte die Hände heben könnten«, sagte Mrs. Saint-John. »Wir werden versuchen, jeden zu Wort kommen zu lassen, sofern die Zeit es erlaubt.«

Die Leute im Publikum begannen Sophie Fragen zu stellen, Fragen nach verstorbenen Onkeln und Cousinen und Ehegatten, und sie gab ohne Umschweife detaillierte Antworten, die anscheinend mehr als zufriedenstellend waren. Obgleich Doyle sein ganzes beobachterisches Geschick aufwandte, konnte er keinen der üblichen Makel in ihrer Darbietung entdecken – möglicherweise die Bestätigung seiner Theorie, dachte er, daß es Medien irgendwie gelingt, die Gedanken des Fragestellers anzuzapfen und dort die gewünschten Informationen zu finden, eine Erklärung, die leichter zu schlucken war als ein Meer von körperlosen Geistern, die eine interdimensionale Telefonvermittlung umschwebten.

Aber Doyle hatte immer noch eine Trumpfkarte auszuspielen. Er zog seinen Stift hervor und schrieb einen Namen auf eine Cocktailserviette.

Jack Sparks.

Als Mrs. Saint-John auf ihn zeigte, reichte er ihr die Serviette.

»Dies ist der Verstorbene, mit dem Sie sprechen möchten?« fragte Mrs. Saint-John.

Ja, antwortete Doyle. Das sei der Mann. Den gleichen Test hatte er mit jedem Medium durchgeführt, das er in den letzten zehn Jahren, seit Jack gestorben war, begutachtet hatte. Diesen Test hatten sie alle nicht bestanden.

Mrs. Saint-John beugte sich zu Sophie hinüber und flüsterte ihr den Namen zu. Nach einer Pause legte »Mr. Li« die Stirn in Falten; er verdrehte den Hals und schloß die Augen. Schließlich schüttelte er den Kopf.

»Dieser Mann nicht hier drüben«, sagte er.

»Das heißt, Sie sind außerstande, Kontakt mit ihm aufzunehmen?« fragte Doyle. Sonderbar – normalerweise band man ihm einen Packen Lügen auf; diese Antwort hatte er noch nie bekommen.

»Nein. Er nicht hier. *So sorry.*«

»Verzeihung, aber ich verstehe nicht …«

»Was verstehen Sie nicht, Mistah? Sie ziemlich schlauer Bursche, nicht? Ich glaube. Hören auf Mr. Li: Mann nicht hier. Mann nicht tot.«

»Nicht tot? Das ist unmöglich.«

»Oh, jetzt glauben Sie, Mr. Li ist Lügner, hm? Na, wissen Sie, Mr. Li hat schon schlimmere Namen bekommen –«

Doyle kam sich absurd vor: Da saß er nun und stritt sich mit einer Engländerin, die tat, als sei sie ein Chinese, vor einer Gruppe deutscher Touristen – und einem amerikanischen Reporter – um den Tod eines Mannes, der in einem Kampf auf Leben und Tod mit seinem Bruder eng umschlungen an einem Wasserfall in die Tiefe gestürzt war, wie es Larry, sein vertrauter Sekretär, bezeugt und ihm berichtet hatte. Ein feines Benehmen für einen prominenten Autor.

Andererseits, alles, was die anderen Medien, die er nach Jack gefragt hatte, ihm je aufgetischt hatten, waren offensichtlich erfundene Platitüden gewesen, die in keinerlei Beziehung zu dem wirklichen Manne gestanden hatten …

Peng!

Doyles erster Gedanke: Ein Schuß. Nein, eine Glühbirne war geplatzt, in einer der Deckenlampen über ihren Köpfen. Ein Funkenregen ging sanft über dem Publikum nieder.

»Schauen Sie, was passiert, Mistah, sehen Sie? Jetzt machen Sie Geister böse!«

Mr. Li lachte wieder, allein diesmal. Das Publikum war verwirrt: Dieser Mr. Li nun war weniger freundlich; seine Stimme klang ferner, jenseitiger, metallisch und kalt. Die Temperatur im Zimmer sank, als seine Wärme schwand, und man fühlte sich mulmig und unbehaglich. Manche fröstelte, und ein paar Damen zogen sich ihre Schals fester um die Schultern. Eine Frau stöhnte unabsichtlich.

Die Luft um Sophie Hills wurde dicht und hell, und sie war plötzlich nicht mehr so gut zu erkennen. Mr. Lis Gelächter brach jäh ab; Sophie rang nach Luft, und der Atem blieb ihr im Halse stecken. Sie riß die Augen weit auf und schien von Panik erfaßt. ›Mr. Li‹ war nicht mehr da. Mrs. Saint-John blieb starr vor Schrecken sitzen.

Das gehört nicht zum Programm, dachte Doyle und erhob sich von seinem Stuhl. Niemand sonst im Raum rührte sich. Pinkus klebte an der Wand. Ur-Angst. Er sah, wie Innes einen Schritt auf die beiden Frauen zu machte –

Peng!

Noch eine Glühbirne zerbarst. Schreckensschreie. Leute retteten sich hastig zur Seite, um den Funken zu entgehen.

Doyle fühlte eine Hand auf der Schulter: der Priester.

Sophie fiel auf die Knie. Ihr Körper zitterte haltlos, aber ihre Augen blickten klar und flehentlich; sie rang mit etwas Unsichtbarem, Turbulentem – mit einer Macht, die in sie eindringen wollte?

Der Priester sprang rasch zu ihr nach vorn.

»Jemand in diesem Raum!« rief Sophie, und ihre Stimme war von Entsetzen verzerrt. »Jemand ist nicht, was er zu sein scheint! Hier ist ein Lügner!«

Innes hatte sie als erster erreicht. Er packte sie beim Arm. In diesem Augenblick verlor Sophie Hills die Schlacht, die sie da schlug, was immer es sein mochte: Ihre Augen schlossen sich, und ihr Körper wurde starr wie ein Klotz Eichenholz. Dann wandte sie sich Innes zu und öffnete wieder die Augen – sie schüttelte den Arm, und Innes flog zur Seite, als habe ihn ein durchgegangenes Pferd über den Haufen gerannt, und landete krachend in der ersten Stuhlreihe.

Doyle schob eine Schulter nach vorn und warf sich mit seinem ganzen, beträchtlichen Gewicht gegen die Frau. Sie gab kaum einen Zollbreit nach, es war, als sei er gegen eine Wand gerannt. Er schlüpfte um sie herum, umschlang Sophie Hills von hinten wie ein Bär, preßte ihr die Arme an den Körper und hielt sie fest. Der Priester streckte ihr ein

Kruzifix entgegen. Sie hörte auf zu zappeln, und ihr Blick richtete sich starr auf das Kreuz. Innes rappelte sich elastisch auf, kam zurück und schloß seine Arme um die Schultern der Frau. Sie leistete keinen Widerstand, aber eine wilde Energie flutete durch ihren Körper; die beiden Brüder äußerten später übereinstimmend, es habe sich angefühlt, als hätten sie einen bengalischen Tiger in den Armen.

Der Priester wankte nicht.

»Im Namen all dessen, was heilig ist, befehle ich dir, Unreiner Geist, diesen Leib zu verlassen!«

Die Frau sah ihn an. Friedfertig, heiter. Lächelte engelhaft.

»Erinnerst du dich an deinen Traum?« fragte sie den Priester. Es war wieder eine Frauenstimme: dunkel, intim, melodisch. Aber nicht die Sophies.

Der Priester starrte sie erstaunt an.

»Es gibt sechs. Du bist einer. Höre auf den Traum.«

Was zum Teufel hatte das zu bedeuten?

»Du mußt die anderen finden. Es sind fünf. Du wirst sie erkennen. Scheiterst du, so stirbt die Hoffnung mit dir. Dies ist das Wort des Erzengels.«

Die Stimme war so leise, daß niemand sonst sie hörte – nur Doyle, Innes und der Priester. Ihr Lächeln schwand, und die Frau erschlaffte in ihren Armen. Doyle legte Sophie behutsam auf den Boden. Langsame, flache Atmung. Ohnmacht.

Die Luft im Raum war wieder klar. Die Zeit, die scheinbar stehengeblieben war, ging weiter. Mrs. Saint-John brach zusammen; Innes fing sie auf, ehe sie auf dem Boden aufzuschlagen drohte.

Kapitän Hoffner erschien neben Doyle. Seine glatte Fassade war ruiniert. »Mein Gott. Mein Gott.«

»Bringen Sie sie ins Bett«, sagte Doyle.

Hoffner nickte. Besatzungsmitglieder fanden sich ein. Sophie Hills wurde vorsichtig hinausgetragen, Innes erweckte die benommene Mrs. Saint-John fächelnd zum Leben. Eine ernüchternde Erleichterung, wie sie den Überlebenden eines Unfalls eigentümlich ist, durchströmte die Zuschauer; einige blieben wie vom Donner gerührt auf ihren Stühlen sitzen, andere gingen langsam hinaus und hielten sich aneinander fest.

Der junge Mann aus dem Speisesaal, so eifrig wie zuvor, fing noch einmal Doyles Blick auf. Ein respektvoller, drängender Appell – jetzt, Sir? Doyle nickte ihm zu: Ja, in meiner Kabine, in einer halben Stunde.

Er wollte vorher mit dem Priester sprechen – wo war er? Doyle drehte sich um: keine Spur von ihm.

Da in der Ecke stand Pinkus. Kotzte in seinen Hut.

Also war der Abend doch nicht ganz verdorben.

Innes kam in Doyles Kabine gestürzt.

»Miß Hills ruht jetzt bequem –«

»Und der Priester?« fragte Doyle und blickte von dem Buch auf, das er in der Hand hielt.

»Nirgendwo an Deck. Ich habe versucht, vom Büro des Stewards aus seine Kabine anzurufen, aber anscheinend weiß niemand, in welcher er wohnt. Die Kellner im Speisesaal sagen, er heißt Devine, Father Devine aus Kilarney –«

Es klopfte leise. Doyle nickte. Innes ließ den nervösen jungen Mann herein: Mitte Zwanzig, mittelgroß, hohe Stirn, große Eulenaugen, schütteres braunes Lockenhaar, eine leicht gebeugte Haltung – die vergebungheischende Erscheinung eines Mannes, der unablässige Selbstverleugnung ausstrahlt. Die dunklen Ringe unter den Augen bildeten die einzige Farbschattierung in seiner gespenstischen Blässe.

»Mr. Conan Doyle, ich danke Ihnen, Sir, vielen Dank, daß Sie mich empfangen. Ich bedaure zutiefst, daß ich Ihnen Ungelegenheiten …« Amerikanischer Akzent. New York? Der Mann warf Innes einen Blick zu; er war nicht sicher, ob er fortfahren sollte.

»Mein Bruder wird Ihr Vertrauen nicht mißbrauchen, Sir. Wer sind Sie, und wie kann ich Ihnen helfen?«

»Mein Name ist Lionel Stern. Ich bin zusammen mit den Gentlemen an Bord gekommen. Reise mit einem Geschäftspartner. Ich wollte Sie sprechen, Sir, weil wir Grund zu der

Annahme haben, daß jemand auf diesem Schiff uns ermorden will, bevor wir New York erreichen.«

»Das haben Sie dem Kapitän vorgetragen.« Das Gespräch, das er bei der Brücke belauscht hatte.

»Recht ausführlich. Er behauptet, sein Schiff sei sicher, und alle vernünftigen Vorsichtsmaßnahmen seien getroffen, er sei jedoch außerstande, uns zusätzliche Garantien zu geben.«

»Womit konnten Sie denn untermauern, daß Ihr Leben tatsächlich bedroht wird?«

Stern machte ein verblüfftes Gesicht. »Man ist uns auf dem ganzen Weg von London bis Southampton gefolgt –«

»Und, so nehmen Sie an, auch an Bord des Schiffes.«

»Ja.«

»Hat man irgend etwas direkt gegen Sie unternommen?«

»Bisher nicht, aber –«

»Haben Sie die Person oder die Personen, von denen Sie annehmen, daß sie Sie ermorden wollen, gesehen? Oder haben Sie Kontakt mit ihnen gehabt?«

»Nein.« Der Mann schaute die beiden Brüder betreten an; sein Vorrat an untrüglichen Beweisen war anscheinend erschöpft. Keine Rede von dem ›Buch‹, von dem Doyle bei ihrer Unterredung mit dem Kapitän gehört hatte. Er warf Innes einen Blick zu – du mußt mich jetzt unterstützen –, dann ging er zur Tür, öffnete sie und winkte Lionel Stern mit entschlossener Gebärde hinaus.

»Ich muß Sie bitten, meine Kabine zu verlassen, Sir.«

Sterns Unterkiefer klappte herunter. Er wurde weiß. »Das ist nicht Ihr Ernst.«

»Sie können nicht erwarten, daß ich Ihnen helfe, und ich würde diese unwillkommene Störung einem jeden verübeln, der nicht bereit ist, mir die Wahrheit zu sagen. Sie werden bitte auf der Stelle gehen.«

Alle Willenskraft, die Stern noch zusammengehalten hatte, löste sich in Luft auf. Seine reizlosen Gesichtszüge erschlafften. Er sank in einen Sessel und stützte den Kopf in beide Hände. »Entschuldigen Sie. Sie wissen nicht, wie groß diese Anspannung ist. Sie können sich nicht vorstellen ...«

Doyle schloß die Tür, kam zurück und musterte Stern einen Augenblick lang. »Sie sind in der Lower East Side von New York geboren und aufgewachsen, als ältester Sohn russischer Einwanderer. Sie sind weltlicher Jude, von Grund auf und aus freien Stücken der amerikanischen Kultur assimiliert. Daß Sie die religiösen Überzeugungen Ihres Vaters verworfen haben, war Gegenstand eines nicht unbedeutenden Streits zwischen Ihnen beiden. Vor etwa sechs Wochen sind Sie aus Spanien – aus Sevilla, nehme ich an – nach London gereist, wo Sie mindestens einen Monat lang gemeinsam mit dem Mann, der Sie an Bord der *Elbe* begleitet hat, eine komplizierte Transaktion ausgehandelt haben, bei der es um die Nutzung oder den Erwerb eines äußerst seltenen und wertvollen Buches ging, das Sie jetzt nach Amerika transportieren. Dieses Buch ist der Anlaß für die wohlbegründete Sorge um Ihre Sicherheit, Mr. Stern. Und ich genieße von nun an entweder Ihre rückhaltlose Offenheit, oder diese Angelegenheit wird keine Fortsetzung finden.«

Stern – und Innes – starrten ihn fassungslos und mit weit offenen Mündern an.

»Habe ich irgend etwas ausgelassen?« fragte Doyle.

Stern schüttelte langsam den Kopf.

»Woher um alles in der Welt ...«, begann Innes.

»Sie tragen einen Davidstern an dieser Kette um den Hals.«

Stern zog das beschriebene Medaillon unter dem Hemd hervor.

»Aber woher wußtest du, daß er Russe ist?« fragte Innes.

»Stern ist eine ziemlich verbreitete Abkürzung – die Amerikanisierung, wenn du so willst – einer ganzen Untergruppe von russischen Familiennamen. Sie zeigen keines der offensichtlichen äußeren Merkmale eines frommen, orthodoxen Juden – es ist wahrscheinlich, daß Ihr Vater, der zweifellos mit der ersten großen Einwanderungswelle vor einer Generation aus Rußland nach New York kam, die Religion mit sehr viel größerer Inbrunst praktiziert –, aber trotzdem tragen Sie ein religiöses Symbol verborgen am

Hals, was auf eine gewisse Gespaltenheit in Ihrem Status hindeutet. Ein Konflikt, der zwischen Vater und ältestem Sohn nicht ungewöhnlich ist.

Das Obermaterial Ihrer Schuhe – die fehlende Abnutzung an den Sohlenrändern weist darauf hin, daß sie relativ neu sein müssen – ist unverkennbar spanisches Leder, wie man es vor allem in Sevilla findet. Ihr Aufenthalt in dieser Stadt muß daher also hinreichend lang gewesen sein, um dieses Paar Schuhe auf Bestellung anfertigen zu lassen – was in der Regel drei bis vier Wochen dauert –, und das läßt den Schluß zu, daß Sie vermutlich geschäftlich dort waren. Und heute nachmittag habe ich zufällig einen Teil Ihrer Unterredung mit dem Kapitän mitangehört, bei dem es um die sichere Aufbewahrung eines Buches ging.«

Stern gab zu, daß Doyles Schlußfolgerungen allesamt zutreffend waren – bis auf zwei: Die Schuhe stammten von einem Schuhmacher in der Jermyn Street in London, wo er seine jüngsten Geschäfte getätigt habe. In Spanien sei er noch nie gewesen, aber – jawohl – das Leder sei ihm als Erzeugnis aus Sevilla verkauft worden, und das fragliche Buch sei in der Tat spanischer Herkunft.

Innes war gleichermaßen erstaunt, ohne sich dies indessen anmerken zu lassen; er war nicht bereit, ungebührliche Bewunderung wie auch mangelnde Solidarität mit seinem Bruder zu zeigen. Er wußte, daß Arthur sich hin und wieder mit der Polizei beraten hatte, und natürlich hatte er diese Detektivgeschichten geschrieben; aber er hatte nicht geahnt, daß dieser es mit seinen deduktiven Fähigkeiten zu einer solchen Meisterschaft gebracht hatte.

»So, Mr. Stern«, fuhr Doyle fort; er baute sich vor dem Mann auf und faltete die Hände hinter dem Rücken wie ein Lehrer. »Jetzt erzählen Sie uns doch von diesem Buch, an dem Ihre angeblichen Verfolger ein solches Interesse haben, und sagen Sie uns auch, wie es in Ihren Besitz gekommen ist.«

Stern nickte und fuhr sich mit den blassen, schmalen Fingern durch das widerspenstige Haar. »Es heißt *Sefer ha-Sohar*, das Buch Sohar, und das bedeutet ›Buch des Glanzes‹.

Es ist eine Sammlung von Schriften des zwölften Jahrhunderts, deren Ursprung in Spanien liegt. Sie bilden die Basis dessen, was im Judaismus als Kabbala bekannt ist.«

»Die Tradition des jüdischen Mystizismus«, sagte Doyle. Eine Überprüfung seines Gedächtnisses ergab, daß handfeste Kenntnisse zu diesem Thema frustrierend spärlich waren.

»Ganz recht. Das Sohar war jahrhundertelang ein geheimes Dokument, das nur von einem exzentrischen Zweig rabbinischer Gelehrter studiert wurde.«

»Ja, aber was ist es denn?« fragte Innes ratlos wie ein verirrtes Kalb.

»Die Kabbala? Eigentlich schwer zu beschreiben. Ein Flickenteppich aus mittelalterlicher Philosophie und Folklore, aus Schriftauslegungen, Schöpfungslegenden, mystischer Theologie, Kosmogonie, Anthropologie, Seelenwanderung.«

»Oh«, sagte Innes und bereute seine Frage.

»Das meiste ist verfaßt in Form eines Dialogs zwischen einem legendären, vielleicht fiktiven Lehrer namens Rabbi Simeon bar Yochai und seinem Sohn und Schüler Eleazar. Die beiden hielten sich angeblich dreizehn Jahre lang in einer Höhle verborgen, um der Verfolgung durch den römischen Kaiser zu entgehen. Als der Kaiser starb und der Rabbi aus der Abgeschiedenheit hervorkam, war er so verstört ob des Mangels an Spiritualität, den er in seinem Volke gewahrte, daß er sich gleich wieder in die Höhle zurückzog und dort meditierte, um Anleitung zu finden. Nach einem Jahr hörte er eine Stimme, die ihm befahl, das gewöhnliche Volk seiner Wege ziehen zu lassen und nur diejenigen zu lehren, die dafür bereit seien. Das Sohar ist die Aufzeichnung dieser Lehren, aufgeschrieben von seinen Jüngern.«

»Ganz wie die sokratischen Dialoge Platons, oder wie dieser ... äh, wie heißt er gleich?« sagte Innes, um nicht völlig ignorant zu erscheinen; dennoch hatte er noch immer nur äußerst nebulöse Vorstellungen von dem, was der Bursche da redete.

»Aristoteles«, sagten Stern und Doyle gleichzeitig.

»Genau.«

»Sind diese Originalmanuskripte erhalten geblieben?« fragte Doyle.

»Vielleicht. Das Sohar wurde auf Aramäisch verfaßt; die Sprache, die im zweiten Jahrhundert in Palästina gesprochen wurde. Die Autorenschaft des Originaltextes ist nach wie vor umstritten, aber überwiegend schreibt man es einem obskuren Rabbi aus dem dreizehnten Jahrhundert zu, der in Spanien lebte: Moses de Leon. Man hat nur zwei erhaltene Manuskripte von de Leons Originalschriften gefunden; das eine heißt Tikkunei Sohar und ist ein kurzer Nachtrag, der einige Jahre später als das eigentliche Buch geschrieben wurde. Das Tikkunei wurde im vergangenen Jahr in Oxford von der Universität Chicago erworben und von einer Gruppe jüdisch-amerikanischer Gelehrter studiert – unter denen mein Vater, Rabbi Jacob Stern, wie Sie ganz richtig vermuteten, Mr. Doyle, zu den bedeutendsten zählt.

Nach langen Verhandlungen ist es meinem Partner und mir soeben gelungen, das älteste vollständige handschriftliche Manuskript des Buches Sohar als befristete Leihgabe zu beschaffen, das ›Gerona Sohar‹. Es datiert aus dem frühen vierzehnten Jahrhundert und wurde vor Jahren auf dem Gelände eines antiken Tempels in der Nähe von Gerona in Spanien entdeckt. Die Authentizität des Gerona Sohar ist Gegenstand einer ungeheuren Kontroverse unter Fachleuten; mein Vater und seine Kollegen hoffen, diese Fragen ein für allemal zu klären, wenn sie beide Bücher in ihren Besitz bekommen und sie Seite an Seite miteinander vergleichen können.«

»Gut, und was ist so Besonderes an diesem alten Bologna Sohar?« fragte Innes und unterdrückte ein Gähnen.

»Gerona. Um ehrlich zu sein, ich habe mich nie selbst damit beschäftigt. Ich bin Geschäftsmann; seltene Bücher sind mein Gewerbe, nicht meine Leidenschaft. Ich habe für derartige akademische Unternehmungen weder die nötige Ausbildung noch das Interesse. Aber mein Vater, der die Kabbala seit fast dreißig Jahren studiert, würde Ihnen erklären, er glaube, daß dieses Buch dem Menschen, sofern er es erfolgreich entschlüsselt, die Antwort auf das Mysterium der Schöpfung eröffnen wird, der Identität unseres Schöpfers und der exakten Natur der Beziehung zwischen uns.«

»Hmmph. Ganz ordentlicher Anspruch, das«, meinte Innes und demonstrierte damit seine natürliche Begabung zum Understatement.

»Aber es ist noch niemandem gelungen, nicht wahr?« stellte Doyle fest.

»Für mich sind das böhmische Dörfer«, sagte Stern. »Ich würde das Mysterium der Schöpfung nicht erkennen, wenn es mich anspränge und mir den Hut vom Kopfe stähle. Ich höre nur, daß das Buch Sohar unter den Männern, mit denen mein Vater eines Sinnes ist, in dem Ruf steht, den verborgenen Schlüssel zu enthalten, der die geheimen Bedeutungen der Thora eröffnen wird –«

»Also der ersten fünf Bücher des Alten Testaments«, ergänzte Doyle.

»Genesis, Exodus, Leviticus, Numeri und Deuteronomium«, sagte Innes, wobei er zur Gedächtnisstütze die Namen – hinter dem Rücken – an den Fingern abzählte, wie er es in der Sonntagsschule gelernt hatte.

»– und die Thora sei mutmaßlich eine unmittelbare Niederschrift der Lehren, die Moses auf dem Berg Sinai angeblich von Gott empfangen habe –«

»Mutmaßlich, angeblich.«

»Wie Sie ebenfalls ganz zutreffend beobachtet haben, Mr. Doyle, bin ich, was Temperament und Neigung angeht, nicht im mindesten religiös. Wenn es einen allmächtigen, allwissenden Gott gibt, und wenn es in seiner Absicht liegt, daß der Mensch das Rätsel seiner eigenen Schöpfung löse, dann bezweifle ich doch ernsthaft, daß er sich die Mühe gemacht hat, die Antwort auf den Seiten eines muffigen alten Buches zu verstecken.«

»Eines Buches immerhin, von dem Sie jetzt überzeugt sind, daß jemand bereit sei, Sie um seinetwillen zu ermorden.«

»Ich habe ja nicht gesagt, das Buch sei ohne irdischen

Wert. Bevor wir es in Besitz nahmen, mußten wir das Gerona Sohar bei Lloyds in London auf einen Betrag von zweihundertfünfzigtausend Dollar versichern.«

»Lachhaft!« schnaubte Innes. »Wer würde denn so viel für ein Buch bezahlen?«

»Es gibt Privatsammler überall auf der Welt, die es als eine unbezahlbare Ergänzung ihrer Bibliothek betrachten würden«, sagte Doyle. »Leute, für die Geld keine Rolle spielt und die mehr als bereitwillig den Diebstahl eines solchen Objekts in Auftrag geben würden.«

»Einen Diebstahl in Auftrag geben? Pah – bei wem denn?«

»Nun, bei Dieben natürlich.« Gott, war der Junge manchmal begriffsstutzig.

»Damit sind Sie exakt an der Wurzel meiner Befürchtungen angelangt, Mr. Doyle«, sagte Stern. »Wie ich schon sagte, weder mein Partner noch ich selbst – sein Name übrigens ist Rupert Selig; er führt die Konten in Europa und arbeitet in unserem Londoner Büro – können einen unmittelbaren Beweis dafür vorlegen, daß uns jemand auf den Fersen ist. Aber seit wir mit dem Buch in London angekommen sind, haben wir beide das unheimliche Gefühl, daß wir beobachtet werden. Das Gefühl wurde immer stärker, als wir uns nach Southampton und an Bord der *Elbe* begaben. Ich weiß nicht, wie ich es sonst beschreiben soll: Es ist ein Gefühl, das mir kribbelnd in den Nacken heraufkriecht; leise Geräusche, die sofort außer Hörweite geraten, wenn man innehält, um zu lauschen; Schatten, die davonhuschen, wenn man sich umdreht …«

»Das Gefühl ist mir vertraut«, sagte Doyle.

»Verfluchte Spukerscheinungen bei einer Séance sind da auch nicht gerade hilfreich«, meinte Innes.

»Absolut nicht. Ich weiß nicht, wie es Ihnen geht, aber ich fand diese Sache heute abend beängstigend«, sagte Stern. »Und ich kann Ihnen nicht sagen, warum, aber ich hatte das Gefühl, daß das, was wir heute abend erlebt haben, und das, was ich durchgemacht habe, in irgendeiner Weise miteinander zusammenhängt. Dabei betrachte ich mich als einen Mann der Logik, Mr. Doyle. Ich hoffe, Sie werden nicht erleben, daß ich je eine Äußerung von mir gebe, die noch weniger logisch ist als diese.«

Doyle spürte, daß sich seine Einstellung gegenüber Stern zu ändern begann; nachdem der Mann sich von der Bürde seines anfänglichen Zauderns befreit hatte, wirkten seine ehrliche Bescheidenheit und seine Intelligenz schon sehr viel ansprechender.

»Wenn ein solches Gefühl aus den tieferen Schichten der Intuition kommt, so rate ich jedem, es zu beachten«, sagte Doyle.

»Darum habe ich mich an Sie gewandt, als der Kapitän sagte, er könne uns nicht helfen. Ich habe Zeitungsberichte darüber gelesen, wie Sie der Polizei in etlichen geheimnisvollen Fällen behilflich gewesen sind. Auch erscheinen Sie mir wie ein Mann, der sich nicht scheut, für das, was er glaubt, auch einzustehen …«

Verlegen wedelte Doyle das Kompliment beiseite. »Wo befindet sich Ihr Exemplar des Gerona Sohar jetzt, Mr. Stern?«

»Unter Schloß und Riegel im Laderaum des Schiffes. Ich habe mich heute nachmittag noch davon überzeugt.«

»Und Ihr Kollege, Mr. …«

»Mr. Selig. In unserer Kabine. Wie ich schon sagte, Ruperts Sorge um unsere Sicherheit ist noch größer als die meine. Seit wir auf See sind, lehnt er es ab, nach Einbruch der Dunkelheit noch hinaus an Deck zu gehen –«

Innes ließ ein verächtliches Schnauben vernehmen – getreu der Tradition der Royal Fusiliers –, erkannte jedoch im nächsten Augenblick, wie unangebracht diese Reaktion war, und tarnte sie als Beginn eines längeren Hustenanfalls.

»Muß von den Gänsefedern in meinem Kopfkissen kommen«, erklärte er.

»Vielleicht sollten wir auch mit Mr. Selig ein Wörtchen reden«, meinte Doyle, ohne sich dazu herabzulassen, Innes' Ausbruch auch nur eines bösen Blickes zu würdigen.

Lionel Stern klopfte leise an die Tür seiner Kabine: dreimal kurz und zweimal lang. Innes war entsetzt über den Mangel an Luxus in diesem Korridor der zweiten Klasse, kam aber gleich zu dem Schluß, daß man derartige Beobachtungen in gemischter Gesellschaft am besten für sich behielt.

»Rupert? Rupert, hier ist Lionel.«

Keine Antwort. Stern sah Doyle sorgenvoll an.

»Eingeschlafen?« fragte Doyle.

Stern schüttelte den Kopf und klopfte noch einmal. »Rupert!«

Immer noch keine Antwort. Doyle legte ein Ohr an die Tür und hörte drinnen eine knarrende Bewegung, gefolgt von einem leisen Klicken.

»Ihr Schlüssel?«

»In der Kabine«, sagte Stern. »Wir waren der Meinung, daß es besser ist, nicht damit auf dem Schiff herumzuspazieren.«

Innes verdrehte die Augen.

»Wir sollten nach dem Steward läuten«, sagte Doyle. »Innes?« Mit einer Kopfbewegung bedeutete er seinem Bruder, sich darum zu kümmern.

Innes seufzte und schlenderte den Korridor hinunter, um sich auf die Suche nach einem Steward zu machen, der, wie er vermutete, hier unten bei den Ungewaschenen ein doch eher seltener Anblick sein dürfte.

Stern rüttelte an der Türklinke. »Rupert, bitte mach auf!«

»Nicht so laut, Mr. Stern. Ich bin sicher, es gibt keinen Grund zur Beunruhigung.«

»Sie haben gesagt, ich soll meiner Intuition gehorchen, oder?« Er hämmerte mit der Faust an die Tür. »Rupert!«

Innes kam mit einem Steward zurück, der sich eine kurze Erklärung anhörte und dann die Kabinentür mit seinem Generalschlüssel aufschloß. Die Tür öffnete sich eine gute Handbreit und kam dann ruckartig zum Stillstand, gehalten von einer straffen Sicherheitskette.

Der Steward begann zu erläutern, daß diese Kette nur von innen abgenommen werden könne, als Doyle schon den Stiefel hob und der Tür einen machtvollen Tritt versetzte. Die Kette riß, die Tür flog auf.

Eine lange, schmale Kabine. Eine Doppelkoje, an die linke Wand genietet. Ein geschlossenes und verriegeltes Bullauge über einem Waschbecken am anderen Ende.

Rupert Selig lag auf dem kalten Stahlboden, die Beine ausgestreckt, die Arme bis in Schulterhöhe erhoben, die Fäuste geballt, Mund und Augen aufgerissen und erstarrt zu einem Ausdruck von unchristlichem Grauen, wie Doyle ihn vollkommener nie gesehen hatte.

»Bleiben Sie zurück«, sagte Doyle.

Der Steward rannte davon, um Hilfe zu holen. Stern sackte gegen die Wand; Innes hielt ihn mit einer Hand aufrecht. Doyle stieg vorsichtig durch das Schott und blieb stehen, um möglichst viele Einzelheiten des Raumes in sich aufzunehmen; in wenigen Minuten, so wußte er, würde hier ein Trubel herrschen, bei dem nichts mehr auszurichten wäre.

»Ist er tot?« flüsterte Stern.

»Fürchte ja«, sagte Innes.

Sterns Augen verdrehten sich in ihren Höhlen, und Innes ließ seine leblose Gestalt im Korridor vor der Kabine langsam auf den Boden gleiten.

Doyle kniete neben Seligs Leichnam nieder, um eine blasse Kritzelei an der Wand genauer zu betrachten. Sein Blick wanderte zu einem kleinen Erdklumpen auf den Fliesen bei der Tür. Spuren der gleichen Erde waren unter den Nägeln von Seligs rechter Hand zu sehen.

»Halte mir die anderen noch ein Weilchen aus der Kabine heraus, sei so gut, Innes«, sagte Doyle und zog ein Vergrößerungsglas aus der Tasche.

»Aber gewiß, Arthur.«

»Brav.«

ROSEBUD RESERVATION, ARIZONA
Noch eine Nacht bis zum Vollmond. Der erste kalte Hauch des Winters reiste mit dem Wind. Die Blätter verfärbten sich bereits. Am Himmel Gänse, die nach Süden flogen, fort vom Mutterland. Sie schaute von der Anhöhe zurück zu den baufälligen Häusern und Hütten der Reservation und frag-

te sich, wie viele aus ihrem Volk dahingerafft werden würden, wenn der Schnee käme. Wie viele würden übrigbleiben, um den Frühling zu begrüßen?

Sie zog sich die Decke fest um die Schultern. Hoffentlich würde die Streife sie nicht hier außerhalb der Mauern finden und sie zurück in die Reservation schicken. So viel Leid: abscheuliches Essen, Whiskey, die Hustenkrankheit. Die Repetiergewehre der Blauröcke. Sitting Bull ermordet von einem der Seinen. Die Weißen mit ihren verlogenen Verträgen rissen den Bauch der heiligen Black Hills auf, um ihr Gold herauszuholen …

Und da wagte sie nicht zu schlafen aus Angst vor einem Traum, in dem die Welt unterging? Wie konnte das schlimmer sein als das, was sie sah, wenn ihre Augen offen waren?

Sie wußte, daß die Welt der Dakota, ihre Art, für immer dahin war. Eine Reise in ihre Stadt, Chicago, hatte ihr das gezeigt. Die Weißen hatten eine neue Welt gebaut – mit Maschinen, geraden Linien, rechten Winkeln –, und wenn es diese Welt war, deren Ende sie in dem Traum sah, wieso sollte sie sich dann um ihren Schlaf bringen lassen? Wenn die Welt der Dakota, der ersten Menschen, innerhalb von einer Generation vernichtet werden konnte, dann hatte keine Welt Bestand, und ganz sicher keine, die auf dem Blut und den Knochen ihres Volkes erbaut war.

Dieser Traum war kein Fluch, mit dem sie die Weißen verwünschte, wenngleich auch davon viele über ihre Lippen gekommen waren. Sie hatten ihre Mutter und ihren Vater ermordet; aber dies war keine Rachevision. Dieser Traum hatte sich ganz ungebeten in ihren schlafenden Verstand geschlichen, und in den drei Monaten seitdem war er zu einer nächtlichen Marter geworden, von der sie keine Erlösung finden konnte; er trieb sie heraus auf das Plateau jenseits der Reservation, wo sie stand und ihren Großvater um eine Antwort bat, die immer noch nicht gekommen war, nachdem sie nun sieben Nächte darauf gewartet hatte.

Es war stolze, starke Medizin in ihrer Familie, und sie wußte, wenn eine Traum-Suche kam, mußte sie ihr folgen, wo immer sie hinführte. Die Vision enthielt keine Medizin, die sie kannte – ein dunkler Turm erhob sich über lebloser Wüste in einen brennenden Himmel, unterirdische Tunnel, aus dem Fels gehauen, und sechs Gestalten, die sich die Hände reichten. Aus einem Loch in der Erde ritt der Schwarze Krähen-Mann auf einem Feuerrad. Die Bilder erinnerten sie an das, was die Christen ›Apokalypse‹ nannten, aber wenn es dazu käme, hätte sie keine Angst zu sterben: Wenn das Kämpfen begann, und wenn sie, wie in ihrem Traum, gerufen wurde, dann fürchtete sie nur eines, nämlich zu scheitern.

Dreißig Sommer. Viele Freier, nie ein Ehemann. Es war schwer, einen Mann zu akzeptieren, der nie auf die Jagd geritten war, einen Nicht-Kämpfer, einen Feder-Halter, der den Weg der Dakota verlassen hatte. Aber die Weißen hatten alle Starken getötet, und der Whiskey hatte den Rest erledigt. So hatte sie gelernt, zu reiten und zu schießen und Häute zu machen, und sie hatte sich zum Krieger gemacht, am Körper wie im Geist. Sie ging zur weißen Schule, wie das Gesetz es befahl; sie lernte ihre Worte zu lesen und zu verstehen, wie sie lebten. Sie tauften sie – eines ihrer vielen seltsamen Rituale, und dabei hielten sie ihr Volk für primitiv –, und sie nannten sie ›Mary Williams‹.

Wenn es ihr paßte, hörte sie auf diesen Namen und trug ihre Kleider – diese Röcke, diese unbequemen geschnürten Mieder – und malte sich hübsch an mit ihren Farben, aber einen Liebhaber nahm sie nur, wenn sie einen wollte, und selbst dann hielt sie Abstand. Schon als Kind hatte sie gewußt, daß sie sich auf ein Leben der Macht vorbereitete. Als die Träume anfingen, wußte sie, daß ihre Zeit endlich gekommen war. Schluß mit den Vorbereitungen.

Eine Eule umkreiste den aufgehenden Mond. Großvater hatte sie gelehrt, was es mit dem Geist der Eule auf sich hatte: Er hatte so starke Medizin besessen. Mehr als irgendeiner der Dickbäuche, die in den Familien der Hunkpapa oder der Oglala noch am Leben waren. Was würde er ihr wohl raten, wenn er jetzt bei ihr wäre?

Die Eule landete weich auf einem Kiefernast über ihr, legte ihre Flügel zusammen und spähte scharf zu ihr herunter. Und in den alterslosen Augen spürte sie die Gegenwart ihres Großvaters.

Geh wieder ins Bett und schlafe und warte auf den Traum. Der Traum ist die Frage und die Antwort. Der Traum wird dir sagen, was du tun sollst.

Die Eule zwinkerte zweimal und schwebte dann in die Nacht davon.

Sie erinnerte sich an noch etwas, das er ihr immer gesagt hatte. *Überlege dir genau, was du von den Göttern erbittest.*

Und Die Allein Geht kehrte in die Mauern der Reservation zurück. Der Schlaf würde schnell kommen, nach soviel Zeit.

THE NEW CITY, ARIZONA TERRITORY

Cornelius Moncrief hatte Kingsize-Kopfschmerzen, und die Aussichten auf Besserung waren trübe; es gab keine Menschenseele im ganzen Westen, die er nicht dazu bringen könnte, die Dinge mit seinen Augen zu sehen – das war sein *Job* –, aber unversehens fragte er sich doch langsam, ob der Reverend A. Glorious Day noch einknicken würde. Scheiße. Noch nie hatte jemand einen Streit mit der Eisenbahn gewonnen, und wer war Cornelius Moncrief, wenn nicht die personifizierte Eisenbahn?

Der Himmel weiß, ich hab's ihm sonnenklar gemacht – und höflich, beim ersten Mal wenigstens, wie immer, denn das ist Firmenpolitik –, aber dieser bibelschwenkende Bucklige in seinem schwarzen Gehrock mit den weiß aufgerissenen Augen, den gesträubten Zauselhaaren und der Höllenprediger-Attitüde scheint überhaupt nicht zu begreifen, welche Autorität ich habe. Was ist los mit diesem Clown? Ich bin hier, um die Bedingungen zu diktieren, und der flucht und wettert mich an, als wäre ich ein armer Sünder, der für die Erlösung zu haben ist.

Eins muß man ihm lassen: Der Kerl muß ein sagenhafter Prediger sein; ein Blick in das Kadavergesicht, und das Kleingeld in meiner Tasche würde schnurstracks in den Kollektenkorb wandern. Diese Visage gehört in einen Kasten mit zugenageltem Deckel. Irgendwelche Schrauben sind locker bei diesem Knaben, denn eins weiß ich: Mit Cornelius Moncrief ist alles in Ordnung.

Natürlich würde Cornelius sich von dem Seelenretter-Gequatsche des Reverend nicht den Appetit verderben lassen. Er hatte in den fünfzehn Jahren seines Einsatzes im Westen in einigen der riskantesten Winkel des Hinterlandes operiert. Mord, Vergewaltigung, beiläufige Gewalt – man konnte nicht erwarten, daß Grenzlandpioniere sich anders benahmen. Aber irgend jemand mußte den Willen der Eisenbahn durchsetzen, und Cornelius war der Troubleshooter Nummer eins für das Syndikat. Arbeitskämpfe, weggelaufene Kulis, rückständige Zahlungen – ihn setzten sie ein, um Ordnung zu schaffen, wenn alle anderen Möglichkeiten versagten. Cornelias trug ein Sharps-Büffelgewehr in einem Spezialkoffer bei sich, und in seinem Gürtel steckte ein 45er Colt mit Buntline-Lauf und Perlmuttgriff. Mit seinen eins neunzig und seinen zweihundertundachtzig Pfund, mit dem Sharps und dem schinkengroßen Colt war ihm bisher noch nichts über den Weg gelaufen, womit er nicht fertig geworden wäre.

Aber Cornelius war kribblig wie von schlechter Geigenmusik, seit er in diesem Provinznest vom Pferd gesprungen war.

The New City. Wieso nennt ihr dieses Kaff ›Die Neue Stadt‹? wollte er den Reverend fragen. Gab's denn 'ne ›Alte‹? Und wieso das ›Die‹? Und was soll das besäuselte Grinsen bei all diesen Halbaffen hier? Er hatte kein einziges Wort des Widerspruchs von den Bürgern hier gehört – Nigger, Indianer, Schlitzaugen, Mexikaner, Weiße, alles durcheinander, und alle so nett und freundlich zu ihm, daß man denken konnte, er wäre Gentleman Jim Corbett, der zu 'nem Meisterschaftskampf im Schwergewicht hergekommen war. Was hatten diese puddingköpfigen Matschbauern bloß, daß sie so aufgekratzt waren? In ihrem Rattennest von wackligen, fliegenverseuchten Bruchbuden fünfzig Meilen weit von Nirgendwo, mitten in der Wüste von Arizona? Die Straße führt geradewegs durchs Höllental und biegt dann ab nach Skull Canyon; sogar die gottverdammten Apachen hatten Verstand genug, ihre Wigwams nicht so weit draußen im Sand aufzustellen. Kein fließendes Wasser, keine Elektrizität. Du lieber Himmel, nicht mal 'nen vernünftigen Saloon hatten sie hier: The New City ist eine ›trockene Gemeinde‹, erzählen sie einem ganz glücklich und grinsen dabei, die Erbsenhirne.

Aber ein Opernhaus haben sie gebaut, mitten auf der Hauptstraße. Theaterkompanien kommen her und geben Vorstellungen; wenn sie hier draußen abkratzen, dann nicht aus Mangel an Unterhaltung. Aber abseits der Hauptstraße gibt's in der ganzen Stadt kein einziges Gebäude mit mehr als vier Wänden und einem Holzboden, abgesehen von der großen schwarzen Kirche am Stadtrand.

Wie hatte der Reverend sie genannt? ›Die Kathedrale‹.

Nun war Cornelius in St. Louis gewesen, in New Orleans und in San Francisco, und dieses Ding sah nicht aus wie die Kathedralen, die er schon zu Gesicht bekommen hatte: Türme, Zacken, schwarze Steine, weit und breit kein einziges Kreuz, Treppen, die sich hierhin und dahin wanden. Sah eher aus wie eine Burg in diesen Kindermärchen. Aber immerhin groß genug, um in jede dieser anderen Städte zu passen. Und wuchs schnell weiter – ein ganzer Stock voller Arbeitsbienen …

Das war's, woran ihn dieser Ort erinnerte: ein Bienenstock. Die Leute summten herum, als hätten sie zuviel zu tun und keine Zeit, es zu schaffen.

… und unter der Erde waren Sprengarbeiten im Gange; seit seiner Ankunft hörte er rund um die Uhr gedämpfte Explosionen. Mußte wohl 'ne Art Bergbau sein, in den hohen Felsen hinter dem Turm, Quarz, vielleicht auch Silber oder Gold. Irgendeine Art von frischem Geld finanzierte dieses verrückte Kaff.

Cornelius schmorte im eigenen Saft. Erst lassen sie ihn den halben Vormittag über im Wohnzimmer des Reverend warten, ohne ihm auch nur eine Limonade anzubieten, um den Staub runterzuspülen. Dann darf er in einem Zimmer mit dem Obergockel Platz nehmen, und er hat kaum hallo gesagt, als der Reverend auch schon mit einer donnernden Tirade gegen die Schlechtigkeit des Menschen loslegt, und wie es The New City vorherbestimmt sei, sich aus der Wüste zu erheben und eine Welt ohne Sünde zu schaffen – weshalb er nicht zulassen könne, daß die Eisenbahn den fauligen Makel der Zivilisation in ihren Garten Eden bringe.

Gleich von Anfang an will Cornelius ihn unterbrechen: Spar dir deinen Atem, Freundchen; ich bete nicht mal zu deinem Gott, auch wenn ich hin und wieder einen Chinamann zu Ihm schicke. Aber so sehr er sich auch bemüht, Cornelius findet keine Gelegenheit, seinen eigenen Sermon vorzutragen, wie doch niemand, der seine sieben Zwetschgen beieinander habe, die Eisenbahn in Frage stellen könne –

Wenn man's sich überlegte …

Ein Trupp Kulis war vor drei Monaten von der Baustelle der Nebenstrecke Nord-Süd-Arizona desertiert; eine Tonne Material hatten sie auch gleich mitgehen lassen, Sprengstoff und dergleichen. Keine hundert Meilen von hier. Und er hatte mehr als eine Handvoll Chinesengesichter im Gedränge gesehen, als er hier angekommen war … könnte also sein, daß dieser kleine Ausflug doch noch der Mühe wert war.

Aber während ich hier sitze und dem Geseire dieses Pfaffen zuhöre – nicht, daß es mich auch nur halb interessiert, worüber er sich da den Mund fransig redet, aber es liegt doch etwas Eigentümliches in der Stimme des Reverends, das es mir schwer macht, meinen Spruch anzubringen: ein Summen im Zimmer, wie ein paar Pferdebremsen oder ein Bienenschwarm

Was steht da auf dem Pult des Reverend?

Sieht aus wie eine … eine Schachtel mit Nadeln. Das ist es. Nadeln. Eine offene Nadelschachtel. Noch nie Nadeln gesehen, die so aussahen. Glänzend. Lang. Sehen neu aus. Müssen neu sein. Was ist da bloß dran? Sind sie neu?

»Ganz recht, Mr. Moncrief. Glänzende neue Nadeln.«

»Wie bitte?« sagte Cornelius, ohne den Blick von der Schachtel zu wenden. Nicht, daß er es wollte. Er fühlte sich wohl, ganz warm innerlich, so gut wie seit seiner Ankunft hier nicht mehr … wann war das gleich gewesen – gestern?

»Gehen Sie nur und schauen Sie sie an. Es ist kein Problem, die Nadeln anzuschauen, oder, Mr. Moncrief?«

Cornelius schüttelte langsam den Kopf. Wärme breitete sich in ihm aus, tief und schnell, wie Kentucky Bourbon aus einem kühlen Glas. Er konnte sich entspannen. Es war kein Problem, die Nadeln anzuschauen.

»Nehmen Sie sich soviel Zeit, wie Sie brauchen. Das ist in Ordnung.«

Reverend Day rührte sich nicht. Stand hinter dem Schreibtisch. Konnte ihn nicht anschauen. Augen wurden weich …

Die Nadeln regten sich in der Schachtel. Es war Leben darin. Ja, er wußte es. Sie verschoben sich, rieselten übereinander, und dann kamen die Nadeln schnell, eine nach der anderen, aus der Schachtel und blieben vor ihm in der Luft hängen. Glänzend wie Zierat, Weihnachtsflitter – nein, das Licht flackerte auf ihnen, Reflexe flogen hoch im Zimmer umher: wie Diamanten. Händevoll Diamanten.

»Schön«, flüsterte Cornelius. »So schön …«

Laute um ihn herum. Klare Glocken. Vogelgesang. Flüsternde Summen.

»Schau ihnen jetzt zu, Cornelius.«

Er nickte. So glücklich. Die Stimme des Reverends verschmolz süß mit diesem Glockenklang. Andere Stimmen wurden klarer: ein Kirchenchor.

Die Nadeln formten einen Vorhang, der schimmernd vor seinen Augen tanzte, an seiner Oberfläche erschienen immer wieder neue Bilder: silberne Felder mit hohem Gras, das im Wind schwankte. Sonnenblitze auf einer Schneedecke. Helles, klares Wasser, das durch eine Wiese mit gelben Blumen sprudelte …

Leben, soviel Leben. Fische in einem Bach, wilde Pferde, die einen grün bewachsenen Canyon hinuntergaloppierten. Ein Puma, der friedlich durch Herden von grasenden Antilopen und Hirschen streifte. Falken kreisten am wolkenlosen Saphirhimmel. Und dort, tief unten, dicht über dem

Horizont, was war das? Welch absolute Vollkommenheit von Linie, Farbe und Form blendete da sein Auge?

Eine Stadt erblühte aus der Wüste wie eine Treibhaus-Orchidee. Eine Oase umgab ihre Türme, die tausend Fuß hoch dem Himmel entgegen ragten. Türme aus Glas oder Kristall, rot, blau und bernsteinfarben, funkelten im strahlenden Sonnenschein wie ein Baldachin aus Juwelen.

Tränen strömten Cornelins über die Wangen. Seine Lippen sprudelten von unaussprechlicher Freude. Er fühlte, wie sich tief in seiner Brust etwas löste, und sein Herz ging auf wie nächtlicher Jasmin.

Durch die transparenten Mauern der Stadt sah er ein noch größeres Strahlen, das ihr Inneres beleuchtete. Ein gewisperter Gedanke, und er glitt auf das Licht zu, schwebte durch die Mauern, als wären sie ein stoffloser Dunst. Dort unten waren Leute, eine große Zahl, friedlich versammelt auf einem von Bäumen gesäumten Rasen um eine erhöhte Plattform, von der das Licht ausging. Er schwebte jetzt über der Menge, und noch nie hatte er so friedliche, gastliche Gesichter gesehen; sie streckten ihm die Hände entgegen und leiteten ihn behutsam hinab in die warme Umhüllung ihrer Umarmung.

Liebe. Sie liebten ihn. Er spürte, wie es seine Sinne überflutete und jeden Winkel seines Herzens erfüllte. Die Liebe strömte von dieser Menge in ihn hinein; oh, welch machtvolle Gefühle empfand er dafür ...

Er liebte sie alle so sehr.

Die Menge ringsumher wandte sich wie auf ein Kommando einer Lichtgestalt zu, die erhöht auf einem Sockel in der Mitte stand. Er hielt den Atem an: Das Licht kam aus dem Innern einer unirdischen Schönheit. Verschwommen die Gestalt, unklar die Züge – golden, glänzend –, und aus dem Innern strahlte ein Lichtkranz von perfekter Liebe und Großzügigkeit und Frieden.

Eine Titanengestalt. Schwingen breiteten sich aus, weiter, als das Auge reichte. Unmöglich, ihre Spannweite zu messen.

Ein Engel.

Augen fanden ihn: große, runde Himmelsscheiben. Sein Engel. Hier für ihn, und nur für ihn. Augen hielten ihn in der Umarmung ihres Blicks. Liebten ihn. Ein Lächeln, ein Segen. Der Engel sprach ohne Worte; er hatte die Worte im Herzen.

»Bist du glücklich hier, Cornelius?«

»O ja.«

»Wir haben auf dich gewartet.«

»Auf mich gewartet?«

»Endlos lange gewartet. Wir brauchen dich, Cornelius.«

»Wirklich?«

»Der Augenblick ist nahe. Es gibt so viel für dich zu tun.«

»Ich will euch helfen.«

»Du bist sehr schlecht behandelt worden von diesen Leuten, von diesen Leuten dort draußen.«

Tränen liefen ihm über das Gesicht. »Ja.«

»Sie verstehen dich nicht, oder? Nicht so wie wir.«

»Nein.«

Die Unermeßlichkeit des Engels füllte sein Gesichtsfeld aus, und seine Stimme hallte tief durch jede Faser seines Körpers.

»Möchtest du hierbleiben, bei uns, Cornelius?«

»Das möchte ich, ja. Das möchte ich so sehr.«

Der Engel lächelte. Wind zerzauste Cornelius' Haar, und es klang wie tausend gedämpfte Trommeln. Hände falteten sich in stillem Gebet; der Engel schlug wieder mit den Flügeln und stieg von der Plattform auf zum Firmament. Alle Augen wandten sich himmelwärts und schauten ihm nach. Musik schwoll zu einem großartigen Crescendo und ertränkte das selige Gemurmel der Menge. Cornelius lächelte, denn jetzt teilte er ihr geheimes Wissen. Er war zu Hause.

4

Leblos die See um sie herum. Schwarzes, öliges Wasser in der Flaute: ein falscher Friede und die sichere Verheißung von Gewalt. Unbestimmte, böse Formen zuckten unter der Oberfläche dahin. Regenfronten verhängten den Horizont im Norden mit schwarzen Vorhängen. Tristes Licht von Westen, gelb und fettig auf dem schmierigen Schaum. Gleich würde hinter ihnen der Vollmond aufgehen, ein präzises Gegengewicht zur untergehenden Sonne

Doyle stand achtern an der Steuerbordreling und bemühte sich, ungefähr ihre Position auf See zu berechnen: kurz vor dem 30. Längengrad, bei 50 Grad Nord. Das nächste Land waren die Azoren, tausend Meilen weit südlich. Er hörte das Heulen der Schrauben unter sich. Die Maschinen stampften. Innes würde jeden Augenblick kommen; hier am Ende des Schiffes würde niemand sie belauschen.

Doyle betrachtete seine Skizze von der Kritzelei an Seligs Kabinenwand und bemühte sich verzweifelt, einen Sinn hineinzubringen. Er hatte den ganzen Tag über an dem Problem gearbeitet und war quälend dicht davor, das Geheimnis zu entwirren, aber das letzte Stückchen, welches das Puzzle vollenden würde, blieb stets knapp außer Reichweite. Und noch immer keine Spur von diesem Geistlichen, Father Devine. Es widerstrebte ihm, zu Kapitän Hoffner zu gehen, solange er nicht mehr vorzuweisen hatte als seine derzeitigen Schlußfolgerungen, aber die Gefahr war unübersehbar: Wenn er es nicht täte, würde Lionel Stern die Nacht vielleicht nicht überleben.

Da kam Innes.

»Neben dem, was in ihrer Kabine verstaut ist, haben Rupert Selig und Lionel Stern vier Gepäckstücke bei sich«, sagte Innes und holte eine Liste hervor. »Einen Schiffskoffer, zwei Reisekoffer, eine Kiste. Habe alles selbst gesehen; stand im Laderaum, unberührt.«

Doyle zog erstaunt die Brauen hoch.

»Hab diesem Knaben im Maschinenraum einen Fünfer zugesteckt.«

»Gut gemacht.«

»Die Kiste ist mit einer intakten Zollbanderole versiegelt. Ungefähr so groß wie eine große Hutschachtel. Schätze, das wird wohl das Buch Sohar sein, was?«

Doyle sagte nichts.

»Wo ist Stern jetzt?« fragte Innes.

»In der Kapitänskabine, für den Augenblick gut versorgt. Beim Tode eines Zivilisten auf See fällt ein unglaublicher Papierkram an.«

»Ist mir nie in den Sinn gekommen. Was machen sie mit dem Leichnam?«

»Gekühlte Kabinen. Eine Notwendigkeit auf jedem Kreuzfahrer mit älterer Klientel, darunter nicht wenige Übergewichtige, Apoplektiker, Sklerotiker …«

Innes erschauderte unwillkürlich. »Hoffentlich nicht allzu nah bei der Küche.«

»Separater Bereich. Näher beim Laderaum, wo sie auch die Särge verstauen, deren Verladung wir im Hafen mitangesehen haben.«

»Kann einem glatt den Appetit verderben.«

»Hör zu. Der Schiffsarzt besteht darauf, Seligs Tod als natürlich zu registrieren«, sagte Doyle.

»Nicht im Ernst.«

»Alle äußeren Anzeichen deuten darauf hin, daß Selig an einer akuten Koronarinsuffizienz gestorben ist. Auch ich kann das nicht bestreiten, und sicher wollen seine Mörder uns genau das glauben machen. Es gibt an Bord nicht die nötigen Einrichtungen, um eine ordentliche Autopsie durchzuführen, und wenn es sie gäbe, würden die Resultate dem Anschein nicht unbedingt widersprechen. Und das letzte, was der Kapitän an Bord seines Luxusliners gebrauchen kann, ist müßiges Gerede über die Ermordung eines Passagiers.«

»Aber natürlich ist dies genau das, was wir vermuten.«

»Einen Mann zu Tode erschrecken? Eine Überdosis Ad-

renalin durch seinen Organismus schießen zu lassen, so daß
sein Herz buchstäblich explodiert? Ja, das würde ich als
Mord bezeichnen.«

»Was konnte der Auslöser gewesen sein?«

Doyle hob die Schultern.

«Vielleicht hatte er ja einen Blick auf den Schiffsgeist geworfen, der dort unter Deck herumspaziert«, meinte Innes.

»Gütiger Himmel.« Doyle starrte seinen Bruder mit großen Augen an, als habe er einen Hammerschlag abbekom-
men.

»Fehlt dir etwas, Arthur?«

»Ja, natürlich, das ist es. Gut gemacht, Innes.«

»Was denn?«

»Du hast die Nuß geknackt, mein Alter«, sagte Doyle
und zog ihn hastig zur nächsten Luke.

»Ich?«

»Geh noch einmal zu deinem Maschinisten. Er soll eine
Feueraxt holen, einen Hammer und ein Brecheisen. Es wird
Zeit, daß wir uns mit Mr. Stern und Kapitän Hoffner unter-
halten.«

Der Maschinist richtete den Strahl seiner Laterne in die
dunkle Nische des Laderaums und löste mit dem Lichtschein eine versiegelte, rechteckige Versandkiste aus dem
Gewirr der Ladung.

»Ist das Ihre Kiste, Mr. Stern?« fragte Doyle.

»Ja«

»Ich bin sicher, wir sind alle höchst interessiert, Mr. Doyle«, sagte Kapitän Hoffner mit strapazierter Höflichkeit,
»aber ich fürchte, ich sehe den Sinn dieser Übung nicht ganz
ein …«

Doyle hob die Axt, und mit einem schnellen, genau bemessenen Hieb hatte er den Deckel der Kiste in Stücke geschlagen. Stern schnappte nach Luft. Doyle streckte die
Hand aus, langte zwischen den Splittern hindurch und forderte den Inhalt der Kiste zutage: ein großes, rechteckiges
Bündel weißer Blätter.

»Genau abgewogen, damit es Ihrem Buch Sohar entspricht«, sagte Doyle zu Stern und balancierte den Papier-stapel auf der flachen Hand.

»Das wußte ich nicht, ich schwöre es«, protestierte Stern. »Ich meine, ich habe ihnen doch zugesehen, ich war in London dabei, als das Buch in die Kiste gepackt wurde.«

»Wie es scheint, hatte Ihr verstorbener Partner Mr. Selig andere Pläne, was vielleicht seine Abneigung gegen das Verlassen Ihrer Kabine erklärt.«

»Was hat das alles zu bedeuten, bitte sehr?« fragte Hoffner.

»Ich muß Sie einen Augenblick um Geduld bitten, Captain; ich werde sofort darauf zurückkommen«, sagte Doyle; er warf das Papier hin und legte sich die Axt über die Schulter. »Wenn Sie jetzt so gut sein wollen, uns zu unserer nächsten Station zu begleiten … Innes?«

Innes winkte, und der kleine Maschinist – insgeheim entzückt über ein Schauspiel, bei dem sein steifer, disziplinbesessener Kapitän vor diesem verrückten Engländer dienerte – führte sie durch ein Labyrinth von Gängen und Luken in einen benachbarten Laderaum. Der eisige, unwirtliche Ort wurde beherrscht von einer Reihe viereckiger Stahlkammern mit hakenförmigen Türklinken. Nackte Glühbirnen hingen von der Decke; ihr fahles Licht versagte vor den Dünsten der Verwesung, die hier die Luft durchdrangen.

»Ist es gestattet zu fragen, was wir in der Leichenkammer zu suchen haben?« fragte Hoffner.

Innes hielt ihm die Laterne, während Doyle eine der Kühlkammern aufbrach und die verdeckte Metallwanne herausrollte. Man erkannte die starren, tuchverhüllten Umrisse eines Leichnams. Er schlug das Laken vom Gesicht, zog leidenschaftslos die unteren Augenlider des verstorbenen Rupert Selig herunter und entblößte blutverstopfte Spinnweben aus blauen und violetten Kapillargefäßen.

»Im Gegensatz zu der Ansicht Ihres Schiffsarztes, er sei für einen Mann seines Alters bei bester Gesundheit gewesen, litt Mr. Selig an einer Herzerkrankung und an schwerem Bluthochdruck, was, wie Sie erkennen werden, an diesen zahlreich geplatzten Blutgefäßen im weichen Gewebe unter den Augen zu erkennen ist – ein Zustand, den er sogar Ihnen verheimlicht hat, Mr. Stern. Sie wußten doch nichts davon, oder, Sir?«

Stern schüttelte den Kopf.

Doyle zeigte den Anwesenden ein kleines gläsernes Arzneifläschchen mit runden weißen Tabletten. »Mr. Selig trug dieses homöopathische Mittel – eine Mischung aus Kalium, Kalzium und Jodtinktur von großer Popularität, aber geringem erwiesenen Nutzen – in einer verborgenen, ins Futter seiner Jacke genähten Tasche bei sich.«

»Das ist alles gut und schön, Mr. Doyle, und es bestätigt die Schlußfolgerung meines Arztes, daß eine Herzattacke den Tod dieses Herrn herbeigeführt habe. Aber was hat das mit –«

Doyle hob die Hand und schnitt Hoffner noch einmal das Wort ab. »Eins nach dem andern, Captain. Hier waltet ein Plan, den ich, wenn Sie mir vertrauensvoll Gehör schenken, in der gebührenden Abfolge ans Licht bringen werde.« Doyle warf das Laken wieder über Seligs graues Gesicht und gab der Wanne einen Stoß, der sie mit metallischem Scheppern, das durch den düsteren Raum hallte, an ihren Platz zurückbeförderte.

»Innes, würdest du bitte …«, sagte Doyle.

Innes nahm dem Maschinisten die Lampe ab und leuchtete in die hintere Ecke des Raumes. Dort stand eine geordnete Reihe von Särgen auf dem Boden.

»Sie haben diese fünf Särge in Southampton als Ladung an Bord genommen. Trifft das zu, Captain?«

»Ja. Und?«

»Alle von demselben Spediteur, nehme ich an?«

»So wäre es üblich.«

»Ich werde in Kürze die Ladepapiere in Augenschein nehmen wollen«, sagte Doyle und ließ sich von dem Maschinisten Hammer und Brecheisen aushändigen. »Es gab nur eine unüberwindliche Schwierigkeit in der Abfassung meiner Theorie. Wie wir bei der Einschiffung gesehen haben, waren die Sicherheitsmaßnahmen absolut luftdicht – was man über diesen Sarg hier nicht sagen kann.« Doyle trieb das Stemmeisen mit dem Hammer in einen Spalt unter dem Mahagonideckel des ersten Sarges.

»Mein Gott, Sir, bedenken Sie doch, was Sie da tun –« Hoffner machte Anstalten, Doyle an der Fortsetzung der Exhumierung zu hindern. Innes umfaßte seinen Arm mit starker Hand und hielt ihn zurück, während Doyle fortfuhr.

»Wenn eine Bande von Berufsmördern sich an Bord der *Elbe* geschlichen hat – und ich versichere Ihnen, Captain, daß wir es eben damit zu tun haben –, dann ist es ihnen nicht gelungen, indem sie vor aller Augen die Gangway hinaufschlenderten, sondern auf einem weniger konventionellen Wege –«

»Ich muß Ihnen befehlen, auf der Stelle damit aufzuhören –«

»Sie werden sich erinnern, daß einer ihrer Passagiere irgendwo im Laderaum die Schreie eines ›Geistes‹ gehört haben will, als wir gerade einen Tag auf See waren –« Doyle wuchtete das Stemmeisen hoch. Unter dem durchdringenden Protestgekreisch der Nägel löste sich der Sargdeckel von den Seitenwänden und hob sich einen Zollbreit. Das Kreischen hallte gespenstisch durch die stählernen Korridore, die sich ringsum verzweigten. Doyle packte die freigelegte Kante des Sargdeckels mit festem Griff und zog ihn vollends auf.

»Dies ist eine Schändung –« Kapitän Hoffner riß sich von Innes los und stürzte herbei, nur um zu entdecken, daß das dick gepolsterte, mit rosafarbenem Satin gefütterte Innere des Sarges leer war. Mit offenem Mund starrte er Doyle an.

»Auf die Schreie des ›Geistes‹ folgte kurz darauf ein lautes, rhythmisches Klopfen.«

Doyle ließ den Deckel zufallen und hämmerte die Nägel wieder hinein.

»Schauen Sie genau hin, und Sie werden die Kerben erkennen können, die sie beim neuerlichen Einschlagen der Nägel hinterlassen haben.« Doyle winkte Hoffner noch dichter an die Kiste heran. »Ihre Laderaumbesatzung hat mir zudem versichert, daß jeder Sarg das volle, bewegliche Gewicht eines Körpers enthalten habe, als sie an Bord getragen wurden. Wenn Sie sie jetzt auch hier unten aufmerksam untersuchen wollen, Captain, dann werden Sie sehen, daß winzige Löcher in die Ecken gebohrt wurden, um die Luftzirkulation zu gewährleisten.«

Hoffner strich mit dem Finger über die Bohrlöcher. »Ich weiß nicht, was ich sagen soll.«

»Mit einer Entschuldigung bei Mr. Stern wäre vielleicht eine kluger Anfang gemacht. Und wenn das nächste Mal einer Ihrer Passagiere zu Ihnen kommt, weil er für seine persönliche Sicherheit fürchtet, dann wäre zu hoffen, daß Sie ungeachtet seiner religiösen oder kulturellen Zugehörigkeit mit einem Entgegenkommen reagieren, das Ihrer Position besser geziemt.«

Hoffner wurde puterrot. Er riß Doyle den Hammer und das Brecheisen aus der Hand. Drei Minuten später waren vier weitere leere Särge geöffnet, und Hoffner, atemlos und zerknirscht, legte das Werkzeug aus der Hand.

»Mr. Stern«, sagte er hochaufgerichteten Hauptes, »bitte nehmen Sie meine tiefempfundene, aufrichtige Entschuldigung entgegen.«

Stern nickte und wich dem Blick des Kapitäns aus.

»Sie haben fünf blinde Passagiere an Bord, Captain. Auf einem Schiff dieser Größe gibt es Dutzende von Möglichkeiten, sich zu verstecken. Ich brauche Ihnen nicht vorzuschlagen, daß Sie alle entsprechenden Maßnahmen ergreifen sollten.«

»Nein. Ja, natürlich. Wir werden unverzüglich das ganze Schiff durchsuchen.« Hoffner wischte sich über die Stirn, und seine Gedanken überschlugen sich. Er betrachtete sich zuoberst als einen Mann der Vernunft und erst in zweiter Linie als einen Mann der Tat.

»Ein gemeinsamer Versuch, den irischen Priester Father Devine zu finden, wäre ebenfalls angebracht«, sagte Doyle.

»Wieso das?«

»Weil dieser Mann kein Priester ist. Er ist ihr Anführer.«

In diesem Augenblick gingen die Lichter aus.

SAN FRANCISCO, KALIFORNIEN

Wer diesen Ort ›Teufelsküche‹ nennt, wird ihm nicht gerecht, dachte Kanazuchi und beobachtete, wie eine Ratte eine Kakerlake jagte. Er lag auf einer verlausten Decke, die über eine hölzerne Pritsche gebreitet war, ein Lager, das er für die fürstliche Summe von zwei Pennies pro Nacht sein eigen nennen durfte. Die Pritschen von zwanzig weiteren Wanderarbeitern füllten eine Kammer von fünfzehn Fuß im Quadrat, eine von vier gleichermaßen verstopften Absteigen im dritten Stock eines vierstöckigen Mietshauses im Zentrum von Tangrenbu, jener zwölf mal zwölf Häuserblocks in dem Innenstadtbezirk von San Francisco, den die Weißen »Chinatown« nannten.

Im Keller befand sich eine Opiumhöhle, und unter den armen, ungebildeten Bauern hier – unter ihnen viele Landarbeiter, die jeden Herbst, wenn die Ernte im großen Tal eingebracht war, in die Stadt fluteten – kursierten Gerüchte, denen zufolge in der Nacht ein Dämon durch die Korridore streifte, auf der Jagd nach Seelen, die er verschlingen könnte. In letzter Zeit waren im Hof hinter dem Haus die Leichen von insgesamt drei Männern entdeckt worden, mit durchgeschnittener Kehle und herausgerissenem Herzen. Opfergaben, die sie auf Altären vor ihren Zimmertüren deponierten, die paar Münzen, die die Chinesen mit vereinten Kräften zusammenkratzen konnten, schienen das Ungeheuer zu versöhnen. Jede Nacht hörten sie, wie es draußen herumstöberte, und jeden Morgen waren die Gaben verschwunden. Aber in der Woche, seit sie mit dem Opfern angefangen hatten, war niemand mehr ermordet worden.

Von den vierhundert Männern, die hier im Hause wohnten, hatte nur einer den Dämon gesehen und überlebt, um darüber zu berichten: der Obmann, ein pockennarbiger, dickhalsiger Rüpel, dem es oblag, die tägliche Miete und seit kurzem eben auch das Opfergeld einzusammeln. Er bezeugte, dieser Dämon habe den Kopf eines Drachens, tausend Augen und zehn gierige Mäuler, ein erstklassiger Dämon, einer von den zehntausend, die ihr komplexes Glaubenssystem bevölkerten. Er habe beobachtet, wie der Dämon mit seinen grausigen Klauen den Männern, die man im Hinterhof gefunden hatte, die Brust aufgerissen habe – so mühelos, wie man eine Orange schält.

Jetzt wurde jedes Zimmer abends vom Obmann abgeschlossen, aber selbst wenn es noch möglich gewesen wäre, hätte keiner dieser Männer sich nach Einbruch der Dunkelheit auf den Gang hinausgewagt, wodurch die persönliche Notdurft zu einem Anliegen wurde, dem sich an Ort und Stelle zu widmen war. Es gab Gelegenheiten, da Kanazuchi sich wünschte, seine Sinne wären nicht ebenso scharf wie die Klinge des Grasschneiders in seinem Bündel neben ihm; der reife Gestank dieser ungewaschenen Provinzler war eine solche Gelegenheit.

Dergestalt von Angst, Schmutz und Armut umgeben, wußte Kanazuchi, daß seit seiner Ankunft am Tag zuvor niemand Notiz von ihm genommen hatte; aber daß er sich des Nachts nicht frei bewegen sollte, war nicht hinzunehmen. Seufzen, gutturales Schnarchen, das Wimmern eines geplagten Träumenden, das alles untermalte die Dunkelheit ringsumher. Er wollte den Raum erst verlassen, wenn alle Bewohner fest schliefen, und der dünne Mann mit dem Fieber zwei Pritschen weiter wälzte sich immer noch hin und her.

Kanazuchi hatte in der vergangenen Nacht wieder seinen Traum gehabt, und ein Bild sprang mit handfester Klarheit daraus hervor, eine Spur, der nachzugehen sich lohnte: *Chinesische Gesichter bei der Arbeit in einem Tunnel.*

Die ersten beiden Tage in Dai Fow – der Big City, dem Neuen Goldenen Berg, wie die Chinesen San Francisco nannten – hatten keinerlei Licht in dieses mysteriöse Bild gebracht. Niederes Volk wie diese unwissenden Slumbewohner war keine Hilfe. Er hatte erwogen, Bekanntschaft mit den Kaufleuten in der Umgebung zu pflegen, aber sie sprachen einen kultivierteren Dialekt als das gutturale Mandarin, mit dem er die Überfahrt gemeistert hatte; er würde noch eine Woche brauchen, ehe er ihn in all seinen Nuancen beherrschte, und sie waren notorisch verschlossen gegen jedermann, der nicht zu einer ihrer Bruderschaften, den ›Tongs‹, gehörte. Die andere Möglichkeit war, aus dem Ghetto hinaus in die weißen Viertel der Stadt zu gehen, aber alle, mit denen er in Tangrenbu darüber gesprochen hatte, hatten ihn davor gewarnt. Eine Woge von antiasiatischer Wut hatte Amerika in den letzten Jahren erfaßt; die Verbrechen gegen asiatische Einwanderer in den Chinatowns überall an der Westküste waren stetig schlimmer geworden: Morde, Straßenschlachten, Lynchaktionen. Immer wenn die Weißen einen Sündenbock für ihr wirtschaftliches Mißgeschick brauchten, sprach die öffentliche Meinung mit Nachdruck von der ›gelben Gefahr‹, und unausweichlich folgten dann diese Akte rassistischer Barbarei. Was konnte man von einem so unzivilisierten Volk aber auch erwarten? Kanazuchi zögerte, die Weißenviertel zu betreten, da er befürchten mußte, angegriffen zu werden – jedoch nur, weil es unnötige Komplikationen nach sich ziehen würde, wenn er in der Öffentlichkeit einen Weißen umbrächte.

Eins nach dem andern also: Der direkte Weg zu den Erkenntnissen, die er suchte, lag vielleicht unmittelbar vor ihm.

Der Mann zwei Pritschen weiter war zur Ruhe gekommen; er atmete angestrengt, aber langsam und regelmäßig. Kanazuchi schulterte sein Bündel und stieg über die Schlafenden hinweg; dabei achtete er darauf, nicht auf eine der vier knarrenden Dielen zu treten. Am Bett des Obmanns neben der Tür blieb er stehen. Mit der Spitze seines *wakizushi* – des langen Messers – fischte er behutsam den Zimmerschlüssel unter der Pritsche hervor. Er war mit einem Wildlederstreifen an einem Brettchen befestigt; mit einer knappen Drehung des Handgelenks schnitt er ihn ab.

Einen Augenblick später stand er draußen im Gang; seine Augen hatten sich bereits an die Dunkelheit gewöhnt. Die Luft war beißend vom Rauch der Räucherstäbchen auf den Altären, auf denen sich immer noch Früchte und Münzen türmten. Kanazuchi untersuchte den Staub auf dem Boden; hier war niemand entlanggegangen, seit die Türen um Mitternacht, zwei Stunden zuvor, verschlossen worden waren. Er glitt in die Mitte des Korridors, in die Nähe der

Treppe, verschmolz mit den Schatten, blieb stehen und lauschte.

Schlafende atmeten in den vier Zimmern auf dieser Etage, in den Zimmern darüber und darunter. Schaben raschelten in den Wänden. Er verlagerte die Wahrnehmung seiner ungewöhnlichen Sinne weiter nach außen, eine alte, vertraute Übung, in die er so mühelos einstieg, wie man ein oft getragenes Kleidungsstück anlegt.

Draußen warf eine Straßenkatze einen Mülleimer um. Ratten stöberten umher. Eine Kutsche ratterte vorüber. Betrunkene lachten. Schrille Verhandlungen einer Prostituierten. Pferde rumorten, stampften mit den Hufen, schnaubten in den Stallungen nebenan.

Schritte. Sie näherten sich.

Er holte das Netz seiner Sinne ein und warf es im Erdgeschoß des Hauses aus.

Ein Mann trat ein. Schwer. Groß, nach der Länge der Schritte zu urteilen. Lederstiefel, wie man sie im Westen trug. Ein Sack schleifte hinter ihm über den Boden. Ein Rasseln, Zischen wie von einer Schlange. Ein sanftes Fegen, das Klimpern von Münzen, die zusammenfallen. Metallisches Schlagen, das Klirren von blechernen Becken.

Die Schlafenden erwachten in den unteren Stockwerken. Furchtsames Wispern. Ducken. Niemand, der sich von seiner Pritsche erhob.

Schritte kamen die Treppe herauf. Erster Stock. Trommelschlag, der Beckenklang lauter jetzt: Zischen und Rasseln. Noch mehr Münzen eingesammelt: näherkommend.

Entsetzen verbreitete sich im Haus. Gebetsgemurmel, panisch klappernde Perlenschnüre. Kanazuchi wandte seinen Geist ab von den schnatternden Bauern und auf die bleischweren Schritte, die da die Treppe heraufkamen.

Der Dämon hatte den Treppenabsatz erreicht. Eine klobige, einschüchternde Gestalt. Drachenkopf, gefiederte Glieder, Raubvogelklauen, die ein Tambourin umklammerten und damit gegen die Hüften schlugen. Ein großer Jutesack schleifte hinterher, polterte die Stufen herauf.

Als der Dämon im zweiten Stock angelangt war, fiel ihm

98

eine Goldmünze vor die Füße. Er blieb stehen, schaute nach unten. Gold: Der Dämon griff danach. Ein Schatten bewegte sich. In der Sekunde vor dem Ende seines Bewußtseins registrierte der Verstand des Dämons Verwirrung und ein silbernes Blitzen, das sich auf ihn zu bewegte: Das Schwert schnitt so schnell, daß die Augen des Dämons immer noch Informationen an sein Gehirn sendeten – der Flur drehte sich unkontrollierbar, als der Kopf rückwärts die Treppe hinunterkullerte, weg von dem Körper, der noch dastand.

Kanazuchi hatte den Schnitt schräg nach oben ausgeführt, damit der Körper des Dämons seine Kleider nicht mit Blut bespritzte. Er schob den Grasschneider in die Scheide und griff noch rechtzeitig zu, um den Körper lautlos zu Boden gleiten zu lassen, als die Arterien ihr Blut hervorzupumpen begannen. Leichtfüßig sprang er auf den Treppenabsatz hinunter und zog den Kopf des Dämons aus der billigen Drachenmaske aus Papier – Augen und Mund vor Überraschung weit aufgerissen: das flache, dumme Gesicht eines gewöhnlichen Ganoven.

Kanazuchi zog die Flöte aus dem Gürtel der Leiche und lief zurück zu seinem Zimmer.

Als der Obmann hörte, wie der Dämon draußen stehenblieb, griff er nach seinem Schlüssel, und als er merkte, daß der Schlüssel fort war, nach seinem Messer. Das Messer war auch nicht mehr da. In diesem Moment schwang die Tür auf, und er hörte das hohle, schilfdünne Pfeifen eines unheilvollen Windes. Die Männer im Zimmer kauerten sich unter ihre Decken.

Der Drachenkopf aus buntem Papier spähte um die Ecke der offenen Tür. Ein Klauenfinger deutete auf den Obmann und winkte ihn heran.

Was zum Teufel hatte er vor? fragte sich der Obmann. So war die Sache nicht gedacht.

Verärgert trat er hinaus in den Korridor. Der Wind verstummte jäh; die Tür schloß sich hinter ihm. Eine schweflige weiße Rauchwolke quoll vor ihm im Gang auf, und in aufblitzendem Licht sah er Kopf und Körper seines Komplizen Charlie Lee hingestreckt auf dem blutnassen Boden. Bevor seine Beine losrennen konnten, umschloß eine eiserne Schraubzwinge seine Kehle und hob ihn vom Boden hoch. Die eingeschlossene Luft ließ seinen Brustkorb anschwellen wie einen Ballon.

»Die Götter sind unzufrieden mit dir«, flüsterte eine rauhe Stimme am Ohr des Obmanns.

Was für eine entsetzliche Stimme! Er strampelte hilflos mit den Beinen und rang nach Luft. Nichts rührte sich in seiner Brust. Sicher würde er jetzt sterben –

»Sie haben mich beauftragt, dich mit dem Tod der tausend Qualen zu bestrafen.«

Der Himmel sollte ihn schützen – ein echter Dämon!

»Vielleicht aber verdienst du solche Gnade nicht. Vielleicht sollte ich dich einfach Stück für Stück auffressen.«

Der Dämon schüttelte ihn wie ein wehrloses Kätzchen.

»Dein Glück nur, daß ich gute Laune habe. Gib das Geld zurück, das du diesen Männern gestohlen hast, und ich werde dich vielleicht leben lassen.«

Der Obmann versuchte, mit dem Kopf zu nicken: Alles, alles! Ein Rinnsal von Luft sickerte durch den Klauengriff des Dämons und hielt ihn am schmalen Rand des Bewußtseins fest.

»Sag mir: Stiehlst du dieses Geld für dich?«

Der Obmann schüttelte panisch den Kopf: Nein!

»Wirklich nicht? Wer hat dir gesagt, daß du es stehlen sollst?«

Der Griff lockerte sich so weit, daß er eine Antwort hervorkrächzen konnte: »Little Pete.«

»Little Pete? Ist das ein Name für einen zivilisierten Menschen?«

»Richtiger Name ... Fung-Jing Toy Chinatown-Boß.«

»Welchen Tong führt er?«

»Sue Yop Tong.«

»Und wo finde ich Little Pete?«

»Im Haus der On-Leong-Gesellschaft«, krächzte der Obmann.

»In der Kammer des Ruhigen Bewußtseins?«

Der Obmann nickte wieder. Für einen chinesischen Dämon sprach dieser hier ziemlich gut Englisch, dachte er, bevor der Griff sich wie ein Eisenring um seinen Hals spannte. Wieder zuckte ein blendender Blitz durch die Luft. Der Obmann wurde ohnmächtig.

Als er zu sich kam, wimmelten Männer aus allen Zimmern des Hauses um die enthaupteten Überreste eines wohlbekannten Gangsters aus der Nachbarschaft: Charlie Lee. Der Obmann rappelte sich auf und stimmte in das allgemeine Frohlocken darüber ein, daß die Schreckensherrschaft ein so zufriedenstellendes Ende genommen hatte: Es war überhaupt kein Dämon gewesen! Er hob den Beutesack des Erpressers auf und machte sich daran, die Münzen an die Hausbewohner zu verteilen: Welch ein Glücksfall! Für sich selbst nahm er nichts: Ein Sinneswandel war über den Obmann gekommen, eine Anwandlung von Großzügigkeit, die leicht noch zwei Tage würde anhalten können. Der Dämon hatte ihn am Leben gelassen!

In seinem Überschwang nahm der Obmann keinerlei Notiz von dem schlanken, stillen Mann, der am Tag zuvor angekommen war; er war der letzte gewesen, der seine Pritsche verlassen hatte und zu den anderen in den Flur hinausgekommen war. Der Mann stand ein Stück abseits am äußeren Rand des Gedränges, das Bündel über der Schulter. Bereit, zu gehen.

Fung-Jing Toy saugte geräuschvoll das Mark zwischen den Häuten des eingelegten Entenfußes heraus. Entenfüße waren eine Delikatesse, die sich seine Familie als Angehörige einer niederen Kaste nie hatte leisten können; daß er sie sich jeden Nachmittag servieren ließ, war eine der kultivierteren Methoden für Little Pete, sich an den Wohlstand zu erinnern, den ihm zwanzig Jahre der Knochenarbeit und der Selbstaufopferung eingebracht hatten. Wiewohl seinem Spitznamen entsprechend von bescheidener Statur und äußerlich milder Disposition, war Little Pete im Grunde seines Wesens ein Mann mit gefräßigem Appetit, und selten gehorchte er dem Impuls, diesen im Zaum zu halten.

Er war der einzige Tong-Führer, mit dem »Blind Chris«

Buckley und das korrupte weiße Politiker-Establishment von San Francisco unbefangen verhandeln konnten; all die übrigen chinesischen Bosse benahmen sich für ihren Geschmack viel zu hochnäsig. Little Pete war der einzige, der über die Beleidigungen lachte, die sie ihm so beiläufig ins Gesicht schleuderten; er war ein Clown, der sie mit seinen Verneigungen und Kratzfüßen auf eine Weise hofierte, die seinen minderwertigen rassischen Status widerspiegelte.

Aber das Wichtigste war: Chris Buckley und seine Busenfreunde erkannten in Little Pete einen Mann, der sich mit wilder Entschlossenheit einem Ziel geweiht hatte, das auch ihnen von Herzen lieb und teuer war: der beständigen Gefangenhaltung, Unterwerfung und Versklavung der chinesischen Bevölkerung in der Stadt. Die Bewohner von Tangrenbu lebten in unablässiger Angst vor Pete und den bösartigen Schergen seines Sue Yop Tong. Zwar besaßen noch fünf andere Verbrecher-Tongs beträchtliche Anteile an Tangrenbu, aber Little Petes ›On-Leong-Gesellschaft‹ kontrollierte den Zustrom des Opiums im Viertel. Ihm gehörten zahlreiche Ausbeuterbetriebe, in denen Süchtige Sklavenarbeit leisteten und ein paar Pennies verdienten, die sie für ihre abendliche Schale Reis wieder ausgaben, und die meisten der ungezieferverseuchten Absteigen, in denen sie ihren Rausch ausschliefen, waren ebenfalls in seinem Besitz. Für ihre Zusammenarbeit mit dem politischen Apparat bekamen die sechs Tongs die alleinverantwortliche Zuständigkeit für Import und Überwachung sämtlicher Arbeiter aus China. Und durch Buckleys angenehme Verbindungen zu den Eisenbahnbaronen von San Francisco – Hopkins, Huntington, Crocker und Stanford – war Little Pete zum Hauptlieferanten der ›Coolie‹-Arbeitskräfte für den Ausbau der Bahnlinien im Westen geworden. Im Mandarin-Dialekt bedeutete *kuli* ›bittere Kraft‹.

Für das Privileg, sich in diesem Land der unbegrenzten Möglichkeiten niederzulassen, wurde das Leben eines Arbeiters aus den niederen Kasten, sobald er die Schuppen des Embarcadero hinter sich gelassen hatte, somit zu einer Ware, die Little Pete und den Sechs Gesellschaften gehörte und die sie nach Belieben ausbeuten konnten bis zum Grab. Dort angekommen, pflegte eine von Petes Bestattungsfirmen die Einäscherung vorzunehmen und noch einmal einen stattlichen Profit einzustreichen, indem sie die Asche – keineswegs unbedingt die eines bestimmten Arbeiters – nach China zur Familie des Verstorbenen überführte.

Bittere Kraft, fürwahr.

Little Pete war ein Gewohnheitstier. Eine etablierte Routine war es, zur werktäglichen Mittagsstunde auf dem Balkon im ersten Stock seines Stadthauses in der Kearney Street die Bittgesuche seiner Klienten entgegenzunehmen. Es gefiel ihm, sich herzhaft den Bauch vollzustopfen, während seine Arbeiter und Ladenpächter sich vor ihm demütigten. Gelegentlich, wenn eine Bitte hinreichend harmlos oder mit geringem Kostenaufwand erfüllbar war, pflegte er seine seltene und daher legendäre Großmütigkeit zu demonstrieren.

Aber jetzt war es halb eins, er saß bei seiner dritten Portion Entenfüße, und noch immer war niemand gekommen, um ihn mit seinen albernen Problemen zu beknien. Er schrie nach seinem Hausdiener, Yee Chin. Wieso war niemand da? Wenn man sie unten hatte warten lassen, würde jemand dafür bestraft werden!

Keine Antwort. Er warf die Knochen auf den Teller und verlangte nach mehr. Niemand kam. Jetzt wurde er böse. Die Küchenjungen hatten den Befehl, gleich hinter der Balkontür mit weiteren Portionen bereitzustehen und sie herauszubringen, sobald er rief, und sie alle hatten schon seinen Peitschenstiel auf dem Rücken zu spüren bekommen, wenn ein Gericht kalt auf seinen Tisch kam. Little Pete läutete die kleine Porzellanglocke neben seinem Teller und schrie noch einmal.

Nichts. Yee Chin würde für seine Inkompetenz ein Höllendonnerwetter erleben.

Little Pete zwängte seinen vorgewölbten Bauch hinter dem Tisch hervor, hob sein umfangreiches Hinterteil vom Seidenkissen seines handgeschnitzten Stuhls aus der T'ang-Dynastie, griff nach seiner Reitpeitsche und watschelte ins

Wohnzimmer, während er sich kreative neue Methoden ausdachte, um diese nichtsnutzigen Domestiken zu bestrafen.

Eine Silberkuppel bedeckte die Mahlzeit, die drinnen neben der Tür auf dem Servierwagen bereitstand. Wenn dieser nächste Gang kalt geworden war, dann mochte der Himmel Yee Chin helfen. Er hob die Kuppel …

Little Pete fiel auf die Knie und erbrach unter heftigem Würgen sein Mittagessen. Sein Kopf war leer, seine Sinne gefühllos; er war blind, stumm und taub.

Auf dem Teller lagen Füße.

Menschenfüße.

Little Pete kroch hastig auf Händen und Knien davon. Sein Überlebensinstinkt drang wieder an die Oberfläche. Wo waren seine Leibwächter? Vier Mann waren rund um die Uhr im Dienst. Jemand war an ihnen vorbeigekommen. Der Überfall konnte aus jeder Richtung kommen, in jeder Sekunde. Er würde sich verteidigen müssen. Es hatte eine Zeit gegeben, da war er mit dem Messer jedem überlegen gewesen, aber seit zehn Jahren hatte er keinen nennenswerten Kampf mehr auszufechten gehabt.

Eine Pistole in der oberen Schublade des Tisches dort. Little Pete krabbelte hinüber und holte die Waffe mit wild zitternden Händen heraus; haltsuchend griff er nach der Tischkante. Mit dem Ärmel seiner Pistolenhand wischte er sich den Sabber vom Kinn und bemühte sich, seine Stimme so weit unter Kontrolle zu bekommen, daß er seine Leibwächter rufen könnte, aber die Worte erstarben ihm im Halse. Sein Herz schlug zu heftig, und seine Zunge war träge und wie aus Watte.

Langsam, immer langsam jetzt, Pete. Hier ist eine gute Stelle. Von hier aus kannst du jede Tür und jedes Fenster sehen. Halte die Pistole fest, mit beiden Händen. Warte, bis sie nahe genug herangekommen sind. Verschwende keine Patronen –

Mit ungeheurer Wucht wurde sein Kopf von hinten auf die Tischplatte geschlagen. Die dicke Glasabdeckung auf der Hartholzoberfläche zersprang, und sein Gesicht wurde unbeweglich daraufgepreßt. Little Pete fühlte, wie es ihm warm übers Gesicht lief, und er sah, wie sein eigenes Blut in reichem Strom zwischen die Splitter floß. Dann wurde sein Arm nach hinten gerenkt und ihm die Pistole aus der Hand genommen wie eine Babyrassel.

»Dir ist klar, wie leicht ich dich töten kann«, sagte eine ruhige Stimme.

»Ja«, krächzte Little Pete.

»Deine Leibwächter sind tot. Niemand wird dir zu Hilfe kommen. Beantworte mir meine Fragen, verschwende keine Zeit, und du wirst weiterleben.«

Die Stimme sprach makelloses, akzentfreies Mandarin. Er kannte diesen Mann nicht. Little Pete wollte zustimmend nicken, aber dabei rieb er sich das zersplitterte Glas nur noch tiefer ins Gesicht.

»Du verkaufst Arbeiter an die Eisenbahn«, sagte die Stimme.

»Ja.«

»Tunnelmänner. Chinesen. Die etwas von Sprengstoff verstehen.«

»Ja, ein paar –«

»Viele kann es davon nicht geben.«

»Nein. Nicht, wenn sie gut sind.«

»Du würdest sie also kennen, nicht wahr, wenn sie gut sind.«

Was um Himmels willen sollte denn das?

»Ja. Wenn sie beim Sprengen arbeiten. Die meisten waren früher Bergleute. Sie sind wegen des Goldrauschs hergekommen.«

»Du hast ein paar in die Wüste hinausgeschickt.«

Little Petes Gedanken überschlugen sich. Es gab nicht mehr viele chinesische Sprengarbeiter; die guten waren immer gesucht – es war schwer, jetzt klar zu denken …

»Antworte oder ich bringe dich um.«

Sie arbeiteten in Teams; seine Büros erledigten auch den Verkauf und Versand von Dynamit. Jetzt konnte er sich nicht erinnern; er würde in seinen Büchern nachschauen müssen – aber das würde Zeit brauchen. Würde dieser Mann ihn lange genug leben lassen?

Halt. Da fiel ihm etwas ein. *Ja.* »S. F., P and P.«

»Was ist das?«

»Santa Fé, Prescott and Phoenix Railroad. Ein Team.«

»Wann?«

»Vor sechs Monaten.«

»Wohin genau hast du sie geschickt?«

»Ins Arizona Territory. Zur Arbeit an der Linie westlich von Tucson. Aus Stockton, sie kamen aus Stockton in Kalifornien. Weiter erinnere ich mich an nichts; ich weiß ihre Namen nicht, aber die könnte ich für Sie herausfinden. Vier Männer –«

Der Mann umfaßte Little Petes Kopf mit der ganzen Hand und rammte ihn mit dem weichen Zentrum der Schläfe gegen die Tischkante. Little Pete sackte bewußtlos zu Boden.

Kanazuchi ging zum Balkon, kletterte behende an einem Spaliergitter zum Dach hinauf und verschwand. Niemand hatte ihn hereinkommen sehen, niemand sah ihn fortgehen.

Als Little Pete wieder zu sich gekommen war und der Aufruhr über die Morde in seinem Stadthaus sich wie ein Lauffeuer in Tangrenbu verbreitete – einem seiner Leibwächter waren die Füße abgeschnitten und Little Pete zum Mittagessen serviert worden, *und man hatte ihn gezwungen, sie aufzuessen,* wie es in extravaganteren Versionen behauptet wurde –, hatte Kanazuchi die Stadtgrenzen von San Francisco längst hinter sich gelassen.

Gespenstische Stille unter Deck. Die Maschinen waren zusammen mit den Lichtern abgeschaltet worden. Die *Elbe* lag tot im stillen Wasser. Im Laderaum war es finster und unwirtlich wie im Bauch eines Wals.

»Gott im Himmel –«

Doyle brachte Kapitän Hoffner zum Schweigen. Sie standen da und spitzten die Ohren …

Jemand kam den Gang zu dem vierzig Fuß unter der Wasserlinie gelegenen Frachtraum herunter, wo die fünf Männer neben den leeren Särgen standen.

Doyle nahm Kapitän Hoffner das Brecheisen aus der

Hand, griff nach der Laterne, die Innes hielt, und schloß die Blenden, so daß sie jäh im Dunkeln standen.

»An die Wand stellen. Weg von der Tür«, flüsterte er den andern zu. »Und von keinem ein Wort.«

Sie warteten. Fünfzehn Schritt weiter hinten im Gang züngelte ein Flämmchen auf; jemand hatte ein Streichholz entzündet. Hüpfend kam es auf sie zu, erlosch und wurde durch ein neues ersetzt, und gleich ging es weiter. Doyle verfolgte das Herannahen der schlurfenden Schritte, und als die Gestalt die Luke zum Laderaum erreicht hatte, trat er herzu und klappte vor dem Gesicht des Mannes die Laterne auf, so daß sie ihn blendete. Der Mann schrie auf, ließ sein Streichholz fallen und bedeckte die Augen.

»Herrgott noch mal, was soll das denn?«

»Was machen Sie denn hier, Pinkus?« fragte Doyle.

Ira Pinkus beugte sich nach vorn und versuchte, sich die tanzenden Flecken aus den Augen zu reiben; er war so durcheinander, daß er keine Lüge zustande brachte.

»Ich bin Ihnen gefolgt«, gestand er.

»Da haben Sie sich einen sehr unglücklichen Zeitpunkt ausgesucht – gehen Sie weg von der Tür, Pinkus; man könnte auf Sie schießen.« Doyle bugsierte den kleinen Mann vor ein Schott und schloß die Luke hinter ihm.

»Ich war halb die Treppe heruntergekommen, als alles schwarz wurde –«

»Und sprechen Sie leiser.«

»Okay«, flüsterte Pinkus. »Meine Güte, ich kann überhaupt nichts erkennen; alle sehen aus wie Glühbirnen – na, jedenfalls, was ist denn das für eine Geschichte mit Schädel und gekreuzten Knochen, Mr. Conan Doyle – oh, hallo, Innes, nett, Sie wiederzusehen.«

»Hallo.«

»Und wie heißen Sie, mein Freund?«

»Lionel Stern.«

»Angenehm. Ira Pinkus. Und das muß Captain Hoffner sein – sehr erfreut, Sie kennenzulernen, Sir; hab' mich schon drauf gefreut. Sehr nettes Schiff haben Sie da. Ira Pinkus, *New York Herald* –«

»Wieso folgt dieser Mann Ihnen?« Hoffner wandte sich an Doyle.

»Ich schreibe eine Artikelserie über den transatlantischen Dampferverkehr, und ich wäre Ihnen sehr verbunden, wenn ich Gelegenheit bekäme, Sie mit einem Interview –«

»Pinkus«, sagte Doyle drohend.

»Yeah?«

»Halten Sie den Mund, oder ich sehe mich genötigt, Sie zu erwürgen.«

»Oh. Klar. Okay.«

Das Schweigen, das nun folgte, wurde von metallischem Stöhnen und einer Serie von ruckartigen Stößen unterbrochen, die irgendwo achtern und oberhalb von ihnen das Schiff erschütterte.

»Der Notgenerator«, sagte der Maschinist.

»Versucht, die Schrauben wieder in Gang zu bringen«, sagte Doyle. Hoffner nickte. Sie lauschten.

»Aber es klappt nicht«, stellte Innes fest.

»Dieser Generator wurde vor dem Auslaufen in Southampton inspiziert und für voll funktionsfähig befunden«, erklärte Kapitän Hoffner.

»Aber das gilt auch für die Maschinen, nehme ich an«, sagte Doyle.

Hoffner starrte ihn an. »Wollen Sie andeuten …?«

»Sabotage?« flötete Pinkus beinahe genüßlich.

Das Wort hing in der Luft. Pinkus blickte zwischen Doyle und Hoffner hin und her wie ein Zuschauer beim Tennis.

»Was ist Ihr übliches Vorgehen in einer solchen Situation?«

»Die Besatzung verteilt Lampen und begleitet alle Passagiere, die an Deck sind, in ihre Quartiere.«

»Wie lange wird das dauern?«

»Zwanzig Minuten, vielleicht eine halbe Stunde.«

»Und dann erwartet man, daß die Passagiere in ihren Kabinen bleiben?«

»Ja, bis die Stromversorgung wiederhergestellt ist.«

»Captain … weiß noch irgend jemand, daß wir hier unten sind?« fragte Doyle.

»Mein Erster Offizier«, sagte Hoffner, »und wer sonst noch auf der Brücke ist.«

»Sind sie hinter mir her?« fragte Lionel Stern düster.

Doyle wollte antworten, als er aus dem Augenwinkel bemerkte, daß Pinkus mit welpenhaftem Eifer zuhörte. »Mr. Pinkus, wären Sie wohl so gut, dort hinüberzugehen und eine Weile in der Ecke stehenzubleiben?«

»Ach? Wozu?«

»Dies ist ein Privatgespräch«, sagte Doyle und beleuchtete ihm den Weg mit seiner Laterne.

Pinkus zuckte freundlich die Achseln und folgte Doyles Lichtstrahl in die hintere Ecke, wobei er einen unbehaglichen Blick auf die leeren Särge warf.

»Soll ich mich mit dem Gesicht zur Wand stellen?«

»Wenn Sie so gut sein wollen.«

»Hey, überhaupt kein Problem.« Mit einem freundschaftlichen, plumpvertraulichen Winken wandte Pinkus sich ab.

Doyle versammelte die anderen in einem engen Kreis um sich herum; er schirmte die Laterne mit seiner Jacke ab, und fünf Gesichter schoben sich in den mattglänzenden Schein.

»Diese Leute sind fest entschlossen, Sie umzubringen, Mr. Stern«, sagte Doyle in kaum hörbarem Flüstern. »Wenn sie damit das Buch Sohar in ihren Besitz bringen können.«

»Wieso geben wir es ihnen nicht einfach?« fragte Hoffner.

»Aber wir haben doch keine Ahnung, wo es ist –«

»Es ist in meiner Kabine«, sagte Doyle.

Erstaunte Ausrufe.

»Gentlemen, bitte«, bat Doyle und richtete die Laterne auf Pinkus, während dieser blitzschnell den Kopf wieder zur Wand drehte. »Für Erklärungen ist noch Zeit, wenn wir in anderer Gesellschaft sind – es sei denn, Sie möchten das alles gern auf der Titelseite einer Zeitung lesen.«

»Ich stimme aus ganzem Herzen zu«, sagte Hoffner.

»Da ihnen anscheinend durchaus bekannt war, daß das

Buch Sohar nicht in seiner Kiste im Laderaum lag, nahmen unsere blinden Passagiere an, daß es sich immer noch in Ihrer Kabine befinde, Mr. Stern, wo man dann ja den Versuch unternahm, es Mr. Selig abzunehmen. Im Schutze dieser Dunkelheit gedenkt man wohl, Ihre Kabine daraufhin noch einmal zu untersuchen.«

»Aber warum denn jetzt? Hier draußen, mitten auf dem Ozean?« fragte Stern.

»Statt zu warten, bis wir nur noch einen Tag vom Land entfernt sind, wo die Chance, unentdeckt zu entkommen, so viel größer wäre?« fragte Doyle und schickte sich zu weiteren Ausführungen an.

»Weil ihnen klar ist, daß wir von ihrer Anwesenheit an Bord wissen, und weil sie es sich nicht leisten können, länger zu warten. Liegt auf der Hand«, sagte Innes.

Ausgezeichnet, Innes, dachte Doyle.

»Woher könnten sie das wissen?« fragte Hoffner.

»Eine Sicherheitslücke«, sagte Doyle. »Auf der Brücke.«

»Unmöglich.«

»Keiner von Ihren Leuten, Captain. Einer von ihnen.«

»In Uniform?«

»Sie werden womöglich die bedauerliche Entdeckung machen, daß einer Ihrer Männer verschwunden ist.«

»Herrgott, dann werden wir das Schiff von den Toppen bis zur Bilge durchsuchen, und wir werden diese Leute finden —«

»Wir werden noch etwas Besseres tun, Captain, aber wir müssen unverzüglich handeln; wir haben weniger als dreißig Minuten Zeit.« Doyle wandte sich an den Maschinisten. »Haben Sie roten Phosphor an Bord?«

Der Maschinist wandte sich an Hoffner, und der übersetzte ihm die Frage.

»Ja, Sir«, sagte der Maschinist dann.

»Gut. Bringen Sie uns soviel, wie Sie beschaffen können, hierher.«

Der stämmige kleine Maschinist, der die jüngsten Entwicklungen infolge seiner mangelhaften Englischkenntnisse in völliger Ratlosigkeit verfolgt hatte, zeigte sich äußerst erleichtert, als er nun eine so konkrete Aufgabe zu erfüllen hatte. Er salutierte zackig und marschierte aus dem Laderaum hinaus.

»Captain, können Sie uns ein paar Schußwaffen beschaffen –«

»Natürlich; sie befinden sich hinter Schloß und Riegel auf der Brücke – «

»– ohne daß Ihre Offiziere etwas davon merken?«

Hoffner zog den Saum seiner Uniformjacke stramm und ließ seinen teutonischen Stolz in vollem Glanz erstrahlen.

»Ich denke, das werde ich schon noch fertigbringen.«

»Was wollen wir tun, Arthur?« fragte Innes.

»Eine Falle stellen«, sagte Doyle.

»Wirklich? Ungeheuer! Kann ich helfen?« fragte Ira Pinkus.

Doyle richtete den Lichtstrahl auf ihn. Pinkus hatte sich bis auf zwei Schritte herangeschlichen und drückte sich schon Gott weiß wie lange dort herum.

»Zufälligerweise ja«, sagte Doyle

Zwanzig Minuten später. Samtenes Mondlicht schien durch das Bullauge in die unirdische Stille in Sterns Kabine.

Ein erstes Geräusch: ein Dietrich glitt behutsam in das Schlüsselloch. Scharrend arbeitete er sich durch die einzelnen Stifte und hielt jeden an seinem Platz, bis das Schloß mit kaum hörbarem Klicken nachgab und die Klinke sich drehte. Langsam öffnete sich die Tür um Zollbruchteile, bis die neubefestigte Kette Widerstand bot. Eine Drahtzange schob sich durch den Türspalt und erfaßte die Kette; der Druck nahm stetig zu, bis das letzte Kettenglied durchschnitten war. Eine behandschuhte Hand fing die Kettenenden auf, bevor sie herunterfallen und gegen die Metalltür schlagen konnten, und ließ sie sanft hinuntergleiten.

Sodann öffnete sich die Tür gerade so weit, daß die erste schwarzgekleidete Gestalt hereinschlüpfen konnte, mit Kreppsohlen unter den Schuhen und einer Maske, die sich straff um den Kopf spannte. Die Gestalt schaute sich prüfend in der Kabine um und musterte auch die reglosen Umrisse in der unteren Koje. Dann hielt sie die Tür auf, um eine zweite, identisch gekleidete Gestalt hereinzulassen, die sich langsam und zielstrebig auf den Rand der Koje zubewegte. Dünner, scharfer Stahl in ihrer Hand blitzte im Licht des Mondes auf, das zum Bullauge hereinflutete.

Jetzt, dachte Doyle.

Als die Gestalt in Schwarz nach der Bettdecke griff, ertönte draußen im Gang ein gespenstischer Schrei, ein jämmerlich qualvolles Stöhnen, das immer schriller und lauter wurde.

Vorsicht, nicht übertreiben.

Die beiden Männer wandten sich zur Tür; eine dritte, identisch gekleidete Gestalt schob den Kopf in die Kabine und winkte sie zu sich. Die beiden huschten hinaus und spähten den Korridor hinunter, wo sich dem Trio ein höchst merkwürdiger Anblick bot.

Die glühenden Umrisse eines Schiffsoffiziers erhellten das hintere Ende des dunklen Korridors, die ätherisch leuchtende Silhouette eines Mannes in zerfetzter Uniform, mit Ketten behängt; die Augen waren schwarze Höhlen, tief in der grün-grauen Fläche seines beklagenswerten Gesichts. Die beunruhigende Erscheinung stöhnte erneut, rasselte mit den Ketten, hob bedrohlich die Arme und tat einen Schritt auf die drei schwarzgekleideten Männer zu.

Die drei fuhren zurück, einen Moment lang abgelenkt.

Doyle warf die Bettdecke von sich, richtete sich in der Koje auf und zielte mit einem Schrotgewehr auf die drei Männer im Türrahmen.

»Keine Bewegung!«

Als seine Stimme ertönte, flog die Tür gegenüber auf, und Innes, eine Pistole in der Hand –

Eine der Gestalten warf sich zu Boden, rollte gegen Innes' Knie und riß ihn um. Seine Pistole ging los, die Kugel prallte schwirrend von der Metalldecke ab und bohrte sich in den teppichbedeckten Boden. Als Doyle endlich abdrückte, waren die beiden Gestalten schon mit unglaublicher Schnelligkeit in verschiedenen Richtungen den Gang hinunter geflüchtet; der Schuß prasselte harmlos gegen die

Schotten. Doyle sprang zur Tür. Einer der fliehenden Meuchelmörder rannte gegen den »Geist« der *Elbe,* riß ihn zu Boden – Doyle sah, wie die leuchtende Gestalt Hals über Kopf durch den Korridor purzelte – und verschwand dann um die Ecke. Der zweite Eindringling sprintete geradewegs auf die Luke zu, hinter der Kapitän Hoffner, Stern und der Maschinist auf der Lauer lagen.

Der dritte Angreifer kam aus der gegenüberliegenden Tür gesprungen und wollte den andern nachlaufen; Innes' Hand schoß hervor und packte seinen Fußknöchel. Der Mann wirbelte herum und ließ den anderen Fuß mit aller Kraft auf Innes' Handgelenk niederfahren. Mit einem Aufschrei ließ Innes los, doch im selben Augenblick holte Doyle mit dem Gewehrkolben aus und traf die Gestalt am Hinterkopf, so daß der Mann mit dem Gesicht voran hart gegen die gegenüberliegende Wand prallte. Er brach jedoch nicht zusammen, sondern rollte herum und versetzte Doyle einen Maultiertritt in den Bauch, so daß dieser durch die offene Tür zurück in die Kabine gefördert wurde, wo er unsanft mit dem unnachgiebigen Rahmen der Kojen zusammenstieß.

Während der Mann in Schwarz diesen Tritt ausführte, schlug Innes ihm das andere Bein weg. Der Angreifer flog durch die Luft und landete mit einem dumpfen Schlag auf dem Boden. Innes ging in die Knie und versetzte ihm einen zerschmetternden Faustschlag gegen den Kopf. Doyle hastete hinaus auf den Gang, rammte dem am Boden Liegenden den Gewehrlauf in die Brust und ließ eine neue Patrone in die Kammer springen.

»Eine Bewegung, und ich schieße«, sagte er keuchend und nach Atem ringend.

Die Gestalt lag still. Doyle schnappte nach Luft; gottlob war Innes so geschickt mit seinen Fäusten. Und unter Druck bewahrte er einen kühlen Kopf. Die Royal Fusiliers waren eine gute Schule für ihn gewesen.

»Haben wir ihn?« erkundigte sich der Geist der *Elbe* und verharrte vorsichtig mit drei Schritt Abstand im Korridor.

In ihrer Verblüffung konnte keiner der beiden Brüder

schnell genug reagieren, als die Gestalt in Schwarz plötzlich in einer einzigen Bewegung einen Derringer aus dem Ärmel zog, ihn an die eigene Schläfe führte und abdrückte.

»O mein Gott. O mein Gott. Ist er tot?« fragte der Geist.

»Natürlich ist er tot, Ira«, antwortete Innes zutiefst erbost. »Er hat sich eine Kugel in den Kopf geschossen.«

»Na, wie um alles in der Welt kommt einer auf die Idee, so was Verrücktes zu tun?« Pinkus lehnte sich an die Wand und wischte sich geistesabwesend die Phosphormischung von den Handschuhen.

»*Sie* sind doch der Reporter«, sagte Doyle nicht minder gereizt. »Wieso fragen Sie ihn nicht? Bleib hier, Innes; ich bin gleich wieder da.«

»Jeeeeesusmariaundjosef, hab' ich einen Schrecken gekriegt, Innes. Und ich geb's gern zu: Ich glaube, ich hab' mich sogar vor mir selbst gegruselt«, sagte Pinkus und fächelte sich mit seinem leuchtenden Hut Luft zu. »Hey, wie hab' ich mich gemacht? War ich okay?«

»Wenn alle Stricke reißen, könnten Sie immer noch als Schloßgespenst arbeiten.«

»Junge, das ist Spitze. Vielen Dank.«

»Helfen Sie mir; wir sollten ihn aus dem Weg räumen, bevor die Touristen Wind bekommen.«

»Na klar, Kumpel, alles, was Sie wollen.«

Pinkus beugte sich herunter, und Innes konnte ihn endlich aus der Nähe betrachten. Die klumpigen Rinnsale von phosphoreszierendem Schweiß erweckten den Anschein, als schmelze sein Gesicht. »Wahrscheinlich eine gute Idee, wenn wir Sie auch gleich außer Sicht schaffen.«

Doyle fand Lionel Stern und den Maschinisten im Dunkeln hinter der Luke am Ende des Korridors; sie kümmerten sich um Kapitän Hoffner, der einen verletzten Arm umklammert hielt.

»Wir haben die Schüsse gehört«, sagte Hoffner. »Mein Gott, er war so schnell bei uns, daß ich überhaupt keine Zeit hatte –«

»Wie ein Schatten«, sagte der Maschinist.

»Er ist einfach durch uns hindurchgerannt«, berichtete

Stern. »Alles ging so schnell, daß ich Ihnen nicht einmal sagen könnte, in welche Richtung er verschwunden ist.«

»Macht nichts«, sagte Doyle und bückte sich, um das Deck zu untersuchen. »Das wird er uns selbst verraten.«

Er deutete zum Aufgang und zu der dünnen Schicht Phosphor, die er dort ausgelegt hatte, nachdem sie Pinkus damit überzogen hatten. Er wies Stern an, bei Hoffner zu bleiben, und zusammen mit dem beherzten Maschinisten, der mit beiden Fäusten einen mächtigen Schraubenschlüssel umklammert hielt, folgte er der Spur der leuchtenden Fußabdrücke, die hinauf auf das weite offene Deck führten.

Der Mond verschwand hinter einer heranrückenden Wolkenbank, und in der Dunkelheit waren die leuchtenden Fußspuren noch leichter zu erkennen. Ohne Maschinenkraft und somit unfähig, in die schwere Dünung des nahenden Unwetters hineinzusteuern, schlingerte die *Elbe* mittschiffs schwer. Gischt sprühte über die verlassenen Decks, und straffe Taue vibrierten wie Harfensaiten im pfeifenden Wind; das Schiff wirkte insgesamt nun weniger wie ein Luxusliner als vielmehr wie die Dampferversion des Fliegenden Holländers.

»Dieser Mann«, flüsterte der Maschinist, als sie stehenblieben, ehe sie vorsichtig um eine Ecke bogen, »er ist der *devil*.«

»Der Teufel«, sagte Doyle. »Ja. Aber er ist zugleich nur ein Mensch.«

Als Doyle sich bückte, um einen weiteren Fußabdruck zu begutachten, hörte er ein leises, gleichmäßiges metallisches Klopfen, und dann sah er, daß der Schraubenschlüssel, den der Maschinist in den Händen hielt, zitterte und dabei immer wieder gegen die Reling schlug.

»Wie heißen Sie?«

»Dieter. Dieter Boch, Sir.«

»Es ist gut, daß ich Sie bei mir habe, Dieter.«

»*Thank you*, Sir.«

Sie folgten der Spur eine Treppe hinauf zum Achterdeck. In der tintenschwarzen Dunkelheit vor ihnen glaubte Doyle die Umrisse eines großen Mannes zu erkennen, der ganz am

Ende an der Heckreling stand. Doyle griff nach seiner Pistole, aber das Schiff gierte heftig, als es jetzt in einen Wellentrog hinabstieß. Die beiden Männer taumelten und mußten sich festhalten, um nicht das Gleichgewicht zu verlieren, und als Doyle wieder aufschaute, war die Gestalt an der Reling verschwunden. Er befragte seinen Begleiter, aber der Maschinist hatte nichts gesehen. Hastig liefen sie nach achtern. Die großen Abstände zwischen den Fußabdrücken ihres Wildes deuteten darauf hin, daß der Mann in Schwarz nicht aufgehört hatte, zu rennen. Die Spur führte bis zum Ende des Topdecks und endete dort unvermittelt.

»*He is going* über Bord?«

»Es sieht so aus«, sagte Doyle.

»In dieses Wasser?« Boch spähte in banger Sorge zu den turmhohen Wellenkämmen hinaus. Wie so mancher Seemann lebte er in beständiger Angst vor dem Meer. »Warum wird er so etwas tun?«

Ja, warum? dachte Doyle. Warum nehmen sich gleich zwei Männer lieber das Leben, als sich gefangenzugeben?

Um ein Buch zu stehlen?

Sie nahmen das Gerona Sohar aus einem Geheimfach in Doyles Schiffskoffer, legten es in den Schiffstresor und sorgten dafür, daß es rund um die Uhr bewacht wurde. Mit dem verletzten Arm in der Schlinge kehrte Kapitän Hoffner auf die Kommandobrücke zurück; er rief seine Offiziere zusammen und veranlaßte eine Durchsuchung jeder einzelnen Kabine. Wie Doyle vorhergesagt hatte, war der Erste Offizier des Schiffes nicht aufzutreiben, obgleich viele schworen, sie hätten ihn – einen jungen, gutaussehenden Mann mit blonden Haaren – in Uniform auf dem Kommandodeck gesehen, nachdem das Unwetter begonnen hatte.

Schlosser schwärmten im Maschinenraum aus und konnten schließlich den Notfallgenerator dazu bewegen, seine Arbeit aufzunehmen; als die Positionslampen wieder leuchteten und die Schrauben wenigstens mit Viertelkraft liefen, steuerte der Kapitän die *Elbe* geradewegs in den Rachen des Unwetters, dessen Kiefer sich sogleich um das

Schiff schlossen. Die Besatzung verdoppelte ihre Anstrengungen, den Hauptgenerator zu reparieren, und unterdessen hatten die Passagiere in ihren Kabinen zu bleiben; die Notvorschriften waren in Kraft, und alle erhielten die strikte Anweisung, ihre Türen verschlossen zu halten. Der Sturm und die durch den Stromausfall verursachten Komplikationen lieferten eine überzeugende Begründung für diese Auflagen. Von den Meuchelmördern, die man immer noch irgendwo auf freiem Fuße an Bord vermuten mußte, ließ niemand ein Wort verlauten.

Nachdem Wachen vor der Tür postiert waren und der Korridor in beiden Richtungen für Passagiere abgesperrt worden war, versammelten Doyle, Innes, Stern und Pinkus – den sie nun am Halse hatten, da es ihnen noch mehr widerstrebte, ihn aus den Augen zu lassen, als seine Gesellschaft zu ertragen – sich in Sterns Kabine mit einer Kerosinlampe um den Leichnam des schwarzgekleideten Attentäters.

Als sie ihm die Maske abnahmen, erblickten sie einen Mann von etwa dreißig Jahren mit kurzgeschnittenem glattem schwarzem Haar und einem braunen Gesicht mit breiter Stirn – ein Javanese, vielleicht ein Filippino, dachte Doyle. Eine kleine Schleiftätowierung verfärbte die Ellenbogenbeuge des Mannes: ein zerbrochener Kreis, von drei gezackten Linien durchzogen. Dieses Zeichen entsprach genau der Skizze in Doyles Tasche, die er nach dem Gekritzel an der Kabinenwand neben Seligs Leiche angefertigt hatte. Bei genauerer Betrachtung erkannte Doyle, daß das Mal überhaupt keine Tätowierung war, sondern eine beachtliche Brandnarbe – eine Art Brandzeichen, wie man sie bei Rindern finden mochte.

Die Kleidung des Mannes war aus schlichtem schwarzen Kattun gefertigt. Sechs Waffen trug er verborgen bei sich: in jedem Ärmel und jedem Hosenbein ein Messer in einer Scheide, den selbstmörderisch zum Einsatz gebrachten doppelläufigen Derringer und einen dünnen Draht, den er sich um den Leib geschlungen hatte, eine tödliche Garrotte. Seine knotigen Knöchel und die schwieligen Handflächen waren mit einem Netz von Narben überzogen – Messerwunden: ein erfahrener Kämpfer. Die blauen Flecken, die Doyle und Innes nach ihrer kurzen Begegnung mit ihm davongetragen hatten, legten lebendiges Zeugnis für seine Meisterschaft im Nahkampf ab. Schlußfolgerung: Hier hatten sie eine kalte, effiziente Mordmaschine vor sich. Und es gab keinen zwingenden Grund zu der Annahme, daß seine überlebenden Komplizen weniger lebensgefährlich sein könnten.

Doyle warf ein Laken über den Leichnam. Die vier Männer mußten sich immer wieder gegen Schott oder Koje stützen, um dem mahlenden, schlingernden Auf und Ab des Schiffes im Sturm standzuhalten.

»Sie haben uns immer noch nicht erklärt, Mr. Doyle«, sagte Stern, »wie das Sohar in Ihre Kabine gekommen ist.«

»Bei den Tabletten im Futter von Mr. Seligs Jacke habe ich auch diesen Schlüssel gefunden«, sagte Doyle und hielt ihn hoch, damit alle ihn sehen konnten. »Offensichtlich nicht der Schlüssel zu Ihrer oder sonst einer Passagierkabine, obwohl er den Prägestempel der *Elbe* trägt – hier ...« Er deutete auf ein winziges Schiffswappen.

»Wozu gehört er?« fragte Pinkus ungeduldig.

»Ich habe den Schlüssel an jedem Schloß ausprobiert, das ich in der näheren Umgebung dieser Kabine finden konnte. Es gibt eine wenig benutzte Lagerkammer hinter dem Turnsaal – man würde sie gar nicht sehen, wenn man nicht danach suchte; sie wird morgens und abends verdeckt durch Stapel von Liegestühlen und Sitzkissen. Mit diesem Schlüssel ließ sich die Tür öffnen. Im Innern der kleinen Kammer fand ich eine in die Auskleidung eingelassene Tafel, einen vernachlässigten und nicht mehr benutzten Sicherungskasten. Mr. Selig hatte das Sohar gestern abend aus seinem ursprünglichen Versteck hier in der Kabine entfernt – es handelte sich dabei übrigens nur um ein einfaches Loch, das er in die Matratze geschnitten hatte; kein Wunder also, daß er den Raum nicht verlassen wollte – und an jenen anderen Ort gebracht, nachdem der Captain Ihre Bitte, den Schiffstresor zu benutzen, abschlägig beschieden hatte, eine Unterredung, die ich mitangehört habe.«

»Ich hatte keine Ahnung …«, sagte Stern.

»Nein. Er muß den Wechsel vorgenommen haben, während Sie versuchten, vor der Séance gestern abend Kontakt mit mir aufzunehmen, ungefähr eine Stunde vor dem Mord.«

»Und wie haben diese Leute den Mord begehen können, ohne Hand an ihn zu legen?«

Doyle nahm zwei kleine Papiertüten aus der Tasche und öffnete sie, um den andern den Inhalt zu zeigen. »Als wir gestern abend Mr. Seligs Leichnam entdeckten, da fand ich in der Tür einen kleinen Klumpen Tonerde. Die zweite, identische Probe habe ich aus einem der Särge im Laderaum; es war eine ordentliche Menge davon vorhanden, über ein Pfund, aber nur in einem Sarg.«

»Okay, prima, Doc, aber wieso ist ein bißchen Erde unser Bier?« fragte Pinkus mit dem ganzen unvoreingenommenen Taktgefühl des erfahrenen Journalisten.

»Mr. Selig war frommer als Sie – wäre das eine angemessene Feststellung, Mr. Stern?« fragte Doyle.

»Ja.«

»Gehe ich überdies recht in der Annahme, daß ihm als praktizierendem Juden auch Aspekte der jüdischen Geschichte und Mythologie vertraut gewesen sein dürften?«

»Unbedingt. Rupert hat diese Dinge viele Jahre lang studiert.«

»Könnte man sagen, daß Mr. Selig sich das, was dieses Studium ihm vielleicht gegeben hat, sehr zu Herzen genommen hat – man könnte fast sagen, wie ein Evangelium?«

»Ohne Frage – aber worauf wollen Sie hinaus?«

Doyle senkte die Stimme und beugte sich über die Laterne; der Lichtschein von unten verlieh seinen Zügen ein dramatisches, unheimliches Aussehen. »Sind Sie, Mr. Stern, in irgendeiner Weise vertraut mit der Legende vom Golem?«

»Der Golem? Ja, natürlich – ich meine, flüchtig; als ich klein war, hat mein Vater mir die Geschichte oft erzählt.«

»Der Golem? Was 'n das?« fragte Pinkus, der immer noch ein mattes, kränklich-grünes Leuchten absonderte, obwohl er sich eine Stunde lang mit einer harten Drahtbürste abgeschrubbt hatte.

»Das Wort ›Golem‹ kommt vom hebräischen Wort für Fötus oder ungeformtes Leben«, erklärte Doyle. »Es heißt, es sei der Name, den Jahwe dem Adam gab, als er der Gestalt, die er aus dem gewöhnlichen Lehm des Gartens Eden geformt hatte, Leben einhauchte.«

»Jahwe?« Pinkus ließ eine Kaugummiblase platzen. »Ja, wer soll denn das sein?«

»Jahwe ist der hebräische Name für Gott«, sagte Stern, erstaunt über diesen Abgrund von Unwissenheit.

»Aber die Golem-Sage, die für dieses Gespräch von größerer Bedeutung ist«, sagte Doyle und wandte sich wieder Stern zu, »beginnt im Prager Judenghetto gegen Ende des sechzehnten Jahrhunderts. Mit blutigen Pogromen zog man gegen die Juden von Prag zu Felde. Ähnliches war in ganz Osteuropa geschehen, aber die Attacken in Prag wurden besonders bösartig und blutrünstig geführt. Einer der Tempelältesten dort war ein Gelehrter namens Rabbi Löw Juda Ben Bezalel, eine sanfte, beinahe heiligmäßige Gestalt. Rabbi Löw suchte verzweifelt nach einer Möglichkeit, die Juden im Ghetto vor der mörderischen Verfolgung zu schützen. Jahrelang suchte er in den alten Tempelbibliotheken nach einer Lösung. Und eines Tages, so geht die Sage, entdeckte er tief vergraben im Keller der Großen Synagoge ein uraltes Buch von großer, mystischer Macht –«

»Doch nicht zufällig das Buch Sohar«, warf Innes ein.

»Der Titel des Buches wird nicht genannt, aber in den Prager Synagogen dürfte es gewiß ein Exemplar des Sohar gegeben haben, und ein Mann von Rabbi Löws Gelehrsamkeit wird es sicher gekannt haben. Wie dem auch sei – als er nun dieses Buch las, stolperte der Rabbi angeblich über einen Abschnitt, der eine geheime, verschlüsselte Formel enthielt, die er in seiner unglaublichen Gelehrsamkeit entziffern konnte –«

»Übrigens ist angeblich das ganze Sohar auf diese Weise verfaßt«, warf Stern ein. »In jedem Satz verbirgt sich ein metaphysisches Geheimnis.«

»Worum geht's denn dann hier – Blei in Gold verwandeln? 'ne Nummer von der Art?« fragte Pinkus mit großen Augen.

»Der Abschnitt offenbarte dem Rabbi Löw nichts Geringeres als die Formel, mit der man gewöhnlichem Lehm menschliches Leben einhaucht und die Jahwe bei der Erschaffung Adams, des ersten Menschen, verwandte.«

»Das soll wohl 'n Witz sein«, sagte Pinkus.

»Es ist … eine *Legende*, Pinkus«, sagte Doyle.

»Wie soll er das denn getan haben?« fragte Innes.

»Aus reinem Wasser und Lehm aus einer Grube in geweihtem Boden formte der Rabbi Glieder, Kopf und Körper einer riesigen Gestalt, die grobe Ähnlichkeit mit einem Menschen hatte. Unter Befolgung des vorgeschriebenen Rituals fügte er die einzelnen Teile dann zusammen, schrieb ein heiliges hebräisches Wort auf ein Stück Papier und legte es der Figur unter die Zunge – «

»Welches Wort war das?« fragte Innes.

»Danach müßtest du Lionels Vater fragen, fürchte ich«, sagte Doyle.

»Und – ist der Golem lebendig geworden?« fragte Pinkus besorgt.

»Ehe der Rabbi sich versah, richtete der Golem, wie er ihn nannte, sich auf und setzte sich in Bewegung. Als er ihn ansprach, tat der Golem genau, was er ihm befahl, und Rabbi Löw erkannte, daß er einen Diener geschaffen hatte, der seine Anweisungen buchstabengetreu ausführen würde. Er war acht Fuß groß und hatte starke Arme und Beine, kleine Steine anstelle der Augen und einen roh geformten Mund. Rabbi Löw benutzte den Golem als Hausdiener, bis er genug Vertrauen in seinen Gehorsam hatte; dann fing er an, ihn nachts hinauszuschicken, damit der Golem jeden, der ins Ghetto kam, um den Juden etwas anzutun, erschreckte und verjagte. Jeden Abend schob er ihm das Papier unter die Zunge und gab seinem Geschöpf Leben. Nach getaner Arbeit kehrte der Golem im Morgengrauen nach Hause zurück, der Rabbi nahm ihm das Papier aus dem Mund, und der Golem lag wie eine Statue im Keller des Rabbi. Tatsächlich hatten die Leute solche Angst vor dem entsetzlichen Wesen, das dort nachts durch die Straßen streifte, daß die Gewalttaten gegen die Juden im Ghetto ein Ende nahmen.«

»Nicht übel, die Story«, meinte Pinkus und klammerte sich aus Leibeskräften an die Koje. »'n bißchen wie dieser Dingsda, dieser Frankenstein-Knabe.«

»Man hat angemerkt, daß Mary Shelley einen großen Teil ihres berühmten Buches von der Golem-Legende hergeleitet habe«, sagte Doyle.

»Ach was«, sagte Pinkus, der nicht den leisesten Schimmer hatte, wer Mary Shelley sein könnte.

»Es kommt noch mehr«, sagte Doyle. »Eines Morgens am Sabbat, wenn die Juden ihren religiösen Pflichten nachgehen müssen und bis Sonnenuntergang keinerlei körperliche Arbeit verrichten dürfen, vergaß Rabbi Löw, dem Golem das Papier aus dem Mund zu nehmen.«

»Oha«, sagte Pinkus. »Das riecht nach Trouble.«

»Da dürften Sie recht haben, Mr. Pinkus. Rabbi Löw hatte den Golem nicht mehr in seiner Gewalt, und das Ungeheuer ging auf einen schrecklichen Verwüstungszug. Straße um Straße hinterließ es aufgebrochene und zertrümmerte Läden und Häuser, und viele unschuldige Menschen, hauptsächlich Juden diesmal, kamen ums Leben, zermalmt und zertrampelt in sinnloser Raserei. Nichts konnte den Golem aufhalten, bis Rabbi Löw ihn schließlich aufspürte und ihm das Papier aus dem Mund nahm. So bewahrte er den Rest des Ghettos vor dem sicheren Untergang.«

Die andern hingen ihm stumm an den Lippen.

»Der Mythos vom Golem ist mir immer wie eine vollkommene Metapher für die apokalyptische Macht ungezügelter menschlicher Wut erschienen, aber auch als wunderbare Parabel auf die lebensbejahende Einfühlsamkeit jüdischer Tradition«, sagte Doyle.

Innes und Pinkus warfen einander einen Seitenblick zu wie verdutzte Schuljungen; beide hatten kein Wort begriffen.

»Mannomann«, sagte Pinkus.

»Und was wurde aus dem Golem?« fragte Innes.

»Der Golem wurde von Löw und seinen Freunden in den Keller der Großen Synagoge von Prag getragen, und dort liegt er angeblich noch heute und wartet darauf, daß man ihm neues Leben eingibt.«

Doyle hatte Mühe, sein Gleichgewicht zu halten, als das Schiff eine besonders unangenehme Volte schlug. Er zog ein weiteres Blatt Papier hervor. »Gentlemen, ich habe hier die Abschrift der Frachtpapiere für die fünf Särge im Laderaum. Möchten Sie es riskieren, eine Vermutung hinsichtlich ihres Herkunftsortes zu äußern?«

»Nicht Prag«, sagte Innes.

»Doch«, sagte Doyle.

»Sie wollen mich auf den Arm nehmen«, sagte Pinkus.

»Ich bitte Sie, Mr. Doyle; Sie wollen doch nicht ernsthaft andeuten, daß der Golem aus Prag in einem dieser Särge gewesen sein könnte«, sagte Stern.

»Oder daß irgendwo an Bord dieses Schiffes ein acht Fuß hohes Ungeheuer aus Lehm sein Unwesen treibt«, ergänzte Innes.

»Ich will folgendes andeuten«, sagte Doyle. »Wenn man an Bord eines Schiffes auf hoher See von einem Mann etwas bekommen möchte, ohne dabei ungebührliche Aufmerksamkeit auf sich zu lenken –«

»Da ist ein acht Fuß großes Lehmmonster eine erstklassige Idee«, bemerkte Pinkus schlau.

»– und wenn man weiß, daß der Mann, von dem man das Gewünschte bekommen will, erstens herzkrank ist und zweitens die Legende von einem acht Fuß großen Lehmmonster kennt, welches womöglich in einem Zusammenhang mit dem Gegenstand steht, der gestohlen werden soll, und wenn überdies klar ist, daß man diesen Mann wird töten müssen, um diesen Gegenstand zu kriegen, die Umstände jedoch gebieten, daß sein Tod nicht auf den ersten Blick als Mord erkennbar ist –«

»Dann erschreckt man ihn zu Tode«, vollendete Innes, der endlich begriffen hatte.

»Man schmuggelt vier Männer und einen Sarg mit irgendeiner in Tonerde gepackten Apparatur an Bord. Man zeichnet die Särge so aus, als kämen sie aus Prag, um den Aberglauben zu stärken. Nicht zu vergessen: Der Passagier, der den ›Geist‹ schreien hörte, hat auch eine große graue Gestalt gesehen, die im Laderaum umherstreifte, und diese Kabinen der Zweiten Klasse sind nur zwei Treppen weit entfernt; als es gestern abend an Mr. Seligs Kabinentür klopfte und er die Tür so weit öffnete, wie die Kette es erlaubte … Ich glaube, es war der Anblick dieses ›Golem‹, was seinen tödlichen Herzanfall so unvermittelt herbeiführte.«

»Was sagt man dazu?« meinte Pinkus.

»Aber wenn es so war, was hat sie dann daran gehindert, sofort einzudringen und das Buch zu stehlen?« fragte Stern. »Die Kette war ja nicht einmal zerrissen.«

»Unser plötzliches Auftauchen vermutlich«, sagte Doyle. »Was schadet das auch? Sie werden einfach auf eine neue Gelegenheit warten. Wer sollte auch auf die Idee kommen, daß es sich mit Seligs Tod anders verhielt, als es den Anschein hatte? Nur, daß Mr. Selig in den letzten Augenblicken seines Lebens tapfer noch einmal alle seine Kräfte aufbot: Er brach eine Handvoll Lehm aus dem Ungeheuer – ein kleiner Rest davon blieb unter seinen Fingernägeln – und zeichnete damit die Tätowierung an die Wand, die er am Unterarm eines seiner Angreifer gesehen hatte.«

»Was sagt man dazu?« meinte Pinkus und griff neuerlich auf das zurück, was er immer zu sagen pflegte, wenn er nichts zu sagen hatte.

»Ich schätze, das alles ist irgendwie plausibel. Aber woher konnten die wissen, daß Rupert ein Herzleiden hatte?« fragte Stern. »Nicht einmal ich habe davon gewußt.«

»Mr. Selig hat in London gewohnt; vermutlich haben sie die Information von seinem Hausarzt«, meinte Doyle. »Er hat Ihnen gesagt, daß er verfolgt wurde, als Sie da waren; wie schwierig könnte es gewesen sein?«

Stern wog die Möglichkeiten gegeneinander ab. Nach allem, was er in letzter Zeit erlebt hatte, war es schwer, den Gedanken ohne weiteres von der Hand zu weisen.

»Scheint mir aber immer noch eine schrecklich umständliche Methode, um lediglich ein altes Buch in die Finger zu bekommen«, bemerkte Innes; er schmollte ein wenig, weil sein Bruder es unterlassen hatte, ihm diese Schlußfolgerungen schon eher und unter vier Augen anzuvertrauen.

»Wie Mr. Stern uns erklärt hat, ist das Sohar unbezahlbar, und wer immer diese Leute beauftragt hat, ist offenbar zu allem bereit, um es in seinen Besitz zu bringen.«

»Ich habe immer gedacht, es handelt sich um nichts weiter als um eine Sammlung von abergläubischem Unsinn«, sagte Stern. »Aber wenn das Buch Sohar nun tatsächlich eine Geheimformel zur Erschaffung des Lebens enthält? Oder zu seinem Sinn …?«

»Dann ist ›unbezahlbar‹ noch sehr zurückhaltend ausgedrückt«, sagte Doyle.

»Yeah, und außerdem«, sagte Pinkus, kniff die Augen zusammen und ließ eine mächtige Kaugummiblase zerknallen, während er im Geiste eine ungeheuer obskure Argumentationskette zu Boden rang, »wenn sie das Buch noch nicht mal geklaut haben, wie haben sie es dann geschafft, das Monster von allein rumlaufen zu lassen?«

So sehr sie sich auch bemühten, auf eine Bemerkung, die aus derart unergründlichen Tiefen der Dämlichkeit heraufhallte, wußte niemand eine Antwort.

Doyle überließ es Innes und Pinkus, für die Beseitigung des toten Meuchelmörders zu sorgen, gab Stern in die Obhut der Offiziere auf der Brücke und wanderte allein im matten Licht einer Öllampe zu seiner Kabine zurück. Während er sich mit festem Griff an die Handläufe klammerte, um gegen das Schlingern und Rollen der Decks anzukämpfen, erkannte Doyle, daß ein Sturm mitten auf dem Atlantik an sich für die meisten strapaziös genug sein würde, wenngleich er selbst schon manche gefährlichere Nacht auf kleineren Schiffen auf hoher See überlebt hatte. Größere Unruhe bereitete ihm indessen der unüberwindliche Rest von Ungewißheit, von dem er seinen Gefährten nichts gesagt hatte, Einzelheiten, die niemand bemerkt und weiter erörtert hatte:

Wenn einer der Särge eine große Lehmfigur enthalten hatte, blieb in den anderen Platz für vier Männer, die sich an Bord stehlen konnten. Einer von ihnen war von eigener Hand gestorben, ein zweiter über Bord gegangen; das dritte Mitglied der Mörderbande war im Korridor der Zweiten Klasse an Pinkus vorbei entkommen. Der vierte hatte höchstwahrscheinlich den jungen Offizier ermordet und seinen Platz auf der Brücke eingenommen. Das hieß, daß zwei von ihnen noch an Bord der *Elbe* waren, ohne daß man wußte, wo sie sich aufhielten. Dazu kam ihr Anführer, der Mann, der sich als Father Devine ausgab.

Fünf Männer. Vier Särge.

Die Frage war: Wie war dieser Father Devine an Bord gekommen? Auf der Passagierliste stand er nicht, und die Besatzung konnte keine Spur von ihm finden. Doyle hatte ihn am ersten Tag auf Deck aus der Nähe gesehen, und dann noch einmal bei der Séance. Nach Alter und Körperumfang zu urteilen hatte er nicht zu den Männern in Schwarz gehört, und der unglückliche Schiffsoffizier war erst dreiundzwanzig Jahre alt gewesen; Devine hätte niemals überzeugend seinen Platz auf der Brücke einnehmen können. Und Doyle war dem Mann nicht einmal eine Stunde nach dem Auslaufen begegnet; er hätte also nicht annähernd genug Zeit gehabt, sich aus einem Sarg im Laderaum zu befreien. Das Hämmern unter Deck hatte man auch erst am Abend gehört.

Nachdenken, Doyle. Ein Priester, der sich auf einem auslaufenden Schiff in das Getümmel der Abreisenden mischte, würde bei niemandem hochgezogene Augenbrauen hervorrufen; angenommen, er spazierte mit einer Gruppe von Leuten die Gangway hinauf, als wolle er sich von ihnen verabschieden, und machte sich dann einfach unsichtbar, bis das Schiff den Hafen verlassen hatte. Ja, das klang plausibel.

Da war auch noch die Sache mit dem Zeichen, das in den Arm des Toten eingebrannt gewesen war. Doyle war fast sicher, daß es irgendeine geheime Bedeutung hatte, aber so sehr er sich auch den Kopf zerbrach, er konnte diese Nuß nicht knacken ...

Laß dein Unterbewußtsein daran arbeiten, riet er sich. Anstrengung wird nichts helfen; vielleicht blubbert die Antwort gerade dann an die Oberfläche, wenn ich am wenigsten damit rechne.

Während das Schiff sich durch Wellenschluchten hinauf und hinunter kämpfte, schloß Doyle mit einiger Mühe seine Kabinentür auf und öffnete sie. Drinnen war es dunkel; die Tür schwang mit den Schaukelbewegungen des Schiffes hin und her.

Jemand war da.

Doyle zog langsam die Pistole aus dem Gürtel.

Der Lichtstrahl der Laterne drang in den Raum. Ein Messer steckte vor dem Bett im Boden und halte einen Zettel festgenagelt, auf dem in großen roten Blockbuchstaben stand:

NÄCHSTES MAL TÖTEN WIR DICH.

»Machen Sie die Tür zu«, sagte die Stimme.

Father Devine stand reglos mit verschränkten Armen im schützenden Schatten in einer Ecke der Kabine. Das Schiff rollte nach Steuerbord, und die Fugen der Wände ächzten unter der Spannung. Doyle schloß die Tür, spannte den Hahn seiner Pistole, hielt Devine in Schach und hob die Laterne höher.

Eine Gestalt lag grotesk verrenkt am Fußende der Koje, ein Mann in Schwarz, der noch die Maske trug. Einer der Mörder. Erwürgt mit seiner eigenen Garrotte. Drei tot, einer noch am Leben.

»Was wollen Sie?« fragte Doyle.

Father Devine tat einen Schritt nach vorn, ohne seine Augen vor dem Licht zu beschirmen, und Doyle sah ihn deutlich und von vorn, zum ersten Mal, seit sie an Bord waren; er sah die gezackte, elfenbeinweiße Narbe, die sich an seinem Unterkiefer entlangzog, sah das Licht in den Augen des Mannes, das er bisher noch nicht wahrgenommen hatte, und es verschlug ihm den Atem.

Der Priester lächelte schmal und schaute auf die Gestalt am Boden.

»Der hier hat Sie erwartet«, sagte er, und alles Irische war aus seinem Tonfall verschwunden. »Er war tot, bevor ich etwas Nützliches erfahren konnte.«

Es war nicht möglich.

Gütiger Gott. Gütiger Gott, ja, er war es. Er war es.

Jack Sparks.

BUCH ZWEI

New York

5

Es erfordert Diskretion, zu beschreiben, was in den letzten Stunden vorgefallen ist. Man hat ein Hilfersuchen an mich gerichtet. Wie ich den Interessen der Krone schon bei mehr als einer zurückliegenden Gelegenheit gedient habe, bin ich auch fortan stets bereit, jener königlichen Behörde meine Dienste zur Verfügung zu stellen, gleich wie es die Umstände gebieten mögen. Es genüge, wenn ich sage, würde die Königin persönlich mit diesem Ersuchen in meiner Kabine erscheinen, hätte dies keinen größeren Einfluß auf meine Sympathien.

Der Sachverhalt ist folgender: Ein Buch wurde gestohlen. Ein Buch von enormer Bedeutung für die Kirche von England und infolgedessen auch für die Krone. Die Vulgata, die lateinische Bibel, das älteste Bibelmanuskript der anglikanischen Kirche. Vor sechs Wochen verschwunden aus der Bodleian Library in Oxford. Eine öffentliche Bekanntmachung wurde zurückgehalten; die Vulgata war in einem Tresor verwahrt und nicht öffentlich ausgestellt – die einzigen, die sie bisher vermissen dürften, sind Gelehrte. Man hofft, daß man das Manuskript wiederbeschaffen kann, bevor eine solche Bekanntmachung erforderlich wird, aber bis jetzt hat man noch keine Lösegeldforderung für seine Rückgabe erhalten. Je mehr Zeit vergeht, desto unwahrscheinlicher ist es, daß die Diebe es auf ein Lösegeld abgesehen haben. Geheime Ermittlungen, die ein Freund von mir namens der Krone anstellt, sind im Gange, seit das Verbrechen geschah, und sie haben ihn auf dieses Schiff geführt, das nun auf dem Weg nach Amerika ist.

Daß dieses Geschehen im Mittelpunkt der Schwierigkeiten steht, die wir erleben, seit wir an Bord der Elbe sind, ist unverkennbar. An anderer Stelle habe ich die Ereignisse der letzten Tage dargelegt, die sich um Lionel Stern, den versuchten Raub des Buches Sohar und den Mord an Mr. Rupert Selig zugetragen haben. Drei der für diese Verbrechen verantwortlichen Männer sind nun selbst tot; ein vierter hat sich entweder über Bord gestürzt, wie es einer seiner Komplizen getan hat, oder er hält sich immer noch irgendwo an Bord versteckt. In diesem Augenblick ist eine gründliche Suche im Gange. Die Sabotage, die die Männer an den Schiffsmaschinen begangen haben, ist entdeckt – in den Stromgeneratoren war eine Sprengladung detoniert –, und dank des Fleißes und der Sorgfalt der technischen Besatzung ist der Schaden bereits repariert. Wenn wir morgen in New York ankommen, werden wir nur wenige Stunden Verspätung haben, und dies ist auf das rauhe Wetter, durch das wir gekommen sind, ebenso zurückzuführen wie auf die finsteren Bestrebungen dieser Schurken.

Der Mann, den ich irrtümlich für ihren Rädelsführer hielt, gab sich, wie ich vermutete, als katholischer Priester aus – diese Schlußfolgerung zog ich aus der Beobachtung einer ganzen Sammlung von unbedeutenden, aber störenden Details: merkwürdige Stiefel, ein Rosenkranz, der aus der falschen Tasche hing, ein Ring mit einem Freimaurer-Zeichen –, aber ein Verbrecher ist er auch nicht. Tatsächlich ist er ein Mann, den ich einmal gut kannte und dessen Referenzen als Agent der Krone über jeden Zweifel erhaben sind – oder es doch zumindest einmal waren.

Wir haben nur kurz miteinander gesprochen, und da ausschließlich über die drängenden Erfordernisse der Situation; mit seinem unerwarteten Erscheinen hatte er einen potentiell tödlichen Angriff gegen mich vereitelt, indem er die Waffe des Meuchelmörders gegen ihn selbst wendete. Es hat sich keine Gelegenheit ergeben, über die Ereignisse zu sprechen, die sich in den zehn Jahren, seit wir einander zuletzt sahen, zugetragen haben; ihm war anscheinend nicht daran gelegen, in der kurzen Zeit, die wir zusammen verbringen konnten, irgendwelche Einzelheiten mitzuteilen. Wir sind aber übereingekommen, uns für dieses Gespräch Zeit zu nehmen, wenn das Schiff erst im Hafen liegt. Einstweilen habe ich noch niemandem, nicht einmal Innes, seine wahre Identität anvertraut.

Die anderen Passagiere ahnen durchweg nichts von den Schwierigkeiten, die wir an Bord der Elbe haben bestehen müssen – teilweise weil sie während des Sturms in den kritischen Stunden in ihre Kabinen verbannt waren, aber nicht zuletzt auch, weil wir

dem amerikanischen Nachrichtenjäger Pinkus einen wirkungs-
vollen Maulkorb haben umbinden können, der auch zu dieser
Stunde noch einer Art Stubenarrest unterliegt. Mein Freund
stattet ihm in diesem Augenblick einen privaten Besuch ab, um
sicherzustellen, daß er sein Schweigen auch nach der Ankunft in
New York aufrechterhält – eine entmutigende Aufgabe angesichts
von Pinkus' Neigung zur Geschwätzigkeit, aber wenn es jeman-
den gibt, der Pinkus überreden kann, wie man so sagt, die Klappe
zu halten, dann setze ich mein Geld auf J. S.

Betrübt muß ich vermelden, daß mein Freund sich schrecklich
verändert hat, seit ich ihn das letztemal gesehen habe. Um die
Wahrheit zu sagen: Auch ohne seine wirkungsvolle Verkleidung
ist er kaum wiederzuerkennen. Was er auch immer für Beschädi-
gungen davongetragen, welche finsteren Winkel des menschli-
chen Geistes er auch besucht haben mag, ich fürchte, daß die Wir-
kung ganz und gar nicht zum Guten gewesen ist.

In diesem einen Fall hoffe ich inständig, daß meine Begabung
zur scharfen Beobachtung, eine Gewohnheit des Geistes, bei deren
Erlangung er mir in so hohem Maße behilflich war, ganz und gar
in die Irre geht.

Eine dichte, vieltürmige Skyline, die aus dem Morgennebel
ragte, war das erste, was die Brüder Doyle von New York
erblickten. Von ihrer Warte sah es aus, als wolle die Stadt
auf der schmalen Insel, auf der sie stand, schier aus den
Nähten platzen. Die Passagiere der *Elbe* drängten sich mit
den beiden auf dem Oberdeck und bestaunten die Wunder
dieses muskulösen Kontinents.

Welch großartige Energie, dachte Doyle. Welch enorme
Konzentration von Ehrgeiz. Und welch ein stolzes Zeugnis
für das Potential der schöpferischen Vitalität des Menschen.

Ohne etwas von der Tiefe der Empfindungen zu ahnen,
denen sein Bruder nachhing, und ängstlich darauf bedacht,
nicht als Dorftrottel zu erscheinen, gab Innes sich völlig
gleichgültig gegenüber den epischen Dimensionen der Frei-
heitsstatue, die sie nun passierten, obgleich sein Herz insgeheim raste von hormoneller Erregung angesichts der irrationalen Vorstellung, zu der sie ihn inspirierte: eine ganze

Nation, bevölkert von turmhohen üppigen Frauen, bekleidet nur mit durchscheinenden, lose drapierten Gewändern.

Als Pinkus schließlich, begleitet von Father Devine, an Deck erschien, fand Innes, er sehe bemerkenswert gedämpft, ja erschüttert aus, und an die Stelle seiner springlebendigen, terrierhaften Wachsamkeit war bleiche, vergebungheischende Wehmut getreten.

»Was ist los mit dem alten Pinkus?« fragte er.

»Ich weiß es nicht«, sagte Doyle. »Vielleicht hat er festgestellt, daß die Beichte schlecht für die Seele ist.«

Eine majestätische Kehre in den Hudson führte die *Elbe* einem Schwarm von Schleppern entgegen, die herankamen, um sie behutsam zu ihrem Liegeplatz in den West Side Docks zu bugsieren. Kapitän Hoffner lud Doyle ein, zu den Landungsmanövern mit ihm auf die Brücke zu kommen. Dort nahm er ihn beiseite, um sich förmlich bei ihm zu bedanken und ihn wissen zu lassen, daß die Durchsuchung des Schiffs keinen vierten Meuchelmörder ans Licht befördert habe. Die fünf Särge waren beschlagnahmt worden, und mit der Zollbehörde hatte man zusätzliche Sicherheitsmaßnahmen vereinbart, um dafür zu sorgen, daß dieser letzte Mann, sollte er noch an Bord sein, sich nicht als Offizier oder Passagier verkleidet von Bord schleichen könnte. Ein weiteres Mal wehrte Doyle die Erkundigungen des Kapitäns nach Father Devine höflich ab und erklärte nur, daß seine in der Hitze des Augenblicks zustande gekommene negative Einschätzung des Mannes sich im nachhinein als unbegründet erwiesen habe. Damit schüttelten sie sich in gegenseitiger Achtung die Hand und sagten einander Lebewohl.

Als Doyle und Innes aus dem Zoll kamen und das Tor nach Amerika durchschritten, schmetterte eine in der Vorhalle postierte Marschkapelle los und intonierte ›For He's A Jolly Good Fellow‹. In der mit roten, weißen und blauen Girlanden festlich geschmückten Halle prangte ein Wald von handgemalten Schildern, auf denen der berühmte Schriftsteller willkommen geheißen wurde – viele davon schienen unter dem Eindruck gestaltet worden zu sein,

Doyle selbst sei Sherlock Holmes – und die über den Köpfen einer beunruhigend großen und demonstrationsbereiten Menge tanzten.

Guter Gott, sie skandieren meinen Namen, als wäre ich eine Football-Mannschaft. Die Seuche übermäßiger Vertraulichkeit bei einzelnen Amerikanern hatte Doyle nie zuvor gestört, aber bezogen auf diese Massen erschien sie ihm nun doch wie das Vorspiel zu einem Menschenopfer.

Vor den Sägeböcken der Polizei, die den Mob zurückhielten, funkelte ein Haufen größerer und kleinerer Sterne von Manhattans Ruhmeshimmel – Lichtgestalten aus der Welt des Verlags- und Zeitungswesens, rasante Matinee-Idole, rundliche Konfektionäre, pomadige Restaurateure und eine ganze Schwadron von obskuren städtischen Beamten, durchwirkt von einem hübschen Schwarm dekorativer Showgirls; anscheinend hatte Pinkus bei diesem einen, entscheidenden Aspekt seiner Geschichte nicht übertrieben, erkannte Innes ekstatisch aufgeregt.

Ein riesenhafter, langgliedriger Mann in Stiefeln, Reithosen, einem kanariengelben Schwalbenschwanz und einer Bibermütze auf einem zottligen Kopf, halb so groß wie ein Büffelschädel, löste sich aus dem Gedränge und umschlang Doyle in einer atemberaubenden Bärenumarmung, ehe dieser sich zur Wehr setzen konnte.

»Der Himmel sei mir gnädig! Der Himmel sei mir gnädig!« brüllte der Mann mit dem dunklen, cremigen Akzent von Virginia.

Ich muß diesen Mann kennen, dachte Doyle in heller Panik. *Wenn man bedenkt, wie er mich hier begrüßt, müssen wir mindestens Vettern ersten Grades sein.*

Der Riese trat zurück und brüllte Doyle ins Gesicht: »Stolz, Sir! Es macht mein Herz stolz, Sie hier zu sehen!«

Verzweifelt suchte Doyle nach irgendeinem Hinweis auf seine Identität – an jemanden von dieser Größe mußte er sich doch erinnern! Über die Schulter des Riesen konnte er erkennen, wie Innes, der zu dem Schluß gekommen war, die blaue Uniform der Royal Fusiliers sei die einzige angemessene Aufmachung für ihre Ankunft, von einer Wolke aus Parfum, weiblichen Rüschen und gargantuesken Blumenhüten aufgesogen wurde.

»Habe ich Ihnen nicht ein feines Hallo in New York versprochen? Und haben wir es nicht erstklassig für Sie hingekriegt?« Das Grinsen des Riesen entblößte eine Klaviatur von unnatürlich glänzenden weißen Zähnen

»Ich fürchte, Sie sind mir im Augenblick voraus, Sir«, sagte Doyle und beäugte voller Unbehagen das Bataillon von Prominenten, das zielstrebig auf sie zukam.

»Na, Pepperman, Mr. Conan Doyle«, sagte der Mann und lüftete galant seinen Hut. »Major Rolando Pepperman. Impresario Ihrer literarischen Tournee – zu Ihren Diensten.«

»Major Pepperman, selbstverständlich, ich bitte um Nachsicht –«

»Aber nicht doch, ganz und gar nicht – ich bin es ja, der Sie um Verzeihung bitten muß, weil ich Ihnen in meinen Kabeln keine detailliertere Beschreibung meiner Person habe zukommen lassen.«

Seine erstaunlich blauen Augen funkelten, und die Muskeln, die sich unter seiner Jacke wölbten, knisterten von überschüssiger Energie – alles an dem Mann schien nach Plänen in einem unglaublich übertriebenen Maßstab gebaut zu sein: die Essenz des amerikanischen Überschwangs, destilliert zu einem einzigen, gigantischen Prototyp.

Pepperman warf Doyle einen Arm um die Schulter und drehte ihn zu den Zuschauern um: »Ich präsentiere Ihnen Mr. Arthur Conan Doyle, den Schöpfer des großen Sherlock Holmes! Willkommen in New York!«

Pepperman warf seinen Hut in die Luft; die Menge geriet auf eine noch höhere Stufe der Raserei, die sie offenbar zurückgehalten hatte, und das Duell zwischen ihr und der Blaskapelle um die Beherrschung der äußeren Grenzen des Hörbaren geriet zu einem Unentschieden. Eine Salve fotografischen Blitzlichtpulvers explodierte vor Doyles weit aufgerissenen Augen, und schwarze Flecken tanzten anstelle der Gesichter der New Yorker Elite, die sich herandrängte.

Doyle schüttelte fünfzig Hände und nahm ebenso viele Visitenkarten entgegen; die gebrüllten Mitteilungen ihrer Besitzer gingen in der allgemeinen Kakophonie unter, aber Doyle gewann den Eindruck, daß jeder einzelne von ihnen wollte, daß er entweder in seinem Restaurant speise, in seiner Zeitschrift erscheine, an seinem jüngsten Theatertriumph teilhabe oder in seinem Luxushotel residiere. Die beunruhigende Formulierung ›im Austausch gegen eine werbende Empfehlung‹ folgte solchen schmeichelhaften Angeboten nicht selten auf dem Fuße.

Unklar blieb Doyle in diesem Zusammenhang nur, was diese spektakulären Showgirls von ihm wollten, wenngleich Innes, der die Achse eines nebenan kreisenden Spiralnebels bildete, ihr kicherndes Ausweichen vor seinen Ouvertüren als solide Basis deutete, auf der er seinem Repertoire an eifrigen Wunschgedanken nachgehen konnte.

Eine hierarchisch geordnete Gruppe von Politikern drückte Doyle eine Schriftrolle mit der amtlichen Willkommensbekundung sowie einen schweren, mit Bändern geschmückten Messinggegenstand in die Hand, bei dem es sich vermutlich um einen Stadtschlüssel handelte, der aber als Waffe wohl viel besser zu gebrauchen wäre. Bevor man weitere Geschäfte in Anschlag bringen oder Doyle sich etwa genötigt sehen konnte, die Horden tatsächlich mit seinem Schlüssel in die Flucht zu schlagen, führte Pepperman ihn an den Absperrböcken vorbei und durch den soliden Menschenblock hinaus auf die Straße, wo eine Flotte von Kutschen wartete.

Für den Fall, daß man ihn auffordern würde, eine improvisierte Antwortrede zu halten – man hatte ihn warnend darauf vorbereitet, daß die Amerikaner nichts so sehr liebten, wie Reden zu hören und zu halten –, bemühte Doyle sich, eine Kette von brauchbaren Gedanken zusammenzufügen, die er diesen Leuten gegenüber zum Ausdruck bringen könnte. Aber als er neben Pepperman auf das Trittbrett ihrer Kutsche stieg, zeigte die Menschenmenge kein erkennbares Interesse an irgend etwas anderem als daran, sich mehr oder minder in seine Richtung die Lunge aus dem

Hals zu schreien. Doyle winkte ihnen zu; dann winkte er noch ein bißchen mehr und folgte schließlich Peppermans Beispiel, indem er seinen Hut in die Luft schleuderte, ein anscheinend eigens für amerikanische Zuschauer erdachtes Signal, sich ab sofort aufzuführen, als hätten sie vollends den Verstand verloren.

Sein Blick wanderte über die Menge hinaus, während die Hysterie verebbte, und dort hinten sah er Lionel Stern, der mit ernster Miene aus dem Zollgebäude kam. Ein schlichter Sarg mit dem toten Rupert Selig wurde auf einen Leichenwagen geladen. Daneben stand, den Vorgang beaufsichtigend, immer noch in seiner Priestersoutane, Jack Sparks.

Na gut, dachte Doyle, als seine Kutsche davonfuhr; einstweilen gibt es keinen Grund, sich wegen Sterns Sicherheit Sorgen zu machen. Wenn dieses Scharmützel sich als typisches Beispiel für die Behandlung erweisen sollte, die ich vom amerikanischen Durchschnittspublikum zu erwarten habe, dann habe ich wohl eher für meine eigene Haut zu fürchten.

Als die zwei Dutzend New Yorker Polizisten einige Zeit später die *Elbe* verließen, nachdem die gründliche Durchsuchung des Schiffes nach dem letzten Entkommenen ergebnislos geblieben war, nahm keiner von ihnen besondere Notiz von einem großen, blonden, gutaussehenden Officer in ihrer Mitte, der die Dienstmarke Nummer 473 trug. Niemand konnte sich nachher erinnern, mit ihm gesprochen zu haben, und die meisten merkten überhaupt erst drei Stunden nach der Rückkehr aufs Revier, daß Nummer 473 fehlte.

Noch drei Tage sollten vergehen, ehe sie in einem Jutesack die nackte Leiche des früheren Trägers dieser Dienstmarke entdeckten, eines Streifenpolizisten namens Malloy – im Fleischkühlraum der *Elbe*.

DENVER, COLORADO
Wer ist wohl dieser merkwürdige alte Mann? dachte Eileen. Was für ein Anblick: der komische runde Hut, der bodenlange, pelzverbrämte schwarze Mantel, das Band um seinen

Leib, der seltsam formelle Schnitt seines Kragens mit der Krawatte. Dünn wie eine Nähnadel, kaum kräftig genug, um diesen Koffer zu heben. Aber was für ein reizendes Lächeln er hat, wenn er so mit den schwarzen Gepäckträgern redet und seinen Hut hebt, um ihnen zu danken. Sie haben hier herüber gezeigt; er muß sie nach dem Weg gefragt haben. Ist bestimmt nicht leicht, in diesem Alter auf Reisen zu gehen – armer Kerl, das Herz geht einem auf. Er sieht so verletzlich aus, und so fehl am Platze; alles starrt ihn an. Aber die Aufmerksamkeit scheint ihn nicht zu stören. Scheint sie gar nicht zu bemerken. Er sieht aus wie jemand … wer ist es noch gleich? Jemand wirklich Bekanntes. O Gott, das ist es – Abraham Lincoln. Obwohl der Bart viel länger ist, und sein Haar ist grau. Aber er hat die gleichen Augen, die gleichen traurigen Dackelaugen.

»Hören die Wunder denn nimmer auf?« sagte Bendigo Rymer, gab ihr einen Rippenstoß und deutete mit mächtigem Kopfnicken auf den herankommenden Mann. »Ein Hebräer mitten auf dem Bahnhof von Denver.«

»Er sieht nett aus«, sagte Eileen, während sie ihre Zigarette zu Ende drehte und an der Unterseite der Hartholzbank ein Streichholz anriß. »Wie Abraham Lincoln.«

»Bei den Sternen meines Himmels«, sagte Rymer, »das stimmt. Stell dir vor: Lincoln als Shylock. Was für eine monumentale Fehlbesetzung.«

Der Mann erreichte die Stelle, wo das Ultimative Tournee-Theater sich mit seinem Gepäck ausgebreitet hatte; seufzend stellte er seinen Koffer ab und zog ein großes weißes Taschentuch hervor, um sich den Schweiß von der Stirn zu wischen. Die übrigen Schauspieler – die wenigen, die nicht für die Ausschweifungen des vergangenen Abends Buße taten – lagen auf ihren Bänken und musterten die exotische Gestalt mit der müßigen Neugier gelangweilter Aristokraten. Der Mann schaute sich um, nahm ihre mißtrauische Aufmerksamkeit zur Kenntnis und lächelte freundlich.

Müde, ja, aber gut gelaunt. Ein großzügiges Gesicht, dachte Eileen, und sie erwiderte sein Lächeln.

»Es geht das Gerücht«, sagte der Mann und rang keuchend nach Atem, »daß dies die Gegend sein möchte, wo man den Zug nach Phoenix, Arizona, erreichen kann.«

»Wahrhaftig, Sir, Sie sind gut informiert«, antwortete Rymer. »Wir wollen selbst dorthin, eine arme Theatertruppe, aber die besten Schauspieler im Westen, sei es für Tragödie, Komödie, Historie, PasThorale, PasThoral-Komödie, Historiko-PasThorale, Tragiko-Historie, Tragiko-Komiko-Historiko-PasThorale, für unteilbare Handlung oder fortgehendes Gedicht.«

»Trägst ein bißchen dick auf«, sagte Eileen aus dem Mundwinkel, während sie lächelte.

»Die Worte des großen Shakespeare an einem so unvermuteten Ort zu vernehmen, und mit so offensichtlicher Begabung gesprochen, das erfreut nicht nur die Ohren, sondern tröstet auch das Herz«, sagte der Mann.

Rymer grinste wie ein Idiot und wurde rot wie ein Radieschen; Komplimente jeglicher Art pflegten ihn immer wieder umzuwerfen. Fast war damit zu rechnen, daß er sich auf den Rücken rollte, damit der Mann ihm den Bauch kraulen konnte.

»Warum setzen Sie sich nicht, Mister?« sagte Eileen.

»Sehr freundlich, vielen Dank«, sagte der Mann und ließ sich auf der Bank ihr gegenüber nieder.

»Mein Name ist Bendigo Rymer, Sir, und Sie sind höchst willkommen in unserer kleinen Gesellschaft. Wir sind das Ultimative Tournee-Theater; wir haben soeben, wenn ich das sagen darf, ein Engagement von mindestens bescheidenem Erfolg in dieser blühenden Metropole beendet, und Sie sehen uns nun *en route* nach Phoenix, wo wir Wasser in die Wüste tragen, sie zu tränken wie die Gärten von Babylon.«

»Das ist schön«, sagte der alte Mann. Er lächelte Eileen an, und in seinen Augen lag ein Funkeln, fast ein Zwinkern.

Da ist Weisheit in den Augen dieses Mannes, dachte Eileen, und auch in seinem Handeln; er erkennt auf der Stelle, was für ein unverbesserlicher Esel Rymer ist, und er ist gütig genug, keinen Anstoß daran zu nehmen. Soviel ehrliche, gütige Menschlichkeit in einem Gesicht hatte sie nicht mehr gesehen, seit sie New York verlassen hatte.

»Und welche Fanfare ruft Sie, Sir, in das Land von Beifuß und Rothaut?«

»Nichts annähernd so Glanzvolles wie in Ihrem Fall, fürchte ich«, sagte der Mann. »Bloß ein kleines Geschäft.«

»Ah, *Geschäft*«, wiederholte Rymer, als sei dies ein geheimes Losungswort. »Die Räder des Handels drehen sich ohne Unterlaß.«

»Mein Name ist Eileen. Und wie heißen Sie?«

»Stern. Jacob Stern.«

»Sind Sie Diamantenhändler, Mr. Stern? Oder sind es Pelze, oder exotische Metalle, mit denen Sie handeln?« Rymer bediente sich seines umfassenden Repertoires an kulturellen Stereotypen.

»Ich bin Rabbi.«

»Ich hätte es wissen sollen – ein geistlicher Hirte auf dem Weg zu seiner Herde. Man sieht es Ihnen an – diese selbstvergessene Hingabe an das geistige Leben. Prachtvoll. Mir war gar nicht bekannt, daß es in Phoenix einen israelitischen Tempel gibt.«

»Mir auch nicht«, sagte Stern.

»Stell dir vor, Eileen: Einer der Zwölf Verlorenen Stämme kehrt in die Wüste zurück«, sagte Rymer. »Rings um uns her wird Geschichte geschrieben, wären nur unsere Augen nicht zu trüb, es zu erkennen.«

Eileen zog den Kopf zwischen die Schultern; im Geiste formulierte sie bereits einen Vorwand, um Rymer zu verlassen und sich im Zug neben Stern zu setzen.

Wenn meine Träume irgend etwas zu besagen haben, Mr. Bendigo Rymer, dann sind Sie sehr viel näher an die Wahrheit herangestolpert, als Sie sich vorstellen können, dachte Jacob. Er verlagerte sein Gewicht und bemühte sich, auf der nackten Holzbank eine bequeme Position für seine knochigen Hüften zu finden. In seinem Rücken pulsierte der Schmerz, und die Knie taten ihm weh, als hätte ein Schmied sie zurechtgehämmert; seine Lunge brannte, in seinen Ohren pfiff es, er hatte Hunger und Durst und mußte dringend seine Blase entleeren.

Ich bin ein Wrack. Dem Himmel sei's gedankt. Was für eine

unbezahlbare Erinnerung daran, daß wir Geistgeschöpfe sind und daß der Schmerz unser einziger Lohn sein wird, wenn wir auf dem Leiblichen beharren. Andererseits, wenn jetzt vor mir ein heißes Bad und ein Teller Suppe erscheinen wollten, würde ich mich auch nicht beschweren.

Vielleicht würde er im Zug schlafen können. Der Traum war immer intensiver geworden, je weiter er nach Süden gekommen war; und jedesmal, wenn er darin versank, traten weitere Details der eigentümlichen Landschaft klarer hervor. Auf der ganzen Reise von Chicago hatte Jacob sich mit körperlicher Willensanstrengung gezwungen, dabei weiterzuschlafen, nicht nur um des Ausruhens willen – obgleich er deshalb nicht weniger erschöpft war –, sondern um immer mehr von diesem Traum offenbart zu bekommen.

So kam es, daß er jetzt im Schlaf das beunruhigende Gefühl eines hellwachen Bewußtseins hatte und ihm jederzeit völlig klar war, daß er sich in einem Traum bewegte. Auch wenn er den Gang der Ereignisse in diesem Traum nicht steuern konnte, hatte er doch gelernt, den Fokus seiner Aufmerksamkeit zu verlagern und mehr von dem zu sehen, was um ihn herum vorging. Der explizite Inhalt des Traums war, oberflächlich betrachtet, nicht so beängstigend, aber von seinen Rändern schlich eine Aura der Bedrohlichkeit heran, Licht und Klang und Farbe in so überwältigender Potenz, daß er jede Nacht schweißgebadet und mit donnerndem Herzschlag aufgewacht war, und seine wunden Augen hatten von unfreiwilligen Tränen gebrannt.

Der verlorene Stamm.

In dem Traum begegnete er einem Stamm von Menschen – in der Logik des Traums schien das ihr Wesen zu sein –, die sich, ganz in Weiß, auf einem offenen Platz versammelten und etwas anbeteten, das sich auf einer erhöhten Plattform befand und ungeheuer viel Licht verstrahlte ... aber jedesmal blieb der Gegenstand ihrer Anbetung in frustrierender Weise gerade noch unkenntlich.

Und andere inzwischen vertraute Bilder:

Ein gewaltiger schwarzer Turm, der seinen Schatten über welligen weißen Sand warf. Ein unterirdischer Saal, eine Krypta oder ein in den Fels gehauener Tempel. Fünf Leute, verhüllt an Gesicht und Gestalt. Ein uraltes, in Leder gebundenes Buch, das auf einem silbernen Kasten lag. Ein Buch in hebräischer Sprache. Und nach seinen jungfräulichen Seiten griff eine Hand: Krallen, Schuppen.

Und der Satz in seinem Kopf:

Wir sind sechs.

Vorläufig war das alles, woran er sich halten konnte.

Jacob hatte keinen Plan.

Sein Körper fühlte sich gebrechlich an, seine Haut kaum robust genug, um alle seine schmerzenden Einzelteile zusammenzuhalten, aber sein Kopf war immer noch klar, und seine entschlossene Zielstrebigkeit hatte mit jeder Meile, die er zurücklegte, an Kraft gewonnen. Wieso Phoenix? Was lenkte ihn in diese Richtung? Reiner Instinkt: Der Traum spielte in einer Wüste, und so bewegte er sich auf die größte Wüste zu, die man zu kennen schien – der Westen von Arizona, sagten die Leute –, und er würde weiterreisen, bis er auf etwas stieße, das seiner Vision entsprach. Und dann … wer konnte das wissen? Zweifellos würde wieder etwas geschehen. Oder vielleicht auch nicht. Vielleicht würde er auch nur einen schönen Urlaub verleben; die Wüstenluft würde für seine Lunge Wunder wirken.

»– haben eine ganze Woche in Minneapolis gespielt, jeden Abend vor vollem Haus. Man weiß gutes Theater in dieser Stadt zu schätzen; ein herzhafter, skandinavischer Menschenschlag, der daran gewöhnt ist, lange Zeit stillzusitzen – das macht der Winter, wissen Sie, der lange Winter, der sie so friedlich macht –, eine Erfahrung, die ich schon viele Male gemacht habe: ein höchst geduldiges und aufmerksames Publikum –«

Während Rymer sich in seinem selbstversunkenen Monolog verlor, fand Jacob Gelegenheit, sich auszuruhen, und er fühlte, wie sein Herz wieder in einen gleichmäßigen Rhythmus verfiel. Er sah sich gezwungen, zuzugeben, daß er sich für einen Mann in einem derart elenden Zustand überraschend wohl fühlte. Nachdem er fünfzig Jahre in seiner Studierstube über den Büchern gehockt hatte, war es eine Offenbarung, auf diese spontane, ungezügelte Weise zu reisen, Sandwiches zu essen und die spektakuläre amerikanische Landschaft zu betrachten, die draußen vor den Fenstern der Eisenbahn vorüberzog. Welche Aufmunterung! Felder und Flüsse, immergrüne Wälder, die Rocky Mountains, rot vom Sonnenuntergang hoch in der Ferne – nie zuvor war er in der Nähe derart exquisiter Naturschönheit gewesen. Die Welt schien von so gewaltiger Ausdehnung, daß ihm alle seine Versuche, sie philosophisch zu erfassen, lächerlich unangemessen vorkamen. In Anbetracht dieser Reise überkam ihn ein demütigendes Gefühl der Torheit, aber es war die gleiche Empfindung, die er auch dann regelmäßig verspürte, wenn er an einer Straßenecke stand oder auf dem Weg zum Metzger war. Ein Schamgefühl von allgemeiner Art ist unentrinnbarer Teil der *conditio humana*, hielt er sich vor. Kannst also genausogut weiterreisen.

Und wenn sich herausstellte, daß dieser ganze Mischmasch irgendeinem verrückten Defekt in seinem Kopf entstammte und ihn am Ende dieses Weges keine entsetzliche Katastrophe erwartete – nun, dann konnte man das ja wohl als gute Nachricht betrachten, nicht wahr? Diese spornstreichs angetretene Zugreise in den Wilden Westen würde als berühmtestes Beispiel für Jacob Sterns bereits umfangreich nachgewiesene Exzentrik in die Mythologie seines Freundeskreises eingehen.

Sicher war nur eins: Innerhalb der nächsten Stunde würde der Schaffner ihnen mit seiner Pfeife das Signal zum Einsteigen in den Zug nach Phoenix geben. Dieser Schauspieler würde ohne Aufforderung weiter über sich selbst reden, bis der Zug ankam oder die Welt unterging, je nachdem, was zuerst geschah. Und die Zeit bis dahin in Gesellschaft einer so schönen Frau zu verbringen, wie sie ihm hier gegenübersaß, das wäre gar kein so schlechtes Schicksal.

Vielleicht würde sie sich neben ihn setzen. Er konnte sich Schlimmeres vorstellen.

»Deerstalker-Mützen, wie Holmes sie trägt, sind jetzt große Mode.«

»Was Sie nicht sagen.«

»Wie ich höre, gibt es sogar einen Run auf Lupen und Meerschaumpfeifen. «

»Im Ernst? Unglaublich.«

»Ich war vor ein paar Wochen auf einer Kostümparty im Hause Vanderbilt, und ich möchte die Behauptung wagen, nicht weniger als jeder dritte dort erschien verkleidet als Mr. Sherlock Holmes«, sagte Major Pepperman. Er nippte an dem Champagner, den das Hotel gratis serviert hatte, und klimperte beiläufig auf dem Flügel, der vor dem großen Fenster mit Blick auf die Fifth Avenue stand; draußen erwachten die Lichter funkelnd zum Leben, während die Nacht sich allmählich über die Stadt senkte.

»Das ist außerordentlich«, sagte Doyle.

Das ist außerordentlich erschreckend, dachte er.

Gemütlich im Salon seiner Suite im Waldorf sitzend – in einem Zimmer, das um ein Beträchtliches größer war als jede Wohnung, die er bis vor kurzem bewohnt hatte –, pflückte Doyle Trauben aus einer Skulptur aus Früchten, die das Hotel gratis serviert hatte, so groß wie Rodins Balzac. Dabei blätterte er durch einen Stapel Tageszeitungen; mit einer Ausnahme hatten sämtliche Blätter mit der Nachricht von seiner Ankunft aufgemacht. Aber im *Herald* fand sich kein Artikel unter dem Namen Ira Pinkus, noch in einer der anderen Zeitungen etwas unter einem seiner diversen Pseudonyme, und in der existierenden Berichterstattung fand sich auch nicht der entfernteste Hinweis auf irgendwelche verbrecherischen Ereignisse an Bord der *Elbe.* Was immer Jack getan haben mochte, um Pinkus unter Druck zu setzen, es hatte sein Gekläff verstummen lassen, erkannte Doyle und gestattete sich einen heimlichen Seufzer der Erleichterung.

»Vielleicht war dieser merkwürdige Kerl, den wir im Foyer gesehen haben, ebenfalls auf Ihrer Party«, meinte er.

Ein wunderlicher, birnenförmiger Mann in voller Holmes-Staffage hatte mit zwei gleichermaßen suspekten Komplizen am Eingang des Waldorf auf der Lauer gelegen und war Doyle bei der Ankunft in den Weg gesprungen. »Conan

Doyle, wie wir annehmen?« Und mit feierlich versteinerter Miene hatten sie ihm eine gravierte Plakette überreicht: »Zum Gedenken an Mr. Arthur Conan Doyles ersten Besuch in Amerika in Namen der Offiziellen New Yorker Ortsgruppe der Baker-Street-Hilfstruppen« – eine Organisation, von der Doyle noch nie gehört hatte und die laut Pepperman im Zuge der Sherlock-Holmes-Begeisterung wie ein Pilz aus dem Boden geschossen war.

Dieser Holmes-Imitator hatte sodann darauf bestanden, einen weitschweifigen, schlecht auswendig gelernten Monolog zum Vortrag zu bringen; Doyle konnte sich nicht erinnern, je eine erbärmlichere Nachahmung eines englischen Akzents gehört zu haben. Mutmaßlich – wenngleich es schwer zu sagen war – ging es darum, daß die Figur Holmes ihrem Schöpfer Tribut zollte. Diese lähmende Attacke hatte fast fünf Minuten gedauert, in deren Verlauf das Lächeln, das auf Doyles Gesicht klebte, krampfartig zu schmerzen begonnen hatte. Im peinlichen Nachspiel zu dieser Vorstellung erforderte es Doyles und Peppermans ganze Überredungskunst, das klägliche Trio davon abzubringen, ihnen auch noch in den Fahrstuhl zu folgen.

Ein schrecklicher Gedanke kam Doyle: Was wäre, wenn Jack mitten in einer solchen Szene auftauchte?

»Aber nun sagen Sie mal ... ist er wirklich tot?«

»Wer?«

»Na, Mr. Sherlock Holmes.«

»Ach, Herrgott, guter Mann, er ist tausend Fuß tief in einen Wasserfall gestürzt.«

»Es gibt da Vertreter einer Theorie, die behaupten, er könnte eine Möglichkeit zum Überleben gefunden haben.«

»Ich kann nicht glauben, daß es wirklich Leute gibt, die über solche Dinge nachdenken.«

»Wie ich mich schon bemühte, Ihnen in meinen Telegrammen zu verstehen zu geben, Mr. Doyle: Sie ahnen nicht, was für einen mächtigen Eindruck Ihre Storys hier drüben auf die Leser gemacht haben«, sagte Pepperman. »Eine Fortsetzungsserie von Kriminalfällen mit immer denselben Hauptpersonen ist so was von tolldreist, daß es ja ein

Wunder ist, daß noch kein Mensch drauf gekommen ist. Ehrlich, Sir: Ich habe so was noch nie gesehen. Ich habe früher mal Werbung für einen Wanderzirkus gemacht, und deshalb habe ich ein Gefühl dafür, was ankommt beim Mann auf der Straße: Ich weiß, wofür die Leute ihre hartverdienten Kröten ausgeben wollen. Ich glaube, daß Sie noch gar nicht so ganz übersehen können, was Sherlock für die Leute bedeutet.«

Doyle lächelte abwesend; es wäre wohl unhöflich, darum zu bitten, aber er hoffte, Pepperman werde bald gehen, damit er sich endlich um seine Koffer kümmern könnte. Er griff nach einem weiteren Präsent von dem Berg der aufwendig verpackten Geschenke, der wie das Matterhorn in seiner Suite emporragte, und wickelte es aus.

Ein grellrotes Satinkissen mit der Petitpoint-Inschrift: ER KÖNNTE ZWAR BESCHEIDENER SEIN, ABER ES GIBT KEINEN POLIZISTEN WIE HOLMES.

»Ich fange an, es zu begreifen«, sagte Doyle, und das Herz sank ihm in die Hose, als er erkannte, daß er jetzt verpflichtet war, jedem dieser Geschenksender eine Antwort zukommen zu lassen, wie es die Etikette erforderte.

Dank seiner besessenen Ordnungsliebe sah er bereits vor sich, wie Karten und Adressen zusammengefügt wurden, sah die endlos öde Mühe, mit der jedes einzelne Dankeschön mit einer persönlichen Wendung versehen werden mußte – gütiger Himmel, das konnte Wochen dauern. Diese Reise hatte ein Urlaub von all diesen Dingen sein sollen, ein Spaß, ein Ausflug. Wenn Larry mitgekommen wäre, hätten sie es vielleicht geschafft, aber Innes würde eine logistisch derart komplexe Aufgabe sicher fürstlich vermasseln. Und nachdem er nun den Schwarm Tanzmädchen gewittert hatte, würde der Junge ohnedies absolut dienstunfähig sein. Wohin hatte er sich zum Beispiel jetzt wieder verdrückt? Doyle hatte ihn nicht mehr gesehen, seit sie unten an der Rezeption –

»Ich weiß nicht, ob ich's Ihnen schon mal gesagt habe, aber Grover Cleveland hat bei mehr als einer Gelegenheit hier in dieser Suite gewohnt«, sagte Pepperman.

»Grover …?«

»Grover Cleveland. Der Präsident.«

»Von …? Oh – der Präsident Ihres *Landes*.«

»Ja, Sir. Ist die Präsidentensuite hier. Bei mehr als einer Gelegenheit …«

… und mit seinen ganzen mindestens dreihundert Pfund Lebendgewicht, dachte Doyle – o Schreck, vielleicht sollte ich lieber nachsehen, ob das Bett nicht kaputt ist. Er bemerkte den eifrig erpichten Ausdruck in Peppermans Gesicht und tadelte sich selbst: Hier sitze ich, nörgele über strapaziösen Kleinkram und frage mich, warum der Mann nicht verschwindet, und dabei wartet der arme Kerl nur darauf, zu hören, wie schrecklich erfreut ich über all den Wirbel bin, den er betrieben hat.

»Wissen Sie, Major, es übersteigt meine Ausdrucksmöglichkeiten, Ihnen zu sagen, wie dankbar ich für all die Mühen bin, die Sie um meinetwillen auf sich genommen haben«, sagte er.

»Wirklich?« Peppermans Gesicht leuchtete auf wie der Vollmond.

»Ich kann Ihnen überhaupt nicht sagen, wie sehr ich zu schätzen weiß, was Sie getan haben; ich könnte keine größere Gewißheit haben, daß unsere Tournee für uns beide der allergrößte Erfolg werden wird, in finanzieller wie künstlerischer und jeder anderen vorstellbaren Hinsicht.«

»Na, es freut mich aber sehr, das von Ihnen zu hören, Sir.« Pepperman erhob sich, schüttelte ihm die Hand und ließ von neuem seine blendendweißen Zähne aufblitzen. »Freut mich über die Maßen. Aber jetzt sollte ich Sie alleinlassen, damit Sie sich einrichten können –«

»O nein, es ist ganz in Ordnung –«

»Nein, ich bin sicher, Sie können jetzt ein, zwei Stündchen Ruhe und Frieden gebrauchen. Wir werden ein ziemliches Tempo anschlagen, während Sie hier sind, und es kann sein, daß Sie hier für lange Zeit zum letzten Mal Gelegenheit haben, ein bißchen Ruhe zu genießen.«

»Vielleicht haben Sie recht –«

»Wenn es also genehm ist, Sir, dann hole ich Sie um acht

mit der Kutsche ab, und wir fahren geradewegs zum Empfang Ihres Verlags.«

Damit verabschiedete sich der gutmütige Riese, und Doyle begab sich auf eine Forschungsreise durch die dreiräumige Präsidentensuite. Er versuchte, sich den schwindelerregenden Preis für diese Herberge auszurechnen: Fußböden und Kamine aus italienischem Marmor, Perserteppiche von der Größe eines Cricketfeldes, mächtige ägyptische Urnen und Gemälde von holländischen Landschaften auf Leinwänden so groß, daß man damit bei Westwind den halben Weg nach England zurücksegeln könnte. Den Druck, mit dem das Wasser aus dem Brausekopf im Badezimmer kam, fand er erstaunlich, wenn nicht gar körperlich gefährlich. Soeben hatte er sich davon überzeugt, daß das Bett die Herausforderungen durch Präsident Clevelands Körpermassen unbeschadet überstanden hatte, als ein Klopfen ihn zur Vordertür rief, deren Wiederfindung angesichts der endlosen Ausdehnung der Zimmerflucht eine bange Minute erforderte.

Niemand da. Er kehrte zurück in seinen Salon.

»Sorry«, sagte jemand, und Doyle sprang zwei Handbreit in die Luft.

Jack Sparks stand neben dem Klavier am Fenster. Father Devines priesterliches Gewand hatte er abgelegt, und mit ihm auch das schüttere rote Haar, den Schnurrbart und den Bauch. Doyle hatte das geniale Verkleidungstalent des Mannes fast vergessen, und mit einem Ruck entsann er sich, daß er diese chamäleonhafte Begabung auch seinem Detektiv verliehen hatte; hier stand er dem, der ihn zu Sherlock inspiriert hatte, von Angesicht zu Angesicht gegenüber.

Er sieht noch ungefähr genauso aus; ein Jahrzehnt älter natürlich – das sind wir alle, dachte Doyle, aber unser Geist läßt Platz für die Erosion durch die Zeit und hält Schritt mit den subtilen Veränderungen, die wir in dem Gesicht, das wir im Spiegel betrachten, nie bemerken. Seine Kleidung war noch immer schwarz – die neutrale, asketische Hose und das Hemd –, dazu ein lederner Gehrock und die gleichen weichen Lederstiefel. Sein Haar war kürzer, dichter am Schädel geschoren und ergraute schon. Die Narben, die Doyle zuvor bei Father Devine gesehen hatte, waren kein Schminkwerk gewesen: ein hervorstechender weißer Streifen links am Unterkiefer und eine Kerbe in der Stirn, dicht unterhalb des Haaransatzes. Als sei er zerbrochen und wieder zusammengesetzt worden, dachte Doyle. Das charismatische Ebenmaß war ein bißchen getrübt; aus dem Innern kam etwas Härteres, eher Abweisendes zum Vorschein.

Seine Augen hatten sich am meisten verändert, und doch waren sie das erste, was Doyle wiedererkannt hatte; er erinnerte sich, in ihren unruhigsten gemeinsamen Augenblikken den gleichen gejagten, im Geiste verstörten Ausdruck in ihnen gesehen zu haben: Jetzt schien er beständig zugegen zu sein, tiefer verwurzelt, auf dem Rückzug vor dem Leben. Unmöglich, solche Augen nicht zu bemerken, nicht von ihnen beunruhigt zu sein.

Welch grausame Ironie, dachte Doyle; hier bin ich als Ehrengast in dieser Palastsuite, über jedes vernünftige Maß hinaus gefeiert für die Großtaten einer fiktiven Gestalt, und vor mir steht der, der vor allen anderen die Inspiration dazu gegeben hat: ein trauriger, geschrumpfter Schatten des Mannes, den ich einmal kannte. Im Laufe der Jahre hatte Doyle sich hundertmal gefragt, was es für ein Gefühl sein würde, seinen Freund wiederzusehen. Die einzige Empfindung, mit der er nie gerechnet hatte, verspürte er jetzt:

Angst.

Völlig natürlich. Ich dachte ja, er sei längst tot; es ist also ein bißchen wie die Begegnung mit einem Geist, nicht wahr?

Jack kam nicht auf ihn zu, streckte ihm nicht die Hand zur Begrüßung entgegen. Nichts Warmes, Einladendes lag in seinem Blick oder seiner Haltung, nur das stumpfe Lodern von Rechtschaffenheit und Reue.

»Der Grund, weshalb Sie auf dem Schiff nicht angesprochen wurden«, sagte er, und seine Stimme klang flach und kraftlos.

»Sie wußten vom ersten Tag der Reise an, daß ich da war; warum haben Sie nicht –«

»Wollte Sie in nichts verwickeln.«

»Es hätte mir nichts ausgemacht –«

»Ging Sie nichts an. Wußte nicht, daß Sie mitfahren würden. War verblüfft. Von Stern und seinem Buch habe ich übrigens auch nichts gewußt. Ließ sich nicht ändern.«

»Ihr Wort genügt mir.« Warum war er so kalt?

»Hatte den Verdacht, daß die anderen vier Männer an Bord sein würden. Hatte den Verdacht, daß sie in diese andere Sache verwickelt seien.«

»In den Diebstahl in Oxford, den Diebstahl der Vulgata-Bibel.«

Sparks hielt die Hände auf dem Rücken verschränkt, ohne zu nicken oder mit den Achseln zu zucken. Absolute Sparsamkeit in Bewegung und Gestik, ohne jedes Zugeständnis an das Wohlbefinden des anderen.

»Habe bedauert, Sie dort zu sehen«, sagte Sparks.

»Dazu gibt es keinen Grund –«

»Habe Ihnen im Leben genug Ärger gemacht.«

»Unfug. Ich wäre froh gewesen, zu erfahren, daß Sie noch am Leben sind –«

Jack schüttelte einmal den Kopf, heftig und nachdrücklich.

»Das bin ich *nicht*.«

Doyles Herzschlag setzte einmal aus. Sparks wich seinem Blick aus.

»Nicht so, wie Sie es meinen, wenn Sie es sagen. Nicht so, wie Sie annehmen.«

»Das konnte ich natürlich unmöglich wissen, nicht wahr?« sagte Doyle.

»Die Frau. Auf dem Schiff.«

»Das Medium? Sophie Hills?«

»Sie haben sie nach mir gefragt.«

»Sie hat gesagt, Sie sind nicht tot.«

»Sie hat sich geirrt. Ich bin gestorben. Ich bin in diesem Körper geblieben, und ich bin gestorben.«

»Aber Jack, Sie leben doch. Die Tatsache, daß Sie hier vor mir stehen, ist doch nicht zu leugnen.«

»Leben … bedeutet für mich … nicht das gleiche … wie für Sie. Es gibt keine Möglichkeit … dies so zu beschreiben

… daß Sie es verstehen könnten. Keine Möglichkeit … über die Sie … *glücklich* gewesen waren.«

Jack sprach wie ein Automat; sein Gesicht war ohne jeden Ausdruck – unerreichbar. Die letzten Worte spuckte er aus wie einen bitteren Kern. Insofern hatte er zumindest recht: Menschlich wirkte er nicht. Und Doyle kam sich ein bißchen wie ein Verräter vor, weil er jetzt die Fähigkeiten benutzte, die Jack ihm beigebracht hatte, um den Mann zu analysieren.

Langes Schweigen folgte. Jack wandte sich ab und schaute aus dem Fenster. Doyle bekam eine Gänsehaut, und seine Handflächen wurden feucht. Aber er wartete darauf, daß Jack deutlicher wurde. Du wirst feststellen, daß ich auch nicht mehr wie früher bin, alter Junge; ich bin nicht mehr so leicht einzuschüchtern.

»Wollte nicht, daß Sie … daß Sie mich so sehen«, sagte Jack schließlich.

War da ein Hauch von Scham in seiner Stimme? Zum ersten Mal sah Doyle jetzt seine Hände, die er auf dem Rücken verschränkt hielt; sie waren von flammendroten und weißen Narben überzogen, die Finger krumm und verstümmelt. Der Ringfinger und der kleine Finger der linken Hand fehlten ganz. Was war da passiert?

»Larry hat es mir erzählt«, sagte Doyle. »Hat mich in London aufgestöbert. Ist jetzt beinahe zehn Jahre her. Wie Sie beide der Spur Ihres Bruders nach Österreich gefolgt sind. Wie Sie Alexander am Wasserfall gefunden haben. Ihr Kampf. Und wie Sie abgestürzt sind.«

»Ja. Ich habe Ihre Geschichte gelesen«, sagte Jack trocken und starrte auf die Stadt hinunter.

»Und ich werde mich nicht dafür entschuldigen, daß ich über einen Mann geschrieben habe, den ich längst für tot hielt.« Doyle sträubten sich die Nackenhaare, aber dann milderte sich sein Tonfall wieder. »Ich war dort, Jahre später. Mit meiner Frau; ich bin inzwischen verheiratet. An den Reichenbach-Fällen. Ich konnte mir nicht vorstellen, wie irgend jemand dort überleben sollte, aber man sagte mir, es sei schon vorgekommen. Es sei möglich. Aber ich habe ja nie etwas von Ihnen gehört …«

Doyle ließ den Satz in der Schwebe. Keine Reaktion.

»Die Königin ließ mich rufen«, fuhr er schließlich fort. »Monate nach unserer Geschichte mit den Sieben. Eine Audienz bei Victoria persönlich. Da stand ich nun, mit meinen fünfundzwanzig Jahren, und schwatzte mit der Königin. Sie hat bestätigt, daß es stimmte, was Sie mir erzählt haben: daß Sie die ganze Zeit für sie gearbeitet hatten. Aber sie hat mit keiner Bemerkung angedeutet, daß Sie noch am Leben sein könnten …«

Wieso erzählte er ihm, was er längst wissen mußte? Doyle erkannte, daß er das zwingende Bedürfnis hatte, diese Kluft des Schweigens zwischen ihnen mit Worten aufzufüllen und sie irgendwie zu überbrücken, einen Weg zurück zu finden, dorthin, wo er ihn gekannt hatte.

»Von Zeit zu Zeit spricht sie mich an. Fragt in dieser oder jener Angelegenheit nach meiner Meinung. Ich habe nie jemandem von unserer Beziehung erzählt, auf ihren Wunsch hin. Aber ich halte mich weiter zu ihrer Verfügung. Ist das mindeste, was ich tun kann.«

Sparks wandte Doyle weiter den Rücken zu und ließ keinerlei Reaktion erkennen.

»Und Larry arbeitet für mich, seit fünf Jahren inzwischen. Er ist ein vorzüglicher Sekretär. Unentbehrlich. Sie wären stolz auf ihn, Jack. Das alles verdankt er Ihnen – daß er das Verbrecherleben hinter sich gelassen hat. Ich weiß, wie sehr er sich freuen würde, Sie wiederzusehen.«

Jack wies diese Möglichkeit mit einem Kopfschütteln zurück. Wieder mußte Doyle seinen Zorn im Zaum halten.

»Aber Sie arbeiten offenbar immer noch für die Krone«, stellte er fest.

Endlich antwortete Sparks; er sprach langsam, beinahe körperlos. »Vor drei Jahren … fand ich mich vor der britischen Botschaft in Washington wieder. War seit … einer Weile in Amerika. Ließ sie ein Telegramm schicken. Verschlüsselte Nachricht, die nur von mir stammen konnte. Gelangte durch gewisse Kanäle zu … höchster Ebene. Antwort: Geben Sie diesem Mann alles, was er braucht. Starrten mich an wie eine neue Spezies vom Meeresgrund.«

Wieso war er so eisig und verschlossen? Obwohl Doyle seinen ganzen beobachterischen Scharfsinn aufwandte, konnte er den Schleier der Schweigsamkeit nicht durchdringen. Vielleicht würde emotionale Geradlinigkeit eher helfen.

»Sie waren nie weit außerhalb meiner Gedanken, Jack. Nach dem, was Larry mir erzählt hatte, glaubte ich Sie für uns verloren. Sie haben nie erfahren, wieviel Sie mir bedeuteten, wie sehr die Bekanntschaft mit Ihnen mein Leben zum Besseren verändert hat. Ich dachte mir, wenn auch nur die geringste Chance bestände, daß Sie überlebt haben könnten, dann hätten Sie sicher einen Weg gefunden, es mich wissen zu lassen.«

»Sie hätten es nie erfahren«, sagte Sparks scharf. »Nicht von mir.«

»Warum nicht?«

»Die Umstände. Unselig, aber unvermeidlich. Besser, Sie hätten mich nie wiedergesehen.«

»Warum, Jack?«

Sparks drehte sich erbost um. Die glasigen Narben in seinem Gesicht stachen kraß von der bleichen Haut ab.

»Ich bin nicht der Mann, den Sie kannten. Schlagen Sie sich das aus dem Kopf. Reden Sie mit mir nie wieder von ihm.«

»Ich muß doch wissen, was Ihnen zugestoßen ist –«

»Setzen Sie einen Grabstein auf diese Erinnerung. Ziehen Sie weiter. Wenn Sie das nicht können, gibt es für uns keine Möglichkeit, fortzufahren: Ich werde gehen, und Sie werden mich nie wiedersehen.«

Doyle hatte Mühe, sich seine Frustration nicht anmerken zu lassen. »Wenn es nicht anders geht …«

Sparks nickte, einstweilen zufriedengestellt. »Habe Sie auf dem Schiff gesehen und gehofft, Sie würden nicht mit hineingezogen werden. Besteht immer noch eine Chance, es zu vermeiden –«

»Warum sollte ich es jetzt vermeiden, wenn ich es vorher nicht getan habe?«

»Sie sind jetzt ein Mann in angesehener Stellung. Sie haben einen Platz in dieser Welt. Eine Familie. Um so mehr zu verlieren.«

»In was genau könnte ich denn hineingezogen werden? Und wie sollte irgend jemand herausfinden, welche Rolle ich dabei gespielt habe?«

»Der vierte Mann ist entkommen, als wir im Hafen waren.«

»Das kommt mir unwahrscheinlich vor.«

»Niemand hat ihn gefunden.«

»Vielleicht ist er über Bord gesprungen wie der andere?«

»Er war der letzte Überlebende; seine Hauptverantwortung wäre es gewesen, am Leben zu bleiben –«

»– und denen Bericht zu erstatten, die ihn engagiert hatten.«

Jack nickte. »Dieser vierte Mann wird ihnen erzählen, daß Sie in die Sache verwickelt waren.«

Doyles Zorn flammte erneut auf. »Sie wollen also andeuten, daß ich jetzt in Gefahr bin.«

»In größerer Gefahr, als Sie ahnen.«

»Dann hören Sie um Gottes willen auf, in Rätseln zu sprechen, und geben Sie mir eine klare Antwort. Ich habe jetzt die Nase voll von diesem Zeug – ich hätte fast ein dutzendmal ums Leben kommen können, als ich Ihnen vor zehn Jahren nachlief, und ich bin nicht verpflichtet, mich Ihnen heute noch einmal zu beweisen. Sie erscheinen aus dem Nichts wie ein Gespenst mit Ihrer Heimlichtuerei und Ihren mysteriösen Verbindungen und haben seit zehn Jahren kein einziges Wort von sich hören lassen – und Sie haben recht, Jack, ich habe es in der Welt zu etwas gebracht, und ich bringe sehr viel weniger Geduld für Halbwahrheiten und spitzfindige Ausflüchte auf, zumal wenn meine persönliche Sicherheit auf dem Spiel steht. Entweder sagen Sie geradeheraus, was Sie hier treiben, oder Sie können von mir aus zum Teufel gehen.«

Schwer lastete das Schweigen zwischen ihnen. Keiner von beiden wich einen Zollbreit zurück.

»Also, wenn Sie ›sie‹ sagen«, fragte Doyle, »wen meinen Sie da genau?«

Sparks starrte ihn an, ohne mit der Wimper zu zucken und scheinbar ungerührt; sein leidenschaftsloser Blick ließ nicht erkennen, daß er eine Entscheidung traf, aber er zog ein Stück Papier aus der Tasche und reichte es Doyle.

Die Lithographie eines geflochtenen Wappens, ein durchbrochener schwarzer Kreis auf einem weißen Feld, von drei gezackten roten Linien wie von Blitzen durchkreuzt.

»Diese Zeichnung habe ich schon einmal gesehen«, sagte Doyle; er zog seine eigene Skizze aus der Tasche und gab sie Sparks. »Über der Fußleiste an Seligs Kabinenwand gekritzelt. Ich glaube, er hatte sie am Arm eines seiner Mörder gesehen – eine Narbe oder eine Tätowierung – und hat sie selbst dort hingestrichelt, bevor er starb.«

»Wissen Sie, was es bedeutet?«

»Keinen Schimmer. Sie?«

»Jahrhundertelang diente etwas Ähnliches als Siegel des Hanseatischen Bundes.«

Doyle durchwühlte seine Schulerinnerungen. »Der Hanseatische Bund war ein Verband deutscher Kaufleute. Im Mittelalter. Gegründet zum Schutz ihrer Städte und Handelsrechte mangels einer Zentralregierung.«

»Ihr Einfluß erreichte schließlich jeden Hof in Europa. Sie hielten sich ein Söldnerheer und führten Kriege zur Durchsetzung ihrer Autorität. Die Stadt Lübeck, die heute in Deutschland liegt, war der Sitz ihrer Macht, die ihren Höhepunkt im vierzehnten Jahrhundert erreichte, als sie so stark waren wie nur irgendein Herrscher.«

»Aber schließlich wurden sie besiegt.«

»Zu Beginn des achtzehnten Jahrhunderts war die Hanse praktisch verschwunden, obgleich Lübeck, Hamburg und Bremen sich heute noch als Hansestädte bezeichnen.«

»Und weshalb soll deren Siegel inmitten dieser Angelegenheit auftauchen?«

»Seit zweihundert Jahren kursieren hartnäckige Gerüchte, die Hanse sei nicht mit der Konsolidierung des deutschen Reiches ausgestorben, wie man ursprünglich angenommen hat. Die Hanse habe in Gestalt einer Geheimgesellschaft überlebt, und ihre Mittel und Ziele seien unverändert erhalten.«

»Und wer soll dafür verantwortlich gewesen sein?«

»Anfänglich die Kaufleute selbst. Nachdem die Hanse sich aufgelöst hatte, brauchten sie immer noch Schutz für ihre Schiffe und Karawanen; also bildeten sie eine Miliz, eine private Polizeitruppe. Da es ihnen an den für diese Arbeit nötigen erfahrenen Leuten fehlte, fingen sie an, Kriminelle und Diebe aus den Hafenstädten der ganzen Welt zu rekrutieren und sie rigoros auszubilden. Sie machten sie zu Experten für Waffen, Munition und Tötungstechniken. Im Laufe der Jahre fing diese Schurkentruppe an, ihre Arbeitgeber auszunehmen, und ergriff schließlich selbst die Macht über die ganze Organisation. Und in dieser Renegatengestalt hat die Hanse bis zum heutigen Tag überlebt. Ihr Hauptquartier ist in Osteuropa.«

»Eine internationale Gilde von Dieben«, sagte Doyle.

»Schmuggler. Piraten. Hehler. Sie stehlen für sich selbst oder im Auftrag anderer.«

»Und Sie haben den Verdacht, daß sie vor unserer Abreise die Vulgata in Oxford gestohlen haben.«

»Ja.«

»Und Sie glauben, dieselben Leute oder Elemente ihrer Organisation sind auch hinter dem Buch Sohar her.«

»Ja.«

»Aber die Frage ist, für wen sie arbeiten oder warum ...«

Jack schüttelte den Kopf.

»Jemand in Amerika«, sagte Doyle.

»Ja.«

»Die Vulgata dürfte dann auch hierher transportiert worden sein. Auf einem früheren Schiff.«

»Richtig.«

»Aber wir wissen nicht, wohin.«

Jack schüttelte wieder den Kopf.

Doyle spürte mit Genugtuung, wie die Zahnräder ihres Denkens in vertrauter Weise ineinandergriffen. Das hatte schon mehr Ähnlichkeit mit dem alten Sparks, wie sie auf der Jagd nach einer verborgenen Wahrheit nun beide abwechselnd einander vorauseilten.

»Dann müssen wir die Diebe zu dem zurückverfolgen, der sie beauftragt hat«, sagte er.

Sparks zog eine Braue hoch. »Wie würden Sie das anstellen?«

»Wir lassen sie das Buch Sohar stehlen – oder wir lassen sie glauben, sie hätten es gestohlen – und folgen ihnen dann.«

Die Andeutung eines Lächelns erschien an Sparks' Mundwinkel. »Ja.«

»Dazu muß Lionel Stern vorbehaltlos mit Ihnen kooperieren.«

»Das tut er.«

»Und ich ebenfalls.«

»Nein. Sie sind in Ihren eigenen Geschäften hier. Ich kann nicht von Ihnen erwarten –«

»Jack. Sie kennen mich doch besser.«

Sie schauten einander an.

Und dich kenne ich besser, als du glaubst, mein Freund, dachte Doyle. Ich werde mitmachen, und sei es nur, um der Frage auf den Grund zu gehen, was mit dir passiert ist.

»Dann fangen wir heute abend an«, sagte Sparks und wandte sich zur Tür.

»Ich bin verabredet.«

»Danach.«

»Wo treffen wir uns?«

»Ich hole Sie ab.«

Und Sparks verließ das Zimmer genauso lautlos wie eine Katze.

ZWISCHEN DENVER UND PHOENIX

»Auf Hebräisch bedeutet Kabbala ›empfangen‹, wie man etwa Weisheit ›empfängt‹ – aber ich möchte Sie nicht langweilen. Sind Sie sicher, daß Sie das alles erklärt haben möchten?« fragte Jacob Stern.

»Unbedingt«, sagte Eileen. »Ich bin fasziniert.«

»Na, es ist eine lange Zugfahrt ... In der Kabbala steht geschrieben, daß Gott die Welt erschuf auf zweiunddreißig Wegen des geheimen Wissens; diese werden dargestellt durch die Zahlen eins bis zehn und die zweiundzwanzig Buchstaben des hebräischen Alphabets. Jede Zahl hat eine geheime spirituelle Bedeutung, die mit den zehn Kraftzentren im physischen Leib korrespondiert. Jeder der zweiundzwanzig Buchstaben hat einen numerischen Wert, und es liegt eine visuelle Bedeutung in der Art, wie sie gezeichnet werden, zusätzlich zu ihrem Laut, der die Sprache bildet. Jeder dieser verschiedenen Wege des Wissens ist von gleicher Bedeutung für die Entzifferung des Geheimnisses, das sich hinter der Schöpfung verbirgt. Können Sie mir folgen?«

»Ich denke schon«, sagte Eileen ohne große Zuversicht, aber die sanfte, ansteckende Heiterkeit des Mannes ermunterte sie zu einem Versuch.

»Der Student der Kabbala benutzt den *Klang* bestimmter mächtiger Wörter in der Meditation, um ein höheres Bewußtsein in sich selbst zu schaffen. Die *numerische* Bedeutung der Buchstaben analysiert er entsprechend numerologischen Werten, die verborgene Bedeutungen enthüllen. Die *Form* der Buchstaben liefert die Grundlage für die Erkundung visuell verschlüsselter Informationen – wie etwa die Mandalas der Hindus. Jede Disziplin übt einen anderen Bereich des Geistes, aber alle sind gleichermaßen gültige Wege, auf denen der strebsame Student der Erleuchtung näher kommen kann.«

Draußen vor den Fenstern des fahrenden Zuges wurde es schnell Nacht; die Lichter von Denver verblaßten hinter ihnen, während sie sich durch die spärlich besiedelten Ausläufer der Rocky Mountains nach Süden schlängelten. Selbst im schwindenden Licht der Dämmerung spürte man die machtvolle Wucht des Gebirges im Westen, und Eileen hätte nicht sagen können, was ihr dichter und undurchdringlicher erschien: diese Berge oder Jacob Sterns Antwort auf ihre einfache Frage:

Was tun Sie denn genau?

»Es gibt nur zweierlei Wirklichkeit, die wir als Menschen erfahren können: die eine ist physikalische Materie, und die andere ist Information.« Stern hielt einen leuchtend grünen Apfel in die Luft. »Da sind die Atome oder Partikel, die die Form eines Gegenstandes bilden: Materie. Da ist die Idee des Gegenstandes, die nur in unserem Geist existiert: Information. Das eine hat keine Bedeutung ohne das andere, aber die Verbindung dieser beiden Eigenschaften ist Leben. Ein Apfel zum Beispiel.« Er nahm einen großen Bissen, kaute energisch und lächelte. »Möchten Sie auch einen?«

»Danke«, sagte Eileen und nahm den Apfel entgegen, den er aus seiner Tasche holte.

»Sie heißen Granny Smith – ist das nicht fabelhaft? Was für eine Vorstellung: eine drahtige alte Großmutter, die im Obstgarten herumläuft.«

Eileen lachte; er konnte reden, worüber er wollte, solange er sie nur zum Lachen brachte.

»Genauso verhält es sich mit diesen alten Büchern, die ich studiere«, sagte er und zog ein in Leder gebundenes Buch aus seiner Reisetasche. »Für jemanden, der keine Erfahrung damit hat, sind es nur lauter komische Symbole, auf zusammengebundene Papierbögen gedruckt und in einen Einband gehüllt. Ein Primitiver vermag keinen Sinn darin zu erkennen!«

»Eine säuberliche Zusammenfassung dessen, was ich beim Lateinunterricht empfand«, sagte Eileen.

»Natürlich! Weil man Sie nicht davon überzeugen konnte, daß es für Ihre fünfzehnjährige Existenz relevant ist! Aber für einen Gelehrten, der sein Leben darauf verwandt hat, sich vorzubereiten, oder – besser noch – für einen Propheten, dessen Geist nicht von den Einflüssen der physikalischen oder der animalischen Seele umwölkt ist –«

An dieser Stelle versank Bendigo Rymer, der auf dem Sitz vor ihnen angestrengt die Ohren gespitzt hatte, um zu lauschen – voller Empörung darüber, daß Eileen ihn um dieses Eindringlings willen so schmählich im Stich gelassen hatte –, in einen tiefen, sorgenfreien Schlummer.

»– ist ein großes heiliges Buch nicht bloß ein Dokument

zum Studium Gottes oder auch nur ein Werkzeug zur Übermittlung des göttlichen Willens. Es ist *an sich* der heilige Leib Gottes, verkörpert in einer Gestalt, die es dem Menschen, der es studiert, gestattet, in das Buch einzudringen und mit ihm zu verschmelzen und auf diesem Wege in das geheime Herz unseres Schöpfers zu gelangen.«

»Damit sagen Sie, daß diese Bücher irgendwie lebendig sind«, meinte Eileen.

»In gewisser Weise, ja. Das ist verzwickt. Ist Ihnen bekannt, wie ein Telefon funktioniert, meine Liebe?«

»Nicht genau.«

»Mir auch nicht. Aber wenn ich recht verstehe, existiert eine geheimnisvolle Substanz in dem kleinen Teil, das wir in der Hand halten, um hineinzusprechen –«

»In der Sprechmuschel.«

»– danke sehr. Eine Substanz, die, wenn wir in die Sprechmuschel sprechen, zu vibrieren beginnt und unsere Worte in ein elektrisches Signal verwandelt, welches durch die Drähte zu der anderen Person läuft – fragen Sie mich nicht, wie –, wo noch mehr von dieser magischen Substanz in dem Teil sitzt, durch welches man hört – die Hörmuschel, ja? –, die dann ebenfalls vibriert und dabei die Signale wieder in die Worte zurückverwandelt, die wir hier drüben gesprochen haben, so daß Sie sie dort verstehen können. Ist das nicht fantastisch?«

Einen Schritt vor ihnen begann Bendigo Rymer zu schnarchen, ein Nebelhorn, das durch das Rattern des Zuges tönte.

»Und heilige Bücher sind wie diese Substanz.«

»Ja. Das Wort Gottes wurde auf ihren Seiten empfangen und in Wörter und Zahlen und Laute übersetzt, so daß jemand, der sich mit der richtigen Ausbildung heranbegibt, es am Ende entziffern und verstehen kann. Gott spricht am einen Ende hinein, und wir hören am anderen Ende zu.«

»Wenn das so ist«, sagte Eileen und biß noch einmal in ihren Apfel, »wieso ist dann nicht jeder in das Geheimnis eingeweiht?«

»Nicht jeder ist bereit. Ein Mensch muß einen hohen

Grad von Reinheit erreichen, bevor er dieses Material studiert, denn sonst würde die Kraft dieser Informationen ihn zerreißen wie ein Hurrikan. Es gibt eine Redensart: Das Gefäß muß stark gemacht werden, bevor die Weisheit hineingegossen wird.«

Mit einem dumpfen Schlag fiel die silberne Taschenflasche, aus der Rymer getrunken hatte, vom Sitz des Schlafenden auf den Boden und Stern vor die Füße. Eileen schob Bendigo die Flasche wieder unter den Arm und war dankbar dafür, daß sie heute abend nicht getrunken hatte; sie hatte sich dem Alkohol in letzter Zeit allzu häufig hingegeben – Seelentrost anstelle von Gesellschaft –, und es wurde Zeit, daß sie es ein wenig zurückschraubte. Sie ließ den Kopf gegen die Rückenlehne sinken und konnte sich nicht erinnern, wann sie zuletzt so entspannt gewesen war, eingelullt vom sanften Wiegen des Zuges und dem gleichmäßigen Klang von Jacobs Stimme.

»Dies ist die traditionelle Rolle der Priesterschaft, in jeder Religion: Sie hilft Männern und Frauen dabei, sich darauf vorzubereiten, spirituelle Informationen aus höheren Regionen aufzunehmen.«

»Mein Priester hat nie was anderes getan, als zu versuchen, mir die Hand unter den Rock zu schieben«, sagte Eileen und bereute es sofort.

»Na, das ist die große Herausforderung des Lebens, nicht wahr?« sagte Jacob, nicht im geringsten verlegen. »Wir Menschen sind gespaltene Wesen und versuchen, unsere beiden Naturen miteinander zu versöhnen: die spirituelle und die animalische. Darum übrigens trage ich diese Schnur um den Leib: Es ist ein *gartel* und trennt auf symbolische Weise die höheren von den niederen Bereichen unserer Natur und dient mir zur ständigen Erinnerung an unseren fortwährenden Kampf. Wir alle versuchen, jeder auf seine eigene Weise, dieses *tikkun* zustande zu bringen, diese innere Heilung oder Instandsetzung: unser gespaltenes Selbst mit sich zu versöhnen. Jeder einzelne ist dafür verantwortlich, in seinem eigenen Leben das *tikkun* zu erreichen; es ist die höchste Verantwortung des Lebens. Man sagt, wenn genug Menschen dazu fähig sind, dieses Werk zu tun, dann wird solche Heilung vielleicht eines Tages für die ganze Welt kommen.«

»Sie glauben, die Welt ist in Ungnade gefallen, ja? Wir sind alle hoffnungslose Sünder, und so weiter.«

»Sie sind aus England, nicht wahr?«

»Du liebe Güte, hört man das immer noch so deutlich?«

»Nur auf überaus entzückende Weise. Aber ich möchte Sie etwas fragen: Hat Ihre Kirche von England irgendeinen Zweifel daran, daß der Mensch ein ganz und gar böser, sündhafter Wicht ist?«

»Von der allerschlimmsten Sorte. Und meine Erfahrung mit den Menschen bestätigt das.«

Jacob lachte. »So empfinden die meisten ihr Leben, wissen Sie. Daß sie auf irgendeine fundamentale Weise gegenüber ihrem Gott oder sich selbst versagt haben.«

»Empfinden Sie es auch so, Mr. Stern?«

Stern sah sie an, und seine blauen Augen leuchteten wie zwei glänzende Knöpfe; er strahlte Freude aus, so stetig wie ein Kohlenfeuer die Wärme. Wie attraktiv muß er als junger Mann gewesen sein, dachte Eileen, und augenblicklich entschied sie, daß ihr Leben jetzt wunderbar wäre, wenn sie ihn damals getroffen hätte.

»Es ist keine Frage«, sagte Stern, »daß wir Menschen traurige und gebrochene Geschöpfe sind. Schauen Sie sich um; es erfordert keine großartige Vision, um zu erkennen, daß die Dinge nicht so sind, wie sie sein sollten. Gäbe es Vollkommenheit in der Welt, weshalb sollten Mann und Frau dann zum Beispiel zwei separate Wesen sein? Warum die Unterschiede in Hautfarbe oder Religion, Heimatland oder Familie, die soviel blinden Haß und Blutvergießen hervorbringen? Anscheinend liegen auch die unvorstellbarsten Grausamkeiten niemals außerhalb des Menschenmöglichen.«

»Ja. Es ist alles ziemlich hoffnungslos, nicht?« sagte sie und schaute ihm verträumt in die Augen.

»Man sagt, in jeder Schöpfung enthüllt der Schöpfer seine Persönlichkeit; wenn das so ist, dann muß der Schöpfer dieser Welt ein schrecklich verletztes und unvollkommenes Wesen sein. In dieser Hinsicht ähneln wir unserem Gott vielleicht. Und wenn es einen solchen Gott gibt, dann muß er sicher mit uns in der Verbannung sein und leiden wie wir, muß sich selbst auf dem Weg zu spiritueller Vollkommenheit mühen. Auf dem Weg, auf dem wir alle dahinstolpern. Die Geschichte der Menschheit sagt uns, daß es unbestreitbar Fortschritte gibt, all unserer Gewalt und unserem Schmerz zum Trotz, ein langsames, allmähliches Voranschreiten zum Licht – im Hebräischen hat ›Licht‹ denselben numerischen Wert wie ›Geheimnis‹. Vielleicht werden wir eines Tages diese ›Erleuchtung‹ erreichen.«

Eileen bemühte sich, ein Gähnen zu unterdrücken. Jacob lächelte.

»Einer der großen Nachteile des Altwerdens: Man denkt, man weiß so viel, aber niemand sonst hat die Ausdauer, einem zuzuhören.«

»Nein, es ist sehr interessant, wirklich«, sagte Eileen. »Ich hatte nur seit Ewigkeiten keinen Grund, über solche Dinge nachzudenken.«

»Wer hat den schon? Nur verrückte alte Männer, die sich mit tausend Büchern in ihrem Keller einschließen. Das wirkliche Leben, die Familie, der Lebensunterhalt: Wer hat da Zeit, sich über das Leiden den Kopf zu zerbrechen, wenn das Leiden soviel Zeit in Anspruch nimmt?« sagte Stern und lachte.

»Sie sind wirklich ein ganz wunderbar eigenartiger Mann«, sagte Eileen.

»Ist das ein Kompliment?«

»Es ist so gemeint. Anders. Ungewöhnlich. Außerordentlich.«

»Einige meiner herausragenden Eigenschaften.« Stern lachte wieder.

»Nun, ich schätze sie, Mr. Stern. Sie sind ein prächtiger alter Knabe.«

Stern holte wohltuend tief Luft und schaute aus dem Fenster; das Mondlicht schimmerte auf der leuchtenden Schneehaube eines fernen Berggipfels. »Jedenfalls ist es eine überaus erstaunliche Welt«, sagte er. »Eine Schande, daß wir sie nicht besser würdigen können.«

»Ich nehme an, man muß diese Augenblicke einfach nutzen, wenn sie einem über den Weg laufen«, sagte Eileen, und eine köstliche Schläfrigkeit kroch in ihr herauf.

Ein träumerischer Ausdruck erschien in Sterns Gesicht, durchscheinend und fein; er sah plötzlich um Jahre jünger aus. »Nichts ist verloren. Nichts ist vernichtet. Es gibt keine Irrwege. Keine Disharmonie. Alles kommt zurück.«

Nein, das ist doch nicht möglich, dachte Eileen. Eine vertraute Regung ließ ihr Herz schneller schlagen. Lächerlich. Sie spürte das Gefühl auf, untersuchte es, stocherte darin herum, prüfte es; und dann mußte sie zugeben, daß es Gültigkeit hatte, so absurd es auch sein mochte.

Sie war dabei, sich in ihn zu verlieben.

6

Sie versammelten sich unter dem heroischen Bogen in der großen Halle des Metropolitan Museum, dem nördlichsten Vorposten innenstädtischer Zivilisation an der Fifth Avenue, eine glitzernde Heerschar von großbusigen Witwen mitsamt ihrem Gefolge – sie nannten sich die Vierhundert, wie jemand Doyle erklärte: exakt so viele Personen paßten in Mrs. Vanderbilts Ballsaal –, die dem verdienstvollen Gast aus England die Ehre erweisen wollten. Beim ersten Blick auf diese angesehene Gesellschaft fühlte Doyle sich hoffnungslos in der Minderzahl, aber im Laufe der Jahre hatte er ein paarmal zugesehen, wie die Queen ein paar Empfangsspaliere absolviert hatte; das Ganze war so ritualisiert wie Tanzschritte, und er hatte von einer Meisterin lernen können.

Man wiederhole den Namen der Person, wenn er einem genannt wird, schüttele ihr die Hand – es sei denn, man wäre die Queen; dies ist eines der königlichen Vorrechte –, nehme ihr Kompliment mit Bescheidenheit und einer gefaßten Miene, die eine abstrakte Faszination angesichts der betreffenden Person vermuten läßt, entgegen, entbiete einen kurzen Dank und ein neutrales Wir-sehen-uns-später: der nächste, bitte. Er hatte diese Übung zu Hause viele Male hinter sich gebracht, allerdings – und das galt für alles, was er seit seinem ersten Tag in New York erlebt hatte – niemals in einem solch kolossalen Maßstab. Als Doyle sich ans Ende dieser Woge von Wohlgesonnenen durchgearbeitet hatte, pochte seine Handfläche wie ein geprügeltes Trommelfell. Was für seltsame Bräuche veranlaßten diese amerikanischen Magnaten zu dem Glauben, das Zermalmen fremder Handknochen könne als ein Zeichen der Freundschaft gedeutet werden?

Nach der ersten Stunde verschmolz die Menge zu einer tausendköpfigen Bestie aus funkelnden Juwelen und schwarzen Krawatten, der er eindeutig unterlegen war, während er durch den Saal wandelte. Anscheinend brauchte man hierzulande einem Menschen nur einmal vorgestellt worden zu sein, und schon konnte er einfach herankommen und ein Gespräch anfangen. Entsetzlich! Mit ungeschützten Flanken den Attacken aus allen Himmelsrichtungen ausgeliefert, kam er sich vor wie ein Rebhuhn, das auf eine offene Wiese hinausgetrieben worden war.

Und warum setzte man sich nicht zu Tisch, um ein anständiges Dinner zu sich zu nehmen? Auch so eine amerikanische Neuerung, erklärte Innes, während sie sich hinter eine Säule drückten: kein großes Essen. Lediglich genug Champagner, um ein Schlachtschiff darauf schwimmen zu lassen, und ein ganzes Feld von rohen Mollusken. Eine bessere Zirkulation der Gäste, ein geringerer Kostenaufwand, und man konnte auf diese Weise mehrere Veranstaltungen auf denselben Abend legen, und dieselben vierhundert Gesellschaftsgrößen konnten an allen teilnehmen, ohne jemanden zu beleidigen, indem sie sich frühzeitig verabschiedeten. Was machte das schon? dachte Doyle. Sie werden sich eine Stunde später auf der nächsten Party sowieso alle wiedersehen. Was für ein anstrengendes Programm; die halbe Zeit verwandten sie darauf, sich zum Ausgehen anzukleiden, und den Rest verbrachten sie im hastigen Galopp durch die Nacht, beständig geplagt von der nagenden Vorstellung, daß irgend jemand sich irgendwo anders vielleicht besser amüsieren könnte.

»Tut mir übrigens leid, das mit Pinkus«, sagte Innes. »Wie ich mich an Bord benommen habe. Fürchte, ich hatte mich anfangs von ihm einnehmen lassen. Absolut meine Schuld.«

»Schon gut«, sagte Doyle, insgeheim entzückt. »Kann jedem passieren.«

»Visionen von Tanzmädchen sind mir im Kopf herumgeschwirrt; bin ein dummer Esel gewesen – Achtung, Arthur: Ärger im Anzug an steuerbord voraus.«

Innes lenkte seine Aufmerksamkeit auf einen herannahenden Matronenschwarm mit raubgieriger Bewunderung im flammenden Blick. Sie hatten ihn geradewegs im Visier, aber Doyle tat, als bemerke er ihr Anrücken nicht, und ergriff die Flucht, während Innes mitten in die Meute hinauswatete, um sie mit einem Nachhutgefecht aufzuhalten.

Seine hastige Flucht indessen führte Doyle in einen drangvoll engen Pferch unter einer Treppe, wo er sich inmitten einer Reihe verschwitzter Gesichter eingekeilt sah, die von Sonnenbräune und ganz unnatürlicher Gesundheit leuchteten. Wo war Pepperman? Der Major hatte mit Doyle auf seiner Runde Schritt gehalten, hatte den Namen eines jeden Angreifers, der Kurs auf ihn nahm, wiederholt – wieso konnten sie anstelle dieser albernen Rosetten nicht kleine Namensschilder am Revers tragen? –, aber der rauschende Ansturm irgendeines wahnsinnigen italienischen Tenors hatte ihn beiseite gefegt. Doyle konnte den Zottelkopf des Majors ganz in der Nähe, aber unerrcichbar, aus dem Gedränge ragen sehen, und er begriff, daß er das kampflustige, pferdezahnige Raubtier an der Spitze dieser Meute ganz allein würde abwehren müssen. Wie hieß der Mann gleich wieder?

Roosevelt? Das war's. »Theodore. Nennen Sie mich Teddy« Eine Familie aus der herrschenden Klasse – angeblich gab es in diesem Land der Freien keine, aber selbst ein Idiot brauchte sich nur hier im Saal umzusehen, um es besser zu wissen. Ungefähr in Doyles Alter. Plump und stämmig wie die dicke Zigarre in seinem Mund, mit genügend bedenkenloser Willenskraft im Blick, um damit ein Rhinozeros in die Knie zu zwingen. Fanatische Augen, von dicken Brillengläsern vergrößert, quollen aus einem absolut quadratischen Schädel.

Roosevelt war ihm als Commissioner für dieses oder jenes vorgestellt worden – für Grünflächen oder Handelsbeziehungen oder das Innere des Äußeren. Amerikaner betrachteten es als nationalen Zeitvertreib, sich gegenseitig Titel zu verleihen, aneinandergehängt wie Eisenbahnwaggons, strotzend von Redundanz und bar aller Fantasie. Vize-Superintendent des Stellvertretenden Beauftragten für Gesundheits- und Sicherheitsordnung. Leiter der Hauptverwaltung des Amtes für den Öffentlichen Personenverkehr, Abteilung Pferdefuhrwerke, Ressort Zaumzeug und Steigbügel. Nichts von der poetischen Lyrik, die den englischen Amtsbezeichnungen innewohnte: Schatzkanzler. Innenminister. Vizekönig des Subkontinents. Zeremonienmeister des Hosenbandordens.

»War auf Vortragsreise«, sagte Roosevelt und kaute manisch auf seiner Zigarre. »Boston, Philadelphia, Atlantikküste. Kann mich nicht mehr zu weit von zu Hause entfernen; mein jüngerer Bruder ist vor zwei Monaten gestorben. Alkohol. Zügellose Lebensweise. Epilepsie. Halluzinationen. Einweisung ins Sanatorium. Hat versucht, sich aus dem Fenster zu stürzen. Familie in Aufruhr. Gräßlich. Können Sie sich nicht vorstellen, Arthur.«

Wieso erzählt er mir das? überlegte Doyle. Und wieso nennt er mich Arthur?

»Tut mir furchtbar leid«, sagte Doyle. Was hätte er sonst sagen sollen?

»Danke. Was kann man machen, wenn jemand, den man so wild entschlossen liebt, mit dem Leben nichts zu tun haben will? Nichts. Nicht das geringste. Man muß ihn laufenlassen.« Ohne ein weiteres Anzeichen der Gefühlsaufwallung und auch ohne Scham wischte Roosevelt sich eine Träne fort, die hinter seiner Brille hervorrollte. »Das Leben geht weiter. Es ist für die Lebenden. Man muß damit ringen, muß sich ihm stellen. Niemals nachgeben, bis zum letzten Atemzug nicht. Die Zeit wird uns alle noch früh genug unter die Erde bringen.«

Die muskulöse Tapferkeit dieses Mannes weckte Sympathie. War es nicht das, was er an den Amerikanern am meisten bewunderte? Aufrichtigkeit, Offenheit. Starke Emotionen freimütig zum Ausdruck bringen. Nichts von der steifen Förmlichkeit und dem ritualisierten Geplauder, hinter dem seine verklemmten Landsleute sich versteckten wie die Feldmäuse in einer Hecke in Sussex.

Roosevelt nahm die Zigarre aus dem Mund und beugte sich ein wenig vor.

»Meine Ansicht zu solchen Exzessen, wie sie meinen

Bruder umgebracht haben, ist folgende: Schauen Sie sich hier im Raum um, und alles was Sie sehen, ist Reichtum, Raffinement, Kultur. Aber ich sage Ihnen, anderswo in den Straßen dieser Stadt herrscht offener Krieg. In der Lower Eastside beherrschen Banden von Schlägern und Randalierern unbehelligt ganze Viertel. Die Stadt steht ihnen hilflos gegenüber. Und hier werden auf geradezu schonungslose Weise die beiden möglichen Richtungen erkennbar, in die sich die Menschheit weiterentwickeln kann. Zum einen durch Selbstvervollkommnung und die Philanthropie der moralisch Starken, die danach streben, ihr Wissen zu mehren und ihren Horizont zu erweitern; sie bringen die Gesellschaft voran. Und zum andern – unbewußt – durch die moralisch Bankrotten durch Trunksucht und Immoralität; zwei unsichtbare Hände, die das Unkraut aus dem Garten des Lebens jäten. Ich prophezeie Ihnen, daß in drei Generationen von heute an die Spezies der Trinker, der Hedonisten und der Verbrecher angesichts ihrer Neigung, sich untereinander zu vermischen, entweder ausgestorben oder im Aussterben begriffen sein werden. Warum? Weil sie das Blut schwächen, werden sie unter ihren Exzessen körperlich zusammenbrechen oder sich mit ihren Verbrechen ums Leben bringen, ehe sie Gelegenheit finden, sich fortzupflanzen. Auf diese Weise wird der morsche Zweig beschnitten, und mit der Zeit wird der Durchschnitt zu einem höheren Standard heranreifen. Die Natur hat da ihre eigenen Mittel.« Er trat einen Schritt zurück, um die Reaktionen auf seine These zu studieren.

Doyle starrte ihn an. »Kandidieren Sie für ein politisches Amt, Mr. Roosevelt?«

»Ich habe schon für das Amt des Bürgermeisters dieser großartigen Stadt kandidiert, und wir schließen es auch für die Zukunft nicht aus«, sagte Roosevelt. Seine Anhängerschaft hinter ihm erwachte zum Leben und reckte sich ob der bloßen Vorstellung zu etwas größerer Höhe. »Haben Sie vor, in den Westen hinauszureisen, während Sie hier sind, Arthur?«

»Ich weiß nicht genau, ob alle Stationen der Lesereise bereits festliegen«, sagte Doyle; ihm war noch ganz schwindlig von der schlagartigen Verwandlung des Mannes vom trauernden Bruder zum malthusianischen Erbkundler.

»Ich rate Ihnen – und zum Teufel mit Ihrer Tournee: Schauen Sie sich den Westen an. Ein hartes und gefahrvolles Land, zumindest in den wilden Gegenden. Und eine passendere Kulisse für die Betrachtung der kläglichen Bedeutungslosigkeit des Menschen werden Sie niemals finden.«

»Sie sind oft dort, nicht wahr?« sagte Doyle.

»Aber Sie werden feststellen, daß die Wanderung des Menschen nach Westen einem größeren Ziele dient; es ist die besondere Bestimmung des Amerikaners, diese Grenze zu erobern, und diese Tat wird seinen Charakter für die nächsten hundert Jahre formen.«

»Wirklich? Inwiefern?«

Roosevelt drehte langsam seine Zigarre zwischen den Zähnen und starrte Doyle in die Augen. Offensichtlich war er es nicht gewohnt, daß seine Bekanntmachungen in Frage gestellt wurden. Aber Doyle zuckte mit keiner Wimper.

»Der Amerikaner wird lernen, daran zu glauben, daß ihm von Gott die Fähigkeit verliehen ist, die Natur zu unterwerfen. Am Ende wird man ihm die Verantwortung als Führer der zivilisierten Welt übertragen. Aber er muß respektvoll damit umgehen, ja, ehrfürchtig. Und nur indem wir uns der Natur aussetzen, werden wir die richtige Haltung entwickeln, um diese enorme Aufgabe auf unsere Schultern zu nehmen. Wenn Sie den Westen besuchen, Arthur, dann werden Sie an jeder Wegbiegung Panoramen von so atemberaubender Pracht erblicken, daß Ihre Art, die Welt zu sehen, sich für alle Zeit verändern wird. Ich beschwöre Sie, das nicht zu versäumen.«

»Ich habe schon immer ein paar Indianer sehen wollen«, sagte Doyle.

Roosevelts Augen wurden schmal und bündelten seine magnetische Kraft zu einem konzentrierten Strahl. »Hören Sie, es gibt hierzulande eine Menge verdrehtes, rückständiges, sentimentales Gerede, man müsse die Expansion unseres Reiches aufhalten, um ein paar versprengte Stämme in den Ebenen zu bewahren, deren Leben nur um ein paar Grad weniger sinnlos, schmutzig und ungezähmt ist als das der wilden Bestien, mit denen sie sich die Eigentümerschaft des Landes teilten, bevor wir des Weges kamen.«

»Ich habe gelesen, daß sie – freilich auf ihre eigene wilde Art, mit Skalpierungen und dergleichen – wirklich sehr eindrucksvoll sein sollen.«

»Geben Sie nichts darauf. Der Rote Mann ist ein Überbleibsel aus der Steinzeit, und seine sogenannte angeborene Vornehmheit hat dem Marsch des Fortschritts nichts entgegenzustellen. Das Rad der Geschichte hält niemals aus Mitleid an; wer ihm nicht aus dem Weg gehen kann, wird zermalmt. Dies ist das Schicksal, das Gott für die Indianer bereithält, und ihre Weigerung, sich an die veränderte Welt um sie herum anzupassen, macht sie zu Mitschuldigen an seiner Vollstreckung.«

Unvermittelt packte Roosevelt Doyles schlaffe Hand noch einmal mit zermalmendem Druck.

»Ihre Geschichten haben mir sehr gefallen«, sagte er. »Holmes. Watson. Prächtiges Zeug. Schade, daß Sie ihn umbringen mußten. Denken Sie an das Geld, das Sie noch hätten machen können. Alles Gute, Arthur. Genießen Sie Ihren Aufenthalt in Amerika.«

Mit einer knappen Kommandogeste an seine wartenden Höflinge schritt Roosevelt davon, und die ganze Truppe folgte ihm im Gleichschritt. Innes trat in das Vakuum in ihrem Kielwasser.

»Was war denn das?« fragte er.

»Ein schockierendes Beispiel für die Spezies *Homo americanus*. Man könnte ihn ausstopfen und ins Museum stellen.«

»Ganz schöne Dandys, die ganze Bande, was? Ziemlich verrückter Knacker da drüben«, sagte Innes und deutete mit dem Kopf auf einen gertenschlanken Mann in Zylinder und Schwalbenschwanz; er trug ein schwarzes Cape, dazu einen wehenden weißen Seidenschal und war in ein Gespräch verwickelt, schaute aber regelmäßig zu ihnen herüber. Sein Gesicht war dunkel und fein konturiert, die Augen hatten einen ostindischen Schnitt, und Lippen und Nase waren von beinahe femininer Zartheit. Eine lange schwarze Löwenmähne floß zu einem dicken Pferdeschwanz zusammen. Er schien Anfang Dreißig zu sein, und er trat mit dem schwungvollen selbstbewußten Habitus des gefeierten Maestro auf.

»Fing eben an, mir von einem Konzert zu erzählen, das er plant; jedes Instrument im Orchester soll durch einen anderen Geruch dargestellt werden, den er mit einer Maschine ins Publikum pumpt, wenn sie zu spielen anfangen.«

»Durch verschiedene *Gerüche?*«

»Du hörst ganz richtig. Rosen für die Streicher, Sandelholz für die Blechbläser, Jasmin für die Flöte und so weiter. Jeder Duft strömt aus einer eigenen Tülle, die mit dem Instrument verbunden ist und von ihm aktiviert wird.«

»Gütiger Himmel.«

»Ein Patent hat er schon, sagt er. Duft-O-Rama. Symphonie der Gerüche.«

»Unfaßbar.«

»Gibt's nur in Amerika.«

Innes ging davon.

Ein großer, blonder, gutaussehender Mann im Smoking löste sich aus der Menge, ging mit gleichmäßigem Schritt von hinten auf Doyle zu und schob dabei seine Hand unter das Jackett. Der elegante dunkelhäutige Mann mit dem Seidenschal sah ihn kommen. Er wandte sich um und steuerte geradewegs auf Doyle zu, nahm ihn fest beim Arm und führte ihn mitten ins Gedränge.

»Mr. Conan Doyle, die Ehre ist ganz auf meiner Seite«, sagte der dunkle Mann im wohlgerundeten Oxford-Englisch der Upper Class. »Ich hatte soeben das hinreißende Vergnügen, die Gesellschaft Ihres Bruders zu genießen, und dachte, ich könnte mir vielleicht die Freiheit nehmen, mich auch Ihnen bekannt zu machen.«

Ist bereits geschehen, dachte Doyle. Mr. Duft-O-Rama.

Der große blonde Gentleman hinter ihnen blieb stehen und zog sich dann an den Rand des Saales zurück.

»Mein Name ist Preston Peregrine Raipur, aber alle Welt

nennt mich Presto. Wir sind übrigens Landsleute; ich bin ein Oxford-Mann: Trinity College, Jahrgang '84«, sagte der Dandy und fügte dann, ohne seinen Gesichtsausdruck zu verändern, in leisem, todernstem Ton hinzu: »Bitte werfen Sie während unseres Gesprächs auch weiterhin von Zeit zu Zeit einen Blick in die Gesellschaft, wenn Sie so gut sein wollen, Sir, und lächeln Sie höflich, als hätte ich etwas gesagt, das milde Heiterkeit bei Ihnen weckt.«

»Was?«

»Wir werden beobachtet. Am besten wäre es, unsere Unterhaltung bliebe kurz und scheinbar ganz und gar auf Oberflächlichkeiten beschränkt«, sagte Presto; sein frivoler Tonfall war völlig verschwunden, und eine ernsthafte, intelligente Aufrichtigkeit war an seine Stelle getreten.

»Was hat das zu bedeuten, Sir?« fragte Doyle und lächelte entsprechend der Bitte des Mannes, die wahre Richtung dieses Gespräches zu verschleiern.

»Ein anderer Zeitpunkt und ein anderer Ort eignen sich besser zu ausführlichen Erklärungen. Sie sind in Gefahr. Sie müssen sofort weg von hier«, sagte Presto und grinste einem vorübergehenden Paar zu.

Doyle zögerte; ein beiläufiger Blick in die Runde ließ ihn keinerlei Gefahr entdecken.

»Und würde es Ihnen passen, wenn ich morgen früh, sagen wir, um neun Uhr zu Ihnen ins Hotel komme?« fragte Presto.

»Nicht, wenn ich nicht vorher wenigstens andeutungsweise erfahre, worum es geht.«

Raipur winkte jemandem über Doyles Schulter hinweg zu und lachte wie ein Halbgescheiter. Dann flüsterte er: »Jemand stiehlt die heiligen Bücher dieser Welt, Mr. Conan Doyle; ich glaube, das ist Ihnen bereits bekannt. Gewiß ist ein solches Thema doch eine Stunde Ihrer Zeit wert, und wäre es nur, um Ihre angeborene Wißbegier zu befriedigen.«

Doyle musterte den Mann; er bestand die Prüfung. »Morgen früh um neun Uhr im Waldorf Hotel.«

Der Mann machte eine leichte Verbeugung. »Ich werde jetzt für eine Ablenkung sorgen; nehmen Sie Ihren Bruder und gehen Sie auf der Stelle.« Mit einer geschickten Handbewegung zauberte er eine Visitenkarte hervor und gab sie Doyle. »Wir treffen uns morgen wieder.«

Doyle warf einen Blick auf die Karte. Unter dem Namen Preston Peregrine Raipur stand ein Titel: Maharadscha von Berar. Maharadscha?

»Ich bin Ihnen sehr dankbar«, sagte Raipur und verfiel dann wieder in die Tonlage des gesellschaftlichen Paradiesvogels. »Und ich kann es nicht abwarten, mehr von Ihren fantastischen Geschichten zu lesen, Mr. Conan Doyle: Bravo! Braaa-vo! War mir ein großes Vergnügen, Sie kennenzulernen, Sir. Die besten Wünsche, jederzeit!«

Mit diesen Worten machte Preston Peregrine Raipur, der Maharadscha von Berar, eine tiefe Verbeugung und glitt davon. Während Innes zu Doyle zurückkehrte, hob Preston seinen schwarz glänzenden Spazierstock hoch in die Luft.

»Voilà!« rief er.

Der Stock explodierte in einer dicken weißen Rauchwolke und einer blitzenden Feuersäule. Die Leute im Saal zerstoben in alle Himmelsrichtungen.

»Was zum Teufel –«, sagte Innes.

»Mir nach«, sagte Doyle und nahm Innes beim Arm. »Schnell.«

Die Brüder schoben sich durch die aufgeregte Menge und verloren sich in einem anderen Pulk, der ebenfalls den Ausgängen zustrebte. Als der Rauch sich hinter ihnen verzogen hatte, sah man, daß Presto verschwunden war.

Der große blonde Mann entdeckte Doyle und Innes, als sie das Museum verließen, und setzte ihnen nach.

Draußen schob Doyle seinen Bruder eilig zu der Kutsche, die am Randstein der Fifth Avenue wartete. Als er sich umschaute, sah er, wie der große blonde Mann gerade zur Tür herauskam.

»Was ist denn los?« fragte Innes.

»Ich werde es dir gleich erklären«, sagte Doyle.

Sie sprangen in die Droschke.

»Wohin?« fragte der Kutscher.

Es war Jack.

CHICAGO, ILLINOIS

Sie stieg aus dem Zug und stand auf demselben Bahnsteig, auf dem wenige Abende zuvor Jacob Stern gestanden hatte. Mit ihrem blauen Baumwollkleid, das die harten Konturen ihres Körpers verbarg, und der Haube über dem rabenschwarzen Haar sah sie eher aus wie eine Cousine vom Lande, die zu Besuch kam, oder wie eine Dorfschullehrerin, nicht wie eine Indianerin, die aus der Reservation entlaufen war. Sie verbarg das Gesicht unter der Haube und hielt den Blick unterwürfig gesenkt, um keinerlei Aufmerksamkeit auf sich zu lenken.

Der Traum war in jener Nacht im Reservat wiedergekommen, wie es die Eulen-Medizin vorhergesagt hatte: Sie war allein durch eine Stadt mit hohen Gebäuden und breiten, leeren Straßen gewandert. Hatte vor einem fahlen Schloß mit fingerdünnen Türmen auf jemanden gewartet. Sie hatte dieses Schloß in dem Medizin-Traum viele Male gesehen, aber da war es ihr schwarz vorgekommen, bedrohlicher, und es hatte immer in der Wüste gestanden, nicht inmitten einer modernen Stadt. Das war alles, was der neue Traum ihr hatte offenbaren können, bevor der Schwarze Krähe Mann – nie sah sie sein Gesicht, immer nur den verwachsenen Buckel und das lange, strähnige Haar – herabstieß und alles mit Feuer davonfegte.

Sie erkannte die Stadt; es war Chicago, die einzige Großstadt, die sie je betreten hatte. Doch sie konnte sich nicht erinnern, diesen fahlen Turm bei ihrem einzigen Besuch damals gesehen zu haben; es war ein Schulausflug gewesen, vor zwölf Jahren, mit einer Gruppe von Highschool-Absolventen aus der Reservation, die man dort hinausgeführt hatte, um Eindruck auf die weißen Politiker zu machen. Die Stadt war ihr erschienen wie ein Ort von großem Zorn, von Verwirrung und wilder Energie, und sie hatte gehofft, sie nie wieder erleben zu müssen. Aber jetzt würde sie bleiben und die Straßen absuchen, bis sie den Turm gefunden hätte, und dann würde sie warten, wer auch immer da kommen mochte.

Als Die Allein Geht den Bahnhof verließ, schaute sie einen Mann an, der am Droschkenstand herumlungerte. Dante Scruggs ließ seinen Zahnstocher in den anderen Mundwinkel wandern, und sein gesundes Auge wurde schmal. Und als die dunkelhaarige Frau an ihm vorbeikam, begannen die bösen Gedanken, die in seinem Kopf mit größerer Regelmäßigkeit verkehrten als die Züge im nahen Bahnhof, in wilder Hast zu kreisen. Ein Monat war vergangen, seit er das letzte Mal gearbeitet hatte; allmählich kehrte die Zeit wieder, da die Stimmen zurückkamen, und der alte Satz hüpfte über die Oberfläche seines Geistes wie ein flacher Stein übers Wasser, immer wieder und wieder:

Wir haben einen leeren Bauch, und uns juckt's, wo wir uns nicht kratzen können.

Dante beobachtete sie mit fanatischer Konzentration; es gefiel ihm, wie sich ihre Lenden beim Gehen wiegten und wie ihre kräftige braune Hand den Griff des Koffers umfaßte. Er mochte ja halb blind sein, aber eine Indianerin erkannte er immer noch auf eine halbe Meile.

Wann würden diese Frauen lernen, daß sie einfach nicht allein reisen sollten? Chicago war ein rauhes Pflaster; da konnte eine Lady jeden Augenblick Pech haben, dachte Dante, und sie führte das Schicksal in Versuchung, wenn sie hier nach Einbruch der Dunkelheit am Bahnhof herumspazierte. Und wenn sie den Ärger nicht geradezu herausfordert, wie sie sich so schamlos hier zur Schau stellt und versucht, sich als Weiße auszugeben. Unmoralisch, das war es.

Was diese Squaw nötig hatte, war eine Lektion, und Dante Scruggs war der Mann dazu. Der Gedanke an die künftige Intimität zwischen ihnen ließ ihn schaudern; er würde jeden Zoll dieses braunen Körpers erkunden, bevor sie fertig wären. Dann würde er sie mit dem Green River bekannt machen.

Aber zunächst wartete er auf ein Zeichen. Dort, das Pferd, das am Pfosten angebunden war. Sein Schwanz zuckte nach links, und dann noch einmal: zweimal hintereinander.

Ja. Die Stimmen wollten diese da.

Die Frau bog um eine Ecke, und er folgte ihr.

Vor all dem Beton, Backstein und Gußeisen des neuen Chicago, das nach dem Brand von '71 in die Höhe geschossen war, bot Dante Scruggs' angeborene Hautfarbe ihm eine gute Tarnung. Er sah nicht gut aus, aber man hätte ihn auch nicht häßlich genannt. Von durchschnittlicher Große, blond und jungenhaft, mit rundlichen, sanften Gesichtszügen wie seine Mittelklasse-Familie, die daheim in Madison, Wisconsin, einen Laden hatte. Er war neunundreißig, sah aber zehn Jahre jünger aus, und es wäre unmöglich, ihn aus einer Menschenmenge herauszufinden. Er war nicht massig; seine bemerkenswerten Kräfte saßen vor allem in den übergroßen Bauernpranken: Mit denen konnte er Walnüsse knakken. Dante war gerissen genug, der Polizei stets einen und dem Gefängnis zwei Schritte voraus zu sein, und der Welt zeigte er ein sanftes, freundliches Gesicht. Sein Glasauge würde man nie bemerken, wenn man es nicht aus nächster Nähe eingehend betrachtete: Die Iris, blau wie ein Drossel-Ei, hatte keine Pupille.

Dante war ein Menschenschlag, den die mechanisierte Welt erst seit kurzem hervorbrachte: der industriestädtische Einzelgänger. Er verspürte kein Bedürfnis nach Gesellschaft; seiner Vorstellung vom Ausgehen genügte ein Besuch im benachbarten Schlachthaus – auch wenn er in Situationen, die dies erforderten, die Rituale freundlichen Verhaltens makellos vollziehen konnte. Dieses Talent zur Simulation und seine bescheidene Erscheinung erlaubten ihm, durchs Leben zu gehen, ohne einen Schatten zu werfen. In ihm aber gab es nur Widerhaken, Finsternis und reißenden Schmerz. Die Stimmen, die er im Kopf hörte, lenkten jeden seiner Schritte; schon längst hatte er es aufgegeben, sich ihren Anordnungen zu widersetzen, und er glaubte mit der Demut eines Dieners, daß es schlicht seine Aufgabe sei, ihnen zu gehorchen, wenn er ihre Signale einmal verstanden hatte.

Die Stadt war der Dschungel und er selbst ein Raubtier an der Spitze der Nahrungskette; das verlieh dem, was er als sein Lebenswerk betrachtete, eine gewisse Würde. Die U. S. Army hatte von seiner Lust an Disziplin soviel gehalten, daß sie ihn zum Platoon Sergeant befördert hatte. Fünfzehn Jahre hatte er gedient, bis das Massaker von Wounded Knee seinen Vorgesetzten deutlich gemacht hatte, mit welcher Begeisterung Dante diesen Aspekt seiner Natur zum Ausdruck brachte.

Soldaten in seiner Einheit, die bei dem Gefecht in seiner Nähe gewesen waren, sagten aus, Dante habe alle menschlichen Hemmungen verloren, nachdem der Dakota-Pfeil ihm das Auge genommen hatte. Andererseits, gaben sie zu bedenken, wie konnte man erwarten, daß er mit so schwer beschädigtem Augenlicht noch Frauen und Kinder unterschied? Die Army hatte sich diesem Argument widerwillig gefügt und seine Exzesse in der allgemeinen Vertuschungsaktion begraben. Bald danach war er in aller Stille ehrenhaft und mit vollem Pensionsanspruch entlassen worden.

Dante deutete sein Mißgeschick anders; die Verwundung hatte ihm eine ganz neue Welt eröffnet. Er stellte sich vor, sein verlorenes Auge sei einfach umgedreht worden, schaue nun nach innen und erkläre die Stimmen. Und seit seiner schweren Verwundung gewährten die Stimmen ihm die Erlaubnis, genau die Art von Vergeltung zu üben, von der er nur hatte träumen können: neun Morde in drei Jahren, mit denen kein Mensch ihn je in Verbindung bringen würde.

Mit seiner Pension brauchte er kein Geld zu verdienen, und so widmete Dante sich dem, was die Gentlemen-Jäger in der Prärie als ›Jagdfieber‹ bezeichnet hatten. Er hatte als Büffel-Scout gearbeitet, bevor er zur Army gegangen war, und er hatte nichts als Verachtung für die reichen Müßiggänger aus dem Osten empfunden, die da aus hundert Yards Entfernung auf reglose Bullen feuerten. Sie unterlagen einem großen Irrtum: Das Fieber lag in der Jagd aus nächster Nähe, in der Arbeit mit den bloßen Händen, das hatte er herausgefunden. Sorgfältig, gründlich, berechnend. Es machte ihm Spaß, seinen Ladys den Green River zu zeigen und sie dann hinzuführen, langsam und gemächlich, und unterwegs ihre Angst zu verschlingen.

Und die da war Indianerin. Das war Sauce zu seinem Braten.

Diese Squaw wußte nicht, wo sie hinwollte, das war klar, und sie kannte Chicago nicht – schaute nach den Straßenschildern, wanderte ziellos umher. Ihn kümmerte es nicht, was sie allein hier machte; solche Gedanken verwandelten sie in Menschen und vertrieben den Zauber. Ihre Familie dürfte in der Reservation sein, wo sie hingehörte: Das hier war eine Ausreißerin, und so verspürte Dante keinen Drang zur Eile. Bei erstklassigem Fleisch ließ er sich gern Zeit. Einmal war er einer Frau halb nach Springfield gefolgt, hatte sich die ganze Zeit zurückgehalten und auf den rechten Augenblick zum Handeln gewartet. Das machte sein Werben so spannend; es konnte Tage oder auch Wochen dauern, bevor sich eine Gelegenheit bot. Aber wenn er erst eine im Visier hatte, ließ er sie nicht mehr davonkommen, bis die Arbeit erledigt war.

Sie ging die Treppe zu einer Pension in der Division Street hinauf, die er kannte – Nur für Damen, Vermietung wochenweise. Gut: Sie hatte also vor, eine Weile zu bleiben. Dante hatte das schon so oft gesehen: Frau kommt in die Stadt, sucht sich einen miesen Job, Kellnerin vielleicht, oder Näherin in einem Ausbeuterladen. Die Zeit vergeht, und die Arbeit schleift sie zu einem dieser namenlosen, gesichtslosen Körper zurecht, die kein Mensch bemerkt, wenn er auf der Straße an ihnen vorübergeht. Stapft jeden Abend allein zurück auf ihr Zimmer. Müde bis auf die Knochen, und das gute Aussehen geht schnell zum Teufel. Nimmt ihre Mahlzeiten mit anderen schmalgesichtigen Frauen in der Pension ein. Er konnte sie sehen, steif und adrett im Speiseraum hinter den Gardinen aus irischer Spitze. Vielleicht findet sie eine Freundin unter ihnen, und dann reden sie ohne viel Hoffnung davon, eines Tages einem Mann zu begegnen, einem Kerl, der sie nicht allzu schlecht behandeln und ihnen irgendein Leben bieten würde. Rauchen Zigaretten hinten auf der Veranda, und ihr Atem dampft in der kühlen Abendluft. Waschen sich im Gemeinschaftsbad am Ende des Korridors, ziehen niemals alle ihre Kleider aus. Schlafen dann mit ihren mageren Träumen.

Frauen wie leere Tassen. Treiben durchs Leben und warten, daß etwas passiert. Und jetzt war er da, und das Warten war vorbei: Ihr Leben würde einen Sinn bekommen.

Sie würde den Green River sehen.

Da war sie, im Fenster. Erster Stock, hinten. Recht so, sie richtet sich ein. Die Stimmen sagten ihm, er könne jetzt beruhigt fortgehen. Er wußte, wo sie zu finden war.

Dante Scruggs konzentrierte sich so sehr auf die Indianerin, daß er nicht merkte, wie jemand ihm folgte und ihn beobachtete. Ein dunkler, stiller Mann mit einer auffälligen Tätowierung – einem vom Blitz durchbohrten Kreis – in der linken Armbeuge. Er wartete, bis Dante an ihm vorübergegangen war, dann folgte er ihm langsam, verschmolzen mit dem Strom der Fußgänger.

YUMA, ARIZONA TERRITORY

Niemand im Lager der Tramps konnte sich erinnern, je einen Chinamann auf der Walze gesehen zu haben, und auf die philosophische Art, wie sie diesen Königen der Landstraße zu eigen ist, betrachteten sie dies als ein untrügliches Merkmal schlechter Zeiten. Ihre Abneigung gegen die Doppelsucht des Kapitalismus – die Sucht nach Arbeit und nach Geld – hatte die beharrliche Neugier auf die größeren Zusammenhänge in der Welt nicht aus ihren Köpfen vertreiben können; tatsächlich hatten sie in ihrer Untätigkeit sogar um so mehr Zeit, die *conditio humana* ins Auge zu fassen. Die Hobos hatten das Ohr auf den Gleisen der gesellschaftlichen Veränderung; an jeder Station ihrer Reisestrecke gab es Leute, die es sich nicht nehmen ließen, weggeworfene Zeitungen zu lesen und die offenkundigen Fehler des Menschen zu erörtern wie mißbilligende Archäologen. Diese Hobos wußten besser als die meisten braven Bürger, daß im letzten Jahr in Amerika sechshundert Banken pleite gegangen, zweihundert Eisenbahnlinien bankrott und über zweieinhalb Millionen Menschen arbeitslos waren; solche Zahlen brachten respektable Leute auf die Straße, die ihnen dann die Camps verstopften und das Leben für die professionellen Vagabunden dornenreicher werden ließen. Männer mit traurigen Gesichtern, die herumnölten und von ihren Eheproblemen sabbelten, oder wie sie ihren Job vermißten. Selbstmitleidiges Gequake von dieser Sorte konnte einem ordentlichen Hobo den Magen umdrehen.

Die Tramps wußten auch, daß die Chinesen auf ihre Familien schworen; sie kümmerten sich um die Ihren und blieben für sich, wenn die Lage mies war. Wenn also ein Chinamann auftauchte, der auf den Güterzügen fuhr, dann konnte man das als Neuigkeit betrachten. Slocum Haney sagte, er sei in Sacramento aufgesprungen, und da habe dieser Chinese schon im Waggon gehockt. Sagte kein Wort von da bis Yuma, nicht mal, wenn man ihn anredete. Hatte ihn weder schlafen noch essen sehen; saß einfach da in der Ecke, wachsam wie eine Katze. Haney wußte nicht mal, ob er Englisch verstand oder nicht. Machte einem irgendwie Gänsehaut, der Mann, auch jetzt, wie er so allein da draußen am Rande des Kreises um das Feuer saß.

»Rede du mal mit ihm«, sagte Slocum Haney. »Du hast doch schon mal mit Chinesen gearbeitet.«

Denver Bob Hobbes genoß uneingeschränkten Respekt bei seinesgleichen, sowohl wegen seines langen Lebens auf der Walze als auch wegen seiner Gewohnheit, nicht um den heißen Brei zu reden; in der egalitären Welt der Hobos hatte er die inoffizielle Position des *elder statesman emeritus* inne. Er hatte mal gearbeitet, war mit den Gleisbauarbeitern der Transkontinentalbahn von Ohio her in den Westen gekommen, damals in den Sechzigern, und eines Morgens vor zwanzig Jahren, bei der Kartoffelernte in Pocatello, Idaho, hatte eine Erleuchtung gehabt und gelobt, niemals wieder einen einzigen Handschlag für den Profit eines anderen Mannes zu tun.

Denver Bob hatte dieses Gelübde gehalten und sich durch eifriges Studium zu einer Autorität in Fragen der ökonomischen Ausbeutung der Werktätigen herangebildet. Im Jahr '93 war er mit Kellys Industrial Army nach Washington marschiert, um gegen die Lage der Industriearbeiter zu protestieren – und weil es nichts Besseres als politische Demonstrationen gab, wenn es um Gratisessen und angenehme Gesellschaft ging. Bob behauptete, er sei einmal Walt Whitman begegnet; er schleppte stets eine eselsohrige Ausgabe der *Grashalme* mit sich herum und konnte einem wildfremden Menschen Vorträge über die Vornehmheit der Armut und des Lebens auf der Landstraße halten, bis aller Sauerstoff in der Umgebung aufgebraucht war. Und wenn die Anwesenheit dieses Chinamannes die Harmonie im Camp durcheinanderbrachte, dann betrachtete Denver Bob es als seine persönliche Aufgabe, die Dinge wieder ins Lot zu bringen.

»Solche kalten Nächte gibt's hier in der Wüste im Oktober schon manchmal«, sagte er und ließ seinen feisten Hintern neben dem Chinamann auf eine leere Kupferdrahttrommel sinken. »Die meisten ziehen um diese Jahreszeit in Richtung Kalifornien, aber mir scheint, du kommst da gerade her.«

Er bot dem Mann einen Schluck von dem selbstgebrannten Rosinenschnaps an, den sie am Abend zuvor gemacht hatten. Der Mann schüttelte den Kopf und blickte weiter geradeaus. Denver Bob war es nicht gewöhnt, daß jemand seine Großzügigkeit zurückwies – er war massig und rund, und mit seinem dicken weißen Bart und den roten Apfelbäckchen sah er aus wie der Weihnachtsmann –, aber es brachte ihn nicht aus der Fassung. Nicht viel vermochte dies.

»Das Camp besteht jetzt seit zehn Jahren, seit sie die Strecke von Los Angeles in Betrieb genommen haben. Hunderte von Leuten kommen jede Saison durch diesen Rangierbahnhof.« Das Hüttencamp lag am Rande des Rangiergeländes von Yuma, der großen Schnittstelle zwischen Los Angeles und dem Arizona Territory am Ufer des Colorado. »Sprichst du Englisch, mein Freund?«

Der Mann sah ihm zum ersten Mal ins Gesicht; Denver Bob fühlte, wie ein Frösteln über seine Kopfhaut kribbelte. Nicht, daß eine offene Drohung im Blick der stumpfen schwarzen Augen gelegen hätte. Da war einfach … gar nichts. Weder Persönlichkeit noch Unterwürfigkeit noch falsche gute Laune. Kein Chinamann hatte je so geschaut oder sich so benommen.

»Ich suche Arbeit«, sagte der Mann.

»Arbeit? Na, das Gefühl überkommt einen Mann von Zeit zu Zeit«, sagte Denver Bob unter Aufbietung seiner ganzen gutgeölten Freundlichkeit. »Da weiß er nicht, soll er scheißen oder die Uhr aufziehen. Das ist wie ein Fieber, verstehst du; am besten legt man sich hin, trinkt was und wartet, bis es vorbei ist.«

»Ich arbeite mit Sprengstoff«, sagte der Mann, Denvers feierliche Ode an die Faulheit ignorierend.

»Ist das wahr?«

»Sprengungen.«

»Ja, ich hab's schon verstanden. Du bist also ein Arbeiter.« Was immer der Kerl sonst sein mochte, ein Tramp war er nicht. Wie ein Bahnarbeiter sah er auch nicht aus. Viel zu selbstsicher und unabhängig. Vielleicht ein Minenarbeiter, der seinen Claim verloren hatte. Egal – alles an dem Kerl machte Denver Bob Gänsehaut. Wenn er irgend etwas sagen oder tun konnte, was ihn dazu bringen würde, das Camp zu verlassen und weiterzuziehen, dann konnte das gar nicht schnell genug gehen.

»Wo finde ich solche Arbeit?«

»Zufällig, Bruder, kann ich dir das genau sagen. Sie sind immer noch dabei, die Nebenstrecke zwischen Phoenix und Prescott zu verlegen, durch das Pea Vine. Wie ich höre, sind da reichlich Tunnel zu graben und Canyons zu überbrücken, genug, um eine Doppelschicht-Kolonne noch ein ganzes Jahr lang rund um die Uhr zu beschäftigen.«

»Wo?«

»Nordnordwestlich. Du kannst da drüben bei der Schwenkbrücke auf den Nachtgüterzug nach Phoenix springen; der geht gegen Mitternacht, und morgen früh bist du da.«

»Die Santa Fé, Phoenix and Prescott Railroad.«

»Das ist die Firma. Du findest ihre Büros gleich am Bahnhof in Phoenix. Die können dich sicher gut unterbringen – heutzutage ist Arbeit in den meisten Gegenden ziemlich knapp, aber ein Kerl mit 'nem brauchbaren Talent wie deinem wird immer gesucht. Auf dein Glück und auf das deiner Vorfahren.« Denver Bob hob die Blechdose mit seinem Schnaps, trank ihm zu und dachte: Du hast deinen Marschbefehl, mein Freund; jetzt schaff deinen gespenstischen Arsch von meinem Platz.

Der Mann zeigte keinerlei Dankbarkeit; er wandte seinen Blick wieder dem Feuer zu. Dann erweckte irgend etwas seine Aufmerksamkeit; er saß stocksteif da, wie ein Hühnerhund, der etwas wittert.

Bevor Denver Bob reagieren konnte, zerriß ein Chor von durchdringenden Pfeifen die Nacht ringsumher. Das konnte nur eins bedeuten – und gleich ging der Schrei durch das Hüttendorf.

»Bullen!«

Seit dem Pullman-Eisenbahnerstreik im vergangenen Mai machten Bahnpolizisten und Pinkerton-Agenten Razzien in den Hobo-Camps, wüste Gewaltorgien, bei denen Schädel eingeschlagen wurden, die Hütten in Flammen aufgingen und die Tramps, die nicht im Gefängnis landeten, in alle Winde zerstreut wurden. Den Sommer hindurch hatten die Bullen sich über St. Louis an den Gleisstrecken entlang zu den Camps im Westen vorgearbeitet, und ihnen voraus eilten die Erzählungen der Überlebenden, die von so wahllosen und bösartigen Verstümmelungen an ihren Brüdern zu berichten hatten, daß einem dabei die Augen aus den Höhlen traten. Keine Freifahrten mehr, so lautete die neue Politik der Firmen. Anscheinend war den Eisenbahnbaronen daran gelegen, Gleise und Bahnhöfe sauberzuhalten, um die ausgesprochen sensiblen Mittelklasse-Fahrgäste nicht zu brüskieren, die jetzt westwärts zogen und von deren Reisekasse, wie das Konsortium entschieden hatte, das künftige Geschick der Eisenbahn abhing.

Fünfzig Tramps sonnten sich im stumpfen Glanz des Alkoholnebels, als die Bullen hinter einer Reihe Güterwaggons hervorstürmten und über sie herfielen, bevor auch nur ein einziger auf die Beine kommen konnte. Zwanzig Schläger, die sich heranschlichen wie Diebe aus dem Hinterhalt, mit Schlagstöcken und abgesägten Baseballschlägern in den Fäusten, und sie machten nicht viel Federlesen – die meisten dieser Landstreicher hatten im Laufe ihres Lebens schon ein- oder zweimal deftige Prügel bezogen, aber das hier war ein völlig neues Spiel. Diese Burschen meinten es ernst.

Zwei Cops mit Fackeln setzten die kleinen Papphütten in Brand. Die Bullen hatten auf beiden Flanken angegriffen, so daß die Hobos in wilder Flucht in die Mitte des Rangiergeländes galoppierten, stürzten und übereinander stolperten, gefangen wie Neunaugen in einem Netz. Die meisten waren klug genug, sich zu Boden zu werfen, ihre Köpfe zu schützen und den größten Ärger mit dem fleischigen Rücken abzufangen. Jeder, der wegzulaufen versuchte, wurde mit einem Schlag vor die Kniescheiben zu Boden gestreckt und auf das Übelste zusammengeschlagen. Kopfhaut platzte auf, Schlüsselbeine brachen, das Blut floß in große Pfützen.

Denver Bob ließ sich beim ersten Pfiff zu Boden fallen, rollte sich um die Drahttrommel, auf der er gesessen hatte, und wartete darauf, daß die Schläge auf ihn niederprasselten. Er sah sich nach dem Chinamann um und wollte ihm zuschreien, er solle Erde fressen, aber der Mann war verschwunden.

Ein großer Bahnbulle hob seinen Schlagstock, um auf einen Hobo einzuprügeln, der bei der Draisine stand und sein langes Bündel festhielt. Als der Schlagstock im Bogen auf ihn herabsauste, machte der Tramp eine Bewegung, und der Hieb erreichte nie sein Ziel. Überrascht schaute der Bulle nach unten; er hielt nur noch den Griff seines Schlagstocks in der Hand. Der Knüppel war abrasiert, mit einer sauberen Schnittfläche dicht über seinen Fingerknöcheln. Als er hochblickte, ließ der Tramp seine Arme noch einmal kreisen – ein Chink, um Gottes willen –, und der Bulle spürte, wie in seinem linken Bein etwas aus den Fugen ging. Er wollte einen Schritt machen, und das Bein ging oberhalb des Knies entzwei. Das ganze Bein vom Fuß bis zum Oberschenkel kippte einfach seitwärts weg und plumpste zu Boden; im nächsten Moment verlor der Mann das Gleichgewicht und schlug der Länge nach hin wie eine gefällte Kiefer.

Das kann doch nicht sein, dachte der Bulle: Der Chink hat ein Schwert in der Hand. Er fühlte noch keine Schmerzen, aber er konnte nicht atmen. Als er hochschaute, sah er, wie die Stiefelsohle des Chinamanns auf sein Gesicht herabfuhr.

Kanazuchi hatte keine Zeit, um ein Gebet für den toten Wachmann zum Himmel zu schicken, denn da kam ein zweiter mit hoch erhobenem Schlagstock von hinten angestürmt. Er duckte sich weg und trat nach hinten aus; der Wachmann überschlug sich hilflos, flog über ihn hinweg und ging schwer zu Boden. Kanazuchi packte sein Handgelenk und kugelte ihm mit einer einzigen Drehung die Schulter aus dem Gelenk. Ein Schlag mit dem Knüppel des Wachmanns auf seine Nasenwurzel trieb ihm einen Knochensplitter ins Hirn und ließ seine Schreie verstummen.

Kanazuchi sah sich um und hatte die Szene augenblicklich analysiert: Die Männer im Camp waren zwar weit in der Überzahl, leisteten aber keinen Widerstand. Keiner der übrigen Angreifer hatte bis jetzt Notiz von ihm genommen oder bemerkt, welchen Schaden er angerichtet hatte; sie waren mit ihrer Prügelei beschäftigt. Zwischen den Eisenbahnwagen zu seiner Rechten kamen immer neue hervorgeschossen. Feuer loderte gefährlich vor ihm aus den brennenden Hütten. Hinter ihm der kalte, tückische Fluß.

In der Falle. Eine Festnahme ob der Überzahl dieser Männer war sehr wahrscheinlich.

Kanazuchi atmete gleichmäßig, blieb wachsam, wünschte sich nichts, eskortierte mit jedem gemessenen Ausatmen die Angst aus seinem Körper.

Dort!

Die Öffnung präsentierte sich. Eine schmale Lücke in der Formation der Angreifer, unter einem Wasserturm, führte zu der Eisenbahnbrücke in Richtung Osten. Er würde sich auf die Dunkelheit und das Chaos im Camp verlassen und den Grasschneider verbergen müssen, um die fünfzig Yards hinter sich zu bringen.

Wieder rannte ein Wachmann auf ihn zu. Kanazuchi glitt fließend zu Boden, erhob sich unter ihm und schleuderte

186

den Mann unter Ausnutzung seines eigenen Schwungs auf
das Dach eines brennenden Verschlags hinauf. Wenige Augenblicke später kam der Mann schreiend aus der Baracke
herausgerannt und schlug mit den Armen wie ein Vogel; er
war von Flammen eingehüllt. Die Bullen waren abgelenkt
und konzentrierten sich auf die brennende Gestalt, und jetzt
hatte er seine Gelegenheit: Kanazuchi hielt das Schwert in
der Scheide an sein Hosenbein gedrückt und begann den
Platz zu überqueren.

Denver Bob, der sich unter seine Drahttrommel kauerte,
war bis jetzt noch nicht gefunden worden, und so war er der
einzige im ganzen Camp, der die Aktion des Chinamanns
von Anfang bis Ende mitangesehen hatte; in künftigen Tagen würde diese Geschichte sich, selbst in Anbetracht des
Freiraums, den ihm seine herausragende Stellung unter seinesgleichen bescherte, als schwer verdaulich erweisen.
Wenn die Leichen der sieben Bullen und die Köpfe der beiden Pinkerton-Leute nicht am nächsten Morgen noch dage-
legen hätten, so daß alle sie bei Tageslicht sehen konnten,
dann hätten sie Denver Bob ins Gesicht hinein für verrückt
erklärt.

»Der Chinamann bewegte sich, als wäre er aus Flüssigkeit und nicht aus festem Fleisch«, pflegte Denver Bob nach
einer Weile zu berichten, aber das waren nur blasse Worte,
die seiner Erinnerung kaum gerecht wurden. Selbst als es
geschah, konnte er kaum einen Sinn in das bringen, was seine Augen ihm da meldeten.

Kanazuchi ging ruhig und mit fließender Anmut davon,
wie ein Mann, der im Park spazierengeht. Alle anderen
Körper machten eckige und hektische Bewegungen – Männer auf der einen oder anderen Seite eines bösartigen Über-
falls. Nur durch den Kontrast fiel die Gestalt, die sich zwischen ihnen dahinbewegte, überhaupt auf. Bahnbullen erblickten den Mann erst, wenn er an ihnen vorbeiging; holten aus, um mit dem Knüppel nach ihm zu schlagen. Sie lagen am Boden, noch bevor sie diese Bewegung zu Ende gebracht hatten, die Knochen wie Reisig gebrochen, die Gesichter zertrümmert. Arme und Beine des Chinamanns

schienen in schwerelosen Bahnen hinauszuwirbeln und im Kreis zu ihm zurückzukehren; einmal sah es sogar aus, als schwebe er in der Luft. Als er am Rande des Rangierplatzes angekommen war und die beiden Pinkertons ihm mit gezücktem Revolver entgegentraten, hatten die übrigen Bullen endlich begriffen, daß in ihrer Mitte etwas Katastrophales im Gange war.

Da zog der Chinamann in einer einzigen, geschmeidigen Bewegung das Schwert aus der Scheide an seinem Hosenbein, schwang es in einer zweifachen Schleife – man erkannte Feuerreflexe auf den Schneiden –, und die Köpfe der Pinkerton-Männer fielen herunter wie reife Melonen.

Der Chinamann rannte. Er war ein verschwommener Schatten. Er war verschwunden.

Als die Bullen das Gemetzel in seinem Kielwasser gewahr wurden, entwich die Kampflust aus ihnen wie Wasser aus einem geplatzten Schlauch. Wahrend sie anfingen, sich um ihre Toten zu kümmern, stolperten die Hobos, die noch dazu in der Lage waren, in die Nacht hinaus und zerstreuten sich wie Schrapnell, und mit sich nahmen sie ihre Bündel und kleine Bruchstücke des Alptraums, dessen Zeugen sie geworden waren. Und es war Denver Bob, der in der Zeit danach am meisten darüber redete: In der Welt der Eisenbahntramps ist es vor allem ihm zu verdanken, daß die Geschichte von dem Mann mit dem Schwert, der das Camp in Yuma gerettet hatte, ins Reich der Legenden einging.

Im Morgengrauen des nächsten Tages, war – eine eher praktische Konsequenz – die Jagd nach dem mörderischen Chinamann bereits in vollem Gange.

NEW YORK CITY
Gleißende elektrische Lichtreklamen erleuchteten den ganzen Abschnitt des Boulevards und offenbarten einen Straßenkarneval von Menschenmassen, die sich vor Theatern und Schnapskneipen drängten, vor Panoptiken und besonders vor der allerneuesten Sensation in der Stadt, den Fünf-

Cent-Kinetoskop-Sälen, die den Broadway zu beiden Seiten säumten. Fliegende Händler verhökerten ganze Warenlager von billigem Kram – Spielzeug, Schuhe, Scheren, Hosenträger, Töpfe und Pfannen. Messerschleifer ließen Funken von ihren Schleifsteinen sprühen, Lumpensammler die Glocken an ihren Karren klingeln. Flaneure labten sich an Bratäpfeln, heißen, knusprigen Brötchen und gedämpften Muscheln, die auf der Straße feilgeboten wurden. Bezaubernde junge Mädchen verkauften heiße Maiskolben – eine Attraktion, die Innes mit untrüglichem Instinkt in dem Gewirr aufspürte. Einige der Händler bliesen Trompete, um ihre Ware anzupreisen, andere trugen ›Sandwichplakate‹ mit großen Lettern, aber die meisten verließen sich auf ihre Stimmen: Scharfe, endlos wiederholte Refrains gellten durch das Getöse.

Die Fahrer der elektrischen Straßenbahnen pflügten sich durch den dichten Kutschenverkehr und bedienten unablässig ihre Signalhörner, wobei sie die schreckhaften Pferde, die sich noch nicht an ihre Anwesenheit gewöhnt hatten, langsam beiseite schoben. Doppeldecker-Omnibusse schaukelten Touristen auf der Suche nach einem Nervenkitzel durch das Straßengewirr der Midtown; die holprige Fahrt ließ alle paar Schritte neue Sensationen in Sicht kommen. Bohémiens mit Baskenmützen und grellen Halstüchern. Glücksritter und Gauner, die das nächste große Spiel witterten. Städtische Ganoven, die in quergestreiften Pullovern und weichen Gangstermützen die Runde machten. Gestriegelte Stutzer in karierten Anzügen mit perlgrauen Derbyhüten und dazu passenden Gamaschen flanierten vorbei, ein Püppchen am Arm. Straßenmädchen, von Gin oder Bier beschwipst, torkelten zwischen zwei Jobs umher, um wieder nüchtern zu werden. Irische Cops gingen Streife und ließen ihre Schlagstöcke vom Pflaster hochschnellen. Eine Heilsarmee-Kapelle schlug die Trommel und warf die Netze nach Streunern aus, die sich rekrutieren ließen. Zuhälter, Säufer, Zeitungsjungen, Gaukler, Ausreißer und chinesische Zigarrenverkäufer.

»Kannst du dir das vorstellen, Arthur?« sagte Innes.

»Zehn Uhr abends, und die Straßen derart voller Leben? Beim Zeus, hat man so etwas schon mal gesehen?«

Doyle sah, wie Innes die Parade beäugte, und die Brust schwoll ihm in beschützerischer Zuneigung ob so viel Überschwangs und nie in Versuchung geführter Unschuld. Bestand die Gefahr, daß er diese Eigenschaften korrumpierte, wenn er ihn weiter auf diesem Weg hinunterführte, den er jetzt eingeschlagen hatte? Er hatte Jack Sparks und das, was sie zusammen durchgemacht hatten, Innes gegenüber nie mit einem Wort erwähnt, nicht einmal, nachdem er Jack auf dem Schiff wiedergetroffen hatte. Innes fing sein Leben erst an; war es recht, ihn Gefahren von der Art auszusetzen, wie Jack sie routinemäßig herausforderte? Und in Anbetracht der Verantwortung sowohl für seine Frau und seine Familie als auch seinen beruflichen Verpflichtungen gegenüber fragte Doyle sich schließlich, ob er selbst eigentlich das Recht hatte, auf so gefährlichen Pfaden zu wandeln.

Er sah zu Sparks hinauf, der über ihnen auf dem Kutschbock saß, anonym und kalt. Während er ihnen einen Weg durch den Verkehr suchte, betrachtete Doyle sein Gesicht. Vor zehn Jahren hatte er ernstliche Vorbehalte im Hinblick auf Jacks Geisteszustand gehegt, auf seine Obsessionen, die dunklen Stimmungsschwankungen, seinen heimlichen Appetit auf Drogen. Da er nicht wußte, welcher Art das Grauen war, das sein ehemaliger Freund inzwischen durchlebt hatte, war es durchaus möglich, daß der Mann inzwischen völlig von Sinnen war. Konnte man ihm trauen?

»Das kann doch nicht der kürzeste Weg zum Hotel sein, oder, Arthur?« fragte Innes, ohne daß es ihn gestört hätte.

Es war noch nicht zu spät, den Wagenschlag aufzureißen und Innes hinauszubefördern, weg von Jack Sparks und allem, wofür er stand. Doyle sah die Hände seiner Frau vor sich, friedlich gefaltet auf ihrem Schoß. Und ohne rationalen Grund kam ihm das Gesicht einer anderen Frau in den Sinn: die Schauspielerin Eileen Temple. Es mußte an den Lichtern der Theater hier am Broadway liegen; wahrscheinlich hatten sie die Erinnerung heraufbeschworen. Er wußte, sie war in diese Stadt gekommen, nachdem sie ihn am Ende ihrer kurzen Liebesaffäre hatte sitzenlassen, um hier Karriere zu machen und ihr Glück zu suchen. Ihre schwarze, irische Schönheit und die flüchtige Zeit ihres Beisammenseins spukten seitdem in seiner Erinnerung herum. Am meisten wünschen wir uns, was wir niemals haben können, dachte Doyle. War sie vielleicht heute abend hier draußen, ganz in der Nähe, auf einer der Bühnen in den Theatern, an denen sie vorbeikamen, oder ging sie gar in diesem Augenblick durch die Menschenmenge, die sie umgab? Sein Blick wanderte über die Gesichter, und halb hoffte er, sie zu finden. Nach so vielen Jahren des intimen Zusammenlebens mit seiner Frau kam ihm der Gedanke an ein Wiedersehen mit Eileen jetzt fremd vor, sträflich und erregend zugleich. Er konnte sich kaum noch daran erinnern, wer er eigentlich gewesen war, als sie sich begegnet waren. Würde er sie nach all der Zeit überhaupt noch wiedererkennen?

Ja. Er würde sich an ihr Gesicht immer erinnern, solange er lebte.

Eine dritte Gestalt erschien vor seinem geistigen Auge. Königin Victoria. Stolz. Altertümlich. Ungemein liebenswert. Das bindende Wort, das er ihr gegeben hatte, hallte ihm durch den Sinn: Er stand ihrem Befehl zur Verfügung, wann immer sie es verlangte. Sie hatte dieses Privileg nie mißbraucht. Und er erinnerte sich an ihren unerschütterlichen Glauben an Jack Sparks, ihren Geheimagenten, der ihr größtes Vertrauen genoß, den Mann, der so tapfer an seiner Seite gekämpft hatte. Den Mann, der ihm ein solcher Freund gewesen war.

Das war es: die Wurzel seines Zorns. Er fühlte sich betrogen. Jack war in sein Leben zurückgekehrt, wie Doyle es immer erhofft hatte, aber der Mann, der an seiner Stelle erschienen war, war eine Hülse, ein Überrest, und er brachte Doyle um die Genugtuung eines wahren Wiedersehens. Es war zu früh, um zu sagen, ob noch irgendeine Spur von dem Sparks, den er gekannt hatte, in dem geisterhaften Schatten vorhanden war, der ihre Droschke lenkte; aber bisher waren die Hinweise alles andere als ermutigend.

Und dennoch ist Jack gegen alle Wahrscheinlichkeit nun schon so weit aus dem Grab heraufgekommen; vielleicht kann ich ihm auf dem restlichen Stück voranhelfen? Bin ich ihm nicht wenigstens soviel schuldig? Ist dieser Mann nicht verantwortlich für einen so großen Teil des Glücks, das in mein Leben gekommen ist? Jawohl, mein Gott: Wenn die Chance besteht, daß er wieder zu sich kommt, dann muß ich durchhalten.

Jack warf ihm vom Kutschbock herunter einen Blick zu. War da ein Aufflackern von Gefühl in seinen Augen, diese alte Seelenverwandtschaft zwischen ihnen? Als habe er Doyles Gedanken gelesen und schaue nun herab, um ihn zu beruhigen:

Ich bin noch hier. Haben Sie Vertrauen. Es wird Zeit erfordern, keine Worte, um diesen Schaden zu reparieren. Oder war das nur Wunschdenken?

»Arthur?« fragte Innes noch einmal. »Fahren wir denn nicht zurück zum Hotel?«

Doyle betrachtete seinen Bruder. Innes hatte sich, kaum daß er das gesetzlich vorgeschriebene Alter erreicht hatte, zu den Royal Fusiliers gemeldet. Im Herzen war er immer noch Soldat; stets brannte er auf einen Kampf und war darauf erpicht, den Interessen der Krone zu dienen. Hatte er sich mit seinem Einsatz auf der *Elbe* nicht ohne jeden Zweifel bewiesen? Wenn er also jemanden ins Vertrauen ziehen mußte, wer wäre dann besser geeignet als sein eigen Fleisch und Blut?

»Wir haben vorher noch eine Angelegenheit zu erledigen«, sagte er.

»Eine Angelegenheit? Was für eine Angelegenheit?« fragte Innes.

Doyle holte tief Luft. Ja, er würde es ihm sagen. »Ein Mann, den ich früher kannte. Heißt Jack Sparks. Arbeitete als Geheimagent der Königin.«

»Nie davon gehört«, sagte Innes skeptisch.

»Eben. Weil es geheim war«, sagte Doyle geduldig.

»Hmm. Und was ist mit diesem Sparks?«

»Wir sind uns vor zehn Jahren begegnet. Innes, du darfst

niemals mit irgend jemandem darüber sprechen. Du mußt mir dein feierliches Ehrenwort geben.«

»Du hast es«, sagte Innes, und seine Augen rundeten sich.

»Jack hatte einen älteren Bruder, Alexander. Als sie Kinder waren, ermordete Alexander ihre Schwester. Sechs Monate alt. Erstickte sie in der Krippe.«

»Er muß verrückt gewesen sein.«

»Durch und durch. Aber da sie ihm keinerlei Schuld nachweisen konnten, schickten sie ihn auf ein Internat. Und eines Nachts, Jahre später, als Jack auf dem Kontinent zur Schule ging, kehrte Alexander zurück. Ihr Heim, ein Landsitz in Yorkshire, brannte bis auf die Grundmauern nieder, und alle, die darin waren, starben. Allerdings nicht, bevor Alexander seine eigene Mutter vor den Augen des Vaters schändete und abschlachtete.«

Innes bekam vor Schreck schmale Augen. »Schrecklich.« Doyle hatte Jacks Geschichte noch nie jemandem erzählt, aber diese Reaktion war nicht überraschend.

»Der Vater überlebte noch lange genug, um einen Brief an Jack zu diktieren, in dem er von Alexanders Verbrechen berichtete. Von diesem Tag an weihte Jack sein Leben dem Bemühen, seinen Bruder zur Strecke zu bringen. Dabei bildete er sich zum größten Feind heran, den das kriminelle Element in unserem Lande je gekannt hat. Schließlich trat er in den Dienst der Königin und leistete die gleiche Arbeit im Auftrag der Krone.

Vor zehn Jahren dann entpuppte Alexander sich schließlich als führenden Kopf in einem ruchlosen Komplott gegen die Krone; es gab noch sechs Mitverschwörer, und sie nannten sich die Sieben. Mit etwas Hilfe von meiner Seite vereitelte Jack ihren wahnsinnigen Plan und verfolgte Alexander auf den Kontinent. Es endete damit, daß beide an den Reichenbach-Fällen in der Schweiz in den Tod stürzten.«

»Aber das ist – guter Gott, Arthur, das ist Holmes!« japste Innes.

»Nein«, sagte Doyle und zeigte zu Jack hinauf. »Das ist er. Und er braucht unsere Hilfe.«

»Seit neun Tagen hat niemand meinen Vater gesehen«, sagte Lionel Stern. »Er hat einen jungen Assistenten, einen rabbinischen Studenten, der einmal in der Woche kommt und ihm in der Bibliothek hilft – Vater vergißt, die Bücher wieder ins Regal zurückzustellen, wenn er sie benutzt hat, wie Sie sehen können.«

Stern deutete mit weiter Geste auf Tische, Stühle und Stapel in dem niedrigen Kellerzimmer. Jeder Quadratzoll war von Büchern bedeckt. Doyle, ebenfalls ein hingebungsvoller Bibliophile, hatte noch nie eine so vielfältige und neiderweckende Sammlung gesehen.

»Sein Katalogsystem ist, um es zurückhaltend auszudrücken, ein bißchen archaisch, und wenn er sich in seinen Nachforschungen verliert ... nun, einmal hat er seine Bücher so hoch aufgetürmt, daß er nicht mehr zur Tür konnte. Er mußte ans Fenster klopfen und einen Passanten auf sich aufmerksam machen, damit er kam und ihn herausließ.« Stern deutete auf das Fenster, das nach oben zu einer Straße der Lower East Side hinausging, und schüttelte den Kopf in zärtlicher Erinnerung. »Als Vaters Assistent letzte Woche kam und ihn nicht antraf, hat ihn das nicht weiter beunruhigt – Vater hatte schon öfter Verabredungen versäumt, ohne Erklärungen abzugeben. Aber als er gestern wiederkam und den Raum genauso vorfand wie in der Woche zuvor, da sah die Sache schon anders aus.«

Er liebt seinen Vater sehr, trotz aller Meinungsverschiedenheiten, dachte Doyle. Er versucht, sich nicht anmerken zu lassen, wie sehr die Abwesenheit seines Vaters ihn schmerzt.

»Ist er schon öfter so verschwunden?« fragte Doyle.

»Für einen Tag vielleicht, aber nie länger. Einmal ist er spazierengegangen und hat versucht, sich über irgendeinen biblischen Widerspruch klarzuwerden – er geht gern spazieren, wenn er nachdenken muß; das hält das Blut im Gehirn in Bewegung, sagt er –, und er hat ihn auch aufgeklärt, aber da war es bereits dunkel geworden, und er befand sich mitten im Botanischen Garten in der Bronx.«

»Gibt es keine Freunde oder Verwandten, die er vielleicht besucht?«

»Ich bin alles, was er an Familie hat. Mutter ist vor fünf Jahren gestorben. Es gibt andere Rabbis, die er kennt, Gelehrte, Kollegen – die meisten wohnen in der Nachbarschaft. Ich habe mit ihnen gesprochen; keiner weiß etwas. Soweit ich weiß, ist er noch nie aus New York City herausgekommen.«

Innes tat einen Schritt nach vorn und wollte ein eigentümliches ledergebundenes Manuskript mit einer Inschrift, die ihm ins Auge gefallen war, in die Hand nehmen.

»Nicht anfassen«, sagte Sparks scharf.

Innes fuhr zurück, als hätte er sich die Hand an der Herdplatte verbrannt.

»Fassen Sie nichts an. Die Antwort ist irgendwo hier im Zimmer.« Sparks ging langsam zwischen den Bücherregalen umher; sein Blick wanderte methodisch von einem Detail zum anderen und sammelte Informationen. Doyle beobachtete ihn aufmerksam bei der Arbeit; das wenigstens schien an ihm unverändert geblieben zu sein.

»Wann haben Sie zuletzt von Ihrem Vater gehört?« fragte Doyle.

»Er hat mir ein Kabel geschickt, bevor Rupert und ich London verließen. Vor zehn Tagen. Eine Routinemitteilung; er erkundigte sich nach unserer Ankunftszeit und nach Dingen, die mit dem Erwerb und dem Transport des Sohar zu tun hatten.«

»Und Sie haben geantwortet?«

»Ja.«

»Gab es in Ihrer Antwort irgend etwas, das ihn hätte veranlassen können, fortzugehen?«

»Ich wüßte nicht, was. Ich hatte ihm schon in der Woche davor ein identisches Kabel geschickt und alle Fragen beantwortet, die er mir da stellte. Er hatte es wahrscheinlich verloren. Das, was er ›die Buchhaltung‹ des Lebens nennt, im Kopf zu behalten, ist nicht eben seine Stärke – Sie wissen schon: Eingänge und Ausgänge. Rechnungen bezahlen. Das alles fällt größtenteils mir zu.«

Sparks holte eine lange Pinzette aus der Rocktasche und zog damit ein gelbes Blatt Papier heraus, das einen Viertelzoll unter einem Stapel Bücher auf dem Tisch hervorragte.

»Hier ist Ihr erstes Telegramm«, sagte er. »Ungeöffnet, ungelesen.«

»Sehen Sie, was ich meine?« sagte Stern. »Wenn mein Vater im irischen Lotto gewänne, könnte der Scheck hier für zwanzig Jahre untergehen.«

»Aber es ist eine überaus eindrucksvolle theologische Bibliothek«, stellte Doyle fest und ging zwischen den Bücherbergen hindurch. »Nie habe ich eine solche Anhäufung von seltenen Büchern in einer Privatsammlung gesehen – Quartbände, Folianten, Erstausgaben.«

»Müssen ein Vermögen wert sein«, meinte Innes – eine der wenigen Bemerkungen, für die er in Sparks' Anwesenheit bisher genügend Selbstvertrauen aufgebracht hatte.

»Alles, was so im Laufe der Jahre an kleinen Geldsummen durch seine Hände gegangen ist, hat sich in ein Buch verwandelt; dessen bin ich sicher«, sagte Stern. »Aber das meiste hiervon waren Geschenke, Spenden von Freunden und diversen Institutionen.«

»Ein prächtiger Tribut an die Stellung Ihres Vaters als Gelehrter«, sagte Doyle.

»Eigentlich gibt es keinen zweiten, der in etwa so wäre wie er«, sagte Stern und setzte sich auf einen Schemel. »Nachdem Mutter gestorben war, brachte er immer mehr Zeit allein hier unten zu. Meistens schlief er nachts da drüben auf dem Sofa.« Er deutete auf eine kläglich aussehende Liege in der Ecke. »Um ehrlich zu sein, ich habe nie auch nur zur Hälfte verstanden, wovon er redete. Wenn ich mich mehr bemüht hätte, dann hätte ich es vielleicht verstehen können, und er ...« Die Worte blieben ihm im Halse stecken; er ließ den Kopf hängen und versuchte, die Tränen niederzukämpfen.

»Na, na«, sagte Innes und legte ihm eine Hand auf den Rücken; er stand ihm am nächsten. »Wir finden ihn bestimmt. Unfehlbar. Dieser Haufen gibt nicht auf.«

Stern nickte dankbar. Sparks wandte sich um und kam geradewegs auf ihn zu, ohne die Gefühlsregung des Mannes zur Kenntnis zu nehmen.

»Die Studiermethode Ihres Vaters«, sagte er. »Er hat sich beim Lesen Notizen gemacht.«

»Ja. Bände voll.«

»Mit dem Stift in der Linken. Und auf diesem Stuhl.« Sparks ging zu einem Stuhl am Tisch.

»Woher wissen Sie das?«

»Die Armlehnen sind abgenutzt, und die linke ist verschrammt. Er trug einen langen Gehrock mit Knöpfen am Ärmel.«

»Ja, den trug er fast immer. Meist hat er hier unten gefroren – schwacher Kreislauf, meinte der Arzt, aber um die Wahrheit zu sagen, Vater war immer ein Hypochonder.«

Hat sein Beobachtungsgeschick nicht verloren, dachte Doyle. Sparks setzte sich auf Rabbi Sterns Stuhl und betrachtete die Bücher, die bunt durcheinander vor ihm auf dem Tisch lagen. Er sah genauer hin, griff zu und hob ein Buch von dem Stapel hoch. Darunter kam ein Block weißes, liniertes Papier zum Vorschein.

»Schauen Sie sich das an«, sagte er.

Doyle und Stern traten zu ihm. Das Papier war übersät von Skizzen, Kringeln, gekritzelten Sätzen, Fetzen von akademischem Kauderwelsch; die Zeichnungen waren von überraschend fachmännischer und detaillierter Qualität.

»Ja, Vater hat so etwas beim Arbeiten oft gemacht«, sagte Stern. »Irgendwelche sonderbaren Sachen gezeichnet, während er etwas durchdachte – darin war er sehr geschickt. Als Junge habe ich immer dabeigesessen und zugeschaut; er zeichnete Straßenszenen, Gesichter, Passanten.«

Zwei Bilder beherrschten die Seite: ein großer Baum mit herabhängenden, entblößten Ästen, an denen zehn runde weiße Kugeln hingen, in einem geometrischen Muster angeordnet und durch gerade Linien miteinander verbunden.

»Das ist der Baum des Lebens«, sagte Stern. »Ein Bild, das ich in kabbalistischen Büchern gesehen habe. Ich fürchte, ich könnte Ihnen nicht einmal ungefähr sagen, was es zu bedeuten hat.«

Das andere Bild zeigte eine schwarze Burg, starr und abweisend, ein einziges erleuchtetes Fenster oben im höchsten Turm. Sparks starrte es mit schmalen Augen an.

»Sieht aus wie – wie heißt es gleich? Sie wissen doch«, sagte Innes und schnippte mit den Fingern. »Der Zwerg und das hübsche Mädchen …«

»Rumpelstilzchen?« sagte Stern.

»Rapunzel, laß dein Haar herunter, und so weiter«, sagte Innes.

Doyle wandte den Blick nicht von Sparks. Irgend etwas rumorte bei ihm aus der Tiefe herauf.

»Was bedeutet *das* hier?« fragte Sparks und zeigte auf ein fett gezeichnetes keilförmiges Symbol unter dem Bild der Burg.

»*Schischah*«, sagte Stern. »Das ist das hebräische Wort für sechs.«

»Für die *Zahl* sechs?« fragte Sparks.

»Ja«, sagte Stern. »Es hat noch andere Bedeutungen im kabbalistischen Sinn, aber dazu müßte man ein Gelehrter sein –«

Sparks stand jäh auf und sprang vom Tisch zurück. Stuhlbeine scharrten kreischend über den Boden. Er starrte hinüber zum Bett in der Ecke, und ein wilder, fassungsloser Ausdruck ging durch seinen Blick, als habe er einen Geist gesehen.

»Jack? Ist alles in Ordnung?« fragte Doyle.

Sparks gab keine Antwort. Die Anspannung, die er ausstrahlte, durchdrang den ganzen Raum. Irgendwo tropfte rhythmisch ein Wasserhahn, und es klang so laut wie Pistolenschüsse.

»Wo ist das Gerona Sohar?« fragte Sparks.

»Im Tresor in meinem Büro«, sagte Stern. »Ein paar Straßen weiter nördlich.«

»Ich muß es sehen. Sofort.«

»Ich bringe Sie hin.«

Sparks und Stern gingen zur Tür.

»Nimm die Notizen mit«, sagte Doyle leise zu Innes. Der zog den Block unter den Büchern hervor, ohne den Stapel umzuwerfen, und sie folgten Jack nach draußen.

Gaslaternen warfen trübe Lichtkreise in die feuchte Luft. Sparks lief voran wie ein Bluthund, der an der Leine zerrt. Ihre Schritte hallten durch leere Straßen; es war kurz vor Mitternacht.

Gegenüber Sterns Haus, im Schatten des St. Mark's Place, lungerten zwei junge Ganoven herum. Zigaretten klebten an ihren Lippen. Als die Gruppe das Haus betreten hatte und in den Bürofenstern im dritten Stock das Licht aufflackerte, lief einer der beiden die Straße hinunter; der zweite blieb und beobachtete das Haus.

Lionel Stern drehte am Kombinationsschloß des Tresors, nahm den Holzkasten heraus, stellte ihn auf seinen Schreibtisch und klappte den Deckel auf. Das Gerona Sohar war groß, beinahe zwei Fuß im Quadrat und drei Zoll dick, und es war in dunkles, antikes Leder gebunden. Stern streifte ein Paar zerschlissene weiße Handschuhe über und schlug das Buch auf. Die Bindung knirschte wie ein arthritischer Ellbogen.

»Falsch herum, nicht wahr?« sagte Innes.

»Hebräisch liest man von rechts nach links; dies ist der Anfang des Buches«, erklärte Stern.

»Verstehe«, sagte Innes und hätte sich am liebsten die ganze Faust in den Mund gesteckt.

Sparks betrachtete das Pergament der ersten Seite; es war vergilbt und krustig vom Alter und mit verblichenen, handschriftlichen Worten eng beschrieben.

»Lassen Sie den Block sehen«, sagte er.

Innes reichte ihn herüber. Doyle beobachtete Jack. Was hatte er vor?

»Ist das eine Zeichnung des Sohar, hier?« Sparks deutete auf eine Skizze am Rande des Blocks: ein aufgeschlagenes, ledergebundenes Buch, auffällig ähnlich dem, das hier vor ihnen lag. Die erste Seite war mit einer entsprechenden Schrift bekritzelt.

»Könnte sein«, sagte Doyle.

Sparks zog eine Lupe hervor, beugte sich über Sterns Zeichnung und untersuchte sie; dann betrachtete er eingehend die erste Seite des Gerona Sohar.

»Ihr Vater hat das Gerona Sohar nie gesehen?« fragte Sparks.

»Nein «

»Wie hat er auf dieser Zeichnung dann die erste Seite so genau wiedergeben können?«

Sparks reichte Doyle sein Vergrößerungsglas. Die winzige Schrift in Rabbis Sterns Skizze war identisch mit der in dem Buch. Auch Stern begutachtete die beiden Passagen.

»Das kann ich mir nicht erklären«, sagte er dann.

»Was sagt Ihnen das da?« Sparks deutete auf eine dunkle Silhouette, die oberhalb einer Ecke des Buches auf den Block gezeichnet war.

»Ein Schatten«, sagte Doyle und schaute genauer hin. »Eine Hand. Sie greift nach dem Buch.«

»Hat Ihr Vater je von seinen Träumen gesprochen?« fragte Sparks.

»Von seinen Träumen? Nein, daran kann ich mich nicht erinnern.«

»Worauf wollen Sie hinaus, Jack?« fragte Doyle.

Sparks starrte auf den Block und zeigte auf die gezeichnete Burg.

»Ich habe diesen schwarzen Turm schon einmal gesehen«, sagte er.

»Gesehen? Wo?«

Sparks sah Doyle an und zögerte. »In einem Traum.«

»Genau diesen Turm?«

»Ich hätte diese Zeichnung auch machen können.«

»Sind Sie sicher, daß da nicht etwas, das Sie schon einmal gesehen haben, aus Ihrem Unterbewußtsein heraufgetrieben ist?« fragte Stern.

»Wie sollen wir dann diese Zeichnung erklären?« fragte Doyle. »Sie haben gesagt, Ihr Vater ist nie aus New York City herausgekommen?«

»Er ist als junger Mann aus Rußland hierhergekommen«,

sagte Stern. »Vielleicht ist es etwas, das er dort gesehen hat, oder unterwegs.«

»Vielleicht auch ein Bild aus einem Buch«, meinte Innes und nahm Stern Block und Lupe aus der Hand.

»Was war das für ein Traum, Jack?« fragte Doyle und versuchte ihn bei der Stange zu halten.

Sparks starrte düster auf die Zeichnung. Dann antwortete er mit leiser Stimme, als habe er Doyle etwas zu beichten. »Ich hatte diesen Traum zum erstenmal vor drei Monaten. Kommt immer wieder – immer intensiver, aber immer das gleiche. Dieser schwarze Turm. Eine weiße Wüste. Etwas Unterirdisches. Und ein Satz, der mir immer wieder und wieder durch den Kopf geht: *Wir sind sechs.*«

»Sechs? Sie meinen …?«

»Ja.«

»Wie die Zahl, die Stern auf den Block geschrieben hat …«

»Ja.«

»Wer ist Brachman?« fragte Innes.

»Brachman? Wo haben Sie das gesehen?« fragte Stern.

»Steht hier in sehr kleinen Lettern am Rande der Zeichnung.« Innes deutete mit dem Vergrößerungsglas auf den Block.

»Issac Brachman ist ein Kollege meines Vaters, er ist Rabbi in einer Chicagoer Synagoge –«

»Und ein Sohar-Gelehrter?«

»Einer der kundigsten. Kann sein, daß ich ihn auf dem Schiff schon einmal erwähnt habe, wenn auch nicht namentlich: Wir haben das Tikkunei Sohar, die Ergänzung zum Buch Sohar, für ihn und seine Studien erworben. Rabbi Brachman war Hauptveranstalter beim Parlament der Religionen im Rahmen der Columbianischen Ausstellung letztes Jahr in Chicago.«

»Hat Ihr Vater an diesem Kongreß teilgenommen?« fragte Doyle.

»Ja. Jede größere Religion der Welt war vertreten –«

»Wann haben Sie zuletzt mit Rabbi Brachman gesprochen?«

»Das weiß ich nicht mehr. Vor ein paar Wochen – jedenfalls vor meiner Abreise nach London.«

»Sie müssen ihm auf der Stelle ein Telegramm schicken«, sagte Doyle.

»Warum?«

»Doyle vermutet, daß Ihr Vater vielleicht nach Chicago gefahren ist, um Rabbi Brachman zu besuchen«, sagte Sparks und tauchte aus seinem Nebel auf.

»Ja, natürlich, das wäre möglich, nicht wahr?« Stern war plötzlich voller Hoffnung.

Und einer Reihe von anderen Alternativen vorzuziehen, dachte Doyle.

»Haben Sie das andere Buch, nach dem ich gefragt habe?« wollte Sparks wissen.

»Ja, es ist hier«, sagte Stern. Er nahm ein Buch aus dem Schrank, das dem Gerona Sohar in Größe und Aufmachung glich, und legte es neben das Original auf den Tisch. »Eine Kopie des Sohar, fast nicht zu unterscheiden. Aber das hier ist eine ziemlich neue Nachahmung. Nur ein Gelehrter könnte sie auseinanderhalten.«

»Vielleicht wollt ihr euch das hier mal anschauen«, sagte Innes, der vom Tisch zum Fenster spaziert war.

»Was ist denn, Innes?« fragte Doyle.

»Bin nicht sicher. Aber zwanzig sind es mindestens.«

Im nächsten Augenblick standen sie zu viert am Fenster und schauten auf die Straße hinunter.

Unten hatten sich die beiden Ganoven verzehnfacht, und ein weiteres Dutzend strömte die Straße herauf, um sich ihnen anzuschließen.

»Straßenbande«, sagte Sparks.

Einer aus der Meute blickte nach oben, sah die Umrisse der vier Männer im Fenster, zeigte auf sie und stieß einen scharfen Pfiff aus.

Auf dieses Signal hin stürmte die Bande über die Straße auf die Tür des Hauses zu.

7

Die Jagd nach dem mörderischen Chinamann nahm einen
kläglichen Anfang und ging dann rasch bergab. Die Aufseher, die man aus dem Territorialgefängnis in Yuma herbei-
gerufen hatte, erzählten jedem, der es hören wollte, daß sie
sich sehr viel besser auf den Umgang mit Verbrechern ver-
ständen, die bereits hinter Gittern seien und eine zuverlässige Neigung zeigten, an Ort und Stelle zu verbleiben; was sie
über die Verfolgung Flüchtiger wüßten, könne man auf die
Rückseite einer Briefmarke drucken. Auch seien sie nicht
gerade in glänzendster Form, wenn der Befehl, in aller Hast
zum Rangiergelände hinunterzustürmen, um fünf Uhr
morgens käme, da die meisten von ihnen sich bis zwei Uhr
früh bewußtlos gesoffen hatten.

Die Eisenbahnbullen und die Pinkerton-Agenten, die das
Eisenbahn-Massaker von Yuma – unter dieser Überschrift
wurde es, der Natur des Journalismus im Westen entsprechend, unweigerlich bekannt – überlebt hatten, waren derart verzehrt von Schmerz, Schreck oder blinder Wut, daß
die Aufgabe, aus ihnen eine zusammenhängende Milizein-
heit zu bilden, die Möglichkeiten jedes Offiziers überstiegen
hätte, der weniger Durchsetzungskraft besaß als Robert E.
Lee. Ein Mann aber, den niemand jemals mit diesen Worten
zu beschreiben versucht hätte, war Sheriff Tommy Butterfield.

Sheriff Tommy war der höchste lokale Gesetzeshüter,
der an diesem Morgen auf dem Schauplatz erschien. Die ersten zehn Minuten, nachdem er das Schlachtfeld zu Gesicht
bekommen hatte, verbrachte er mit Kotzen, und die nächsten fünfzehn Minuten wanderte er benommen umher.
Nicht, daß Tommy die Verwirrung, die im Lager tobte, noch
vergrößert hätte, aber in einem Augenblick, wo diese Leute
dringend einen Führer nötig hatten, der sie zusammen-
trommelte, ließ Tommy mit seiner Passivität zu, daß der

Bürgerwehrimpuls unkontrolliert aus dem Ruder lief und ein Dutzend untereinander zerstrittener Splittergruppen entstehen ließ, von denen jede ihre eigenen Vorstellungen davon hatte, wie dieser Killer zu finden sei.

Tommy war auf friedlicher Grundlage zum Sheriff gewählt worden – das Territorium strebte Staatsstatus an und war bemüht, sein Image zu säubern, um seriöses Kapital anzuziehen –, und dieser weichbäuchige, fettköpfige Polit-Funktionär, der noch nie, nicht einmal im Zorn, einen Menschen erschossen hatte, verstand sich sehr viel geschickter darauf, die Leute dazu zu bringen, daß sie ihn mochten, als ihnen zu sagen, was sie tun sollten.

Es half auch nicht, daß sich keine zwei überlebenden Augenzeugen fanden, die auch nur über eine einzige Eigenschaft des verantwortlichen Mannes übereinstimmende Auskünfte geben konnten – abgesehen von der Tatsache, daß er ein Schwert trug, und das war doch schwer zu schlucken, selbst wenn ein Bein und zwei Köpfe abgetrennt auf dem Boden liegend vorgefunden wurden. Weshalb sollte heutzutage einer ein Schwert mit sich herumschleppen, wenn man doch durch die hilfreichen Hände moderner Technologie in die Lage versetzt war, einem Mann noch auf eine Viertelmeile die Lunge zu durchlöchern?

Auch konnte niemand zuverlässig sagen, in welche Richtung der Wahnsinnige verschwunden war; bald hatte man acht zur Auswahl, um die man sich nun streiten konnte. Die Tramps hätten ein wenig Licht in das Dunkel bringen können, vor allem Denver Bob Hobbes, aber da sie sich sehr wohl ausmalen konnten, wer wahrscheinlich an erster Stelle auf der Liste stehen würde, wenn die Mächtigen erst einmal anfingen, die Schuld an dieser Sache zu verteilen, waren sie schleunigst in eben diese acht Richtungen verduftet.

Aber irgendwo hatte irgendwer gehört, wie irgend jemand gesagt hatte, der Killer sei ein Chinamann gewesen, und als dieser Gedanke durch das Camp raste, nahm er rasch felsenfeste Gestalt an: Wer außer einem durchgedrehten Reisaffen würde einen Trupp weißer Männer mit einem Schwert zu Chop Suey verarbeiten? Ein Apache zum Beispiel, sagte jemand und löste damit eine angeregte Debatte über die Unkultur des Roten und des Gelben Mannes aus.

Sheriff Tommy Butterfield konnte sich später nicht daran erinnern, ob er der erste gewesen war, der davon gesprochen hatte, Buckskin Frank hinzuzuziehen – er war es nicht –, aber als Vollblutpolitiker war Tommy mehr als bereit, diese Idee auf seinem Konto zu verbuchen. Wäre Franks Einsatz erfolgreich, könnte er dies zum Angelpunkt seines nächsten Wahlkampfes machen. Tommy wußte, es gab ein ganzes Faß voller Details zu klären, bevor man ihn hier herausholen würde, aber über eines war der Mob im Camp sich an diesem Morgen im klaren: Wenn es im Arizona Territory einen Mann gab, der diesen mörderischen Heiden zur Strecke bringen konnte, dann war es Buckskin Frank McQuethy

Im Gegensatz zu Sheriff Tommy hatte Frank eine ganze Reihe von Leuten auf beiden Seiten des Gesetzes erschossen, erstochen und erwürgt. Frank hatte seine illustre Karriere als Deputy unter Arizonas Publicity-Genie Wyatt Earp begonnen, in den Blütezeiten der Stadt Tombstone zu Anfang der achtziger Jahre. Lange bevor Wyatt sich als Nationalheld neu erfunden hatte, war Frank mit den Earps als Rausschmeißer und Barkeeper im Oriental Saloon beschäftigt gewesen, einem der prächtigsten Hurenhäuser im ganzen Westen. Wyatt war ein Hundesohn mit Charisma – Frank bewunderte ihn wider Willen für seine Tatkraft und seinen unerbittlichen Ehrgeiz –, und als die Earps sich der wirtschaftlichen Herrschaft über Tombstone bemächtigt hatten, ließ Frank sich an ihren Rockschößen zu Wohlstand und niederem Ruhm schleifen.

Aber für einen Mann, der seinen Lebensunterhalt mit dem Revolver verdiente, ließ sich Frank von einem ganz und gar unpassenden Gefühl für Recht und Unrecht leiten, wenn es um glatten Mord ging, und dies führte zu einem Streit mit den Earps, als er sich weigerte, beim Abschlachten der Clanton-Gang mitzuhelfen, einer miesen Bande von schwachsinnigen Pferdedieben, die den tödlichen Fehler begangen hatten, sich in ihre Unternehmungen hineinzudrängen. Während Wyatt damit beschäftigt war, den niederträchtigen, einseitigen Hinterhalt zum Triumph am O. K.-Corral umzumünzen, zog Frank nach Norden und verfestigte seinen Ruf als hartgesottenes Rauhbein mit einem Zwischenspiel als Army-Scout im Krieg gegen Geronimo. Seinen Spitznamen ›Buckskin‹ hatte er von der gelben Hirschlederjacke, die er sich zulegte; kurz darauf fingen die Zeitungen an zu schreiben, Buckskin Frank könne einen Mann über hundert Meilen harte Erde verfolgen und einer Klapperschlange die Augen ausschießen. Aber schließlich hatte er die Kunst der Selbst-Mythologisierung von einem Meister gelernt.

Frank McQuethy war nie etwas anderes als ein Gentleman – außer wenn er getrunken hatte. Leider war dies in jener Nacht im Jahre '89 der Fall gewesen, als er Molly Fanshaw, sein Lieblingsmädchen, in der Stadtmitte von Tombstone vom Balkon des Whiteley's Emporium stieß. Frank war so sturzbetrunken gewesen, daß er sich nicht mal erinnern konnte, weshalb sie sich eigentlich gestritten hatten – Molly war eine gemeine Schnapsdrossel gewesen und hatte ihn zweifellos über jedes menschliche Maß des Erträglichen hinaus provoziert –, aber er hatte die einzige Frau, die er je geliebt hatte, vor den Augen einer ganzen Menschenmenge umgebracht, schlicht und einfach; also bekannte er sich schuldig, akzeptierte seine lebenslängliche Haftstrafe wie ein Mann und war die letzten fünf Jahre hindurch ein vorbildlicher Insasse des Territorialgefängnisses gewesen. Und Frank hatte keinen Tropfen Alkohol mehr angerührt, seit Molly über das Geländer gegangen war.

Die Mitgefangenen, der Gefängnisdirektor, sogar die Wärter, alle waren sie vernarrt in Frank: wegen seiner Höflichkeit, wegen der nicht allzu nachhaltigen Auswirkungen seiner Bildung, und wegen der Art, wie er erhobenen Hauptes umherging, obwohl es harte Zeiten für ihn waren, die er größtenteils im Krankentrakt als Oberassistent der anstaltseigenen Knochenklempner verbrachte. Während der Choleraepidemie des Jahres '92 opferte Frank trotz der beträchtlichen Ansteckungsgefahr wochenlang seinen Schlaf, um am

Bett der Kranken zu stehen und ihre Leiden zu lindern. Franks Hirschlederjacke in einer Glasvitrine war sicher der Höhepunkt der Fünfundzwanzig-Cents-Besichtigung, die das Gefängnis der zahlenden Öffentlichkeit anbot. Fast jeden Tag mußten die Wärter am Tor irgendein empfindsames junges Täubchen zurückweisen, das gekommen war, um einen Blick auf Frank zu erhaschen, wie er sich im Hof ertüchtigte; gebrochenen Herzens zogen sie wieder ab, weil das Gesetz ihnen nicht erlauben wollte, von Angesicht zu Angesicht mit Frank zu sprechen.

Aber Frank unterließ es niemals, ihre Briefe zu beantworten, und zartfühlend deutete er an, jawohl, es sei wohl wahrscheinlich, daß es ihnen nicht bestimmt war, einander je zu begegnen, aber vielleicht würde ein an den Gouverneur gerichteter Brief von einer so ehrbaren Frau – oder von sonst einer bedeutenden Person der Gemeinde, die sie vielleicht kannte – jenen dazu bewegen, das lebenslängliche Urteil noch einmal zu überdenken und eine Begegnung zwischen ihnen auf diese Weise doch noch Wirklichkeit werden zu lassen. Auch jetzt lag dem Gouverneur eine Bittschrift vor, in der er um Gnade für Buckskin gebeten wurde. Frank hatte die Saat seiner Freiheit mit der Sorgfalt eines Gärtners ausgebracht, aber es erforderte das Blut eines Massakers, um den Acker nun zu düngen.

Sheriff Tommy forderte jeden Gefallen ein, der ihm geschuldet wurde. Gefängnisdirektor Gates schickte ein Telegramm an den Gouverneur, und beim Frühstück hatten sie einen Handel ausgeheckt: *Urlaub unter Vorbehalt.* Er war immer noch als Gefangener zu betrachten und durfte niemals unbeaufsichtigt sein. Aber im stillen kam man überein, wenn es Frank gelänge, den Mann, der für die Morde auf dem Rangiergelände in Yuma verantwortlich war, zu fassen, dann würde ein Gnadenerweis nicht lange auf sich warten lassen.

Um acht Uhr schlossen die Wärter an jenem Morgen Franks Zelle auf. Einer trug seine Hirschlederjacke auf den Händen, als wäre es ein Stück vom wahren Kreuze. Um neun traf Frank in dem Hüttenlager ein, bereit, den Retter zu spielen. Was er dort vorfand, war der kläglichste Ersatz für eine Polizeitruppe bei der Arbeit auf dem schlampigsten Tatort seines Lebens.

Leichen, Gliedmaßen und Köpfe der Opfer waren wie Puzzleteilchen zusammengewürfelt worden, alle wichtigen Zeugen entweder verschwunden, erschöpft oder hysterisch, und der schlammige Boden war zu Morast zertrampelt. Franks Lebensgeister, die sich hoch in die Lüfte aufgeschwungen hatten, als der Gefangnisdirektor ihm die Abmachung dargelegt hatte, sanken auf Höhe des Meeresspiegels herab. Fünf Jahre Gefängnis, und plötzlich merkte er sein Alter: Vierzig war alt hier draußen, und ein neuer Menschenschlag war dabei, den Westen zu übernehmen, Kerle wie die hier, Geschäftsleute und Schreibtischhengste. Einer der letzten echten Revolvermänner, John Wesley Hardin, war im August in El Paso erschossen worden. Von hinten abgeknallt. Buckskin hatte es als echten Verlust empfunden, als er die Nachricht gehört hatte. Bei all ihrer miesen Klauerei und Großmäuligkeit waren die Earps doch aus dem gleichen Holz wie John Wesley und Frank gewesen. Ein Blick auf die Meute hier, und er wußte, daß diese Tage endgültig dahin waren.

Frank ging außen um das Camp herum, gefolgt von dieser Bande von Schwachköpfen. Er fand eine schwache Spur: Ein Mann war auf die Schwenkbrücke zugesprintet, die ostwärts über den Colorado führte. Während seine Truppe mit angehaltenem Atem hinter ihm wartete, drehte er sich eine Zigarette, stellte sich auf die Brücke und fragte sich: Wo würde ich hingehen, wenn ich ein solches Verbrechen begangen hätte?

Nach Mexiko. Keine fünf Meilen flußabwärts von hier.

Dann mußte er sich eine schwierigere Frage stellen. Wenn ein nur mit einem Schwert bewaffneter Mann sich seinen Weg durch eine ganze Bande von erfahrenen Bahnbullen schlagen konnte, als wären es ein paar grüne Schößlinge, wie sollte er mit diesem Haufen von schlappschwänzigen Amateuren ihn je zur Strecke bringen?

Zwei angenehme Gedanken kamen ihm gleichzeitig in

den Sinn: Diese Lahmärsche hatten keine Ahnung, wie ihr Killer aussah; sie wußten nur, daß er ein Chinamann war, und er hatte noch keinen Weißen gesehen, der da den einen vom andern unterscheiden konnte. Was bedeutete, daß er den nächstbesten halbwegs plausiblen Verdächtigen aus hundert Yards Entfernung mit dem Büffelgewehr flachlegen konnte, und niemand würde etwas merken. Scheiß auf diesen Schwerterkram.

Er zündete sich seine Zigarette an.

Das andere war: Sollte sich dieser Plan als Griff in die Scheiße entpuppen, dann könnte er es, bevor dieser Haufen ihn erwischte, immer noch selber nach Mexiko schaffen.

PHOENIX, ARIZONA

Als Frank rauchend auf der Brücke stand, glitt Kanazuchi aus einem Waggon des Güterzuges, der früh am Morgen in Phoenix ankam. Vorsichtig bewegte er sich zwischen den Zügen an den Gleisen entlang; er war sich der Gefahren bewußt, die aus seiner Flucht resultierten. Der Kampf war bedauerlich gewesen, aber es kam nicht in Frage, sich festnehmen zu lassen. Wenn er sein Verhalten im Licht dieser Umstände betrachtete, sah er, daß er nicht anders hätte handeln können. Mit der Kraft seines Willens verdrängte er die Angelegenheit aus seinem Kopf; weitere Betrachtungen würden ihn nur unnötig ablenken. Seine Brüder hatten ihn für diese Mission wegen seiner wilden Hingabe an die meisterliche Beherrschung des *budo* auserkoren.

Er hörte *Senseis* Stimme: Denke nicht daran, zu gewinnen, zu verlieren, deinen Vorteil zu nutzen, deinen Gegner zu beeindrucken oder zu mißachten. Das ist nicht der Weg.

Müde, halb verhungert und tausend Meilen weit weg von zu Hause – er erinnerte sich daran, daß solche Wahrnehmungen Illusionen waren, die aus der übermäßigen Identifikation mit den Sorgen des kleinen Ich resultierten. Auch das war nicht der Weg. Die Zukunft hing von ihm ab; wenn das verschwundene Buch nicht zurückgebracht wurde, würde ihr Kloster schwach werden und sterben wie ein

Baum, dessen Wurzeln abgehackt worden waren. Der Weg würde scheitern. Und der Gedanke ans Scheitern würde nur zum Scheitern führen.

Mangelt es an Nahrung und Wasser, möge dieser Gedanke mich ernähren.

Die Luft des frühen Morgens verhieß kommende Hitze; das Gelände war flach und staubig und ihm ganz fremd. Als Kanazuchi bis auf hundert Schritte an den Bahnhof herangekommen war, hörte er Stimmen, die sich näherten; er rollte sich unter einen Waggon und hängte sich an das Fahrgestell, verharrte dort wie eine Spinne. Die Schritte von einem Dutzend Männer kamen keine drei Meter weit an seinem Versteck vorbei, laut und zielstrebig; sie rissen Türen auf und durchsuchten die Waggons des Güterzuges, mit dem er gekommen war. Er schob sich hinaus in ihre Köpfe und spürte Anspannung und Angst, gewendet zu beruhigender, selbstbeschützerischer Gewalttätigkeit.

Identifiziere dich mit allen Dingen und allen Menschen; töte das kleine Ich in dir, und du kannst dir alles erschließen, was die Schöpfung bereithält.

Die Kunde war ihm in den singenden Drähten vorausgegangen. Sie suchen mich, erkannte er: Einer der Männer hatte das Wort ›Chinamann‹ benutzt.

Als sie vorüber waren, ließ Kanazuchi sich zu Boden sinken, zog sein Messer und trennte sich mit einem Schnitt den Zopf ab. Er begrub das Haar unter einer Gleisschwelle. Es war an der Zeit, daß der ›Chinamann‹ verschwand.

Er kroch hervor und bewegte sich weiter auf die Station zu, schob sich Zoll für Zoll hinter einem niedrigen Stapel Baumwollballen voran. Kanazuchi behielt den geschäftigen Bahnhof im Auge; wenn er am Gewimmel der Reisenden vorbeischaute, sah er das Büro der Santa Fé, Prescott and Phoenix Railway, sein ursprüngliches Ziel. Aber sein Plan mußte vorläufig aufgeschoben werden, bis die Jagd auf ihn erlahmt war und er sich eine neue Identität geschaffen hatte.

Fünfzig Schritte weiter rechts waren Arbeiter dabei, die mit Planen bedeckte Ladung aus einem gedeckten Waggon auf Karren zu wuchten, die sie dann zu einem kleineren Zug auf einem benachbarten Gleis zogen. Ein großer, fetter Mann mit einer Feder am Hut stolzierte umher, aufgeplustert und geschäftig wie ein Gockel; er zeigte hierhin und dorthin und quäkte mit lauter Stimme, aber die Arbeiter hörten ihm nicht einmal zu.

Ein Schiffskoffer kippte von einem der Karren und öffnete sich beim Aufprall: fest gepackte Stapel von Männer- und Frauenkleidern, schwere Brokatmäntel, Haufen von Schuhen. Der Mann mit dem Federhut erhob sich auf die Zehenspitzen und beschimpfte den Schuldigen gnadenlos; der Arbeiter beachtete ihn nicht und schaufelte die Kleider achtlos in den Koffer zurück. Der Mann mit dem Hut zerrte sie wieder heraus und warf sie auf die Erde; dann forderte er den Arbeiter auf, die Sachen ordentlich zusammenzufalten, bevor er sie wieder einpackte.

»Hey«

Kanazuchi wirbelte nach links: Ein Mann war hinter ihm herangekommen und stand zwei Schritt hinter ihm. Er trug eine blaue Uniform mit Mütze und ein Abzeichen vorn auf dem Rock. Einen endlosen Augenblick lang starrten sie einander an. Dann sah Kanazuchi, wie ein Ausdruck von Angst über die groben Gesichtszüge des Mannes kam; bevor er reagieren konnte, hatte der Mann eine Pfeife an den Mund gehoben und einen schrillen, durchdringenden Pfiff ausgestoßen. Mit der anderen Hand griff er nach dem Revolver im Halfter an seiner Hüfte, als Kanazuchi ihm das Genick brach und die Leiche hinter die Baumwollballen schleifte.

Vielleicht hat es niemand gesehen.

Doch: Zwei Männer in der blauen Uniform hatten den Pfiff gehört und kamen aus dem Bahnhof. Auf dem Bahnsteig deuteten Fahrgäste zu den Baumwollballen herüber. Die beiden Männer stießen ebenfalls in ihre Pfeifen, zogen ihre Revolver und kamen auf Kanazuchi zugerannt, der noch über dem toten Wachmann kauerte.

Neben seinem Kopf bohrte sich eine Kugel mit trockenem Klatschen in die Baumwolle. Zur Linken sah Kanazuchi einen dritten Wachmann, der mit gezückter Pistole das Gleis herunter auf ihn zurannte.

Die ganze Nacht hindurch, wenn sie nicht gerade selbst kurz und unruhig träumte, saß Eileen mit zurückgelehntem Kopf da und betrachtete Jacob Stern, während er schlief. Seine Augen bewegten sich hinter papiernen Lidern rasch hin und her, seine Stirn war gefurcht, und seine Lippen zuckten; zuweilen begleiteten leise Laute der Bedrängnis sein flaches Atmen. Sie weckte ihn nicht, aber die Widersinnigkeit dieses Anblicks beunruhigte sie; im Schlaf schien ihn mehr zu plagen als im Wachzustand.

Ein schräger Strahl der Morgensonne berührte ihr Gesicht; sie erwachte aus einem Traum und merkte, daß das Schaukeln des Wagens aufgehört hatte. Sie öffnete die Augen, und Jacob begrüßte sie mit warmherzigem Lächeln und funkelnden Augen, die sie gütig betrachteten.

»Sind wir da?« fragte sie.

»Wo immer wir sein mögen, es scheint, daß wir angekommen sind«, antwortete er.

»Frisch auf! Frisch auf, Freunde!« Bendigo Rymer schritt durch den Wagen und weckte seine Schauspieler, die stöhnend protestierten. »Dem mystischen Phoenix gleich, dessen Name diese schöne Stadt ziert, müssen wir uns erheben aus der Asche des todgleichen Schlummers und uns neu erschaffen nach dem Ebenbild eines neuen Tages!«

»Verpiß dich!« knurrte jemand.

Bendigo tat, als höre er ihre Beleidigungen nicht, verließ aber den poetischen Ansatz zugunsten einer geradlinigeren Argumentationsreihe. »Wir müssen einen anderen Zug erwischen, Ladys und Gents, und wenn Sie vorhaben, heute morgen Ihre Gagen zu kassieren, werden Sie Ihre Hinterteile unverzüglich von diesen Sitzen erheben und sie zusammen mit Ihrem Gepäck in den Bahnhof hinaustragen.«

Finanziellen Argumenten stets schutzlos ausgeliefert, setzten die Schauspieler sich murrend in Bewegung. Als Eileen von ihrem Platz aus nach oben blinzelte, sah sie zwei enorme Fasanenfedern, die wippend im Gang auf und ab wanderten. Er hat sich wieder diesen lächerlichen Tirolerhut aufgesetzt, erkannte sie, mit dem er aussieht wie ein heruntergekommener Robin Hood. Gott, wie der Mann einem auf die Nerven geht!

»Werden Sie lange in Phoenix bleiben, Jacob?« fragte Eileen, während sie aus dem Wagen stolperte und ihre Augen vor der grellen Wüstensonne abschirmte. Vom Schlafen im Sitzen waren ihre Beine eingerostet, und ein Blick in den Handspiegel hatte traumatische Folgen: das Haar zerzaust wie ein Dornengestrüpp, das Make-up ruiniert – für eine Frau war der Morgen ohnehin schon eine schreckliche Strapaze, aber auf Reisen war das alles noch weit schlimmer. Warum mußte er sie bloß so sehen?

»Um ganz ehrlich zu sein, meine Liebe, ich habe nicht die leiseste Ahnung«, sagte Jacob gutmütig und holte tief Luft. »Diese Luft ist wunderbar, nicht wahr? Trocken, aber von erfrischender Wärme, und voller Blütenduft.«

»Es ist noch ein bißchen früh für mich, Jacob.« Wie er redete, konnte einem ein Besuch beim Zahnarzt vorkommen wie ein Picknick im Grünen, dachte sie.

»Aber riechen Sie es denn nicht? Es ist beinahe zu süß für meinen Geschmack.«

»Das Leben auf Tournee, mein Lieber. Für uns müde Snobs ist eine Station praktisch wie die andere.«

»Wie schade. Denken Sie doch, wieviel Sie da versäumen müssen.«

»Und das von einem Mann, der fünfzehn Jahre seine Bibliothek nicht verlassen hat?«

»Und der erkannt hat, wie sehr er in seinen Gewohnheiten fehlgegangen ist, das versichere ich Ihnen. Aber wie fantastisch ist es, soviel auf Reisen zu sein; Sie müssen doch inzwischen das ganze Land gesehen haben. Wohin wollen Sie als nächstes?«

»Unser oberster Thespis-Jünger hat uns für eine Woche in irgendeinem gottverlassenen Eisenbahnnest gebucht, irgendwo da draußen im Westen –«

»Wo denn?«

»Ich weiß es nicht. Irgendeine religiöse Ansiedlung – wie

heißt sie noch, Bendigo?« fragte sie, als Rymer vorüberhastete. »Die Oase, in die du uns da führst?«

»The New City – mit großem T bei ›The‹«, antwortete Rymer; er hatte es eilig, denn er wollte die Verladung von Kulissen und Kostümen in den Anschlußzug beaufsichtigen. »Eine große Freude, Sie kennenzulernen, Rabbi. Möge der Herr Sie stets vor dem Unwetter behüten.«

»Sie ebenfalls, Sir.«

»Gott, manchmal macht er mir wirklich Zahnschmerzen«, sagte Eileen.

Als sie auf dem hölzernen Bahnsteig standen, stellte Eileen ihren Schminkkoffer ab, schaute Jacob offen ins Gesicht und lächelte mit einer anziehenden Mischung aus Zuneigung und Bedauern. »Tut mir leid, aber wir fahren schon in knapp einer Stunde weiter.«

Jacob schluckte heftig, schaute auf seine Füße und scharrte auf den knorrigen Holzplanken herum. *Was ist los mit dir, Jacob? Sie ist eine schöne Frau, nicht einmal halb so alt wie du; du kennst sie seit zwölf Stunden, wirst sie nie wiedersehen und benimmst dich wie ein liebeskranker Schuljunge.*

Verzweifelt durchwühlte er seine Gedanken nach irgendeinem Anfang für ein Gespräch.

»Was für eine religiöse Niederlassung ist das denn, wo Sie da hinfahren?«

»So etwas wie die Mormonen, schätze ich. Bendigo macht wie immer nur Ausflüchte.« Sie hörte seine laute Stimme, und als sie sich umdrehte, machte ihr Chef unter Mordsgeschrei einem armen Bahnarbeiter, der ihre Kulissen von einem Zug zum anderen transportierte, die Hölle heiß. Rymer hatte Talent, wenn es darum ging, das Hilfspersonal zu terrorisieren.

»In welcher Hinsicht wie die Mormonen?«

»Das hat er nicht gesagt. Wahrscheinlich hält sich da jeder fünfundzwanzig Frauen – ein regelrechtes Sodom.«

Jacob wurde rot, und Eileen bedauerte auf der Stelle ihren verfehlten Tonfall; sie war es nicht gewöhnt, sich zu zensieren, und fühlte sich ganz und gar nicht ladylike. Plötzlich erkannte sie, wie lange es her war, daß sie sich in

214

Gesellschaft eines Mannes befunden hatte, der ihr ein anderes Gefühl gab.

»Ehrlich gesagt, er hat uns nichts weiter erzählt, als daß es mitten in der Wüste liegt und daß sie sich ein Opernhaus gebaut haben, und jetzt sind sie erpicht darauf, daß erstklassiges Entertainment bei ihnen gastiert. Weshalb sie da uns engagieren, weiß allerdings kein Mensch.«

»Ich hoffe, es ist dort nicht zu gefährlich.«

»Verglichen mit ein paar von den Drecklöchern, in denen wir schon gewesen sind, kann es auch nicht schlimmer sein. Eigentlich freue ich mich sogar darauf; er sagt, sie bauen da draußen eine riesengroße schwarze Burg, die wirklich eine Sehenswürdigkeit ist.«

Eiswasser hätte nicht wirkungsvoller sein können; Jacob war auf der Stelle hellwach. »Was für eine Burg?«

Bevor sie antworten konnte, durchschnitt ein scharfer Pfiff das Getose auf dem Bahnhof. Sie schaute zu Rymer und den Zügen hinüber; fünfzig Schritt weiter war hinter ein paar Baumwollballen irgendein Aufruhr im Gange. Sie sah, wie Leute auf das Treiben zuliefen. Ein Kampf?

Zwei Wachen rannten hinter ihnen zum Bahnhof hinaus; Eileen und ein paar andere Reisende wiesen ihnen den Weg zu den Baumwollballen. Die Wachmänner bliesen in ihre Pfeifen und zogen im Laufen ihre Pistolen.

Irgendwo fiel ein Schuß.

»Was ist los?« fragte sie.

»Ich weiß es nicht«, sagte Jacob.

»Wo geht's zum Dach?« fragte Sparks.

»Ich zeig's Ihnen«, sagte Stern. »Was ist mit den Büchern?«

»Nehmen Sie beide mit«, sagte Doyle.

»Ich dachte, wir wollen ihnen die Kopie überlassen«, sagte Stern.

»Wollen wir auch, aber es soll nicht zu leicht aussehen«, sagte Sparks.

»Noch wissen wir nicht mal, ob es dieselben Leute sind«, sagte Doyle.

Schritte polterten die Treppe herauf. Stern schob das echte Sohar in eine abgegriffene Ledertasche, und Jack nahm die Kopie.

»Und wir haben keine Lust, zu warten und es herauszufinden – also wohin?« fragte Jack.

»Folgen Sie mir«, sagte Stern. Er klemmte sich das Gerona Sohar wie einen Football unter den Arm und führte sie durch ein Gewirr von engen, durch Türen und winzige, L-förmige Korridore miteinander verbundenen Zimmern zu einer selten benutzten Hintertreppe.

»Sie«, das waren die »Houston Dusters«, eine Straßenbande, die wegen ihrer überbordenden, beispiellosen Gewalttätigkeit gefürchtet war, und das, obwohl die Revierkriege in der Stadt inzwischen über jedes bisherige Maß hinausgingen. Eine Generation lang hatten die Dusters die Lower East Side von der Houston Street bis zum East Broadway regiert, aber stets traten neue Gangs auf den Plan und stellten ihre Gebietsgrenzen in Frage. Dazu kamen ihre traditionellen Gegner: etablierte Organisationen wie die Gophers, die Five Pointers, die Fashion Plates und die aufstrebenden Tongs der Chinatown.

Wirtschaftliche Not, der Zusammenbruch der Familienstrukturen bei den Immigranten – fast alle Dusters waren Iren der ersten oder zweiten Generation – und das Unvermögen der Gesellschaft, den Benachteiligten einen legitimen Halt zu geben, trug zweifellos zum Aufblühen der Bandenkultur bei, aber wenn man zum Kern der Sache vordrang, waren die Dusters eine Meute von nichtsnutzigen Rabauken, und dies war ein Charakterzug, der sich noch nie als abträglich erwiesen hatte, wenn man in New York vorankommen wollte. Schon früh hatten sie ihre Lektion gelernt: Eine Verbrecherlaufbahn mochte ein wenig reputierlicher Weg zu Wohlstand und zum American Dream sein, aber es war eine Abkürzung, auf der starker Verkehr herrschte.

Die Dusters, inzwischen eine kaum mehr zu übersehende Größe in ihrem Bezirk, weit über zweihundert an der Zahl, verständigten sich mit einem Vokabular aus wilden

Kriegsschreien, inspiriert von den Indianern, die ihr Anführer einmal in ›Buffalo Bill Cody's Wild West Extravaganza‹ im Madison Square Garden gesehen hatte. Die smarteste aller East-Side-Gangs trug runde, dick gepolsterte Lederkappen, die bis über die Ohren herabreichten und zugleich als Schutzhelme dienten, genagelte Stiefel mit Stahlkappen – mit denen man um so besser zutreten konnte – und Hosen mit einem grellroten Längsstreifen an der Seite, der ihre Schnellfüßigkeit symbolisieren sollte. Messer, betongefüllte Bleirohre und selbstgemachte Totschläger waren die Waffen ihrer Wahl; nach dem verqueren Ehrenkodex der Banden galt es als feige Methode zur Beilegung eines Streits, wenn man den Gegner aus der Ferne erschoß. Blut an den Händen, das war das Motto der Dusters.

Seit neun Jahren standen die Dusters unter dem Kommando eines skrupellosen Wiesels mit bösartigem Blick namens Ding-Dong Dunham, und seine Amtszeit war für die Verhältnisse im Bandenwesen ungewöhnlich dauerhaft. Ding-Dong hatte sich von ganz unten an die Spitze durchgebissen, ausgestattet mit dem Vorteil des Soziopathen, für den ein Menschenleben keinen Pfifferling wert ist. Sein Spitzname rührte von dem Gruß, den Dunham seinen Raubopfern genüßlich in die Ohren krähte, nachdem sein dornenbewehrter Schlagstock auf ihren Kopf geprallt war. Auch pflegte er epische Gedichte über die fantasievolleren Bluttaten zu verfassen, die er und seine Komplizen begangen hatten, und regelmäßig zwang Ding-Dong die Dusters, Rezitationen seiner Werke über sich ergehen zu lassen, wobei sich darüber streiten läßt, ob dieser Akt nicht von größerer Grausamkeit war als die Verbrechen, die er damit unsterblich machte.

An diesem Tag nun hatte Ding-Dong einen Auftrag von einem gutaussehenden Deutschen erhalten – dies hatte Dunham, clever wie er war, am teutonischen Akzent des Mannes erkannt. Der Mann hatte gesagt, er sei eben von Bord gekommen, habe in New York keinerlei Verbindungen, auf die er sich verlassen könne, und brauche jemanden, der ein Auge auf ein spezielles Büro im dritten Stock eines

Hauses am St. Mark's Place hatte, unweit des Kerngebietes der Dusters. Sollten in diesem Büro Leute auftauchen, hätten die Ding-Dong Boys sie in Gewahrsam zu nehmen und in ihr Hauptquartier zu schaffen, damit der Kraut sie dort persönlich verhören konnte.

Zwar hatte der große blonde Typ Dunham gegenüber nichts von einem alten heiligen Buch erwähnt und ihm auch nicht verraten, wessen Büro sie da eigentlich bewachten, aber der Mann hatte die Hälfte ihres Honorars in massiv goldenen Krügerrands bezahlt, was sehr dazu beitrug, Ding-Dongs müßige Neugier hinsichtlich der Absichten dieses Brezelbiegers zum Schweigen zu bringen.

Doch die subtile Bedeutung des Auftrags, jemanden festzunehmen und zur Vernehmung abzuliefern, war an die dreißig Duster, die jetzt die Treppe hinaufstürmten, glatt verschwendet. Die meisten waren high von Kokain – ›Dust‹ – und dem billigen Rotwein der Spaghettifresser. Bewaffnet mit ihren Knüppeln, Messern und Totschlägern hatten diese psychotischen Bestien keineswegs die Absicht, von ihrem Standardverfahren abzuweichen: jedem, der ihnen in die Quere kam, die Seele aus dem Leib zu prügeln und, wenn es einer überlebte, seine Überreste zu Ding-Dong zu schleifen, damit er ihm den Garaus machte.

Als Stern die andern auf das Dach über dem fünften Stock hinausgeleitete, hörten sie, wie die Dusters unten in die Büroräume einbrachen, die Einrichtung verwüsteten, die Fenster zerschlugen und wie die Berserker alles zerstörten, was ihnen im Wege stand. Stern schloß die Luke hinter ihnen ab, eine Maßnahme, die ihnen vielleicht zwei Sekunden Zeitgewinn verschaffen würde, und führte sie über das Dach in Richtung Norden.

Jack reichte Doyle das falsche Sohar, winkte sie weiter und blieb zurück. Er kniete neben der verschlossenen Tür nieder und zog irgend etwas aus einer der zahlreichen Innentaschen seines Mantels hervor. Als die anderen über eine kurze Leiter auf das Nachbardach hinunterkletterten, hatte er sie wieder eingeholt, und im selben Augenblick brachen die ersten Dusters hinter ihnen durch die Tür.

Die Explosion, die sie damit auslösten, war kein Donnerknall, sondern eher ein lautes, bühnenhaftes Zischen, aber die Flammen waren weißglühend und der Rauch war durchsetzt von Pfeffer und Salpeter. Die ersten beiden Dusters gingen zu Boden, verbrannt und betäubt von der Detonation, ein dritter, in Flammen stehend und viel zu zugekokst, um für rationale Gedanken noch erreichbar zu sein, sprang vom Dach. Den drei nächsten schlug die volle Wucht des Gases ins Gesicht. Würgend und geblendet fielen sie auf die Knie und schrien Zeter und Mordio. Die zehn Schläger auf der Treppe hinter ihnen begriffen; sie zogen sich die Halstücher übers Gesicht, hielten den Atem an und spurteten durch den Rauch hindurch, wobei sie Befehle ins Treppenhaus hinunterbrüllten wie: Schickt die anderen runter auf die Straße – wir übernehmen das Dach!

Jack sprang von der Leiter und lief zu den Doyles, während Stern sich durch ein Labyrinth von Wäscheleinen, Pflanzkästen, Taubenschlägen und Abzugsrohren seinen Weg suchte. Etwa dreißig Sekunden nach ihnen waren auch die zehn Dusters bei der Leiter angekommen und sprangen herunter. Zum Dach des nächsten Hauses mußten sie zwölf Sprossen hinaufklettern. Jack übernahm die Nachhut; oben angekommen machte er halt und opferte die Hälfte ihres Vorsprungs, um etwas, das er einer Phiole entnahm, fest an die Querstreben zu kleben. Bis er eine kurze Zündschnur in die lehmartige Substanz gedrückt und ein Streichholz angezündet hatte, waren die Dusters an der untersten Sprosse angekommen. Er wich einem fliegenden Messer aus, und Doyle und Innes trieben die Gangster kurzfristig mit einem Sperrfeuer von Ziegelsteinen, die sie aus einer Stützmauer brachen, hinter einen Schornstein in Deckung. Jack setzte die Zündschnur in Brand, dann liefen sie weiter. Ihre Verfolger waren die Leiter halb heraufgeklettert, als die Ladung explodierte und die Verstrebungen aus der Wand riß. Die Leiter und die beiden vordersten Dusters krachten hinunter auf das Dach.

Doyle bog zur Straßenseite des Daches ab und warf einen beklommenen Blick durch die Schwaden der Nachtluft nach unten. Die Hauptmeute der Dusters hielt unten mit ihnen Schritt; andere sprinteten voraus, um zu sehen, ob sie nicht weiter vorn in ein Gebäude eindringen, heraufkommen und ihnen den Rückzug abschneiden könnten. Wie sie die Gejagten oben auf dem Dach mit Hohngeschrei und jauchzenden Schlachtrufen begleiteten, erschienen sie für Auge und Ohr wie Steinzeitwilde auf der Jagd, und in mancherlei Hinsicht waren sie ja eben dies.

»Ganz praktisch, ihn bei sich zu haben, deinen Jack«, sagte Innes und kam zu ihm an den Rand.

»Durchaus.«

»Ich wünschte, ich hätte meine Enfield hier«, sagte Innes und feuerte einen imaginären Schuß auf die Dusters unter ihnen ab. Er war in seinem Element, wie Doyle nicht ohne Stolz feststellte.

»Hier entlang«, sagte Stern.

Mit dem Dach des nächsten Gebäudes war, wie sich herausstellte, der Häuserblock zu Ende; vom Dach des Hauses in der nach links führenden Straße trennte sie eine zehn Fuß breite Kluft; dort ging es fünfzig Fuß tief hinunter in undurchdringliche Dunkelheit. Sie sahen sich um; zwei Dächer weit hinter ihnen hatten die Dusters mit dem profunden Einfallsreichtum der Eingeborenen inzwischen eine menschliche Pyramide errichtet. Die Hälfte des Trupps hatte die leiterlose Wand bereits erklommen und zog die anderen nun herauf.

»Wir müssen springen«, sagte Jack.

»Ist das wirklich notwendig?« fragte Doyle.

»Wenn Sie keine anderen Vorschläge haben ...« Jack legte ein loses Brett schräg auf die Einfassungsmauer und errichtete so eine kleine Rampe.

»Was ist mit den Büchern?« fragte Stern, der bisher nichts getan hatte, was den Eindruck von Standfestigkeit beeinträchtigt hätte, den Doyle an Bord der *Elbe* von ihm gewonnen hatte.

»Die übernehme ich«, sagte Jack.

Er nahm den Männern die beiden Bücher ab, trat zurück, nahm einen gemessenen Anlauf die Rampe hinauf und übersprang die Lücke mühelos; behende landete er drüben auf den Füßen.

»Du als nächster«, sagte Doyle zu Innes.

»Hast nicht viel übrig für große Höhen, was, Arthur?« Innes nahm Anlauf und sprang. »Du schaffst es schon.«

Stern folgte ihm; Jack und Innes fingen ihn auf, denn er sprang ein wenig zu kurz, und so zogen sie ihn über die Dachkante.

Doyle trat für seinen Sprungversuch so weit zurück, wie er konnte; er straffte sich und wünschte, er hätte nicht seine hohen Schuhe mit den glatten Sohlen angezogen. Pfeilgerade rannte er los und preßte die Augen zu, als er sich in die Luft erhob. Seine Bruchlandung drückte eine Delle ins Dach und nahm ihm den Atem.

»Alles in Ordnung, Arthur?« fragte Innes, als sie ihn auf die Beine gestellt hatten.

Doyle nickte und schnappte nach Luft.

Sie holten Stern ein, der am Rand des Nachbardaches stand und furchtsam zu dem Gebäude hinüberstarrte, das ein paar Schritt vor ihnen lag.

»Was ist?« fragte Innes.

»Das Tor zur Hölle«, sagte Stern.

»Hier? In New York?« fragte Innes. »Ich dachte, das ist in Wapping.«

»Wovon reden Sie?« fragte Jack.

»Das Gebäude da – so heißt es. Der berüchtigtste Slum der ganzen Stadt; über tausend Leute wohnen dort.«

Sogar von oben betrachtet, und inmitten dreckiger Nachbarhäuser, fiel das Gebäude ins Auge. Ein Gewirr von Zelten und schäbigen Verschlägen überzog das Dach, und von den Rändern des Anwesens erhob sich eine massive Säule von fast unerträglichem Gestank – von Schmutz, Kot, Krankheit und faulem Fleisch.

Hinter ihnen erhob sich Geheul, das von unten beantwortet wurde; es signalisierte ihnen die unmittelbar bevorstehende Ankunft der Dusters. Sie konnten nicht anders, sie mußten weiter vorwärts laufen.

Als sie über das Dach rannten, spähten Gesichter aus den

Hütten, weiß wie Totenschädel, verhungert, vertrieben. Im Innern der windigen Verschläge sah man schattenhafte Gestalten, die sich um kleine brennende Tonnen drängten und tatenlos auf weiteres Mißgeschick warteten. Als sie sich der anderen Seite des Daches näherten, hörten sie, wie die Schreie ihrer Verfolger von ähnlichen Rufen vor ihnen wie von einem Echo beantwortet wurden. Die Vorhut der Meute auf der Straße hatte sie an der Flanke überholt und war auf das nächste Dach geklettert, um sie so in die Zange zu nehmen. Auf Sterns Fersen machten sie kehrt, liefen zurück und fanden eine Tür, die ins Tor der Hölle hinunterführte.

So furchtbar der Gestank auf dem Dach gewesen war, was sie drinnen vorfanden, war geradezu lähmend: eine Abdeckerei, ein Schlachtfeld, das in der Sonne verweste. Alle vier waren gezwungen, Mund und Nase zu bedecken und in einem unablässigen Kampf das aufsteigende Erbrechen niederzuhalten. Stern stöhnte unwillkürlich auf. Jack verteilte kleine Ammoniakkapseln, die sie in ihren Taschentüchern zerdrückten; das brannte in den Augen, neutralisierte aber wenigstens teilweise den Gestank. Jetzt kam es darauf an, einen Weg durch diese alptraumhafte Gruft zu finden; das Licht, das die gefährlichen offenen Gasbrenner verbreiteten, brannte trüb, beinahe verlegen in den engen Fluren, die erfüllt waren vom stickigen Dunst der Öllampen und Kerosinkocher.

Es war keinerlei System in dem verschlungenen Labyrinth von Korridoren und Treppen zu erkennen; jedes Stockwerk ein chaotisches Wirrwarr von Abriß und schlampigem Wiederaufbau. Sie stolperten von Zimmer zu Zimmer, aber keiner der Bewohner erhob irgendwelchen Protest: Sie waren an Eindringlinge so gewöhnt, daß sie kein Empfinden mehr für Grenzen hatten, die der Verteidigung wert waren. Es gab keinerlei Möbel außer großen, rohgezimmerten Betten, von denen zahllose dumpfe Augenpaare ihnen angstvoll aus der Dunkelheit entgegenstarrten. Leiber krochen aus ihrem Blickfeld, wie überdimensionale Insekten. Aggressive Ratten, so groß wie Terrier, blieben stehen und musterten sie weniger ängstlich als die Menschen.

Einmal öffneten sie eine Tür, durch die ein wehmütiges Licht in eine düstere Kammer fiel, wo sie schockiert beobachteten, wie die hintere Wand schmelzend zerlief – bis sie begriffen, daß die Bewegung durch einen dichten Teppich aus wimmelnden Kakerlaken verursacht wurde.

In einer anderen, hallenartigen Höhle verlor Doyle die Übersicht, nachdem er überschlägig sechzig Menschen gezählt hatte, die hier wohnten; die meisten suchten Trost in einem Schlaf, der vom Tod nicht zu unterscheiden war. Die Luft wurde immer dicker, je tiefer sie nach unten vordrangen, und wohin sie sich auch wagten, über allem lag grausige, trostlose Stille. Sie fanden eine sechsköpfige Familie, die sich in dem halbhohen Winkel unter einer Treppe um eine Kerze kauerte, allesamt geprägt vom selben hohläugigen Ausdruck. Ihre ärmliche Habe war um sie herum verstreut: Dies war ihr Zuhause. Die Kinder wirkten greisenhaft, die Eltern verbraucht und bis auf den Kern abgenutzt. Doyle hatte Dickens' Schilderungen von der verheerenden Armut im London der Jahrhundertmitte gelesen, aber nichts, was er je gesehen hatte, kam diesem unerträglichen Elend gleich. Die Gewalt, die hier verübt wurde, war zuerst und zuoberst eine geistige: Dies war eine kalte, sich alles unterwerfende Hölle, bar aller Sehnsucht, und von ihr ging eine perverse Anziehung aus, die ihren Opfern wie ein Vampir das bißchen Leben aussaugte, das sie noch in sich hatten. Mit welchen hochfliegenden Hoffnungen waren diese verdammten Seelen in die Neue Welt gekommen? fragte sich Doyle, und was er empfand, war ein heißer Wirbel von Erbarmen, Mitleid und Grauen.

Sie hatten sich drei Stockwerke weit nach unten getastet, bevor sie erkannten, daß von ihren Verfolgern nichts mehr zu hören war; anscheinend gab es Orte, an die sich nicht einmal die Houston Dusters wagten. Es war auch wesentlich einfacher, das Dach zu bewachen, während der Rest ihrer Kampftruppe sie auf der Straße erwartete. Jawohl, und als sie auf einem Treppenabsatz durch ein schmieriges Fenster spähten, standen sie dort unten, fünfzehn Mann stark, vor dem Vordereingang.

»Was machen wir jetzt?« fragte Stern.

Jack antwortete nicht; er orientierte sich über ihre Position, um seinen inneren Kompaß auszurichten, und führte sie dann in die äußerste Westecke des Gebäudes und in einen Raum, an dessen Wänden sich sechs dunkle Haufen auf hölzernen Pritschen drängten – ganze Familien, wie sie erkannten, die ihnen entgegenstarrten wie verwundete Herdentiere, die darauf warteten, daß ein Rudel Raubtiere das Werk vollendete. Doyle sah, daß eine der Gruppen sich schützend um den zerbrechlichen, verhüllten Körper eines toten Kindes drängte. Jack riß das einzige Fenster des Zimmers auf und schätzte den Abstand zum Nachbarhaus ab: etwa acht Fuß über einen offenen Luftschacht. Während die Zimmerbewohner geduckt davonhuschten, zog Jack eine kurze Eisenstange aus dem Mantel und stemmte ein kräftiges Dielenbrett aus dem Fußboden. Er arbeitete verbissen, ohne auch nur eine Miene zu verziehen; er war der einzige, der von dieser Reise durch das Gebäude äußerlich unbeeinträchtigt blieb; sein Handeln in der Hitze des Gefechts, das Doyle früher einmal als Inbegriff von Tollkühnheit und heroischer Tatkraft erschienen war, wurde jetzt von brutaler Effizienz beherrscht.

Sie legten das Brett von einem Fensterbrett quer über den Luftschacht zum gegenüberliegenden, und Jack ging als erster hinaus und prüfte es mit seinem Gewicht; es bog sich ein wenig durch, als er in der Mitte angekommen war, brach aber nicht. Er schlug das Fenster am Haus gegenüber ein und zischte wütend in die Dunkelheit, um die Bewohner, falls welche da waren, einzuschüchtern und so von der Verteidigung ihres Reviers abzuhalten. Stern folgte ihm, das Buch Sohar fest an die Brust gedrückt; dann kam Innes mit drei federnden Schritten und zum Schluß Doyle, dessen Körpergewicht das Brett bis an die Grenzen seiner Tragfähigkeit belastete. Er konnte vernünftigerweise nicht die Augen schließen, ertrug es aber auch nicht, hinunterzuschauen. Als die Planke knackte, war er genau in der Mitte; er schrie einmal erschrocken auf und blieb stocksteif stehen, bis das Brett zu wippen aufhörte, und noch ein bißchen länger.

Allen hektischen Anfeuerungen der anderen zum Trotz war Doyle anscheinend völlig außerstande, auch nur einen einzigen weiteren Schritt vorwärts zu tun; ein massiver Kurzschluß zwischen Gehirn und Füßen. Als Gejohle und Kriegsgeheul von unten erkennen ließ, daß sein Aufschrei die Dusters um das Gebäude herumgelockt hatte, war er noch immer bewegungsunfähig. Selbst als ihm Steine und Abfälle um die Ohren schwirrten, konnte er seine Beine nicht davon überzeugen, daß ein weiterer Schritt das Holz nicht zerbrechen und ihn krachend ins Verhängnis stürzen lassen würde. Und während er so verharrte, verbreitete der Riß im Holz sich wie ein Spinnennetz.

»Kommen Sie schon, Arthur –«

»Noch zwei Schritte, alter Junge.«

Die Planke schien auf die Breite eines Zahnstochers zusammenzuschrumpfen. Eine einzige Bewegung in welche Richtung auch immer bedeutet dein Ende, kreischte Doyles Gehirn. Die drei Männer im Fenster bewegten die Lippen und wedelten mit den Armen, aber er schien sie nicht zu hören oder auch nur zu erkennen, sondern hatte sich offenbar damit abgefunden, den Rest der Ewigkeit gefangen in diesem Augenblick zu verbringen. Ein Stein traf ihn an der Schulter und brachte ihn ins Wanken. Doch der stechende Schmerz hatte die heilsame Wirkung, die Verhedderung seines Geistes zu lösen und ihm die Herrschaft über seine Gliedmaßen wiederzugeben.

»Gütiger Gott!« schrie er, als er seine Lage erkannte.

Er tat einen großen Schritt vorwärts, das Brett knickte in der Mitte ein und bildete für einen Augenblick ein ›V‹, ehe es vollends durchbrach; seine Hände fuhren verzweifelt nach vorn und bekamen etwas zu fassen, als die Planke unter ihm in die Tiefe stürzte. Er schaute hinauf in Jacks vom Fenster umrahmtes Gesicht, fühlte etwas Kaltes in den Händen und begriff, daß er das Ende des Stemmeisens umklammerte, das Jack festhielt. Jack und Innes zogen ihn wie eine erschöpfte Forelle über das Fenstersims in Innere.

»Ich hatte vergessen, wie sehr Sie Höhen lieben«, sagte Jack.

»Das ist wie Fahrradfahren«, sagte Doyle. »Man verlernt es nie.«

Steine und Flaschen zerbarsten an den Wänden, und Glasscherben flogen umher. Eine zweite Salve kam schräg von oben durch das Fenster; die Dusters auf dem Dach des Tors zur Hölle hatten ihre Position ebenfalls ausgemacht.

»Wir sind noch nicht raus«, stellte Jack fest.

Doyle nickte tapfer und rappelte sich auf. Seine Kammgarnhose war an den Knien zerrissen, seine Schuhspitzen waren aufgeschrammt. Sie drückten sich hinaus in den Flur des neuen Hauses, sprangen die erstbeste Treppe hinunter und hörten im nächsten Augenblick, wie die Dusters zwei Stockwerke tiefer die Haustür aufbrachen. Gepolter und Kriegsgeschrei über ihnen verriet, daß auch die Dachabteilung die Lücke übersprungen hatte. Sie saßen in der Falle und konnten sich nirgends mehr hinwenden.

Ein neues Geräusch schob sich herein, ein leises Rumpeln, das mit erschreckender Plötzlichkeit anschwoll und aus allen Richtungen gleichzeitig über sie hereinbrach. Die Mauern bebten, Mörtelstaub erfüllte die Luft, Geländer und Deckenlampen ratterten. Die Unruhe nahm an Intensität zu und verwandelte sich in ein ohrenbetäubendes Donnern. Jack warf sich mit der Schulter gegen die Tür vor ihnen; sie stürmten durch eine leere Wohnung und erblickten zu ihrer Verblüffung das schwankende, hell erleuchtete Innere eines Zuges, der beinahe in Reichweite vor dem Fenster vorüberpeitschte.

»Die Hochbahn«, sagte Stern. »Gott sei Dank, das ist die Second Avenue. Ich hatte fast vergessen, wo wir waren.«

Als der Zug vorüber war, sprangen sie aus dem Fenster auf das Bahngleis, das in Höhe des ersten Stocks über der Straße entlang nach Norden und nach Süden führte, so weit das Auge reichte. Von den Dusters war nichts zu sehen und nichts zu hören.

»Zwei Fragen«, sagte Jack und spähte die schmalen Gleise hinunter. »Wo ist die nächste Station, und wann kommt die nächste Bahn?«

»Die nächste Station liegt nördlich von hier an der Fourteenth Street, dort hinauf, ungefähr neun Straßen weiter«, sagte Stern und deutete nach vorn. »Und die Züge fahren alle paar Minuten.«

Jack rannte in nördlicher Richtung los und sprang geschickt zwischen den Gleisen von Schwelle zu Schwelle; die anderen bemühten sich, mit ihm Schritt zu halten. Doyle konnte seine ausgreifenden Schritte nicht an die unbequeme Weite der Zwischenräume anpassen, trat häufig daneben und blieb bald zurück. So war er auch der erste, der das Gekläff der Dusters hörte, als diese entdeckten, daß sich die Gejagten auf die Hochbahn hinausgeflüchtet hatten. Als Doyle sich umschaute, sah er, wie sich zwei Straßenblöcke hinter ihnen ein Schwall von Gangstern aus dem Fenster auf das Hochgleis ergoß. Dann nahm die Meute die Verfolgung auf den Schienen auf, und ihr enervierendes Geheul und Geschrei hallte durch den künstlichen Canyon der Straße.

»Komm schon, Arthur; dreh dich nicht um«, rief Innes, der seinen Schritt verlangsamte, um neben ihm her zu laufen.

Doyle nickte nur. Seine Lunge brannte wie Feuer, und das Sprechen überstieg die Kräfte der beiden Brüder, als sie jetzt all ihre Energien aufboten, um Jack zu folgen. Aber die unerbittlichen Jäger hatten den Vorteil der Ortskenntnis; während sie nach Norden liefen, verkleinerte sich der Abstand langsam, aber stetig, und ein paar der Verfolger unten auf der Straße hatten sie sogar schon überholt. Auf dem Parallelgleis, das auf der anderen Straßenseite in südlicher Richtung verlief, rumpelte ein Zug vorbei und übertönte für einen Augenblick das Schaben ihrer Schritte auf dem Schotterbett und das Rasseln ihres Atems. Steine und Flaschen zerschellten ringsherum, als die Dusters bis auf Wurfweite herangekommen waren. Doyle erhaschte einen Blick auf ein verschnörkeltes Schweizer Chalet, das am Rand der Gleisbrücke stand, und fragte sich, ob er halluzinierte. Ein Straßenschild ragte unversehens in sein Gesichtsfeld: noch drei Häuserblocks.

Jack blieb jäh vor ihnen stehen und warf einen Behälter

in die schrumpfende Lücke zwischen den Doyles und den Dusters. Weißer Pfefferdunst wölkte auf, aber die Dusters hatten aus ihrer ersten Erfahrung gelernt und spurteten entweder hastig hindurch oder warteten, bis die Wolke verweht war – ein Nettogewinn von nur wenigen Sekunden.

Jetzt kam die Station vor ihnen in Sicht, aber der Abstand zwischen den beiden Gruppen betrug nur noch fünfzig Schritt und verringerte sich rasch – Doyles Muskeln, kurz vor dem Totalausfall, drohten sich festzufressen, und Jack waren anscheinend die Tricks ausgegangen –, als plötzlich die Gleisbrücke zu rumoren und zu summen begann. Ein grellweißer Lichtstrahl erfaßte die galoppierenden Dusters, als der Zug in schneller Fahrt von hinten herankam. Noch hundert Schritt bis zum Bahnsteig: Innes packte seinen Bruder beim Arm und trieb ihn zum Ziel wie ein irischer Jockey.

Das dröhnende Signalhorn des rasenden Triebwagens fegte die Dusters zu beiden Seiten von der Gleisbrücke; einige fielen auf die Straße, andere klammerten sich außen an das Gerüst, als der Zug vorüberdonnerte. Doyle stolperte und schlug auf die Schwellen; Schottersplitter bohrten sich in seine Handflächen, als er über das Gleisbett rutschte. Jack, der anscheinend bis dahin ungenutzte, übermenschliche Reserven anzapfte, tauchte neben ihm auf, hob Doyle mit Innes' Hilfe hoch und wuchtete ihn auf den Bahnsteig hinauf, gerade als der Zug an ihnen vorbei in die Station einrollte und bremste.

Die Türen glitten auf. Stern trug das Buch Sohar, Innes zerrte Doyle in den leeren letzten Wagen, dann ließen sie sich alle erschöpft auf die hinterste Bank fallen. Als der Zug anfuhr, warf Jack das falsche Exemplar des Sohar auf das Gleis, und sie beobachteten, wie die neu formierten Dusters beim Endspurt den letzten Wagen um wenige Zoll verpaßten.

8

Als das Läuten der Türklingel ihn am nächsten Morgen aus seinem totenähnlichen Schlaf in Präsident Clevelands Bett riß, hatte Doyle seine Verabredung mit ›Presto‹ Peregrine Raipur, dem angeblichen Maharadscha von Berar, ganz vergessen. Die beiden Männer bedachten einander mit ausführlichen Entschuldigungen, während Doyle nach dem Frühstück telephonierte. Jack, der den Rest der Nacht in einem der riesigen Salons der Suite verbracht hatte, erschien wie ein Gespenst, als Stern und Innes – der wunderbare, fähige und so zuverlässige Innes – gerade zur rechten Zeit mit einer Kanne Kaffee aufkreuzten. Doyle stand da und bemühte sich, die hartnäckigen Verkrampfungen in seinen Gelenken zu lösen, und mit milder Besorgnis dachte er an das Aufsehen, das er in der vergangenen Nacht im Foyer erregt hatte, als er nach Mitternacht dreckverschmiert und mit blutigen Knien, die aus einer zerrissenen Hose lugten, ins Hotel zurückgekehrt war: wieder ein Tourist, der im alten New York Spaß und Abenteuer erlebt hatte.

Jack und Presto maßen einander wie zwei gegnerische Schachspieler; Jack gewann schließlich gegen den Fremden, aber Presto war nicht leicht aus dem Konzept zu bringen. Zwar war er noch immer seiner Rolle entsprechend gekleidet – Reitjacke, Kniehose, hohe Schaftstiefel, rote Samtweste –, aber der geckenhafte Habitus, mit dem er auf dem Fest aufgetreten war, schien nur gespielt gewesen zu sein. Sein Blick war geradeheraus, stetig und selbstsicher, seine Stimme ein angenehmer Bariton; statt herumzuflattern wie erschrockene Tauben, bewegten sich seine Hände nun in seidigen, zuversichtlichen Gesten, mit denen er seine Geschichte von einem weiteren verschwundenen Buch untermalte.

Ein seltenes Manuskript der Upanischaden, des zentralen Bestandteils der Weden, jener Gruppe von Büchern, die das Fundament der Hindu-Religion bildete – gestohlen vor sechs Monaten aus einem heiligen Tempel in der Stadt Golcanda im indischen Fürstenstaat Haiderabad. Auf Befehl des sechsten Nisam von Haiderabad, des herrschenden Maharadscha, den viele für den reichsten Mann der Welt hielten, war der Diebstahl als Staatsgeheimnis behandelt worden. Auf der Suche nach jemandem, der das Verbrechen aufklären könnte, hatte der Nisam schließlich seinen entfernten Cousin und Zeitgenossen angesprochen, den hochgeborenen, in England erzogenen Presto Peregrine Raipur, einen der wenigen Angehörigen seiner privilegierten Generation, der sein Leben nicht nur der Jagd nach selbstsüchtigen Vergnügungen gewidmet hatte.

»Soll das heißen, Sie sind tatsächlich ein Prinz?« fragte Innes.

»Mit einem Wort – und ich spreche es mit einiger Verlegenheit aus –, jawohl, ich bin, technisch gesehen, der Maharadscha von Berar, doch ich versichere Ihnen, daß es eindrucksvoller klingt, als es seiner tatsächlichen Bedeutung entspricht.« Während er sprach, ließ Presto eine Silbermünze zwischen den langen, spitz zulaufenden Fingern hin und her rotieren.

»Inwiefern?«

»Vor vierzig Jahren übereignete mein Großvater in einem Anfall irregeleiteter Loyalität die Ländereien unserer Ahnen dem Nisam, dem Beherrscher der benachbarten Provinz Haiderabad; und sogleich übergab der Nisam den Briten zur Regulierung einer lange ausstehenden Schuld die Aufsicht über unsere Güter. Mein empörter Vater, seines Titels beraubt und buchstäblich ohne einen Penny in der Tasche, bereicherte den Namen der Familie um einen weiteren Skandal, indem er eine Engländerin heiratete, eine Stellung als Bankier annahm und nach London zog, wo ich geboren und erzogen wurde.«

Presto machte eine Pause, ließ die Münze verschwinden und begutachtete mit bewunderungswürdiger Selbstbeherrschung ihre Reaktionen.

»Mein Interesse an der Zauberei begann, als ich im Kin-

230

desalter die englische Music Hall besuchte. Inzwischen bin ich gewandt genug, um gelegentlich selbst eine Wohltätigkeitsvorstellung zu geben. Presto, der zaubernde Rechtsanwalt!«

Er machte eine Handbewegung, und die Münze erschien wieder. Doyle hörte auf, im Zimmer hin und her zu wandern; er stürzte seinen Kaffee hinunter und vergaß für einen Augenblick die Schmerzen in seinen Knien. Stern und Innes beugten sich beunruhigt vor. Nur Jacks Miene änderte sich nicht; sein Blick blieb kalt und analytisch.

»Ich sehe, daß ich Ihre Aufmerksamkeit gefesselt habe«, sagte Presto.

»Bitte fahren Sie fort«, sagte Doyle.

»Als Junge verbrachte ich jeden Sommer zu Besuch bei meinem Großvater, der immer noch als Gefolgsmann am Hofe des Nisam im Chow Mahalla lebt; der Sohn des Nisam, der gegenwärtige Nisam, und ich haben zusammen gespielt. Mein Freund bestieg vor elf Jahren den Thron des Herrschers von Haiderabad; damals war er achtzehn. Ich hatte ihn in den dazwischenliegenden Jahren kaum gesehen, während ich meine Laufbahn als Rechtsanwalt begann – als einer der ersten Männer von gemischtblütiger Herkunft übrigens, die vor einem englischen Gericht praktizierten, eine Sache, auf die ich einigermaßen stolz bin. Vor sechs Monaten empfing ich die dringende Einladung, den Nisam in Madras zu besuchen. Ich nahm als sicher an, daß die Gesundheit meines Großvaters der Grund hierfür war, und machte mich gleich auf die Reise. Indessen stellte ich fest, daß mein Großvater, wie man so sagt, frisch und munter war und mit einem fünfzehnjährigen Tanzmädchen von höchst außergewöhnlicher Heiratsfähigkeit zusammenlebte –«

»Wirklich?« platzte Innes heraus. »Wie alt ist er denn?«

»Fünfundachtzig – und immer noch ein eingefleischter Libertin. Ich sollte vielleicht erläutern, daß die Kultur dort nicht unsere christliche Überzeugung teilt, derzufolge irdische Freuden eine zerfressende Wirkung auf die Seele ausüben; ganz im Gegenteil, einige der frömmsten Hindus glauben, der Weg zum Himmel sei mit sinnlichen Genüssen gepflastert.«

Doyle räusperte sich theatralisch, und Innes klappte seine Kinnlade, die den Boden zu berühren drohte, wieder hoch.

»So glücklich ich war, Großvater in derart guter Stimmung vorzufinden – sein Nymphchen war in der Tat ganz entzückend –, aber der Zweck meines Besuches blieb mir noch drei Tage lang verborgen, bis der Nisam von einer Tigerjagd zurückkehrte. An diesem Abend speisten wir miteinander in seinen Privatgemächern. Mein Freund hat das letzte Jahrzehnt damit zugebracht, seinen Palast so zu dekorieren, daß er mit den Exzessen eines Louis Quatorze in Wettstreit treten könnte; das beginnt mit einem massiv goldenen Wasserklosett, abscheulich geschmacklos, aber deshalb nichtsdestominder beeindruckend. Nun, und dann erzählte er mir von den verschwundenen Upanischaden. Das Verbrechen war in finsterster Nacht begangen worden; es gab keine Spuren, und niemand hatte sich erbötig gemacht, das Buch gegen ein Lösegeld zurückzugeben, welches der Nisam doch nur zu bereitwillig gezahlt hätte.

Mit meiner Ausbildung im englischen Rechtswesen, so hatte der Nisam – wenn auch unlogischerweise – angenommen, sei ich von allen Menschen, die er auf der Welt kannte, am ehesten dazu fähig, Licht ins Dunkel dieses Geheimnisses zu bringen. Als ich den Versuch unternahm, mit Anstand abzulehnen, und zu diesem Zweck den feinen, aber entscheidenden Unterschied zwischen einem Rechtsanwalt und einem Polizeibeamten in Anschlag brachte, gab der Nisam seinem Verständnis für meine Position Ausdruck, deutete dann aber an, daß es doch schade wäre, wenn er meinen Großvater nicht weiter auf die Weise unterhalten könne, wie dieser es sich im Laufe seines Lebens so nachhaltig angewöhnt habe.«

»Ja, aber das ist doch glatte Erpressung«, rief Innes.

»Und mit einem Lächeln ausgesprochen. Mein Freund, der Nisam, hat die Persönlichkeit einer Kobra. Wie Sie sich vorstellen können, war das Ansinnen, den alten Mann nach fünfundachtzig Jahren fürstlicher Extravaganz nach London zu bringen, gänzlich unerträglich – und hätte für mein gesellschaftliches Leben eine absolute Katastrophe bedeutet –, und so willigte ich ein, nach besten Kräften behilflich zu sein. Für meine Mühe erhielt ich vom Nisam eine nach jedermanns Maßstäben schwindelerregende Summe zur Begleichung meiner Unkosten. Nicht einen Augenblick lang dachte ich, daß die Annahme dieses Auftrags mich zu den höchsten Ebenen der britischen Regierung und dann nach Amerika fuhren würde.«

Presto legte eine dramatische Pause ein und nahm einen Schluck Kaffee.

»Finden Sie dieses Land nicht auch über die Maßen eigentümlich?« fragte er dann freundlich.

»Unbedingt«, sagte Doyle.

»Fantastisch«, sagte Innes.

Wer im Glashaus sitzt, sollte nicht mit Steinen werfen, dachte Stern, der einzige Amerikaner im Raum, mit Blick in die Runde dieser wunderlichen Engländer.

»Was hat die britische Regierung damit zu tun?« fragte Jack.

»Als ich nach London zurückkehrte und anfing, bei meinen Bekannten im Außenministerium Erkundigungen nach gestohlenen heiligen Büchern einzuziehen, wurde ich mit einem anschwellenden Chor des Erstaunens begrüßt und auf der Leiter der eminenten Vertreter des Staates immer höher komplimentiert – jeder von ihnen war der irrtümlichen Annahme, ich sei in irgendeiner amtlichen diplomatischen Eigenschaft erschienen, und ich muß gestehen, daß ich leider nicht den Versuch unternahm, diesen Irrtum aufzuklären –, und schließlich landete ich im Büro keines Geringeren als des Premierministers.«

»Gladstone?« fragte Doyle.

»Lord Gladstone persönlich. Wir plauderten kurz über ein paar gemeinsame Freunde, und dann erklärte er mir, daß ein Buch von gleichrangiger Bedeutung für die anglikanische Kirche auf ganz ähnliche Weise verschwunden sei und daß die Spur, soweit man es sagen könne, nach New

York führe; es gebe daher Grund zu der Annahme, daß ein reicher amerikanischer Büchersammler dafür verantwortlich sei.«

Doyle sah Jack an, doch der zeigte keine Reaktion.

»Ich bin vor zwei Wochen hier angekommen und verkehre seitdem gesellschaftlich in dem lächerlichen Aufzug, in dem ich Sie, Mr. Conan Doyle, gestern abend begrüßt habe; bedauerlicherweise scheinen die Leute dies von einem Maharadscha zu erwarten, und es ist mir gelungen, mich restlos zum Trottel zu machen, wenn ich das so sagen darf –«

»Duft-O-Rama?« sagte Innes.

»Der unerhörteste Aufmerksamkeitserreger, den ich mir ausdenken konnte; Sie würden sich wundern, was für Angebote ich von interessierten Investoren erhalten habe.«

»Ungeheuerlich«, sagte Doyle.

»Amerikaner scheinen einen potentiellen Profit wittern zu können, wie Haie Blut im Meer. Und die ganze Zeit über habe ich fleißig Andeutungen über mein Interesse am illegalen Handel mit seltenen religiösen Büchern fallenlassen –«

»Wieso haben Sie Doyle angesprochen?« fragte Jack, der seine Billigung immer noch zurückhielt.

»Die Frage ist berechtigt. Nun, ich habe vorgestern ein Kabel vom Büro des Premierministers erhalten. Bei Mr. Doyles Ankunft solle ich versuchen, Kontakt mit ihm aufzunehmen und seine Hilfe zu gewinnen. Hier, ich habe das Telegramm mitgebracht.«

Jack riß ihm das Papier aus der Hand und studierte es, ohne einen Mangel an Glaubwürdigkeit entdecken zu können. Dann starrte er Presto mit verstörender Intensität an, als ob der Mann ein Geheimnis verberge.

»Wovor wollten Sie mich gestern abend warnen?« fragte Doyle.

»Ich habe einen Mann gesehen, der Sie aus einer Ecke des Saales beobachtete, einen großen blonden Mann mit dem unverkennbaren Ausdruck böser Absichten. Als er von hinten auf Sie zukam und in seine Jacke faßte, um, wie ich annahm, eine Waffe hervorzuziehen, habe ich einfach instinktiv eingegriffen.«

»Ein großer blonder Mann?« Doyle erinnerte sich an den Mann, der den jungen Offizier auf der *Elbe* ersetzt hatte. Bevor Presto weitere Ausführungen machen konnte, zog Jack das Blatt mit Rabbi Sterns Skizzen aus der Tasche und hielt es ihm entgegen.

»Sagt Ihnen das hier irgend etwas?« Jack deutete auf den gezeichneten Turm.

Presto riß die dunkel geränderten schwarzen Augen auf und klappte sie ein paarmal auf und zu. »Guter Gott, Sie werden mich für absolut verrückt halten.«

»Warum?«

»Ich habe von diesem Ort geträumt.«

Noch am selben Tag fanden zwei Streifenpolizisten in einem von Ratten wimmelnden Hofgang, drei Straßen weit von seinem Hauptquartier entfernt, den Leichnam Ding-Dong Dunhams, des berüchtigten Anführers der Houston Dusters. Im Revier vergoß man keine Träne wegen dieser Entdeckung, aber selbst die abgehärtetsten Cops zeigten sich entsetzt über die scheußliche Brutalität dieses Mordes: Was immer Ding-Dong getan haben mochte, um zu solchen Verstümmelungen zu inspirieren, mußte oberhalb der Skala liegen, mit der sie seinen bisher als niedrig eingestuften Verhaltenskodex kalkuliert hatten.

Nur ein Zeuge meldete sich, einer der Dusters, ein Geistesschwacher namens Mouse Malloy; als Straßengangster konnte er nicht mehr produktiv funktionieren, nachdem ihn, bei dem Versuch, einen Bierwagen umzustürzen, ein Pferd vor den Kopf getreten hatte. Seitdem diente er der Gang als Clubhaus-Maskottchen und Botenjunge. Mitgenommen und voller Angst behauptete Mouse Malloy, er habe von einem Hinterzimmer aus beobachtet, wie an diesem Tage ein großer, blonder Deutscher mit einem Koffer voll Goldmünzen ins Hauptquartier gekommen sei. Als Ding-Dong dem Deutschen ein altes, in Leder gebundenes Buch gegeben habe, habe der Mann gelächelt, aber statt das

Geld zu bezahlen, das er ihnen dafür schuldete, weil sie es gefunden hatten, habe er ein Messer gezogen und Ding-Dong damit bearbeitet wie ein Pfarrer, der den Weihnachtstruthahn aufschneidet.

Wie meistens, wenn Mouse den Cops etwas erzählte – er stand in dem Ruf, ein geschwätziges Mundwerk zu haben, und seine Geschichten hatten einen Hang zum Fantastischen, seit das Pferd einen so starken Eindruck auf ihn gemacht hatte –, gaben sie nichts auf seinen unwahrscheinlichen Bericht; so dachten sie sich, Ding-Dong habe einfach das schmutzige, unausweichliche Ende genommen, das jeden Ganganführer erwartete; je eher, desto besser. Fall abgeschlossen.

Der einzige Unterschied war, daß Mouse Malloy diesmal die reine Wahrheit sagte.

PHOENIX, ARIZONA
Trotz Bendigo Rymers Theatralik – oder vielleicht gerade deshalb – ließen die Bahnhofsbehörden von Phoenix den Postzug nach Wickenburg erst abfahren, als man die Waggons von oben bis unten durchsucht und auch das letzte Mitglied des Ultimativen Tournee-Theaters vernommen hatte. Nein, niemand hatte, wie sich herausstellte, einen schwertschwingenden Chinamann im Bahnhof herumlaufen sehen – Rymer hatte ihnen befohlen, dies auszusagen, selbst wenn sie doch einen gesehen hatten: Die Verzögerungen, die sich ergeben würden, wenn Mitglieder seiner Truppe als Zeugen bei einem Mordprozeß festgehalten würden, könnten der Tournee die Luft so schnell ausgehen lassen wie ein Nagel, der einen pneumatischen Reifen durchbohrt.

Tatsächlich war Bendigo selbst der einzige seiner Truppe, der Kanazuchi erblickt hatte; aus der Entfernung hatte er das Gesicht nicht deutlich gesehen, aber chinesisch sah es aus, und als er hinter den Baumwollballen hervorgelaufen war, hatte er etwas geschwenkt, das für Rymers auf stählerne Klingen trainiertes Auge verdächtige Ähnlichkeit mit einer Schwertscheide gehabt hatte.

Bahnpolizisten hatten den toten Wachmann hinter den Ballen gefunden; seine Uniform war weg, sein Genick gebrochen, aber von seinem Angreifer war keine Spur zu finden. Gerüchte von einer Serie schauriger Morde auf dem Güterbahnhof von Yuma machten die Runde. Grausamkeiten, Verbrechen wider die Natur: Männern seien die Köpfe abgeschlagen und auf Stangen gespießt worden, Frauen habe man vergewaltigt, Kinder aufgefressen – die üblichen Ausschmückungen. Und rasch verbreitete sich die Nachricht, daß dieser Smörggsbord von Verbrechen von einem rasenden Chinamann angerichtet worden war.

Und für den Fall, daß die verzögerte Abreise noch nicht ärgerlich genug war, hatte dieser lästige alte Rabbi jetzt beschlossen, das Ultimative Tournee-Theater mindestens bis Wickenburg, wenn nicht sogar noch weiter zu begleiten. Er war nicht bereit, einen Grund dafür anzugeben, aber konnte es einen anderen geben als dessen lächerliche Vernarrtheit in seine weibliche Hauptdarstellerin? Und sie tat alles, was innerhalb der Grenzen der Schicklichkeit irgend möglich war, um ihn auch noch zu ermutigen; die Frau kannte keine Scham! Bendigo hätte sich selbst in den Hintern treten können, als er die beiden drei Reihen vor sich schnäbeln und gurren sah: Der Ärger trug meistens Weiberröcke, und dieses englische Flittchen war nur die letzte einer langen Reihe, die das feindliche Lager ausgeschickt hatte, um ihn zu quälen. Er hätte seinem Instinkt gehorchen und sie nach jener ersten Nacht in Cincinnati ohne feierliche Umstände mit einem Tritt hinausbefördern sollen, nachdem sie ihn entweder verführt oder sich geweigert hatte, mit ihm zu schlafen – seine Erinnerungen waren da ein bißchen nebelhaft.

Sein Herz flatterte wie ein Vogel im Käfig. Wie hielt er das nur aus? Die Anstrengung, diese Truppe zusammenzuhalten, um die unsterblichen Werke der Meister getreulich zu interpretieren, zerfetzte einem schlicht die Seele. Bendigo warf den Kopf in den Nacken und legte eine Hand an die Stirn – seine Vorliebe für melodramatische Gesten war derart eingefleischt, daß er ihr auch nachging, wenn niemand da war, der ihm dabei zusah. Er schaute sich im Wagen unter seinen Schauspielern um – tatsächlich hatte niemand sein Leiden zur Kenntnis genommen; zur Hölle mit diesen elenden Bälgern –, und seine Oberlippe kräuselte sich voller Abscheu: Diese Klötze, diese Steine, diese schlimmer als gefühllosen Objekte – wilde Esel hatten mehr Gespür für ein Genie. Und machten sie sich je die Mühe, ihm für Leben und Unterhalt zu danken? Nein – statt dessen hieß es immer: »Bendigo, mein Zimmer ist zu klein«, »Mr. Rymer, hier ist kein heißes Wasser« und unweigerlich: »Was ist mit meinem Geld?«

Seht mich an! wollte Bendigo zum Himmel hinaufschreien: Ich leite eine Provinztournee mitten in der Wüste! Ein schrecklicher Irrtum ist vorgefallen: Ich sollte doch einer der ganz Großen auf der Bühne sein! Wenn Booth nicht meine Karriere ruiniert hätte, würden sie heute am Broadway Theater nach mir benennen!

»Schauspieler!« murmelte Rymer erbittert.

Diesem grausamen Schicksal ins Auge zu blicken, das konnte auch einen starken Mann erschüttern – und er war kein Herkules: Zwei dicke, nasse Tränen kullerten ihm verloren über die Wangen. Bendigo war immer stolz darauf gewesen, daß er aufs Stichwort weinen konnte, aber ein bißchen Übung konnte nie schaden.

Ein schimmerndes Trugbild schwamm vor seinen Augen, und er suchte Zuflucht darin: fünfundzwanzigtausend Dollar, soviel hatte er mit den vergangenen Tourneen kassiert. Er stellte sich sein Vermögen in Form von großen Goldbarren vor, die im undurchdringlichen Tresor seiner Bank in Philadelphia ruhten. Dazu die sechstausend, die er während der jetzigen Tour eingesackt hatte, und die vier, die ihm vertraglich von diesem religiösen Vorposten zugesichert waren, wo sie jetzt spielen würden, und er wäre bereit, seine triumphale Rückkehr nach New York zu inszenieren – vorher noch ein bißchen abnehmen, weniger trinken –, als Produzent, Regisseur und Star in Bendigo Rymers einmaliger Produktion des unsterblichen Meisterwerks des Barden von Stratford: Hamlet!

Bendigo hatte jeden freien Augenblick seiner zwanzig

Jahre im Theaterexil damit verbracht, den verschlungenen Text des Hamlet neu zu strukturieren und zu vereinfachen, um seine Stärken besser herauszuspielen: Mehr Schwertgefecht, eine sonnigere Beziehung zu Ophelia, weniger morbide Innensicht. Und endlich war die Apotheose in Reichweite.

Wie viele hundert Male hatte er die Szene im Geiste geprobt: Die Premiere. Booth in der Mitte der ersten Reihe, vor der prachtvoll sich aufschwingenden Menschlichkeit seiner Darstellung zu einem schluchzenden Häuflein zusammengeschrumpft, fiel auf die Knie und bat Bendigo flehentlich um Vergebung für seine bösartige Dummheit, und das vor einem Publikum, das stets auch alle wichtigen Kritiker umfaßte …

Eileens fröhliches Lachen riß ihn aus seinen Tagträumen. Der Alte lachte auch.

Was konnten die beiden bloß zu lachen haben? Bendigo kochte innerlich und nahm verstohlen einen kräftigen Schluck aus seiner Reiseflasche. Irgendwie hatte ihr Interesse an dem Alten etwas Demütigendes. Es genügte, um in ihm den Wunsch zu wecken, noch einmal von vorn anzufangen und wieder mit Eileen zu schlafen – falls das je geschehen war.

Als Buckskin Frank und sein Trupp an jenem Nachmittag mit dem Sonderzug in Phoenix eintrafen, stellte er angenehm überrascht fest, daß hier der Tatort abgesperrt und großenteils intakt geblieben war. Dem Wachmann war das Genick gebrochen worden – wie ein Zweig, schlimmer als beim Aufhängen –, und ein paar Fußabdrücke, die er hinter den Baumwollballen fand, paßten zu den Spuren, die vom Gelände in Yuma weggeführt hatten: ein flacher Abdruck, kein Absatz – wie die Pantoffeln, die er an den Füßen der Kulis gesehen hatte. Außerdem hatte der Wachmann, der den Schuß auf den Mörder abgegeben hatte, ihn deutlich sehen können: Jawohl, der Mann sei unbestreitbar Chinese gewesen. Konkreter konnte der Wachmann nicht werden. Das mußte als gute Nachricht gelten.

Die schlechte Nachricht war: Frank würde den Gesuchten, wer zum Teufel das auch immer sein mochte, nicht nach Sonora hinunter verfolgen können, um dort diese Bande von Greenhorns aufzumischen, sich selbst ein bißchen Gold zu waschen, um sich dann ganz gemächlich und Tequila trinkend auf den Weg zu machen und die beste Blasnummer südlich der Grenze aufzustöbern. Womit die reellen Grenzen von Frank McQuethys verbliebenen Ambitionen schon genau umrissen waren.

Frank zündete sich eine Zigarette an, richtete sich hoch auf und schlenderte auf den Gleisen davon. Der Schwarm von Polizisten und Freiwilligen blieb zurück; wann immer er sich bemühte, so auszusehen, als denke er angestrengt nach, machten sie alle einen großen Bogen um ihn. Mit seinem großen Hut und seinen Stiefeln überragte er die Menge turmhoch. Das gelbe Hirschleder leuchtete in der Sonne. Sein ausladender Schnurrbart kündete von rauhem, selbstlosem Heldentum. Undeutlich nahm er einen Schwarm Weiber wahr, die ihn vom Bahnsteig aus beobachteten; sie kicherten und gackerten wie Hofhühner. Anscheinend hatten sie seine Jacke erkannt. In der Lokalzeitung war bereits ein Artikel über Franks vermeldenswerte Entlassung und seine Beteiligung an der Menschenjagd erschienen.

Weiber: Das war der Felsengrund, auf dem der Berg seines Lebens stand. So sehr er sich auch bemühte, Frank hatte nie ganz begreifen können, was die Natur seiner unzerstörbaren Anziehungskraft auf das schöne Geschlecht war. Was sahen sie, wenn sie ihn anschauten? Er hatte keine Ahnung, aber er wußte, er selbst war es nicht. Ob es etwas damit zu tun hatte, daß er vor einer Menschenmenge eine Frau umgebracht hatte – die arme Molly; der beste Teil seiner selbst war mit ihr gestorben – und damit in die Zeitung gekommen war? Brachte das die übrigen dazu, ihn zu umschwärmen wie die Fliegen?

Die meisten der Frauen, die ihn im Gefängnis besucht hatten, konnten nicht genug vom Wer, Wie und Warum all der Menschenleben hören, die er beendet hatte. Irgendein krankhaftes elektrisches Kribbeln durchströmte sie dabei.

Er sah darin beim besten Willen keinen Sinn, und auch nicht in ihnen; wie jeder Mann von Grundsätzen wollte er nichts weiter, als die Leute, die er umgebracht hatte, vergessen. Vielleicht war ihr Interesse ein weiterer Nebeneffekt all dieser Kitschromane, die im Laufe der Jahre mit seinem Bild auf dem Umschlag erschienen waren; rückblickend mußte er sagen, daß er zu wenig dagegen unternommen hatte. Verflucht, er hatte ja sogar versucht, selbst ein paar zu schreiben; die Wärter im Gefängnis hatten einen Stapel davon, die sie an Touristen zu verhökern versuchten. *Buckskin Frank: Geronimos Alptraum,* und *Ich ritt mit Wyatt: Der unsichtbare Mann von Tombstone.* Bestseller, jeder einzelne.

Er mußte den Tatsachen ins Auge sehen: Durch eigene Schuld hatte er sein Privatleben vom Ruhm zerstören lassen, und diese Erkenntnis ließ Franks Hirn schmerzen wie ein fauler Zahn. Fünf Jahre Gefängnis hatten ihm einen Frieden gebracht, den keine Frau mit ihrem unaufhörlichen Verlangen gestört hatte, er möge sich aufführen wie irgendeine verrückte Vorstellung, die sie im Kopf hatte: gehorsam, sanft und jeder ihrer Stimmungen treu ergeben – mit anderen Worten, in hundertprozentiger Arschwärtsverdrehung seiner wahren Persönlichkeit. Diese ruhige Etappe hatte Frank zu dem Schluß gebracht, daß der Hauptgrund, weshalb eine Frau überhaupt einen Mann um sich haben wollte, darin bestand, daß sie ihn mit einem Arsenal von dummen Fragen bombardieren konnte, die ihr im Kopf herumschwirrten:

Gefiel ihm dieses Kleid? Sah sie auch nicht zu fett darin aus? Was war mit diesem neuen Rouge? Hatte er sein Steak lieber rot oder lieber rosa? War es zu fassen, was sie im Haushaltswarenladen für die Elle Kattun verlangten? Wollte er Händchen halten und im Mondschein auf der Schaukel sitzen? Nein, lieber nicht. Er wälzte sich ganz gern mal im Heu, aber darüber hinaus begriff er nicht, wieso sie so viel von ihm erwarteten. Er wußte keine Antwort auf ihre Fragen; was ihn anging, so waren alle diese Möglichkeiten des alltäglichen Daseins gleich gewichtig, und deswegen Wirbel und Getue zu machen, als sei es eine Frage von Leben oder Tod, was man zum Frühstück aß oder welches Kleid man zum Square Dance anzog, nahm doch dem Leben all seinen Reiz. Molly war die einzige Frau, die ihn je begriffen hatte – und was war mit ihr passiert?

Ehemänner waren Männer, die den Speck nach Hause brachten, nie vor Einbruch der Dunkelheit tranken und jeden Morgen in dem Bett aufwachten, in dem sie am Abend eingeschlafen waren. Bevor sie zum erstenmal zur Sache kamen, hatte er stets innehalten und eines dieser hungrigen Mädchen geradeheraus fragen wollen, ob er in ihren Augen wirklich aussehe wie einer, der zum Ehegatten tauge. Und wenn sie mit Ja geantwortet hätte, hätte er nach seinem Hut greifen müssen, denn das wäre eine Schlußfolgerung, zu der nur eine Wahnsinnige gelangen könnte. Frank wünschte sich nur eins – und er dachte, daß jeder Mann, der sein Leben gelebt hatte wie er, sich das gleiche wünschen müsse, mehr als Ruhm und mehr als Reichtum: nämlich in Ruhe gelassen zu werden.

Frank kam sich lächerlich vor: Jetzt war er kaum vierundzwanzig Stunden aus dem Kittchen, und schon hatte er Heimweh. Die Wärter hatten ihm ungefähr einmal im Monat eine Hure hereingeschmuggelt – einen Mangel an zerzausten Täubchen, die für diese Aufgabe Schlange gestanden hatten, hatte es nie gegeben. Zu seinem Erstaunen hatte er festgestellt, daß dies, nachdem Molly nicht mehr da war, alles war, was er an weiblicher Gesellschaft noch brauchte.

Moment, dachte Frank, und die Wolken rissen auf. Wer sagte denn, daß er das gleiche Arrangement nicht auch jetzt hinkriegen könnte, wo er fast frei war? War er denn dazu verdammt, seine Geschicke an die Schürzenbänder irgendeines Präriehuhns zu knüpfen, kaum daß sie sich selbst seinetwegen Salz auf den Schwanz gestreut hatte. Nein. Er spürte, wie Freude in ihm aufsprudelte wie Quellwasser. Das war es: Er würde einen neuen Pfad für sich roden. Schluß mit den Canyons ohne Ausgang. Keine Kuhhäschen mehr, die ihm ihr Brandzeichen aufdrücken wollten.

Als er seine Zigarette ausdrückte, kam der kugelrunde

Bahnhofsvorsteher mit dem Fahrplan der Züge angelaufen, die Phoenix an diesem Morgen verlassen hatten: zwei Güterzüge, ein Personenzug und ein lokaler Postzug. Wieso sie unter diesen Umständen überhaupt einen Zug aus dem Bahnhof gelassen hatten, war Frank schleierhaft, aber er hatte längst die Hoffnung aufgegeben, daß man ihm die Leitung der Welt anvertrauen würde. Eine kleine Schar von bangen Freiwilligen versammelte sich um ihn und wartete auf seine Reaktion.

»Haben Sie bei all diesen Zügen zum nächsten Bahnhof voraustelegrafiert?« fragte Frank.

Der Bahnhofsvorsteher zerknüllte sein Gesicht zu einer Kugel; er hatte ein paar *Frank Buckskin*-Bücher gelesen und war schlicht eingeschüchtert. »Meinen Sie, wir sollten?«

»Hm. Ja.«

»Aber – aber wir haben alle Züge durchsucht, bevor wir sie weiterfahren ließen.«

»Und?«

Der Bahnhofsvorsteher grinste, als habe er eine schmerzhaft volle Blase; dann nahm er Frank den Fahrplan aus der Hand und machte sich auf den Rückweg zum Bahnhofsgebäude.

Spätestens bei zehn fängt er an zu traben, dachte Frank, als er dem Mann nachsah. Er zählte und kam bis acht.

Er seufzte tief und ließ den Blick über die Leute wandern. Fast ein Monat war vergangen, seit er im Bau den letzten Konkubinatsbesuch empfangen hatte. Müßig fragte er sich, wie kompliziert es wohl sein mochte, es sich hier rasch besorgen zu lassen, bevor die Jagd weiterginge. Er drehte sich eine neue Zigarette und entfernte sich von den Gaffern, als suche er nach Hinweisen, und sie ließen ihn wieder in Ruhe.

Nach dreißig Schritten fand er einen Blutfleck auf der Erde. Er betupfte ihn mit dem Finger: trocken. Mindestens zwei Stunden alt. Eine Tropfenspur endete an einem leeren Gleis; der Bahnhofsvorsteher würde wissen, welcher Zug auf diesem Gleis gestanden hatte.

»Mr. McQuethy?«

Er drehte sich um. Fünf Frauen – es waren die, die ihn

vom Bahnsteig her beobachtet hatten – standen zehn Schritt hinter ihm. Er legte den Finger an den Hut.

»Ladys.«

Die, die gesprochen hatte, trat vor, grobknochig und rotblond. Sie sah von allen am besten aus, aber das sagte weniger, als er sich erhofft hätte. »Wenn Sie die Störung entschuldigen wollen – wir haben von Ihrer Entlassung heute morgen in der Zeitung gelesen.«

»Aha.«

Die Frau wurde rot. »Und wir … nun, ich schätze, wir sind vermutlich Ihre größten Fans hier in Phoenix; wir haben alle Ihre Bücher gelesen und Ihre Laufbahn mit dem größten Interesse verfolgt.«

»Aha.«

»Ich glaube, Sie haben vor ein paar Jahren mal eine Cousine von mir gekannt, unten in Tombstone. Sally Ann Reynolds? Sie war Kellnerin im Silver Dollar Saloon.« Die Blonde bekam rote Apfelbäckchen, als Frank nicht sofort reagierte. »Jedenfalls …«

»Wie geht's Sally Ann?« fragte er lächelnd und ohne die leiseste Ahnung, von wem sie redete.

»Gut. Sie ist inzwischen verheiratet, wohnt in Tucson, hat zwei Kinder.«

»Sie müssen sie auf jeden Fall von mir grüßen.«

»Ich kann Ihnen nicht sagen, wie aufgeregt sie sein wird, wenn sie hört, daß wir miteinander gesprochen haben.«

Da war dieser Ausdruck in ihrem Blick, wie das Aufblitzen des Lichts in einem billigen Diamanten. Frank fühlte sich gleichzeitig in die Enge getrieben und stimuliert. Die Geschichte seines Lebens.

»Wir wissen, daß Sie noch schrecklich viel zu tun haben, aber wir haben uns doch gefragt, ob es nicht möglich sein könnte, Sie zum Essen einzuladen, solange Sie hier in der Stadt sind.«

Frank lächelte wieder, und – wie noch jedesmal – jegliche Erinnerung an alles Unglück, das je eine Frau ihm bereitet hatte, verschwand wie Steuergeld.

CHICAGO, ILLINOIS

Ihr Name war Mary Williams; das hatte Dante Scruggs von den zwei alten Tanten in der Pension erfahren. Sie hatte ihnen erzählt, sie komme aus einer Kleinstadt im ländlichen Minnesota, wo sie als Lehrerin gearbeitet hatte, und sie hoffe, die gleiche Arbeit jetzt in Chicago zu finden. Sie hatten ihr alles geglaubt. Dante erzählte ihnen, er sei von der Schulbehörde und wolle ihre Referenzen überprüfen; sagen Sie Miß Williams lieber nicht, daß ich hier war, fügte er lächelnd hinzu. Was für ein Charmeur, dachten die alten Damen.

Mary sei griechischer Herkunft, hatten sie entschieden; das erklärte ihre exotisch dunkle Erscheinung, ohne irgendwelche heiklen Rassenschranken zu verletzen. Die Dummchen ahnten nicht, daß sie Indianerin war.

Sie verließ das Haus jeden Morgen pünktlich um acht Uhr. Am ersten Tag kaufte sie sich einen Stadtplan von Chicago; dann ging sie methodisch nach der Karte jeden Block in der City ab und suchte irgend etwas. Dante folgte ihr drei Tage auf diese Weise. Hielt immer genügend Abstand, kam nie zu nahe. Einmal machte sie abrupt kehrt, als habe sie etwas vergessen, und kam geradewegs auf ihn zu marschiert; er wandte ihr den Rücken zu und starrte in ein Schaufenster. Er war sicher, daß sie ihn nicht gesehen hatte, aber sie blieb in den verkehrsreichsten Straßen und kehrte immer vor Einbruch der Dunkelheit in die Pension zurück.

Am dritten Nachmittag schien sie gefunden zu haben, was sie suchte: den sogenannten Wasserturm in der Chicago Avenue, eines der wenigen Gebäude, die den Großen Brand überstanden hatten. Spiraltürme aus Sandstein umstanden einen hellen Mittelturm – ein Märchenschloß mitten in diesem Zentrum des modernen Kommerzes.

Über eine Stunde lang wanderte sie auf der Straße auf und ab und betrachtete den Wasserturm aus allen Perspektiven, aber sie ging nicht hinein. Was will sie bloß hier? fragte sich Dante.

Er stellte sich diese Frage wohl an die hundertmal an jenem Tag. Schließlich blieb sie an der Straßenecke vor dem

Turm stehen, bis der Abend dämmerte. Sprach mit niemandem ein Wort, beobachtete immer nur die Leute, wie sie kamen und gingen. Als ob sie auf jemanden wartete. Ein bißchen sonderbar, fand Dante, der sie aus einem Soda-Fountain auf der anderen Straßenseite beobachtete und dabei ein Hires Root Beer trank. Er folgte ihr zurück zur Pension, als die Laternenanzünder auf ihre Runde gingen.

Der dunkeläugige Mann mit der Tätowierung am linken Arm, der die letzten Monate damit zugebracht hatte, Dante Scruggs zu beobachten, folgte ihm unauffällig. Er würde noch abwarten, bis Dante in seine Wohnung gegangen war und dann ins örtliche Büro zurückkehren, um seinen Bericht zu Ende zu schreiben; sein Vorgesetzter kam am nächsten Tag mit dem Zug aus New York – er hatte das Buch bei sich –, und dann würden sie Maßnahmen ergreifen in bezug auf Mr. Dante Scruggs.

NEW YORK CITY

Als Stadtgespräch von Manhattan kam Doyle unterdessen seinen Verpflichtungen nach und absolvierte gewissenhaft seinen Part als ›Berühmter Autor‹, aber er hatte stets das Gefühl, sein eigentliches Ich trotte immer einen Schritt hinter diesem Trubel her: der Hauch der Verschwörung, der Jack und die verschwundenen Bücher umgab, erschien sehr viel verlockender als die endlose Beantwortung der immer gleichen Fragen nach seiner toten Romangestalt auf einer Ebene des Journalismus, auf der sich auch der inzwischen beinahe mit Zärtlichkeit in Erinnerung gebrachte Ira Pinkus bewegt hatte. Aber im Gedränge der Buchhandlungen die ehrliche Begeisterung seiner Leser aus erster Hand zu spüren, das stellte ihn wieder her; gelegentlich erschien sogar eine liebe Seele, die seine historischen Romane gelesen hatte, mit einem seltenen Exemplar, das er signieren sollte.

Seine dramatische Lesung in der Calvary-Baptistenkirche in der 57th Street an jenem Abend war ein voller Erfolg; der Raum war bis an die Dachbalken vollgestopft mit Getreuen, und Doyle hatte beschlossen, seinem Publikum zu geben, was es hören wollte: Holmes, Holmes und noch mehr Holmes. Ohrenbetäubender Applaus. Nachher drängten sich Prominente auf dem Empfang – bei diesen Veranstaltungen tauchten mit deprimierender Regelmäßigkeit immer dieselben Gesichter auf – und drängten einander mit den Ellbogen beiseite, um Doyles Hand zu packen und auf diese eigentümliche amerikanische Art auf und ab zu bewegen wie einen Pumpenschwengel, als erwarteten sie, daß Öl aus seinem Mund sprudeln würde.

Ein bestürzend großer Teil von ihnen kam mit geschäftlichen Vorschlägen – von einer durch Holmes inspirierten Modekollektion bis zu einem englischen Pub namens ›Sherlock's Home‹, in dem die Kellner Deerstalker-Mützen und Pelerinen tragen sollten. Ich sollte diese beiden miteinander bekannt machen, dachte Doyle; eine wahrhaft himmlische Verbindung.

Ein exaltierter, muskulöser junger Mann namens Houdini hinterließ einen unauslöschlichen Eindruck: Eifrig erbot er sich, Doyle vorzuführen, wie er, in eine mit Ketten verschlossene Zwangsjacke gewickelt, aus einem verschlossenen und auf dem Grund eines Flusses deponierten Safe entkommen könne.

Es würde mich weit mehr interessieren, wenn Sie mir zeigen könnten, wie ich von dieser Party entkommen kann, gestand ihm Doyle.

Der junge Mann lachte; zumindest hatte er Sinn für Humor.

Major Pepperman leuchtete wie ein Signalfeuer, als sie die Kassenbelege zusammenrechneten; sein Schiff lag vielleicht noch nicht vor Anker, aber wenn dies irgendein Hinweis darauf wäre, wie die Tournee verlaufen würde, dann war seine Flotte in Sichtweite an den Hafen herangekommen. Nachdem Doyle sich durch das Gedränge zu seiner Droschke durchgekämpft hatte, lehnte er ein weiteres Mal Peppermans Einladung zum Abendessen ab – er enttäusche nur ungern, sei aber dem anstrengenden Programm verpflichtet, etc., etc., so daß Pepperman keinen vernünftigen Einwand erheben konnte –, und er und Innes kehrten zu den hartnäckigeren Sorgen zurück, die sie in seiner Suite im Waldorf erwarteten; Jack, Presto und Lionel Stern waren bereits zusammengekommen, um über die Aktivitäten des Tages Bericht zu erstatten.

Nachdem Stern bei Rupert Seligs Begräbnis in Brooklyn gewesen war, hatte ihn ein detailliertes Telegramm von Rabbi Issac Brachman aus Chicago erwartet: Jacob Stern sei erst vor vier Tagen bei ihm gewesen. Als er abgereist sei, habe Brachman angenommen, er fahre nach New York zurück, und höre nun zu seinem Schrecken, daß er dort nicht angekommen sei; von einem anderen Ziel sei nicht die Rede gewesen, und leider habe er keine Ahnung, wohin Lionels Vater gefahren sein könne.

Und Rabbi Brachmans Telegramm brachte eine andere ernste Angelegenheit ans Licht: Das Tikkunei Sohar – das Buch, das Lionel im vergangenen Jahr für Brachmans Studien besorgt hatte – war fünf Wochen zuvor aus dem Archiv seiner Synagoge verschwunden. Brachman führte dies nicht weiter aus, spannte sie allerdings mit dem Hinweis auf die Folter, daß er den Verdacht hege, der Diebstahl hänge irgendwie mit dem Parlament der Religionen zusammen, das 1893 mit der Columbianischen Weltausstellung in Chicago stattgefunden habe; Jacob Stern habe an diesem Kongreß als Vertreter des amerikanischen orthodoxen Judentums teilgenommen.

Dann berichtete Presto, er sei heute noch einmal in die Raritätenbuchhandlungen gegangen, die er nach seiner Ankunft in New York besucht habe, und der Besitzer eines Ladens in der Lower East Side habe von einer hochinteressanten Begegnung erzählt.

»Ein sprachgewandter deutscher Gentleman – gutaussehend, groß, von athletischer Gestalt – kam gestern in den Laden dieses Mannes und stellte sich als Agent eines reichen Privatsammlers vor, der daran interessiert sei, seltene religiöse Manuskripte zu erwerben. Wie er höre, seien solche Dokumente über die Maßen schwierig zu beschaffen, da sie sich zumeist in den Händen anerkannter Gelehrter oder Institutionen befänden. Besonders großes Interesse zeigte er am Gerona Sohar, und er wollte wissen, ob der Mann gehört habe, daß das Buch kürzlich ins Land gekommen sei. Und dieser Buchladen ...« Presto legte eine wirkungsvolle Pause ein; das Melodrama schien ein unvermeidlicher Teil seiner Natur. »... dieser Buchladen ist keine zwei Häuserblocks von Mr. Sterns Büro entfernt.«

»Wieder dieser deutsche Knabe«, bemerkte Innes.

»Er hat dem Ladeninhaber erzählt, er sei vor kurzem aus Europa gekommen«, sagte Presto.

»Und er ist inzwischen ohne Zweifel im Besitz des falschen Sohar, das wir auf den Gleisen zurückgelassen haben«, ergänzte Doyle. »Weiß man, als wer er sich ausgab?«

Mit seinem blitzenden Lächeln und einer schwungvollen, eines Magiers würdigen Bewegung zauberte Presto eine Visitenkarte aus der Luft. »Mr. Frederick Schwarzkirk, Sammler. Kein weiterer Titel. Büro in Chicago.«

»Schwarzkirk? Komischer Name.«

»Er bedeutet ›schwarze Kirche‹«, erklärte Jack.

Doyle und Jack sahen einander an. Der Traum, der Turm. Das war kein Zufall. Schweigen erfüllte das Zimmer.

»Führt Ihre Tournee Sie auch nach Chicago?« fragte Jack.

»Zufällig ja«, antwortete Doyle.

»Wir reisen morgen ab«, sagte Innes.

»Wir kommen mit«, sagte Jack.

»Ausgezeichnet«, sagte Doyle. Jack starrte ihn unausgesetzt an. »Was ist denn?«

»Ich möchte Sie heute abend noch mit jemandem bekannt machen.«

»Ziemlich spät für einen gesellschaftlichen Besuch.«

»Mein Freund führt ein unregelmäßiges Leben«, sagte Jack. »Sind Sie dabei?«

Doyle sah Innes an, der vor Eifer fast aus den Nähten platzte.

»Sie gehen voraus«, sagte er.

Der Wind war kälter geworden, als sie in Richtung Central Park hinauffuhren und dort nach Westen abbogen; die Straßen waren leer, und das Laub begann sich zu verfärben.

Aber selbst in dieser Verlassenheit spürte man die ungeheure, rastlose Dynamik dieser Stadt, dachte Doyle; sie vibrierte durch den Boden herauf wie das Summen einer gewaltigen Turbine.

Während sie an den Reihen der Palazzi und Villen in der Fifth Avenue vorbeitrabten, spürte er stechende Selbstvorwürfe, denn er erkannte, daß ein Teil seiner selbst sich immer noch nach einem in solchen Dimensionen bemessenen Lebensstil sehnte. Die Häuser der herrschenden Klasse standen schweigend wie mittelalterliche Festungen, Tempel der Eitelkeit und der Habgier, die einem die Augen übergehen ließen – und jawohl, er wollte immer noch eins. In England behandelten die Reichen ihr Vermögen diskret und versteckten sich taktvoll auf dem Land hinter hohen Hecken – Doyle hatte jetzt selbst ein Landhaus, wenn auch ein bescheidenes. In Amerika aber feierten sich die Räuberbarone mit diesen Monumenten an der verkehrsreichsten Straße der Welt: Bei Gott, seht mich an, ich hab's geschafft! Ich habe die Bank gesprengt! Die Götter in ihrem eigenen Spiel besiegt!

Zahlreiche Telefondrähte, zwischen den Villen und der Straße gespannt, verbanden die Reichen miteinander vermittels dieses allerneuesten Modeirrsinns. Sie hatten einander kaum etwas zu sagen, wenn sie sich von Angesicht zu Angesicht gegenüberstanden, dachte Doyle. Wozu also brauchten sie so viele Telefone?

Was für ein anstrengendes Leben die Reichen doch führen mußten, von ihrer unsteten Sehnsucht nach Unsterblichkeit zu solchen übermenschlichen Leistungen getrieben. Der Gedanke an all diese irregeleitete Leidenschaft erfüllte Doyle mit Melancholie, bevor er sich korrigierte: Wer war er denn, daß er behauptete, diese Titanen des Unternehmertums irrten sich? Wenn diese große Stadt in zweitausend Jahren zu Staub zerfallen wäre, würde außer diesen weltlichen Tempeln für die Archäologen vielleicht nur noch wenig übrigbleiben, das sie durchsieben könnten, um aus ihren Artefakten das Leben einer toten, weit entfernten Kultur zu weben. Eine Haarbürste, eine Kanne, eine privat in Auftrag gegebene Büste – diese zutiefst persönlichen Besitztümer mochten sich eines Tages hinter Glas wiederfinden, in Reliquien der Anbetung verwandelt. Und wenn nun ein Bruchteil eines Traumes oder – um es schlichter auszudrükken – ein paar elastische Moleküle des Eigentümers, in die Materie des Objekts eingebettet, überlebten? Näher, so erschien es Doyle, konnte man als Mensch an die Unsterblichkeit nicht heranzukommen hoffen; der Körper würde versagen, die Erinnerungen würden verblassen, aber wir würden vielleicht noch Jahrhunderte weiterleben, in Gestalt einer Zahnbürste oder Hutnadel.

Am Hudson River brachte eine Fähre ihre vierspännige Droschke hinüber zu den Palisades, den Uferklippen von New Jersey. Die vier Männer verfielen in den Rhythmus einer langen Kutschfahrt durch die finstere Nacht. Niemand außer Jack wußte, wohin die Reise ging, und er saß über ihnen auf dem Kutschbock, die Zügel locker in den verstümmelten Fingern. Während der Fahrt unterhielt Presto sie mit Geschichten von den Fürsten und Maharanis von Gwalior und Radschputana, von fluchbehafteten Edelsteinen und Palästen aus Gold und Elfenbein, menschenfressenden Tigern, marodierenden Elefanten und – was Innes am meisten interessierte – von den verbotenen Geheimnissen des Harems. Färbten diese Mädchen bestimmte, wichtige Teile ihres Körpers tatsächlich karmesinrot ein? Ja, das taten sie allerdings, bestätigte Presto: Eingeölt, lackiert und poliert, führten diese *huris* ein Leben, das dem Geben und Nehmen von Lust gewidmet war, in den Armen ihresgleichen und in denen ihres Herrn. Innes' Gedanken wirbelten umeinander wie Windmühlenflügel in einer steifen Brise: Hatte Presto so einen parfümierten Serail denn tatsächlich schon einmal besucht?

»Aber wie sehr unterscheiden sich diese Frauen letzten Endes doch von den gepflegten Ehefrauen unserer westlichen High Society«, sagte Doyle und ersparte Presto das würdelose Eingeständnis des Offenkundigen. »Ich meine nicht alle, aber doch die, die ihr Leben damit verbringen, ihren physischen Charme zu erhalten – mit Gesichtsmassagen und Sechs-Gallonen-Flaschen Shampoo – und sich in eine Trophäe oder in ein Dekorationsstück am Arm ihres Gatten verwandeln.«

»Aber vor allen Dingen ist man doch fünfzig von denen auf einmal gar nicht gewachsen«, gab Innes zu bedenken.

»Sie würden sich wundern«, antwortete Presto mit wollüstigem Lächeln. »Vorausgesetzt, daß Geld kein Thema ist.«

»Und das Problem der Vielweiberei einmal beiseite gestellt«, sagte Doyle.

»Ich wüßte einen wichtigen Unterschied«, sagte Stern. »Im Westen kann eine Frau von der Art, wie Sie sie beschreiben, das Haus verlassen, wenn sie will.«

»Richtig, sie ist keine Sklavin per se«, sagte Doyle. »Aber worauf ich hinauswill: Sind sie nicht in ähnlicher Weise Sklavinnen des Geistes? Die Ehefrau hierzulande darf vielleicht das Haus verlassen, wie Sie zu bedenken geben, aber kann sie auch die Situation verlassen? Wenn sie von ihrem Los genug hat, kann sie dann weglaufen und ein eigenes Leben führen?«

»Warum sollte sie das wollen?« fragte Innes.

»Theoretisch gesprochen, alter Junge.«

»Sie sollte es können«, sagte Presto. »Und sie kann sich nach westlichem Recht sicher auf Gesetze berufen.«

»Aber die Realität sieht doch ganz anders aus. Die abendländische Gesellschaft ist so eingerichtet, daß sie Handlungsfreiheit auf seiten der Männer unterstützt, und gleichzeitig davor geschützt, daß die gleichen Rechte den Frauen eingeräumt werden. Ich glaube, daß es etwas mit dem unbewußten Schutz der Fortpflanzungsfunktion zu tun hat; die Spezies muß überleben, um jeden Preis, und die Frau muß vor allem Schädlichen geschützt werden, auch wenn wir uns dessen nicht bewußt sind.«

»Ich war immer zu beschäftigt, um mir eine Frau zu nehmen«, sagte Stern und gab sich seinem Bedauern hin.

»Das Haremleben hört sich gar nicht so schlecht an«, meinte Innes. »Nicht viel Arbeit. Jede Menge Freizeit.«

»Du verlierst dich da in Träumen von der Verfügbarkeit

der Frauen rund um die Uhr; aber hast du eine Ahnung, was passieren kann, wenn eines der Mädchen das Mißfallen ihres Herrn erregt?« Doyle sah Presto an.

»Folter, Verstümmelung, Enthauptung«, sagte Presto.

»Wirklich? Das ist ja furchtbar.«

»Aber wie würdest du es finden, wenn den Frauen die gleiche sexuelle Freiheit gewährt würde, wie du sie genießt? Wenn sie sich entschließen könnten, zu schlafen, mit wem sie wollen, wann immer sie wollen?«

»Was für ein entsetzlicher Gedanke«, sagte Innes. »Ich meine, dann ist doch der ganze Sinn der Sache beim Teufel, oder?«

»Ich will damit sagen, Männer haben zwar die zivilisierte Welt zu dem gemacht, was sie ist, aber sie haben es auf Kosten jener Partner getan, mit denen uns der Schöpfer vernünftigerweise beehrt hat. Sie sind die unsichtbar Unterdrückten unter uns.«

»Sind Sie dafür, den Frauen das Wahlrecht zu geben, Mr. Doyle?« fragte Presto.

»Ach du lieber Gott, nein«, sagte Doyle. »Solche Dinge muß man vernünftig angehen. Wir müssen ihnen zunächst einmal Bildung vermitteln, denn sie müssen ja wissen, worüber sie da abstimmen sollen. Rom wurde auch nicht an einem Tag erbaut.«

»Wäre vielleicht gar nicht so schlecht«, meinte Innes, der sich eine rosarote Welt der sexuellen Gleichberechtigung vor Augen zauberte. »Wäre doch sehr viel weniger kostspielig, eine Puppe ins Bett zu kriegen. Keine Blumen, keine schicken Abendessen für zwei in teuren Bistros.«

»Ich fürchte, die Aussicht darauf erfüllt mich mit Verzweiflung«, sagte Presto. »Das Ritual der Jagd, den Kitzel der Eroberung aufzugeben und alles, was ich mir bei einer Frau wünsche, gleich im ersten Augenblick überreicht zu bekommen, ohne Widerstand, ohne das geringste sittsame Zögern – das würde mir das ganze Erlebnis verderben.«

»Dann haben Ihnen Ihre Besuche im Harem also eigentlich gar keinen Spaß gemacht?« Innes war wie ein Hund, der immer wieder seinen Lieblingsknochen ausgrub.

So ging die Diskussion weiter, lebhaft und angeregt, und nirgends kam eine Einigung zustande – als ob bei dieser komplexen und heiklen Angelegenheit irgend etwas jemals geklärt werden könne. Doyle warf einen Blick zu Jack hinauf, der die Kutsche lenkte und die Teilnahme an eben jener Art von philosophischem Freistilringen versäumte, an der er immer so besonders viel Vergnügen gehabt hatte. Sicher konnte Jack auf seiner hohen Warte hören, was sie sagten, aber er schaute nie zu ihnen herab, sondern wirkte wie ein Leuchtturmwärter, der ein Unwetter auf hoher See beobachtete. Wie weit war Jack wohl entfernt vom Zugriff dieser essentiellen, animalischen Sorgen – und wenn sie für alle Zeit für ihn verloren waren, konnte er dann immer noch auf die gleiche Weise als Mann gelten?

Es war fast ein Uhr morgens, als ihr Ziel in Sicht kam, in einem Tal, das sich unter ihnen ausbreitete, erhellt von einer unglaublichen Menge Licht. Ein Geviert von langgestreckten Ziegelbauten, umringt von elektrischen Laternen und einem hohen, weißen Lattenzaun. Keine erklärenden Schilder. Nach einem geflüsterten Wortwechsel mit einem Wachtposten am Tor wurde die Kutsche eingelassen; Jack fuhr sie zum höchsten Gebäude in der Mitte des Platzes und hielt davor an. Durch die großen Fenster sahen sie endlose Säle voller Maschinen, Laborgeräte und wissenschaftlicher Instrumente.

Sie folgten Jack durch eine Stahltür, einen Gang hinunter und in eine große Halle mit einer zehn Meter hohen Decke; an der Wand gegenüber erhoben sich Bücherregale, in Höhe des ersten Stocks zu beiden Seiten flaniert von Galerien – sie enthielten wohl an die zehntausend Bände, schätzte Doyle. In riesigen Glasschränken waren Mineralien und Präparate sowie die Prototypen diverser Erfindungen ausgestellt. Griechische Statuen drängten sich in den Ecken; Fotografien und Gemälde füllten die Wände bis auf den letzten freien Quadratzoll. Der Raum wirkte vollgestopft und geräumig zugleich, objektiv großartig und zugleich intensiv persönlich.

An einem einfachen Rolltop-Schreibtisch in der Mitte des

Saales saß ein zerknautschter Mann mittleren Alters zusammengesunken und mit dem Rücken schräg zu ihnen auf einem Kippstuhl. Seine abgetragenen Stiefel ruhten auf der Kante einer offenen Schublade. Er schien zu schlafen. Auf seinem Schoß lag eine Stahlschüssel, über die er seine Hände gefaltet hatte. In alle Himmelsrichtungen zerzaustes graues Haar bedeckte seinen großen, vornehmen Kopf. Jack bedeutete den andern, still zu sein, und schlich sich näher an den Mann auf dem Stuhl heran. Lionel Stern schnappte plötzlich nach Luft.

»Wissen Sie, wer das ist?« fragte er.

Zwei Stahlkugeln fielen dem Mann aus der Hand und landeten scheppernd in der Schüssel. Der Lärm ließ ihn hochfahren, und er war auf der Stelle hellwach und schaute sie an. Die breite Stirn wurde von einer tiefen Furche zwischen den buschigen weißen Brauen gespalten, der Mund war breit und unwillig, und in den Augen leuchtete eine überaus scharfe Intelligenz. Jack erblickte er als ersten, und er winkte ihn zum Tisch, schüttelte ihm die Hand und wechselte leise ein paar freundliche Worte mit ihm.

»Das ist Thomas Edison«, sagte Stern.

Jack winkte sie herüber und stellte sie vor; Edisons Miene strahlte auf wie seine berühmte Glühbirne, als er mit Doyle bekannt gemacht wurde.

»Der Holmes-Generator leibhaftig«, sagte Edison lachend; als sie alle verdutzt schwiegen, erklärte er, der ›Holmes-Generator‹ sei in wissenschaftlichen Kreisen wohlbekannt als Vorläufer des elektromagnetischen Motors.

»Oh«, sagte Doyle.

Edison schien außerstande zu sein, seiner Begeisterung für Sherlock Holmes mit hinreichend starken Worten Ausdruck zu verleihen; ansonsten wimmelten die meisten Romane ja nur so von Geschöpfen von derart uninspirierter und traniger Dümmlichkeit, daß es ein Wunder sei, wie überhaupt ein Autor über sie schreiben könne – aber welch eine Freude, bei einer fiktionalen Figur solch selbstbewußter Brillanz zu begegnen! Doyle war so geschmeichelt, daß es ihm die Sprache verschlagen hatte.

Federnd wie ein Jüngling kam Edison auf die Beine, kletterte die fahrbare Leiter hinauf, die an seiner Bücherwand befestigt war, holte einen ledergebundenen Holmes-Band herunter und bestand darauf, daß Doyle das Titelblatt für ihn signierte.

»Sind denn weitere Holmes-Geschichten in Arbeit?« wollte Edison wissen. »Sicher war unser Mann doch scharfsinnig genug, um einen Weg zu finden, das kleine Mißgeschick am Wasserfall zu überleben.«

»Es ist davon die Rede«, sagte Doyle; er wollte den großen Mann nur ungern enttäuschen. Innes starrte ihn an, als spreche er plötzlich in einer ihm unbekannten Sprache.

Sie plauderten über Doyles Arbeitsgewohnheiten, und Edison war erpicht auf Fakten. Wie viele Stunden am Tag arbeitete er? (Sechs.) Wie viele Wörter schaffte er pro Tag? (Achthundert bis tausend.) Schrieb er mit der Hand oder mit einer dieser neuen mechanischen Schreibmaschinen? (Mit dem Füllfederhalter.) Wie viele Fassungen pro Buch? (Drei.) Dann verlagerte sich das Gespräch auf den geheimnisvollen Ursprung der Schöpferkraft im Geiste. Sie kamen darin überein, daß der unersättliche Appetit des Geistes nach Ordnung in der spontanen Entwicklung organisierter Ideen resultierte, die dazu dienten, die Probleme des Alltagslebens zu vereinfachen: sei es in einer Geschichte, die Licht auf einen beunruhigenden Aspekt menschlichen Verhaltens warf, oder in einer Maschine, mit der sich die Mühen unumgänglicher physischer Arbeit verringern ließen.

»Wir sind alle Detektive«, behauptete Edison, »und wir alle ringen mit dem Fragezeichen am Ende unseres Daseins. Ein großer Teil des Reizes, den Ihr Mr. Holmes allgemein ausübt, glaube ich.«

»Aber er ist eigentlich nur eine Maschine«, sagte Doyle bescheiden.

»Oh, aber da bin ich anderer Meinung; mit allem Respekt für Sherlock und die vorherrschende medizinische Weisheit, aber unser Verstand ist keine Maschine. Wenn es in den entsprechenden Zustand der Bereitschaft gebracht ist, dann tritt das Gehirn, so glaube ich, in Kontakt mit dem Feld der reinen Ideen; das ist kein physikalischer Ort, wie wir ihn verstehen, aber auch kein rein theoretischer. Eine Dimension des abstrakten Denkens, parallel zu unserer eigenen, und sie überlagert und durchdringt unsere Welt auf vielerlei schwer vorstellbare Art. Unmittelbar erleben wir sie nur unter der Schirmherrschaft eines angemessen vorbereiteten menschlichen Verstandes. Und das Herableiten der Visionen, die wir vorfinden, wenn wir diesen ›anderen‹ Ort besuchen, ist der Quell aller menschlichen Inspiration.«

»Darf ich fragen, Sir, was Sie mit den Kugeln und der Stahlschüssel praktizierten, als wir kamen?« erkundigte sich Doyle.

»Ich sehe schon, woher unser Mr. Holmes seinen beobachterischen Scharfsinn hat«, sagte Edison lächelnd. »Ich habe schon frühzeitig in meinem Leben entdeckt, daß die besten Ideen in meinem Kopf Gestalt annahmen, wenn ich durch das träumerische Grenzland zog, das wir durchqueren, wenn wir einschlafen oder aufwachen. Ich glaube inzwischen, daß das Gehirn bei diesem kurzen Übergang seine optimale Empfänglichkeit für den Kontakt mit diesem Reich der reinen Vernunft erreicht. Die Schwierigkeit beginnt, wenn wir versuchen, in diesem traumhaften Zwischenstadium zu verweilen; wir versinken dort entweder rasch tiefer in den Schlaf, oder wir erheben uns ins wache Bewußtsein. Also …«

Edison nahm die Schüssel und die Kugeln und setzte sich auf seinen Stuhl, um die Sache zu demonstrieren.

»Wenn ich mich schläfrig fühle, dann setze ich mich so hin und halte die Kugeln mit der Hand über die Schüssel; wenn ich einschlafe, fallen sie mir aus der Hand, und das Scheppern weckt mich auf – ich bin ein bißchen taub und brauche schon ein ordentliches Getöse, damit es funktioniert. Rasch nehme ich die Kugeln in die Hand und lasse mich wieder treiben. Je mehr ich übe, desto länger kann ich dort verweilen. Die Gedanken kommen. Gute Resultate. Jeder kann sich diese Technik beibringen, und ich habe festgestellt, wenn ich eine oder zwei Stunden in diesem produktiven Zustand verbringe, bin ich nachher besser ausgeruht als nach vollen acht Stunden im Bett.«

»Nun, es hat große Ähnlichkeit mit dem meditativen Zustand, den die *yogis* im Fernen Osten anstreben«, stellte Presto fest.

»Ist das wahr?« Edison hatte den anderen Männern hin und wieder einen freundlichen Blick zugeworfen, sich aber sonst nicht weiter um sie gekümmert. »Ich bin sehr interessiert, das zu hören. Sind Sie selbst Hindu?«

»Ich bin der episkopalische Sohn einer irisch-katholischen Mutter und eines moslemischen Vaters, der aus einer Hindu-Kultur flüchtete, um in England zu leben«, antwortete Presto mit einer Verneigung.

»Nun, da scheint mir Amerika jedenfalls genau der richtige Ort für Sie zu sein.«

Mit einem Blick auf seine Taschenuhr schlug Jack vor, man solle nun nicht allzuviel von Mr. Edisons kostbarer Zeit in Anspruch nehmen und statt dessen zum Grund ihres Besuches kommen. Edison, der die Störung anscheinend eher dankbar als verärgert aufgenommen hatte, führte sie durch die gewaltigen Laboratorien, die sie durch die Fenster gesehen hatten. Sechzig Angestellte erledigten ihre Arbeiten in einzelnen Teams, die den diversen Projekten zugewiesen waren. Er selbst verwende seine Zeit inzwischen größtenteils auf administrative Einzelheiten, erläuterte Edison verdrossen; seine Geldgeber beständen darauf: »Heutzutage ist Geld die Triebkraft für alles – nicht wie in den guten alten Zeiten in Menlo Park, wo die Energie noch grenzenlos und das Vertrauen der Mitmenschen frei von Zweifeln war.«

Sie verließen das Hauptgebäude, gingen zur gegenüberliegenden Ecke des Gevierts und betraten dort eine niedrige, langgestreckte Holzbaracke von fünfzehn Metern Länge mit einem merkwürdigen, mit Scharnieren versehenen Schrägdach. Schwarze Teerpappe bedeckte die Innenwände, schwarze Vorhänge verhüllten eine kleine, erhöhte Plattform am hinteren Ende. Doyle kam zu dem Schluß, daß die Scharniere oben an den Wänden dazu dienten, das

Dach aufzuschieben – aus welchem Grund allerdings, das war ihm ein Rätsel. Die Männer nahmen auf Klappstühlen vor einer viereckigen weißen Leinwand Platz, die von der Decke hing. Edison verschwand in einen Kasten aus schwarzen Vorhängen. Es wurde dunkel im Raum, und Doyle nutzte die Pause, um sich zu Jack hinüberzubeugen und zu fragen:

»Woher kennen Sie ihn?«

»Bin unangemeldet vor seiner Tür erschienen. Vor drei Jahren, bei meinem Wiedereintritt«, sagte Jack. »Habe mich ausgewiesen, meine Referenzen vorgezeigt: Agent der Krone.«

»Warum?«

»Geheimnisse, auf die ich gestoßen war. Ideen. Fragen, die ich ihm stellen wollte. Er war überraschend kooperativ; er fand mich so exotisch. Ich habe zwei Monate hier auf dem Gelände gelebt. Seinen Leuten hat er gesagt, ich sei ein Ingenieur, der zu Besuch weile. Wir hatten ein paar gemeinsame Ideen für Anwendungen seiner neuen Technologien …«

Ein rhythmisches Summen, das hinter den Vorhängen hervorkam, schnitt ihm das Wort ab; ein paar Augenblicke später schoß ein schmaler Lichtstrahl aus einem Guckloch, das in die Mitte des Stoffs geschnitten war, und überflutete die Leinwand mit einem hellen Viereck, das dem Auge weh tat.

Edison kam wieder zum Vorschein und blieb neben ihnen stehen. Zappelnde schwarze Kringel tanzten über die Leinwand.

»Staub vor der Linse«, erklärte er. »Am Anfang der Rolle sind ein paar Meter, die nicht dazugehören, Jack, aber haben Sie Geduld, das Material, das Sie gezeigt bekommen wollten, kommt noch.«

Die Leinwand wurde wieder dunkel, und dann erschienen vor ihnen zwei Preisboxer, die sich in einem von Seilen umspannten Ring umkreisten und aufeinander einschlugen; kein Laut war zu hören, und das Bild war bar aller Farbe, von flachem Schwarz und Weiß. Die Gestalten bewegten sich mit einer beinahe komischen Ruckhaftigkeit, aber das gespenstische, überlebensgroße Spektakel, das da vor ihnen aus der Luft Gestalt angenommen hatte, verblüffte sie nichtsdestoweniger.

»Das ist Gentleman Jim Corbett, der Weltmeister im Schwergewicht«, sagte Edison und deutete auf den größeren der beiden Männer. »Vor ein paar Monaten hier in diesem Raum gefilmt. Sein Gegner ist ein Bursche aus dieser Gegend, den wir aus der Anonymität geholt haben …«

Auf der Leinwand streckte Corbett den Mann mit einem einzigen Hieb zu Boden.

»… in die er bald wieder zurückgekehrt ist.«

Das Bild wandelte sich zu einer Landschaft. Ein Eisenbahntunnel, der in eine Bergflanke gegraben war, und Gleise, die daraus hervor und geradewegs auf die Leinwand zuliefen. Nach einigen Augenblicken brach eine dampfende Lokomotive aus dem Tunnel und kam auf sie zugeschossen. Die Männer schrien unwillkürlich auf, und Innes ließ sich seitwärts vom Stuhl fallen.

Edison lachte schallend und schlug sich auf die Schenkel. »Egal, wie oft ich diese Reaktion auch miterlebe, ich muß doch immer wieder darüber schmunzeln.«

Wieder wechselte das Bild, und man sah ein intimes Boudoir, drapiert mit troddelgeschmückten Schleiern und Seidenstoffen. Üppige Kissen türmten sich auf einem Leopardenfellteppich. Ein wohlgeformter Arm, mit silbernen Reifen behängt, glitt hinter den Vorhängen hervor, gefolgt von einem barfüßigen Bein, und dann offenbarte sich die Eigentümerin selbst, ein geschmeidiges, dunkelhaariges Tanzmädchen mit durchscheinender Haremshose und hauchdünnem Oberteil. Blumen schmückten ihr Haar, Perlenketten zierten den Hals, und ein schwerer, tautropfenförmiger Edelstein prangte in ihrem Nabel. Sie flirtete von der Leinwand herunter mit ihnen, ließ die kajalgeschminkten Augen blitzen und fing an, sich auf eine Weise zu wiegen und zu biegen, die man nur als außergewöhnlich professionell bezeichnen konnte.

»Na, gute Nacht!« sagte Innes. »Wer ist denn das?«

»Ihr Name ist ›Little Egypt‹«, sagte Edison. »In Wirklichkeit heißt sie Mildred Hockingheimer und kommt aus der Bronx. Die führende Bauchtanzexpertin der Nation. Und sie wird sehr, sehr berühmt werden.«

Sie schauten ihr eine Weile zu und fanden keinen Grund für einen Widerspruch.

»Sehr talentiertes Mädchen«, sagte Stern.

»Aus der Bronx?« fragte Presto. »Das ist kaum zu glauben.«

»Zu dieser Nummer ließ sie sich durch eine Syrerin inspirieren – nicht eben zufällig ebenfalls ›Little Egypt‹ genannt –, die auf der Weltausstellung im letzten Jahr einen Skandal heraufbeschwor. Zur Zeit gibt es fünfundzwanzig Little Egypts, die überall im Lande ihrem Gewerbe nachgehen. Wir sind ihnen aber voraus: *Unsere* Little Egypt ist schon jetzt die größte Attraktion in jedem Kinetoskop-Saal, in dem wir sie auftreten lassen; wir könnten die Männer für einen Vierteldollar durch ein Guckloch schauen lassen, und sie würden immer noch Schlange stehen.«

»Und es wäre jeden Penny wert«, sagte Innes.

»Und alles nur ein Trick – das Gefühl, daß sie sich bewegt, meine ich. Trägheit des Auges – ein Streich, den uns unser Sehvermögen spielt. Einzelne Fotografien, die so schnell hintereinander gezeigt werden, daß unsere Sinne es als kontinuierliche Bewegung empfinden.«

»Die Möglichkeiten«, sagte Doyle, der weit über das Spektrum der hier erlebten Darbietung hinaus dachte, »sind grenzenlos.«

»Meinen Sie? Ich fürchte, daß die Anwendungsmöglichkeiten nicht weit über den Bereich des Wollüstigen oder der reinen Sensationsgier hinausgehen. Natürlich zieht es die Blicke auf sich, aber letzten Endes hat es doch etwas Schandbares an sich, nicht wahr?«

»Zweihundert Jahre lang waren die beliebtesten Attraktionen in England die öffentlichen Hinrichtungen, dicht gefolgt von Bärenhatzen und Hahnenkämpfen«, sagte Presto. »Wenn Ihre wunderbare Erfindung dem Voyeurismus der Massen Rechnung tragen würde, bräuchten sie keine großen Entfernungen mehr zurückzulegen.«

»Hoffentlich haben Sie recht. Die Leute sind normalerweise mißtrauisch gegen neue Erfindungen«, sagte Edison. »Man hat sehr lange befürchtet, daß das Telefon Krankheiten übertragen könnte. Aber bei beweglichen Bildern ist das nicht der Fall. Ich habe so etwas noch nie erlebt; die Leute stürzen sich darauf wie Kamele auf eine Wasserstelle.«

»Wie haben Sie sie bloß gefunden?« fragte Innes, dem Edisons Sorgen keinerlei Kopfzerbrechen bereiteten; seine Gedanken wirbelten radschlagend um irgendeinen Anlaß – einen Kongreß oder eine Art Klassentreffen –, zu dem sich alle fünfundzwanzig Little Egypts würden zusammenbringen lassen.

»Sie hat auf Coney Island getanzt; dieser Auftritt wurde allerdings hier in unserem schwarzen Kasten gefilmt. Ein tolles Mädchen, diese Mildred; sie erzählt gern, daß ihr Tanz den Geheimzeremonien der altägyptischen Tempel nachempfunden ist. Wie sie mitten in Flatbush davon hat Kenntnis bekommen können, ist freilich ein Geheimnis, das sie mit ins Grab nehmen wird.«

Little Egypt verschwand, ohne eines der Geheimnisse zu enthüllen, auf deren Offenbarung sie scheinbar hinausgewollt hatte; an ihrer Stelle erschien ein atemberaubendes Panorama von griechisch und italienisch anmutenden klassizistischen Pavillons auf der Leinwand, riesige Menschenmengen wimmelten dort umher wie Insekten.

»Das ist jetzt die Weltausstellung«, sagte Edison. »Lief letztes Jahr sechs Monate – hat einer der Herren vielleicht das Glück gehabt, dabeisein zu können?«

Nein, keiner, antworteten sie.

»Muß leider sagen, daß Sie das größte Spektakel in der ganzen Schöpfung verpaßt haben. Ursprünglich hatten die Stadtväter der Welt zeigen wollen, wie Chicago sich von dem großen Brand im Jahre '71 erholt hatte, aber bald wurde klar, daß die unsichtbaren Mächte, die sich zuweilen miteinander verschworen, um dem Fortschritt der Menschheit einen kleinen Anschub zu geben, etwas Bedeutsameres im Sinn hatten. Mitten in unserer schlimmsten Wirtschaftskrise seit vierzig Jahren wurde die Ausstellung von siebenundzwanzig Millionen Menschen besucht; das ist fast die Hälfte der Bevölkerung in unserem Land. Und mit den Bestrebungen meiner Firma und denen unserer Konkurrenten war es das meistfotografierte Ereignis der Menschheitsgeschichte.«

Eine gleißende Flut von Bildern sprudelte über die Leinwand: Ausstellungshallen voll gargantuesker Fabrikationsobjekte, Dynamos, hydro-elektrische Kraftanlagen, Maschinen-Modelle aus dem neuen Goldenen Zeitalter der Wissenschaft. Ein ganzes Gebäude mit Turbinen und Generatoren, anscheinend das Werk eines Volkes von Riesen. Dampfgetriebene Feuerwehrwagen. Pferdelose Kutschen. Die neuesten Fortschritte des luxuriösen Eisenbahnverkehrs, prachtvoll ausgerüstete Schlafwagen mit seidenen Vorhängen und silbernen Waschbecken. Im zentralen Ausstellungsraum ragte ein elektrischer Turm bis an die Decke der gewaltigen Stahlhalle, und die Worte ›Edison Light‹ umkreisten blitzend die Spitze. Doyle beobachtete, wie die flackernden Schatten auf Edisons Gesicht spielten und dachte staunend an den Reichtum der Inspiration, die den Geist dieses Mannes beseelen mußte: ein Pate des marschierenden Fortschritts, dessen Zeuge sie waren.

In einem eigenen Pavillon waren Edisons ›Erfindungen von morgen‹ ausgestellt, Maschinen, die den Prophezeiungen nach Männern, Frauen und Kindern zu einem besseren Leben verhelfen würden: Staubsauger, Waschmaschinen, Kühl- und Eisschränke. Und das Verblüffendste: das Telektroskop, eine Bildröhre, die – wenn sie erst vervollkommnet wäre – wie ein Fernrohr einem Mann in New York erlauben würde, das Gesicht seines Freundes in Chicago zu sehen, als ständen sie einander gegenüber.

Auf einem Vergnügungsgelände namens Midway ragte ein gigantisches Rad aus Licht mit schwingenden Gondeln in den Himmel; erfunden von einem Einheimischen namens George Washington Ferris – wie Edison ihnen erzählte –, beförderte es Fahrgäste in einem feurigen Kreis auf und ab und herum, als ob ein Wunder vom Olymp herabgefallen sei in den Bezirk der Sterblichen. Eine schwindelerregende Aufnahme zeigte die Sicht, die man von den kreisenden Gondeln aus hatte; auf dem Scheitelpunkt breitete sich das Ausstellungsgelände unter dem Rad aus wie die Morgendämmerung einer neuen Zivilisation.

»Zweihundertfünfzig Fuß hoch. Unser Kameramann wäre beinahe ohnmächtig geworden und in den Tod gestürzt«, berichtete Edison.

Die nächsten Bilder zeigten Gruppen von Männern und Frauen, die sich auf den Treppen vor den verschiedenen Ausstellungspavillons versammelt hatten; in der Mitte der weitwinkligen Aufnahmen offenbarten Transparente die Identität der jeweiligen Organisation – der Panamerikanische Verband der Pferdezüchter, der Chicago Club, der Vereinigte Frauenkongreß –, und jedesmal folgten Aufnahmen aus größerer Nähe, bei denen die Kamera langsam über die reglos dastehende Mitgliederschaft schwenkte; die meisten Leute waren daran gewöhnt, für Fotografen zu posieren, und verharrten statuengleich mit einem unerschütterlichen Lächeln auf dem Gesicht.

Das ist zwar alles sehr interessant, dachte Doyle, aber er war doch im Begriff, zu fragen: Was soll das?

Dann kam das Parlament der Internationalen Religionen, eine der größten Gruppen, ins Bild, ein Schwarm von Geistlichen, die ihr Transparent sowie ein zweites Plakat umdrängten, auf dem stand: *Nicht Menschen, sondern Ideen. Nicht Materie, sondern Geist.*

Lionel Stern beugte sich auf seinem Stuhl nach vorn. Die Nahaufnahmen begannen: Bischöfe, Kardinäle, Diakone, Vikare; Protestanten und Katholiken mit ihren Klerikerkragen standen Schulter an Schulter mit Rabbis, orthodoxen wie auch den zeitgemäßer gekleideten reformierten –

»Da, da ist er, da ist mein Vater!« rief Lionel Stern und sprang nach vorn zur Leinwand, um auf eine kurz erfaßte eckige Gestalt in der Mitte der Gruppe zu deuten. »Kann man das Bild anhalten?«

»Leider nicht«, sagte Edison.

Die Kamera schwenkte weiter über die Versammlung hin nach rechts. Lionel beobachtete aufgeregt, wie Jacobs körniges Bild zum Rand der Leinwand wanderte und dann verschwand. Jetzt erschienen die zahlreichen Rassen und Religionen des Orients und beäugten die Kamera mit wachsender Vielfalt des Ausdrucks – von stiller Heiterkeit bis zu unverhohlenem Mißtrauen –, und alle trugen ihre unverwechselbare Nationaltracht: Gruppen von faltenreich gewandeten, turbantragenden Moslems und Hindus, Buddhisten in ihrer Tracht von dunklem Safrangelb, asketische Konfuzianer, koptische Christen, Tibetaner, elegante Shinto-Priester, abweisend blickende russisch-orthodoxe Patriarchen.

Als die Kamera den äußersten Rand der Gruppe erreicht hatte, hielt sie an, und das Bild blieb stehen. Eine einzelne Gestalt in der hinteren Reihe lenkte die Blicke auf sich.

Ein hochgewachsener, faszinierender Mann, dürr wie eine Vogelscheuche mit einem hohen Zylinderhut und einem strengen schwarzen Gehrock, geschnitten wie der eines Bestattungsunternehmers. Langes, strähniges Haar reichte bis auf die Schultern; links aus seinem Rücken wuchs ein spitz deformierter Buckel. Die Gesichtszüge blieben verschwommen; als einziger in der ganzen Gruppe bewegte der Mann den Kopf hin und her …

Jack stand kerzengerade da; er war von seinem Stuhl hochgefahren. Jetzt lief er zur Leinwand und studierte die unscharfe Szene; wenige Augenblicke später war der Film zu Ende, und das Bild verging in einem Gewirr von Linien, Zacken und Staubflöckchen. Edison schaltete den Projektor ab, und es wurde still im Raum. Jack drehte sich zu Doyle um, und seine Augen waren vor Schreck geweitet, als ihn für einen Moment das grelle weiße Licht erfaßte, das die Leinwand bestrahlte.

»Ich muß das noch einmal sehen«, sagte er.

»Ich muß den Film erst zurückspulen«, sagte Edison.

»Nein, lassen Sie mich den Film so sehen, in der Hand, Bild für Bild.« »Oh, natürlich.«

»Was ist denn, Jack?« fragte Doyle und musterte ihn aufmerksam.

Jack gab keine Antwort.

Ein paar Minuten später standen sie in Edisons Labor und hatten den Film über eine von unten beleuchtete Glasplatte gelegt. Jack brütete mit einem Vergrößerungsglas über den einzelnen Bildern, und die anderen standen stumm daneben.

In einem der Ausschnitte fand Jack ein Bild des buckligen Predigers, das genau zwischen dessen ständigen Kopfbewegungen entstanden war und seine Gesichtszüge ziemlich klar erfaßte.

Jack erbleichte, und Doyle sah, daß seine Hände zitterten.

»Wir kennen diesen Mann, Arthur«, sagte Jack ernst.

»Ach, ja?«

Er reichte Doyle die Lupe. »Wir kennen ihn nur allzu gut.«

BUCH DREI

Chicago

9

Eileen versuchte einen Blick auf den Skizzenblock in Jacobs Hand zu erhaschen, aber er verscheuchte sie mit gespielter Verärgerung. Sie seufzte und starrte weiter wehmütig aus dem Fenster, wie er es ihr befahl, nur allzusehr daran gewöhnt, die Anweisungen eines Mannes zu befolgen. Aus dem Augenwinkel beobachtete sie, wie sein Bleistift wild über das Papier fuhr, aber die Resultate konnte sie nicht erkennen. Drückende Hitze ließ den Horizont schimmern, während der Zug sich durch eine gewundene Schlucht schleppte und allmählich aus der flachen Sandlandschaft zwischen zerklüfteten Felsvorsprüngen bergauf kletterte.

Was kam da nur durcheinander im Kopf eines Mannes, wenn er den körperlichen Reizen einer Frau ausgesetzt war? Seit Jahren plagte Eileen diese Frage: Bringe einen ansonsten ganz vernünftigen Mann in die Gesellschaft einer ungewöhnlich attraktiven Frau – ihre Sicht war hinreichend ungetrübt von wunschgeprägter Eitelkeit, um sich selbst dieser Kategorie zuzuordnen –, und der arme Kerl war entweder auf der Stelle sprachlos oder verzehrt von dem Impuls, sie zu besitzen und zu beherrschen.

Sie wälzte das Problem im Kopf hin und her: Ist dieser Wahnsinn eine Reaktion auf etwas, das ich tue, oder ist er das Werk unsichtbarer, biologischer Mechanismen? So oder so, abgesehen vom Eintritt in ein Kloster gab es anscheinend nichts, was sie dagegen hätte tun können; die Natur fügte sich nicht der Logik. Sex an sich war ohnehin nicht das Problem; es waren diese verdammten Paarungsrituale. Da war man besser als Katze oder Hund geboren und beschränkte all die Seelenqualen um die Frage, wer mit wem schläft, auf kurze, saisonbedingte Anfälle. Mit einem Teil ihres Herzens freute sie sich darauf, die Jahre der Fortpflanzung hinter sich zu bringen, damit man sie behandelte wie jedes andere menschliche Wesen.

Andererseits, altes Mädel, korrigierte sie sich – und sie erinnerte sich an ihr verbrauchtes Gesicht im Spiegel an diesem Morgen und daran, wie willkommen ihr die mit Volldampf erwiesenen Aufmerksamkeiten eines Mannes waren, wenn sie dafür empfänglich war –, andererseits wollen wir doch nichts überstürzen.

»Mal sehen, ob ich Sie richtig verstanden habe«, sagte sie, um ein kürzlich geführtes Gespräch wiederzubeleben. »Sie sind ein ausgewiesenes Mitglied Ihrer Geistlichkeit, aber das gibt Ihnen nicht die Befugnis, unmittelbar mit Gott zu kommunizieren?«

»O nein, dem Himmel sei Dank. Nur Moses und ein paar andere Juden des Alten Testaments trugen die Last solcher Verantwortung, und selbst bei ihnen wurden die Gespräche für gewöhnlich durch irgendeinen Mittler gefiltert, durch einen Engel etwa oder durch einen brennenden Dornbusch«, sagte Jacob, über seine Zeichnung gebeugt.

»Aber es gibt doch Hunderte von christlichen Pfarrern hierzulande, die glauben, daß sie das Wort Gottes unmittelbar durch die Stimme ihres Herrn vernehmen.«

»Ja«, sagte Jacob mit traurigem Lächeln. »Ich weiß.«

»Aber wenn Sie keinen Kontakt zu Ihm haben – wer immer Er ist –, wie können Sie dann behaupten, Gottes Willen zu tun?«

»Ein Rabbi behauptet so etwas nicht, meine Liebe; diese Aufgabe ist viel zu wichtig, als daß man sie den Professionellen anvertrauen dürfte. Wenn Gott zu jemandem spricht, dann nur durch die Stimme des menschlichen Herzens, und jeder, dem Sie begegnen, hat eine davon.«

»Theaterproduzenten ausgenommen. «

»Von bestimmten Gegenden in New York ganz zu schweigen«, sagte Jacob. »Mein Volk hegt die Überzeugung, daß die Existenz der Welt aufrechterhalten wird durch die Rechtschaffenheit einer kleinen Zahl völlig gewöhnlicher Menschen, die keinerlei Aufmerksamkeit auf sich lenken und in aller Stille ihren Angelegenheiten nachgehen.«

»Wie Heilige also.«

»Verborgene Heilige könnten Sie sagen, die weder Lohn noch Anerkennung für das suchen, was sie tun. Wenn Sie auf der Straße an Ihnen vorübergehen, werden Sie sie kaum bemerken; nicht einmal sie selbst haben die leiseste Ahnung davon, daß sie einen so wichtigen Dienst erfüllen. Aber sie tragen die ganze Last der Welt auf ihren Schultern.«

»Das klingt eher wie ein Job für den Messias«, meinte sie.

»Diese ganze Messias-Geschichte wird schrecklich überbewertet –«

»Sie glauben nicht an den Messias?«

»Es gibt im Judaismus eine Überlieferung, die sagt, wenn jemand dir erzählt, der Messias sei gekommen, und du pflanzt gerade ein Bäumchen, so pflanze erst dein Bäumchen fertig und sieh *dann*, was es mit diesem Messias auf sich hat.«

»Hmmm. Ich schätze, wenn einer tatsächlich der Messias wäre, dann würde er wohl kaum herumlaufen und es vor den Leuten herausposaunen.«

»Nicht, wenn er das Abendessen noch erleben will. Wenn Sie das Thema historisch betrachten, so nahm diese Idee ihren Anfang, weil die Juden sich wünschten, daß ein Mensch mit übernatürlichen Kräften vom Himmel heruntergezogen kommen und sie erretten möge – eine ganz natürliche Reaktion auf tausend Jahre Sklaverei, meinen Sie nicht auch?«

»Ich würde mir ein ganzes Geschwader davon wünschen.«

»Dann kam Jesus, und der Rest ist, unabhängig von dem, was Sie glauben, Geschichte. Aber seitdem pflegt in der abendländischen Kultur immer dann, wenn wir uns wie jetzt dem Ende eines Jahrhunderts nähern, die Befürchtung, der Tag des Jüngsten Gerichts könnte bevorstehen, in uns den Wunsch zu wecken, ein Erlöser möge erscheinen und alles in Ordnung bringen. Und dies verbindet sich stets mit der seltsamen Vorstellung, es könne nur *eine* solche Person geben.«

»Mehr als ein Messias?« fragte Eileen. »Aber er ist doch seiner Definition nach ein Einzelstück.«

»In der Kabbala gibt es eine alternative Vorstellung, die mir immer unendlich plausibler vorgekommen ist: Mit jeder Generation, die durch dieses Leben geht, leben zu jeder Zeit ein paar Leute, die – ohne zu ahnen, daß sie eine solche Eigenschaft besitzen – die Rolle des Messias übernehmen könnten, wenn die Umstände es erforderten.«

»Die ›Rolle‹ des Messias?«

»So, wie wir alle im Leben unsere Rolle spielen: Stolz oder verzagt erwarten wir unsere Stunde auf der Bühne, erfüllt von Lärm und Raserei, um darzustellen, weiß der Himmel was. Wenn man es aus dieser Perspektive betrachtet, ist der Messias im großen Prunkzug des Lebens nur eine der interessanteren Figuren.«

»Und welche Art von Ereignissen könnte diese Messiasse hervortreten lassen?«

»Ich vermute, das übliche Elend – Katastrophen, Pestilenz, Apokalypse. Unser Held braucht einen guten Auftritt. Obgleich Er ja nach dieser Theorie schon die ganze Zeit vor uns steht, ohne daß es jemand merkt.«

»Was geschieht mit diesen Leuten, wenn sie nicht zu Auserwählten werden?« fragte sie.

»Sie leben ihr Leben und sterben in Frieden, die Glückspilze.«

»Ohne je zu wissen, welche Rolle sie vielleicht hätten spielen können.«

»Hoffen wir es um ihretwillen. Messias – was für ein schrecklicher Beruf. Jeder wirft sich einem vor die Füße und bittet um Heilung für seinen Rheumatismus. Bei jeder Äußerung wird erwartet, daß Perlen der Weisheit zu Boden fallen. Soviel Schmerz und Leid, und am Ende nie ein gutes Wort.«

»Da wir gerade vom Kreuzigen reden – hätten Sie etwas dagegen, wenn ich mich bewege? Ich bekomme sonst einen krummen Nacken.«

»Ganz und gar nicht. Bin fast fertig«, sagte er, und seine Zungenspitze spielte konzentriert auf der Oberlippe.

Eileen entspannte sich und drehte sich in die andere Richtung, um an Jacob vorbei aus dem Fenster gegenüber zu schauen. »Sagen Sie, mir war nie recht klar, was der Messias genau für uns tun soll, wenn Er zurückkommt.«

»In diesem Punkt herrscht bemerkenswerte Uneinigkeit. Einer Lehrmeinung zufolge wird Er gerade noch rechtzeitig vom Himmel herabkommen, um die Welt vor der ewigen Finsternis zu erretten. Andere glauben, Er werde mit dem Racheschwert in der Faust erscheinen, um zu richten die Bösen und zu belohnen die Gläubigen, von denen es aber nur ungefähr zwölf Stück gibt. Eine dritte Version behauptet, wenn nur genug Menschen sich besinnen und den Pfad der Rechtschaffenheit beschreiten, dann wird Er sofort kommen und uns alle durch das Himmelstor führen.«

»Vermutlich kommt es darauf an, mit wem man redet.«

»Von den zwei Dritteln der Welt, die überhaupt nicht an diese Ideen glauben, ganz zu schweigen.«

»Was glauben Sie denn, Jacob?«

»Da ich zu dem Schluß gekommen bin, daß es sich hier um ein Gebiet handelt, auf dem ich nur schwindelerregende Unwissenheit offenbaren kann, habe ich entschieden, daß diese Frage viel zu wichtig ist, als daß man sie mit irgendwelcher Gewißheit beantworten könnte.«

»Überlassen wir die Gewißheit den Fanatikern, meinen Sie.«

»Genau. Ich bevorzuge die Methode des Abwartens. Entweder werde ich es herausfinden, wenn ich sterbe, oder eben nicht.« Er lachte herzlich, drehte seinen Skizzenblock um und zeigte ihr das fertige Porträt. Seine Hand war sicher und sein Auge scharf; ihre Züge waren treffend wiedergegeben – die hohen Wangenknochen, der dramatische Schwung ihrer dunklen Brauen –, aber die Ähnlichkeit reichte über Äußerlichkeiten hinaus tiefer.

Er hat meinen Charakter eingefangen, durchfuhr es sie: den Stolz, den Mutwillen, die tiefsitzende Verwundbarkeit. Er hatte die Schalen ihrer erworbenen Härte durchdrungen und die romantische Idealistin darunter gefunden. Eine Schauspielerin verbrachte unnatürlich viel Zeit vor dem Spiegel und betrachtete den Zustand ihres Gesichts – in ständiger Wachsamkeit hielt sie ihre Bastionen in Schuß und kämpfte gegen jede Falte, jede schlaffe Stelle –, aber diese vergessene Sanftheit hatte sie so lange nicht mehr gesehen, daß der Anblick ihr die Tränen in die Augen trieb.

War das naive Mädchen aus Manchester mit dem frischen Gesicht denn noch in ihr? Sie kam sich albern vor, weil sie hier über derart verlorenes Gelände weinte, aber jener jugendliche Teil ihrer Natur war gut und wahr gewesen, und Jacob hatte ihn deutlich gesehen. Sie sah die gütige, offene Zärtlichkeit in seinen azurblauen Augen, und ausnahmsweise machte sie sich keine Sorgen, ob ihr Haar zerzaust oder ihr Make-up ruiniert sein könnte.

Was will dieser Mann von mir? fragte sie sich. Vielleicht gar nichts. Was für ein schockierender Gedanke.

Sie wollte ihm das Porträt zurückgeben, aber er bestand darauf, daß sie es behielt. Sie schaute weg, trocknete sich die Augen, putzte sich die Nase – es klang wie eine Trompete in ihren Ohren, wie attraktiv – und schluckte ein brüchiges Dankeschön herunter.

»Wenn Sie mich für einen Augenblick entschuldigen wollen«, sagte Jacob und stand auf. Sie nickte, dankbar dafür, daß er sie für einen Augenblick allein ließ, und sah ihm nach.

Er brauchte frische Luft. Wieder dieses mulmige Pochen in seiner Brust, zum drittenmal seit der Abreise aus Chicago. Sie hatte es nicht gemerkt, dessen war er sicher, aber er hatte gespürt, wie das Blut aus seinem Gesicht entwichen war wie Wasser aus einer Badewanne. Ein verzweifeltes Leeregefühl breitete sich in seinem Kopf aus, und seine Sicht verengte sich zu einem verschwommenen Tunnel. Er griff nach der Klinke der Waggontür und drückte sie mit dem bißchen Kraft herunter, das er noch aufbringen konnte. Als er jetzt auf der Plattform zwischen den Wagen stand, wo sie ihn nicht sehen konnte, verwandte er all seine Energie darauf, seine Kräfte wieder –

atme, du alter Trottel: schlimmer, viel schlimmer

Er krümmte sich vornüber und sog die heiße Wüstenluft in großen Zügen ein; er fühlte, wie sie wirkungslos durch den ausgedörrten Blasebalg seiner Lunge rauschte. Sein

Herz pochte mühsam, setzte einen Takt aus, verlor den Rhythmus –

komm schon, Jacob, genug mit diesem Unfug, du hast Arbeit

Es kribbelte in seinen Gliedern, seine Finger wurden taub, seine Knie wollten den Dienst versagen, er klammerte sich an die Ketten, die die Plattform umgaben, schaute hinunter auf das glänzende Band aus Stahl, das unter dem Zug vorübersauste. Schweiß rann ihm über die Stirn, durchnäßte sein Hemd –

das ist schlimmer als früher, es ist schlimmer als je zuvor

Sein Gleichgewicht geriet ins Wanken, und sein Verstand stellte die Arbeit bis auf einen einzigen Gedanken ein: Halte diese Kette fest. Wenn er den Halt verlöre, würde er seitwärts hinunterkippen. Dunkelheit erhob sich rings um ihn, seine Augen konnten kaum noch sehen, sein Pulsschlag hüpfte wie ein flacher Stein auf dem Wasser, und er hörte nichts außer dem Brandungstosen seines turbulenten Herzschlags –

nur noch einen Schritt; so nah, der Tod schwebte über ihm, leicht wie eine Feder

– und wie eine Brandungswelle sich brach, wich die Krise zurück; seine Sicht klärte sich, die schwarzen Flecken wirbelten davon, seine Lunge füllte sich mit einem zufriedenstellenden Atemzug, die Verzweiflung ließ nach, das Gefühl kehrte in seine Fingerspitzen zurück. Er sackte gegen die Wand, und seine Beine zitterten, aber er fühlte, wie der Druck in seiner Brust sich lockerte. Muskeln knisterten wie Stroh, als er seine Standfestigkeit wiederfand. Schrecklich schwach. Heiße Windstöße trockneten den Schweiß auf seiner Stirn. Tastend überschritt er die Plattform, und behutsam öffnete er die Tür zum nächsten Waggon.

Kühl und dunkel war es hier, einladend. Er lächelte matt; nicht so übel, was, Jacob? Er hatte sich näher an den Rand herangewagt als jemals zuvor. Wenn das die Hand des Todes auf seiner Schulter gewesen war, dann hätte er sich nur umzudrehen brauchen, um ihm ins Gesicht zu sehen. Er hatte immer eine Abneigung gegen Schmerzen gehabt, aber wenn der Abschied nicht mehr als das erforderte, dann schien es ja ganz mühelos zu gehen. Eine Sache des Aufgebens, nicht des Kämpfens: Loslassen und still davongleiten.

Zittriges Licht fiel schräg durch ein Lamellenfenster. Jacob ließ sich auf eine Bank sinken; seine Augen paßten sich an die Umgebung an, und er sah schärfer. Was sind das alles für seltsame verhüllte Gestalten? Wo bin ich – im Wartezimmer zum Fegefeuer?

Dann erinnerte er sich an die Ladung, die auf dem Bahnhof in den Zug geschafft worden war; ein Stück von einem roten Samtvorhang, das irgendwo hervorlugte, und eine Tonne mit Speeren, deren Spitzen zur Decke wiesen, bestätigten es. Theaterrequisiten und Kulissen. Truhen, Garderoben; Gerätschaften in der Werkstatt der Schöpfung.

»Was für ein passender Platz zum Sterben«, flüsterte er.

Er hörte eine Bewegung in der Ecke, ein scharrendes Geräusch, Metall auf Stein. Arhythmisch, zielstrebig, ganz unverbunden mit dem Schaukeln des Zuges. Jacob lauschte eine Weile und sammelte seine Kräfte, bevor die Neugier ihn überwältigte. Er stand auf und bewegte sich durch eine schmale Lücke zwischen den Kulissen leise auf das Geräusch zu. Zu beiden Seiten sah er gemalte Berggipfel, Palastmauern, einen unglaublich üppigen Sonnenuntergang.

Das Geräusch brach ab. Jacob blieb stehen. Etwas rasselte hinter ihm. Er drehte sich langsam um. Die Spitze eines langen Messers berührte leicht seinen Hals; die Waffe wurde von einem Mann geführt, der die blaue Uniform eines Bahnpolizisten trug. Ein Wetzstein in der freien Hand – das Geräusch, das Jacob gehört hatte: Er hatte die Klinge geschärft.

Das Gesicht des Mannes: asiatisch. Ein Chinese? Blaß und angespannt, so wie Jacob vermutlich selbst aussah. Der Uniformrock nur halb zugeknöpft; Blutflecken unterhalb der Schulter färbten das Blau zu einem rostigen Violett.

Das ist der Mann, von dem am Bahnhof die Rede war, erkannte Jacob. Die Jagd auf den Mörder mit dem Schwert. Sieht aus, als würde ich hier doch noch sterben –

Wenn dem so ist, wieso bin ich dann so ruhig?

Sein Herz schlug kein bißchen schneller.

Ernste Konzentration im Gesicht des Mannes wich einem Interesse, das dem Jacobs ähnelte; offensichtlich empfand er den alten Mann nicht als Bedrohung. Langsam sank das Messer hinab, und sie betrachteten einander mit wachsender Faszination.

»Verzeihen Sie mir die Störung«, sagte Jacob. »Ich habe nach einem Platz zum Sterben gesucht.«

Der Mann betrachtete ihn. Noch nie hatte Jacob Augen gesehen, die so wenig verrieten. Flach und schwarz, reine Neutralität.

»Ein Platz ist so gut wie der andere«, sagte der Mann, und seine geschickten Finger fanden die lange Klinge und führten sie in eine verzierte Scheide.

Was kommt mir nur so vertraut vor an diesem Mann? überlegte Jacob. Offensichtlich hatte er ihn doch noch nie gesehen – der Gedanke war lächerlich –, und trotzdem empfand er ein tiefes, stilles Gefühl der Verwandtschaft.

»Wie sonderbar«, sagte Jacob leise.

Der Mann setzte sich auf einen Schemel zwischen die Kulissen – der Not gehorchend, wie Jacob erkannte, als er das Blut sah, das auf den Boden getropft war. Er hatte die Wunde – links, unter dem Arm – mit einem weißen Baumwollstreifen verbunden, den er sich um die Brust gewickelt hatte.

Eine zweite, längere Scheide lag zu seinen Füßen, von der gleichen Beschaffenheit wie die kleine; Lichtpunkte in schwarzem Lack glänzten an den Rändern, und der abgenutzte Silbergriff eines Schwertes ragte heraus. Der Mann legte die Messerscheide sorgfältig neben das Schwert und schob sie so zurecht, daß beide das Licht im selben Winkel reflektierten.

»*Dai-sho*«, sagte er. »Groß und klein.«

»Groß und klein?«

»*Katana, wakizashi*«, sagte er und deutete erst auf das Schwert, dann auf das Messer.

»Ich verstehe.«

»Es heißt *kusanagi*.« Behutsam beugte der Mann sich vor und hob das Schwert auf. »Der Grasschneider.«

»Warum?«

»Die Legende sagt, es gehörte *Susanoo*, dem Gott des Donners; er schnitt das Schwert mit Blitzen aus einem Berggipfel. Eines Tages ging *Susanoo* auf die Jagd und ließ es zurück; das Schwert wurde zornig und schnitt jeden Baum und jeden Grashalm auf der Insel ab. Darum gibt es so wenig Bäume in Japan ...« Er brach ab, schloß die Augen und wurde bleich; ein Schmerzensschauer durchlief ihn.

»Es bewegt sich von selbst, dieses Schwert?« fragte Jacob.

Der Schauer verging; der Mann nickte.

»Ein beachtliches Schwert.«

»*Honoki*«, sagte der Mann und fuhr mit der Hand über die glänzende Scheide. »Hartholz – geschnitzt aus dem letzten Baum, den das Schwert schlug. *Same*, Fischhaut – von einem Wal, den *Susanoo* erlegte. *Habuki*, der Kragen, verhindert, daß Klinge an Hülle scheuert. Dieser Stift befestigt Klinge am Griff, Bambus – *mekugi*. Metallnägel bedecken den Stift – *menuki*.«

Der Schweiß troff ihm in Strömen von der Stirn; seine Finger zitterten. Er rezitiert dies als eine Art Meditation, erkannte Jacob – um wach zu bleiben, aufmerksam. Vielleicht, um am Leben zu bleiben.

»Was ist das?« fragte er leise und deutete auf den Schwertknauf.

»*Kashira*.«

»Und das?« Er zeigte auf eine Platte, die an der Scheide ruhte.

»*Tsuba*. Schützt Griff vor Klinge.«

Der Mann zog das Schwert ein paar Zoll weit aus der Scheide, um Jacob das *tsuba* zu zeigen: ein elliptischer Stapel von miteinander verschweißten Metallplatten, einen halben Zoll dick, mit roter Patina; die sichtbare Oberfläche war auf das feinste ziseliert und zeigte das Bildnis zweier Feuervögel; der eine hielt die fließenden Schwanzfedern des anderen im Schnabel, der eine erhob sich aus stilisierten Flammenzungen, der andere stürzte hinein.

»Das ist der Phoenix«, stellte Jacob fest; er war erstaunt,

ein so zartes Kunstwerk als Teil einer tödlichen Waffe zu sehen.

»Phoenix«, sagte der Mann. »Name von Stadt.« Er neigte den Kopf rückwärts in die Richtung, aus der sie kamen.

Nicht ohne Ironie, dachte Jacob; in diesem Mann geht mehr vor, als man auf den ersten Blick vermutet.

»Stürzen und wieder auferstehen«, sagte Jacob. »Aus der Asche.«

»Ein weiter Weg.« Der Mann zuckte die Achseln und meinte damit seinen eigenen beeinträchtigten Zustand. Er legte das Schwert wieder neben seinen kleinen Gefährten und tat einen flachen, schmerzhaften Atemzug.

»Wie schwer sind Sie verletzt, mein Freund?«

»Pistolenschuß. Im Rücken getroffen, unter linker Schulter.«

»Möchten Sie, daß ich es mir ansehe?«

»Sie sind Arzt?«

»Das nächstbeste«, sagte Jacob. »Priester.«

Die Augen des Mannes leuchteten auf, und gleichzeitig zog er zweifelnd die Stirn kraus. »Sie? Priester?«

»Na, wie Sie mich ansehen.«

»Sie sehen nicht aus wie ein Priester.«

»Priester, Rabbi, was ist der Unterschied?« sagte Jacob und half ihm, den Uniformrock von den Schultern zu streifen. »Wo haben Sie Englisch sprechen gelernt?«

»Bei einem Priester. Er war katholisch.«

»Ah – nun, sehen Sie, es gibt Priester, und es gibt Priester.«

Der rohe Verband um seinen Rücken war hart von getrocknetem Blut; in seiner Mitte sickerte immer noch ein frischer dunkler Fleck durch den Stoff.

»Ich bin auch Priester«, sagte der Mann.

»Sind Sie Buddhist?«

»*Shinto.*«

»Also sind Sie Japaner.«

»Sie haben von *shinto* gehört?«

»Ich habe davon gelesen, und ich habe *shinto*-Priester aus Ihrem Land kennengelernt, voriges Jahr in Chicago. Von welcher Insel kommen Sie?«

»Hokkaido.«

»Diese Männer stammten aus Honshu.«

»*Hai*. Großstadtmänner.«

»*Shinto* bedeutet ›Weg der Götter‹, nicht wahr?«

Jacob entfernte vorsichtig den Verband; der Mann zuckte leicht zusammen, als die letzte Musselinschicht eine dicke Blutkruste von der Wunde riß. Dicht unter dem Schulterblatt saß ein kleines, rundes Loch. Hämatomverfärbung rings um die Einschußstelle, aber noch keine Rötung, keine Infektion.

»Ja. *Kami-no-michi*«, sagte der Mann; seine Stimme verriet nicht, daß ihm Jacobs Untersuchung unangenehm war. »*Kami* bedeutet ›höher‹. Die Götter über uns.«

Die Kugel war ins Muskelfleisch des Rückens eingedrungen, von einer Rippe abgeprallt, hatte sich gedreht und war an der Flanke wieder ausgetreten; auch dort war ein Loch, ein größeres, zwei Zoll tiefer. Die Atmung des Mannes war nicht beeinträchtigt; die Lunge mußte also unverletzt sein, dachte Jacob und kam sich ein bißchen lächerlich vor. Was bin ich jetzt plötzlich – ein Chirurg?

»Sie können den Göttern danken, daß Sie jetzt nicht bei ihnen wandeln«, sagte er und hatte seine eigenen Gebrechen für den Augenblick vergessen. »Wir brauchen etwas, um die Wunde zu reinigen.«

»Alkohol.«

»Sie haben Glück; vor uns ist ein ganzer Waggon voller Schauspieler. Wo haben Sie diesen Verband gefunden?«

Der Mann deutete auf eine Rolle Baumwollmull in einer Truhe in der Nähe.

»Ein regelrechtes Krankenhaus hier hinten.« Jacob nahm den Baumwollstoff aus der Truhe und machte sich daran, eine Kompresse zu falten. »Erzählen Sie mir von diesem Priester, der Ihnen Englisch beigebracht hat.«

»Er hat in unserem Tempel gewohnt. Amerikanischer Missionar.«

»Wollte Sie bekehren, nicht wahr?«

»Am Ende haben wir ihn bekehrt. Er ist immer noch da.«

»Eine Hand wäscht die andere. Ich hole jetzt besser den Alkohol.«

Einen verlegenen Augenblick lang rührte Jacob sich nicht. Würde der Mann ihm so weit vertrauen, daß er ihn gehen ließ? Anscheinend; er drehte sich nicht einmal um.

»Wo haben Sie über *shinto* gelesen?« fragte der Mann.

»In einem Buch in meiner Bibliothek daheim, ins Englische übersetzt natürlich. Ich erinnere mich nicht an den Titel –«

»Das *Kojiki?*«

»Ja. Ich glaube, das war es.«

»Wo haben Sie dieses Buch gefunden?«

»Einer der shinto-Priester hat es mir letztes Jahr in Chicago während des Kongresses gegeben; er sagte, es sei die erste Übersetzung, die davon gemacht worden sei.«

»Haben Sie noch irgendeine andere Ausgabe gesehen?« fragte der Mann, und jetzt drehte er sich um und schaute ihn mit wilder Eindringlichkeit an. »Eine japanische?«

»Nein«, sagte Jacob, aber die Frage klang seltsam sinnvoll; in seinem Hinterkopf fügte sich irgend etwas zusammen, aber er konnte noch nicht genau definieren, was es war. »Warum?«

Der Mann starrte ihn mit seinen seltsam glanzlosen Augen an. »Das *Kojiki,* das erste Buch, wurde aus unserem Tempel gestohlen.«

»Ich dachte mir, daß Sie das sagen würden«, antwortete Jacob.

26. SEPTEMBER 1894
Unser Zug verließ das Grand Central Depot heute morgen um Punkt elf Uhr – mehr als alles andere sind die Amerikaner besessene Pünktlichkeitsfanatiker. Wir fahren mit dem Exposition Flyer, einem Expreß, der im vergangenen Jahr eingeführt wurde, um den An- und Abreiseverkehr der Weltausstellung zu bewältigen. Wir werden die achthundert Meilen nach Chicago in weniger als zwanzig Stunden zurücklegen, was ebenso außergewöhnlich ist wie die luxuriöse Einrichtung des Zuges, ein Luxus der ersten Ordnung. Der Kampf um den Dollar des Kunden ist die Triebfeder für alles hier. Größer, schneller, stärker – der Fetisch des Fort-

schritts ist unsterblich. In einem Land ohne große Geschichte sind die Gedanken der Menschen unweigerlich – und manchmal in ermüdender Weise – in die Zukunft gerichtet. Bevor sie sich indessen als wahrhaft zivilisiert betrachten können, muß allerdings etwas gegen ihren unablässigen öffentlichen Gebrauch des Spucknapfes unternommen werden.

Die breite Fläche des Hudson River begleitet uns auf unserem Weg nach Norden; der Zug hat soeben die äußersten Randbezirke der Stadt hinter sich gelassen, und was uns jetzt begrüßt, ist eine Orgie von Herbstfarben, wie ich sie in dieser Brillanz und Vielfalt noch nie gesehen habe. Wenn der Schöpfer unseres Universums ein Maler ist, so hat er seinen Farbkasten über diesen Wäldern ausgegossen: Rot und Braun, Zinnober, Violett, Bernsteingelb und Gold – und das alles von den Strahlen einer warmen Sonne zum Funkeln und Leuchten gebracht. Hawthorne hat diese Region seine Heimat genannt, Irving, Melville und Fenimore Cooper ebenfalls; sie ist von einer Inspirationskraft wie nichts sonst auf der Welt. Major Pepperman, unser unermüdlicher Gastgeber, nennt dieses prachtvolle Wetter ›Indianersommer‹. Es ist nicht schwer, sich vorzustellen, wie die Indianer im Schutze dieser Wälder leben und tun, was immer Indianer tun mögen – mit ihren Kanus umherpaddeln, ihre Pfeile abschießen und an den zerklüfteten Klippen emporklettern, die das westliche Ufer säumen.

Ich habe eben die Korrespondenz des Vormittags beendet: Briefe an Louise, Notizen und Geschenke für die Kinder; Martha-Washington-Puppen für Martha und einen prächtigen Satz Zinnsoldaten für Kingsley – jetzt kann er die Amerikanische Revolution neu inszenieren und fortfahren, die Geschichte umzuschreiben. In einem Telegramm von Louise, das gestern kam, findet sich kein Wort über ihre Gesundheit; dies veranlaßt mich natürlich – gänzlich ohne Begründung – gleich, das Allerschlimmste zu vermuten.

New York City hat mich ganz schön mitgenommen; noch ein paar Tage, und ich wäre womöglich erledigt gewesen. Was für ein Tempo! Erstaunlich, daß die Bewohner dort nicht jeden Abend umfallen und an Ort und Stelle einschlafen. Ich habe nie eine Stadt besucht, deren Bewohner mit solcher Zuversicht – man könnte sagen, mit solcher Arroganz – von ihrer eigenen Bedeu-

tung überzeugt waren. Mag sein, daß die Stadt sich zu wahrer Größe anschickt, aber sie lassen es einen auch nie vergessen.

Zwei Beobachtungen: Jeder Mann, dem man auf der Straße begegnet, scheint ganz und gar in Anspruch genommen vom Baseball, einem einheimischen Spiel, das sich anscheinend vom Cricket herleitet, und sie sind gleichermaßen außerstande, seinen unfaßlichen Reiz mit den Mitteln der gewöhnlichen Rede verständlich zu machen. Die professionelle ›Saison‹ ist soeben mit einem Spektakel zu Ende gegangen, welches sie bescheiden als ›World Series‹ bezeichnen, sonst hätte ich mir inzwischen sicher einen dieser Wettkämpfe angeschaut, und sei es nur, um das schwindelerregende und widersprüchliche Gestrüpp von Regeln und Vorschriften zu durchdringen, mit dem die begeisterten Anhänger den Unschuldigen nur allzugern verwirren. Und das zweite: Im Herzen einer Gegend, die sie Greenwich Village nennen, eines der am ersten besiedelten Bezirke der Stadt, liegt der Washington Square. Sein Eingang ist umrahmt von einem anmutigen Denkmal ihres Gründervaters, und es ist ein überaus bezaubernder und pittoresker Anger, eine regelrechte Oase des Friedens und der Stille, wie eine Stadt von dieser Größe sie sich nur wünschen kann. Hätte Holmes sich je in Amerika befunden, ich glaube, am Washington Square hätte er seine Zelte aufgeschlagen.

Wir sind eine ziemlich merkwürdige Truppe geworden. Lionel Stern teilt sich ein Schlafwagenabteil mit Presto, dem Maharadscha von Berar – seltsamere Bettgenossen ließen sich kaum erfinden –, Innes und ich haben unsere Kojen nebenan. Jack ist allein. Er schleppt diesen kompakten Koffer mit sich herum, den Edison ihm gegeben hat, als wir sein Gelände verließen; noch hat er uns seinen Inhalt nicht offenbart. Und dann ist da noch Pepperman, der arme Galgenstrick mit seinen Telegrammen und Zeitungsausschnitten, der immer noch glaubt, er reise mit den Brüdern Doyle allein, jederzeit bereit, sich in gekränktem, betretenem Ernst zurückzuziehen – was diesem gigantischen Menschen überhaupt nicht steht –, wann immer ich den Wunsch nach Ungestörtheit zum Ausdruck bringe, was auf dieser Reise oft der Fall sein wird. Der Himmel möge verhüten, daß der Major Wind von unserer eigentlichen Mission bekommt; die Aufregung könnte ihn auf der Stelle in Flammen aufgehen lassen.

Vor der Ankunft in Albany trennte der Zug sich vom Hudson und stieß kraftvoll nach Westen vor; der Erie Canal übernahm die Rolle des unerschütterlichen Gefährten. Buffalo, New York, kam und ging kurz nach dem Abendessen: Bluttriefende Steaks und riesige Berge von Stampfkartoffeln in der Gesellschaft Peppermans, der den vergeblichen Versuch unternahm, den Geist des großen Abenteuers auf dieser Reise heraufzubeschwören – »Sehen Sie sich das an: der Ontario-See, einer unserer Fünf Großen Seen – ich wette, Sie haben noch nie einen so großen See gesehen!« – und so weiter, aber wiederum sah der Mann sich Doyles höflichen, lauwarmen Reaktionen ratlos und ein bißchen entgeistert ausgeliefert.

Gelegentlich gingen Blicke zwischen Doyle und seinen Gefährten an den benachbarten Speisetischen hin und her – Stern und Presto saßen zusammen, Jack allein. Der Major nahm keine Notiz davon, sondern tröstete sich mit einer Extraportion ›Strawberry Shortcake‹, einem Gericht, das den Doyles neu war und sie zu ihrem bisher größten Begeisterungsausbruch auf dieser Reise veranlaßte, woraufhin Peppermans Hoffnungen auf eine verbesserte Kameraderie neuen Aufschwung bekamen, doch nur, um gleich wieder zu zerschellen, als die Brüder seine Einladung, auf ein paar Runden Whist in sein Abteil zu kommen, ablehnten.

Doyle hatte beschlossen, den Umstand, daß sie im Zug eingesperrt waren, zu nutzen und die Mauer des Schweigens, welche die verlorenen zehn Jahre im Leben von Jack Sparks umgab, zu belagern. Bevor er sich weiter in die Gefahr hineinwagte, empfand Doyle die zwingende Verantwortung, das Geheimnis des Mannes, der sie dorthin geführt hatte, zu lösen. Frühere Versuche, die auf ehrlicher, aufrechter Sorge gegründet waren, hatten kein Ergebnis gebracht; nun war es an der Zeit, es mit List zu versuchen.

Doyle stibitzte eine Flasche Brandy aus der Bar und fand Jack allein in seinem Schlafwagenabteil vor, wo er im Licht einer flackernden Gaslampe las. Sofort verbarg Jack den Titel des Buches – eine völlig unschuldige wissenschaftliche

Abhandlung über die Grundlagen der konduktiven Elektrizität –, aber die Geheimniskrämerei war ihm inzwischen so sehr zur zweiten Natur geworden, daß das Bändchen unter dem Sitz verschwand und auf Edisons mysteriösem Koffer landete.

Doyle ließ sich feierlich Sparks gegenüber nieder. Jack wies sowohl den Brandy als auch die angebotene Zigarre zurück; er hob die Hand, drehte das Gas herunter und tauchte seine Hälfte des Abteils in ein flackerndes Zwielicht, um Doyle dann mit halbgeschlossenen Augen scharf zu beobachten. Doyle sagte nichts und nahm scheinbar keinerlei Notiz von Jacks prüfendem Blick; er zündete seine Havanna an, nippte genüßlich an seinem Brandy und heuchelte ein hohes Maß an selbstvergessener Zufriedenheit.

Jack durchbohrte ihn mit seinem Blick.

Mir recht; wenn alle Stricke reißen – im Warten bin ich dir über, dachte Doyle; ich habe fünf Jahre medizinische Vorlesungen überstanden, und ich kann hier sitzen, bis einer von uns verrottet ist.

Jack wurde es unbehaglich unter Doyles mildem, desinteressiertem Blick. Ein kurzes Rutschen, ein rastloser Finger seiner verstümmelten Hand, der auf seinem Knie trommelte. Minuten verstrichen. Doyle blies den Rauch von sich, lächelte abwesend, spähte versonnen in die Dunkelheit draußen hinter dem Rouleau.

»Hmm«, sagte er, bevor er es ganz herunterzog.

Er warf einen Blick auf sein Gegenüber und lächelte wieder. Jack verlagerte erneut sein Gewicht.

Doyle fuhr mit der Hand über den Mohair-Bezug und beugte sich vor, um die Nähte zu inspizieren.

»Hmm«, sagte er.

Jack verschränkte die Arme vor der Brust.

Jetzt habe ich ihn in der Schlinge.

Doyle hob einen Fuß und betrachtete die Schnürsenkel an seinem Stiefel.

Jack atmete schwer aus.

Zeit für den Gnadenstoß.

Doyle begann zu summen. Ziellos, ohne Melodie. Ein

bißchen von diesem, ein Fetzen von jenem, überhaupt nichts. Nadeln, unter die Fingernägel getrieben, hätten keine größere Wirkung haben können. Drei Minuten ging es so, und dann …

»Ich meine, wirklich«, sagte Jack.

»Was?«

»Muß das sein?«

»Muß was sein?«

»Versuchen Sie mit Absicht, mich zu ärgern?«

»Aber das ist ganz und gar nicht meine Absicht, Jack –«

»Lieber Gott, Mann – «

»– was meinen Sie denn nur?«

»Platzen hier herein. Brandy und Zigarre. Dieses abscheuliche Gebrumm. Wir sind doch nicht im Leseraum des Garrick Club.«

»Oh, ich störe Sie? Tut mir schrecklich leid, alter Freund.«

Wieder ein geduldiges Lächeln. Nicht die leiseste Andeutung einer Absicht, zu verschwinden. Jack schaute weg. Wieder verging eine Minute. Dann. Doyle bewegte den Kopf leise hin und her – lautlos summend – während er die nicht vorhandene Musik mit dem sanften Schwenken seiner Zigarre dirigierte.

» *Was?* « fragte Jack entnervt.

»Was?«

»Was *wollen* Sie?«

»Nichts, nichts. Absolut zufrieden, alter Freund. Danke, vielen –«

»Ungeheuerlich. Ungehörig, dieses Eindringen in die Privatsphäre. Überhaupt nicht Ihre Art.«

Da, als sei ihm ein Thema, das er hatte zur Sprache bringen wollen, unversehens wieder in den Sinn gekommen, fixierte Doyle sein Gegenüber mit wohlwollendem Arztblick und fragte nach einer dramatischen Pause: »Wie ist es Ihnen *ergangen*, Jack?«

»Was ist denn das nun für eine zutiefst blödsinnige Frage?«

»Ich könnte nicht ehrlicherweise behaupten, daß ich mir keine Sorgen um Sie gemacht hätte –«

›Jetzt machen Sie mich wirklich böse –«

»Vielleicht sollte ich es so formulieren, Jack: als *Arzt* ... Sie zeigen da gewisse ... Verhaltensformen, die man unwillkürlich bemerken muß ...«

»*Was?*«

»Gewisse symptomatische Tendenzen ...«

»Hören Sie auf, um den heißen Brei zu reden, und spukken Sie's aus: Was wollen Sie sagen?«

Doyle betrachtete ihn und nickte dabei ein paarmal nachdenklich. »Ich habe den Eindruck, daß Sie mit den Jahren womöglich geistesgestört geworden sind.«

Selbst in diesem zwielichtigen Dunst sah Doyle, wie Sparks das Blut ins Gesicht schoß wie Quecksilber in einem glutheißen Thermometer; es schien einen ungeheuren Willensakt zu erfordern, um die Tobsucht zu bezähmen, die wie eine Feuerkugel in ihm heraufschoß. Einen angespannten Augenblick lang befürchtete Doyle, seine Strategie könnte nach hinten losgegangen sein und er würde sich physisch zur Wehr setzen müssen; er verstand sich aufs Boxen, aber Jack verstand sich aufs Töten. Statt eines Angriffs richtete sich ein vernarbter, verkrümmter Zeigefinger auf ihn, und eine wuterstickte Stimme sagte:

»Sie haben ... keinen verfluchten ... Schimmer ... von irgend etwas.« Weiße Flöckchen erschienen in Jacks Mundwinkeln, und er schnaubte wie ein wütender Stier.

»Ich kenne natürlich die Fakten nicht«, sagte Doyle, und irgendwie gelang es ihm, diesen aufreizend gleichmütigen Tonfall zu bewahren. »Ich habe nur meine Beobachtungen. Was haben Sie mir sonst gegeben, woran ich mich halten könnte?«

»Möchten Sie gern hören, daß es Zeiten gab, da ich anflehte, was immer als Intelligenz beim Schöpfer dieser Welt gilt, mich sterben zu lassen? Daß ich auf meine blutigen Knie sank und wie ein einfältiger Kaplan zu einem Gott betete, an den ich nicht einmal glaube? Ist es das, was Sie hören wollen, Doyle? Denn das wäre die Wahrheit. Und es freut mich, Ihnen berichten zu können, es *gibt* keinen Gott von der Sorte, wie sie ihn uns verkaufen wollen, denn nichts, was Ähnlichkeit mit einem solchen Wesen hätte, würde eines seiner Geschöpfe in einem derartigen Zustand am Leben lassen.«

Richtig, dachte Doyle, *jetzt haben wir die Quelle angebohrt.*

»Statt dessen also hat Er Sie ... am Leben gelassen, so daß Sie leiden mußten. Ist es das?«

»Was für eine dumme, gewöhnliche Annahme: Haben Sie kein Wort von dem gehört, was ich Ihnen soeben erzählt habe? Was unser *Schicksal* angeht, so wird keine Entscheidung getroffen; niemand hat die Führung, kein Wesen, kein *Ding* ist auch nur Zeuge. Können Sie mich auch nur annähernd verstehen?«

Doyle starrte ihn wortlos an. *Laß ihn reden.*

»Keine große oder geringere Intelligenz nimmt die geringste Notiz von unserer Existenz, denn wir sind allein, Doyle, jeder einzelne von uns; wir treiben im kalten, leeren Raum. Das ist der schmutzige Witz an der Toilettenwand: Alles ist ein Irrtum, grausam, willkürlich und sinnlos wie ein Eisenbahnunglück –«

»Das menschliche Leben?«

»Ich meine die *Schöpfung.*«

Jack beugte sich vor; die durchbohrende Helligkeit seiner Augen funkelte diamantengleich im Dunkel des Abteils. Seine Stimme wurde zu einem rasselnden Flüstern. »Jeder Stein, jeder Grashalm, jeder Schmetterling. Der Mensch ganz sicher vor allem: Kein Plan, kein Zweck, der ihm zugrunde liegt. Unser sogenannter Geist ist Narretei, ein Possenspiel; wenn es Poesie gibt in unserer Natur, dann blökt sie mit ebensoviel Absicht aus uns hervor wie das Geschnatter eines Affen. Aber die Welt des Menschen – die *Gesellschaft* – hat sich verschworen, uns dieses Geheimnis vorzuenthalten. Finden Sie das nicht sonderbar? Bei all Ihrer wissenschaftlichen Ausbildung?«

»Was?«

»Tiere werden mit einem instinktiven Trieb zum Überleben geboren, und sie entwickeln Techniken, um es sicherzustellen. Der Mensch ist das einzige Geschöpf, das sich in dem Glauben wiegen muß, es gebe einen komplizierteren

Grund für seine Existenz; wir überfluten unsere Köpfe mit Lügen und Fantasien von Liebe und Familie und einem gütigen Gott im Himmel, der über uns wacht.

Aber es ist nur der Überlebensinstinkt, der uns vom ersten Atemzug an eingebleut wird; es ist von entscheidender Bedeutung für das Überleben einer Gesellschaft, daß ihre Mitglieder daran gehindert werden, zu entdecken, wie schmutzig und bedeutungslos ihre Existenz in Wirklichkeit ist. Sonst würden wir vielleicht unser Werkzeug aus der Hand legen, all diese seelenzerstörende Arbeit liegenlassen – und wo wäre unsere kostbare *Gesellschaft* dann?«

Tiefe Stille lag zwischen ihnen, unterbrochen nur vom fernen, rhythmischen Rattern der Schienen. Jack zuckte nicht mit der Wimper, wandte den Blick nicht von Doyle, und Doyle sah Finsternis in seinen Augen, dicht und brodelnd.

»Aber stellen Sie sich eine andere Möglichkeit vor: Was ist, wenn der Ursprung unserer Welt noch schlimmer ist? Was ist, wenn es einen Schöpfer gibt, der daran gearbeitet hat, unsere Erde mit Plan und Vorbedacht zu versehen, mit Form und Kontur? Und was ist, wenn dieses Wesen absolut und ganz und gar wahnsinnig ist?«

»Ist es das, was Sie glauben, Jack?«

»Wissen Sie, was Sie finden, hier unten« – er bohrte sich die Faust hart in den Bauch – »wenn jedes bißchen Zivilisation, jede Gewohnheit, jede geliebte Erinnerung, jeder künstlich hergestellte Fetzen an dieser Marionette, für die wir uns halten, von uns genommen, uns über die Ohren gezogen wird wie das Fell eines Tieres?«

Doyle schluckte angestrengt. »Sagen Sie es mir.«

»Nichts«, sagte Jack, und seine Stimme war kaum mehr ein Flüstern. »Leere. Kein Sehen, kein Hören, kein Denken; nichts regt sich, nicht das leiseste Echo. Das ist das Geheimnis am Fuße der Treppe, die niemand finden soll. Sie warnen dich, wenn du jung bist: Schaut nicht dort hinunter, Kinder; bleibt hier am Feuer, und wir erzählen euch die Lügen, die unsere Eltern uns eingeprügelt haben, die Lügen von der größeren Glorie des Menschen. Denn sie wissen, der leibhaftige Blick in diese Leere würde jede Spur dessen auslöschen, was du zu sein glaubtest, würde es vernichten wie einen Käfer, der von einem Nagelstiefel zertreten wird.«

Jack hob seine zerstörten Hände. »Und hier sehen Sie den glorreichen Fehler vor sich: Ich habe diese Leere betreten. Ich bin immer noch dort. Und ich bin immer noch am Leben. Und es bedeutet … nichts.«

Er lächelte; es war das Grinsen eines Totenschädels, und in den Augen glänzte ein kranker Triumph. Der Zug schoß in einen Tunnel und tauchte sie in Finsternis. Doyle ballte die Fäuste und wußte nicht, ob er weiterleben oder sterben würde, aber ein physischer Kampf wäre ihm willkommen gewesen, Schmerz, irgend etwas Greifbares, Reales anstelle von Jacks spiralförmigem Absturz.

»Und mit diesem fröhlichen Wispern im Ohr begrüße ich jeden neuen Morgen«, fuhr Jack leise fort, und seine Stimme schlängelte sich wie ein Wurm aus der Dunkelheit. »Es geht nie weg; ich finde keine Erlösung, und so lebe ich weiter. Geistesgestört? Verschwenden Sie Ihre lächerlichen, abgegriffenen Diagnosen nicht an mich, *Doktor*, mit Ihrer aufgeklärten Pose. Sie sind nicht besser als der ganze Rest; allem, was Sie nicht annähernd verstehen können, geben Sie einen Namen, um die Dunkelheit zu vertreiben. Die nächstbeste Zuflucht für einen Feigling. Es gab eine Zeit, da konnte ich von Ihnen mehr erwarten als das papageienhafte Nachplappern leerer Sprüche. Oder war der Erfolg für den besseren Teil Ihres Verstandes ebenso verführerisch wie für Ihren Geldbeutel? Vielleicht liegt es daran. Noch haben sie Sie nicht niedergemacht; noch sind Sie ein frisches Gesicht, trunken von der Anbetung der Massen. Aber halten Sie sich bereit, Doyle; die Abrechnung wird kommen. Sie ertragen es nicht lange, wenn einer der ihren Erfolg hat. Alle hohen Mohnblumen werden irgendwann abgeschnitten.«

Der Zug kam aus dem Tunnel; das Licht flackerte wieder auf. Jack saß nur wenige Handbreit entfernt, den Blick fest auf Doyle gerichtet, der nicht wußte, wie er seine Angst und seinen Abscheu verhehlen sollte. Zweifel krochen in ihm herauf. Die Krankheit dieses Mannes war nicht nur eine Krankheit des Geistes, sondern eine der Seele, und in ihrer Tiefgründigkeit beeinträchtigte sie seine Fähigkeit, zu reagieren. Woher kam sie? Was hatte sie verursacht? Er mußte seine Fragen vorantreiben. »Wenn Sie in solche Not gekommen sind, warum haben Sie sich dann nicht ... das Leben genommen?«

Jack lehnte sich zurück, zuckte die Achseln und schnippte sich beiläufig ein Stäubchen vom Ärmel.

»Dieser ... Ort ... ist höllisch, aber nicht uninteressant. Stellen Sie sich vor, Sie stoßen auf eine Straßenschlägerei. Sie biegen um eine Ecke und finden zwei Fremde, die einander mit aller ihnen zu Gebote stehenden Bösartigkeit umbringen wollen. Das Ergebnis bedeutet Ihnen nichts, aber das Blutvergießen, das rohe, nackte Spektakel fesselt Sie; Sie können den Blick nicht davon abwenden. Geben Sie sich der Leere anheim, und sie wird die gleiche hypnotische Faszination auf Ihre Fantasie ausüben: Wie vollkommen und regelmäßig verkörpern menschliche Wesen eine ungeheure, entsetzliche Sinnlosigkeit! Es könnte fast als tragisch gelten, wäre es nicht so zutiefst erheiternd; all der Pomp, die Anstrengung, die bemühte, aufgeblasene Wichtigtuerei der Leute, wie sie uns Preise verleihen und umherstolzieren. Leistung. Arbeiten, streben, anbeten, lieben. *Als käme es darauf an*.

Warum habe ich mich nicht umgebracht?« Jack lachte; es war ein hartes, brutales Krächzen. »Das ist eine gute Frage. Weil das Leben so grausam ist, daß es mich zum Lachen bringt, und das ist der einzige Grund, weshalb ich weiterlebe.«

Doyle bemühte sich, jegliche Gemütsbewegung in seinem Tonfall zu unterdrücken; irgendein Appell an gemeinsame Gefühle war in diesem Augenblick kein Weg, ihn zu erreichen – wenn er überhaupt noch zu erreichen war. »Wie sind Sie an diesen ... Ort ... gekommen?«

»Oh, ich nehme an, Sie wollen die Fakten hören, nicht wahr? Immer die Fakten für Sie – schön, warum sollen Sie sie nicht hören? Ich werde Ihnen keine Einzelheit ersparen.

Sie können sie benutzen wie Ziegelsteine und sich daraus ein Mäuerchen bauen, hinter dem Sie sich verstecken können, oder Sie können sie in einer von Ihren kleinen Geschichten verwerten. Die habe ich übrigens nicht gelesen; ich höre, Sie haben mich als eine Art Vorbild für Ihren lieben Detektiv benutzt.«

»Das stimmt vermutlich, in gewisser Hinsicht.« Jetzt fühlte Doyle doch Ärger in sich aufsteigen.

Jack beugte sich mit beinahe freundlichem Lächeln vor und senkte die Stimme. »Dann gebe ich Ihnen folgenden Rat, alter Freund: Verwenden Sie nichts von dem, was ich Ihnen erzähle, für Ihre Figuren. Es wird den Leuten nicht gefallen, auch nur ein Wort davon zu hören; es ist nicht sentimental genug. Keine herzerwärmenden, glücklichen Wendungen. Sie verstehen es ja, ihnen zu geben, was sie wollen: Lügen, vergoldet und eingerahmt wie in einem Spiegelkabinett. Hüten Sie sich, ihnen die Wahrheit zu sagen: Sie schlachten nur die Gans, die goldene Eier legt.«

Wieder lachte Jack bitter. Doyle wurde innerlich kalt: So viel hatte er ertragen – und jetzt noch einen Angriff auf seine Würde. Warum sollte er sich noch ein weiteres Wort der Einschüchterung gefallen lassen? Welche verlorene Eigenschaft dieses Mannes machte ihn so sicher, daß er der Mühe wert war? Der Jack, den er so sehr bewundert hatte, war nirgends zu erkennen; der hier kam ihm vor wie ein Wildfremder – am ehesten noch so, wie Doyle dessen wahnsinnigen Bruder in Erinnerung hatte. Und wenn man Edisons beweglichen Bildern glauben konnte, dann hatte Alexander Sparks den Kampf am Wasserfall auch irgendwie überlebt. Zwei zerrissene Seelen, verdammt und unrettbar; Blutsbande reichen tief. Das hier war seine Sache nicht: es wäre ein leichtes, davonzugehen und die beiden in ihrer ganz persönlichen Hölle schmoren zu lassen.

Aber eine tiefer gründende Verantwortung erwachte in ihm; wenn nur einer der beiden eine Gefahr für andere darstellte, für den gewöhnlichen Anstand, dann überwog seine Verpflichtung, den einmal eingeschlagenen Weg weiterzugehen, jegliche Verletzung seines eigenen Stolzes; das wußte er. Er besaß Reserven an Vertrauen und Kraft, von denen sie nichts wußten, und bis zum Beweis des Gegenteils waren sie für ihn auch weiterhin das Licht in der Dunkelheit, die Jack Sparks erfüllte. Er war bereit, diese Reserven jetzt aufzuwenden, und wenn diese Dunkelheit sich erhellen ließe, wäre Jack vielleicht doch noch zu retten. Er brauchte noch mehr Informationen.

»Offensichtlich haben Sie beide den Wasserfall überlebt«, stellte er sachlich fest, ohne ihm Gelegenheit zur Geringschätzung zu geben. »Warum fangen Sie nicht dort an?«

Jack lächelte, als schwelge er in einer lieben Erinnerung. »Und was für ein Sturz das war – endlos, wie ein Flug, oder doch dicht davor. Der Traum vom Fliegen. Wir hielten einander umklammert, und die Felsen pfiffen vorbei, als wir fielen. Reiner Haß erfüllte mein Herz; das Verlangen, ihn zu töten, war stärker als jedes andere Gefühl, das ich je erlebt hatte.

Ich ließ ihn nicht los, bis wir im Fluß aufschlugen, nach zweihundert Fuß – so tief waren wir zusammen gefallen. Der Tod schien uns sicher, aber im Laufe der Jahrtausende hat der Wasserfall an seinem Fuße ein natürliches Becken ins Flußbett gefressen. Ich tauchte in die Tiefe hinab; der Aufprall nahm mir die Besinnung. Ich fühlte, wie mich eine schnelle Strömung dicht über dem Grund erfaßte, und gleich trieb ich davon wie ein Blatt, das zum Meer gespült wird.«

»Und Ihr Bruder?«

»Ich habe ihn nie wiedergesehen. Als ich zu mir kam, klemmte ich in einem Felsenbett; schwarze Nacht ringsumher. Wer weiß, wieviel Zeit vergangen war? Ein Tag mochte verstrichen sein, vielleicht auch zwei. Meine Augen konnten sich nur mühsam anpassen. Felswände um mich herum und über mir; kein Himmel. Ich war in einer Grotte, die von diesem unterirdischen Wasserlauf gespeist wurde; die Berge waren wie ein Bienenstock durchsetzt von solchen Aushöhlungen, wie ich herausfand. Endlos lange Zeit lag ich auf den Felsen, bewegungsunfähig, in einem Dämmerzustand.

Ein stumpfes Gefühl kroch über mich hin; mein ganzer

Körper war braun und blau zerschlagen, aber ich hatte nirgends Schmerzen, die der Rede wert gewesen wären. Gleich neben mir gab es so viel Wasser zu trinken, wie ich brauchte. Ich kroch und ging dann umher, stets in den Grenzen meines Gefängnisses, eines Raumes, vielleicht vier Schritt breit und acht Schritt lang; ich konnte kaum stehen, allenfalls in der Mitte. Meine Welt war auf diese enge Kammer geschrumpft. Tröstlich, eigentlich. Kein großer Unterschied zwischen Mutterschoß und Grab.

In einem Augenblick also, da die Panik mich hätte erfassen müssen, war mir zunehmend friedlich zumute. Wenn man in der Dunkelheit lebt – darin schläft, sich bewegt, darin aufwacht –, dann kommt man seiner eigenen wahren Natur sehr nahe. Keinerlei Ablenkung durch das Gesicht im Spiegel, durch schmutzige Fingernägel, durch den eigenen Handrucken. Allein mit dem Ich, was immer das sein mag. Diese beherrschende innere Stimme: Wer bin ich? Was bin ich? Die ersten paar Tage meiner Reise begannen mit diesen Fragen. Am Ende war ich so weit, alles in Frage zu stellen. Alle fundamentalen Annahmen verlieren ihre Macht, bis man erkennt, daß alles, was man hat, alles, was man ist, im Kopf ist.

Ich wäre dort geblieben, aber ich hatte nichts zu essen, und als ich meine Höhle erforschte, stellte ich fest, daß es keinen anderen Weg hinaus gab: Ich mußte zurück in den Fluß. Ich wartete, sammelte meine Kräfte und stürzte mich dann hinein. Die Strömungen in diesen unterirdischen Kanälen waren leichter zu bewältigen, und ich konnte ein Stück weit in verschiedene Richtungen schwimmen, aber in der pechschwarzen Dunkelheit, und ohne eine Stelle zu kennen, an der ich an die Oberfläche kommen könnte, mußte ich immer wieder in meine Höhle zurückkehren. Ich habe keine Ahnung, wie viele Tage vergingen – wie abhängig ist unsere Wahrnehmung der Zeit doch vom Zyklus des Lichtes und der Dunkelheit –, aber meine Kräfte waren so weit wiederhergestellt, wie es ohne Nahrung möglich war, und bald würden sie vergehen. Ich setzte alles auf einen letzten Versuch.

Ich ließ mich in den Fluß fallen, tauchte in die tiefe Mitte hinaus und ließ den Punkt, von dem aus ich ungefährdet zurückkehren konnte, hinter mir. Das Leben im Dunkeln hatte meine anderen Sinne vorzüglich geschärft; ich konnte die feinsten Unterschiede im Fließen des Wassers wahrnehmen, und so ließ ich mich vom Fluß führen: Durch Kämpfen war nichts zu gewinnen. Minuten vergingen; die Luft wurde knapp, und ich war kurz davor, aufzugeben. Wie verlockend, alles loszulassen ... In diesem Augenblick sah ich Licht im Wasser, und ich stieß mich mit meinen letzten Reserven voran. Ich verlor das Bewußtsein, als ich die Oberfläche durchbrach, und trieb ans Ufer. Dort erwachte ich, in einem Bett aus Binsen wie ein altertümlicher Moses, mitten in der Nacht, an einer entlegenen Biegung des Flusses.

Als ich zu mir kam, erkannte ich auch, daß sich etwas überaus Merkwürdiges ereignet hatte. Alle Sorgen, alle Lasten, die mich zu diesem Augenblick gebracht hatten, waren verschwunden. Ich erinnerte mich in allen Einzelheiten, wie ich abgestürzt war und warum, aber es kümmerte mich nicht mehr. Statt dessen fühlte ich mich leicht, befreit, von der Schwerkraft erlöst. Von meiner Familie, meinem Bruder, meinen privaten Qualen. Ich höre, was Sie denken, Doyle: *Er hat unter Sauerstoffmangel gelitten. Hirnschaden.* Glauben Sie, was Sie wollen; was ich in der Höhle durchgemacht hatte, war nicht weniger als eine Wiedergeburt gewesen. Die Chance, ein neues Leben zu schaffen. Jack Sparks' leblose Last glitt von mir ab wie die Haut einer Schlange: Wenn jedermann dachte, der Mann sei tot – und warum auch nicht? Ein schrecklicher Sturz, glaubwürdige Zeugen ... dann wäre es ein Kinderspiel, ihnen den Gefallen zu tun.

Ich sah die Sterne am Nachthimmel über mir zum ersten Male ungetrübt von meiner eigenen Verzweiflung: eine innere Objektivität, die ich niemals für möglich gehalten hatte – Stein, Wasser, Baum, Wiese, Mond, jedes Ding, das ich sah, war allein dieses Ding und nicht irgendein Schatten, verfärbt von meinen inneren Dämonen –, die Befreiung von allen irdischen Verpflichtungen, allen nachklingenden Alpträumen. Eine Stimme sprach in meinem Kopf, die ich noch nie zuvor gehört hatte. *Hier entlang,* sagte sie, *folge mir.* Klar und beruhigend, verhieß sie einen Frieden, den ich nie gekannt hatte. Ich lauschte.

Ich wanderte die ganze Nacht durch ein Alpental und folgte dem Fluß. Ich sorgte mich nicht um den richtigen Weg; ich ging sicher, mit jedem Schritt. Und tatsächlich stieß ich auf eine verlassene Hütte, den Unterstand eines Schäfers, wohlbestückt mit Vorräten. Dort blieb ich, bis die Nahrung aufgezehrt war. Mit neuen Kräften, und geleitet von der Stimme, wanderte ich zweihundert Meilen weit nach Süden, durch die Dolomiten hinunter nach Padua und schließlich nach Ravenna am Adriatischen Meer. Der Frühling regte sich in der Luft. Ich fand eine Anstellung als Hafenarbeiter und nahm mir ein Zimmer am Kanal. Aß jeden Abend im selben Café: schwarze Oliven, dickes, dunkles Brot, Rotwein. Viel Rotwein.

Ich hatte mein ganzes Leben darauf verwandt, meinen Bruder zu jagen, und deshalb hatte ich keine Ahnung, daß dies das Leben war, das die meisten Menschen führen. Sie arbeiten, essen, schlafen, lieben. Kümmern sich niemals um Aspekte des Lebens, die sie nicht in der Gewalt haben – Sinn, Zweck. Nie stellen sie Fragen; es ist ja so viel leichter, das alles in den Händen eines Brotherrn oder der Kirche oder des Steuereintreibers zu lassen. Sie existieren von einem Tag zum andern; als Teil der Landschaft entfernen sie sich nie weit von dem Boden, der sie hervorgebracht hatte. So offensichtlich – aber für mich eine völlig neue Vorstellung. Das Leben unter ihnen verhalf mir dazu, wahre Gnade zu erfahren. Tage wurden zu Monaten, der Frühling verwandelte sich in Sommer und dann in Herbst. Ich arbeitete jeden Tag bis zur körperlichen Erschöpfung, schlief mit so vielen Frauen, wie ich nur konnte, und sorgte mich um rein gar nichts.

Da ich die Fesseln all dessen abgeworfen hatte, was ich einst gewesen war, konnte ich nun werden, was immer ich wollte: Was sind wir denn, wenn nicht das, was wir zu sein glauben? Eines Morgens erwachte ich mit dem Impuls, weiterzuziehen.

Ich verwandelte mich in einen Seemann von der Isle of Man – die nötigen Dokumente fälschte ich – und heuerte auf einem Handelsdampfer an, der nach Portugal fuhr. Rastlosigkeit schlich sich in mein Blut; in Portugal ging ich auf einen Frachter nach Brasilien, und dort trieb ich mich an der Küste herum und arbeitete auf kleinen Schiffen, bis ich schließlich eine Welt gefunden hatte, in der ich mich verlieren konnte

Vier Jahre in der Stadt Belem, nicht weit von der Mündung des Amazonas. Ein internationaler Hafen, Dutzende von Kulturen, die in unzähligen Intrigen aufeinanderprallen; Äquatorhitze, Diebereien, Böswilligkeit. Umgeben vom Dschungel, dessen Einfluß in den Blutstrom alles menschlichen Verhaltens sickerte, skrupellos, raubtierhaft, vampirisch. Wer hätte gedacht, daß man solche Unverfälschtheit in einer ausschließlich von Lügnern bevölkerten Stadt finden könnte? Keine Menschenseele dort zeigte sich auch nur im mindesten der Wahrheit verbunden. Ich fühlte mich sofort heimisch.

Ich machte mich zu einem Iren, ein ziemlicher Exot in diesem Treibhaus; ich benutzte den Namen Doyle, eine Hommage an Sie. Mein erster Job: ein Dampfboot, das den Fluß auf und ab fuhr und eine Gummiplantage im Amazonasbecken belieferte, jenseits von Manaos, tief im Innern, nicht weit vom Rio Negro. Ein Eingeborenenstamm arbeitete dort in den Plantagen für die portugiesischen Bosse: die *Enaguas*, die ›Guten Menschen‹. Ein passender Name für dieses Volk. Ich hatte gedacht, ich hätte in Ravenna ein einfaches Leben geführt; die *En-agua* verkörperten die Einfachheit. Sie leben in Strohhütten, zehn Fuß hoch über dem Boden des Dschungels, um sich vor den Fluten zu schützen. Obwohl sie schon lange Kontakt mit den Weißen haben, sind sie nicht korrumpiert. Sie treiben fast keinen Handel; alles, was sie brauchen, nehmen sie aus dem Urwald.

Ich verbrachte meine ganze freie Zeit mit den *En-agua* und schmeichelte mich nach und nach bei ihrem Häuptling ein. Sie besaßen Kenntnisse in lokaler Pharmakologie, an denen mir gelegen war; ihr breitgefächertes Wissen über Heilextrakte und die Eigenschaften der Kräuter verblüffte mich. Der Schamane oder Priester ihres Stammes verwandte bei seinen rituellen Zeremonien einen Trank, der aus einer Wurzel gebraut wurde, *ayaheusco*. Nachdem ich ihr Vertrauen gewonnen hatte, durfte ich schließlich an seiner solchen Zeremonie teilnehmen. Die Substanz des Trankes befreit den Geist von seinen natürlichen Verankerungen; wenn die Wirkung einsetzt, sagen sie, verläßt der Geist den Körper, und unter der Führung des Priesters gelangt man in das Bewußtsein eines Tieres – einer Boa, eines Jaguar, je nachdem, womit man in wahrer Verwandtschaft verbunden ist –, und das ist der Geistführer. Ich wurde zu einem Adler, Doyle; ich flog über den Urwald, fühlte den Flügelschlag an meinen Seiten, spähte mit dem gleichen scharfen Blick zu den Baumwipfeln hinunter, spürte seinen schneidenden Hunger. Ich lebte und bewegte mich im Körper dieses Vogels, und es war so fühlbar und lebhaft wie nur jedes physische Erlebnis meines Lebens.«

Sparks' Augen glühten fanatisch; jetzt, da Doyle ihn zum Reden gebracht hatte, schien er brennend darauf erpicht zu sein, diese Erfahrungen mitzuteilen. Wie viele Jahre waren vergangen, seit er darüber ein Wort zu jemandem gesprochen hatte? Wie viele Jahre, seit er in Gesellschaft eines Menschen gewesen war, dem er vertrauen konnte? Doyle empfand es wie einen Stich, als er erkannte, wie tief Jacks Isolation und Einsamkeit reichten, wie weit er sich von jeglichem Gemeinschaftsgefühl entfernt hatte. Konnte irgend jemand lange überleben, so allein und von allem abgeschnitten – Doyle wußte, er könnte es nicht –, selbst wenn er so unverwüstlich war wie Jack?

»Dieses Erlebnis bestätigte die Entdeckung, der ich von meinem ersten Augenblick in der Dunkelheit jener Höhle an nachgespürt hatte: daß dieses Bewußtsein, das uns bewegt, sich in jedem Aspekt der Schöpfung wiederfindet, flüssig und formbar, und die Art und Weise, wie wir es erleben, ist übertragbar von jeder beliebigen Manifestation des

Lebens auf eine andere. Können Sie die Implikationen begreifen? Wenn alles im Menschen und in der Natur aus demselben Stoff gemacht ist – nennen Sie ihn, wie Sie wollen: Heiliger Geist oder Lebensfunke –, und wenn jedes Molekül von demselben bestimmenden Geist durchdrungen ist, dann bedeutet das, daß es den Individuen freisteht, dem eigenen, privaten Glauben entsprechend zu handeln. Es gibt keine universale Moral, keine übernatürliche Autorität, die unser Verhalten regiert, und ungeachtet unserer Taten werden wir keine Vergeltung empfangen, die außerhalb des Physischen ihren Ursprung hat. Wir sind auf dieser Erde gestrandet wie Robinson Crusoe.

Und wenn jemand den Mut hat, sein Bewußtsein vom Konformitätsdruck der Gesellschaft zu befreien und all den anerzogenen Unfug abzustreifen, dann bleibt ihm nur noch der freie Wille. Von diesem Augenblick an hat er die Macht, zu bestimmen, was gut ist und was böse. Das ist Reinheit. Eine höhere moralische Strenge, die nur noch sich selbst verantwortlich ist. Was ich jetzt brauchte, war eine Struktur, an der ich meine Philosophie ausüben konnte.«

»Wie denn das?«

Jack nickte. »Ich hatte mir einen Ruf erworben, war jemand, der Dinge erledigen konnte. Ich wurde gebeten, für einen Mann zu arbeiten, von dem ich in Belem gehört hatte; er war ein Gangster, ein Boß im Untergrund. Die perfekte Erprobung meiner Theorie; ich nahm den Job an und bekam Einlaß ins geheime Herz der Stadt. Binnen eines Monats überwachte ich die Schmuggelgeschäfte des Mannes; von jedem Schiff, das im Hafen anlegte, wurden Waren abgezweigt, und beim Militär wurden Waffen und Munition gestohlen. Das Geld floß in Strömen, aber ich führte ein einfaches Leben in einer Hütte am Strand. Drogen, Alkohol, jedes nur vorstellbare irdische Vergnügen stand zur Verfügung; das Verbrechen stimuliert diesen niederen Hunger in unserer Natur und unterdrückt den moralischen Impuls. Ausschweifungen. Exzesse. Fleisch. Ein Zyklus, der kriminelles Verhalten auf ewig fortgebiert. Ich schaute zu. Ich nahm nicht teil.

Ich hielt mir ein Mädchen in meiner kleinen Hütte, ein außergewöhnlich schönes Mädchen, das ich eines Tages am Strand aufgelesen hatte. Ihr Name war Rina. Ein Halbblut, indianisch und portugiesisch. Sechzehn Jahre alt. Ihre Mutter war eine Hure; den Vater hatte sie nie gekannt, und sie hatte nicht einen einzigen Tag in der Schule verbracht. Noch nie war ich jemandem wie ihr begegnet. Sie war süß und schlicht und stellte keine Fragen. Und sie hatte ein gespenstisches Talent, mich zum Lachen zu bringen. Rina faszinierte mich auf kuriose Art; daß ein menschliches Wesen so vorbehaltlos und mit solcher Zufriedenheit an die Erde gebunden sein konnte, fand ich abstoßend und fesselnd zugleich. Wie ihre körperliche Schönheit war auch ihre Unwissenheit von einer runden, verstockten Vollkommenheit, die mir auf obskure Weise lehrreich vorkam.

Sechs Monate lang schlief ich jede Nacht mit ihr, und nach und nach unterhielt ich tatsächlich eine animalische Beziehung zu dem Mädchen; ich erkannte, daß ich nie im Leben jemandem so nah gewesen war, bestimmt keiner Frau. Eines Morgens, nicht allzulange nach dem Aufwachen, sah ich, wie das Licht in einer bestimmten Weise auf ihr Gesicht fiel, und ich beschloß, sie nie wiederzusehen. Jenes Gefühl von Intimität: klaustrophobisch, unerträglich. Ich raffte meine paar Habseligkeiten zusammen und ließ Rina schlafend in meinem Bett zurück. Am Abend dieses Tages tötete ich einen Mann, der mich in einer Gasse ausrauben wollte; ich brach ihm den Hals und ließ ihn liegen wie Unkraut. Und diese beiden Ereignisse – Rina zu verlassen und diesen Mann umzubringen – verbanden sich in meinem Kopf miteinander: Der freie Wille, sehen Sie. Ich hatte seit Jahren niemanden mehr umgebracht. Ich begann, sehr viel ans Morden zu denken. Wie leicht es war, wie oft ich es in der Vergangenheit getan hatte; wie wenig es mich gestört hatte. Es keimte die Idee, daß ich einen speziellen Mord begehen müßte, mit Absicht, an jemandem, den ich kannte, als Experiment. Um zu sehen, was ich empfinden würde.«

Doyle atmete langsam und tief ein; hoffentlich würde

Jack keine Veränderung in seinen Reaktionen bemerken. Er hatte sich bisher nur ein einziges Mal in Gegenwart einer so fiebrigen, fremdartigen Persönlichkeit befunden. Jack hatte sich auf ein Gelände treiben lassen, das seinen Bruder völlig aus der Bahn geworfen hatte. Hatten ihre genetischen Ähnlichkeiten sie zu der gleichen Wegkreuzung geführt? War dieses Böse von Anfang an unausweichlich in Jack vorhanden gewesen?

»Ich beschloß, den Mann zu töten, der mich als seinen Untergebenen angestellt hatte: Diego Montes. Sie nannten ihn ›Ah Aranha‹: die Spinne. Montes war nach und nach von meiner Gerissenheit abhängig geworden; er lebte wie ein unwissendes Tier, kaum besser als ein blutsaugendes Insekt, durch und durch verdorben, ein Plünderer, der allem, was er berührte, das Leben stahl; ein Hurenmeister mit ganzen Kolonnen von Mädchen, die er aus den Indianerdörfern im Landesinneren entführt hatte und nun verkaufte, bis ihr Äußeres verfiel, um sie dann wie Abfall auf die Straße zu werfen. Sein Gesicht, das Rasseln in seiner Nase, wenn er durch den Mund atmete, das Rauschgift und der Alkohol, die er sich beide in Massen einverleibte, selbst die stupide Art, wie er aß – das alles war mir ekelhaft. Das Todesurteil an ihm zu vollstrecken, sollte der höchste Ausdruck meines freien Willens sein.

Ich schlich mich eines Nachts in seine Villa und schnitt ihm mit einem Rasiermesser die Kehle durch, als er schlief. Es erforderte wenig Anstrengung; als erstes durchtrennte ich die Stimmbänder, damit er nicht mehr schreien konnte. Als er aufwachte, drückte ich seinen Körper ins Bett und sah zu, wie das Leben aus ihm herausrann.«

In seinen Gedanken verloren, sah Jack aus, als erzähle er von einem Buch, das er einmal gelesen hatte. Doyle konnte sich nicht rühren.

»Ich fühlte mich ruhig. Leer. Mitleidlos wie jener Adler, als er eine Ratte in den Klauen hielt. Ich spürte nichts von einem geheiligten Geist oder einer Seele, die den Körper verließ; keine Engel beobachteten uns aus der Höhe. Und ich spürte keine Reue. Alles, was ich fühlte, war die harte

Gleichgültigkeit des Urwalds. Ich hatte die Bestätigung, die ich gesucht hatte. Mein Experiment war ein Erfolg.

Es gab eine Komplikation: eine Zeugin, eine Frau, die ins Nachbarzimmer gekommen war, um sich zu waschen. Ich hörte ihre Bewegungen, als ich gehen wollte. Es war Rina.«

Doyle erschauderte.

»Ganz recht – das schöne, lächerliche Mädchen, mit dem ich zusammengelebt hatte. Sie war entsetzt über das Verbrechen, das sie mich hatte verüben sehen. Aus ihr war inzwischen eine Hure geworden; Montes hatte sie angeworben. Sie weinte und erzählte mir, daß sie vor lauter Verzweiflung auf dieses Leben verfallen sei, nachdem ich sie verlassen hätte. Ich hätte sie ebenfalls umbringen sollen, gleich an Ort und Stelle, aber ihre Anwesenheit erschien mir als derart merkwürdiges Zusammentreffen, daß ich mir sagte, es könne kein Zufall sein, es müsse eine Bewandtnis damit haben, die sich am Ende offenbaren werde. Was meine Entscheidung tatsächlich beeinflußte, war vermutlich eine Art Zärtlichkeit. Also ließ ich sie leben. Half ihr, aus dem Haus zu entkommen. Machte sogar Pläne, sie mitzunehmen, wenn ich das Land verließe, was ich umgehend zu tun gedachte.

Und ich hatte recht. Daß ich sie gefunden hatte, bedeutete tatsächlich etwas. Zwei Tage später nahmen mich zwanzig Männer, die für Diego Montes arbeiteten, gefangen, als ich im Begriff war, das Schiff nach Belize zu besteigen. Rina hatte mich am Hafen treffen sollen; ich hatte sie für ungefähr eine halbe Stunde sich selbst überlassen, damit sie sich einen Hut kaufen konnte, und sie hatte mich verraten. Ihr lag nichts an mir. Aber hier war ihr freier Wille am Werk, verstehen Sie. Steht uns allen zur Verfügung; kein Widerspruch.

Sie legten mich in Ketten und warfen mich in einen Käfig; es war eine Grube, die im Hof des Ortsgefängnisses in den Lehm gegraben und mit Stahlplatten zugedeckt worden war. Die Dunkelheit war nicht so strapaziös für mich, wie sie erwartet hatten. Aber diesmal hatte ich kein Wasser, und die Temperatur stieg tagsüber auf fünfzig Grad. Die

Wärter benutzten die Grube als Latrine. Drei Tage vergingen, bevor sie mit mir sprachen. Sie wollten mein Geständnis; Rina hatte mich bereits als Mörder identifiziert, aber sie waren entschlossen, es aus meinem Munde zu hören.

Als sie glaubten, ich sei in ihrer Grube hinreichend geständig geworden, brachten sie mich in einen Raum, der leer war bis auf einen viereckigen Block aus weißem Marmor in der Mitte. Rot besudelt. Mit eisernen Arm- und Fußfesseln am Sockel. Sie fesselten mich kniend an diesen Stein und legten meine Hände oben auf die Fläche. Die Wärter wechselten sich ab; sie stiegen auf den Block und traten auf meinen Händen herum. Trampelten darauf. Manche tanzten. Ließen schwere Steine fallen. Ich hörte die Sehnen reißen, die Knochen splittern, sah mit an, wie sie einen Finger zur Unkenntlichkeit zermalmten, bis er nur noch aus Brei und verfilzten Fasern bestand. Es dauerte Stunden; ihre Arbeit machte ihnen Spaß: Sie waren geschickte und ehrliche Handwerker. Mir wurde klar, daß sie nicht vorhatten, mich umzubringen, bevor ich gestanden hätte – ein seltsamer Ausbruch von anspruchsvollem Benehmen.

Aber ich kam ihnen nicht entgegen; der Schmerz war irgendwie immer zu bewältigen, und ich hatte Gefallen an diesem freien Leben gefunden und hatte keine Lust, es leichthin aufzugeben. Also fuhr ich fort, meine Unschuld zu beteuern. Die Hände sind ein extrem persönlicher Teil unseres Körpers, nicht wahr? Ihre Mißhandlung machte mich sehr, sehr zornig. Schließlich schützte ich eine Bewußtlosigkeit vor, aus der sie mich nicht erwecken konnten, und da nahmen sie mir die Eisen ab und wollten mich hinausschleifen.

Den ersten trat ich hierhin, auf die Nasenwurzel. Tot. Ein zweiter wollte seine Pistole ziehen; ich stieß ihn krachend zum Fenster hinaus und stürzte mich hinterher, bevor die anderen einen einzigen Schuß abgeben konnten. Sein Körper federte meinen Sturz ab; seine Rippen knackten wie altbackene Kekse. Draußen Dunkelheit, Alarmgeschrill, Schüsse, die mich verfehlten und in die Erde schlugen. Ich rannte in eine Ecke des Hofes, wo Vorräte aufgestapelt waren; eine Treppe aus Fässern brachte mich auf die Mauerkrone und darüber hinweg.

Das Gefängnis lag auf einer Halbinsel; Ozean auf drei Seiten. Ich erreichte den Dschungel, bevor sie die Straße absperrten. Sie zögerten, mich in der Nacht zu verfolgen, und blieben immer mehr zurück, je weiter ich vordrang. Das Unterholz wurde zu dicht, und ich lief am Fluß entlang stromaufwärts mit der Flut. Im Morgengrauen war ich meilenweit im Landesinneren; sie würden mich nie mehr finden. Jetzt begannen die Schmerzen; ich sammelte Arzneikräuter-Wurzeln, etwas Rinde, hauptsächlich mit den Zähnen –, um meine Hände damit zu behandeln und den Schmerz zu betäuben. In der feuchten, schwülen Luft kam es rasch zur Infektion. In die Stadt zurückzukehren, um zum Arzt zu gehen, konnte ich nicht riskieren; meine Freunde, die *En-agua*, die Eingeborenen weiter oben am Fluß, verstanden sich auch auf solche Dinge. Sechs Tage, bis ich bei ihnen war. Inzwischen war ich halb tot. Hohes Fieber. Delirium.«

Jack legte die Hände auf die Knie, spreizte die verbliebenen Finger und schaute leidenschaftslos auf sie hinab.

»Der Medizinmann schnitt die beiden am schlimmsten beschädigten Finger ab. Die anderen rettete er; ich habe keine Erinnerung daran. Ich erwachte, zwei Tage waren vergangen, meine Hände waren mit Salbe bedeckt und mit einer Kompresse aus Blättern verbunden. Sie stellten keine Fragen, ich erzählte nichts; Brutalität war in ihrem Verständnis der Außenwelt etwas Alltägliches. Zwei Monate vergingen, bevor ich kräftig genug war, um zu reisen. Zu dritt paddelten sich mich mit dem Kanu flußabwärts, verkleidet als Priester: die Geburt des Father Devine. Sie wollten mich nach Norden bringen, nach Porto Santana, wo ich einen Trampdampfer zu den Westindischen Inseln nehmen wollte. Aber ich hatte vorher noch etwas in Belem zu erledigen.

Mit Hilfe meiner Freunde bedeckte ich den Boden eines Fuhrwerks mit Schwarzpulver, das wir aus dem Militärdepot stahlen. Dann stöberte ich Rina in Belem auf. Sie arbeitete in einem Bordell. Rauschgift. Ihr Äußeres verfiel, ihr kleines Leben war bereits auf der abschüssigen Bahn hin zu einem traurigen, vorhersehbaren Ende. Ich holte sie dort heraus, setzte sie auf den Bock des Karrens und stopfte ihr einen Knebel in den Mund. Sagte kein einziges Wort zu ihr: Was hätte es auch zu sagen gegeben? Ich schaute ihr lange in die Augen. Sie verstand mich vollkommen.

Als es dunkel wurde, ließen wir zwei Maultiere mit dem Karren auf das Gefängnis zutraben; die Wärter sahen Rina auf dem Bock und ließen das Gespann durch ihr Tor. Die brennende Lunte, die unter den Bodenbrettern verborgen war, sahen sie nicht, und weil Rina solchen Lärm machte, hörten sie auch ihr Zischen nicht. Aber die Explosion hörte man fünfzig Meilen weit.«

Sparks machte eine Pause, holte tief Luft. Er hatte Ringe unter den Augen, schwarz wie Schminke. Klang da Reue durch seine Worte? Doyle hörte nichts davon; er hörte nur das Pochen seines eigenen Herzens.

»Am nächsten Morgen war ich an Bord meines Schiffes; ich hatte die Papiere eines Mannes bei mir, der stromaufwärts gestorben war, eines holländischen Geschäftsmannes namens Jan de Voort. Meine Geschichte: Bin auf dem Heimweg, nachdem ein Unfall meine Hände verkrüppelt hat. Wieder ein weißer Europäer vom Urwald verzehrt. Soll ich fortfahren?«

Doyle nickte; wußte man, ob Sparks diese Wunde je wieder enthüllen würde? Schweig still, ermahnte er sich; erinnere dich, wie oft es geschieht, daß ein Patient, den man reden läßt, den geheimen Grund für sein Leiden offenbart, ohne es zu wissen. Er füllte sein Glas neu und hoffte, Jack werde nicht merken, wie seine Hand zitterte.

»Ich reiste gemächlich nordwärts, von Insel zu Insel. Curaçao. Antigua. Hispaniola. Ohne ein Ziel vor Augen. Nahm die Sonne in mich auf. Versuchte, erneut Gefühl in meine Hände zu bekommen, stieß sie wieder und wieder in den heißen Sand. Trank eine Menge Rum. Eine andere Frau an jedem Ort. Eroberungen. Ging, wenn ich ihrer müde war, was nie lange auf sich warten ließ; einen Mann in einem solchen Zustand wollen sie immer alle heilen. So vorhersehbar, so langweilig. Ich ertrug es nicht, das erste Aufblühen der Enttäuschung in ihren Gesichtern, wenn sie begriffen, daß nicht der kleinste Teil meiner selbst ihnen gehörte.

Eines Tages landete ich in New York. Was ein kurzer Aufenthalt hatte werden sollen, wurde zu einer dreijährigen Wanderschaft, bei der eine Identität sich sauber in die nächste fügte; die Leute hier stellen nicht viele Fragen. Sie nehmen einen Mann beim Wort, wenn er mit Arbeit dafür einsteht.

Verbrechen beging ich nicht. War wieder ein gewöhnlicher Mensch. Sechs Monate als Landvermesser in den Alleghenies. Pferdeknecht auf einem Gestüt in Philadelphia. Fuhr ein Jahr Postkutsche im Ohio Valley, auf derselben Route, die wir jetzt fahren. War Stauer auf einem Raddampfer, den Mississippi hinunter. Eines Tages konnte ich nicht mehr aufstehen. Schaute in den Spiegel; wußte nicht, wer ich war. Eine Erschöpfung der Seele hatte sich über mich geschlichen, so umfänglich, daß ich sie nicht hätte beim Namen nennen können. Jede Zelle meines Körpers war entleert, aufgebraucht. Meine Hände taten unaufhörlich weh, und der Schmerz war tief und steinhart, gespenstisch allumfassend. Langsam reiste ich zurück nach New York. Hatte genug Geld gespart, um auf dem Lebensstandard, den ich pflegte, ein jahrelanges Dasein zu fristen.

Da mein Bruder nun tot war, hatte ich den einzigen Grund zum Leben verloren. Einen anderen hatte ich nie gekannt; kein zwingender Anlaß, weiterzumachen, war mir in den Sinn gekommen. Und es war mir gleichgültig. Ich war auf dem Grund der Grube angelangt, die ich mir gegraben hatte.

Eines Tages ging ich spazieren, ganz in der Nähe der Gegend, wo wir neulich waren. Lower East Side. Ein Märztag war es, klar und windig. Ich sah einen Chinesen auf der Straße stehen. Groß, ausgemergelt; er schaute mir in die Augen, als ich auf ihn zukam. Vielleicht sah er etwas in mir, irgendeine offenkundige oder subtile Sehnsucht. Er hob die

Hand, als ich herankam; seine Finger waren merkwürdig mißgestaltet, birnenförmig an den Spitzen, wie umgekehrte Kegel.

Zwischen seinen Fingern klemmte ein kleines Stanniolpäckchen, so groß wie eine Silbermünze. Er sah mich nicht an, er sprach nicht. Er drehte sich nicht um, als ich stehenblieb und mich nach ihm umschaute. Er ließ die Hand sinken und trat durch eine Tür. Ich folgte ihm, durch einen Hausgang, eine schmale Treppe hinunter. Eine billige rote Papierlaterne schaukelte über einem Eingang im Wind. Drinnen: feuchte Ziegelmauern, muffige Matratzen auf dem Boden, hingestreckte Körper, Dutzende, in träger Bewegung, wie Seetang. Der Chinese wickelte das Stanniol auseinander und stopfte einen dunklen Klumpen in eine lange schwarze Holzpfeife. Er verlangte Geld. Ich gab ihm welches. Er sah mir nicht ein einziges Mal ins Gesicht. Wies mir eine Matratze. Hielt die Pfeife für mich und zündete sie mit seinen unförmigen Händen an.«

»Opium.«

Jack nickte; er konnte Doyle nicht in die Augen schauen. »Nach meinem Fall hatte ich die Nadel aufgegeben; das war ein Teil meiner Wiedergeburt, ein Teil jener Hölle, der ich in der Höhle ins Antlitz schaute, als mein Körper den Hunger aufgab. Ich hatte aufgehört und nie wieder angefangen. Nicht einmal in Belem, als es überall zu haben war und ich jede erdenkliche Gelegenheit hatte. *Nicht ein einziges Mal.*«

Doyle gab keine Antwort. Warum ist ihm nach all dem anderen so schrecklich viel daran gelegen, daß ich ihm dies glaube?

»Die Pfeife nahm mir den Schmerz in den Händen. Sie füllte die Leere aus, die sich in mich hineingefressen hatte. Wärme, ein Gefühl, irgendeines – «

»Sie brauchen es mir nicht zu erklären –«

»– die Pfeife wurde meine Welt; meine Welt wurde jenes Zimmer. Für drei Jahre. Das überaus köstliche Gefühl, wenn der Hunger kommt und man nichts weiter zu tun braucht, als ein Streichholz anzuzünden. Die Leichtigkeit. Immer greifbar. Wenn ich vorher Dunkelheit gefunden hatte, so fiel ich nun in den Mittelpunkt der Erde. Der Mann hatte Jadefiguren bei den Matratzen aufgestellt, Götterstatuen, Dämonen. Wenn man die Pfeife geraucht hat, hält man eine in der Hand und starrt sie an, läßt den kühlen Glanz ihrer Oberfläche in sich eindringen, Muster, kristalline Wirbel, welche die tiefsten Geheimnisse lösen. Ein Friede, den man nicht einmal in seinen Träumen erreichen kann. Die Zeit ist ausgelöscht; es gibt nur das Jetzt, den Augenblick. Ich spürte mehr Liebe in dieser Pfeife, als irgendein Mensch mir je gegeben hatte.«

»Aber sie war nicht echt. Ein falsches Glück. Es war nicht real.« Doyle war außerstande, seine Erregung im Zaum zu halten; seit Beginn dieses Gesprächs war sie nicht so heftig gewesen wie jetzt.

»Wer will das sagen? Es sind doch sowieso nur unsere Wahrnehmungen – «

»Unfug. Es ist von Drogen herbeigeführt und kein natürlicher Zustand; sicher haben Sie sich doch nicht so weit vom gesunden Menschenverstand wegtreiben lassen –«

»Der Himmel segne Sie, Doyle: Sie sind konsequent bis zum Ende. Lassen Sie nur gleich hören, diesen Unsinn vom Garten des angeborenen Guten im Menschen, in dem Sie mit beiden Beinen fest verwurzelt stehen; darauf konnte ich mich bei Ihnen noch stets verlassen –«

Doyle konnte sich nicht länger zurückhalten. »Wieso müssen Sie so mit mir sprechen? Was habe ich Ihnen je getan? Das alles haben Sie sich doch selbst angetan.«

Sparks wandte sich ab; war das die Andeutung eines spöttischen Grinsens oder eine Grimasse?

»Also haben Sie Ihren Lebenslauf um die Opiumsucht bereichert – bravo, Jack, ich hatte schon befürchtet, Sie könnten es einfach auslassen. Was steht als nächstes auf Ihrer Tagesordnung? Vergewaltigung? Kinderschändung? Oder haben Sie diese beiden Punkte schon mit dem brasilianischen Mädchen abgehakt? Herzloser Mord steht ja schon auf der Liste; wäre doch eine Schande, auch nur ein bißchen des freien Willens ungenutzt zu vergeuden. Da das jetzt Ihr *Modus operandi* ist, warum wollen Sie sich überhaupt noch irgend etwas versagen? Verteidigen läßt sich alles, so, wie Sie das Spiel definiert haben.«

»Was erregt denn solchen Anstoß bei Ihnen: meine Verbrechen oder ihre sogenannte Immoralität?«

»Als ob das eine so leicht vom anderen zu trennen wäre. Ich will es Ihnen sagen: Es ist die beiläufige Verachtung, mit der Sie die Bestrebungen derer abtun, die Sie als gewöhnliche Menschen bezeichnen, nämlich ein Leben zu führen, das so etwas wie Anstand wahrt. Daß Sie ›entdeckt‹ haben, wie menschliche Wesen leben, als beobachteten Sie eine Ameisenkolonie. Was gibt Ihnen das Recht, solche Urteile zu fällen? Wo ist die Tugend, die Sie auf eine so göttermäßige Ebene erhebt? Sie glauben, Ihr Leiden berechtigt Sie dazu, vom Recht ausgenommen zu werden? Ich will Ihnen etwas sagen: Jeder leidet, und es enthebt niemanden von seiner Verantwortung gegenüber dem Gesetz. Glauben Sie denn ernsthaft, Sie sind unerreichbar für die Konsequenzen dessen, was Sie getan haben?«

»Weit gefehlt –«

»Ich sage es Ihnen ins Gesicht: Sie hören sich an wie ein Wahnsinniger, Jack Sparks, und wie eine Gefahr für jeden, dem Sie begegnen, mich eingeschlossen. Die Wahrheit ist, daß Sie auf dieselbe Straße geraten sind, die auch schon das Leben Ihres Bruders auf so katastrophale Weise hat ruinieren lassen. Oder war das vielleicht schon immer Ihr Ehrgeiz?«

Jetzt konnte Jack ihm nicht mehr ins Gesicht sehen. »Nein …«

»Ich widerspreche Ihnen. Ich habe mir in diesen letzten zehn Jahren ein Leben aufgebaut. Ich habe es mit Entschlossenheit und harter Arbeit getan – jawohl, und gehorsam gegen die Maßstäbe der gesellschaftlichen Ordnung. Wenn wir uns an diesen Vertrag nicht gebunden fühlen, wenn jedermann sich ohne einen festgelegten moralischen Verhaltenskodex nur seinem eigenen Vergnügen verpflichtet fühlt, dann bleibt nichts weiter übrig als unverbrämte Barbarei, eine Zivilisation, die nicht besser gestellt, nicht fortschrittlicher ist als das Zusammenleben von Schakalen. Ich hielt Sie einmal für einen guten Mann, nein, für einen großen Mann. Mehr als alles andere im Leben habe ich mir gewünscht, zu sein wie Sie. Ich bin entsetzt. Entsetzt und bitter enttäuscht. Wenn Sie das Resultat eines Lebens sind, das gegen allen herkömmlichen Brauch gelebt wurde, dann danke ich Gott für die Gesellschaft, dann danke ich Gott für die Gesetze des Menschen. Sie haben das alles hinter sich gelassen, Sie leben außerhalb unseres Bezirks.«

Jack drehte sich langsam auf seinem Platz um und sah Doyle an. Sein blasses Gesicht war jetzt kalkweiß, und die Narbe an seinem Unterkiefer leuchtete rot und strahlte Anspannung und Verzweiflung aus. Sein Mund war offen, und seine Augen lagen tief in ihren Höhlen.

»Ich habe niemals behauptet, das alles habe keine Konsequenzen«, wisperte er rauh. »Die Konsequenzen sind es ja, was ich beschreibe.«

»Dann lassen Sie uns eines klären: Erzählen Sie mir das alles, um mein Mitgefühl oder meinen Beifall zu erhalten –«

»Nein –«

»– denn wenn Sie Absolution wollen, muß ich Ihnen sagen, daß ich weder die Befugnis noch die Neigung habe, sie Ihnen zu erteilen.«

»Nein, nein. Ich dachte … alles, was ich erhofft hatte … eher so etwas wie …« Jacks Brust hob sich in einer jähen Aufwallung von unbezwingbaren Gefühlen; sein Atem bebte heftig, und sein Gesicht war schmerzverzerrt. »… Verständnis. Sie, gerade Sie. Ich dachte, Sie könnten es vielleicht … verstehen.«

Jack atmete scharf ein, und dann schluchzte er. »Ich weiß nicht … wer ich bin. Ich weiß nicht, wie … ich weiß nicht, wie ich leben soll.«

Doyle beobachtete entsetzt, wie der Mann vor ihm in katastrophaler Weise zerfiel. Seine verkrüppelten Hände krallten sich krampfhaft in den Stoff der Sitze. Tränen flossen ihm aus den geröteten Augen. Eine ganze Weile saß er stocksteif aufrecht; dann sackte er zusammen, als sei seine Wirbelsäule eingeknickt.

»Ich bin so … beschämt … so zutiefst beschämt über das,

was ich getan habe … was aus mir geworden ist. Wie *er*. Sie haben recht: *wie er*.« Jacks Haß gegen sich selbst reichte so viel tiefer, als irgend jemand anders ihn hätte empfinden können. Doyle verschlug es die Sprache. »Ich hätte sterben sollen, ehe ich es geschehen ließ, ich hätte den Mut haben sollen, mich umzubringen, aber ich konnte es nicht … ich konnte es nicht …«

Die Worte sprudelten aus ihm hervor, von Schluchzen zerhackt. »Habe mir eine Rasierklinge ans Handgelenk gedrückt … eine Pistole in den Mund geschoben … hatte Angst, es zu Ende zu bringen. Konnte es nicht, hatte solche Angst vor dem Sterben, vor einer Leere, die noch größer wäre als die … die ich erlebte. Diese Angst … allein … hielt mich am Leben. Schlimmer als ein Feigling. Schlimmer als ein Tier … Gott … Gott, hilf mir, bitte, Gott, hilf mir …«

Jack krümmte sich und schluchzte, daß es schien, als werde sein Herz unter der Anspannung zerbersten. Das Gebrüll eines Verwundeten brandete in mächtigen Wellen aus ihm hervor und spülte Doyles Zorn hinweg; Mitleid erhob sich in ihm, und die Erinnerung an das Gute in diesem Mann. Er streckte die Hände nach ihm aus, der jetzt so weit jenseits alles menschlichen Trostes zu sein schien.

»Jack, nein. Nicht, Jack.«

Als Doyles Hand die seine ergriff und umfaßte, erstarrte Jack; er war außerstande, irgendwelchen Trost anzunehmen, denn seine Scham war noch größer als sein Schmerz. Sein Schluchzen verebbte. Er zog seine Hand weg, stand auf, wandte sich zur Wand und bedeckte das Gesicht mit beiden Händen. Schauer liefen ihm über den Rücken, als er um Beherrschung rang.

»Verzeihen Sie mir«, flüsterte er. »Bitte verzeihen Sie mir. Es ist schon gut.« Jack schüttelte einmal kurz den Kopf und flüchtete dann aus dem Abteil, ohne sein Gesicht zu zeigen, ohne sich umzudrehen. Doyle lief ihm nach auf den Gang, aber Sparks war schon nicht mehr zu sehen.

10

Anscheinend war der Rabbi irgendwo zwischen Phoenix und Wickenburg krank geworden; eine halbe Stunde, nachdem der alte Mann hinausgegangen war, um sich die Beine zu vertreten, war ein Schaffner in den Wagen gekommen und hatte Eileen leise gebeten, ihn zu begleiten. Ein paar Minuten später kam sie zurück und bat um eine Flasche Schnaps – Bendigo hatte nicht die Absicht, seine herauszurücken –, ein Bühnenarbeiter borgte ihr eine, und als sie wieder hinausging, nahm sie auch ihren Schminkkoffer mit; der Himmel mochte verhüten, daß eine Frau *den* einmal zurückließ.

Als sie in Wickenburg aus dem Zug stiegen, bestand Eileen darauf, sich persönlich um Rabbi Stern zu kümmern; sie warnte die Mitglieder der Truppe: Was immer ihn da erwischt habe, berge womöglich ernste Ansteckungsgefahr, was mehr als hinreichend war, um einen Haufen abergläubischer Schauspieler auf gesundem Abstand zu halten. Bendigo beobachtete, wie Eileen und ein hochgewachsener, dünner Mann in einem schlechtsitzenden, formellen schwarzen Anzug Rabbi Stern dabei halfen, die Stufen des Gepäckwagens herunterzuklettern, wo er seit seinem ›Anfall‹ geruht hatte.

Stern ging langsam, steifbeinig und vornübergebeugt und stützte sich auf die Arme der beiden; er hatte noch seinen Hut auf und war trotz der brutalen Mittagshitze halb in eine Wolldecke gehüllt; sein langer weißer Bart ragte aus ihr hervor, aber sonst war nicht viel von ihm zu sehen. Eileen und der hilfreiche Fahrgast – er war ein Arzt, der zufällig im Zug gewesen war, behauptete Eileen, obwohl, wenn er Arzt war, wo war dann seine Tasche? – führten den Rabbi ins Stationsgebäude, wo er für sich allein auf einer Pritsche im Fahrkartenschalter ausruhen konnte. Irgend etwas an dem Arzt und dem Anzug, den er trug, kam Bendigo bekannt vor, aber seine Gedanken wandten sich organisatorischen Problemen zu, bevor ihm irgendein Licht aufgehen konnte.

Kulissen und Kostüme wurden auf die Planwagen geladen, die Rymer für die letzte Etappe von einem Mietstall am Ort geliehen hatte – es waren etwa sechzig Meilen auf holpriger Straße. Die Nacht sollten sie unterwegs in einer bezaubernden kleinen Herberge namens Skull Canyon verbringen. Eileen gewann mühelos den Streit mit Bendigo über die Frage, ob Rabbi Stern mit ihnen weiterreisen dürfe; jawohl, Jacob sei kräftig genug für die Fahrt, und nein, wenn Bendigo sich weigerte, ihn mitzunehmen, dann würde sie auch in Wickenburg bleiben, und wenn das bedeutete, daß sie ihre Vorstellungen im Neuen Dorf oder der Siedlung der Seligen oder wie immer dieses Kaff heißen mochte, versäumte, dann wäre das eben der Preis, den Rymer dafür zahlen müßte. Ihre Zweitbesetzung war eine trübe Tasse, die nie im Leben eine ganze Vorstellung ohne einen Nervenzusammenbruch überstehen würde, und in Anbetracht des nahen Endes dieser Tournee würde Rymer nicht im Traum daran denken, das nötige Kleingeld auszugeben, um seine Hauptdarstellerin angemessen zu ersetzen.

Schauspielerinnen! Alles geriet zum Melodrama! Eine bizarre Verschossenheit, die ebenso unerbittlich zuschlug wie das Gelbe Fieber oder der Wüstenwahnwitz, oder was für eine mysteriöse Krankheit diesen Rabbi sonst ereilt haben mochte. Nie wieder, schwor sich Rymer, würde er sich den Launen einer Frau ausliefern. Bestimmt nicht, wenn er erst siegreich zum Broadway zurückgekehrt wäre – halt: Ein Geistesblitz!

Warum sollte er für die Rolle der Ophelia nicht einen hinreißenden Knaben suchen? Es war ja nicht so, als hätte Shakespeare es nicht seinerzeit genauso gemacht; alle großen Frauenrollen waren ursprünglich für Knaben *geschrieben*. Das war es: die Wiederbelebung einer großen Tradition! Und warum dabei stehenbleiben? Warum konnte ein Mann nicht auch die Gertrude spielen und jede andere weibliche Rolle? Warum nicht ein für allemal Schluß machen mit diesen lästigen Weibern? Machten sowieso nichts

312

als Ärger, und die Kritiker würden ihm stehend applaudieren für diese Verbeugung vor den Klassikern!

Eine brillante Idee, Bendigo: Siehst du? Sogar diese Wolke hat einen Silberstreifen.

Aber Eileen gab sich nicht zufrieden und erlegte ihm eine weitere unerträgliche Bedingung auf: Rabbi Stern müsse in einem eigenen Wagen fahren. Er gehöre in Quarantäne, argumentierte sie folgerichtig; bisher seien unter den Schauspielern gottlob noch keine Symptome aufgetreten, aber wollte Bendigo denn riskieren, daß seine ganze Truppe sich ansteckte? Schön, Rymer war auch mit dem Wagen einverstanden, und dachte sich: Nicht mehr lange, und ich bin dich los, du naseweises Flittchen.

Und so zockelte der Spitalwagen in einem behaglichen Abstand hinter den anderen her und bildete die Nachhut des Fünf-Wagen-Zuges, der Wickenburg nun verließ. Hinten saßen der Rabbi und Eileen, die nach besten Kräften die Florence Nightingale spielte. Als sie die Stadt hinter sich gelassen hatten, spähte der hochgewachsene dünne Arzt – dessen Ziel zufällig ebenfalls The New City hieß und der den Planwagen kutschierte – durch den löcherigen Jutevorhang zu der Krankenschwester und ihrem Patienten hinein.

»Bedaure, daß es so holpert«, sagte er, »aber ich glaube, dies kann man nicht meinem Wagenlenkertalent zuschreiben, so viel es auch zu wünschen übrig lassen mag. Möchte meinen, ein bißchen Asphalt könnten sie schon gebrauchen hier in Arizona.«

»Sie machen das prima, Jacob«, sagte Eileen.

»Was ist mit meinem Anzug? Hat einer Ihrer Kollegen ihn wohl erkannt?«

»Ich habe Teile von drei verschiedenen Kostümen genommen, die wir bei dieser Produktion nicht einmal benutzen. Wenn jemand etwas gemerkt hätte, dann hätte er inzwischen schon etwas gesagt.«

»Hoffentlich wird sonst niemand krank«, sagte Jacob. »Wenn ich den Arzt spielen soll, werden sich meine medizinischen Kenntnisse als einigermaßen mangelhaft erweisen, fürchte ich.«

»Wenn jemand fragt, sagen wir, ich hätte Sie mißverstanden, und Sie wären in Wirklichkeit ein Pferdedoktor.«

»Gut; da können zumindest die Pferde nicht widersprechen. Aber der Himmel gebe, daß dann von *denen* keines krank wird; ich wüßte nicht mal, in welches Ende ich hineingucken muß.«

Eileen zog sich in den Wagen zurück, nahm dem Kranken Jacobs runden Hut vom Kopf und wischte ihm die Stirn mit einem feuchten Tuch ab. Mit seinen stumpfen, seltsamen Augen schaute er zu ihr auf.

»Danke«, sagte Kanazuchi.

»Der Bart kratzt hoffentlich nicht allzusehr«, sagte sie. »Ich fürchte, ich habe ein bißchen zuviel Leim genommen, um ihn anzubringen, aber wir durften ja nicht zulassen, daß das Zeug in der Hitze schmilzt und uns alles verdirbt, nicht wahr?«

Kanazuchi schüttelte den Kopf. Seine Hand tastete nach dem Grasschneider, der neben ihm unter dem langen schwarzen Mantel lag; er schloß die Augen und ließ sich vom Rumpeln und Holpern des Wagens in die Meditation lullen. Er brauchte jetzt Schlaf; die Wunde war gesäubert und frisch verbunden und zeigte keine Anzeichen einer Infektion. Die trockene Wüstenhitze fühlte sich wohlig an. Er vertraute darauf, daß der Körper in seiner Weisheit den Rest erledigte.

Eileen beobachtete den Japaner, bis er eingeschlafen war, und sie bemühte sich immer noch, alles zu verdauen, was er und Jacob ihr erzählt hatten: von gestohlenen Büchern, unheimlichen Träumen von einem Turm in der Wüste, der beunruhigende Ähnlichkeit mit dem hatte, der angeblich in der Stadt gebaut wurde, in die sie fuhren. Als er schlief, schob sie sich durch den Wagen nach vorn und ließ sich hinter Jacobs Fahrersitz nieder. Der ließ die Zügel schnalzen und rief seinen Schützlingen zu:

»Ihr seid mir ganz vorzügliche Maultiere; ihr lauft auf höchst erfreuliche Weise sehr schön geradeaus. Ich kann euch nicht sagen, wie zufrieden ich mit euch bin.«

»Wie kommen wir zurecht?« fragte sie.

»Prächtig! Einen Wagen fahren ist eine ganz einfache Prozedur. Man zieht die Zügel nach links: Sie gehen nach links. Man zieht die Zügel nach rechts: Sie gehen nach rechts«, sagte Jacob und lehnte sich nach hinten. »Sie sind der erste Mensch, dem ich es gestehe, aber ich habe mir insgeheim immer gewünscht, ein Cowboy zu sein.«

»Ihr Geheimnis ist bei mir ganz sicher.«

Jacob strich sich über das glattrasierte Gesicht; er sah fünfzehn Jahre jünger aus, nachdem er sich seinen alttestamentarischen Bart abgeschoren hatte, den Eileen dann sorgfaltig Kanazuchi angeklebt hatte. »Seit meiner Knabenzeit war ich nicht mehr ohne Bart. Seit ich sechzehn war – ein Erfordernis der Religion, wissen Sie. Wir dürfen kein Rasiermesser an unsere Haut lassen; man sagt, es erinnere zu sehr an heidnische Rituale des Blutvergießens.«

»Dem Himmel sei Dank, daß Sie sich beim Rasieren nicht geschnitten haben.«

»Dem Himmel sei Dank, daß ich nicht versucht habe, mich bei diesem gräßlichen Geholper im Wagen zu rasieren; sonst sähe ich jetzt aus wie eine von diesen gestreiften Drehsäulen vor einem Friseurladen.«

»Sie sehen sehr gut aus, Jacob. Wahrscheinlich werden Ihnen überall in der Wüste die Frauen nachlaufen.«

»Wirklich?« Er schwieg eine Weile und ließ sich diese Vorstellung durch den Kopf gehen. »Was für eine merkwürdige Erfahrung das wäre. Aber sagen Sie mir, wie geht es unserem Patienten?«

»Er ruht behaglich aus.«

»Gut. Was für ein wunderbares Gefühl, die Luft auf der Haut zu spüren. Ich fühle mich nackt wie ein neugeborenes Baby. Um ehrlich zu sein, wenn ich in einen Spiegel schauen wollte, würde ich kaum wissen, wem dieses Gesicht gehört.«

Dir, dachte sie. Nur dir, du lieber reizender Mann.

Die Maultiere verlangsamten ihren Schritt.

»Oy da vorn, hüüaah – ich glaube, so sagt man in diesem Fall, oder? Hüah, *meine schene kleine chamers. Oy* da vorn!«

Der Expreß-Sonderzug mit Buckskin Frank und seinen frei-willigen Rächern erreichte Wickenburg erst bei Sonnenun-tergang. Verfahrensdetails beim Requirieren eines Zuges, nachdem Frank das Blut auf den Gleisen gefunden hatte, hatten sie in Phoenix vier kostbare Stunden verlieren lassen. Die Bekanntgabe einer Belohnung von fünftausend Dollar hatte den Trupp schneeballartig auf vierzig Mann anwach-sen lassen, und während sie durch Arizona rollten, hängten sich immer neue selbstgerechte Kreuzritter an wie Hunde-haare an einen Staubwisch, und auch die mitreisenden Jour-nalisten wurden zur Plage. Resultat: Eine einfache Aufgabe wie die Befragung des Personals der Station Wickenburg wurde zu einem Ausflug in den Turm zu Babel; jeder Frei-willige und jeder Reporter ermittelte auf eigene Faust, bis Frank mit seinem halbautomatischen Karabiner in die Luft schießen mußte, um sie alle zur Ruhe zu bringen.

Wie sich herausstellte, hatte auf dem Bahnhof niemand gesehen, wie der Chinamann mit den Schauspielern aus dem Mittagspostzug gestiegen war, aber der Zug stand noch auf dem Gelände, und obwohl jemand versucht hatte, die Spu-ren zu beseitigen, fand Frank eine beträchtliche Menge Blut auf dem Boden des Gepäckwagens. Hinweis genug, um weiterzumachen, und mehr als genug, um diese Meute von Amateur-Kopfgeldjägern so weit anzufeuern, daß sie gleich einen nächtlichen Ritt nach Skull Canyon unternehmen woll-ten, wo die Schauspielertruppe absteigen wollte.

Auf Franks Rat sandte man kein Voraustelegramm an das Telegrafenamt von Skull Canyon, damit dort niemand Lunte roch. Es war kein Problem, seine Jagdgenossen davon zu überzeugen, daß dies ein umsichtiges Vorgehen sei; falls Chop-Chop – eine Zeitung aus Phoenix hatte dem marodie-renden Chinamann diesen reißerischen Spitznamen ange-hängt, und er setzte sich rasch durch – schon so nah war, dann mußte den Verfolgern natürlich daran gelegen sein, daß der Ruhm seiner Gefangennahme ausschließlich auf sie herabregnete. Nachdem sie in hektischem Durcheinander für ein paar Fotos zur eigenen Verherrlichung posiert hat-ten – behängt mit so vielen Waffen und Patronengurten, daß ein Idiot sie für Pancho Villas Armee hätte halten können –, zog sich die ganze Mannschaft in Wickenburgs einzigen Saloon zurück, um noch ein wenig ernsthaft zu trinken.

Hätte man sich ja denken können, daß ausgerechnet diese *Schauspieler* einem flüchtigen Mörder Unterschlupf bieten würden, war bald die einhellige Meinung in McKinney's Cantina. Gleich und gleich gesellte sich eben gern. Diesen Theaterleuten war nicht zu trauen, das war allgemein bekannt – wenn es einem nicht schon der gesunde Menschenverstand sagte –, seit John Wilkes Booth den Präsidenten erschossen hatte, und fast jeder dieser Lehnstuhlsheriffs war alt genug, um sich an dieses Ereignis zu erinnern. Schauspieler waren Lügner von Beruf, vor allem die Wanderschauspieler – verhurte, diebische Gauner. Da mußte man seine Tochter einschließen und das Silber verstekken. Gesetze müßte es geben – und so weiter.

In vielen Orten im Westen *gab* es solche Gesetze, wie Sheriff Tommy Butterfield in seiner sanften, pedantischen, geschwätzigen Art zu bedenken gab; unmittelbar nach ihrer Ankunft hatten Schauspieler die örtlichen Polizeibehörden von ihrem Kommen und Gehen zu unterrichten. Nicht in Arizona, wohlgemerkt, aber in vielen anderen Gegenden.

Na, für was bezahlen wir unsere gewählten Volksvertreter, verdammt noch mal, wenn sie uns nicht vor diesen herumstreunenden Banden von Schauspieler-Desperados beschützen? krähte ein Vorbild an gutbetuchter Bürgertugend und trat in einer furiosen Debatte gegen den gewählten Beamten an. Der Whiskey, der schon im Zug zu tröpfeln angefangen hatte, strömte nun wie der Colorado, und jegliche Hoffnung darauf, daß die Bürgerwehr noch an diesem Abend losreiten könnte, schwand schneller als das Tageslicht.

Buckskin Frank, der aus freien Stücken gerade nicht in Trink- und von Natur aus niemals in Debattierlaune war, erkannte, daß hier ein Unwetter aufgekommen war, das Stunden anhalten konnte; während der Sturm also toste, schlüpfte er in aller Stille zur Tür hinaus.

Ein nächtlicher Ritt mit diesem Haufen von Knallköpfen

war ohnehin eine dumme Idee, begriff Frank; wahrscheinlich würden sie wie die Lemminge in Paradeformation auf einem Tafelberg schnurstracks dem Abgrund entgegentraben. Ebensowenig hatte er Lust, diesen Treck tagsüber mit ihnen zu unternehmen, wenn dieses Hochland so heiß wie die Pforten der Hölle wurde. Die einzige Tätigkeit, zu der diese Fettwänste je Talent gezeigt hatten, bestand darin, armen Leuten das Geld aus der Tasche zu ziehen. In der Wildnis Verbrecher zu jagen, das ging nicht einmal als Hobby durch.

Frank zündete sich eine Zigarette an, schaute sich um, und ihn durchfuhr die Erkenntnis, daß er zum ersten Mal allein war, seit sie die Tür seiner Zelle aufgeschlossen hatten. Die Straßen waren leer; die ganze Stadt zerriß sich im Saloon das Maul. Die Pferde des Trupps waren mit dem Zug aus Phoenix gekommen. Sein Rotschimmel stand morgenfrisch und gesattelt in einem Stall keine fünfzig Schritt weit entfernt.

Ein wildes Kribbeln durchrieselte ihn: Vielleicht sollte er sofort nach Mexiko verduften.

Mollys Stimme erklang in seinem Kopf:

Reiß dich am Riemen, Frankieboy; die Sache hat hundert Haken zwischen hier und der Grenze, und überall kann was schiefgehen. Immer mit dem Kopf durch die Wand – genau diese Art von kurzsichtig geplanten Unternehmungen hat dir dein Leben lang Scherereien gebracht. Wenn diese Trottel mit all den Kanonen dich erwischen, dann hast du mehr Löcher im Leib als eine Mundharmonika. Frag dich doch mal, Darlin': Was wäre eine gute Karte?

Frank wußte, es gab nur Garantie dafür, daß er auf dieser Seite der Gefängnismauern blieb: ein toter Chinamann. Und wenn dieser Chinamann in Skull Canyon war, angeschossen und gefährlich, dann waren seine Chancen, den Mann zu erwischen, um hundert Prozent besser, wenn er ihm allein nachritt und nicht mit seinem reisenden Panoptikum. Ein sauberer Schuß, das wäre alles, was er brauchte. Und falls es am Ende der falsche Chinamann sein sollte, würde man sehr viel weniger Fragen stellen, wenn er mit einer Leiche statt mit einem Verdächtigen zurückkäme. Niemand würde etwas merken.

Wenn Frank einmal einen Entschluß gefaßt hatte, dann war es nicht seine Art, lange zu fackeln. Diesen nächtlichen Ritt konnte er im Schlaf hinter sich bringen. Der Himmel war klar, später würde der Mond scheinen; vielleicht würde er ihr Camp erreichen, bevor diese Schauspieler Skull Canyon morgen wieder verließen.

Bevor er losritt, nagelte er einen Zettel an die Stallwand.

BIN VORAUSGERITTEN, UM DIE LAGE AUSZUKUND-SCHAFTEN. TREFFEN UNS MORGEN IN SKULL CAN-YON. WERDE TELEGRAFIEREN, FALLS DER PLAN SICH ÄNDERT.
ERGEBENST
Buckskin Frank

CHICAGO, ILLINOIS
Major Pepperman bestand darauf, Doyle und Innes in ganz Chicago herumzufahren, nachdem sie in der Union Station ausgestiegen waren; der Major war hier geboren und aufgewachsen, und mit der stolzgeschwellten Brust eines Sohnes setzte er den Fuß in seine Heimatstadt; bei Gott, wenn er diese zaghaften Teebeutel nicht in Stimmung bringen konnte, indem er ihnen die Glanzlichter seiner Metropole vorführte, dann hatte er seinen Biß als einer der herausragenden Impresarios von Amerika verloren.

Die Betonung legte er wiederum vorzugsweise auf den Aspekt der Größe: Dort war Marshall Field's Department Store: *mehr als fünf Hektar Verkaufsfläche!* Das Reliance Building: *fünfzehn Wolkenkratzerstockwerke aus schimmerndem Glas!* Wrigley's Kaugummi-Fabrik: *das populärste Kaugummi der Welt!* (»Hier, nehmen Sie mal einen Streifen Juicy Fruit! Der Hit der Weltausstellung!«) Als sie im Hotel angekommen waren, hatte der Major mit seinem gutgemeinten, aber zunehmend verzweifelten Enthusiasmus die betäubten Sinne der Brüder völlig zerfranst.

Wie sie es im Zug verabredet hatten, bezogen Sparks, Stern und Presto ein kleineres Hotel um die Ecke und deponierten das Gerona Sohar dort im Safe. In den paar Augenblicken, die sie allein verbrachten, bevor sie sich am Bahnhof trennten, erwähnte weder Sparks noch Doyle ihr Gespräch vom vergangenen Abend mit einem Wort; Doyle fühlte nagendes Unbehagen sowohl über den vernichtenden Inhalt des Geständnisses als auch über seine eigene kaltherzige Reaktion. Was konnte er tun, um aus dieser Zwickmühle herauszukommen? Sparks schämte sich immer noch und schaute ihm kaum in die Augen.

Im Laufe des Tages, während die Doyles den Pflichten nachkamen, die Arthurs Tournee ihnen auferlegte, statteten die drei anderen Männer der Synagoge von Rabbi Issac Abraham Brachman einen Besuch ab, über dessen Resultat sie den beiden Brüdern am Abend vor dem Kamin in Arthurs Suite im Palmer House berichteten. Das heißt, Lionel und Presto berichteten; Jack saß abseits, stumm und unzugänglich.

Rabbi Brachman hatte keine weitere Nachricht von Jacob Stern erhalten. Auch konnte er aus Jacobs Verhalten bei diesem Besuch keinerlei Schlüsse ziehen, die Licht auf seinen nachfolgenden Aufenthalt geworfen hätten. Er war durchaus er selbst gewesen – fröhlich, ein bißchen abwesend, mehr auf Abstraktes denn auf Physisches eingestellt. Schrecklich besorgt – wie alle Gelehrten – über den Diebstahl des Tikkunei Sohar, und Brachman hatte in dieser Hinsicht keine ermutigenden Neuigkeiten zu bieten gehabt. Die Angelegenheit war der Polizei übergeben worden, die dem Verlust eines derart seltenen Gegenstandes aber bestenfalls pflichtschuldig, wenn nicht sogar gleichgültig gegenüberstand; hätte es sich um ein Karrenpferd gehandelt oder um eine alte Kuckucksuhr, dann wären sie vielleicht tatkräftig eingeschritten, aber der Wert eines obskuren religiösen Manuskriptes, das dazu nicht einmal christlich war, schien ihnen nicht recht einzuleuchten.

Die Tatsachen waren spärlich: Das Tikkunei Sohar war einfach verschwunden; am Abend war es noch dagewesen,

Sofort die wütende Reaktion: Ihr Ellbogen schoß rückwärts in seinen Bauch, ein Fuß stampfte auf, zerschrammte sein Schienbein, traf schmetternd auf seinen Spann. Er war es gewöhnt, daß die Beute sich wehrte, aber Herrgott, die hier schlug um sich wie eine Wildkatze. Eine Hand mit scharfen Fingernägeln zerkratzte ihm das Gesicht und verfehlte dabei um Haaresbreite sein Auge, ein Knie fuhr hoch und zielte auf seine Eier – mit knapper Not konnte er ausweichen. Dante kümmerte sich nicht um seinen eigenen Schmerz, aber keines der Luder hatte sich bis jetzt so gewehrt; manche waren so gelähmt vor Angst, wenn er sie ansprang, daß sie unter seinen Händen zerschmolzen. Dieser erste Schock der Angst, der sie durchfuhr, war ihm praktisch der liebste Teil dieser Arbeit: Er roch die Angst durch ihre Haut, er trank sie aus ihren Augen. Scheiße – die hier sah überhaupt nicht aus, als ob sie Angst hätte. In ihren Augen war nur eins: Haß. Das Biest verdarb ihm alles.

Während des Ringkampfes gelang es ihm irgendwie, das Taschentuch an seinem Platz zu halten; er drückte es ihr auf Nase und Mund, während er sie auf Armeslänge von sich hielt und darauf wartete, daß die Droge sich durch ihren Widerstand fraß. Ihre Zähne schnappten nach ihm, ihre Stiefel schürften seine Knöchel. Sie wurde nicht schwächer, aber sie würde den Atem nicht mehr lange anhalten können. Sie versuchte, zu ihrem Bein hinunter zu greifen.

Dann fuhren ihre Hände zu seinen Unterarmen; die Nägel bohrten sich wie Messer durch die Hand, und Blut floß. Dante biß sich auf die Zunge, um nicht aufzuheulen; dieser Schmerz drang ihm nun doch ins Bewußtsein. Sie versuchte, seine Hände von ihrem Kopf zu zerren; Gott, ein so starkes Weib hatte er noch nie erlebt, fast so stark wie er, vielleicht stärker. Sie bog ihm tatsächlich die Finger auf. Herr im Himmel, wann wirkte die Droge? Er konnte nicht riskieren, sie loszulassen, um sein Messer zu ziehen; dazu war sie zu gefährlich. Eine heiße Flüssigkeit rann ihm in sein gesundes Auge, und er konnte nur noch verschwommen sehen. Scheiße, sein eigenes Blut. Sie hatte ihm das Gesicht zerkratzt. Zum Teufel mit diesem widerspenstigen Dreckstück: Wenn er für das hier die Rechnung addiert hätte, dann würde sie höllisch bezahlen müssen.

Da: Ihre Hände lockerten ihren Griff. Sie klapperte ein paarmal schnell mit den Lidern, und dann verdrehten sich ihre Augen nach hinten. Ein hartnäckiger Instinkt gab nicht auf, sie wehrte sich, trat und kratzte weiter, aber die Kräfte verließen sie rasch, und ihr Körper sackte zusammen. Er fing sie mit einer Hand um die Taille, hielt aber das Taschentuch zur Vorsicht weiter auf ihr Gesicht gepreßt, als er sie sanft zu Boden sinken ließ. Ihre Fäuste entspannten sich; sie erschlaffte vollends, und endlich fühlte er sich sicher genug, um das Taschentuch wegzunehmen. Sie lag ihm ausgestreckt zu Füßen. Jetzt war sie sein, still und bereit. Er kniete neben dieser Indianerin nieder und strich mit den Händen über sie hin, um zu ertasten, was sie hatte. Ein harter Bauch. Seine Daumen fuhren über ihre Brustwarzen, seine Finger glitten über ihre Brüste, ihre festen Hüften, zwischen die Beine. Das Fleisch ein bißchen dünn für seinen Geschmack, aber es würde gehen –

Jesus, sie trug ein Messer an der Innenseite ihres Oberschenkels; das war es, wonach sie die Hand ausgestreckt hatte. Und wahrscheinlich konnte sie sogar damit umgehen.

Also schön, das war's – die Brautwerbung war offiziell zu Ende. Dante schlug hart mit der flachen Hand zu und mußte sich beherrschen, um ihr nicht seitlich gegen den Schädel zu treten, als sie so dalag. Seine Verletzungen waren geringfügig, aber die Stimmen waren stechend vor Empörung.

Wolltest mit dem Messer auf uns losgehen, ja, du Biest?

Dante wischte sich das Blut von der Stirn, roch einen Hauch von Chloroform aus dem Taschentuch und warf es ungeduldig beiseite. Diese hier wird schon noch merken, was es sie kostet, wenn sie uns wütend macht. Er packte sie unter den Armen und wollte sie in die dunkle Gasse und zum Eingang des verlassenen Lagerhauses schleifen. Wochenlang hatte er die Gegend ausgekundschaftet; hier kam niemand mehr her, wenn es dunkel war. Ganz ungestört und stockfinster – so hatte er es gern, wenn er arbeitete. Das

Lagerhaus war der Ort, wo er sein Fleisch dem Green River zu bringen gedachte; sein Koffer war bereits drinnen versteckt und erwartete ihn mit Kerzen und seinem Werkzeug, und er ersann sich für ihre Verbrechen bereits Strafen, die noch ausgeklügelter waren als sonst. Vielleicht würde er ganz gegen seine Gewohnheit verfahren; wenn er sie erst festgenagelt und geknebelt hätte, würde er vielleicht warten, bis sie aufwachte, bevor er sich an die Arbeit machte. Sollte sie doch zusehen. Vielleicht könnte er sogar einen Spiegel auftreiben.

Ihr Körper fühlte sich federleicht an; er begriff überhaupt nicht, wo sie diese ganze Kraft hernahm. Aber egal: Fleisch, mehr war sie jetzt nicht mehr. Er war ein Maler, der mit Fleisch arbeitete, und sie war seine neue Leinwand. Bei dem Gedanken an den bevorstehenden Spaß nach ihrem kleinen Handgemenge wuchs seine Erregung wieder.

Zeit zum Spielen, kommt nur alle heraus zum Spielen. Die Stimmen klangen glücklich, liebevoll, zufrieden mit seinem Erfolg.

»Hey! Sie da!«

Dante blickte auf. Scheiße! Leute kamen auf ihn zugelaufen, keine fünfzig Schritt weit vor ihm: Männer, hohe Schatten an den Gebäuden, mindestens drei, vielleicht mehr. Hastig zog er sein Fleisch in die schützende Gasse, und rasch ging er die Möglichkeiten durch, die er hatte.

»Sie da! Halt!«

Er brauchte die Stimmen nicht, um diese Entscheidung zu treffen; er ließ den Körper fallen und rannte los, so schnell er konnte. Wer immer diese Männer waren, sie hatten ihn nicht deutlich gesehen. Es fiel ihm schwer, eine Beute aufzugeben – all die Lauferei. Aber es würden neue Tage kommen und frischeres Fleisch, besser als das hier. Er hörte hinter sich Schritte in der Gasse, als er auf die Straße hinausbog; mindestens einer, vielleicht zwei Männer folgten ihm, aber er kannte hier jedes Haus in jedem Block, jede Tür und jedes Fenster, jede Biegung und jede Ecke. Das gehörte zu seinen sorgfältigen Vorbereitungen. Jetzt würden sie ihn niemals erwischen.

Er bog noch zweimal um die Ecke, rannte durch eine leere, langgezogene Wohnung, ließ sich am anderen Ende in eine weitere Gasse hinausfallen, drückte sich in den Schatten eines Hauseingangs und lehnte sich an die Ziegelwand, bewegungslos und wachsam. Das Messer erschien in seiner Hand, breit und glitzernd. Wenn sie ihm hier herein folgten, würde er ihnen ein zweites Grinsen in die Gurgel schneiden. Schritte lärmten an der Gasse vorbei, Stimmen riefen einander, kamen zurück, entfernten sich. Er wartete zehn Minuten länger als nötig, und dann schob er das Messer wieder in die Scheide. Der Heimweg war frei; er war ihnen entwischt.

Was war das? Unverwechselbar – der Schlagbolzen eines Colt-Revolvers, der dicht neben seinem Kopf zurückgezogen wurde, und die scharfe Berührung der Mündung an seiner Schläfe.

»Bewegen Sie sich nicht, Mr. Scruggs«, sagte eine geschmeidige Stimme an seinem Ohr. »Ich möchte Sie nicht erschießen, nachdem wir soviel Mühe darauf verwandt haben, Sie zu treffen. Betrachten Sie mich als Ihren Freund. Verstehen Sie mich?«

Die Stimme sprach mit einem Akzent. Was war es? Deutsch?

»M-hm.«

»Gut. Dann dürfen Sie jetzt den Kopf herumdrehen.«

Die Stimme klang eindeutig deutsch; er hatte Soldaten in seiner Kompanie gehabt, Einwanderer, die geklungen hatten wie dieser Kerl. Dante warf mit seinem gesunden Auge ein Blick auf den Mann, als er sich umdrehte; jung sah er aus, ungefähr so alt wie Dante, groß, mit dichten blonden Haaren. Hellblaue Augen. Breite, kräftige Schultern. Sah schick aus, guter Anzug. War das einer der Männer, die hinter ihm her gewesen waren? Dante glaubte es nicht; dieser feine Pinkel war nicht mal außer Atem.

»Was wollen Sie, Mister?« fragte Dante.

Der Mann hielt ihm immer noch den Colt vors Gesicht; er strich ihm mit der Mündung über die Stirn herunter bis zu seiner toten Augenhöhle, und dort hielt er inne. Ein leises

Lächeln auf den Lippen. »Sie dürfen mich Frederick nennen.«

»Was wollen Sie, Frederick?«

»Nun, ich will Ihnen helfen, Mr. Scruggs.«

»Mir helfen? Wieso?«

»Lassen Sie mich zunächst sagen, ich bin ein Bewunderer Ihrer Arbeit. Ich möchte Ihnen bei Ihrer Arbeit helfen.«

»Was wissen Sie darüber?«

»Wir haben Sie schon seit einer Weile im Auge, Mr. Scruggs. Und wir beobachten mit größtem Interesse die Fortschritte in Ihrer ... Karriere.«

»Ach ja?«

»Oh ja. Wir interessieren uns sehr für die Sorte Arbeit, die Sie tun. Und ich muß Ihnen sagen, uns gefällt, was wir sehen. Es gefällt uns sehr.«

»Und wenn Sie mir helfen, wie Sie sagen ... was haben Sie davon?«

»Das ist eine berechtigte Frage, Mr. Scruggs, und es gibt eine einfache Antwort darauf. Ich will Ihnen helfen, weil ich möchte ... daß Sie mir auch helfen.«

»Wie kann ich Ihnen helfen?«

»Da gibt es Möglichkeiten, die Sie sich im Traum nicht vorstellen können. Mein Name ist Frederick. Warum kommen Sie nicht mit, und wir können ... über alles reden.«

In Fredericks hellen Augen war etwas Dunkles, Vielsagendes, schrecklich Heiteres. Die Stimmen meldeten sich gewichtig zu Wort: *Er gefällt uns, der hier.* Dante war überrascht: Ungewöhnlich, daß sie jemandem Vertrauen schenkten, den er gerade erst kennengelernt hatte. Aber widersprechen konnte er nicht. Er gefiel ihm auch.

Doyle hatte als erster gerufen, als er sah, wie ein Mann vor ihnen einen leblosen Körper in eine Gasse schleifen wollte, und er hatte sie auch als erster erreicht.

Lionel Stern zündete Streichhölzer an, damit er Licht hatte, und Doyle unternahm in wilder Hast Wiederbelebungsversuche an der Frau in dem einfachen Kattunkleid, während Jack und Innes den Täter verfolgten. Presto zog eine

Degenklinge aus seinem Spazierstock und suchte die Umgebung ab; ganz in der Nähe fand er ein blutiges, chloroformgetränktes Taschentuch, und sie begriffen, daß sie an den starken Dämpfen beinahe zugrunde gegangen wäre. Und als er in einem benachbarten Lagerhaus die Reisetasche entdeckte, vollgestopft mit Stricken, Schneidewerkzeugen und groben chirurgischen Instrumenten, da begriffen sie mit Schaudern, wie nah die Frau davor gewesen war, ein unaussprechliches Ende zu erleiden.

Als die beiden anderen mit leeren Händen zurückkehrten, atmete die Frau schon wieder tiefer, und ihr Puls war stabilisiert, aber sie war immer noch ohne Bewußtsein und nicht völlig außer Lebensgefahr. Doyle spürte, daß Jack sich anschickte, davor zu warnen, ihre Pläne von dieser Angelegenheit durchkreuzen zu lassen; aber ehe er etwas sagen konnte, bestand Doyle darauf, die Frau unverzüglich in ein sicheres Quartier zu bringen. Jack protestierte nicht, und Doyle begriff, daß Sparks zögerte, ihm offen zu widersprechen, nachdem er bei ihm seine Beichte abgelegt hatte: Doyle hielt jetzt eine Trumpfkarte gegen Jack in der Hand, aber er würde sie umsichtig ausspielen müssen.

Presto hielt eine Droschke an, und wenig später betraten sie das Palmer House durch den Hintereingang, und die vier andern umringten Doyle, als dieser die Frau zu einem leeren Dienstbotenaufzug schleppte. Als sie gerade aus dem Fahrstuhl kamen und den Korridor hinunter zu Doyles Suite gingen, wollte es das Unglück, daß Major Pepperman um die Ecke bog. Der gewohnte Eifer in seiner Miene verwandelte sich in Bestürzung.

»Dachte mir, ich schaue mal, ob Sie noch für'n Schlummertrunk zu haben sind«, verkündete er, aber rasch ging ihm die Luft aus. »Habe ein paar Zeitungsleute mitgebracht; sie warten unten in der Bar –«

»Tut mir leid, alter Freund«, sagte Doyle und marschierte lächelnd an ihm vorbei, die leblose Frau auf dem Arm. »Ein andermal.«

Innes schloß die Tür auf. Doyle trug sie hinein, und die

andern folgten eilig, eine mindestens anrüchig aussehende Truppe: einer so dunkel wie ein Neger und gekleidet wie ein Dandy, und ein anderer mit furchterregendem Stirnrunzeln und einer Narbe, die eines Piraten würdig gewesen wäre. Die Tür schloß sich vor der Nase des entgeisterten Pepperman, der im Kopf bereits die skandalträchtige Schlagzeile formulierte (HOLMES-ERFINDER ERTAPPT IM LIEBESNEST!) und auch den persönlichen Ruin vor sich sah, der zwangsläufig folgen würde.

Doyle hatte vom Augenblick seiner Ankunft in Amerika an etwas Unziemliches im Schilde geführt, erkannte Pepperman. Sein ausweichendes Benehmen, seine unbezwingbare Widerspenstigkeit, sein beharrlicher Wunsch nach Ungestörtheit – ja, die Hinweise waren von Anfang an vorhanden gewesen! Was trieben Doyle und diese Männer denn mit der Frau in seinem Zimmer? Der Major war kein Genie, aber er konnte immer noch zwei und zwei zusammenzählen: Der Mann war ein heimlicher Perverser!

Während er auf den Aufzug wartete, ließ der Major den Zottelkopf sinken und schlug ihn verdrossen an die Wand. Er hatte diese Tournee mit seinem eigenen Geld finanziert, und solange er noch keinerlei Ertrag zu verbuchen hatte, würde er alles in seiner Macht Stehende tun müssen, um seinen Einsatz zu sichern; niemand durfte von Doyles abscheulichen Gewohnheiten erfahren, wie immer sie aussehen mochten. Für einen berühmten Autor Reklame zu machen – für einen *englischen* noch dazu, der doch vor Achtbarkeit geradezu *stank* –, war ihm seinerzeit als eine so sichere Investition erschienen. Wieso bloß war er nicht beim Zirkus geblieben?

Doyle legte die Frau auf ein Sofa und ließ die Männer zum ersten Mal einen richtigen Blick auf sie werfen. Sie war etwa dreißig Jahre alt, hatte dunkle Haut und dunkles Haar, kräftige Knochen und Gesichtszüge, die keineswegs schön waren, aber fesselnd und wohlgeformt, ein Gesicht, aus Spannkraft und Tapferkeit gemeißelt.

»Eine Indianerin«, stellte Jack fest. Er und Presto starrten sie an, und in ihrem Blick so lag etwas wie ein geheimnisvolles Wiedererkennen.

»Kennen Sie diese Frau?« fragte Doyle, dem das nicht entgangen war.

Jack schüttelte unsicher den Kopf.

»Wie soll das möglich sein?« entgegnete Presto. »Wenn sie nicht schon in London war – und wie wahrscheinlich wäre das? Und doch, irgendwie kommt sie mir trotzdem bekannt vor.«

Doyle zerbrach eine Ampulle mit Riechsalz und hielt sie ihr unter die Nase; sie drehte ruckartig den Kopf zur Seite, und ihre Augen öffneten sich flatternd. Erschrocken fuhr sie auf, als sie die fünf Männer sah, die auf sie herabschauten. Doyle beschwichtigte sie in aller Ruhe und stellte die anderen vor; er erzählte, wie sie sie auf der Straße gefunden hatten und wo sie jetzt war, und beschrieb ihr dann, welche Nachwirkungen sie zu erwarten habe, nachdem sie dieser Droge ausgesetzt war. Sie hörte ihm aufmerksam zu und gewann ihre enorme Gefaßtheit wieder, während sie bemüht war, die Lücken in ihrer Erinnerung zu schließen: Das leere blaue Auge des Angreifers nahm wieder Gestalt an und starrte durch sie hindurch, leblos wie eine Murmel.

Sie sprach wenig, trank etwas Wasser und merkte verwundert, daß sie nicht den Impuls verspürte, Reißaus zu nehmen, aber von diesen Männern ging keine Gefahr aus. Im Gegenteil: Inzwischen waren ihr auch Jack und Presto aufgefallen, und sie erwiderte ihre fragenden Blicke mit der gleichen Neugier.

»Wie heißen Sie, Miß?« fragte Doyle.

Sie sah ihm ins Gesicht, bevor sie antwortete. »Mein Name ist Mary Williams.«

»Sind wir uns schon einmal begegnet, Miß Williams?« fragte Presto.

Der dunkle Mann spürte es, und dieser Mann mit der weißen Narbe da spürte es auch. Seine Augen schauten sie suchend an.

»Nein.«

»Aber es hat trotzdem den Anschein?« fragte Presto.

Sie drei, irgendwie miteinander verbunden. Wußten sie, daß es der Traum war?

»Ja«, sagte sie.

»Und was, vermuten Sie, ist der Grund dafür?«

Sie kannte die Antwort, aber noch widerstrebte es ihr, sie auszusprechen.

»Woher kommen Sie, Miß Williams?« fragte Doyle.

Sie erzählte es ihnen.

»Dann sind Sie Indianerin.«

»Ja. Lakota.«

»Wirklich?« Innes strahlte. »Bemerkenswert.«

Doyle winkte ab, und Innes wich zurück.

»Haben Sie den Mann, der Sie überfallen hat, schon einmal gesehen?« fragte Doyle.

»Er folgt mir, seit ich in Chicago bin.«

»Wissen Sie, wie er heißt?«

»Nein. Ich weiß nichts über ihn.«

»Warum sind Sie nicht zur Polizei gegangen?« wollte Doyle wissen.

»Er hatte mir nichts getan.«

»Trotzdem hätte sie Ihnen vielleicht helfen können –«

»Ich kann mich selbst beschützen.«

Die naheliegende Antwort darauf hing in der Luft, und sie entgegnete ihr gleich. »Heute abend habe ich einen Fehler gemacht; ich war in Gedanken mit anderen Dingen beschäftigt. Es war der einzige Augenblick, wo er mir je etwas hat anhaben können.«

»Er hat auch nur einen gebraucht«, bemerkte Jack.

»Wenn er noch einmal kommt, werde ich ihn töten.« Ihr Ton ließ keinen Anlaß zu Zweifeln.

»Trotzdem haben Sie großes Glück, daß Sie noch leben, Miß Williams«, sagte Presto. Er zeigte ihr, was in der Reisetasche war, die er in dem Lagerhaus gefunden hatte. Sie starrte die Folterwerkzeuge an, ohne eine Reaktion zu zeigen. Was sie da sah, überraschte sie nicht – nichts an diesem Alptraum mit den toten blauen Augen hätte sie überrascht –, aber sie mußte doch beipflichten; jawohl, sie hatte großes Glück gehabt.

»Wenn ich unter den Umständen danach fragen darf: Was haben Sie heute abend allein dort draußen gemacht?« wollte Doyle wissen.

»Ich habe auf Leute gewartet. Aber sie kamen nicht. In meiner Enttäuschung habe ich nicht aufgepaßt. Deshalb hat er mich erwischt.«

»Auf wen haben Sie denn gewartet?« fragte Doyle.

Sie schaute zwischen Jack und Presto hin und her. »Ich glaube, auf diese beiden Gentlemen.«

Die beiden schien diese Bombe nicht aus der Fassung zu bringen, aber Doyle, Stern und Innes erschraken.

»Das *glauben* Sie?« fragte Doyle. »Auf welcher Grundlage –«

»Lassen Sie sie sprechen«, unterbrach ihn Jack.

Die Allein Geht wartete. Ja, sie konnte es ihnen gefahrlos sagen.

»Ich habe Sie in einem Traum gesehen«, sagte sie und sah Jack an.

»Na, gute Nacht«, flüsterte Innes.

»Sie wissen, daß ich die Wahrheit sage. Sie wissen es beide«, ergänzte sie ruhig und schaute auch Presto an. »Sie kennen den Traum.«

Jack und Presto musterten einander wachsam.

»Erzählen Sie ihn uns.« Presto stellte sie auf die Probe.

»Ein dunkler Turm, in der Wüste. Tunnel unter der Erde. Ein unterirdischer Altar oder ein Tempel. Sechs Gestalten versammeln sich. Ich bin da. Und Sie beide auch.«

»Ja«, sagte Jack.

»Ein schwarzer Teufel erhebt sich aus der Erde, ein Mann. Und er sieht ein wenig aus wie Sie.« Sie deutete mit dem Kopf zu Jack.

»Also schön. Einen Scotch für mich«, sagte Doyle und ging zur Bar.

»Ich nehme auch einen«, sagte Lionel Stern.

»Für mich einen Doppelten«, sagte Innes, als Doyle sich ans Einschenken machte.

»Sie haben auch diesen Traum gehabt«, fuhr die Frau fort. »Sie haben den Turm gesehen.«

Presto und Jack nickten.

»Es hat vor drei Monaten angefangen«, sagte sie. »Erst selten; jetzt kommt er fast jede Nacht.«

Jack nickte. Doyle beobachtete ihn von der anderen Seite des Zimmers. Ein Feuer brannte wieder in seinen Augen, fiebrig und verstört zwar, aber immerhin ein Lebenszeichen.

»Zwei- oder dreimal die Woche«, sagte Presto. »Jedesmal wache ich in kaltem Schweiß gebadet auf.«

»Wissen Sie, was er bedeutet?« fragte Jack.

»Nein.« Sie zögerte – warum sollte sie ihnen mit ihrer Deutung angst machen?

Vom Whiskey gekräftigt kam Doyle zurück; er zog Jacobs Zeichnung aus der Tasche, faltete sie auseinander und hielt sie ihr entgegen. »Der Turm in Ihrem Traum – hat er irgendwelche Ähnlichkeit damit?«

»Ja. Es ist derselbe.«

Doyle sah Lionel Stern an, der sein Glas leertrank und sich mit zitternden Händen nachschenkte.

»Er sieht auch aus wie der, den sie hier in der Stadt haben«, sagte sie.

»Der Turm ist hier? In Chicago?« fragte Doyle.

»Nein. Der im Traum ist wie dieser hier, aber größer, aus schwarzem Stein.«

»Von welchem Turm reden Sie?«

»Sie nennen ihn den Water Tower. Dort habe ich auf Sie gewartet. Das war es, was der Traum mir befohlen hat.«

»Der Traum hat Ihnen befohlen, auf uns zu warten?« wiederholte Presto.

Sie nickte feierlich.

»Können Sie uns hinbringen?« drängte Jack.

»Ja. Es ist nicht weit von der Stelle, wo Sie mich gefunden haben; Sie hätten mich dort getroffen, wenn ich nur ein bißchen länger gewartet hätte.«

»Gehen wir«, sagte Jack und war schon unterwegs zur Tür.

»Miß Williams, Sie haben sehr viel durchgemacht«, wandte Doyle ein. »Ich rate Ihnen nachdrücklich, sich auszuruhen, bevor –«

»Nein«, unterbrach sie ihn mit enormer Autorität und stand auf.

Auf dem Weg zum Droschkenstand marschierte das merkwürdige Sextett an der Bar im Foyer des Palmer House vorbei. Major Pepperman saß an einem Tisch bei der Tür und flößte zwei Reportern aus Milwaukee auf dem Wege der Zwangsernährung Geschichten über Dr. Arthur Conan Doyles männliche Erscheinung ein.

»Sagen Sie, ist er das nicht da vorn?« fragte einer der beiden Reporter, der einen kurzen Blick auf den Mann erhascht hatte, der dort eben das Hotel verließ.

»Kann nicht sein«, sagte Pepperman hastig. »Doyle schläft schon seit Stunden.«

»Ich glaube, er war es doch«, sagte der Reporter.

»Unmöglich«, sagte Pepperman und lächelte mit zusammengebissenen Zähnen.

Als die beiden Droschken vor dem Water Tower angehalten hatten, bat Doyle die Fahrer, zu warten, während sie ausstiegen und sich umschauten. Von dramatisch angeordneten Gaslaternen grell beleuchtet, sah der Tower aus wie ein Märchenschloß, das sich aus der Dunkelheit erhob. Jack und Presto bestätigten, daß er große Ähnlichkeit mit dem Turm aus ihren Träumen hatte. Doyle holte Jacob Sterns Zeichnung hervor, und auch hier fanden sie manche exakte Ähnlichkeit.

»Damit ist die Zeichnung erklärt«, sagte Doyle und sah Lionel Stern an. »Ihr Vater muß dieses Gebäude gesehen haben, als er beim Parlament der Religionen war.«

Und dennoch – Jack, Presto und Mary Williams spürten, daß hier etwas nicht stimmte. Der Water Tower sah genauso aus, und dann wieder doch nicht; er erschien wie ein Modell oder ein Muster für den Turm aus dem Traum, der dunkler war, bedrohlicher, abweisender. Und das Zentrum von Chicago war nicht mit einer Wüste zu verwechseln. Ihre Entdeckung hatte weniger erbracht, als sie anscheinend verheißen hatte; sie vergrößerte das Geheimnis und dämpfte ihren Mut.

Was sollte man von der Übereinstimmung ihrer Träume

halten? fragte sich Doyle. Er hatte einmal einen Fall untersucht, in dem drei Medien in ganz verschiedenen Teilen der Welt gleichzeitig verschiedene Teile derselben Geistbotschaft empfangen hatten, aber alle drei hatten ihre Informationen im Trance-Zustand erhalten, nicht im Schlaf, und es war dabei nur um eine einfache schriftliche Nachricht gegangen, nicht um komplizierte Bildwerke, die durch eine obskure, aber anscheinend identische Erzählung miteinander verwoben waren.

Nach dem, was sie erfahren hatten, konnte man vermuten, daß Jacob Stern an dem gemeinsamen Traum ebenfalls beteiligt war. Warum waren diese vier ausgewählt worden, um diese spezielle Botschaft zu empfangen? Daß Mary Williams eine solche Gabe besaß, war glaubhaft. Jack hatte nie mediale Fähigkeiten gezeigt, wenngleich sein Bruder okkulte Kräfte besessen hatte; der Umgang mit Rauschgift hätte sie indessen wohl auch bei Jack hervorrufen können. Aber Presto entsprach in keiner Weise dem Profil des klassischen Mediums; er war Rechtsanwalt, um Himmels willen: Konnte man noch fester auf dem Boden der Tatsachen stehen?

Und die zweite Gemeinsamkeit: Jeder der Männer stand in irgendeiner Beziehung zu einem heiligen Buch, das in seiner Religion oder Kultur von zentraler Bedeutung war. Mary Williams hatte nichts mit einem solchen Buch zu tun, aber sie kam auch aus einem Volk, das keine Schriftsprache besaß.

Nichts davon gab Antwort auf die entscheidenden Fragen: Was war Sinn und Zweck des Traums? Was hatte er mit den verschwundenen Büchern zu tun?

Der Traum ist mir vielleicht nicht gegeben, dachte Doyle, aber soviel kann ich doch tun: Ich muß die Antwort auf diese Fragen finden, damit sie vollbringen können, was immer dieser Traum von ihnen verlangt …

Doyle wandte sich zu Sparks um, der ein wenig abseits stand und stumm zum Turm hinaufstarrte.

Und wenn ich keinen Weg finde, Jack zu sich selbst zurückzubringen, erkannte er, dann werden sie es niemals schaffen.

Einige Straßen weit westlich des Water Tower, wo Doyle und die anderen noch immer standen und die rätselhafte Fassade betrachteten, geleitete Frederick Schwarzkirk soeben Dante Scruggs in sein Büro im vierten Stockwerk. Die Druckschrift auf der Tür bestand nur aus seinem Namen und einem einzigen Wort: Sammler. Das Gebäude gehörte zu den neueren Bürohäusern in der Gegend, und Frederick war einer der wenigen Mieter auf dieser Etage; zu dieser späten Stunde war sonst nirgends ein Lebenszeichen zu entdecken.

Im Innern der matt erleuchteten Räume herrschte ein wirbelndes Treiben. Ein halbes Dutzend Männer waren damit beschäftigt, Bücher und Papiere in Kisten zu verpacken und in den Flur hinauszufahren. Die Männer waren in Schwarz gekleidet und trugen Handschuhe. Das vordere Zimmer war ganz ausgeräumt; nur in der Mitte stand noch ein wuchtiger Eichenholzschreibtisch mit einem Telegrafenapparat, aus dem sich ein Papierstreifen mit den Punkten und Strichen einer eingegangenen Nachricht schlängelte.

»Ich komme soeben von einer Geschäftsreise nach Übersee zurück«, sagte Frederick. »Und wie Sie sehen, Mr. Scruggs, bin ich dabei, mein Unternehmen zu verlegen.«

Dante nickte; er lächelte und schwieg. Auf der Kutschfahrt hierher war er zu dem Schluß gekommen, je weniger Fragen er an Frederick richtete, desto besser. Der Mann verströmte eine Aura von Selbstbewußtsein und Macht, daß Dante sich daneben dumm wie Stroh, gleichzeitig aber auf das liebevollste versorgt fühlte, etwa wie ein Schoßhund. Und die Stimmen sagten ihm immer wieder, er solle unbesorgt sein; er könne entspannt darauf vertrauen, daß dieser Mann ihn in Sicherheit bringen würde. In Fredericks Gesellschaft fühlte Dante sich warm und behaglich wie eine Schlange in einem Schlafsack.

Frederick unternahm nicht den Versuch, Dante mit den anderen Männern bekannt zu machen. Für einen Augenblick ließ er ihn allein, um irgendeine Arbeit im hinteren Büro zu beaufsichtigen; man hörte, wie er in scharfem Ton auf Deutsch ein paar Befehle erteilte. Als einer der Männer mit aufgekrempelten Ärmeln an ihm vorbeiging, um eine Kiste auf den Flur hinauszutragen, sah Dante eine seltsame Tätowierung in seiner linken Armbeuge: einen zerbrochenen Kreis, der von drei gezackten Linien durchstoßen wurde.

Dante hüpfte liebenswürdig beiseite, um zwei weitere Männer vorbeizulassen, die einen Servierwagen mit einem Stapel Bücher vor sich her schoben. Diese Bewegung brachte ihn an den Schreibtisch mit dem Streifen Telegrafenpapier, und er konnte der Versuchung nicht widerstehen, sich hinüberzubeugen, um einen verstohlenen Blick auf die Hieroglyphen zu werfen – er hatte in seiner Armeezeit zwei Jahre lang als Telegrafist gearbeitet. Er konnte gerade entziffern: »bringen Sie unverzüglich das Buch!«, dann knarrte eine Bodendiele, und Frederick kam wieder herein. Dante wandte sich vom Schreibtisch ab, schaute zu Boden und studierte seine Schuhe, bemüht, einen allgemein unschuldigen Eindruck zu machen. Frederick ging an ihm vorbei und nahm hinter dem Schreibtisch Platz.

»Ungezogener Junge«, sagte Frederick und drohte scherzhaft mit dem Zeigefinger.

Dante kicherte und grinste betreten; er konnte sein schlechtes Gewissen nicht verbergen.

»Sie sind ein ungezogener Junge, nicht wahr, Mr. Scruggs?«

»Ja, Sir.«

»Ungezogene Jungen werden manchmal bestraft«, sagte Frederick. Er nahm den Telegrafenstreifen zur Hand, ließ ihn rasch durch seine schlanken Finger gleiten und überflog ihn.

Dante kam sich ratlos und begriffsstutzig vor, aber er hatte nicht das Gefühl, daß es ihn störte; Angst war dabei nicht im Spiel. Als Frederick den Streifen gelesen hatte, hielt er ein Streichholz daran und ließ das brennende Papier zu Boden schweben. Dann schaltete er den Telegrafenapparat ein und tippte eine Nachricht. Dante hörte aufmerksam zu und verstand die Worte »ein herrlicher Tag«, bevor Frederick zu sprechen begann, das Klappern der Taste übertönte und ihn aus seiner Konzentration riß.

»Es hat ihnen Spaß gemacht beim Militär, nicht wahr, Mr. Scruggs?«

»O ja. Mehr als sonst irgend etwas.«

»Der Glanz der Autorität hat Ihnen gefallen«, sagte er mit dem gleichen spöttischem Lächeln. Wie konnte der Mann reden und gleichzeitig morsen?

»M-hm.«

»Das Gefühl von Macht.«

»Yeah.«

»Ein Teil von etwas zu sein, das größer war als Sie selbst. Das Gefühl, daß ein Sinn in Ihrem Leben ist.«

»Yeah, das hat mir gefallen.«

»Ein loyaler Soldat. In jedem bewußten Augenblick einem Zweck geweiht, der zu einem Plan gehörte, weit größer als Ihre Fähigkeit, ihn zu begreifen. Schulter an Schulter mit anderen Männern von gleicher Gesinnung vorwärts marschierend, allesamt treu ergeben dem Dienst an den gleichen hohen Idealen.«

»Hä?« Das wurde ihm jetzt doch ein bißchen zu üppig.

Frederick lachte auf und lächelte wie ein liebender Vater. »Sie wären gern wieder Soldat in einer Armee, habe ich nicht recht, Mr. Scruggs?«

»Ich schätze ja.« Dante war nicht so sicher.

»Aber nicht in einer, die von einer fernen, unaufgeklärten Regierung beherrscht wird, durchsetzt von fetten, inkompetenten Offizieren, korrupten Zwergen, die Angst vor ihrem eigenen Schatten haben. In einer ganz anderen Armee, Mr. Scruggs, wo Sie wirklich das Gefühl hätten, dazuzugehören. Wo man Sie für die einzigartigen Qualitäten, die Sie erst zu dem machen, was Sie sind, nicht bestraft, sondern wo man Sie belohnt. In einer Armee, die Ihnen erlauben – nein, die Sie *ermutigen* würde, Ihre … persönliche Arbeit fortzuführen. Das würde Ihnen gut gefallen, nicht wahr, Mr. Scruggs?«

Dantes Augen wurden schmal; ein Schauer der Erregung durchrieselte seine Lenden, als er den Tonfall, wenn auch nicht die Worte dieses Mannes, allmählich begriff. »Yeah. Jawohl, Sir, das würde mir sehr gut gefallen.«

»Wir suchen unsere Rekruten in der ganzen Welt«, sagte Frederick. »Nicht viele Männer entsprechen unseren anspruchsvollen Maßstäben. Aber nach Monaten der eingehenden Beobachtung kann ich mit einiger Zuversicht sagen, daß Sie ihnen … genügen.«

»Wie haben Sie mich überhaupt gefunden?«

»Wir haben Augen und Ohren an vielen Orten. Wenn es so sein soll, wird uns der richtige Mann schon auffallen. Er wird beobachtet, studiert, wie es in Ihrem Fall auch geschehen ist. Wenn er für würdig befunden wird, treten wir in das Stadium ein, in dem Sie sich jetzt sehen.«

Dante schluckte; er kam sich klein vor und von Staunen erfüllt, als sei ein Engel herabgestiegen und habe ihn angerührt.

Frederick morste seine Nachricht zu Ende. Er beugte sich hinunter, riß die Telegrafendrähte aus der Wand und reichte Dante die Taste. »Legen Sie das für mich in eine Kiste, wären Sie so gut, Mr. Scruggs?«

»Klar, Frederick.«

Dante sah sich um, aber es waren keine Kisten mehr im Raum. »Äh …«

»Nebenan«, sagte Frederick und deutete auf das Nachbarzimmer; er nahm dabei einen Stapel Papiere aus der Schublade und sah ihn nicht an.

Dante nickte und trug die Telegrafentaste durch die Tür. Jäh packten ihn ein Dutzend starke Hände; man hob ihn hoch und legte ihn, alle viere von sich gestreckt, rücklings auf einen Tisch. Trübes Licht sickerte durch eine Jalousie; Dante konnte kaum ihre Gesichter erkennen – nein, sie trugen Masken. Schwarze Masken. Nur die Augen glitzerten durch Schlitze. Eine behandschuhte Hand hielt ihm den Mund zu. Ein Schwall Adrenalin durchströmte seinen Körper; er sträubte sich heftig, aber er konnte sich keinen Zollbreit rühren, so fest hatten sie ihn auf den Tisch genagelt.

Kühe im Schlachthaus – dahin gingen seine Gedanken; die Köpfe durch das Gitter gesteckt, warteten sie auf den

Vorschlaghammer, der ihnen den Schädel einschlug. Was war das für ein Geruch? Etwas Beißendes lag in der Luft, heiß, schweflig, wie brennende Kohlen.

Fredericks Gesicht erschien jetzt über ihm, aber er lächelte nicht mehr, sondern blickte wild und zielstrebig. Er streckte die Hand aus und zog das Messer aus der Scheide in Dantes Tasche. Andere Hände rollten ihm die Ärmel hoch und zogen ihm die Hose bis zu den Knöcheln herunter. Er quiekte vor Schreck, und unwillkürlich entleerte sich seine Blase.

Frederick betrachtete das Messer und las den Stempel des Herstellers dicht über dem Heft. »Green River, Wyoming. Wie erfreulich. Das Messer von Green River ist eines der besten der Welt. Wäre dies eine Violine, so wäre es eine Stradivari.«

Was zum Teufel redete er da? Was wollte er? Was wollten sie mit ihm machen? Dantes Augen irrten wild im Zimmer umher.

Wo waren die Stimmen? Warum konnte ihm niemand helfen?

Frederick schnitt die Knöpfe von Dantes Unionsuniform ab, klappte sie auf und fuhr mit dem Messer sanft über sein Geschlechtsteil.

»Haben Sie auch nur für einen Augenblick überlegt, was für ein Erlebnis es für die Frauen sein mußte, die Sie getötet haben, Mr. Scruggs? Was sie empfinden müssen, wenn Sie mit Ihrer Arbeit beginnen? Das verzweifelte Entsetzen? Die Todesangst? Der Schmerz, wenn Sie Ihre ersten Schnitte machen? Ich habe die einzelnen Teile gesehen, die Sie in Ihrer Wohnung aufgehoben haben; Sie sind sehr penibel mit den Teilen, die Sie behalten, nicht wahr? Das interessiert mich, von Sammler zu Sammler: Worauf beruht Ihre Auswahl? Was veranlaßt Sie, ein Teil zu behalten und ein anderes fortzuwerfen? Wie sie aussehen, wie sie sich anfühlen? Ist es die Form oder die Beschaffenheit der Oberfläche? Ist es die Funktion des Teils? Vielleicht wissen Sie es gar nicht oder haben noch nicht darüber nachgedacht; ja, das glaube ich. Es ist einfach magisch, nicht wahr? Das Fleisch ist da, es spricht mit Ihnen, und Sie müssen es einfach haben. Ich nehme an, so ist es immer gewesen: Wenn es spricht, dann müssen Sie zuhören und gehorchen.«

Dante wimmerte und stöhnte.

»Entspannen Sie sich. Geben Sie diesen Rat am Anfang nicht auch immer Ihren Mädchen?«

Er ritzte ihn leicht; Dante fühlte, wie ein Blutrinnsal herablief und zwischen seinen Schenkeln eine Lache bildete. Frederick beugte sich zu seinem Ohr herunter und sprach in verführerischem Ton, beinahe flüsternd.

»Jede Freude hat Ihren Preis, jede Sünde ihren Lohn. Die Riten der Initiation sind uralt und geheimnisvoll, und wir können sie ebensowenig kennen wie das Antlitz Gottes. Und doch gehorchen wir ihnen, denn schon immer wurde der Eintritt in unsere Bruderschaft so vollzogen. Du bist getauft und wiedergeboren im Wasser deines eigenen Blutes und deiner Angst. Auf keine andere Weise kannst du uns nützlich werden, und nur auf diese Weise kannst du nützlicher werden, als du dir je hast träumen lassen. Wisse wohl, daß der Tod dich immer finden kann; Ungehorsam wird nicht geduldet. Die Gewalt erreicht dich mit der Geschwindigkeit eines Gedanken. Und deine Gedanken gehören nicht länger dir. Deine Seele und dein Geist gehören einer höheren Macht. Das Dienen war immer dein Ziel, und jetzt ist es deine Wirklichkeit. Vertraue darauf, daß dein Leben dich an diesen Ort in der Zeit geführt hat, weil es das ist, was du dir gewünscht hast, und jetzt verlangt es von dir nichts als Anerkennung und absolute Hingabe.«

Frederick stieß das Messer zwischen Dantes Beinen in die Tischplatte und ritzte ihn dabei noch einmal, so daß das Blut stärker floß. »Sei einer von uns und lebe ewig.«

Und ein gleißender Schmerz jagte durch seinen linken Arm. Dantes Blick richtete sich dorthin, halb blind von Tränen. Rauch kräuselte sich empor, wo das glühende Eisen sein Zeichen auf dem Bizeps hinterlassen hatte; als es sich löste, sah er das Brandmal: den brennenden Kreis, durchbrochen von drei gezackten Linien.

Dante wurde ohnmächtig.

11

Eine nachlässig hingepfefferte Ansammlung von Hütten und Schuppen rings um die Stollenmündung einer toten Silbermine bildete den Stadtbezirk von Skull Canyon, Arizona. Skull Canyon hatte es zu Blütezeiten auf dreihundertfünfzig Seelen gebracht, bevor die Ader ausgebeutet war und die Bahngesellschaft beschlossen hatte, nun doch keine Stichstrecke anzulegen. In diesen Tagen hatte die Stadt an ständigen Einwohnern genau zwei: verrückte Prospektoren, ein fünfundsechzig Jahre altes Zwillingspaar aus Philadelphia, die Barboglio Brothers, die noch immer jeden Tag im Schacht arbeiteten und von dem Staub lebten, den sie dort aus den Wänden kitzeln konnten. Die andern zehn waren nur vorübergehend hier, Arbeiter, die in zyklischen Abständen in die Stadt kamen; sie bewirtschafteten die Postkutschenstation und das Skull Canyon Hotel, eine Flohkiste und die einzige Herberge für Durchreisende.

Mit der Ankunft des Tourneetheaters am Abend zuvor war die Bevölkerung auf einunddreißig angewachsen; das Hotel konnte aber nur fünfzehn Personen unterbringen, und so mußten die Bühnenarbeiter und die jungen Männer in ihren Planwagen schlafen. Eigentlich waren es zweiunddreißig, wenn man Frank McQuethy mitzählte, der kurz vor Morgengrauen eintraf und sich hoch oben in den Felsen einen Winkel suchte, von wo aus er den Canyon und das Hotel überblicken konnte. Er ließ sich dort nieder, als die Dunkelheit sich lichtete, nah genug, um durch das Zielfernrohr an seinem Büffelgewehr die Gesichter auf der Straße sehen zu können. Dann entsicherte er die Flinte und wartete darauf, daß der Chinamann sich zeigte.

Fünf Planwagen parkten hinter dem Hotel; einer davon war ein Packwagen. Die Pferde standen im Stall auf der anderen Seite. Die Menschen begannen sich zu regen, als das erste Licht die Felsblöcke am Rand des Canyons streichelte;

Arbeiter schütteten ihr Waschwasser aus, schleppten Holz hinein, machten Feuer in der Küche. Rauch quoll aus dem Kaminrohr. Buckskin Frank zog sich die Satteldecke fester um die Schultern und bemühte sich, sein Zähneklappern zu unterdrücken; er sehnte sich danach, dort unten vor dem Feuer zu sitzen und die Hände um eine heiße Tasse Kaffee zu schmiegen. Hunger hatte er auch; ein nagendes Gefühl plagte seinen Magen, als er den Phantomduft von gebratenem Speck im Wind witterte.

Während seines Ritts war die Wüste bitterkalt geworden. Er konnte es nicht abschütteln, wie er es als Kind getan hatte; diese Art Kälte wohnte in den Knochen. Irgendwann in der Nacht, etwa auf halbem Weg von Wickenburg, hatte Frank entschieden, daß er zu alt war für diesen Scheißdreck. Vielleicht hätte er doch in Richtung Sonora reiten sollen. Die Verzweiflung war wie ein Sumpf; er konnte sie gar nicht mehr zählen, die vielen schönen klaren Morgenstunden seines Lebens, die er haargenau auf diese Weise verplempert hatte, hoch oben im Gelände, wo er darauf gewartet hatte, daß irgendein ahnungsloser Saftsack aus einem Haus oder einer Höhle oder einem Tipi kam, damit Frank ihm eine Kugel in den Wanst pusten konnte. Diese Sorte Warterei führte zu der gleichen morbiden Selbstbespiegelung, die er soeben fünf Jahre lang im Knast hatte genießen dürfen. No, Sir – dieses Herumhocken in trockenen Felsspalten war eine Arbeit, die ihm nicht mehr paßte; morgens früh um diese Zeit wollte er nichts weiter als eine feste Matratze und ein Paar warme Titten, und das einzige, was ihn wachhielt, war der Gedanke, daß beides vielleicht nur noch einen Gewehrschuß weit entfernt war.

Die ersten Schauspieler kamen aus ihren Wagen gewankt, als am Hotel die Triangel zum Frühstück läutete; die jüngeren streckten sich und stolzierten dann großspurig auf jene befangene, katzenhafte Art der Leute, die es gewohnt waren, bemerkt zu werden, hinüber. Sogar hier draußen am Arsch der Welt, wo sie verkatert in die Büsche pißten, ohne zu ahnen, daß Frank sie beobachtete, führten sie sich auf, als stünden sie vor Publikum.

Kein Chinamann.

Eine halbe Stunde verging. Das Frühstück war vorbei, die Stallknechte führten die Pferde heraus und spannten sie vor die Wagen, und die übrigen Schauspieler kamen aus dem Hotel. Frank betrachtete jedes Gesicht aufmerksam durch sein Zielfernrohr. Vier Frauen, zwölf Männer – lauter Weiße – kletterten in drei der Planwagen; ein großer, fetter, langhaariger Geck, der sich aufführte, als hätte er das Kommando, nahm die Zügel des Wagens, der etwas transportierte, das Frank für Kulissen hielt. Die Karawane war anscheinend abfahrbereit, aber sie wurde noch aufgehalten: Der fünfte Wagen, der kleinste von allen, kaum größer als ein gedeckter Einspänner, war noch leer.

Die drei letzten Leute kamen aus dem Hotel; Frank schob sich ein paar Zoll vorwärts, legte den Finger um den Abzug und drückte das Auge an sein Zielfernrohr. Eine dunkelhaarige Frau – Gott, eine echte Schönheit mit ihren strahlenden Augen – und ein großer, langgliedriger Mann in einem dunklen, formellen Anzug, und zwischen ihnen eine gebeugte Gestalt mit langem weißen Bart und in einer höchst wunderlichen Aufmachung mit runder Pelzmütze, schwarzem Anzug und einem schweren schwarzen Mantel. Die beiden führten den alten Knacker zum letzten Wagen und halfen ihm, hinten hinaufzuklettern.

Da stimmte etwas nicht. Frank spähte aufmerksam nach Einzelheiten. Zwischen Bart und Hut war es unmöglich, einen klaren Blick auf das Gesicht des Alten zu werfen – aber da, als er hinten auf den Wagen kletterte und sein Mantel sich ein bißchen verschob: ein dunkler Fleck seitlich auf dem weißen Hemd. War das Blut?

Sollte er das Risiko eingehen? Sein Finger spannte sich um den Abzug.

Überleg's dir, Frank, sagte Mollys Stimme: Du bist immer noch ein Sträfling, und es wird dir kein Jota weiterhelfen, wenn du vor zwanzig Zeugen dem falschen Mann ein Loch in den Pelz brennst.

Er entspannte sich.

Laute Stimmen: Frank schwenkte das Fernrohr herum.

Der langhaarige Angeber sprang vom Packwagen herunter, fuchtelte mit den Armen und kreischte die dunkelhaarige Frau an, und sie blieb ihm kein Wort schuldig. Frank konnte sie auf diese Entfernung nicht verstehen, aber der Klang ihrer Stimmen erreichte ihn mit dem Wind, und Mr. Langhaar zog deutlich den kürzeren. Schließlich klemmte er den Schwanz ein und stampfte zurück zu seinem Gefährt; die Frau kletterte hinten in den Wagen, wo sie den Alten verstaut hatten. Sie hatte ganz schön Mumm, die Kleine.

Der Treck rollte den Canyon hinaus und den Hang hinauf zur Straße nach Westen. Der Stallbesitzer in Wickenburg, der ihnen die Wagen vermietet hatte, hatte Frank erzählt, die Schauspieler wollten zu einer religiösen Siedlung in der Wüste, zu einem Ort namens The New City, fünfundzwanzig Meilen nordnordwestlich von Skull Canyon. War in den letzten paar Jahren aus dem Boden geschossen, der Ort, stand noch nicht mal auf der Landkarte, aber wuchs schnell. Die Leute da draußen waren keine Mormonen. Schienen Christen zu sein; darüber hinaus konnte der Mann nicht mit Sicherheit sagen, was sie waren – gute Kunden aber auf jeden Fall, die immer pünktlich bezahlten. Wirkten harmlos genug, ein bißchen exzentrisch vielleicht: Bauten da irgendeine Burg aus Steinen, die sie aus den Bergen brachen. Wenn die Bürgerwehr sich an seine Anweisungen hielt und sich in der Wüste nicht hoffnungslos verirrte – ein großes Wenn –, dann würde sie bis zum späten Nachmittag in Skull Canyon sein; so lange konnte Frank nicht warten. Vielleicht war der Chinamann nicht bei der Truppe dort vorn, aber der Instinkt sagte Frank, er sollte sich diesen alten Mann im letzten Wagen mal ein bißchen genauer ansehen. Das da waren schließlich Schauspieler, und Schauspieler konnten mit Schminke umgehen.

Er hatte noch einen anderen Grund, ihnen auf der Spur zu bleiben, auch wenn er ihn sich selbst nicht eingestehen wollte: Er wollte sich auch die andere Person hinten im Wagen ein bißchen genauer ansehen. Dieses dunkelhaarige

Mädchen hatte sein dummes Herz einen wahren Trommel-wirbel schlagen lassen. Und sie hatte so viel Ähnlichkeit mit Molly, daß sie ihre Schwester hätte sein können.

Frank reckte seinen verkrampften Rücken, ritt zum Hotel hinunter und stellte ein paar Fragen. Niemand hatte den alten Mann richtig zu sehen bekommen. Er sah aus wie ein Jude, sagte jemand, einer von denen aus der Alten Welt, wie er sie drüben im Osten gesehen hätte. Was er mitten in der Wüste bei einer Theaterkompanie verloren hatte, wußte niemand zu sagen; der Mann hatte irgendein hohes Fieber gehabt, und man hatte ihnen gesagt, sie sollten sich von ihm fernhalten. Im Hotel hatte er sein Zimmer überhaupt nicht verlassen.

Die schwarzhaarige Frau? Eine richtige Schönheit. Sie kümmerte sich um ihn, sie und dieser dürre Kerl. Einer hatte gehört, daß sie Eileen hieß.

Gab es dort, wo diese Schauspieler hinwollten, eine Telegrafenstation? Ja, Sir. Frank hinterließ im Hotel eine versiegelte Nachricht für seinen Trupp: Sie sollten in Skull Canyon warten, bis er ihnen weitere Anweisungen kabelte.

Und falls einer von ihnen nachfragen sollte, wäre er dankbar, wenn man ihnen erzählen würde, Buckskin Frank sei nach Nordosten weitergeritten, in Richtung Prescott.

Frank fütterte sein Pferd, spendierte sich selbst ein kaltes Frühstück und ritt dann auf der Karrenspur nach Westen, in Richtung auf The New City.

Als Doyle, Jack und ihre Begleiter um elf Uhr an diesem Abend in Frederick Schwarzkirks Büro eintrafen, fanden sie die Tür offen und beide Räume leer. Nicht weniger als vier Detektive – Jack, Doyle, Presto mit seinem Anwaltsblick für Details und auf ihre Art auch Die Allein Geht – untersuchten jeden Zollbreit der Räume, während Innes und Lionel Stern draußen im Flur Wache standen.

Das Büro war an diesem Abend ausgeräumt worden. Reste von verbranntem Papier in einem Papierkorb, eine Rolle Telegrafenpapier in einer Schublade, die staubigen Umrisse eines Gegenstandes, der auf dem Schreibtisch gestanden hatte, abgerissene Drähte unten an der Fußleiste: Aus all dem folgerte Jack, daß hier ein privater Telegrafenapparat installiert und draußen mit der Leitung verbunden gewesen war, ein illegaler Anschluß.

Eine gleichmäßige Staubschicht auf den Regalen im hinteren Zimmer ließ erkennen, daß die Bücher, die dort gestanden hatten, nie bewegt worden waren, bis man sie fortgeschafft hatte; Presto äußerte die Vermutung, daß sie nur zur Dekoration gedient hatten.

Bei einem kleineren Tisch im hinteren Zimmer nahm Mary Williams den Geruch von menschlichem Urin wahr. Außerdem fand sie frische Blutspuren im Holz, und obwohl die Fenster offengestanden hatten, hing ein unangenehmer Geruch von verkohltem Fleisch in der Luft. Innerhalb der letzten Stunde hatte in diesem Raum etwas Scheußliches und Abstoßendes stattgefunden.

Das Büro war offensichtlich als Tarnung für die Aktivitäten der Männer eingerichtet gewesen, die für den Diebstahl der heiligen Bücher verantwortlich waren, schloß Doyle. Das bedeutete zugleich, daß ›Frederick Schwarzkirk‹ der Überlebende des Teams war, das sie auf der *Elbe* überfallen hatte. In welchem Zusammenhang dies mit dem gemeinsamen Traum stehen mochte – abgesehen davon, daß der Name des Mannes ›schwarze Kirche‹ bedeutete –, blieb unerfindlich. Und auch eine intensive Suche erbrachte keinerlei Hinweis darauf, in welche Richtung der Mann verschwunden sein könnte.

»Fragen wir uns einmal«, sagte Doyle, als sie wieder hinausgingen. »Diese Leute sind über alle Maßen gründlich. Wenn sie jetzt weiterziehen, was haben sie dann unerledigt zurückgelassen?«

Niemand sagte es, aber der Gedanke kam jedem: Uns. Vielleicht beobachten sie uns in diesem Augenblick. Die Betonschlucht, die sich ringsum erhob, bot ihnen keinen Schutz. Sie zogen sich in den Schatten zurück und schlugen den Mantelkragen hoch; es wehte ein rauher Wind vom See herein.

»Rabbi Brachman«, sagte Jack plötzlich erschrocken.

»Sie wollten ihm das falsche Buch zeigen.« Presto vollendete den Gedanken.

»Also, Doyle. Sie, Mr. Stern und Miß Williams sollten unverzüglich in Ihr Hotel zurückkehren und das Buch in Sicherheit bringen«, sagte Jack, und für einen Moment blitzte seine alte Autorität auf. »Presto, Innes und ich statten noch einmal Brachmans Synagoge einen Besuch ab.«

Jack sprang in die erste wartende Droschke; Presto und Innes folgten ihm. »Nehmen Sie das Buch mit auf Ihr Zimmer und öffnen Sie niemandem die Tür, bis wir wieder da sind.«

Jack erwacht zum Leben, wenn es zu handeln gilt, dachte Doyle. Die übrige Zeit ist er abwesend wie eine Wachsfigur. Doyle sah Mary Williams an, als sie neben ihm in die zweite Kutsche stieg, und in seinem Kopf nahm eine Idee Gestalt an.

Ein einsames Licht brannte in einem Fenster im Stockwerk über dem Eingang zur B'nai Abraham-Synagoge.

»Dort liegt Brachmans Wohnung«, sagte Jack. »Das benachbarte Fenster gehört zu seiner Bibliothek, wo das Tikkunei Sohar gestohlen wurde.«

»Bedeutsam aussehende Sache«, bemerkte Innes, der die griechisch-klassizistische Fassade des Gebäudes betrachtete.

»Die Diebe haben einen Hintereingang benutzt«, sagte Presto.

»Und dort werden sie es noch einmal versuchen«, meinte Jack.

Die drei Männer bezogen im Schattendunkel auf der anderen Straßenseite ihren Posten. Sie waren an ihrem Hotel vorbeigefahren, und Jack war hineingelaufen, um den Koffer zu holen, den Edison ihm nach ihrem Besuch in seiner Werkstatt gegeben hatte.

»Da bewegt sich jemand«, sagte Innes und deutete zu dem erleuchteten Fenster hinauf.

Eine Gestalt erschien zwischen Lampe und Rouleau; sie war schwer zu erkennen, sah aber nicht aus wie die Silhouette eines gebrechlichen, fünfundsiebzig Jahre alten orthodoxen Rabbi. Eine große Gestalt, breitschultrig.

Mit einem großen aufgeschlagenen Buch in den Händen.

Jack schloß den Koffer auf. Er verdeckte den Inhalt vor den neugierigen Blicken der anderen und nahm etwas Schweres, Längliches heraus, das aussah wie ein Fernglas. Ein runder Stahlrahmen saß an den Okularen, ein Gestell, mit dessen Hilfe man das Glas wie einen Helm auf den Kopf setzen konnte. Jack tat genau dieses, was zur Folge hatte, daß er nun aussah wie ein riesiger Käfer.

Jack beobachtete die Fenster des Tempels, ohne ein Wort zu sagen. Innes und Presto wechselten hinter seinem Rükken einen unsicheren Blick.

»Äh ... sehen Sie was?« fragte Innes.

»Ja«, sagte Jack und drehte den Kopf hin und her.

»Irgend etwas ... Besonderes?« fragte Presto.

Jack hielt inne. »Rasch«, sagte er dann. Er nahm das Fernglas ab, legte es wieder in den Koffer und klappte ihn zu. Innes war unendlich frustriert.

»Mir nach«, sagte Jack.

Sie rannten über die Straße und um die Synagoge herum zur Hintertür, wo Jack ein Werkzeugetui aus einer Westentasche zog. Dann öffnete er wieder seinen Koffer und nahm ein viereckiges Gebilde von der Größe einer Schuhschachtel heraus, an dessen Vorderseite eine runde, silberne Kuppel mit einer Glasbirne im Zentrum angebracht war. Mittels schwenkbarer Klappen rings um die Kuppel ließ sich die Öffnung vor der Birne vergrößern oder verkleinern. Jack drückte Presto das Ding in die Hand und reichte Innes den Koffer.

»Richten Sie die Öffnung auf das Türschloß und halten Sie still«, sagte er zu Presto.

Presto tat, wie geheißen. Jack verkleinerte die Öffnung und betätigte dann einen kleinen Schalter an der Seite des Kastens. Ein leises Summen ertönte, und einige Augenblicke später drang ein dünner, zittriger Strahl von weißem elektrischem Licht aus der Öffnung und erleuchtete die Umgebung des Schlüssellochs.

»Gütiger Gott«, wisperte Innes, »was ist denn das?«

»Wie sieht es denn aus?« sagte Jack, während er vor dem

Schloß niederkniete und sich mit seinen Dietrichen an die Arbeit machte.

»Batteriegespeist?« fragte Presto.

»Eine Laterne«, sagte Innes.

»Zweimal richtig«, sagte Jack. Mit leisem Klicken öffnete sich das Schloß; Jack drehte den Türknauf und drückte die Tür langsam ins Dunkel. Die Angeln knarrten. »Knipsen Sie das Licht aus.«

Presto schaltete das Gerät ab. Jack holte seine Augengläser wieder hervor, setzte sie auf und spähte damit durch die Tür.

»Sie meinen nicht, daß wir einfach hätten läuten sollen?« flüsterte Innes.

Jack legte einen Finger an die Lippen und bat um Ruhe; behutsam schlichen sie sich hinein; Innes und Presto tasteten sich voran, und jeder hatte seinem Vordermann eine Hand auf die Schulter gelegt. Jack führte sie durch den ersten Raum – eine Küche – und blieb in einem Türbogen stehen.

Innes und Presto wollten warten, bis ihre Augen sich an die Umgebung gewöhnt hatten, aber die Finsternis blieb so undurchdringlich wie die lastende Stille ringsumher.

Jack nahm Presto den Kasten ab und schaltete ihn kurz ein und wieder aus; in dem kurzen Augenblick der Helligkeit sahen sie eine Treppe, die von einem zentralen Flur in den ersten Stock hinauf führte. Links von ihnen befand sich eine Flügeltür, und auf dem Boden daneben stand eine Menora: der Eingang zum Gebetsraum. Geradeaus vor ihnen lag die Halle mit der Haustür. Jack setzte sich wieder in Bewegung und führte die sich vorantastende Prozession zum Fuße der Treppe. Dort blieben sie stehen.

Oben bewegte sich noch immer jemand. Weich gepolsterte Schritte, gemessen; Pantoffeln, die über einen Teppich strichen. Jemand, der nicht gehört werden wollte.

Jack gab den andern zu verstehen, daß sie bleiben sollten, wo sie waren. Dann stieg er lautlos die Treppe hinauf.

Die Zeit schien stehenzubleiben. Innes und Presto wagten keinen Muskel zu regen; nur am Geräusch des Atems konnte jeder die Gegenwart des anderen spüren. Um sich zu orientieren, streckte Innes die Hand nach der Treppenwand aus; er tastete umher und fand einen runden Knopf.

Wieder hörte man oben Schritte, die plötzlich laut und schnell wurden; etwas krachte zu Boden. Dann ein Handgemenge.

Innes drehte den Knopf, und das Licht ging an.

Zwei Gestalten, ganz in Schwarz, kamen die Treppe herunter auf sie zu. Für einen Augenblick erstarrten sie im Licht des Kronleuchters im Flur.

Presto zog den Degen aus seinem Spazierstock und stürmte ihnen entgegen. Der erste Mann flankte über das Geländer und landete wie eine Katze unten in der Diele. Er rannte zur Tür und hatte eine weiche schwarze Tasche in der Hand. Innes setzte ihm nach. Der zweite zog ein Messer aus dem Ärmel. Presto stach äußerst gewandt mit seiner Degenklinge zu, durchbohrte ihm glatt die Handfläche und nagelte sie an die Wand. Der Mann ließ das Messer fallen; Presto setzte sein Gewicht ein und verpaßte seinem Gegner einen solchen Kinnhaken, daß dieser zurückflog, mit dem Kopf hart gegen die Balustrade schlug und regungslos liegenblieb.

Innes sprintete hinter dem Mann mit der schwarzen Tasche zur Haustür hinaus, aber der war nirgends mehr zu sehen. Vorsicht, fand Innes, sei die Mutter der Porzellankiste, und so zog er sich wieder in das Innere der Synagoge zurück und schloß die Tür.

Als Presto oben an der Treppe angekommen war, entdeckte er dort einen dritten Mann in Schwarz, der leblos auf dem Teppich lag; sein Kopf saß in merkwürdig schrägem Winkel auf dem gebrochenen Genick. Mit gezücktem Degen schlich Presto sich an die halboffene Tür heran, hinter der die Lampe, die sie gesehen hatten, immer noch brannte.

Innes ballte die Fäuste und stieg vorsichtig über die regungslose Gestalt auf der Treppe hinweg. Als er zwei Schritte hinter ihm war, sprang der Mann plötzlich auf und hastete die Treppe hinunter. Innes warf sich über das Geländer – zum Teufel mit der Porzellankiste –, landete im Rücken des Mannes und schleuderte ihn gegen die Wand. Die gedrungene, muskulöse Gestalt blieb auf den Beinen und bäumte sich wild auf wie ein Stier, der einen Reiter von seinem Buckel abschütteln will. Innes klammerte sich in einem Würgegriff an den Hals des Mannes – so dick wie ein Hydrant – und schrie um Hilfe.

»Festhalten!« brüllte Presto und stürmte die Treppe herunter.

Der Mann in Schwarz bockte rückwärts und rammte Innes mehrmals gegen die Wand, bis sie schließlich an der offenen Tür zum Gebetsraum angekommen waren, wo sie durch den Mittelgang hinauftaumelten und schließlich krachend zu Boden fielen. Die kompakten Körpermassen des Mannes sackten schwer auf ihn herab, und der Aufprall trieb Innes den letzten Rest Atem aus der Lunge; keuchend schnappte er nach Luft und kroch hilflos auf Händen und Knien umher. Als Presto bei ihm angekommen war, hatte der Schwarzgekleidete sich hinter das Podest geflüchtet, und man hörte das Klirren von Glas.

»Laufen Sie«, flüsterte Innes und winkte Presto nach hinten.

Presto schaltete die elektrische Laterne ein und setzte dem Mann nach. Er gelangte in einen Lagerraum, schlich sich langsam an dem Schrein vorbei, in dem die Thora aufbewahrt wurde, und richtete den Lichtstrahl auf einen Vorhang, der sich blähte. Er stieß mit dem Degen hinein und riß den Vorhang dann beiseite, nur um das zerschmetterte Fenster zu erblicken, durch welches der Mann in Schwarz entkommen war.

Innes hatte sich hingesetzt und war wieder zu Atem gekommen, als Presto zu ihm zurückkehrte.

»Sie sind ziemlich geschickt mit dem Ding«, sagte er und deutete mit dem Kopf auf die Degenklinge, die Presto eben wieder in seinen Spazierstock zurückschob.

»Meister im Degenfechten in Oxford, drei Jahre hintereinander«, sagte Presto. »Habe ihn aber noch nie jemandem in den Bauch gerammt. Absichtlich, meine ich.«

Sie liefen eilig die Treppe hinauf in das vom Lampenlicht erleuchtete Zimmer.

Rabbi Brachman saß friedlich auf einem Stuhl vor seinem Schreibtisch, vornüber gesackt, als habe er bei der Arbeit den Kopf zum Ausruhen sanft auf die Tischplatte sinken lassen. Die brennende Lampe beschien seine offenen Augen und seine pergamentweiße Haut.

Jack stand dem Leichnam gegenüber und untersuchte eingehend den Tisch, als die andern hereinkamen. »Sind entkommen, ja?«

»Zwei von ihnen«, sagte Presto.

»Aber nicht ohne Beulen«, fügte Innes hinzu; die seinen waren akut zu spüren.

»Nehme an, das war Ihr Werk«, sagte Presto. »Der da draußen im Flur.«

Jack nickte.

»Sie haben einen erwischt?« fragte Innes. »Glänzend.«

»Ich wollte ihn nicht umbringen«, sagte Jack. »Tot nützt er uns nichts.«

Jetzt erst sah Innes den Rabbi. »Gütiger Gott, der ist auch tot?«

»Das Talent zur deduktiven Logik ist in dieser Familie tief verwurzelt«, stellte Jack fest.

»Haben die ihn umgebracht?« fragte Innes, viel zu verdattert, als daß er die Beleidigung zur Kenntnis genommen hätte.

»Tödliche Injektion«, sagte Jack und deutete auf ein mattrotes Mal am Arm des Rabbi. »Die gleiche Methode, mit der sie Rupert Selig an Bord der *Elbe* ermordet haben.«

»Der arme alte Knabe.« Presto war ehrlich betrübt. »Zwölf Enkelkinder, sagte er, glaube ich.«

»Arthur war der Meinung, sie hätten Selig zu Tode erschreckt«, sagte Innes.

»Arthur hat sich geirrt«, erwiderte Jack ungeduldig. »Die Injektion erweckt den Eindruck eines Herzanfalls: Das wollen sie uns glauben machen. Schauen Sie sich den Toten im Flur an. Und halten Sie die Augen offen, für den Fall, daß die anderen zurückkommen; ich habe hier noch zu tun.«

»Ich werde mir zuvor einen Augenblick Zeit nehmen, den Verblichenen zu ehren«, entgegnete Presto brüsk. »Er war ein braver Mann; er hat ein wenig Rücksicht und Anstand verdient.«

Jack starrte ihn an; Innes konnte nicht feststellen, ob erschrocken oder beleidigt.

»Oder ist Ihnen noch nicht in den Sinn gekommen, Jack, daß Brachman noch leben könnte, wenn wir nicht haltgemacht hätten, um Ihren verdammten Koffer zu holen?«

Jack schlug den Blick nieder und wurde dunkelrot. Innes war entsetzt über Prestos intensiven Zorn; er fand ihn zwar auch gerechtfertigt, aber daß man ihm in Gegenwart eines Toten Ausdruck verlieh, gab ihm das Gefühl, als stehe er nackt vor seiner Algebraklasse.

Presto drückte Rabbi Brachman behutsam die Augen zu, schloß die eigenen ebenfalls für einen Moment, sprach ein stilles Gebet, bekreuzigte sich und stolzierte dann hinaus. Innes wollte ihm folgen.

»Bleiben Sie bei mir«, sagte Jack.

»Wirklich?«

»Ich brauche Sie.«

Innes nickte zögernd. Er verschränkte die Hände hinter dem Rücken, wie er es Arthur schon oft hatte tun sehen – wodurch sich eine tiefergehende Nachdenklichkeit andeutete –, und schlenderte zu Jack hinüber.

»Hatte einer der beiden Männer, die Sie verfolgt haben, etwas bei sich?« fragte Jack.

»Einer hatte eine schwarze Tasche«, sagte Innes, und dann ging ihm ein Licht auf. »Glauben Sie –«

»Das falsche Sohar.« Jack nickte. »Sie haben es ihm gezeigt und versucht, ihn zu zwingen, seine Meinung dazu abzugeben. Sie haben also Zweifel an seiner Echtheit.«

»Unwahrscheinlich, daß der Rabbi sie ausgeräumt hat, meinen Sie nicht auch? Er muß sich geweigert haben – ich meine, weshalb hätten sie ihn sonst umbringen sollen?«

»Weil sie uns gehört haben. Doch nein, ich glaube nicht, daß er ihnen etwas gesagt hat.«

Jack trat an den Leichnam heran; seine Augen waren

weit offen wie die einer Katze und glitzerten durchdringend. »Brachman hat an seinem Schreibtisch gearbeitet, als er sie hereinkommen hörte – frische Tintenspuren hier, an seinem Handballen, und das Tintenfaß ist offen. Was läßt das vermuten?«

Innes machte eine nachdenkliche Pause. »Daß er, wie Sie sagten, gearbeitet hat.«

»Nein.« Jack schloß ungeduldig die Augen. »Was sagt es uns über den *Zustand* seines Schreibtisches?«

Innes studierte die Szene, nervös wie ein Student beim Abschlußexamen. »Es liegen keine Papiere hier. Vielleicht hat er etwas versteckt.«

»Und zwar an einem Ort, den nicht einmal diese professionellen Diebe so leicht finden konnten. Wo mag das sein?« fragte Jack.

Innes sah sich langsam und mit krauser Stirn im Raum um und nickte ein paarmal nachdenklich, bevor er bekannte: »Ich habe nicht die leiseste Ahnung.«

»Nehmen wir an, daß der Rabbi im besten Fall zehn Sekunden Zeit hatte, von dem Augenblick an, wo er die Männer kommen hörte, bis sie in sein Zimmer kamen.«

»In seiner Nähe also – irgendwo im Schreibtisch?«

»Da habe ich schon gesucht. Gründlich.«

»Eine lose Bodendiele? Unter dem Teppich?«

»Weniger offensichtlich.« Jack beobachtete ihn mit verschränkten Armen.

Dies *ist* eine Prüfung, erkannte Innes: Na, Arthur hat mir gesagt, daß der Mann wunderlich ist. Er studierte den Schreibtisch und warf kurze Blicke in die Ablagefächer, als gedenke er, sich unbemerkt an sie heranzuschleichen. Untersuchte das Tintenfaß. Hob die Löschpapierunterlage und fand einen Schlitz in der Seite.

»A-ha«, sagte Innes.

»Nein. Schon nachgeschaut. Leer«, sagte Jack.

Innes trat zurück, um bessere Übersicht zu gewinnen, stemmte die Hände in die Hüften und stieß mit dem rechten Ellbogen die Lampe vom Schreibtisch. Sie zerbrach auf dem Boden, und kleine Flammen züngelten aus der Ölpfütze. Er trat sie aus und setzte beinahe seinen Stiefel in Brand. Dann standen sie beide im Dunkeln.

»Mist«, sagte Innes; ihm war ganz und gar nicht behaglich dabei, im Dunkeln so nah neben einem eben Verstorbenen zu stehen. »Tut mir leid.«

Jack schaltete seine tragbare Lampe ein und beleuchtete die Glasscherben auf dem Boden.

»Sie haben's geschafft«, sagte er.

»Ich sagte doch, es tut mir leid –«

»Nein – Sie haben es *gefunden*.«

Innes schaute zu Boden und sah Papier zwischen den Trümmern der Lampe.

»Nun, es ergab sich ja zwangsläufig, nicht wahr?« sagte er und nahm den Erfolg mit Vergnügen in Anspruch. »Ich meine, die Lampe in unmittelbarer Reichweite. Und so wenig Zeit.«

Jack hob die Papiere auf und studierte sie im Schein seiner Laterne. Das eine war eine gedruckte Liste der Teilnehmer am Parlament der Religionen, das andere eine handschriftliche Notiz.

»Alles in Ordnung?« Presto kam wieder herein.

»Durchaus«, sagte Innes und versuchte erfolglos, Jack über die Schulter zu spähen.

»Wozu stehen Sie denn im Dunkeln?« fragte Presto.

»Ich habe die Lampe untersucht«, erklärte Innes. »Und aus Versehen umgestoßen.«

»Der Mann im Flur hat eine Narbe auf der Innenseite des linken Arms. Einen von drei Linien durchbrochenen Kreis«, berichtete Presto. »Was haben Sie denn da?« Er kam näher.

»Für den bedauerlichen Preis seines Lebens«, sagte Jack spitz, »haben wir hier die Antwort bekommen, die wir gesucht haben.«

»Ich möchte Ihre Meinung über meinen Freund Jack hören«, sagte Doyle leise.

Die Allein Geht sah ihn eine ganze Weile an. Dann nickte sie. »Er ist sehr krank.«

»Sagen Sie mir, inwiefern«, bat Doyle.

Sie wählte ihre Worte sorgfältig, ehe sie fortfuhr; sie spürte, wie besorgt dieser Mann um seinen Freund war, und sie wollte ihn nicht unnötig betrüben. »Ich sehe die Krankheit in ihm; sie ist wie eine Last oder … wie ein Schatten hier drin.« Sie deutete auf ihre linke Seite. »In ihm ist sie sehr mächtig.«

Sie saßen vor dem Kamin in Doyles Suite im Palmer House, Die Allein Geht mit gekreuzten Beinen vor dem Feuer auf dem Boden, Doyle in einem Lehnstuhl und mit einem Brandy in der Hand. Ein erschöpfter Lionel Stern lag schlafend auf dem Sofa, und der Kasten mit dem Sohar stand zwischen ihnen auf dem Tisch.

»Sie klingen wie eine Ärztin, Miß Williams«, bemerkte Doyle.

»Mein Großvater hat mich gelehrt; er hatte starke Heilkraft. Aber unsere Medizin ist ganz anders als die Ihre.«

»Inwiefern?«

»Wir glauben, daß die Krankheit von außen kommt und in den Körper eindringt. Dort kann sie sich lange Zeit verbergen und wachsen, bevor sie sich bemerkbar macht.«

»Wie das? Ich bin selbst Arzt.« Doyle war ehrlich neugierig, und er beschloß, ihr sein Vertrauen zu zeigen, in der Hoffnung, dafür das ihre zu erhalten. »Das heißt, ich wurde dazu ausgebildet. Und ich glaube in der Tat, daß manche Menschen eine angeborene Gabe zum Heilen haben. Ich wünschte, ich könnte behaupten, daß ich dazugehöre; ich habe hart für die Medizin gearbeitet, aber besonders leicht ist es mir nie gefallen.«

»Also sind Sie statt dessen Bücherschreiber geworden.«

»Man muß ja irgendwie seine Brötchen verdienen, nicht wahr?« Er lächelte vergebungheischend.

»Es tut mir leid, daß ich nichts von Ihnen gelesen habe.«

»Das ist schon recht; wenn ich ehrlich bin, ist es sogar eine gewisse Erleichterung. Nun – und gelten Sie als Ärztin bei Ihrem Volk, Miß Williams?«

Die Allein Geht wartete wieder mit ihrer Antwort. Sie vertraute diesem Mann aus irgendeinem Grund; es war ungewöhnlich, daß sie einem Weißen vertraute. Er schien über

ihre Bräuche genausowenig zu wissen wie alle anderen Weißen, aber er erwies ihr einen unverblümten Respekt, den sie
nicht gewohnt war. Er besaß Stärke, aber er hatte es nicht
nötig, viel Aufhebens davon zu machen wie so viele Weiße.
Sie fragte sich, ob die Leute in seiner Heimat so waren; sie
war noch nie einem Englishman begegnet.

»Ja«, sagte sie schließlich.

»Und Sie können so deutlich sehen, daß mein Freund
krank ist?«

»Mehr noch: Sein Leben ist in Gefahr.«

Doyle setzte sich gerade. Er nahm sie ernst. »Dann ist es
eine körperliche Erkrankung.«

»Jetzt ist die Krankheit noch im Geiste, aber sie wird eines Tages in den Körper kommen. Bald.«

»Könnte man ihn heilen, bevor das geschieht?«

»Ich müßte mehr von ihm sehen, bevor ich das sagen
kann.«

»Glauben Sie, Sie könnten ihm helfen?«

»Das möchte ich jetzt nicht gern sagen.«

»Wie würden Sie seine Krankheit behandeln?«

»Man muß die Krankheit aus ihm herausnehmen.«

»Wie würden Sie das anstellen?«

»Bei unserer Medizin entfernt der Arzt die Krankheit aus
einer Person, indem er sie auffordert, die Person zu verlassen und in seinen eigenen Körper zu kommen.«

»Das hört sich an, als könnte es gefährlich für Sie sein.«

»Das ist es.«

Doyle betrachtete sie im Licht des Feuers. Ernst und auf-
richtig starrte sie in die Flammen. Bescheidene, zuversicht-
liche Kraft strahlte sie aus. Er erinnerte sich an Roosevelts
schäumende Tirade gegen die Indianer, und ihn schauderte
bei dem Gedanken an das borniere Kompendium von Kli-
schees über sie, das er selbst mit sich herumgeschleppt hatte. Wenn Mary in irgendeiner Weise beispielhaft war, dann
waren sie offenkundig anders als die Weißen – das Produkt
einer anderen Kultur, ja, einer anderen Rasse –, aber es gab
keinen Grund, diese Frau zu fürchten oder zu verachten.
Und den Vorurteilen seiner konventionellen Ausbildung

zum Trotz konnte er sehr wohl glauben, daß sie Heilkraft besaß.

»Was tun Sie mit der Krankheit, wenn Sie sie von ihnen genommen haben?«

»Ich schicke sie irgendwohin, in die Luft, ins Wasser, oder in die Erde. Manchmal ins Feuer. Es kommt auf die Krankheit an.«

Doyle dachte an Jacks Geschichte von den *En-agua* in Brasilien. »Und Sie verwenden verschiedene Kräuter und Wurzeln als Hilfsmittel, medizinische Präparate.«

»Ja«, sagte sie und war überrascht, daß er das wußte. »Manchmal.«

»Was verursacht diese Art Krankheit? Sie sagen, sie kommt von außen.«

»Wenn die Welt ungesund gemacht wird, schafft sie mehr Krankheiten. Diese gehen von der Welt in die Menschen.«

»Und wie ist die Welt krank geworden?«

»Die Menschen haben sie krank gemacht«, antwortete sie schlicht. »Und wenn die Krankheit in sie fährt, dann kehrt sie nur dahin zurück, wo sie hergekommen ist.«

»Also glauben Sie, daß die Welt gesund war, bevor der Mensch kam?«

»Sie war im Gleichgewicht, ja«, sagte sie. Bevor die Weißen kamen, dachte sie.

Er sah sie offen und ehrlich an. »Wenn also jemand krank wird, dann glauben Sie, daß es nur ein Spiegelbild dessen ist, was bereits in ihm ist.«

»So ist es meistens.«

»Miß Williams, ich bitte Sie, mir offen zu sagen: Besteht die Chance, daß Sie meinen Freund heilen können.«

»Das ist schwer zu sagen. Ich weiß nicht, ob Ihr Freund das will.«

»Wie meinen Sie das?«

»Manchmal entwickelt ein Mensch eine Bindung zu seiner Krankheit; manchmal glaubt er nach einer Weile, die Krankheit sei realer als er selbst.«

»Und das ist meinem Freund passiert?«

»Ja, das glaube ich.«

»Dann könnte er nicht geheilt werden. Von niemandem.«

»Nicht, wenn die Bindung so stark ist. Nicht, solange er nicht zu dem Schluß kommt, daß er es so will. Er ist zu sehr verliebt in den Tod.«

Sie sieht ihn klar, das steht fest, dachte Doyle. Er trank seinen Brandy aus: Jack konnte sicher nach allen medizinischen Maßstäben als verrückt gelten. Ob es eine Medizin gab, die ihn zurückbringen könnte, blieb abzuwarten.

Ein scharfes Klopfen an der Tür erschreckte sie. Doyle öffnete vorsichtig einen Spaltbreit.

»Hören Sie, Doyle, wir müssen uns unterhalten«, sagte Pepperman. Nach dem mörderischen Dunsthauch seines Atems zu urteilen, hatte er mächtig getrunken.

»Tut mir leid, aber das wird bis morgen warten müssen, Major –«

Aber bevor Doyle reagieren konnte, hatte Pepperman einen riesigen Stiefel in den Türspalt geschoben und die Tür weiter aufgedrückt. Er tat einen Schritt ins Zimmer und sah Die Allein Geht vor dem Kamin und Lionel Stern auf dem Sofa.

»Ich hab's gewußt!« sagte Pepperman und deutete mit dem Finger auf die Frau. »Sie treiben hier irgendwelche heimlichen Schweinereien, Mr. Doyle. Ich muß auf meinem Recht bestehen, informiert zu –«

»Major, bitte …«

»Sir, ich glaube, Sie sind sich nicht über das Risiko im klaren, das ich eingegangen bin, als ich Sie in dieses Land holte: Ich habe mehr als fünftausend Dollar von meinem eigenen Kapital in dieses Unternehmen investiert, und wenn Sie außerstande sind, Ihre Verpflichtungen unseren Vereinbarungen entsprechend zu erfüllen, dann taumele ich am Rande des Abgrunds!«

»Major, es ist meine volle Absicht, alle meine Verpflichtungen zu erfüllen – «

»Ich weiß genau, was Sie treiben!«

»Wirklich?«

»Rennen zu allen möglichen Nachtstunden mit zweifel-
haften Figuren durch die Gegend, schmuggeln ohnmächti-
ge Frauen in Ihre Suite – na, ich kann doch nur noch mit
knapper Not verhindern, daß der Hausdetektiv Ihre Tür
einschlägt!«

Pepperman stapfte wild gestikulierend umher. Doyle
warf Stern einen hilflosen, um Entschuldigung bittenden
Blick zu, während dieser sich schützend über den Kasten
mit dem Sohar beugte. Die Allein Geht ließ den Blick zu
dem eisernen Schürhaken wandern, der am Kamin lehnte.

»Ich brauche irgendeine Zusicherung, Sir, ich brauche
eine ordentliche Garantie, oder ich sehe mich gezwungen,
die ganze Sache der Aufmerksamkeit meines Rechtsanwalts
zu empfehlen! Wir haben Gesetze zu solchen Dingen in
Amerika! Ich habe eine Frau und fünf rothaarige Kinder!«

Hinter ihm ging die Tür auf. Jack, Innes und Presto kamen hereingestürzt.

»Rabbi Brachman ist ermordet worden«, sagte Jack, bevor er den Riesen bemerkte, der in der Ecke auf und ab ging.

Pepperman nahm diese beunruhigende Information in
sich auf, blieb wie angewurzelt stehen und fing an zu weinen. »Mord – ich bin ruiniert!« stöhnte er.

»O mein Gott«, sagte Stern und sank auf das Sofa.

»Nicht mal der Zirkus wird mich jetzt noch nehmen.«

Presto ging zu Stern, um ihn zu trösten, und Innes trat zu
Pepperman, um ihn notfalls festzuhalten, während Jack
Doyle beiseite nahm.

»Was will dieser Mann hier?« fragte Jack im Flüsterton.

»Ich weiß es nicht ganz genau«, sagte Doyle.

»Aber, aber, Major«, sagte Innes. »Ganz so schlimm wird
es doch nicht sein, oder?«

»Erniedrigt zum Jahrmarktschreier für Gewichtheber
und bärtige Damen in einem fahrenden Monstrositätenka-
binett«, gurgelte Pepperman zwischen zwei Schluchzern; er
sank langsam auf die Knie und hämmerte mit den Fäusten
auf den Boden.

»Können Sie ihn nicht rauswerfen?« fragte Jack.

»Er ist sehr aufgebracht«, sagte Doyle.

»Das sehe ich«, sagte Jack.

Die Allein Geht trat zu dem gefallenen Riesen und nahm ihn bei der Hand. Er schaute zu ihr auf wie ein Sechsjähriger, der um sein totes Hündchen trauert. Sie gab ein leises, besänftigendes Murmeln von sich und strich ihm ein paarmal über den Nacken, und Peppermans Schluchzen legte sich allmählich. Als er sich entspannte, legte sie ihm die Hand auf die Stirn und flüsterte ihm ein paar leise Worte ins Ohr. Peppermans Augen schlossen sich, und er kippte zur Seite und schlief, bevor sein Kopf den Boden berührte. Lautes, schniefendes Schnarchen rasselte aus ihm hervor; er lag da wie ein Toter.

»Ich habe schon erlebt, daß jemand das mit Schlangen gemacht hat«, sagte Presto staunend, »aber mit einem Menschen noch nie.«

»Er sollte jetzt sehr lange schlafen«, sagte Die Allein Geht.

»Was sollen wir mit ihm machen?« fragte Innes.

»Schleifen wir ihn auf den Gang hinaus«, schlug Jack vor.

»Der arme Kerl hat nichts Böses getan«, sagte Doyle. »Legen wir ihn auf das Bett.«

Alle sechs mußten mit anfassen, um Pepperman hochzuheben und ins Schlafzimmer zu schleppen. Doyle warf ihm eine Decke über, schloß die Tür und kehrte in den Salon zurück. Jack und Presto setzten die übrigen rasch von den Ereignissen in der Synagoge in Kenntnis; sie berichteten von den Männern in Schwarz, von ihrem Versuch, sich die Echtheit des Buches bestätigen zu lassen, und von dem Mord an Rabbi Brachman.

Das wäre beim alten Jack nie passiert, dachte Doyle unwillkürlich: Er hätte ihre Absichten vorhergesehen und irgendwie vereitelt.

»Die gleichen Männer wie auf der *Elbe*, bis hin zu dem Mal am linken Arm«, sagte Jack. »Es ist ein Brandzeichen, das man ihnen auf die Haut gedrückt hat wie bei einem Stück Vieh.«

»Der Geruch nach verbranntem Fleisch in dem Büro heute abend«, sagte Die Allein Geht.

»Könnte sich um eine Art Initiation gehandelt haben«, meinte Presto.

»Dann lassen Sie uns jetzt versuchen, eine Zusammenfassung vorzunehmen«, sagte Doyle in dem Versuch, Ordnung in die Sache zu bringen.

Jack legte zwei Blätter Papier auf den Tisch. »Bevor er starb, hat Brachman die Informationen, um die wir ihn gebeten hatten, in seiner Schreibtischlampe versteckt, wo Innes sie hat finden können.«

»War wirklich nichts Besonderes«, wehrte Innes bescheiden ab.

»Dieses Programm enthält die Namen aller Geistlichen, die am Parlament der Religionen teilgenommen haben. Brachman hat einen Kreis um einen Namen gemacht, um den eines charismatischen Evangelistenpredigers, eines Amerikaners: Reverend A. Glorious Day.«

»A. Glorious Day?« Doyle spürte einen Kloß im Hals. »›A‹ wie in Alexander.«

»Der Prediger, den wir auf Edisons Bildern gesehen haben«, sagte Jack.

»Wer ist dieser Mann?« fragte Die Allein Geht.

»Mein Bruder«, sagte Jack verbittert.

Doyle und Die Allein Geht wechselten einen Blick: Dies ist der Quell seiner Krankheit. Sie schien zu verstehen.

»Wir wissen also, daß Alexander hier in Chicago war, und wir kennen den Namen, den er benutzt hat«, sagte Doyle. »Können wir auch eine Verbindung zum Diebstahl der heiligen Bücher herstellen?«

»Das zweite, was Brachman hinterlassen hat, ist diese Notiz, nur wenige Augenblicke vor seinem Tod verfaßt«, sagte Jack und reichte Doyle das Blatt.

Doyle las laut vor. »»Mr. Sparks, ich kann mich nur an eine einzige Begegnung mit Reverend Day auf dem Kongreß erinnern. In der Woche, die das Parlament dauerte, wurden viele gelehrte Seminare gehalten; bei einer dieser Zusammenkünfte habe ich einen Vortrag über die Bedeutung heiliger Texte bei der Gründung der Weltreligionen gehalten. Der Reverend Day kam nachher zu mir, zeigte glühendes Interesse und stellte eine Reihe von Fragen zu diesen heiligen Büchern …‹ Hier endet die Notiz unvermittelt.«

»Ein enormer Tintenklecks: Er hat die Feder starr auf das Papier gehalten«, sagte Jack.

»Weil er draußen vor seinem Zimmer eine Bewegung hörte«, sagte Presto.

»Also wurde Alexanders Interesse an den Büchern hier geboren, beim Parlament der Religionen, wo er sich als Prediger ausgab«, vermutete Doyle.

Jack nickte. »Der erste Diebstahl ereignete sich sechs Monate später.«

»Die Upanischaden, entwendet aus einem Tempel in Indien«, ergänzte Presto

»Dann, einen Monat später, die Vulgata aus Oxford«, sagte Jack.

»Und das Tikkunei in Chicago, erst vor wenigen Wochen«, sagte Stern.

»Ich bin zuversichtlich, daß diese Spur ein Spiegelbild der Reisen unseres deutschen Sammlers darstellt«, meinte Jack.

»Der in Diensten Ihres Bruder steht – ich denke, auch dies können wir mit einiger Zuversicht sagen; in jenen ersten Monaten nach dem Parlament nahm er Kontakt mit dem hanseatischen Bund auf und gab die Diebstähle in Auftrag«, sagte Doyle.

»Genau«, sagte Jack.

»Woher könnte er von diesem Bund wissen?« fragte Stern.

»In seinen Jahren in England hat Alexander Kontakte zu allen möglichen Verbrecherorganisationen auf der ganzen Welt geknüpft«, sagte Doyle. »Da fällt es überhaupt nicht schwer, zu dem Schluß zu gelangen, daß auch dieser Bund dazugehörte.«

»Aber warum?« fragte Innes. »Warum will Ihr Bruder diese Bücher haben?«

Schweigen.

»Das ist eine sehr gute Frage, Innes«, sagte Doyle.

»Danke, Arthur.«

»Die wir noch nicht beantworten können«, sagte Jack, der ein Stück abseits saß.

»Er hat nicht versucht, ein Lösegeld für sie zu erhalten; soviel wissen wir«, sagte Presto.

»Vielleicht sucht er darin nach ... mystischen Informationen«, sagte Stern.

»Verborgene Geheimnisse«, sagte Doyle. »Wie sie die Kabbala angeblich enthält.«

»Wie die Sache mit dem Golem, und wie man ihn schafft«, meinte Innes.

»Möglich«, sagte Doyle.

»Halten Sie sich fern von derartigen Spekulationen«, befahl Jack in scharfem Ton.

Wiederum Schweigen.

»Wissen wir, wo Ihr Bruder jetzt ist?« fragte Die Allein Geht.

»Wir wissen, daß eine Telegrafenleitung aus ihrem Büro hinausführte«, sagte Presto. »Vermutlich standen sie auf diesem Weg miteinander in Verbindung.«

»Gibt es eine Möglichkeit, die Leitung zu verfolgen?« fragte Doyle.

»Nicht mehr«, sagte Jack.

»Sie dürften irgendeinen Code benutzt haben«, meinte Doyle. »Und inzwischen ist sicher jede Verbindung, die zwischen ihnen bestand, vernichtet.«

»Der Turm«, sagte Die Allein Geht mit aufstrahlender Klarheit. »Dort ist er.«

Dieser Gedanke schreckte jeden im Zimmer auf, aber noch begriff niemand recht, worauf sie hinauswollte.

»Der Mann in dem Traum, der aussieht wie Sie«, sagte sie zu Jack. »Ihr Bruder. Er war in Chicago. Er hat den Water Tower gesehen, genau wie Ihr Vater, bevor er diese Zeichnung anfertigte«, sagte sie zu Stern.

»Gütiger Gott«, sagte Stern. »Vielleicht sind sie einander hier begegnet, mein Vater und Alexander. Das könnte doch sein, oder?«

»Möglich. Fahren Sie fort«, sagte Doyle.

»Was ist, wenn Ihr Bruder diesen Turm baut?« fragte Die Allein Geht. »Auf irgendeine Weise dem nachgebildet, den er hier gesehen hat.«

»Schwarzkirk. Die schwarze Kirche«, sagte Presto. »Das fügt sich.«

»Irgendwo draußen im Westen«, sagte Die Allein Geht. »In der Wüste, die wir alle im Traum gesehen haben.«

»Vielleicht ist dort auch mein Vater hingefahren«, sagte Stern mit wachsender Erregung.

»Sie wollen andeuten, daß es den schwarzen Turm, den Sie alle gesehen haben, tatsächlich gibt. Daß er nicht nur ein Traumsymbol ist«, sagte Doyle.

»Ja«, sagte Die Allein Geht.

»Warum könnte das nicht sein?« Presto geriet in Aufregung bei diesem Gedanken.

»Ich weiß nicht – vermutlich könnte es sein«, räumte Doyle ein.

»Und wenn ja, wie schwer könnte es sein, ein Gebäude von dieser Größe und von so einzigartigem Aussehen zu finden?« fragte Presto.

»Überhaupt nicht schwer«, meinte Doyle. »Wir kabeln an alle Steinbrüche und Bauunternehmen in den Städten des Westens.«

»Er würde eine große Zahl von Handwerkern benötigen«, sagte Presto.

»Und einen enormen Haufen Geld«, sagte Stern.

»Lieferanten, Bauausrüster...«, fügte Presto hinzu.

»Und die Zeitungen – es dürfte Berichte über ein so ungewöhnliches Projekt geben«, sagte Doyle. »Innes, mach eine Liste; wir gehen zum Telegrafenamt und fangen an, Erkundigungen einzuziehen.«

Innes nahm ein Blatt Papier vom Schreibtisch und fing an zu schreiben.

Doyle warf einen Blick hinüber zu Jack, der für sich allein saß und starr zu Boden blickte; er war der einzige, der sich nicht beteiligte. »Kann sich niemand von Ihnen an weitere Einzelheiten aus dem Traum erinnern, die uns vielleicht verraten könnten, wo der Turm steht?«

Jack nahm die Frage nicht zur Kenntnis.

»Mary, Ihnen scheint am meisten offenbart worden zu sein«, sagte Presto.

Die Allein Geht nickte; sie schloß die Augen und lenkte ihre Gedanken zurück in die Welt des Traums.

»Sechs Leute versammeln sich in einem Raum unter der Erde«, sagte sie langsam.

»Im Tempel, ja; ich glaube, das habe ich auch gesehen«, sagte Presto.

»Jedes Mal steigt der Schwarze Krähe Mann aus der Erde, in den Himmel, aus dem Feuer.«

»Wie der Phoenix«, sagte Doyle.

»Phoenix«, sagte Stern.

Ihre Blicke trafen sich, und beide hatten den gleichen Gedanken.

»Phoenix, Arizona«, sagte Doyle. »Schick die ersten Telegramme dorthin – mein Gott, soeben fällt mir etwas ein.«

Doyle blätterte hastig in seinem Notizbuch und suchte seine Skizze von der Zeichnung, die er an der Wand von Rupert Seligs Schiffskabine gefunden hatte, und von dem Brandmal an den Armen der Diebe. »Wir haben die ganze Zeit angenommen, dieses Mal sei das Zeichen des Bundes der Diebe.«

»Und?« sagte Presto.

»Vielleicht haben wir es verkehrt herum betrachtet«, sagte Doyle. »Vielleicht ist es das überhaupt nicht.«

»Was könnte es sonst sein?« fragte Innes.

Doyle drehte die Zeichnung auf die Seite und deutete darauf. »Wie sieht es jetzt aus? Diese durchbrochenen Linien?«

»Punkte und Striche«, sagte Presto.

»Morsezeichen«, sagte Innes.

»Genau.« Doyle legte die Zeichnung auf den Tisch und nahm seinem Bruder den Bleistift aus der Hand. »Weiß vielleicht jemand, was das bedeutet?«

Jack war durch das Zimmer herübergekommen, ohne daß jemand ihn bemerkt hatte. Er blieb unmittelbar vor Doyle stehen und schaute auf die Zeichnung.

»Der Buchstabe R und sechs Zahlen«, sagte Jack. »Dreizehn und elf in der mittleren Zeile. Dreizehn und achtzehn in der letzten.«

»Dann ist es kein Datum«, sagte Doyle.

»Vielleicht eine geografische Notierung: Längen- und Breitengrad«, erwog Innes.

Jack schüttelte den Kopf. »Das wäre mitten im Atlantischen Ozean.«

»Vielleicht ein Bibelverweis«, sagte Stern. »Kapitel und Vers.«

»Innes, in der Schublade neben meinem Bett ist eine Bibel«, sagte Doyle, und Innes war mit einem Satz bei der Tür. »Aber weck den Major nicht auf.«

»Woher wissen wir denn, welches Buch der Bibel es ist?« fragte Presto, als Innes mit der Gideonsbibel zurückkam und sie Doyle gab.

»Es ist eins, das mit R anfangt, nehme ich an«, sagte Doyle.

»Nur drei fangen mit R an«, sagte Innes aus dem Gedächtnis. »Ruth, Römer und Revelatio.«

»Das Buch Ruth hat nur vier Kapitel«, sagte Doyle und blätterte zu diesem Teil. »Und der Brief des Paulus an die Römer nur vierzehn Verse.«

»Was ist ›Revelatio‹?« fragte Die Allein Geht.

»Das letzte Buch, die Geheime Offenbarung«, sagte Stern. »Eine Reihe von Visionen des heiligen Johannes.«

»Eine Prophezeiung der Apokalypse«, sagte Jack.

»Hier ist es«, sagte Doyle, als er die Seite gefunden hatte. »Revelatio, dreizehn, elf: ›Und ich sah ein zweites Tier aufsteigen von der Erde; das hatte zwei Hörner gleichwie ein Lamm und redete wie ein Drache.‹

Und dreizehn, achtzehn: ›Hier ist Weisheit! Wer Verstand hat, der überlege die Zahl des Tieres; denn es ist eines Menschen Zahl, und seine Zahl ist 666.‹«

12

Die erste Kontrollstelle war fünf Meilen weit vom Mittelpunkt der Stadt entfernt. Es war spät am Nachmittag, als die Wagen der Schauspieler sie erreichten; Wüste ringsumher, flach und trostlos, die Sonne brannte unbarmherzig auf sie herab. Eileen war dankbar für die zusätzlichen Wasserflaschen, die Jacob vor der Abfahrt in Skull Canyon gefüllt hatte; Kanazuchi trank selbst zwei, schweigsam wie zuvor, mit sparsamen und ökonomischen Bewegungen. Seine Wunde blieb sauber und eiterte nicht; der sonderbare Mann schien die Energie, die er gespeichert hatte, darauf zu verwenden, sich aus eigenem Willen zu heilen, und verdammt, es funktionierte: Seine Blässe war verflogen, und er atmete gleichmäßig und kräftig.

Im Augenblick machte Eileen sich um Jacob größere Sorgen. Den ganzen Tag fuhr er ihren Wagen in der grellen Hitze; eine Zeitlang löste sie ihn am Zügel ab, bis die Glut sie wieder in den Schutz der Plane zurücktrieb. Sie wußte, daß der arme Mann schon vom Schaukeln und Holpern ihres Wägelchens auf der unbefestigten Straße erschöpft sein mußte – sein Gesicht war krebsrot, das Hemd war durchgeschwitzt –, aber er beschwerte sich nie, sondern war fröhlich und heiter wie immer, so daß es ihr unmöglich war, dem wachsenden Gefühl banger Erwartung nachzugeben.

Zum Teufel mit Bendigo, daß er sie in der Hitze des Tages in die Wüste hinausfahren ließ. Die erste Vorstellung sollte erst morgen abend stattfinden; sie hätten die Fahrt nicht vor Sonnenuntergang in Angriff nehmen sollen; die Straße war gut markiert, und die Wagen waren allesamt mit Laternen ausgestattet. Aber der Himmel verhüte, daß sie zu spät zu einer Gratismahlzeit erschienen; Rymer könnte ja fünf Cent einbüßen.

Ihre Karawane schlängelte sich von den Ausläufern der Juniper Mountains herunter in den Sand der östlichen Mo-

371

jave und war eben durch eine gespenstische Formation von spiralförmigen, senkrechten Säulen aus Kalk- und Sedimentgestein gezogen, die sich wie ein steinerner Wald aus der Ebene erhob. Im dichtesten Teil des Felsendickichts bogen die Wagen um eine Ecke und standen plötzlich vor einem rohgezimmerten Tor aus mächtigen, zurechtgesägten Balken – seit Stunden das erste Menschenwerk, das sie zu Gesicht bekommen hatten. Eine kleine, aus dem gleichen Holz erbaute Hütte stand daneben, anscheinend leer.

Ein scharfer Pfiff ertönte.

Aus dem Nichts erschien ein Dutzend schwerbewaffneter Männer – nein, Leute, erkannte Eileen: Die Hälfte waren Frauen – zu beiden Seiten und über ihnen auf den Steinsäulen und richteten schußbereite Gewehre auf die Wagen. Sie trugen leichte Kattunhosen, schwere Stahlkappenstiefel und kragenlose weiße Hemden; jeder war mit einem Patronengurt ausgerüstet, den er sich um die Hüfte geschlungen hatte.

Und noch etwas anderes war seltsam an ihnen: Sie lächelten alle.

Eine hochgewachsene Frau, die einzige ohne Gewehr – sie trug aber zwei Revolver im Halfter und eine Pfeife um den Hals –, trat an das Tor und sprach mit Rymer, der im ersten Wagen saß.

»Willkommen in The New City, Freund«, sagte sie laut mit fröhlicher, klarer Stimme. »Was haben Sie heute bei uns zu schaffen, bitte?«

»Wir sind das Ultimative Tournee-Theater«, sagte Bendigo und grüßte schwungvoll mit seinem Tirolerhut. »Vagabunden der Bühne. Gekommen, euch zu unterhalten, zu belustigen und – so hofft man in aller Demut – zu gefallen.«

Die Frau lächelte ihn an. »Einen Augenblick bitte.«

Sie öffnete eine Ledermappe, die sie bei sich trug, überprüfte eine Liste und fand anscheinend einen entsprechenden Eintrag.

»Und Ihr Name, Sir?«

»Ich bin Bendigo Rymer, der Direktor unserer fröhlichen Schar – ganz zu Ihren Diensten, Madame.«

»Wie viele gehören zu Ihrer Gesellschaft, Mr. Rymer?«

»Wir sind siebzehn – äh, neunzehn, alles in allem.«

»Ich danke Ihnen, Sir; Sie werden erwartet.« Sie klappte ihr Buch zu. »Wir werden einen Blick in Ihre Wagen werfen und dann können Sie gleich weiterfahren.«

»Unbedingt«, sagte Rymer. »Wir haben nichts zu verbergen.«

Die Frau gab ein Zeichen, und die Wachen zu ebener Erde kamen rasch heran und schlugen die Planen an den Wagen zurück, während die, die oben auf den Steinsäulen standen, weiter mit schußbereiten Gewehren auf sie zielten.

»Guten Tag«, sagte Jacob zu dem gutaussehenden schwarzen Wächter, der das Zaumzeug seiner Maultiere packte.

»Guten Tag, Sir«, sagte der Mann wohlartikuliert und mit breitem Grinsen.

»Sie haben heute nachmittag ein ungeheures Ausmaß an Hitze hier in Ihrer Wüste«, sagte Jacob und wischte sich die Stirn ab.

»Ja, Sir«, sagte der Mann und grinste immer noch, ohne ihn für einen Moment aus den Augen zu lassen.

Die Segeltuchplane an der Rückseite ihres Wägelchens flog beiseite; Kanazuchi hatte sich hochgezogen und saß nun da, das Schwert unter den Rockschößen verborgen. Eileen fuhr erschrocken herum und sah die Wächterin, eine zierliche junge Frau von nicht mehr als zwanzig Jahren mit Pferdeschwanz und Sommersprossen, die sich mit der zackigen Sicherheit eines gut ausgebildeten Soldaten bewegte. Ihr Blick huschte methodisch im leeren Wagen umher – was sucht sie wohl? fragte sich Eileen – und verweilte kurz auf Kanazuchi. Er nickte und lächelte und ließ keinerlei Unbehagen erkennen. Das Mädchen erwiderte sein Lächeln mit einem Grinsen, das eine Zahnlücke, aber keine übermäßige Neugier erkennen ließ.

»Hallo«, sagte Eileen.

»Ich wünsche einen herrlichen Tag«, sagte das Mädchen und ließ die Plane fallen.

Die Wächter am Boden traten zurück und gaben der Frau

am Tor ein Zeichen; diese betätigte ein Gegengewicht aus Stein, und die Balkenschranke hob sich lautlos und machte ihnen den Weg frei.

»Bitte fahren Sie weiter, Mr. Rymer«, sagte sie. »Versuchen Sie nicht, die Straße zu verlassen. Wenn Sie in The New City angekommen sind, wird jemand an Sie herantreten und Ihnen weitere Anweisungen erteilen.«

»Wir sind Ihnen überaus dankbar, Madam«, sagte Rymer.

Schweißgebadet gratulierte Bendigo sich zu der unerschütterlichen Kaltblütigkeit seines Auftretens – Autoritätspersonen außerhalb des Theaters pflegten ihn zu paralysieren, zumal wenn sie schwerbewaffnet waren –, aber die Frau hatte nicht das leiseste Unbehagen bei ihm bemerken können. Welch ein Schauspieler er doch war! Er trieb seine Maultiere durch das Tor. Die anderen Wagen folgten eilig.

»Noch einen herrlichen Tag!« rief die Frau am Tor und winkte jedem vorüberfahrenden Wagen zu.

»Danke«, rief Jacob und winkte zurück. »Ihnen ebenfalls!«

Eileen spähte hinten aus dem Wagen, als die Balkenschranke sich wieder senkte; die Wächter auf den Säulen beobachteten mit ihren Gewehren in den Händen, wie sie davonrollten, während die anderen sich wieder in ihre Deckung zurückzogen.

»Was halten Sie davon?« fragte Eileen.

»Ich bemerke die zarte Hand des religiösen Fanatismus«, sagte Jacob von seiner Sitzbank herunter.

Als Kanazuchi sich neben sie schob, um durch die Plane hinauszuschauen, spürte Eileen eine tiefgreifende Veränderung in ihm; die Begegnung am Tor schien ihn mit neuem Leben erfüllt zu haben. Er wirkte konzentriert, seine Sinne schienen geschärft, und seine Bewegungen hatten ihre katzenartige Präzision und Gewandtheit wiedergewonnen. Zwar fühlte sie sich selbst nicht bedroht, aber zum erstenmal erkannte sie, daß es Grund gab, ihn zu fürchten; er war mehr Tier als Mensch.

ohne die Vorzüge der biologischen Fortpflanzung in Anspruch zu nehmen, schien ihnen kein großes Kopfzerbrechen zu bereiten, da Mother Lee ihnen prophezeit hatte, daß die Zivilisation noch zu ihren Lebzeiten zugrunde gehen werde; die Keuschheit stellte hingegen sicher, daß ihre Seelen als einzige am Himmelstor Einlaß finden würden. Warum die Shakers sich indessen mit Hingabe der Herstellung von so robusten und dauerhaften Dingen wie Handwerkserzeugnisse und Möbel widmeten, war eine Frage, die ihnen nie in den Sinn kam.

Die Einstellung Arizonas zu The New City könne man bestenfalls mit ›leben und leben lassen‹ beschreiben, schrieb der Redakteur. Eine Reihe von Mormonen-Niederlassungen war in den letzten paar Jahren im selben nordwestlichen Teil des Arizona Territory entstanden, und auch sie hielten sich abseits, wie ihr Glaube es ihnen vorschrieb, ohne daß jemand es mißbilligte; schließlich sei rings um die Mormonen und die Reichtümer, die sie sich mit ihren Ranch- und Minenunternehmen geschaffen hätten, der gesamte Staat Utah erblüht. Es läge den Politikern in Arizona also fern, sich wegen kleingeistiger religiöser Vorurteile derartige potentielle Einkünfte entgehen zu lassen.

Also: Angesichts ihrer wirtschaftlichen Unabhängigkeit und gesellschaftlichen Selbstverwaltung gehe es schließlich niemanden etwas an, wenn diese Leute in The New City nach ihrem eigenen Glauben leben wollten, wie immer der aussehen mochte (darüber wußte anscheinend niemand etwas). Oder? Und wenn dieses Vorhaben, wie es bei den Nicht-Mormonen in Utah der Fall gewesen sei, der Gegend, in der sie ihre Gemeinschaft anzusiedeln beliebten, einen finanziellen Vorteil bringen könne, nun – um so besser. In absoluter Übereinstimmung mit der amerikanischen Garantie der Religionsfreiheit war dies die redaktionelle Position des *Republican.*

Innes hastete in die nächste Buchhandlung und kehrte mit einer detaillierten Karte des Arizona Territory zurück; dann ermittelte er die Lage von The New City nach den Angaben des Redakteurs im Herzen der östlichen Mojave-Wüste.

So weit, so gut. Die Frage, was sie daraufhin unternehmen sollten, wurde durch ein letztes Goldkorn aus der Redaktion des *Republican* endgültig beantwortet:

Gerüchten zufolge bauten die Bewohner von The New City ein Tabernakel, das mit dem kürzlich in Salt Lake City fertiggestellten der Mormonen konkurrieren würde. Niemand vom *Republican* hatte den Bau schon mit eigenen Augen gesehen, aber er wachse rapide, und angeblich benutze man dazu schwarze Steine aus Steinbrüchen im nördlichen Mexiko.

Die schwarze Kirche.

Doyle verließ das Telegrafenbüro, kehrte ins Palmer House zurück und stellte einen Wechsel über zweitausendfünfhundert Dollar für Major Rolando Pepperman aus, mit dem er seine Teilnahme am Rest der Tournee nach einer Unterbrechung von zwei Wochen garantierte – die benötige er, teilte er dem Major mit, für die Klärung nicht weiter spezifizierter privater Schwierigkeiten. Ans Bett gefesselt, verkatert und mißmutig, akzeptierte der Major Doyles Angebot ohne weitere Fragen; er rechnete voll und ganz damit, den Mann nie wiederzusehen, und empfand ein resigniertes Gefühl der Erleichterung. Sein Entschluß stand bereits fest: Wenn man ihn noch wollte, würde er zum Zirkus zurückkehren.

Weil ein Zusammenhang zu The New City nicht festgestellt worden war, erwähnte der Journalist des *Republican* in seinem Telegramm nichts von der Story, die zur Zeit die lokalen Schlagzeilen beherrschte: der köpfeabschlagende, flüchtige Chinamann Chop-Chop. Er hatte diesen Spitznamen höchstpersönlich geprägt – einer seiner großen Redakteursmomente.

Hätte er dies getan, wären Doyle, Jack, Presto, Stern und Die Allein Geht in noch größerer Hast zum Bahnhof Chicago geeilt, um die Karten für die einfache Fahrt nach Phoenix zu erstehen.

Denn in der Nacht zuvor hatte Die Allein Geht, die wiederum von dem Traum heimgesucht worden war, eine der anderen drei Gestalten erkennen können, die sich unter der Erde zu ihnen gesellten:

Es war ein Asiate mit einem Flammenschwert.

Als Dante Scruggs seinen verwüsteten Verstand wieder in einen nahezu funktionsfähigen Zustand gebracht hatte, erkannte er, daß er in einem fahrenden Zug saß. Ein Privatabteil, Tageslicht vor dem Fenster, auf der Fahrt durch offenes Land. Farmen, Weizenfelder. Drei Männer in Anzügen saßen bei ihm, vage bekannte Gesichter; er hatte sie in der Nacht zuvor in Fredericks Büro gesehen.

Die Männer, die ihm weh getan hatten.

Sie beobachteten Dante aufmerksam, als er zu sich kam, interessiert, aber ohne Emotionen oder Freundlichkeit. So unterschiedlich sie waren, wirkten die drei doch gleichförmig in Haltung und Gestik: Jeder von ihnen hielt, gespannt wie eine Bogensehne, eine Gewalttätigkeit im Zaum, die bei der leisesten Provokation hervorzubrechen drohte. Dante war dieses Gefühl nur allzu vertraut.

»Wie spät ist es?« fragte er.

Die drei Männer starrten ihn an; schließlich zeigte einer von ihnen auf die Uhrtasche an seiner Weste.

Dante schaute an sich herunter und sah, daß er gekleidet war wie sie, wie ein reisender Geschäftsmann. Er schob eine Hand in seine Westentasche, holte eine Uhr hervor und klappte sie auf.

Zwei Uhr fünfzehn.

Er steckte die Uhr wieder ein. Fühlte ein dumpfes Pochen in der linken Armbeuge, erinnerte sich an das Brandmal, das sie ihm dort angebracht hatten, und beschloß, die Stelle nicht zu berühren oder sie darauf aufmerksam zu machen: Wer konnte wissen, was sie sonst noch mit ihm anstellen würden?

Wieso konnte er sich nach dem sengenden Schmerz dieser Augenblicke an nichts mehr erinnern? Hände, die ihn auf dem Tisch festgehalten hatten. Fredericks Gesicht drohend über ihm, seine sanften, hypnotischen Worte. Er war offenbar ohnmächtig geworden, aber seitdem waren mehr als zwölf Stunden vergangen. Hatten sie ihm eine Droge gegeben, die alles andere in seiner Erinnerung gelöscht hatte?

Gern hätte er ihnen hundert Fragen gestellt, aber die Angst ließ ihn schweigen. Und ganz unerwartet wuchs etwas anderes in ihm empor: das Gefühl der Verwandtschaft mit diesen Männern. Dante hatte die Male an ihren Armen gesehen; offensichtlich hatten sie alle erlebt, was er letzte Nacht durchgemacht hatte – das Leiden und das Grauen dieser alptraumhaften Initiation. Es einte sie auf eine Weise, die mehr bedeutete als Freundschaft. Freunde brauchte er nicht, hatte er noch nie gebraucht.

Bruderschaft, das war etwas ganz anderes.

Was hatte Frederick gesagt?

Eine Armee. Diese drei hier waren Soldaten, wie er früher einer gewesen war und wie er jetzt wieder einer war.

Kämpfende Männer. Der Gedanke gefiel ihm immer besser.

Und was hatte er an der regulären Armee am meisten verabscheut? Das Geschwätz, die kleinkarierten Klagen, die Faulheit des durchschnittlichen Freiwilligen, seine Dummheit, den Mangel an Disziplin. Jegliches Verhalten, das ablenkte von dem, was er für ihre eigentliche Aufgabe hielt: vom Töten.

Das alles schien bei diesen Männern kein Problem zu sein. Dante spürte, wie er sich entspannte. Vielleicht hatte Frederick recht. Vielleicht paßte er genau dort hin.

Die Tür öffnete sich; die beiden Männer, die ihm am nächsten saßen, standen auf und gingen hinaus, als Frederick hereinkam und sich auf den Platz Dante gegenüber setzte. Beim Anblick seines wohlgeformten, lächelnden Gesichts erstarrte Dante von neuem; sein Herz begann zu rasen, und seine Hände wurden feucht.

»Wie fühlen Sie sich?« fragte Frederick freundlich.

»Okay«, sagte Dante. »Wirklich gut.«

»Irgendwelche Beschwerden?«

Dante schüttelte den Kopf.

»Irgendwelche … Bedenken?«

»Nein, Sir.«

Frederick starrte ihn an, bis Dante die Augen niederschlagen mußte. Frederick legte ihm freundschaftlich die Hand aufs Knie und tätschelte es vertraulich. Dante wurde rot, blickte zu ihm auf und grinste.

»Sie werden vorzüglich zurechtkommen«, sagte Frederick. »Bei Ihrem Hintergrund dürfte die Ausbildung ein Kinderspiel sein.«

»Ausbildung?«

»Dürfte auch nicht lange dauern. Sie haben schon früher Männer geführt. Vielleicht sind Sie sogar Offiziersmaterial.«

»Wie Sie meinen.«

Frederick lehnte sich zurück und musterte ihn. »Hungrig, Mr. Scruggs?«

»Jawohl, Sir«, sagte Dante und merkte erst jetzt, daß er es war. »Sehr hungrig.«

Frederick machte eine Geste. Der Mann, der im Abteil geblieben war, nahm einen Korb aus dem Gepäcknetz, stellte ihn neben Dante auf den Sitz und klappte ihn auf. Zum Vorschein kam eine Auswahl an Sandwiches, Früchten und Getränken, die ihm das Wasser im Munde zusammenlaufen ließ.

»Wir achten auf unsere Ernährung«, sagte Frederick. »Gutes Essen. Nahrhaft und ausgewogen. Alkohol ist nicht erlaubt.«

»Ich trinke sowieso nicht«, sagte Dante.

»Das ist schön. Eine Armee marschiert mit dem Magen; ist es nicht so, Mr. Scruggs? Bedienen Sie sich.«

Dante konnte sich kaum erinnern, je einen solchen Heißhunger gehabt zu haben; er vertilgte wortlos drei Sandwiches, die er mit zwei Flaschen Ginger Ale herunterspülte, und wischte sich zwischendurch den Mund mit dem Ärmel seiner neuen Jacke ab, schamlos wie ein verhungernder Hund.

Frederick hatte sich auf seinem Sitz zurückgelehnt, die Hände säuberlich gefaltet, und beobachtete Dante beim Essen; ein verschlagenes Lächeln spielte auf seinen kraftvollen Zügen.

Als Dante fertig war und dröhnend rülpste, stellte der dritte Mann den Korb auf ein Zeichen von Frederick hin wieder ins Gepäcknetz zurück und verließ das Abteil. Frederick reichte Dante mit einer eleganten Geste eine Serviette herüber. Der brauchte einige Sekunden, bevor er begriff. Dann nahm er sie und putzte sich den tropfenden Mund und das Kinn ab.

»Sind Sie neugierig über die Gruppe, zu der Sie jetzt gehören, Mr. Scruggs?« fragte Frederick und lächelte wiederum spöttisch.

»Ich schätze, meine Aufgabe ist es«, sagte Dante und unterbrach sich, um einen weiteren Rülpser hervorzubringen, »zu tun, was man mir sagt, und keine Fragen zu stellen.«

»Gut. Zum Beispiel brauchen Sie nicht zu wissen, wie wir uns nennen, denn es wird niemals nötig sein, daß Sie diese Frage beantworten.«

Dante nickte.

»Man wird Ihnen niemals etwas sagen – es sei denn, wir entscheiden, daß Sie es wissen müssen. Wissen Sie, wohin wir fahren?«

»Irgendwohin nach Westen«, sagte Dante achselzuckend; er hatte die Stellung der Sonne draußen vor dem Fenster gesehen.

»Sehr scharfsichtig. Aber darüber hinaus – *interessiert* es Sie, wohin wir fahren?«

»Nein, Sir.«

»Wir geben viel auf Disziplin, Mr. Scruggs. Disziplin im Verhalten, Disziplin in der Persönlichkeit. Es ist von entscheidender Bedeutung für unsere Arbeit, daß man uns nicht bemerkt. Stellen Sie sich beispielsweise vor, eine Aufgabe, mit der Sie betraut sind, erfordert, daß Sie in einem feinen Restaurant speisen, und es wäre wichtig für Sie, daß Sie unauffällig mit den Gästen verschmelzen.«

»Okay«

Frederick beugte sich vor und flüsterte: »Glauben Sie, das wäre möglich, Mr. Scruggs, wenn Sie die Tischmanieren eines Schweins an den Tag legen, das sich in seiner eigenen Scheiße wälzt?«

Dante spürte, wie ihm das Blut aus dem Gesicht wich. Frederick lächelte immer noch.

»Nein, Sir.«

»Aus diesem Grund lernen wir, unseren Verstand zu schulen, und aus diesem Grund glauben wir, daß jeder, der versagt, streng bestraft werden muß. So *lernen* wir.«

Der Schweiß rann Dante in den Nacken. Frederick beugte sich vor und tätschelte ihm das Bein. »Machen Sie kein so besorgtes Gesicht, Mr. Scruggs; ich hatte Sie nicht mit unseren Standards vertraut gemacht, und Sie waren so hungrig. Aber nachdem wir dieses Gespräch nun geführt haben, erwarte ich, daß ich nie wieder eine so abscheuliche Vorstellung von Ihnen geboten bekomme. Oder?«

»Nein, Sir.«

Frederick drückte besänftigend Dantes Schenkel und lehnte sich zurück.

»Uns ist bewußt, daß jeder unserer Männer in einzigartiger Weise dazu qualifiziert ist, unsere Arbeit zu tun, und wenn er uns zufriedenstellt, sollte er auch in einzigartiger Weise belohnt werden. Sie haben im Leben Ihre eigenen ganz speziellen Interessen entwickelt, Mr. Scruggs, die anders sind als die unsrigen. Wir finden, wenn Sie unsere Bedürfnisse zu unserer großen Zufriedenheit erfüllen, dann sollten wir Ihnen unsererseits eine Gelegenheit verschaffen, die Ihren zu befriedigen.«

»Okay« Was meinte er damit?

»Täuschen Sie sich nicht; diese Großzügigkeit fußt auf durchaus selbstsüchtigen Motiven: Wir haben die Erfahrung gemacht, daß es einen Mann nur dazu anspornt, in Zukunft um so härter zu arbeiten, wenn wir ihm geben, was er sich wünscht, sofern er uns Freude macht. Es ist eine *Investition*. Können Sie mir folgen?«

»Ich weiß nicht genau.«

»Ein Beispiel wäre vielleicht angebracht. Nehmen wir an, wir hätten Ihnen einen schwierigen Auftrag gegeben, und Sie hätten ihn tadellos ausgeführt. Was könnten Sie dafür von uns erwarten?«

Dante schüttelte den Kopf.

Frederick, der alles vorauswußte, schnippte mit den Fingern. Einer der Männer öffnete von außen die Tür zum Gang, und eine wohlgerundete, attraktive junge Frau kam herein, rötlichblond und hübsch gekleidet. Sie trug einen kleinen Koffer.

»Ja?« sagte Frederick zu der Frau.

»Verzeihen Sie, Gentlemen, ich wollte nicht stören«, sagte die Frau sichtlich nervös.

»Wie können wir Ihnen helfen, Miß?« fragte Frederick.

»Ich habe diesen Koffer gefunden, wissen Sie, unter meinem Sitz, nebenan im nächsten Wagen«, sagte sie im knirschenden Tonfall des Mittelwestens. »Und der Bursche draußen – Ihr Freund schätze ich; er saß mir gegenüber – der sagte, er glaubt, er gehört einem von Ihnen hier. Und er hat gefragt, ob ich was dagegen hatte, ihn selbst herzubringen.«

»Wie überaus gütig von Ihnen«, sagte Frederick. »Hat unser Freund Ihnen etwas dafür angeboten, daß Sie ihn wohlverwahrt zurückbringen?«

»Sozusagen.« Die Frau wurde rot.

»Wie meinen Sie das?«

»Na ja, er sagte, einer von Ihnen würde mir zehn Dollar geben, wenn ich es mache.«

»Da hat er wohl recht gehabt.« Frederick zog seine Brieftasche hervor. »Verzeihen Sie meine Manieren – wollen Sie sich nicht für einen Augenblick zu uns setzen, Miß? Es ist doch sicher bequemer hier drin, und wir sind Ihnen wirklich sehr dankbar.«

»Na schön«, sagte sie, aber sie blieb stehen und hielt unbeholfen den Koffer in der Hand.

Der Mann auf dem Gang schloß die Tür hinter ihr und ließ sie mit Dante und Frederick allein.

»Alsdann, Mr. Johnson«, sagte Frederick zu Dante, »warum nehmen Sie der jungen Lady den Koffer nicht ab?«

Dante schaute Frederick verwirrt an.

»Ach, ist das Ihrer?« Die Frau hielt ihm den Koffer entgegen.

»Danke schön«, sagte Dante, nahm ihn und hielt ihn steif auf dem Schoß.

Frederick klopfte mit der flachen Hand neben sich auf den Sitz, und die junge Frau setzte sich, während er einen Zehn-Dollar-Schein aus der Brieftasche nahm.

»Wie versprochen«, sagte er.

»Vielen Dank, Sir«, sagte die Frau; sie nahm das Geld sichtlich verlegen und mit gesenktem Blick in Empfang.

»Nein, wir haben Ihnen zu danken, meine Liebe«, sagte Frederick. »Mr. Johnson, vielleicht sollten Sie Ihren Koffer untersuchen, um festzustellen, ob alles in Ordnung ist.«

Dante nickte. Er legte den kleinen Koffer flach auf die Knie und öffnete sorgfältig die beiden Schließen.

»Wenn Sie meine Frage gestatten – sind Sie allein unterwegs, Miß?« fragte Frederick. »Wie ist übrigens Ihr Name?«

»Rowena. Rowena Jenkins. Sicher gestatte ich. Ja, bin ich«, sagte sie. »Allein unterwegs, meine ich.«

»Aha«, sagte Frederick und lächelte freundlich. »Sie sind ein sehr hübsches Mädchen, wenn es Sie nicht stört, daß ich das sage.«

»Nein, es stört mich überhaupt nicht.«

»Sind Sie zufällig eine Prostituierte, Rowena?«

Das Mädchen machte ein bestürztes Gesicht; ihre Hände ballten sich zu Fäusten, und sie warf einen nervösen Blick zur Tür. Frederick studierte ihre Reaktionen aufmerksam.

»Bitte, ich meine diese Frage nicht kränkend«, sagte Frederick liebenswürdig. »Und ich werde es Ihnen keineswegs übelnehmen, wenn dem so ist. Wir sind alle sehr unvoreingenommen hier. Es ist nur eine Beobachtung. Um meine Neugier zu befriedigen.«

Ihr Blick ging schnell zwischen den beiden hin und her. »Ich schätze, ich habe schon mal so was gemacht, ja«, sagte sie. Ihre Hände entspannten sich und strichen über die seidige Oberfläche des Sitzbezugs.

Dante klappte den Kofferdeckel hoch. Auf einem schwarzen Samtbett lagen säuberlich zwei Reihen von neuen chirurgischen Instrumenten aus blinkendem Edelstahl: Skalpelle, Spreizhaken, Sägen.

»Ist alles in Ordnung, Mr. Johnson?« fragte Frederick.

»O ja.«

»Fehlt nichts?«

»Nein«, sagte Dante. »Alles bestens.«

»Gut.«

Dante schloß langsam den Koffer und blickte zu dem Mädchen auf.

Sie lächelte ihn an. Der mit dem Akzent wirkte für ihren Geschmack ein bißchen zu kultiviert und einschüchternd, aber dieser Blonde mit dem jungenhaften Aussehen gefiel ihr. Vermutlich könnte sie Spaß haben mit ihm, wenn sie den Jungen in ihm zum Vorschein brächte. Er hatte ein richtig freundliches Gesicht – sie war stark kurzsichtig, aber ihr graute davor, eine Brille zu tragen –, nur sein linkes Auge war irgendwie komisch: Was war es nur?

»Darf ich Ihnen etwas zu trinken anbieten, Rowena?« fragte Frederick und holte den Picknickkorb herunter. »Vielleicht etwas zu essen? Wir haben schöne Sandwiches mitgebracht.«

»Das wäre wunderbar, danke«, sagte Rowena und kuschelte sich auf ihrem Erste-Klasse-Sitz zurecht.

Rowena hatte sich kein bißchen darauf gefreut, nach Kansas City zu ziehen; sie wußte, das Haus, in dem sie arbeiten würde, war nicht annähernd so schön wie das in Chicago, das sie soeben verlassen hatte, und ihr graute davor, sich wieder mit einem neuen Schwarm von Mädchen bekannt machen zu müssen.

Aber sie hatte das Gefühl, nach dem dicken Bündel von Scheinen in der Brieftasche dieses Herrn zu urteilen, könnte diese Reise doch noch ganz gut laufen.

Am Nachmittag hatte Buckskin Frank den Vorsprung der Schauspieler wieder aufgeholt. Er war zwar jahrelang in dieser Gegend geritten, aber so weit draußen war er noch nie gewesen; nicht mal die Apachen hatten viel übrig für diesen Landstrich. Die Hitze war brutal über dem Sand, aber er wußte, wie man ein Pferd hindurchtrieb; er hatte es hundertmal in anderen Wüsten getan, und jede Stunde machte er halt, um sich und das Pferd mit Wasser zu versorgen. Er war immer gut zu seinen Tieren gewesen. Sie schienen ihm Freundlichkeit mehr zu verdienen als die meisten Menschen, und sie erwiderten sie auch treuer.

Der Straße zu folgen war einfach, und ihre Spuren waren frisch. Oben auf der letzten Anhöhe, bevor die Straße endgültig in die Ebene hinunterführte, hielt er an. Eine Viertelmeile weiter unten lag noch einmal eine Weggabelung, die einzige seit Skull Canyon; hier schlängelte sich eine Straße nach Südwesten.

Da: eine Staubwolke vor ihm auf der Hauptstraße. Frank holte sein Fernglas hervor.

Jetzt bekam er die Schauspieler zu Gesicht: fünf Wagen, die aus einer Gruppe von hohen Felsen hervorrollten. Am letzten Wagen war die Plane zurückgeschlagen, aber er konnte nichts sehen – was war das?

Er schwenkte das Glas von der Theatertruppe zurück und drehte die Schärfe nach. Sah aus wie eine Schranke über der Straße, jenseits der Planwagen, etwa eine Meile weit entfernt. Eine kleine Hütte; Telegrafendrähte gingen von ihr aus und folgten der Straße. Gestalten bewegten sich dort, aber er konnte aus dieser Entfernung durch das Hitzeflimmern keine Details erkennen.

Sein Blick fiel auf eine zweite Staubwolke, die links über der Nebenstraße aufstieg. Er richtete das Glas dorthin.

Große Kolonistenfuhrwerke, eine längere Kolonne, vielleicht zehn Stück, näher als die erste Gruppe, mit Kurs auf die Weggabelung unterhalb von ihm. Die Fahrer trugen weiße Hemden, und neben jedem saß ein zweites Weißhemd mit einem Gewehr.

Was transportierten sie auf den Wagen?

Kisten, längliche Kisten, hohe Stapel auf jedem einzelnen.

Er glaubte zu wissen, was das war.

Aber das ergab keinen Sinn; die Fahrer waren eindeutig Zivilisten. Konnte doch nicht sein, oder? Um sicher zu sein, würde er sich die Sache genauer ansehen müssen.

Nicht, daß es ihn etwas anginge, ermahnte er sich; aber wenn es da etwas gab, das beim Umlegen des Chinamannes zu Komplikationen führen könnte, dann ging es ihn doch etwas an.

Frank schätzte, daß die Wagen in zehn Minuten an der Weggabelung angekommen sein müßten. Er trieb sein Pferd im Galopp zum Fuße der Anhöhe, dann verließ er die Straße und suchte sich zwischen den ersten Ausläufern der Felsformation seinen Weg durch den Sand. Seltsame Formen erhoben sich hier, ein Labyrinth aus verdrehten, rosaroten und weißen Säulen, das aussah wie eine versteinerte Baumgruppe. Er band sein Pferd an einer versteckt gelegenen Stelle an, nahm sein Gewehr und suchte sich einen höher gelegenen Ausguck.

Die Wagenkolonne war noch ein paar Minuten weit entfernt; sie näherte sich von links auf der Hauptstraße. Als er vorwärtsschlich, vernahm er ein rhythmisches Schlagen, gefolgt von Stimmen.

Gesang?

Frank schob sich auf einen großen Felsblock und rutschte bis an den Rand. Hier bot sich ein Blick auf eine kleine, natürliche Lichtung inmitten der Felsformation.

Ein Dutzend dieser Weißhemden, wie er sie auch auf den Wagen gesehen hatte, saß auf der Lichtung im Kreis; sie klatschten in die Hände und sangen ›Rock My Soul in the Bosom of Abraham‹.

Junge Gesichter lächelten zum Takt der Musik. Zwei Schwarze, ein Mexikaner, mindestens ein Indianer. Die Hälfte von ihnen Frauen. Patronengürtel um die Hüften. Revolver. Gewehre lehnten an den Felsen. Repetiergewehre, ernsthaftes Schießwerkzeug.

Was für eine Art Sonntagsschulausflug sollte denn das sein, zum Teufel?

Frank zuckte von der Felsenkante zurück, als er hinter sich das Schlürfen von Schritten im Sand hörte. Er drehte sich langsam um. Noch einer von diesen Weißhemden, ein blonder Bengel, kaum den kurzen Hosen entwachsen, patrouillierte unten in dem schmalen Durchgang zwischen den Felsen, ein Gewehr in der Hand.

Ein Steinchen rollte von dem Felsblock und fiel dem Jungen vor die Füße; er blieb stehen und kniete nieder.

Frank erstarrte: Wenn der Knabe hochguckt, glotzt er

mir genau auf die Stiefelsohlen. Und zwei Sekunden später hat er einen Fußabdruck im Gesicht.

Der Junge rührte sich nicht.

Frank hielt den Atem an: Was, zum Teufel, macht der da? Wenn ich in seinem Alter wäre, dann würde ich jetzt heimlich eine rauchen oder versuchen, ein Mädchen aus dem Kleid zu locken. Der Junge bekreuzigte sich – er hatte *gebetet* –, stand auf, lächelte bei sich und ging weiter, weg von der Stelle, wo Frank sein Pferd angebunden hatte.

Frank atmete langsam aus und zählte dann bis hundert. Das Singen und Händeklatschen auf der Lichtung ging weiter, immer das gleiche Lied, wieder und wieder von vorn. Niemand von diesen Leuten kam, um ihn aufzustöbern. Er rutschte vom Felsen herunter und kehrte lautlos zu seinem Pferd zurück.

Das war ihm zu unheimlich.

Ein starker Instinkt erwachte in ihm: Wenn du nach Mexiko willst, Frankie-Boy, dann ist jetzt die Zeit dafür.

Die Wagen waren auf der Hauptstraße angekommen und befanden sich nun auf seiner Höhe. Frank schlich sich bis an den Rand der Felsengruppe und bis auf fünfzig Schritte an die Straße heran; dann stützte er die Ellbogen in eine Felsspalte und richtete sein Fernglas auf die Karawane.

Und auf die länglichen Kisten hinten auf den Wagen.

Er betrachtete jede Wagenladung aufmerksam, während sie vorüberzog. Ja, jede dieser Kisten trug die Schablonenaufschrift, die er erwartet hatte.

U.S. Army

In diesen Kisten waren Winchester-Gewehre. Die Standardwaffe der Armee.

Hunderte.

THE NEW CITY

»Lobet den Herrn, Halleluja. Ist es nicht ein herrlicher Tag?«

»Danke dir, Bruder Cornelius; in der Tat, ein herrlicher Tag«, sagte der Reverend, als er zum ersten Mal an diesem Tage – seit dem Mittag waren schon ein paar Stunden vergangen – aus seinem Haus und auf den Bohlengehweg der Main Street trat. Er blinzelte im hellen Sonnenlicht; die heiße Luft drang glühend in seine Lunge, und wieder fragte er sich besorgt, wo er die Energie hernehmen sollte, den heutigen Verpflichtungen nachzukommen.

Wenn sie nur wüßten, was ich von ihnen will, dachte Reverend Day und schaute müde auf die verkehrsreiche Straße hinaus: *Wie viele würden dann bleiben? Und wie viele würden sich umdrehen und fortlaufen?*

»Sag mir, Bruder Cornelius, war es ein guter Tag?«

»Ein herrlicher Tag, Reverend – gepriesen sei der Herr«, sagte Cornelius Moncrief, der über zwei Stunden lang klaglos auf den Reverend gewartet hatte, wie er es fast täglich tat.

»Das höre ich gern. Gehst du ein Stück mit mir, Bruder?«

Schweigend gingen sie nebeneinander her. Der wuchtige Mann in dem langen grauen Staubmantel – der neuernannte Direktor für Innere Sicherheit in The New City – zügelte seinen Schritt, um an der Seite des gebeugten, buckligen Predigers zu bleiben, dessen silberne Sporen im Takt seines hinkenden Ganges klingelten. Die Bürger auf der Straße lächelten und verbeugten sich tief vor Reverend Day; demonstrierten ihm ihre Hingabe, wo er vorüberkam, und der Reverend winkte jedem Schäfchen seiner Herde freundlich zu und hatte fast immer ein segnendes Wort auf den Lippen.

Fürchterliche Angst haben sie vor mir – nur weiter so.

»Die Liebe unserer Menschen ist ein Wunder. Wahrlich ein Geschenk von Gott«, sagte der Reverend, als sie die Main Street verließen und auf den Turm zugingen.

»Wie wahr, Reverend.«

»Und habe ich dir schon gesagt, Bruder Cornelius, wie dankbar wir dir für all deine harte Arbeit zum Wohle unserer Kirche sind?«

»Sie sind zu gütig, Reverend«, sagte Cornelius, und die Brust schwoll ihm, wie es immer geschah, wenn der Reverend freundlich zu ihm sprach – als müsse er in Lachen oder in Weinen ausbrechen und wisse nicht genau, was nun der Fall war.

»Bruder, du hast das Vertrauen, das ich in dich gesetzt habe, tausendfach erstattet. Du trägst Kampfgeist in die Herzen unserer christlichen Soldaten, erfüllst sie mit Begeisterung, auf daß sie mit Freude und großem Eifer zu den Waffen greifen und vorwärts marschieren wie ein Mann, zum Schutze unserer Herde und zum Verderben unserer Feinde.«

Die Tränen strömten ungehindert aus Cornelius' Augen; er blieb stehen wie angewurzelt, zu überwältigt, als daß er den Reverend hätte anschauen oder ihm gar antworten können. So verbeugte er sich nur und nickte mit dem Kopf. Reverend Day sah zu, wie er weinte, und tätschelte dem Mann mitfühlend die massige Schulter. *Ganz gleich, wie oft ich ihnen diesen Quatsch auch auftische, sie stürzen sich jedesmal wieder darauf wie ein Rudel verhungernder Hunde.*

»Aber, aber, Bruder Cornelius«, sagte Reverend Day und gab ihm einen Knuff unters Kinn. »Deine Tränen sind wie der sanfte Regen des Himmels, die Leben spenden dieser dürren und staubigen Ebene; und Blumen erblühen, wo einst war Wüste.«

Cornelius schaute ihn an, und ein scheues Lächeln erschien auf seinem Gesicht.

Zeit für eine Kostprobe vom Sakrament, dachte Reverend Day.

Der Reverend nahm Cornelius mit seinem Blick auf den Haken und schaltete den Strom ein, und dann pumpte er ein paar bemessene Stöße in ihn hinein: Aufmerksam beobachtete er, wie die Kraft sich in den Kern des Mannes bohrte und dort an die Arbeit ging, und wie sie seine Gedanken so verkrümmten, daß sie den Bedürfnissen des Reverend entgegenkamen.

Ein dunkler Schauder rieselte durch seine Nerven; er genoß es, das Sakrament zu verabreichen, genoß das köstliche Empfinden, in sie hineinzugreifen, die Intimität des Kontakts, die Liebkosung der Nacktheit, die sie so gehorsam darboten. Diese Momente der ganz privaten Schändung durch ihre Augen – dafür lebte er.

Als er sah, daß Cornelius' Pupillen glasig wurden, zog

der Reverend die Tentakel seiner Kraft ein und verstaute sie wie ein Klappbett. Dann vollführte er ein Fingerschnippen vor dem Gesicht des Mannes. Cornelius blinzelte; die Verbindung war unterbrochen. Seine Augen rollten in den Höhlen nach oben wie davonkullernde Murmeln.

Nach jahrelangem Versuch und Irrtum hatte der Reverend gelernt, seine Gemeinde der Kraft wohldosiert auszusetzen und in sie einzudringen mit der Feinfühligkeit eines Chirurgen; das richtige Maß machte sie auf Tage hinaus fügsam wie Lumpenpuppen, und auf ihren Gesichtern klebte das Grinsen von Betrunkenen. Gab er ihnen zu wenig, kehrte ihr Geist nach und nach zurück; war das Maß zu hoch, sabberten sie nur noch in ihren Becher. Und nicht wenige solcher ›Fehlschläge‹ lagen nun verscharrt vor den Toren der Stadt.

Mit Cornelius ging er auf Messers Schneide. Der Wille des Mannes war so stark, daß es mehr als bei den meisten anderen erforderte, ihn bei der Stange zu halten, aber der Reverend konnte nicht riskieren, sein Nervensystem zu verschmoren. Er brauchte ihn: Cornelius hatte einen undisziplinierten Haufen von grünen Rekruten in eine Armee verwandelt; niemand in der Stadt konnte ihm das Wasser reichen, was Führungskraft und taktisches Geschick anging, gemäßigt durch ein so genußvolles Barbarentum.

Und das alles erforderte so viel Mühe; Gott, er war müde.

Cornelius öffnete die Augen. Gut, der Mann war wieder in seinem Körper. Jetzt ein paar Worte aus der Schrift, um ihn aus dem Nebel herauszuführen.

»Höre die Worte der Weisen«, wisperte der Reverend.

Cornelius neigte sich ihm eifrig entgegen.

»Öffne dein Herz meiner Weisheit; ich habe dich heute unterwiesen, auf daß ich dich die Reinheit des Wahren Wortes lehre. Höre, mein Sohn, und sei weise, denn nur durch die Weisheit wird ein Haus gebaut, und nur durch das Verstehen ist es von Dauer.«

Cornelius' Augen klärten sich wieder, und er nickte langsam. Vollständige Hingabe und keine Spur von Verständnis.

So ist's recht, du Schafskopf, dachte der Reverend und beobachtete ihn genau: *Botschaft angekommen.*

»Also«, sagte Reverend Day und ging weiter, zurück zum Geschäftlichen. »Welche *gute* Nachricht hast du heute für uns, Bruder?«

Cornelius schwankte einen Augenblick lang, fand sein Gleichgewicht wieder und trabte mit wie ein gehorsamer Köter. »Diese Schauspielertruppe ist pünktlich durch das Osttor gekommen.« Er schwenkte ein Telegramm.

»Wann?«

»Vor ungefähr einer Stunde. Müßten jeden Moment in die Stadt kommen.«

»Ist das nicht wundervoll?« sagte Day mit ehrlicher Begeisterung. »Wir können uns auf ein wenig lebhaftes Amüsement freuen. Ist dir klar, wie lange es her ist, daß ich im Theater war?«

Cornelius runzelte die Stirn. »Nein?«

Hoffnungslos. Na, macht nichts.

»Begrüße unsere Neuankömmlinge für mich, Bruder Cornelius, und lade sie für heute abend zum Essen ein; sie sollen meine Ehrengäste sein.«

»Jawohl, Reverend«, sagte Cornelius und zog noch ein Telegramm hervor. »Und noch eine gute Nachricht, Sir. Auch unsere neuen Gewehre sind soeben angekommen.«

»Hervorragend, Bruder.«

»Wenn es Ihnen recht ist, Sir, dann lasse ich sie ins Lagerhaus bringen, damit ich die Lieferung dort selbst begutachten kann.«

»Ja, tu das, sei so gut. Und jetzt berichte, Bruder Cornelius: Geht die Ausbildung unserer Miliz gut voran?«

»Reverend, zu sehen, wie unsere Brüder und Schwestern sich einsetzen, ist eine wahre Inspiration«, sagte Cornelius, und wieder legte sich ein Schleier über seine Augen.

»Gut. Wie steht es mit ihrer *Scharfschützenkunst?*«

»Jeden Tag besser. Und wenn erst diese neuen Gewehre ausgeteilt sind, dann werden sie noch leistungsfähiger …«

»Gut. Ausgezeichnet.«

Cornelius blieben die Worte im Halse stecken, und er

würgte sie noch einmal hervor. »Reverend, ich war noch nie so stolz auf eine so prächtige Schar von jungen Leuten –«

»Das ist schön.« Day schnitt ihm mit einer scharfen Handbewegung das Wort ab. Er hatte dieses unablässige Geblubber satt; es war so lächerlich bei einem Mann von solcher Größe.

Sie waren am Fuße des Turms angelangt, und die Arbeiter stoben beiseite, wo er vorüberging. Day trat in den Schatten des Turms; es war der einzige Schatten weit und breit, und hier fand er Erlösung von der Sonnenglut. Als er den Hut abnahm, um sich den Schweiß von der Stirn zu wischen, lief ein elektrisches Zucken an seiner steifen Wirbelsäule herauf. Er erkannte das Signal sofort: Die Aura spannte sich wie ein stählernes Band um seine Stirn.

Und die hier war besonders schlimm.

Day fühlte, daß ihm ein Blutrinnsal aus der Nase tröpfelte. Er wandte sich ab und bedeckte das Gesicht mit einem Taschentuch – *muß mich beeilen, nicht mehr viel Zeit.*

»Verzeih, Bruder, ich muß mich jetzt meiner Meditation zuwenden.« Reverend Day wedelte mit dem Hut und verscheuchte den Mann. »Ab mit dir. Zurück an die Arbeit.«

Gehorsam kämpfte Cornelius die Tränen nieder. Er nickte und trottete zur Stadt zurück; trostsuchend schaute er sich noch einmal um. Reverend Day hatte auf seinen Blick gewartet; er winkte ihm einmal zu und hinkte dann um die Kathedrale herum.

Die Arbeiter hasteten davon, als er herankam. Als er allein war, wühlte er einen Schlüsselbund aus der Tasche und öffnete das Vorhängeschloß vor den beiden großen Stahlklappen, die in den Boden eingelassen waren. Er hob eine der Klappen an, ließ sie zur Seite kippen und richtete sich auf, um wieder zu Atem zu kommen, ehe er hinunterkletterte.

Das Taschentuch in seiner Hand war rot; das Blut floß in Strömen.

Er stieg die Treppe hinab in die Tiefe, schob einen Schlüssel in die schwarze Onyxtür an ihrem Ende; das Schloß öffnete sich mit tiefem, zufriedenstellendem Klicken.

Er drückte leicht dagegen, und der riesige Türflügel, ein Wunderwerk an Planung und Konstruktion, drehte sich in kardanisch gelagerten Angeln und schwang auf wie ein sanfter Windhauch. Reverend Day trat in die kühle Luft der Gruft, schob die Tür hinter sich zu und verschloß sie wieder.

Rasch durchquerte er das achteckige Foyer; Lampen aus Stahl und Glas beleuchteten seinen Weg durch ein Gewirr von labyrinthischen Gängen, die in unfruchtbares Felsgestein gehauen waren. Mit einer Hand strich er an den zu seidiger Vollkommenheit polierten Wänden entlang, seine Absätze klapperten scharf auf schwarzem Marmorboden, und er folgte einem gewundenen Pfad, den nur er auswendig kannte, hinunter in den Bauch der Kirche, wo das Licht trüber wurde und das Echo seiner Schritte dunkler hallte.

Bei der zweiten Tür benutzte er den Schlüssel aus schwarzem Stein und betrat seine Privatkapelle. Außer Day selbst hatten nur die Steinmetze und die Kulis vom Sprengtrupp, die diesen Teil des Werkes vollendet hatten, je einen Blick in sein privates Sanktum geworfen, und sie alle lagen jetzt hier begraben unter dem schwarzen Mosaik-Hexagramm im weißen Marmorboden.

Die Felswände hier waren roher behauen als in den Korridoren; sie verströmten feuchte, erdige Luft, und so wollte er es auch haben: klamm, dampfend, dem Herzen der Erde nah. Reverend Day hinkte um das Hexagramm herum, warf einen Blick hinauf zu dem verschlungenen Gitterwerk der Decke und blieb stehen, um eine der sechs kleinen Silberladen zu inspizieren, die an den Spitzen des Sterns auf Sockeln standen.

Er öffnete die erste Lade, und seine Finger liebkosten das Pergament des uralten Buches, das darin lag. Eine Folio-Ausgabe des Koran. Ein Blutstropfen fiel von seiner Lippe auf eine der Seiten. Als sein Blut das Papier berührte, wallte die Macht in ihm auf wie der Dampf in einem Dynamo und drohte seine Haut zum Platzen zu bringen. Er riß die Hand von der Seite zurück, bevor er Schaden anrichten konnte.

Ja: Der Raum funktionierte vollkommen, ganz wie die

Vision es ihm offenbart hatte; er verstärkte seine Kraft, wie ein Brennglas das Sonnenlicht bündelte.

Er blieb vor der letzten Schatulle stehen, der einzigen, die noch leer war.

Noch ein Buch, und ich kann das Heilige Werk vollenden. Und Frederick ist schon damit unterwegs; in wenigen Tagen werde ich es besitzen.

Bunte Lichter blitzten an den Rändern seines Gesichtsfeldes – rote, grüne und violette Bänder, die das Nahen der Vision ankündigten.

Sein Kopf dröhnte wie eine Trommel, und das Blut strömte ihm aus der Nase. Leise stöhnend wankte der Reverend in die Mitte des Sterns. Seine Hände fühlten sich leicht an, und ein Kribbeln durchlief seine Arme und Beine. Grauen und Staunen erfüllten sein Inneres, als die Vision näher kam. Sein Blick irrte in die Ecke des Raumes, wo der Schacht hinunterführte, der verlassene Minenschacht, der ihn hier erwartet hatte, wie die Vision es angekündigt hatte: schwarz, hohl, bodenlos. Ein Windstoß aus der Tiefe fuhr ihm durchs Haar, und die Leere verhieß ihm die Erfüllung von tausend seiner finstersten Träume.

Die Augen des Reverend verdrehten sich in ihren Höhlen, als die Vision sich seiner Muskeln bemächtigte und ihn zu Boden warf, unkontrolliert ins Leere tretend, mit geballten Fäusten, unter krampfhaften Zuckungen und mit um sich schlagenden Armen. Sein Kopf flog hin und her, und sein Körper bäumte sich am Boden auf; Speichel schäumte auf seinen Lippen, und wilde, erbarmungswürdige Tierschreie schnürten ihm die Kehle zu.

Doch sein Geist blieb klar. Eine Explosion in seinem Innern.

Das Licht aus der Tiefe umfing ihn.

Und in der strahlenden Umarmung, noch im Griff seiner schrecklichen Ekstase, hörte er, wie es aus dem Schacht heraufgrollte, das Wispern des Tieres.

BUCH VIER

The New City

13

29. SEPTEMBER 1894

Als die Sonne unterging, überquerte unser Zug den Mississippi bei St. Louis. Am Mittag sind wir in Chicago weggefahren; wenn wir den Anschlußzug ohne Verspätung erreichen, wird die Reise nach Flagstaff, Arizona, vierundzwanzig Stunden dauern. Auf dem Bahnhof dort wird uns ein Charterzug erwarten, der uns nach Prescott befördern soll, welches nach unserer Karte weniger als sechzig Meilen weit von The New City entfernt ist. Wie lange die Fahrt dorthin dauern wird, hängt von Faktoren ab, die wir noch nicht absehen können: Terrain, Wetter, Straßenzustand. Es mag genügen zu sagen, daß wir uns so schnell wie menschenmöglich vorwärtsbewegen werden, und dann werden wir sehen, was wir sehen. Nicht ganz der Luxusausflug in den Westen, an den Teddy Roosevelt gedacht hatte.

Presto hat sich großzügig bereitgefunden, die notwendigen Finanzmittel aus seinen anscheinend unerschöpflichen Reserven zur Verfügung zu stellen; er hat an Bord des Zuges drei private Schlafabteile für uns sechs reserviert. Wir müssen alle versuchen, uns auf dieser Etappe auszuruhen; so schwierig das auch zu sein scheint, es ist doch vielleicht die letzte gute Gelegenheit, die wir bekommen werden.

Die andern sind vorn im Speisewagen. JS sitzt allein in seinem Abteil neben dem meinen. Seit er mir kürzlich im Zug gebeichtet hat, versinkt er immer tiefer in stummes Brüten und Melancholie. Ich wünschte, ich könnte sagen, er bereitet sich auf Ereignisse vor, deren Nahen er spürt; aber ich neige eher zu der Annahme, daß es sich bei dem, was wir hier miterleben, um den langsamen Erstickungstod einer Persönlichkeit handelt. Nicht einmal die Erkenntnis, daß sein Bruder noch lebt, hat die alte Zielstrebigkeit in ihm wiederherstellen können; es ist ein schwarzes, einsames Licht, das in Jacks Augen brennt. Und nach allem, was der Mann durchgemacht hat, weiß ich nicht, ob eine Menschenseele noch mehr ertragen kann.

Diese drei, mit denen wir unterwegs sind – Jack, Presto, die Indianerin Mary Williams und der abwesende Jacob Stern – haben durch den gemeinsamen Traum eine Verantwortung auferlegt bekommen, die sie nicht fassen können, und eine, die Innes und ich aus gleichwelchen Gründen nicht explizit mit ihnen teilen. Aber jeder von uns hat seine Rolle zu spielen, und wenn die meine darin besteht, der Detektiv zu sein, der ihre wahre Aufgabe herausfindet, dann ist das mehr als genug. Ich habe allerdings den Verdacht, daß es ein wertvollerer Beitrag wäre, Jack wenigstens zu einem gewissen Grad wieder zu sich selbst zurückzubringen, bevor die letzte Konfrontation stattfindet. Ohne Jack an der Spitze kann dieses Spiel, und was immer diesen Leuten noch bevorsteht, nur in der Katastrophe enden. Unsere Zeit ist knapp; ich weiß nur noch eine Karte, die ich ausspielen kann.

Heute nacht.

Der schwarze Turm kam in Sicht, als die Wagen um die letzte Felsengruppe kamen und in die Siedlung einbogen; Gestalten wimmelten wie Ameisen um das Gerüst herum, das das zentrale Gebäude umgab, den Turm, der sich mehr als sechzig Meter hoch über den Wüstenboden erhob. Der Bau war noch immer bei weitem nicht fertig – selbst aus dieser Entfernung sahen Teile der Fassade allenfalls aus wie leere Hülsen.

Aber trotz allem verschlug es ihnen den Atem, im Herzen dieser Einöde ein so krasses, unpassendes Spektakel zu sehen, wie es hier himmelwärts ragte.

»Das haben Sie im Traum gesehen?« fragte Eileen, die sich neben Jacob auf den Kutschbock geschoben hatte.

»So ziemlich«, sagte Jacob. Der Mund wurde ihm trocken, und sein Herz pochte gegen die Rippen. Der Anblick schien ihn zu lähmen.

»Sie auch?« fragte Eileen.

Kanazuchi, der unter der schützenden Plane hervorspähte, nickte.

»Okay«, sagte Eileen langsam und versuchte, sich auf praktische Erfordernisse zu konzentrieren. »Was machen wir jetzt?«

»Ich habe nicht die leiseste Ahnung«, sagte Jacob.

»Aber – aber Sie haben doch gesagt, Sie wüßten, was zu tun ist, wenn Sie es sehen.«

»Lassen Sie mir einen Augenblick Zeit, meine Liebe, bitte. Es ist schon enervierend genug, wenn man so etwas überhaupt angesichtig wird. Ohne daß man sich überlegt, welche Implikationen ... damit ...« Er geriet ins Stocken. Sie sah, daß die Zügel in seinen Händen zitterten.

Du lieber Gott, ich habe einen schrecklichen Fehler begangen, erkannte Eileen. Ich habe angenommen, daß der arme Mann einen Plan hat, daß er uns in allem, was noch kommt, wird führen können, wenn sich als wahr erweist, was er geträumt hat. Aber er ist verängstigt und gebrechlich und weiß vielleicht auch nicht besser als ich, wie es von hier aus weitergehen soll.

»Natürlich, Jacob«, sagte sie. »Ist schließlich ein ziemlicher Schlag. Wir müssen einfach abwarten, was?«

Es schien, als könne er den Blick nicht vom Turm abwenden. Sie reichte ihm eine Wasserflasche und hielt die Zügel, während er trank.

»Ich bin so durstig«, sagte er leise und trank noch einmal.

Das Ächzen von Holz kam aus dem Wagen. Eileen schaute durch die Plane nach hinten. Kanazuchi hatte mit bloßen Händen eine Planke aus dem Boden gerissen und legte gerade sein großes Schwert in den Hohlraum unter den Bodenbrettern.

»Was machen Sie da?« fragte sie.

Er antwortete nicht. Sie sah, daß er wieder seine schwarzen, pyjamaähnlichen Kulikleider angezogen hatte; Jacobs Sachen hatte er ordentlich zusammengelegt. Kanazuchi drückte die Planke wieder an Ort und Stelle, verbarg das zweite, kleinere Schwert, das eigentlich kaum mehr als ein langes Messer war, in seinem Gürtel und kam dann zu ihnen nach vorn.

»Jacob«, sagte er leise.

Jacob drehte sich abrupt um. Schweiß rann ihm von der Stirn, Angst flackerte in seinem Blick, und sein Atem ging schnell und flach. Ihre Blicke trafen sich. Kanazuchi streckte die Hand aus und berührte Jacobs Stirn leicht mit den Fingerspitzen. Jacob schloß die Augen, und Kanazuchis Züge nahmen einen Ausdruck an, den Eileen in der kurzen Zeit, seit sie ihn kannte, noch nie bei ihm gesehen hatte – nicht weniger wild und wachsam als zuvor, doch nun offenbarte er eine tiefe Güte und unendliches Mitgefühl.

Wie ganz und gar unerwartet, dachte Eileen. Aber der Mann behauptet ja, er sei Priester, nicht wahr?

Jacob atmete langsamer und ruhiger, und die knotigen Furchen auf seiner Stirn glätteten sich. Die Berührung dauerte an; dann nahm Kanazuchi die Hand weg, und Jacob öffnete die Augen.

Sie blickten klar. Die Angst war verschwunden.

»Vergiß es nicht«, sagte Kanazuchi.

Jacob nickte. Kanazuchi wandte sich nach hinten; Eileen faßte kühn zu und hielt ihn am Arm fest.

»Was haben Sie da gerade getan?« fragte sie.

Er betrachtete sie einen Moment lang. Sie spürte keine Gefahr, aber sie sah Tiefe in seinen Augen, die sie erkennen ließ, wieviel von sich dieser Mann verborgen hielt.

»Manchmal müssen wir einander erinnern«, sagte Kanazuchi, »wer wir sind.«

Er neigte leicht und respektvoll den Kopf. Eileen ließ ihn los. Kanazuchi bewegte sich wie ein Schatten, als er jetzt hinten aus dem Wagen glitt. Eileen sah ihm nach, wie er über ein Stück Wüstensand sprintete und hinter ein paar Felsen verschwand.

»Was hat er gerade mit Ihnen gemacht?« fragte sie Jacob.

»Wenn ich es nicht besser wüßte – und ich weiß es besser –, würde ich sagen, es war so etwas wie … Handauflegen.« Er kletterte nach hinten.

»Quatsch.«

»Aber, aber. Nur weil einer ein Schwert bei sich trägt, muß er noch kein schlechter Mensch sein.«

»Er schlägt Leuten den Kopf ab.«

»Meine teure Dame, wir sollten die Werte unserer Kultur nicht einem Menschen aufnötigen, der aus einer so völlig anderen als der unseren kommt, nicht wahr?«

»Gott behüte. Und nur um Ihnen zu zeigen, wie unvoreingenommen ich bin, werde ich vielleicht anfangen, in meiner Freizeit Schrumpfköpfe zu machen.«

»Da könnte er Sie sicher regelmäßig mit Übungsmaterial versorgen.« Er lachte. »Entschuldigen Sie, Eileen, aber ich halte es für das beste, wenn ich meine eigenen Sachen wieder anziehe, bevor wir ankommen. Angeblich befördern Sie ja einen kranken alten Rabbi in dieser Klapperkiste.« Er verschwand hinter der Plane und hob ein paar feine Haarsträhnen vom Boden des Wagens auf. »Der Bart, fürchte ich, ist ein Totalverlust.«

»Falls jemand fragt, sagen Sie einfach, es war eine Begleiterscheinung Ihrer Krankheit.«

Sie ließ die Zügel schnalzen und trieb die Maultiere an, damit sie die anderen Wagen wieder einholten. Ein paar Augenblicke später hörte sie Jacob hinten fröhlich vor sich hin pfeifen.

Was für eine merkwürdige Veränderung über ihn gekommen war, nachdem Kanazuchi sich um ihn gekümmert hatte, dachte Eileen staunend. Aber sie waren beide Priester, und sie hatten beide diesen sonderbaren Traum; vielleicht bedeutete das, daß sie mehr miteinander gemeinsam hatten, als sie sich träumen ließ.

»Mir scheint, wir haben Gesellschaft«, sagte Jacob, der hinten aus dem Wagen schaute. Staubwolken erhoben sich in weiter Ferne auf der Straße hinter ihnen: eine zweite Wagenkolonne.

Ein paar Augenblicke später kehrte ein überzeugender, wenn auch bartloser Rabbi Jacob zu Eileen zurück, übernahm wieder die Zügel und genoß seinen ersten Blick auf The New City. Die Stadt lag eine halbe Meile weit vor ihnen; zwei Reihen von solide gebauten Schindelholzhäusern säumten eine Hauptstraße, die am Bauplatz des Turms endete. Nur wenige, um die Mitte gruppierte Gebäude hatten mehr als ein Stockwerk; ringsumher erstreckten sich, so weit das Auge reichte, wahllos angeordnet wacklige Hütten, kaum mehr als Verschläge. Im Süden ragte wie ein Buckel ein kuppelgedecktes, scheunenartiges

Lagerhaus empor, das einzige andere Gebäude von einiger Größe.

»Meine Güte«, sagte Jacob, »diese Leute waren sehr, sehr fleißig.«

Unmittelbar vor ihnen kam ein zweites Wachhäuschen in Sicht. Hohe Stacheldrahtzäune führten von dort nach rechts und links und umgaben die Siedlung; zwischen Zaun und Stadtgrenze lag ein etwa hundert Schritt breiter kahler Wüstenstreifen. Bewaffnete Posten, wiederum in weißen Hemden, kamen zum Tor heraus und ihnen entgegen, als die Wagen sich näherten.

»Jacob, ich will ja nicht lästig sein ...« Sie nagte an der Unterlippe.

»Ja, meine Liebe?«

»Haben Sie noch weiter über meine ursprüngliche Frage nachgedacht?«

»Ja, allerdings. Ich möchte vorschlagen, wir lächeln viel und tun genau das, was man von uns erwartet, und derweil erwerben wir geduldig ein Gespür für diese Stadt und den, der hier das Sagen hat. Sie sollen eine Woche hier spielen, nicht wahr? Da haben wir ein bißchen Zeit, und als willkommene Gäste werden wir vielleicht weniger Mühe haben, als Sie womöglich annehmen. Zumal, wenn man so mühelos bezaubern kann wie Sie.«

»Okay.« Bis jetzt nicht schlecht.

»Und dann sollten wir in aller Stille versuchen herauszufinden, wo sie die Bücher aufbewahren.«

»Und dann ...?«

Jacob sah sie an und lächelte. »Bitte, meine Liebe, haben Sie ein bißchen Geduld. Ich werde hier improvisieren müssen.«

»Verzeihen Sie«, sagte sie und zündete sich eine Zigarette an. »Berufskrankheit: Ich kenne gern meinen ganzen Text, bevor ich auf die Bühne gehe.«

»Absolut verständlich.«

»Und er?« Sie deutete mit dem Kopf zu den Felsen hinüber, wo Kanazuchi verschwunden war. »Was ist mit ihm?«

»Ich nehme an, unser geheimnisvoller Freund wird auf

ähnliche Weise vorgehen. Wir wissen, daß er seine Waffe hier im Wagen gelassen hat; irgendwann wird er sie sicher holen kommen.«

»Wir können ja nicht gut die ganze Nacht im Wagen sitzenbleiben und auf ihn warten –«

»Mir scheint, wenn er uns aus irgendeinem Grunde braucht, ist er durchaus imstande, uns zu finden.«

Eileen atmete tief ein und blies eine Rauchwolke von sich. Bis zum Wachhaus waren es keine fünfzig Schritte mehr; die Weißhemden schwärmten aus und steuerten geradewegs auf Bendigo im ersten Wagen zu.

»Wir könnten hier drin sterben«, sagte sie.

»Der Gedanke ist mir auch schon gekommen.«

»Es kommt mir unter diesen Umständen irgendwie lächerlich vor. Noch mehr als sonst. Ein Stück aufzuführen.«

»Es könnte auch passieren, daß man heute nacht im Bett stirbt oder daß ein Pferd auf einen fällt. Oder – der Himmel möge es verhüten –, daß einen aus heiterem blauen Himmel der Blitz trifft«, sagte er sanft. »Aber das bedeutet ja nicht, daß wir nicht weitermachen sollen.«

Sie sah ihn an, warf ihre Zigarette fort und schlang die Arme um ihn, und sie ließ den Kopf auf seine Schulter sinken. Zart berührte er ihr Haar. Es gefiel ihr, wie er sich anfühlte, und am liebsten hätte sie geweint, aber sie kämpfte die Tränen nieder; es widerstrebte ihr, schwach zu erscheinen.

»Sterben Sie mir jetzt noch nicht, okay?« sagte sie. »Wir haben uns gerade erst kennengelernt, aber ich mag Sie allmählich ziemlich gern, Sie altes Knochengestell.«

»Ich will mich bemühen. Aber nur, weil Sie darauf bestehen.« Er lachte.

Die Wagen vor ihnen wurden langsamer und blieben dann stehen. Rymer stand auf und schwenkte seinen Hut; er wechselte ein paar Worte mit den Wächtern, bevor die Schranke aufgehoben wurde und man die Wagen durchwinkte.

»Sie sollen doch krank sein«, erinnerte sie ihn.

Jacob übergab ihr die Zügel und nahm seinen Platz hinten im Wagen ein, bevor sie das Tor erreichten. Eileen erwiderte das begeisterte Winken der lächelnden Torwache, als sie unter einem Schild hindurchfuhren, auf dem stand: WILLKOMMEN IN THE NEW CITY.

»Hallo, hallo«, rief sie ihnen zu und murmelte mit einem strahlenden Lächeln: »Nett euch zu sehen, ihr Mistkerle. Grinst nur weiter; so ist es recht, ihr geistesgestörte Meute von Präriewieseln.«

Die Truppe fuhr durch das Niemandsland und die Main Street hinunter. Die Fassaden aller Häuser zur Rechten und zur Linken strahlten in einem neuen weißen Anstrich; bunte Blumenkästen prangten unter jedem Fenster, und Chintzvorhänge verwehrten einen Blick ins Innere. Schlichte, gut gearbeitete Schilder gaben bekannt, wozu jedes Gebäude diente: Kurzwaren und Stoffe, Zahnarzt, Juwelier, Schmied, Hotel, Gemischtwarenhandlung. Lächelnde Bürger standen vor jedem Etablissement auf den geschrubbten Planken der Gehsteige und winkten den vorüberziehenden Wagen zu. Ihre Hemden schimmerten makellos weiß; alle sahen gesund und sauber aus.

Vor ihnen, unter einer Markise vor dem Opernhaus, war eine Menschenmenge zusammengekommen; auf einem Transparent stand: ULTIMATIVES TOURNEETHEATER, HERZLICH WILLKOMMEN! Fröhlicher Jubel erhob sich, als die Wagen vor dem Theatereingang anhielten, und die Ovationen gingen weiter, während immer mehr Menschen die Straße heruntergelaufen kamen, um sich der Menge anzuschließen. Alle trugen das gleiche breite Grinsen auf dem Gesicht und die gleichen weißen Hemden am Körper.

Bendigo Rymer stand wieder oben auf seinem Wagen, schwenkte seinen Hut hin und her und verbeugte sich in alle Himmelsrichtungen.

Der Trottel ist überzeugt, daß sie alle hier sind, um ihn willkommen zu heißen, dachte Eileen. Als ob er gestorben und gen Himmel aufgefahren wäre.

»Danke! Ich danke Ihnen sehr!« rief Bendigo, ohne daß man ihn in dem Jubel hören konnte; seine Augen schwammen in Tränen. »Ich kann Ihnen nicht sagen, wieviel es mir bedeutet, daß Sie hier sind: so ein wundervoller, großzügiger Empfang.«

»Ich glaube, ich habe noch nie einen Menschen gesehen, der derart verzweifelt nach Zuneigung lechzt«, sagte Jacob in stiller Verwunderung.

»Betrachten Sie das als einen Segen.«

Die übrigen Schauspieler steckten in ähnlicher Verwirrung die Köpfe aus ihren Wagen: Bis jetzt hatten sie nichts weiter vollbracht, als in die Stadt zu fahren; wie würde sich dieses Publikum aufführen, wenn sie tatsächlich eine Vorstellung gaben?

Der Jubel erstarb auf der Stelle, als ein großer Mann in einem langen grauen Staubmantel, der einzige, den sie in der Stadt bisher ohne weißes Hemd gesehen hatten, sich aus der Meute löste und auf Bendigos Wagen zukam, begleitet von einer struppigen Frau mit einem aufgeklappten Notizbuch.

»Willkommen in The New City, meine Freunde«, sagte der große Mann.

»Danke sehr, ich –«, setzte Bendigo an.

»Ist es nicht ein herrlicher Tag?«

»In der Tat, in der Tat, Sir – so, wie ich noch keinen je –«

»Sind Sie Mr. Bendigo Rymer, Freund?« fragte der große Mann.

»Eben derselbe, Sir, zu Ihren Diensten –«

»Würden Sie bitte absteigen und Ihre Leute bitten, aus den Wagen zu kommen und sich hier bei mir zu versammeln, bitte?«

»Sofort, Sir!« Bendigo wandte sich den anderen Wagen zu und klatschte in die Hände. »Schauspieler! Nach vorn und in die Mitte, im Laufschritt, alle zusammen!«

Schauspieler und Bühnenhelfer versammelten sich um Bendigo. Die Menschenmenge, totenstill, aber immer noch lächelnd, drängte heran und umringte sie. Eileen half Jacob beim Herunterklettern; sie ließ es aussehen, als sei er immer noch ziemlich angeschlagen, und stützte ihn, als er stockend nach vorn kam.

»Darf ich demütig vorstellen: Zu Ihrer Freude und Ergöt-

zung – Bendigo Rymers Ultimatives Tournee-Theater.«
Schwungvoll lüftete er seinen dämlichen Hut.

Der große Mann zählte sorgfältig ab. Niemand in der
Menge bewegte sich oder flüsterte auch nur. Er warf einen
Blick in das Notizbuch der Frau, zählte noch einmal, und als
er fertig war, runzelte er argwöhnisch die Stirn.

»Sie sollten doch neunzehn sein«, sagte er zu Bendigo.

»Wie bitte?«

»Hier sind bloß achtzehn. Am Tor haben Sie gesagt,
neunzehn. Haben Sie dafür eine Erklärung, Mr. Rymer?«

Rymer schluckte und drehte sich um; er schaute Eileen
an und erblickte auch Jacob ohne seinen Bart. Eileen sah,
daß der Zwergenverstand des Mannes arbeitete wie ein
Hamster im Laufrad. Er tat einen Schritt auf den großen
Mann zu, verschränkte die Arme und legte eine völlig un-
glaubhafte Kameraderie an den Tag.

»Ja, natürlich, das ist eigentlich ganz einfach, Mr…«

Bendigo suchte verzweifelt nach einer Reaktion. Der große Mann starrte ihn an und lächelte.

»Äh, mein guter Sir… Sehen Sie … dieser Gentleman
hier«, sagte Rymer, während er sich umdrehte und auf Jacob deutete, »hat sich unserer Kompanie in Phoenix angeschlossen, als er krank geworden war, und ich muß vergessen haben, ihn mit einzubeziehen.«

»Dann müßte hier jetzt einer mehr sein, nicht einer weniger«, sagte der große Mann. »Oder?«

Bendigos Lächeln gefror; er war bestürzt, und die ge-
scheiten Ideen waren ihm ausgegangen. Eileen kam rasch
nach vorn.

»Ich kann das sicher erklären«, sagte sie ruhig. »Wir hatten noch einen Gentleman bei uns, als wir von der Station in
Wickenburg wegfuhren, einen Arzt, der ein Stück weit mit-
fuhr, um die ordnungsgemäße Genesung unseres Freundes
sicherzustellen.«

»Und wo ist der hin?« fragte der große Mann.

»Er ist gestern zurückgeritten; er hatte sein Pferd mitgenommen und hinten an unseren Wagen gebunden. Es ist
der letzte Wagen, wissen Sie, und er bleibt immer ein Stück

hinter den anderen zurück – ich fürchte, ein Maultierge-
spann zu führen, ist etwas ganz Neues für mich. Deshalb
hat Mr. Rymer sicher nicht gemerkt, daß der Arzt sich ver-
abschiedet hat.«

»Das ist es, natürlich«, sagte Rymer; seine Stirn glänzte
fettig vom Schweiß seines Versagens. »Der Extramann.«

Der große Mann blickte zwischen den beiden hin und
her; er lächelte und ließ keine Reaktion erkennen. Eileen
sah, daß am Gürtel unter seinem Mantel Pistolen hingen,
und der Kolben einer Schrotflinte ragte aus einer tiefen In-
nentasche.

»Dieser Mann hier«, sagte er und zeigte auf Jacob, »gehört also nicht zu Ihnen.«

»Nein, nein, ganz und gar nicht«, sagte Rymer hastig.

»Er ist ein *Freund*«, sagte Eileen.

»Wie ist sein Name?«

»Er heißt Jacob Stern«, sagte Eileen.

Der große Mann gab der Frau neben ihm ein Zeichen,
und sie schrieb den Namen in ihr Notizbuch. Dann blätterte
sie die Seite um.

»Jetzt brauche ich die Namen Ihrer übrigen Leute«, sagte
der große Mann.

»Natürlich, ich–«

»Wie ist denn Ihr Name?« fragte Eileen.

»Wie ist Ihrer?«

»Ich habe zuerst gefragt«, sagte sie.

Bendigo drehte sich um und warf ihr einen bösartigen
Blick zu; halb rechnete sie damit, daß er sie vors Schienbein
treten würde.

»Bruder Cornelius, Ma'am«, sagte der Mann mit einem
verschlagenen Lächeln.

»Eileen Temple.« Sie streckte ihm die Hand entgegen.
Der große Mann schaute auf sie herunter, ein wenig verun-
sichert, dann schüttelte er sie kurz. »Eine sehr schöne Stadt
haben Sie hier, Bruder Cornelius.«

»Das wissen wir«, sagte Cornelius.

»Würdest du bitte aufhören?« zischte Bendigo und lächelte weiter.

»Sie werden im Hotel wohnen, dort unten an der Straße«, sagte Cornelius. »Wir werden Sie dorthin begleiten, nachdem Sie Ihr Zeug ins Theater geschafft haben.«

»Wunderbar, ich freue mich so, ich bin sicher, es ist ein prachtvolles Haus«, schwallte Bendigo.

»Sagen Sie's mir nachher«, erwiderte Cornelius. »Sie werden die ersten sein, die es benutzen.«

Er machte eine knappe Geste, und die Frau reichte Rymer einen Stoß Handzettel.

»Dies sind die Regeln in The New City«, erklärte Cornelius. »Bitte händigen Sie jedem Ihrer Leute einen aus und ersuchen Sie sie, sich daran zu halten. Unsere Regeln sind uns sehr wichtig.«

»Selbstverständlich, Bruder Cornelius«, sagte Bendigo.

»Reverend Day möchte Sie bitten, heute abend seine Gäste zu sein«, sagte Cornelius mit einem Blick auf Jacob. »Sie alle.« Er warf Eileen einen scharfen Blick zu; sie schlug die Augen nieder.

»Absolut fabelhaft«, sagte Rymer. »Bitte sagen Sie dem Reverend, es wäre uns eine Ehre, seine Einladung annehmen zu dürfen. Um welche Zeit wäre es denn –«

»Um acht.«

»Und wo sollte man –«

»Wir holen Sie«, sagte Cornelius. »Noch einen herrlichen Tag.«

Er wandte sich ab und verschwand im Gedränge. Schwindlig vor Erleichterung verteilte Rymer die Handzettel unter seiner Truppe. Fröhliche Freiwillige traten aus der Menge hervor, um den Bühnenarbeitern beim Abladen zu helfen.

Eileen wurde plötzlich bewußt, daß sie noch nie so viele Menschen der verschiedensten Rassen so harmonisch zusammen gesehen hatte.

Irgend etwas ging hier vor. Etwas Furchtbares.

Kanazuchi beobachtete den Wortwechsel von den Felsen oberhalb und außerhalb des Zaunes, östlich der Stadt. Mit bloßem Auge konnte er aus dieser Entfernung zwar nicht mehr ihre Worte, wohl aber ihre Mienen und Gebärden lesen wie Druckbuchstaben. Und sie sagten ihm folgendes:

Die Weißhemden bewegten sich wie ein einziger Körper, wie Bienen in einem Korb.

Keiner der Weißhemden hatte bisher begriffen, daß noch jemand im letzten Wagen gewesen war; der dumme Schauspieler mit dem knallgrünen Hut hatte ihn beinahe verraten, bevor Eileen dazwischengetreten war.

Der große Mann, der all die Fragen gestellt hatte, war gefährlich. Weil dieser Mann aufpaßte, würde Jacob bald in Schwierigkeiten sein. Er durfte nicht zulassen, daß dem alten Mann etwas zustieß. Wenn der Augenblick käme, würde Jacob gebraucht werden – wofür genau, das würde sich mit der Zeit erweisen.

Kanazuchi sah ein, daß er nichts unternehmen konnte, bevor es dunkel wurde, was in vier bis fünf Stunden der Fall sein würde. Regelmäßig zogen unter ihm bewaffnete Patrouillen zu beiden Seiten des Zaunes vorbei; er würde sie eine Zeitlang beobachten, um zu begreifen, nach welchem Muster sie arbeiteten.

Als die Schauspieler ihre Fracht abgeladen hatten, beobachtete er, wie sie die Wagen in eine Scheune an der Südseite der Stadt fuhren: Der Grasschneider war vorläufig in Sicherheit, und er wußte, wo er ihn finden würde.

Er drehte sich um und betrachtete den Turm, den er in der Vision gesehen hatte. Beobachtete die Arbeiter, die seinen Sockel umschwärmten.

Wenn es dunkel wäre, würde er dort anfangen.

Innes platzte ins Abteil und wedelte mit einem Telegramm. »Ich habe Pferde, Landkarten, Waffen und Proviant besorgt; man erwartet uns damit am Bahnhof in Prescott.« Er reichte Doyle eine Kopie der Auftragsliste, die er erstellt hatte. »Habe mir die Freiheit genommen, das hier zusammenzuschreiben; falls du meinst, daß wir noch etwas anderes brauchen, haben wir genug Zeit, ein Kabel vorauszuschicken.«

Die militärische Ausbildung des Jungen kommt zum

Tragen, dachte Doyle mit einiger Genugtuung, als er die Liste überflog.

»Mehr als hinreichend«, sagte er schließlich und gab sie ihm zurück.

»Repetiergewehre – ich nehme an, Sie können beide damit schießen.« Innes sah Presto und Mary Williams an.

Die beiden nickten, und Presto fuhr mit der Erzählung fort, die er Doyle eben vorgetragen hatte: von Jacks Verhalten beim Tode Rabbi Brachmans.

»Sind Sie sicher, daß man dem Mann vertrauen kann?« fragte er dann. »Er scheint ein Menschenleben in alarmierender Weise geringzuschätzen.«

Doyle schaute auf die mondbeschienene Ebene hinaus, die draußen vor dem Fenster vorüberzog.

»Lassen Sie uns für einen Augenblick allein; sind Sie so gut?« bat er die Männer dann.

Innes und Presto gingen hinaus, und Doyle wandte sich Mary zu.

»Sie haben eine Verbindung zu Jack. Durch den Traum.«

Sie nickte, und ihr Blick, fest und kraftvoll, ließ ihn nicht los.

»Ich habe alles für ihn getan, was ich kann. Meine Diagnose … eröffnet keine Lösungsmöglichkeit. Haben Sie eine Ahnung, was der Grund für seine Krankheit sein könnte?« fragte er.

»Manchmal werden Menschen von einer … äußeren Macht attackiert.«

»Was meinen Sie damit?«

Sie zögerte. »Das Böse.«

»Glauben Sie, das Böse existiert? Als separate Wesenheit?«

»So sagt unsere Lehre.«

Doyle holte tief Luft und betrat das unbekannte Territorium.

»Nun, wenn Sie versuchen wollen, ihn zu heilen«, sagte er, »dann sollten Sie sich lieber beeilen.«

Sie sah ihn ernst an, nickte einmal und ging zur Tür.

»Kann ich etwas tun?« fragte Doyle.

»Nein«, sagte sie und verließ leise das Abteil.

411

Buckskin wartete, bis das Licht am westlichen Himmel verblichen war, bevor er den Schutz der Felsen hinter sich ließ. Der Gesang in der Mulde hörte auf, bevor es dunkel wurde, und die jungen Leute in den weißen Hemden zündeten ein großes Lagerfeuer an, als die Kälte herankroch. Bevor der Mond aufging, führte Frank sein Pferd über die Straße, von der Wachbaracke, wo noch Lampen brannten, weg und am Zaun entlang.

Zehn Doppelstränge Stacheldraht spannten sich zwischen Pfosten im Abstand von zwanzig Schritt; die Pfosten waren tief in den Sand gerammt und mit Mörtel vergipst: solide Arbeit. Der Draht selbst war teils Ric-Rac, teils Hollner Greenbriar – zwei Sorten, die ernsthaft zubeißen konnten. Wer mit einem derartigen Verhau zusammenrasselte, ob Tier oder Mensch, konnte dabei in Streifen geschnitten werden. Diese Leutchen wußten, wie man einen ordentlichen Zaun baute; das mußte man ihnen lassen. Sicher waren ein paar Rancharbeiter unter diesen Heilspredigern. Aber züchteten sie denn Rinder hier drin? Weideland war das hier nicht, und drei Drahtstränge genügten eigentlich für jede Herde, und noch nie hatte er einen Zaun gesehen, der zweieinhalb Meter hoch sein mußte, um ein paar Rinder drin zu halten. Nein, dieser Zaun wurde gebaut, um etwas *draußen zu* halten.

Alle halbe Meile hatten sie innerhalb der Umfriedung einen Wachturm aufgestellt, eine acht Meter hohe, überdachte Plattform mit einer Leiter, die zu einer Kabine hinaufführte.

Als er nach ein paar Meilen, nachdem er einen der Türme umkreist hatte, wieder zum Zaun zurückkehrte, sah er fünf oder sechs Meilen vor sich ein Lichterfeld, das über den Sand herüberschimmerte. Eine ansehnliche Stadt, das Zentrum dieser eigenartigen Siedlung. Wenn der Chinamann sich in einem der Schauspielerwagen versteckt hatte, dann war er jetzt dort.

Frank fröstelte in seinem Mantel; er saß immer noch im Sattel und studierte die Lage: Der Zaun verlief nach links weiter, so weit das Auge reichte, und es gab keinen Grund zu der Annahme, daß er nicht die ganze Siedlung umschloß. Höchstwahrscheinlich hatten sie irgendwo an diesem Ring ein paar weitere Tore eingebaut; also konnte er entweder versuchen, dort an den Wachen vorbeizureiten, oder sich irgendwo durch den Zaun schneiden. Wie er nachher mit einem toten Chinamann auf dem Hintern seines Pferdes wieder hinausreiten sollte, das war eine ganz andere Geschichte.

Andererseits – Mexiko lag nur zwei lässige Tagesritte entfernt im Süden, und auf dem Weg dorthin gab es nirgends Wächter oder Zäune. Er konnte sich den Schnurrbart abrasieren und sich das Haar mit Zitronensaft aufhellen, wie er es im Gefängnis gehört hatte.

Das dunkelhaarige Mädchen war auch da drin. Bei dem Gedanken an sie kehrte das Bild der toten Molly Fanshaw, die zwei Stockwerke tiefer, den süßen Hals gebrochen, auf der Straße in Tombstone lag, zurück. Und die leere Whiskeyflasche in seiner Hand …

Er schüttelte die Erinnerung ab, und sein Gesicht wurde starr vor Gram.

Schlimm genug, mit diesen Erinnerungen in einer Zelle zu leben; aber draußen gibt es tausend Dinge, die dir auch noch das kleinste Versagen ins Gedächtnis zurückrufen. Und wie sich zeigt, steckt eine Menge mehr Abscheu gegen dein altes, selbstsüchtiges Ich in dir, als du dachtest, was, Frankie-Boy?

War das Mollys Stimme oder seine eigene? Er hörte Molly jetzt immer öfter. Hilfreiche Worte, spöttisch und sanft, wie er sie gern in Erinnerung hatte. Hieß das nur, daß er weich wurde, oder wurde er verrückt? War sie tot und dahin, oder ritt sie im Geiste an seiner Seite?

Scheiße. Kam es darauf an?

Seine Augen registrierten Licht und Bewegung irgendwo links hinter dem Zaun – was war das? Weit weg. Er holte seinen Feldstecher hervor und suchte den Flackerschein, den er gesehen hatte.

Fackeln. Ein breiter Zug von Weißhemden, die im ersten Mondlicht matt schimmerten. Mit Gewehren, in Paradeformation, mindestens hundert Mann. Und ein großer Mann in einem langen Staubmantel ritt nebenher wie ein Drill-Sergeant bei der Armee.

Was immer das zu bedeuten haben mochte, es war verdammt noch mal um einiges schlimmer als ein verrückter Chinamann, der mit einem Metzgerbeil durch die Gegend rannte.

Die dunkelhaarige Kleine war da drin.

Frank griff nach der Drahtschere in seiner Satteltasche, hielt aber inne, als er Mollys Stimme hörte.

Wenn du gern glauben möchtest, daß du es für das Mädchen tust, ist es mir recht, Frankie. Aber eins wollen wir doch klarstellen: Du hast vorher ein paar ernsthafte Rechnungen mit dir selbst zu begleichen. Du kannst sofort losziehen und dich zum Märtyrer machen, Buckskin McQuethy, aber niemand besteht darauf, daß du dich dabei wie ein Ochse benimmst. Schneide ein Loch in den Zaun, und in zehn Minuten hast du hundert Gewehrläufe vor der Nase. Und sei ehrlich, Frank: Dich rauszureden, wenn du in der Patsche sitzt, das war noch nie deine Stärke.

Molly konnte man nichts vormachen. Sie kannte ihn in- und auswendig.

Frank wendete sein Pferd und ritt weiter am Zaun entlang, auf der Suche nach dem nächsten Tor.

Während Buckskin Frank auf den Sonnenaufgang wartete, war Kanazuchi dabei, mit den Händen zwei Stränge des inneren Zaunes zu entflechten. Mit seinem langen Messer hätte er den Draht ohne Schwierigkeiten durchschneiden können, aber er durfte keine Spuren hinterlassen, und da die Patrouillen in Abständen von nur fünf Minuten vorbeikamen, durfte er nicht zögern; bald würde der Mond hoch am Himmel stehen und ihm seinen einzigen Vorteil nehmen.

Er zog die Drähte auseinander wie die Sehne eines langen Bogens und schlüpfte geschmeidig durch die schmale Öffnung. Die Wunde in seiner linken Seite pochte schmerzhaft, als er die Muskeln in diesem Bereich beanspruchte, um das schwierige Manöver zu vollbringen. Er achtete darauf, nicht mit dem Hemd an den rasiermesserscharfen Stacheln hängenzubleiben; wäre dies sein Zaun gewesen, er hätte die Dornen vergiftet.

Er ließ die Drähte behutsam wieder an ihren Platz zurückfedern, verwischte seine Fußabdrücke im Sand und rannte schnurstracks über das offene Gelände in die nächste Dekkung, einen Schuppen, der etwa hundert Schritt weit entfernt war. Wenn eine Patrouille die Stelle beobachtete, würde sie nichts weiter sehen als einen undeutlichen Schemen.

Er schmiegte sich in den Schatten an der Wand und öffnete seine Sinne. Geräusche aus der ganzen Stadt erreichten ihn hier, zwei Blocks weit von der Main Street entfernt. Einfache Bruchbuden, die sich beinahe übereinander türmten, erstreckten sich in alle Richtungen; Holzfeuer brannten in den Herden, und der Rauch stieg aus rohen Kaminrohren empor. Essen kochte. Hühner in Hinterhofställen. Pferde rumorten in den Boxen eines nahen Stalls. Uringeruch von einer Latrine in der Nähe. Jemand kam vorbei. Weißes Hemd, ein Tragejoch mit zwei Wassereimern. Kanazuchi wurde eins mit der Dunkelheit. Wartete, bis die Schritte sich entfernten.

Der Turm stand eine halbe Meile weit entfernt; seine schwarze Silhouette schnitt ein noch dunkleres Loch in den Nachthimmel. Die Bauarbeiten waren immer noch im Gange. Helle Lichter, Gehämmer, das Schürfen von Steinen. Er könnte sich zwischen den Hütten einen Weg dorthin suchen und dabei die Main Street ganz umgehen.

So huschte er zwischen den Hütten hindurch und drückte sich in Nischen und Schatten, wenn jemand herankam. Manchmal erhaschte er durch ein offenes Fenster einen Blick auf die Weißhemden, die reglos vor dem Feuer oder stumm an einem Tisch saßen oder mit offenen Augen auf rohgezimmerten Pritschen lagen. Als er durch eine enge Lücke zwischen zwei Häusern hindurchschlüpfte, hörte er jemanden weinen; durch eine offene Tür sah er eine schluchzende Frau zusammengekrümmt am Boden liegen, und am Tisch saß ein Mann, der schweigend aus einer Schüssel aß, ohne sie zu beachten.

415

Kein Hund behelligte ihn auf seinem Weg zwischen den Hütten; diese Leute hielten keine Haustiere. Seltsam in einer Gemeinde von dieser Größe. Und er hörte kein Lachen – was doch stets Teil der Nachtgeräusche einer jeden Stadt war: Familien, Liebespaare, Leute, die sich trafen und zusammen tranken. Nichts davon hier. Und noch etwas fehlte: Er hatte keine Kinder gesehen. Viele Paare, aber keine Kinder.

Als er um eine Ecke bog, sah er sich dem Jüngsten gegenüber, den er hier bisher gesehen hatte, einem Jungen von vielleicht fünfzehn Jahren, der das weiße Hemd trug und einen Eimer mit Schmutzwasser schleppte. Keiner von beiden bewegte sich. Der Junge starrte ihn desinteressiert an; sein Blick war stumpf und leblos. Dann wandte er sich ab und stapfte davon.

Kanazuchi hob einen Stein auf, glitt um die nächste Ecke und wartete. Ein paar Augenblicke später kamen zwei erwachsene Männer aus der Richtung, in der der Junge verschwunden war. Sie trugen Knüppel und Laternen und hielten Ausschau nach einem Eindringling. Kanazuchi warf seinen Stein weit in die entgegengesetzte Richtung; er landete klappernd auf einem Blechdach, und die Männer drehten sich um und liefen auf das Geräusch zu.

Bald hatte Kanazuchi den Rand der Siedlung erreicht. Offenes Gelände erstreckte sich eine Viertelmeile weit leicht ansteigend bis zum Bauplatz. In der Form eines großen, auf der Seite liegenden E gebaut, ragten die beiden Flügel der Kirche weiter vor als der mittlere Trakt, über dem sich der Turm aus seinem Traum erhob.

Spiralförmig aufstrebende Minarette schmückten die mit Spitzdächern besetzten Verzweigungen des Gebäudes; die Mauern waren überzogen von einer Unmenge unregelmäßiger Formen und Gebilde, die er aus dieser Entfernung nicht klar erkennen konnte. Steinmetze standen auf den Gerüsten, die die Gebäudeflügel umhüllten, und meißelten an diesen Formen.

Der Turm in der Mitte, so hoch, wie das Gebäude lang war, schien kurz vor der Vollendung zu stehen. Eine Kuppe an der Spitze, ein Glockenstuhl vielleicht, war von länglichen Schlitzen durchbrochen und mit einem schwarzen Schieferdach gedeckt.

Riesige schmale Türen am Fuße des Turms, verhüllt mit Leinenbahnen, die verhinderten, daß Kanazuchi einen Blick ins Innere werfen konnte. Trampelpfade im Sand rings um die Kirche und in Richtung Arbeits- und Materialplätze. Er sah behauene Steinblöcke, eine Säge, Werkzeugschuppen, Brennöfen für Ziegelsteine. Ein Heer von Arbeitern wimmelte auf dem Gelände. Aufseher waren unter ihnen nicht zu erkennen; jeder Mann und jede Frau wirkte zielstrebig und schien genau zu wissen, was zu tun war.

Eine Viertelmeile hinter dem Gebäude erhob sich ein kahler Berg aus glattem Felsgestein, eine blasse, monolithische Kuppel, die noch einmal doppelt so hoch war wie der Turm in der Mitte. Betrachtete man das Ganze von vorn, bildete der Fels einen dramatischen Hintergrund, der die imposante Erscheinung des Turms noch verstärkte. Zwischen dem Bauplatz und diesem Felsen lag die hintere Einfahrt, an der weniger starker Verkehr herrschte.

Er wartete, bis der Mond hinter einer Wolke verschwunden war, dann verließ er den Schutz der Hütten und bewegte sich ins Freie hinaus, weg von Turm und Stadt und schließlich von hinten zurück zu den Ausläufern der massigen Felsformation. Die Rückseite der Kirche kam in Sicht, aber dort war nicht annähernd soviel Betrieb wie vorn. Die hintere Fassade zeigte nichts von dem detailreichen Raffinement der Vorderfront; ihre Erbauer schienen die Kirche so entworfen zu haben, daß man sie allein von vorn zu betrachten hatte.

Kanazuchi studierte die Gewohnheiten der Arbeiter: In regelmäßigen Abständen schoben Weißhemden Schubkarren mit Schutt zum hinteren Eingang heraus, fuhren sie etwa hundert Schritt weit auf die Felsenkuppel und luden sie auf einer weiträumigen Halde ab. Er schlich sich zum Rand dieser Halde und verbarg sich hinter einem Haufen Schotter.

Als der nächste Arbeiter herankam, wartete Kanazuchi,

bis er seine Schubkarre hochstemmte, um sie auszukippen; dann brach er ihm mit einem einzigen Schlag das Genick und zerrte den Leichnam hinter den Schotterhaufen. Er entkleidete den Toten und zog die Sachen über seine eigenen: weißes Hemd, Hose und Stiefel. Rauher Baumwollstoff – das Überziehhemd hatte einen offenen Kragen und hing ihm bis auf die Oberschenkel, so daß er darunter Platz genug hatte, um *wakizashi*, das lange Messer, hinten in seinen Gürtel zu schieben. Schließlich begrub er mit bloßen Händen hastig den Toten unter dem Schotter.

Als er die Schubkarre holte, begegnete ihm ein zweiter Arbeiter mit einer neuen Ladung. Der blasse, schlanke junge Mann leerte seine Karre aus und nahm dabei kaum Notiz von ihm. Kanazuchi schnappte sich seine Schubkarre und folgte dem Mann auf dem Pfad zurück zum Hintereingang. Als sie näher kamen, erkannte er die ungeheuren Ausmaße der schwarzen Kathedrale: Sie war das größte Gebäude, das er je gesehen hatte. An ihrem Fuße blickte Kanazuchi hoch, und er konnte die Spitze des mittleren Turms nicht sehen.

Drinnen fuhren sie auf einer Holzrampe eine Treppe hinunter; Fackeln in Wandhaltern erhellten das rauchvernebelte Innere. Arbeiter verlegten Schieferplatten auf einem Teil des Bodens, andere meißelten an Torbögen und Portalen, und wieder andere schmierten Mörtel in die Ritzen zwischen den Steinblöcken. Kanazuchi schob seine Karre in den zentralen Raum der Kirche. In dem trüben Licht konnte er die oberen Bereiche der Wände, die ihn hier überragten, nicht erkennen. Aber er spürte das kalte, schwarze Gefühl des Grauens, das diesen Raum erfüllte.

Er erinnerte sich an Zeichnungen von europäischen Kathedralen, die der Priester im Kloster ihm gezeigt hatte, und er dachte, daß sie Ähnlichkeit mit diesem Bauwerk haben müßten: kalt und bedrohlich, dazu erbaut, die Gläubigen zu ängstigen und einzuschüchtern. Die Bethäuser seiner Heimat waren einladende Gebäude, errichtet im Einklang mit dem Land, das sie umgab, geschaffen, um Harmonie und inneren Frieden hervorzurufen. Und wieder fragte er sich, was für ein Gott das war, dem sie in den Ländern des Westens folgten, der es so dringend nötig hatte, daß man sich vor ihm fürchtete.

In der Vision war Kanazuchi eine Kammer gezeigt worden, die unter der Haupthalle des Turms verborgen lag, ein Raum, in dem er die Chinesen hatte arbeiten sehen. Vielleicht lag dieser Raum irgendwo unter der Stelle, wo er jetzt stand; der Schutt hinter der Kirche konnte durchaus von einer derartigen Ausschachtung stammen. Wenn der Raum existierte, brauchte er Zeit, um den Zugang zu suchen.

Eine Reihe rechteckiger Aussparungen in den Wänden zu beiden Seiten der Halle wartete auf Fensterglas, aber eine Öffnung war bereits mit buntem Glas ausgefüllt: ein rundes Fenster unmittelbar über der hinteren Tür, erhellt von einem Mondstrahl, der das Bild im Glas auf den schwarzen Steinboden projizierte.

Ein makelloser roter Lichtkreis, durchbohrt von drei gezackten Blitzen.

Er sah, daß der Boden sanft in einer konkaven Mulde zur Mitte hin abfiel, und der rot leuchtende Kreis fiel genau ins Zentrum. Als er niederkniete, um genauer hinzuschauen, sah er, daß überall im Raum schmale Schlitze in den Stein gemeißelt waren, die an der tiefsten Stelle dieses sanften Beckens zu einem Netzwerk von miteinander verbundenen Gittern hinunterführten. Ein kühler Wind wehte durch das Gitterwerk von unten herauf.

Gerade wollte Kanazuchi die Gitter untersuchen, da begannen im Turm über ihm die Glocken zu läuten, und ein ohrenbetäubendes Getöse erfüllte das Gebäude. Mit den ersten Schlägen unterbrachen die Arbeiter ringsumher ihre jeweilige Tätigkeit, legten ihr Werkzeug aus der Hand und gingen in den vorderen Teil der Kathedrale. Kanazuchi folgte ihnen. Er mischte sich unter sie, als sie hintereinander durch die offene Tür hinausgingen und versteckte sich in ihrer Mitte; es waren etwa hundert Mann, die sich schweigend vor dem Eingang versammelten. Er verströmte seine Sinne unter ihnen, und eine Erkenntnis durchzuckte ihn:

Hier war nur ein einziger Geist am Werk. Keine Gedanken, keine Geräusche, keine inneren Stimmen. Ein Geist, der alle diese Körper lenkte.

Schwarzgekleidete Vorarbeiter tauchten zu beiden Seiten auf, bewaffnet mit Gewehren. Kanazuchi schaute nach vorn und sah eine gleichgroße Gruppe von Weißhemden von Westen herankommen: die nächste Schicht. Mehr braune, schwarze und gelbe Gesichter als weiße – genauso wie bei der Gruppe, die ihn umgab.

Die beiden Kolonnen zogen aneinander vorbei und lächelten sich ausdruckslos zu. Die neue Schicht betrat die Kirche, und wiederum ertönten die Geräusche methodischer Arbeit. Kanazuchis Schicht marschierte eine halbe Meile weit nach Westen und spaltete sich dann in kleinere Gruppen auf, die sich auf drei niedrige Gebäude verteilten: die Arbeiterunterkünfte. Gehorsam folgte er unter den wachsamen Blicken der dort postierten Wachen der nächstbesten in die Schlafbaracke. Niemand achtete auf ihn.

Reihen von Etagenpritschen säumten die Innenwände: Unterkunft für vierzig, Männer wie Frauen. Erschöpfte Arbeiter fielen auf die erste Pritsche, die sie erreichten, und viele schliefen sofort ein.

Kanazuchi kletterte in eines der oberen Betten. Das Gebäude wurde von allen Seiten aufmerksam bewacht. Er hatte keine andere Möglichkeit, und mit der noch nicht ganz verheilten Wunde brauchte sein Körper jetzt Ruhe: Er würde ein Weilchen schlafen.

Reverend A. Glorious Day kam eine Stunde zu spät zum Dinner. In der Zwischenzeit hatten die Schauspieler, wie es bei ihnen Brauch war, längst alles Eßbare vertilgt, das in Reichweite gelegen hatte. Nachdem sie den Rest des Nachmittags geruhsam im Hotel verbracht hatten – die gedruckten Vorschriften besagten, daß niemand, der nicht zur Gemeinde gehörte, ohne Begleitung in der Stadt herumspazieren dürfe, und Begleitung war ihnen nicht angeboten worden –, waren die Schauspieler pünktlich um acht Uhr zusammengerufen und geradewegs in die Privatwohnung des Reverends geführt worden.

›Haus der Hoffnung‹ stand auf der Tafel vor der großen Lehmziegel-Hacienda, dem elegantesten Gebäude an der Main Street. Der Speiseraum wies – wie die übrigen Quartiere, in die sie auf dem Weg hinein einen Blick werfen konnten – eine wunderliche Mischung von luxuriösen Stilrichtungen auf: üppige viktorianische Sessel, schlichte norwegische Kommoden, persische Teppiche, orientalische Statuen – es sah aus, als sei ein Dutzend Millionärshaushalte durcheinandergeraten und neu verteilt worden.

Stumme, freundliche und aufmerksame Weißhemden servierten ihnen ein Nachtmahl von zufriedenstellender Kost, gewürzt mit einem mexikanischen Akzent. Zum Abschluß ergriff Rymer das Wort und brachte mit dem köstlichen Rotwein, den sie tranken, einen Toast aus – zwar war Alkohol den Handzetteln zufolge in The New City verboten, aber im Haus der Hoffnung herrschten offensichtlich eigene Vorschriften. Rymer verwandte die letzten fünf Minuten seines Sermons darauf, sich zu seiner Weitsichtigkeit zu beglückwünschen, mit der er das Ultimative Tournee-Theater in diesen offensichtlich so erleuchteten Vorposten der Zivilisation gebracht hatte.

»Bravo, Mr. Rymer. Ihre Freundlichkeit wird nur noch durch Ihre epische Beredsamkeit übertroffen.«

Alle drehten sich um. Reverend Day stand in der offenen Tür. Er hatte die ganze Zeit während Bendigos ausführlichem Vortrag dort gestanden, aber niemand in der Gesellschaft hatte ihn gesehen oder kommen hören. Bendigo verbeugte sich tief in die Richtung des Reverends; er war fast sicher, daß er ein Kompliment erhalten hatte.

»Aber jetzt müssen Sie mir wirklich erklären«, fuhr der Reverend fort, »wie um alles in der Welt Sie auf einen so faszinierenden Namen für Ihre kleine Truppe gekommen sind.«

»Nun, wenn ich es selbst einmal sagen darf«, gab Rymer zur Antwort und richtete sich dabei zu voller Größe auf, »wir halten uns stolz zugute, daß wir unserem Publikum ein ultimatives Theatererlebnis zu bieten haben.«

»Ist das wahr?« sagte der Reverend und ließ sich auf seinem Stuhl nieder; Eileen saß zu seiner Rechten, Bendigo zu seiner Linken, und dann kam Jacob Stern. »Ist Ihnen bewußt, daß ›ultimativ‹ auch soviel wie ›das letzte‹ bedeutet?«

Das selbstzufriedene Grinsen auf Rymers Gesicht gefror wie eine Blume in einem Schneesturm, und sein Gehirn kam jäh zum Stillstand.

Das hier wird leichter, dachte Reverend Day, *als einem toten Baby die Bonbons wegzunehmen.*

Eileen wußte die Spitze des Reverends zu schätzen, aber als er sich neben sie setzte und sie ihn zum ersten Mal aus der Nähe sah, verschlug es ihr den Atem.

Ihr erster Gedanke: Dieser Mann stirbt.

Der Reverend bewegte sich wie ein Insekt, steif und mechanisch, als sitze eine Stahlstange anstelle der Wirbelsäule in seinem Rücken. Der dunkle Anzug hing an seinem Körper wie ein Segel bei Flaute am Mast. Ein spitzer Buckel wuchs aus seiner linken Schulter, und sein linkes Bein war wie verdorrt. Seine Hände waren lang und schmal, die Finger wirkten lose und waren mit harten schwarzen Haaren bedeckt; sie sahen aus wie die Klauen eines Affen. Das Gesicht war das eines Totenschädels; eine hohe, runde Stirn wölbte sich über tiefliegenden, leuchtend grünen Augen, hohle Wangen lagen eingefallen über einem weißknochigen Kiefer. Wirre schwarze und graue Zotteln von dünnem Haar fielen vom Scheitel bis auf die Schultern herab. Knotige Blutgefäße pulsierten matt um seine Schläfen. Rot leuchtende Narben zogen sich kreuz und quer über seine steife Marmorhaut, als sei er auseinandergeschnitten und von unkundiger Hand wieder zusammengesetzt worden.

Ich kenne dieses Gesicht, dachte sie; ich habe es schon einmal gesehen. Ich weiß nicht, wo oder warum; aber Gott weiß, es ist eines, das man nicht so schnell vergißt. Sie überlegte, ob sie davon sprechen sollte, aber ein starker Instinkt warnte sie davor, mit ihm zu reden.

Der Reverend unternahm keinen Versuch, sich bekannt zu machen; er kannte die Namen, die für ihn wichtig waren, alle wußten sofort, wer er war, und allen Schauspielern hatte es augenblicklich die Sprache verschlagen, als er erschien. Seine Stimme hatte einen tiefen Südstaatentonfall – oder war da ein Hauch von britischem Akzent?

Ohne etwas von dem Funken der Erkenntnis bei Eileen zu ahnen, wußte Jacob sofort, daß er diesem Mann schon einmal begegnet war, und er erinnerte sich genau, wo: beim Parlament der Religionen im vergangenen Jahr in Chicago. Aber ihm war auch klar, daß Reverend Day seinerseits keine Erinnerung an ihn haben konnte, seines Bartes beraubt, wie er nun war. Die magnetischen Augen musterten Jacob aufmerksam, aber ohne eine Spur von Wiedererkennen.

Seine Augen sind tödlich, begriff Jacob. Er senkte den Blick auf die Reste seines Apfelkuchens, und sein Herz schlug schneller. Er war schon früher Menschen begegnet, deren Wille eine spürbare Kraft ausübte: Dieser Mann projizierte ihn durch seine Augen, als spanne er einen Muskel. Man durfte nicht in diese Augen schauen. Er wollte Eileen warnen.

»Und wie geht es Ihnen heute abend, Mr. Jacob Stern?« fragte der Reverend. »Wenn ich recht verstehe, sind Sie irgendwo auf Ihrer Reise erkrankt.«

»Sehr viel besser, danke«, sagte Jacob und hoffte, Eileen werde ihn anschauen; aber sie war wie gebannt von Reverend Day

»Sie sind offensichtlich kein Mitglied dieser Kompanie; darf ich fragen, was Sie in unseren Winkel der Welt führt?«

»Man könnte sagen, ich bin eine Art Tourist«, sagte Jacob bescheiden. »Ein Mann, der seinen Ruhestand genießt und in den Westen aufbricht –«

»Was ist das hier eigentlich für eine Gemeinde?« fragte Eileen, die ihre Neugier nicht länger im Zaum halten konnte. »Ich nehme an, Sie haben hier die Leitung; also, was soll das alles? Was hat es für einen Zweck?«

Reverend Day wandte sich ihr zum erstenmal zu, und die Wucht seines Blicks traf sie wie ein physischer Schlag. Seine Miene wirkte gelassen, ja, freundlich, aber die Kraft in seinen Augen verursachte ihr Übelkeit und drehte ihr den

Magen um. Das Blut wich aus ihrem Gesicht, und sie mußte wegschauen.

»Gott zu dienen, Miß Temple«, sagte der Reverend schlicht. »Und Seinem Sohn, unserem Erlöser Jesus Christus. *Wie wir es alle tun sollten.* Es tut mir leid – hat man Ihnen kein Exemplar unseres Handzettels gegeben? Er enthält alle grundlegenden Auskünfte über uns, die man kennen sollte. Wir händigen es jedem unserer Besucher gleich bei der Ankunft aus.«

Er will, daß ich ihn ansehe, erkannte Eileen; er will es, und ich darf es nicht; ich fühle, wie sein Geist an mir schabt wie eine Spinne, die versucht, in meinem Kopf zu kriechen.

»Verzeihen Sie, wenn ich diese Bemerkung mache«, warf Jacob ein; er bemerkte ihre Not deutlich und bemühte sich, den Mann von ihr abzulenken, »aber ich hatte den Eindruck, daß Ihr Handzettel sich eher mit den vielen Dingen befaßt, die man *nicht* tun soll.«

Day drehte sich langsam wieder zu ihm um; sein Blick verhärtete sich, und er war beinahe zornig. »Sie werden sich erinnern, Sir, daß sogar Gott uns sagte: Du sollst nicht!«

Er mag es nicht, wenn man ihm widerspricht, dachte Jacob. Auf alle Fälle ist er es nicht gewöhnt, daß man sich ihm gegenüber Freiheiten herausnimmt – und bei diesen Augen in seinem Kopf, welcher verständige Mensch würde es da noch wollen? Na, nur zu, du Ungeheuer, tu mit einem alten Mann, was du an Schrecklichem vermagst – aber krümmst du dieser Frau nur ein Haar, dann werde ich dafür sorgen, daß du den Tag bereust, an dem du zur Welt gekommen bist.

»Aber nur zehnmal«, sagte er. »Sie sagen es fünfzigmal.«

»Der strikte Gehorsam gegen den Willen Gottes ist ein schwieriger Weg voller Herausforderungen für jedermann«, sagte Day. »Wir beanspruchen keine Vollkommenheit, Mr. Stern. Wir streben sie nur an.«

»Die Welt würde Ihnen dafür Beifall spenden. Warum verstecken Sie sich so?«

»Die Welt … ist ein böser Ort, wie Sie auf Ihren Reisen sicher nicht umhin konnten zu bemerken. Unsere Hoffnung richtet sich darauf, in den Grenzen unserer Stadt eine bessere Welt für uns zu erbauen. Darum nenne ich mein Heim das Haus der Hoffnung. Und von Gästen erwarten wir, daß sie unsere Bemühungen und unsere Werte respektieren, selbst wenn sie nicht unbedingt mit ihnen einverstanden sind.«

»Respektieren, sicher«, sagte Jacob.

Provoziere ihn nicht, Jacob; laß es gut sein.

Die Augen des Reverends blickten Jacob unverwandt an, und Erkenntnis und tieferes Interesse glomm in ihnen auf: »Sind Sie vielleicht zufällig selbst ein Mann Gottes, Mr. Stern?«

Jacob sah Eileen kurz in die Augen; jetzt versuchte sie *ihn* zu warnen.

»Das könnte man sagen«, antwortete Jacob. »Ich bin Rabbi.«

»Natürlich, jetzt leuchtet es mir ein«, sagte Reverend Day. »Wir haben eine stattliche Zahl Ihrer israelitischen Brüder in unserer Schar, zusammen mit all den anderen gescheiterten Konfessionen – nun freilich zu unserem Glauben bekehrt, aber einst teilten sie Ihre Überzeugungen.«

»Ein paar gewinnt man, ein paar verliert man«, sagte Jacob und zuckte die Achseln.

Der Reverend lächelte nachsichtig. »Ich möchte meinen Gästen ungern die Strapazen einer theologischen Debatte aufbürden, aber vielleicht hätten *Sie* Lust, Rabbi Stern, sich morgen mit mir zusammenzusetzen und unsere … unterschiedlichen Anschauungen zu erörtern.«

»Die Gelegenheit ist mir willkommen, Reverend. Aber ich muß Sie warnen: Die Konversion zum Judentum ist ein sehr ernstes Unterfangen.«

»Im Dienst der Heiligen Werke Gottes«, sagte Day lächelnd, »ist das ein Risiko, das man stets bereitwillig eingehen muß.«

Und Reverend Day wandte sich wieder Bendigo Rymer zu, der die ganze Zeit reglos dagesessen hatte und jetzt, einige Male mit den Lidern klappernd, aus einer tiefen hypnotischen Trance zu erwachen schien.

»Ich hoffe, unser bescheidenes Theater hat bei Ihnen Gefallen gefunden, Mr. Rymer«, sagte Day und erhob sich.

»Ja, wundervoll, Sir«, sagte Rymer, zutiefst gerührt über soviel Fürsorglichkeit. »Wunderbar eingerichtet, recht vielen Dank.«

»Vorzüglich. Ich kann Ihnen nicht sagen, wie sehr wir uns auf Ihre Vorstellung morgen abend freuen«, sagte Day.

Er verbeugte sich steif und verließ rasch den Raum. Jacob legte eine Hand an seine Stirn, um den pochenden Kopfschmerz zu bändigen, der sich dort plötzlich meldete. Eileen kam besorgt zu ihm.

Die übrigen Schauspieler hatten das Gefühl, sie hätten eine Stunde lang die Luft angehalten und ließen einen kollektiven Seufzer der Erleichterung entweichen.

Die Allein Geht klopfte leise an die Abteiltür. Keine Antwort. Sie hob die Hand und wollte noch einmal klopfen, als Jack Sparks die Tür aufriß, eine Pistole in der Hand, wütend über die Störung. Sie blieb ruhig und wartete, bis er sprach.

»Was wollen Sie?«

»Darf ich hereinkommen?« fragte sie.

»Warum?«

Sie schaute ihn an, drang sanft durch die Mauer des Zorns, die er um sich herum erbaut hatte. Jack senkte den Blick und schob die Pistole in den Gürtel. Er hielt ihr die Tür auf und verschloß sie, nachdem sie eingetreten war.

Sie setzte sich und atmete sorgfältig und beherrscht, um keine rauhen Signale in den Raum zu senden. Nach einigen Augenblicken der Anspannung setzte Jack sich ihr gegenüber.

»Ich möchte Ihnen von meinem Traum erzählen«, sagte sie.

Er zögerte kurz. »Erzählen Sie.«

Er beobachtete sie mit kaltem, ungeduldigem Stirnrunzeln. Sie holte noch einmal tief Luft; das wichtigste war der Anfang.

»In meinem Traum ist die Erde meine Mutter; mein Vater ist der Himmel. Sie sind getrennt voneinander, aber sie leben Seite an Seite und berühren einander am Horizont, im Gleichgewicht. Weil zwischen ihnen Harmonie ist, werden die Tiere in die Welt geboren, ein jedes nach dem Bild der Götter, die sich den Himmel und die Erde teilen. Die Menschen sind die letzten Geschöpfe, die erscheinen; sie zu erschaffen, ist am schwierigsten.«

»Wieso?«

»Weil sie die meiste Verantwortung tragen.«

»Was soll das heißen?«

»Sie sind die einzigen, denen sowohl Licht als auch Dunkelheit gegeben ist. Tiere gehorchen ihren Göttern, ohne zu fragen; sie können nur gut sein. Die Menschen sind die einzigen, die auf beide Seiten hören müssen. Sie sind die einzigen, die sich entscheiden müssen.«

»Inwiefern müssen sie sich entscheiden?«

»Sie müssen entscheiden, welche Seite in ihnen stärker ist.«

Sie sah ihm kurz in die Augen; Zorn blitzte in seinem Blick, und sie schaute weg.

»Hat *er* Sie hergeschickt?« Jack deutete mit einer ruckartigen Kopfbewegung auf die Wand zwischen seinem und Doyles Abteil.

»Ich erzähle Ihnen nur meinen Traum«, sagte sie schlicht und wartete.

»Also schön«, sagte er schließlich.

»In meinem Traum sind die Menschen aus dem Gleichgewicht geraten; sie haben vergessen, daß sie sowohl aus dem Himmel als auch aus der Erde geboren sind. Ihr Verstand ist stark geworden, aber ihre Herzen sind verschlossen; sie haben die Achtung vor den anderen Tieren und ihren Göttern verloren. Die Menschen glauben jetzt, daß sie ihren eigenen Weg zur Erde gefunden hätten und daß sie allein hier seien, abseits vom Rest der Schöpfung. Ihr Verstand ist stark, aber indem sie sich dafür entschieden haben, diesem Weg zu folgen, haben sie sich von der Wahrheit abgewandt.

Dies schafft eine Leere in ihnen. Und in diese Leere kommen die Gedanken des Verstandes, Gedanken, die sprechen mit der Stimme des Herzens. Gedanken an Macht und an die Herrschaft über andere. An Dunkelheit. Und so kommt es, daß die Wunde sich zu öffnen beginnt.«

»Welche Wunde?«

»Die Wunde in der Erde. Die Wunde, die wir in unserem Traum gesehen haben.«

»In der Wüste.«

Sie nickte. »Was die Menschen brauchen, ist Heilung, die Herz und Verstand wieder zusammenführt. Der Verstand sagt ihnen nur, daß sie mehr Macht brauchen, und auf diese Weise wird die Wunde tiefer. Ich erzähle Ihnen nur meinen Traum.«

Jacks Miene wurde sanfter; Interesse schlich sich in seinen Blick und widerstand dem Schmerz.

»In dem Traum ist uns ein Turm gemeinsam, der in der Wüste erbaut wurde.« Sie fühlte sich jetzt sicher genug, um ihn einzubeziehen. »Mein Volk benutzt das Medizinrad, um die Herzen zu öffnen und die Stimmen unserer Götter zu hören; zwar rufen wir zum Himmel hinauf, um sie zu hören, aber wir wissen, daß die Götter in uns leben und daß wir dorthin lauschen müssen.«

»Und der Turm?«

»Der Turm ist wie das Medizinrad, nur daß er in die Dunkelheit ruft. Darunter klafft eine Wunde in der Erde, und der Schwarze Krähe Mann bittet die Dunkelheit, emporzusteigen aus der Wunde und ihre Macht über die Erde zu verbreiten.«

»Und so siegt die Finsternis«, sagte Jack.

»So endet die Zeit. So werden die Menschen vernichtet, denn sie haben die Wunde geöffnet und dem Schwarze Krähe Mann erlaubt, diese Dunkelheit in die Welt zu rufen.«

»Wer ist dieser Mann?«

»Die falsche Stimme des Verstandes in jedem von uns. Im Traum ist er der, der die Menschen auf den falschen Weg führt und die Dunkelheit aus der Tiefe der Erde heraufruft.«

»Und in der wirklichen Welt«, sagte Jack, »ist er mein Bruder.«

Sie zögerte. »Ich glaube, so ist es.«

»Und wer sind die Sechs?«

»Die, die aufgerufen sind, ihm Einhalt zu gebieten.«

»Aufgerufen von wem?«

»Das zu sagen, kommt uns nicht zu.«

»Aber Sie und ich, wir gehören dazu.«

»Wir haben den Traum erhalten. Ja, ich glaube, das war der Grund.«

Jack saß schweigend da, und sein Gesicht verzerrte sich, während er mit den Wogen seiner Gefühle kämpfte. Sie sah mitleidig zu, kam ihm aber nicht entgegen; er würde die Hände nach ihr ausstrecken müssen.

»Wie denn? Wie können wir ihn aufhalten?« fragte Jack. Pure Angst lag in seinem Gesicht, und seine Stimme brach. »Ich habe es doch schon früher versucht. Ich habe versagt. Und auch gegen mich habe ich versagt; ich habe die Dunkelheit in mich kommen lassen.« Seine Stimme wurde zu einem Flüstern. »Ich habe Angst. Angst, ich könnte nicht stark genug sein.«

Die Allein Geht atmete tief ein und schaute ihm zum ersten Mal richtig ins Gesicht. Dies war der Augenblick.

»Sie müssen sich selbst heilen. Bevor Sie es noch einmal versuchen«, sagte sie.

Er starrte sie an, und die letzte Panzerschicht seiner schützenden Wut zerschmolz. Er war verwundbar und real, und Tränen sammelten sich in seinen Augen.

»Ich weiß nicht, wie ich anfangen soll«, wisperte er.

»Aber Sie werden trotzdem versuchen, ihn aufzuhalten.«

»Ja.«

»Und Sie werden wieder scheitern. Ist es das, was Sie wollen?«

»Nein.«

»Dann haben Sie keine Wahl.«

Er schüttelte den Kopf. Sie hatte recht. Die Tränen strömten ihm über die Wangen.

Sie nahm seine Hände und hielt sie fest. Er sah sie an.

»Ich werde Ihnen helfen«, sagte sie.

Der erste Schrei aus dem Nachbarabteil riß Doyle jäh aus seinem unruhigen Schlaf. Er stürzte zur Tür hinaus, dicht gefolgt von Innes. Sie blieben vor Jacks Abteiltür stehen und lauschten. Rhythmischer Singsang drang zu ihnen heraus, die Stimme der Frau und der moschushafte Duft von brennendem Salbei. Und durch den Singsang hörten sie, ansteigend und abschwellend, ein leises Stöhnen und dann wieder einen langgezogenen Schrei, der ihnen die Haare zu Berge stehen ließ.

»Gütiger Gott«, sagte Doyle.

»Klingt, als würde er am Spieß gebraten«, meinte Innes.

Doyle stieß die Tür auf; der Anblick, der sich ihnen bot, ließ sie beide wie angewurzelt stehenbleiben.

Gluthitze herrschte in dem engen Abteil. Jack lag flach ausgestreckt in der schmalen Lücke zwischen den Sitzen, und Die Allein Geht kniete neben ihm. Jack war bewußtlos und nackt bis zu den Hüften; sein Oberkörper war mit diagonalen Streifen von roter und weißer Farbe bemalt. Mary Williams, die mit Lendenschurz und Mieder bekleidet war, trug ein Muster aus den gleichen Farben im Gesicht. In zwei Räucherschälchen brannte Salbei, und die stickige Luft war voller Rauch. Eine lange, hölzerne Tabakspfeife lag auf einem der Sitze, eine vier Fuß lange Weidenrute mit einer Adlerfeder am Ende auf dem Boden neben Jacks Kopf.

Die beiden waren schweißgebadet. Jack wand sich in qualvollen Schmerzen, während sie die Hände über seinem Brustkorb kreisen ließ, als knete sie mit schnellen Bewegungen einen Teig. Versunken in fieberhafter Konzentration, die angespannten Gesichtszüge wie aus Stein gemeißelt, wiederholte sie wieder und wieder die gleiche unverständliche Beschwörungsformel und blickte nicht einmal auf, als Doyle hereinkam.

Wieder löste sich ein furchtbarer Schrei von Jacks Lippen, und sein Körper bäumte sich auf, straff wie eine Bogensehne. Doyle begriff, daß seine Schreie überall im Wagen zu hören sein mußten, und wollte die Tür schließen, aber er konnte dem Impuls nicht folgen, als er sah, wie in

Mary Williams' Händen etwas erschien, als sie sie rasch von Jacks Brust hob.

Eine wabernde, transparente Masse von rötlichem Gewebe, etwa so groß wie eine längliche Grapefruit; in der Mitte glühte ein heißer, schwarzer, gallertiger Kern, und das Ganze war ringsum gefleckt von gewundenen Bändern aus einer ekelhaft grauen Substanz, die dem Objekt eine Struktur zu geben schienen und es zusammenhielten wie ein Gerippe.

Etwas Fötales, eine Larve, insektenhaft eher als menschlich, dachte Doyle. Er sah sich nach Innes um; dessen Gesicht war weiß wie eine Eierschale. Doyle fühlte sich seltsam beruhigt: Zumindest sah Innes es also auch.

Die Hände der Frau fuhren fort mit ihren erregten Bewegungen; sie vibrierten in einem so unglaublich hohen Tempo, daß man Mühe hatte, zu sagen, ob die widerliche Masse geschüttelt wurde oder von einer eigenen scheußlichen Energie beseelt war. Und in einem Teil ihres Verstandes fragten sie sich, ob sie da überhaupt etwas in den Händen hielt.

Jacks Oberkörper sackte zusammen und fiel hart auf den Boden zurück.

Doyle packte Innes, zerrte ihn auf den Gang hinaus und schloß rasch die Tür hinter ihnen. Entsetzt starrten sie einander an; Innes klapperte heftig mit den Lidern, und sein Mund arbeitete, ohne ein Wort hervorzubringen.

Doyle hob einen Finger an die Lippen und schüttelte den Kopf. Innes marschierte schnurstracks zu ihrem Abteil und holte eine Flasche Whiskey aus seiner Tasche. Die beiden Brüder setzten sich einander gegenüber auf ihre Kojen, sprachen in wohlbemessenen medizinischen Dosen der Flasche zu und warteten darauf, daß der Alkohol diese abscheuliche Erinnerung aus ihren Gehirnen vertrieb.

Sie sprachen nicht darüber, und während der restlichen kurzen Nacht waren aus dem Nachbarabteil keine weiteren Schreie mehr zu hören.

Schon am ersten Abend, da die Bürgerwehr sich über das Hotel von Skull Canyon hergemacht hatte, war die Hölle los gewesen, und als nun am zweiten Abend der Whiskey von neuem zu fließen begann, da schien es unwahrscheinlich, daß die Stadt sie noch sehr viel länger würde bei sich behalten können.

Zur Zeit war die Gruppe hitzig gespalten in der Frage, welche Gefahr für die Gesellschaft man zuerst zur Strecke bringen müsse: den Chinamann oder diesen hinterhältigen, schlangenäugigen, doppelzüngigen Hurensohn von einem Sträfling, diesen Buckskin Frank McQuethy. Aber einig war man sich darin, daß der erste dieser beiden entlaufenen Köter, den sie erwischten, auf der Stelle eine Hanfkrawatte verpaßt bekommen und am nächsten Ast baumeln würde.

Sheriff Tommy Butterfield vor allem fühlte sich höchstpersönlich verraten; er hatte sich schließlich wegen Frank mit dem Gouverneur angelegt, um Himmels willen. Hatte dem Mann vertraut, hatte seine eigene politische Zukunft aufs Spiel gesetzt, und *so* zahlte Buckskin es ihm jetzt zurück: einen Zettel an die Stallwand genagelt, und ab in die Nacht. Die miese Ratte konnte inzwischen auf halbem Weg nach Guadalajara sein. Tom hatte es noch geschafft, die Truppe zu überreden, am Morgen Franks Anweisung gemäß nach Skull Canyon zu reiten, aber als sie dort angekommen waren und ihn wieder nicht vorgefunden hatten, verwandelte sich der Ruf nach Vergeltung in einen ganzen Chor.

Im Laufe des nächsten Tages wurden die Reden immer giftiger und die Vernehmungen des Hotelpersonals immer ruppiger, bis schließlich einer der Angestellten zugab, daß Frank nicht nach Prescott geritten war, wie sie es den Jägern ursprünglich gesagt hatten – und zwar nur auf Franks Befehl und unter ernster Todesdrohung, wie er hastig hinzufügte –, sondern dabei gesehen worden war, wie er nach Westen ritt, wo diese religiöse Siedlung lag. Und wo vorher ja auch die Schauspieler und Chop-Chop, der Chinamann, hingefahren waren.

Jetzt war erst recht die Hölle los.

Wir reiten heute abend noch hin, war die vorherrschende Auffassung, reiten schießend da rein und holen sie beide raus, und Gott erbarme sich dessen, der sich uns in den Weg stellt. Jetzt mußte man sich bloß noch darüber klarwerden, wie das Kaff zu finden war.

Und in diesem Augenblick ergriff der Gentleman, der mit seinen vier Reisegefährten still in einer Ecke gesessen hatte, zum ersten Mal das Wort.

Wir kennen die Straße, erbot sich der Gentleman. Ja, wir müssen sogar selbst dorthin, und wir würden Ihnen mit dem größten Vergnügen den Weg zeigen.

Sofort?

Ja, wir haben vor, heute abend noch zu reiten, erklärte der Mann. Und wir kennen einen guten Lagerplatz unterwegs – falls Sie beschließen sollten, den Ritt zu unterbrechen.

Was haben *Sie* denn in dieser religiösen Siedlung zu suchen, fragte jemand.

Wir sind Bibelvertreter, sagte der Mann – und richtig: Einer seiner Kollegen zeigte ihnen einen Koffer, der bis obenhin voll mit Heiligen Schriften war.

Unter den Ältesten der Bürgerwehr erfolgte eine Abstimmung; diese Burschen sahen zweifelsfrei ehrbar aus, schick gekleidet und gepflegt, offensichtlich gottesfürchtige Männer, und die Gegend schienen sie auch zu kennen. Die Entscheidung fiel schnell und einstimmig: Der Trupp würde auf der Stelle mitreiten.

Als die achtunddreißig Amateurpolizisten sich schließlich draußen versammelt hatten, saßen die fünf Bibelvertreter bereits reisefertig im Sattel. Keiner der Vigilanten hörte, wie ihr Anführer, der Mann, der drinnen als erster gesprochen hatte, der gutaussehende mit dem leichten deutschen Akzent, leise zu seinen Kollegen sagte:

Wartet auf mein Zeichen.

14

Frank wartete bis fünf Minuten nach Sonnenaufgang, ehe er zum Tor ritt. Ein Mann und eine Frau in identischen weißen Hemden, beide mit einer Winchester bewaffnet, traten aus der Wachbaracke und kamen ihm entgegen.

»Willkommen in The New City«, sagte die Frau.

»Schön, hier zu sein«, sagte Frank.

»Ist es nicht ein herrlicher Tag?«

»Habe schon schlechtere gesehen.«

»Und was wollen Sie heute bei uns, Sir?« Beide lächelten.

»Dachte mir, ich trete bei euch ein.« Frank grinste zurück.

»Sie treten … ein?« wiederholte die Frau.

»Ja.«

Ihr Lächeln zeigte Verschleißerscheinungen an den Rändern, und sie warfen einander unbehagliche Blicke zu.

»Eintreten«, sagte der Mann.

»Ja.«

»Entschuldigen Sie uns für einen Augenblick, Sir«, sagte die Frau.

Die beiden zogen sich in die Wachhütte zurück und tuschelten miteinander. Frank konnte den Mann durch das Fenster sehen; er bearbeitete eine Morsetaste. Er hob den Kopf, und sein Blick folgte dem gespannten Draht die Straße entlang zu der Stadt in der Ferne. Er holte sein Fernglas hervor und richtete es nach Osten, wo er während der Nacht die militärischen Manöver beobachtet hatte; sah aus wie ein Schießstand, was man dort eingerichtet hatte – Sandsäcke und Zielscheiben.

Frank hörte den Telegrafen klicken: Eine Antwort kam zurück. Er steckte sein Glas ein, als die Wächter wieder herauskamen; ihr Lächeln war zurückgekehrt.

»Sie dürfen weiterreiten, Sir«, sagte die Frau. »Bitte bleiben Sie unter allen Umständen auf der Straße. Wenn Sie in

The New City ankommen, wird Sie jemand mit weiteren Anweisungen erwarten.«

»Einen herrlichen Tag noch«, sagte der Mann.

Frank legte einen Finger an den Hut und trieb sein Pferd voran. Das Tor schloß sich hinter ihm. Die Straße war einfach, aber gut gepflegt, mit flachen Steinen in ordentlichen Reihen gepflastert. Breit genug für einen Wagen, schnitt sie sich schnurgerade zwischen den Wanderdünen hindurch. Aus fernen Kaminen stieg Rauch empor. Ein schwarzer Fleck, der in der Ferne in Sicht kam, entpuppte sich als riesiger schwarzer Turm, als er die fünf Meilen zum nächsten Tor geritten war. Und als Frank begriff, was er da sah, hielt er an; wieder hörte er Mollys Stimme:

Wie es aussieht, bist du jetzt mitten in jemandes Alptraum hineingeraten, Frankie. Wessen Alptraum, das weiß man nicht genau – deiner ist es jedenfalls nicht, denn ich komme nicht drin vor. Was machst du jetzt?

Du kennst mich, Molly: Halbe Sachen gibt's bei mir nicht.

Eine riesige Hüttenstadt breitete sich vor ihm aus. Überraschend; von außen hatte er das Gefühl gehabt, The New City müsse aus lauter Lattenzäunen, schattigen Bäumen und sommersprossigen Kindern bestehen, aber das hier sah eher aus wie einer von diesen dreckarmen Slums, die er am Rande von Großstädten in Mexiko schon gesehen hatte.

Er ritt weiter. Lächelnde Gesichter winkten ihn durch ein zweites Tor. Am Wachhaus kam ihm ein hübsches junges Mädchen zu Pferde entgegen und eskortierte ihn zu einem Stall gleich abseits der Main Street. Als er durch einen Torbogen in den Hof spähte, sah Frank die Planwagen der Schauspielertruppe an einer Mauer stehen.

Hier war er richtig, soviel stand fest.

Fünf lächelnde junge Menschen in weißen Hemden, keiner älter als achtzehn, Schwarze und Weiße, begrüßten ihn eifrig, als er von seinem Pferd stieg. Ein Stallknecht führte sein Pferd und den Henry-Stutzen, der im Sattelhalfter steckte, davon. Sie drückten ihm ein Flugblatt in die Hand – The New City: Die Regeln für unsere Gäste – und baten ihn um seinen Revolver.

435

»In The New City sind Waffen nicht erlaubt«, sagte einer der Weißhemden und deutete auf Regel vierzehn auf dem Zettel, der fast so lang wie sein Arm war.

Frank sah ein, daß eine Diskussion nichts einbringen würde, und gab seinen Colt ab.

»Den Halfter behalte ich aber, wenn ihr nichts dagegenhabt«, sagte er.

»Wir haben überhaupt nichts dagegen, Sir«, strahlte einer.

»Gut«, sagte Frank.

Weil ich nämlich wahrscheinlich die Patronen im Gurt für die Pistole brauchen werde, die ich im Stiefel versteckt habe.

»Würden Sie bitte den Hut abnehmen und die Hände über den Kopf heben, Sir?« fragte ein anderer.

»Wieso?«

»Damit wir Ihnen Ihr Hemd geben können«, sagte wieder ein anderer.

Zwei von ihnen falteten eins der weißen Hemden auseinander und hielten es bereit, um es ihm über den Kopf zu streifen. Frank dachte eine Sekunde lang darüber nach und kam dann zu dem Schluß, daß er die Schnauze voll hatte.

»Nein danke«, sagte er.

Er gab ihnen die Liste mit den Regeln zurück und ging aus dem Stall. Das Begrüßungskomitee wieselte ihm nach wie eine Schar aufgeregte Enten.

»Aber jeder, der zu uns kommen möchte, muß sein Hemd anziehen, Sir – «

»So steht es hier in den Regeln –«

Frank bog in die Main Street ein und ging immer weiter. Auf der Straße und dem mit Holzplanken belegten Gehsteig drängten sich geschäftige, lächelnde Menschen, die alle das gleiche weiße Hemd trugen. Frank sah zahlreiche Chinesengesichter in der Menge. Keines, das auf den ersten Blick der Beschreibung des Chinamannes entsprach, aber genug, um ihn zu dem Gedanken zu ermutigen, daß Chop-Chop womöglich nicht so weit weg war.

Frank blieb stehen und zündete sich einen Zigarillo an.

Die fünf Weißhemden, die ihm folgten, fingen an, aufgeregt miteinander zu tuscheln. Schließlich trat einer von ihnen, ein bebrillter schwarzer Bengel, vor und sagte:

»Bedaure, Sir, aber das Rauchen ist nicht erlaubt in The New ...«

Frank drehte sich um und brachte ihn mit einem Blick zum Schweigen.

»Wieviel wollt ihr haben, damit ihr angeln geht?« fragte Frank und holte eine Handvoll Silberdollars aus der Tasche. »Einen Dollar pro Nase, wie wär's damit?«

Schockiert starrten die fünf erst ihn, dann einander an.

»Es gibt kein Geld hier in The New City, Sir.«

»Wir haben alles, was wir brauchen.«

»Für alle unsere Bedürfnisse ist gesorgt.«

»So seht ihr aus«, sagte Frank und steckte die Münzen wieder ein.

»Es ist wichtig, daß jeder sich an die Regeln hält.«

»Na klar, mein Junge, denn sonst gibt's Anarchie, und damit kann man keine Eisenbahn betreiben, oder?«

Sie schauten ihn verständnislos an, bis der ernsthafte Schwarze mit dem runden Gesicht, der sich allmählich zu ihrem Anführer machte, den Faden der Auseinandersetzung aufgriff.

»Besonders, wenn jemand beitreten will. Man hat uns gesagt, Sie wollten sich uns anschließen.«

»Hat man, ja?«

»Sie wollen sich uns doch anschließen, oder nicht, Sir?«

»Ich denke darüber nach«, sagte Frank und schaute die Straße hinauf. Ein Plakat an einem großen Gebäude auf der rechten Seite fiel ihm ins Auge: bunte Farben, fette Lettern. Er ging darauf zu.

»Weil wir nämlich strikte Regeln haben für Leute, die sich uns anschließen wollen«, sagte der schwarze Junge und trottete weiter neben ihm her.

»Irgendwie überrascht mich das überhaupt nicht.«

»Es ist wirklich nötig, daß Sie sich an die –«

»Wie heißt du, Kleiner?«

»Clarence, Sir«, sagte der Junge.

»Ich sag dir was, Clarence: Wieso hörst du nicht auf mit dem Stuß und erzählst mir, was los ist, damit ich mich entscheiden kann? Wer leitet die Show hier?«

»Wie bitte?«

»Wer ist der Oberboß?«

»Unser Führer?«

»Wer hat die Regeln geschrieben?«

»Unser Führer ist Reverend Day.«

»Reverend A. Glorious Day«, ergänzte ein anderer voller Begeisterung.

»Was bedeutet denn das ›A‹?« fragte Frank.

Wieder starrten sie ihn irritiert an.

»Was ist denn so wahnsinnig Besonderes an diesem Reverend Day?« fragte Frank.

»Reverend Day spricht mit dem Erzengel«, sagte Clarence.

»Er bringt uns das Wort unseres Herrn.«

»Durch den Reverend sehen wir Ihn –«

»Wir *kommunizieren* mit ihm, Bruder Tad«, korrigierte Clarence.

Jetzt blieb Frank wie angewurzelt auf dem Gehsteig stehen. »Ihr macht was?«

»Wir kommunizieren mit dem Erzengel.«

Sie strahlten ihn wieder an wie eine Reihe Glühbirnen.

»Welcher Erzengel ist das?« fragte Frank.

»Wir kennen Seinen Namen nicht, Sir.«

»Er ist einfach der Erzengel.«

»Er sitzt zur Rechten Gottes«, sagte Clarence.

»Das erzählt euch dieser Reverend Day?«

»O ja, er kennt den Erzengel gut – «

»Aber wir kennen Ihn auch, hier, in unseren Herzen«, sagte Clarence. »Wenn wir Kommunion mit Ihm haben.«

»Wo findet denn diese ganze Kommunizirerei statt?«

Die Weißhemden grinsten einander an, weil die Antwort doch auf der Hand lag.

»Überall.«

»Der Erzengel ist überall.«

»Wir hören Seine Stimme, wohin wir auch gehen.«

»Wir sind nie allein –«

»Soll das heißen, daß ihr zum Beispiel jetzt in diesem Augenblick eine Stimme hört, die euch sagt, was ihr tun sollt?« fragte Frank vorsichtig.

»Ja, Sir. Durch Reverend Day ist der Erzengel immer bei uns.«

»Lobet den Herrn.«

»Halleluja.«

»Okay«, sagte Frank und nickte langsam. Zweifelnd schaute er all die lächelnden Weißhemden an und war plötzlich sehr viel wachsamer, nachdem er begriffen hatte, daß er in eine Irrenanstalt spaziert war.

»Und auch Sie werden den Erzengel hören, Sir, wenn Sie sich uns angeschlossen haben.«

»Wenn Sie Reverend Day kennengelernt haben, werden Sie es verstehen.«

»Wofür ist der Turm, den ihr da drüben baut?« fragte Frank.

»Das ist das Tabernakel des Erzengels, Sir.«

»Also eine Kirche.«

»Viel, viel mehr als das, Sir.«

»Wenn das Heilige Werk vollendet ist, dann wird dort der Erzengel erscheinen«, zwitscherte Clarence eifrig.

»Und der Reverend sagt, das Heilige Werk ist bald fertig.«

»Es wird nicht mehr lange dauern.«

»Was für ein herrlicher Tag das sein wird!«

Und ein Chor von Hallelujas folgte.

Du lieber Gott, dachte Frank, die sind ja verrückter als eine Horde betrunkener Affen.

»Ich will dich was fragen, Clarence.« Frank legte dem Jungen eine Hand auf die Schulter und deutete auf das Plakat des Ultimativen Tournee-Theaters, das neben ihnen an der Wand hing. »Diese Aufführung findet heute abend statt; habe ich das richtig verstanden?«

»O ja, Sir.«

»Und die Schauspieler, wohnen die hier in der Stadt?«

»Ja, Sir, da drüben im Hotel«, sagte der schwarze Junge.

»Wo wäre das?«

»Nur ein Stück weiter unten an der Straße.«

»Wo alle unsere Gäste wohnen.«

»Da werden Sie auch wohnen, Sir.«

»Na, warum sagt ihr das denn nicht gleich –«

Aufruhr auf der Straße unterbrach dieses Gespräch. Fünf Reiter galoppierten zu einem Gebäude auf der anderen Straßenseite, und vor ihnen stoben die Leute auseinander. Das Haus sah anders aus als alle anderen in der Straße, ein großer Lehmziegelbau, wie die Hacienda eines Ranchero. Und davor ein Schild: Haus der Hoffnung.

Rufe von den Reitern. Ein großer Mann in einem grauen Staubmantel kam die Treppe vor dem Haus herunter und ging ihnen entgegen, derselbe Mann, den Frank in der Nacht zuvor mit den Soldaten in der Wüste gesehen hatte.

Gut gekleidet, die fünf Männer, staubbedeckt von einem harten Ritt. Einer verletzt; die andern halfen ihm vom Pferd. Blutbefleckter Verband am Oberschenkel, sah aus wie eine Schußwunde. Ein großer blonder Kerl, der Anführer der Reiter – eine Spur von ausländischem Akzent in seiner Stimme –, rief dem großen Mann etwas zu.

Etwas von einer Bürgerwehr.

Scheiße.

Der große Mann bellte ein paar Befehle; Weißhemden führten die Pferde weg. Andere, ganz in Schwarz, kamen vom Haus heruntergerannt, um mitzuhelfen, den Verletzten hineinzutragen. Einer der Reiter, ein kleinerer Blonder, nahm einen kleinen Koffer aus seiner Satteltasche, bevor er den anderen folgte. Nach weniger als einer Minute war alles vorbei. Das Treiben auf der Straße wurde augenblicklich wieder normal; keine Menschenseele, die stehenblieb, um sich zu wundern oder über das, was sie gerade gesehen hatten, zu tratschen.

So eine Kleinstadt habe ich noch nie gesehen, dachte Frank; nach einer Aufregung wie dieser würden die meisten Leute mindestens eine Stunde lang nicht aufhören zu quatschen.

Er beobachtete, wie der große Mann die Treppe zum Haus der Hoffnung hinaufging, und die Erkenntnis hatte ihm fast den Hut vom Kopf gehoben:

Er kannte den Kerl irgendwoher. Woher bloß?

Jesus, das war es: Cornelius Moncrief.

Knochenbrecher de luxe für die Eisenbahn. Vor zehn Jahren war Moncrief nach Tombstone gekommen und hätte einen armen kleinen Burschen, er war Buchhalter, beinahe totgeschlagen. Mitten im vollbesetzten Saloon. Behauptete, er hätte in der Verwaltung zwanzigtausend Dollar unterschlagen und sei damit abgehauen. Wenn das stimmte, so hätten Frank und die anderen Hilfssheriffs doch keinerlei Bargeld bei den Habseligkeiten des armen Hundes finden können; aber der hatte sich geweigert, Anzeige zu erstatten, und so hatten sie Cornelius für die Körperverletzung nicht einbuchten können. Und an Moncriefs Auftreten hatte man gemerkt, daß er wußte, seine Stellung bei den Bossen der Southern Pacific machte ihn unangreifbar.

Frank hatte den großen Mann auf Wyatts Anordnung hin zum Stadtrand eskortiert und ihm empfohlen, nie wieder einen Fuß in die Stadt zu setzen. Cornelius hatte ihm ins Gesicht gelacht und war davongeritten; er war verrückt, und er tat Leuten gern weh. Deshalb blieb er einem im Gedächtnis.

Was zum Teufel machte er hier?

»Bringt mich mal lieber zum Hotel«, sagte Frank.

Kanazuchi huschte davon, weg von den Arbeiterbaracken, nachdem er hinausgegangen war und die Latrine benutzt hatte. Die Wachen hatten am Morgen keine so scharfen Augen, und sie waren damit beschäftigt gewesen, den Arbeitern das Frühstück auszuteilen – Schüsseln mit Hafergrütze und eine Brotkruste –, das in einer Eßbaracke zwischen den Hütten aufgetischt wurde.

Auf seinem Weg durch das Gewirr der Behausungen zeigte Kanazuchi das passive, lächelnde Gesicht, das alle diese Weißhemden zur Schau trugen, und niemand sah ihn zweimal an. Bei Tageslicht stellte er fest, daß keines dieser

Gebäude abseits der Main Street mit Farbe oder Kalk verschönert war. Keine Blumen, keine Verzierungen. Nur vier dünne Wände und Flachdächer aus Wellblech. Dreck und Verzweiflung. Die einzige attraktive Straße war eine falsche Fassade, die dazu diente, Besucher zu beeindrucken. Oder die Bürger bei der Stange zu halten.

Der Traum hatte ihm gesagt, er werde das *Kojiki* und die anderen heiligen Bücher in einer Kammer unter der Kirche finden, aber sein Geist hatte noch keinen Weg gefunden, das Problem zu umgehen, das die Kirche selbst darstellte: Wie er dort nach einem Eingang suchen sollte, wenn der Bauplatz Tag und Nacht von Arbeitern wimmelte.

Das runde Dach eines hohen Gebäudes im Süden fiel ihm ins Auge, und er wandte sich in diese Richtung. Auf dem Weg hörte er die Laute, die er am Abend zuvor vermißt hatte:

Kinderstimmen. Lachen.

Er folgte diesen Lauten zu einem umfriedeten Grundstück, umgeben von einem knotigen Stacheldrahtzaun. Im Innern der Umzäunung spielten Kinder im Staub; mehr als hundert liefen hin und her und warfen sich Bälle zu. Jungen und Mädchen verschiedener Hautfarbe. Keines war älter als acht oder neun. Auf der anderen Seite des Kreises stand eine Reihe von niedrigen Gebäuden, die Wohnbaracken. Mehrere Erwachsene standen am Rand; sie spielten nicht mit, aber ermunterten die Kinder auch nicht, beaufsichtigten sie nicht einmal. Schauten nur zu.

Kanazuchi hatte jetzt genug gesehen, um zu erkennen, daß die Leute in dieser Stadt unter der machtvollsten Form von Geisteskontrolle lebten, die er jemals gesehen hatte; alle seine Versuche, sich unter die Bewußtseinsoberfläche der Arbeiter vorzutasten, hatten sich als nutzlos erwiesen. Wie oder warum diese Gruppenillusion sie so heftig in ihrem Griff hatte, konnte er nicht feststellen; eine kahle, undurchdringliche Mauer umgab ihre Gedanken. Aber er spürte, daß die Energie, die diese Menschen beherrschte, bereits anfing, zu verfallen.

Und aus irgendeinem Grund waren diese Kinder noch

frei, sogar glücklich. Lebten hier zusammen, getrennt von ihren Familien.

Sie warten, bis sie das richtige Alter erreicht haben, erkannte Kanazuchi. Wie Rancher, die eine Kälberherde großziehen.

Eines der Kinder, ein kleines, lockenköpfiges Mädchen, verfolgte einen leuchtend roten Ball bis an den Zaun. Der Ball rollte unter dem Draht hindurch und blieb vor Kanazuchis Füßen liegen. Er hob ihn auf und hielt ihn ihr entgegen. Sie schaute ihn schüchtern an. Mit einer geschickten Handbewegung ließ er den Ball verschwinden; dann langte er durch den Zaun und holte ihn hinter dem Ohr der Kleinen wieder hervor. Mit einem entzückten Aufschrei des Erstaunens nahm sie ihn in Empfang und rannte lachend zu den andern zurück.

Einer der Erwachsenen hinter dem Zaun hatte die kurze Begegnung gesehen; Kanazuchi zauberte wieder das tote Lächeln auf sein Gesicht, winkte milde und ging davon.

Ein doppelstöckiges Lagerhaus kam in Sicht; es stand abseits der Hütten auf einem freien Platz. Er wartete, bis niemand in der Nähe war, ehe er zur Wand hinüberging. Ein scheunentorartiges Doppelportal stand ein Stück weit offen; zwei gähnende Weißhemden mit Gewehren gingen davor auf und ab. Kanazuchi schlich langsam außen herum zur Rückseite, wo er eine einzelne Tür fand. Er rüttelte am Griff, drehte ihn leise mit all seiner Kraft, bis er nachgab, und schlüpfte dann hinein.

Stapel von Holzkisten, mit Planen bedeckt und mit Seilen am Boden festgezurrt, bedeckten den größten Teil der Fläche. Kanazuchi ging zwischen zwei Reihen von Kistentürmen hindurch, sie waren so hoch wie er selbst. An einer Stelle, wo er vom Tor aus nicht zu sehen war, schnitt er das Seil, das einen Stapel sicherte, durch und stemmte eine Kiste auf. Ein Dutzend Gewehre. Er schätzte, daß hier insgesamt mehr als tausend dieser Waffen lagerten.

Eine Reihe unregelmäßig geformter, verhängter Gegenstände stand ihm gegenüber auf der anderen Seite. Er hob die Segeltuchplanen hoch. Vier rundläufige Kanonen auf soliden Dreifüßen. Stapel von unzähligen kleinen Kästen standen daneben, auf die mit Schablone das Wort »Gatling« geschrieben war; sie enthielten Rollen von Munitionsgurten. Er hatte so etwas noch nie gesehen, aber er hatte von diesen Waffen gehört: Maschinengewehre. Er hatte auch gehört, daß ein mit einem solchen Maschinengewehr bewaffneter Mann auf freiem Gelände in weniger als einer Minute mehr als hundert Menschen umbringen konnte.

Ein Geräusch in der Nähe. Leise rasselndes Schnarchen. Er ging ihm nach und fand ein Weißhemd, das drei Reihen weiter auf dem Boden lag und schlief, ein Gewehr neben sich. Ein asiatisches Gesicht.

Ein Chinese.

Kanazuchi hob das Gewehr auf, beugte sich vor und kitzelte die Nase des Mannes mit dem Lauf. Der Mann erwachte schwerfällig, zeigte aber keinerlei Reaktion, obschon ihm die Mündung ins Gesicht starrte.

»Warum schläfst du im Dienst?« fragte Kanazuchi auf Mandarin.

»Wirst du mich melden?« fragte der Mann ausdruckslos.

»Wenn ich nun ein Eindringling gewesen wäre?«

»Sprich nicht diese Sprache«, sagte der Mann auf Englisch. »Das ist gegen die Regeln.«

»Ich werde dich melden, wenn du mir meine Fragen nicht beantwortest«, sagte Kanazuchi auf Englisch.

»Du solltest mich so oder so melden. Ich habe gegen die Regeln verstoßen. Ich muß bestraft werden«, sagte der Mann beinahe eifrig; zum ersten Mal zeigte er ein Gefühl. »Du bist verantwortlich.«

»Weißt du, was mit dir passieren wird?«

»Man wird mich zum Reverend schicken.«

»Und was wird der Reverend mit dir machen?«

»Er wird mich bestrafen.«

»Wie?«

»Du mußt ihnen sagen, was ich getan habe. Das ist die Regel. Wenn du es ihnen nicht sagst, verstößt du gegen die Regeln –«

Kanazuchi packte den Mann bei der Gurgel und schnitt ihm das Wort ab.

»Wann bist du hierher gekommen?« zischte er.

Der Mann starrte ihn nur an; daß ihm die Luft abgedrückt wurde, schien ihn gar nicht zu stören.

»Wie lange ist es her, daß du hierher gekommen bist?« fragte Kanazuchi.

»Zwei Jahre.«

»Hier waren Männer, die mit Sprengstoff gearbeitet haben. Chinesen. Hast du sie gekannt?«

Der Mann nickte.

»Sie haben für die Eisenbahn gearbeitet. Du auch?«

Der Mann nickte wieder.

»Wo sind sie jetzt?«

»Weg.«

»Sie haben hier etwas gebaut, eine unterirdische Kammer, unter der Kirche dort. Weißt du, wo diese Kammer ist?«

Der Mann schüttelte den Kopf. Er wußte es wirklich nicht.

»Ist der Reverend der Mann, für den sie das alles gebaut haben?«

Der Mann nickte wieder. »Alles ist für den Reverend.«

»Wo ist der Reverend jetzt?«

Der Mann schüttelte den Kopf.

»Sag mir, wo er ist, oder ich bringe dich um.«

Wieder schüttelte der Mann den Kopf, und eine reptilhafte Kälte schlich sich in seine Augen.

»Du bist keiner von uns …«, sagte er.

Er wollte schreien, aber Kanazuchi drückte zu, bevor ein Laut aus seiner Kehle dringen konnte, und zerquetschte ihm die Luftröhre. Der Mann sackte zusammen wie eine zerbrochene Marionette. Kanazuchi schleifte den Toten zur Wand, leerte eine der Gewehrkisten, stopfte die Leiche hinein und bedeckte die Kiste wieder mit einer Plane.

Vorn regte sich nichts; die Wache hatte ihn nicht gesehen oder gehört. Er ging zur Hintertür zurück, wie er gekommen war, und verließ das Lagerhaus.

Mit seinem kleinen Koffer auf dem Schoß saß Dante vor der Bürotür und wartete, wie Frederick es ihm befohlen hatte. Die Männer, mit denen er hergereist war, kümmerten sich anderswo im Hause um ihren verwundeten Kameraden; der Mann war von einer verirrten Kugel getroffen worden, während die letzten der Bürgerwehr gefallen waren. Danach waren sie fast zwei Stunden lang hart geradeaus geritten, bis sie in The New City angekommen waren. Dante schwirrte immer noch der Kopf von allem, was er seit ihrer Ankunft gesehen und gehört hatte.

Durch Gardinen konnte er auf die Main Street hinausschauen; mit ihrer sauberen, weißen Schlichtheit erinnerte sie ihn so sehr an das Zuhause, das er sich immer gewünscht hatte, daß er hoffte, nie wieder von hier fortgehen zu müssen. Fast hatte er den Traum, daß ein so freundlicher, hübscher Ort überhaupt existieren konnte, schon aufgegeben. Aber das hier war das Haus der Hoffnung, nicht wahr?

Er roch, daß im Hause Kuchen gebacken wurde, Apfel- und Kirschtorte, seine Lieblingskuchen, und er fragte sich, ob er wohl Vanilleeis dazu bekommen würde. Ja, wahrscheinlich. Er fragte sich auch, wann sie ihm eine der ungewöhnlich attraktiven Frauen geben würden, die er auf der Straße gesehen hatte. Die Stimmen in seinem Kopf hatten noch nie so glücklich geklungen:

Wir wollen alles essen, alles, alles.

Zornige Stimmen aus dem Büro rissen ihn aus seinen Träumereien. Der Mann, den sie Reverend nannten, schrie Frederick an; es ging um ein Buch, das Frederick mitgebracht hatte.

»Nutzlos! Das ist *nutzlos!*«

Das Buch, das sie mitgebracht hatten, kam durch die Tür geflogen; sein Rücken brach, als es an die gegenüberliegende Wand prallte.

»Wie konnten Sie so blind sein? Wie kann ich nun mein Werk ohne das echte Buch vollenden? Was denken Sie, was ich statt dessen benutzen soll?«

Dante konnte Fredericks Antwort nicht verstehen; aber seine Stimme klang sachlicher.

»Ach, wirklich? Eine Spur aus Brotkrumen haben Sie hinterlassen, was? Und wie können Sie so verflucht sicher sein, daß diese Leute das echte Buch mitbringen?« fragte der Reverend. »Wie können Sie sicher sein, daß sie Ihnen auch nur *folgen* werden?«

Wieder eine geschmeidige Antwort von Frederick.

»NEIN!« kreischte der Reverend. »Keinen *Penny* bekommen Sie, bis das Buch in meiner Hand ist!«

Frederick antwortete erneut in seinem beschwichtigenden Ton, und nach einer Weile schwoll der Zorn des Reverends ab, und seine Stimme beruhigte sich, bis er mit normaler Lautstärke sprach. Dante war erleichtert; es gefiel ihm nicht, daß jemand so wütend auf Frederick sein konnte: Seine neue Welt fühlte sich dann so spröde an wie ein hartgekochtes Ei.

Einige Augenblicke später öffnete sich die Tür; Frederick winkte ihn lächelnd herein. Dante betrat das Büro.

Reverend Day stand vor seinem Schreibtisch; auch er lächelte, und sein Zorn war verraucht; er streckte die Arme aus, um Dante willkommen zu heißen.

Frederick führte ihn durch das Zimmer, nahm Dante bei den Händen, rollte seinen linken Ärmel hoch und zeigte dem Reverend das Brandzeichen; dieser nickte freundlich und beifällig.

»Warum zeigen Sie dem Reverend nicht Ihre neuen Instrumente, Mr. Scruggs?« flüsterte Frederick ihm ins Ohr.

Dante klappte seinen Koffer auf; Verlegenheit durchzuckte ihn, als ihm klar wurde, daß er keine Zeit gehabt hatte, alle seine Klingen zu säubern, nachdem sie mit dem Bürgerwehrtrupp fertig gewesen waren. Auf halbem Wege hatte er erkannt, daß er nicht annähernd so gern mit Männern operierte, und mit kribbelnder Erregung dachte er an das rundliche blonde Mädchen aus dem Zug – zwei erlesene Stücke von ihr hatte er noch in einem Glas in seinem Koffer; er hatte noch gar nicht die Zeit gehabt, sie angemessen zu würdigen –, aber vermutlich war es immer noch besser als mit blöden Tieren oder Insekten. Männer waren besser als gar nichts.

Als Dante dem Reverend in die Augen schaute, hatte er

irgendwie das Gefühl, daß alle seine Geheimnisse hier Verständnis fanden. Er brauchte sich nicht zu erklären und mußte sich nicht schämen. Dies war der Mann, der das Kommando hatte, ihr General, und er war großherziger, als ein Soldat es sich je erhoffen konnte. Ganz so, wie Frederick es vorhergesagt hatte.

Und den Stimmen gefiel dieser Mann noch mehr, als Frederick ihnen gefallen hatte.

»Wissen Sie, das ist ja so interessant, aber ich glaube, wir haben hier einen Erstling«, sagte der Reverend zu Frederick, ohne dabei den Blick von Dante zu wenden.

»Wie meinen Sie, Sir?« fragte Frederick.

»Dieser hier braucht nicht einmal die Taufe zu empfangen«, sagte Reverend Day; er streckte die Hand aus und strich leicht über Dantes stoppelbärtige Wange.

»Wir waren uns einig, daß Sie Ihre ›Sakramente‹ keinem meiner Männer verabreichen«, erklärte Frederick angespannt. »So lautet unsere Vereinbarung.«

»Werden Sie nicht hysterisch, Frederick«, sagte Reverend Day, und sein Blick liebkoste Dante. »Wenn der Junge schon derart von der Gnade angerührt ist, würde man hier doch nur Eulen nach Athen tragen.«

Ihr Zug fuhr zehn Minuten vor der Zeit in Flagstaff, Arizona, ein. Als Doyle, Innes, Presto und Lionel auf den Bahnsteig hinaushasteten, wurden sie von zwei Vertretern der Santa-Fé-Linie erwartet, die sie über drei Gleise hinweg zu ihrem gecharterten Expreß eskortierten: einer Lokomotive mit Tender und einem einzigen Waggon, der sie nach Prescott bringen würde.

Die Allein Geht hielt Jacks Arm fest und blieb hinter den andern zurück. Die beiden stiegen als letzte aus dem Zug. Sie hatte sein Abteil nicht ein einziges Mal verlassen, nachdem Doyle und Innes in der vergangenen Nacht dort hineingeplatzt waren. Keiner der anderen wechselte ein Wort mit ihnen, und auch jetzt, beim Umsteigen in den anderen Zug, wichen die beiden allen Blicken aus.

Die Mittagssonne verbreitete glühende Hitze. Jack sah

448

bleich und ausgelaugt aus; er hatte kaum genug Kraft, um einen Fuß vor den anderen zu setzen, all seine Energie war nach innen gerichtet. Die Frau sah ebenso erschöpft aus und konzentrierte sich ausschließlich darauf, Jack in den anderen Zug zu bekommen.

Wenn sie sich an das Verfahren gehalten hat, das sie mir beschrieben hat, dann hat sie seine Krankheit eingeladen, in ihren Körper zu kommen, dachte Doyle, als er sie beobachtete. Wenn das stimmte, schauderte ihn bei dem Gedanken an das, wogegen sie jetzt zu kämpfen hatte. Er sah, daß sie immer noch den Stock mit der Adlerfeder in der Hand hielt.

Und wenn sie gescheitert ist? Wenn sie nun beide blokkiert sind? Was mache ich dann? Ich kann doch nicht für andere Leute den Drachen erschlagen.

»Nicht der günstigste Augenblick für eine Romanze, finden Sie nicht auch?« flüsterte Presto Doyle zu.

»Du lieber Gott, Mann, wie kommen Sie denn darauf?«

»Sie war die ganze Nacht in seinem Abteil. Und irgendwann war mir, als hörte ich einen … Schrei … *d'amour*.«

»Einen Schrei haben Sie in der Tat gehört. Aber *amour* hatte nichts damit zu tun«, sagte Doyle.

Liebe vielleicht schon, aber nicht Leidenschaft. Und nach allem, was er gesehen hatte, war diese Macht auf so unbeschreibliche Weise angewendet worden, daß er wenig Lust hatte, darüber freiwillig mit jemandem zu reden.

Innes schaltete sich ein und reichte Doyle ein Telegramm, in dem bestätigt wurde, daß die Vorräte, die er bestellt hatte, sie in Prescott erwarteten. Nachdem er das Verladen ihres Gepäcks beaufsichtigt hatte, stieg Innes als letzter in den Zug, gerade noch rechtzeitig, um zu sehen, wie Jack und Die Allein Geht in einem der geschlossenen Abteile des Waggons verschwanden.

»Hat ihm aber heute keine Erdbeertörtchen mehr aus den Rippen geleiert, oder?« fragte er Doyle leise.

»Hoffen wir, das eine hat genügt«, flüsterte Doyle und legte dann noch einmal den Finger an die Lippen.

Fünf Minuten später dampfte ihr Zug Richtung Süden.

Zwei Stunden bis Prescott.

»Mir gefällt der Gedanke nicht, daß Sie da allein hingehen wollen«, sagte Eileen.

»Ich neige dazu, Ihnen beizupflichten, meine Liebe, aber es hat sich nicht angehört wie eine Einladung, die ich ablehnen könnte«, sagte Jacob.

»Sie sind nicht auf dem Posten; Sie sollten sich ausruhen.«

»Jetzt hören Sie sich an wie meine verstorbene Frau: Jacob, komm ins Bett, du wirst dir die Augen verderben, wenn du bei diesem Licht noch liest.«

»Auf sie haben Sie wahrscheinlich auch nicht gehört.«

Jacob blieb an der Tür des Foyers stehen und nahm ihre Hand.

»Ich habe immer auf sie gehört. Bis jetzt habe ich sie um sechs Jahre überlebt.«

»Gehen Sie nicht«, sagte sie leise.

»Deshalb bin ich doch hier. Ich soll mir soviel Mühe machen, nur um dann an der Schwelle umzukehren?«

»Dann lassen Sie mich mitkommen.«

»Aber meine liebste Eileen, Sie sind nicht eingeladen.«

»Der Reverend hat bestimmt nichts dagegen.«

»Nein. Ich habe den Traum gemeint.«

Sie schaute ihm in die Augen und sah den Glanz von Freude und Entschlossenheit. Keine Spur von Angst. In ihre eigenen Augen traten Tränen.

»Bitte. Sterben Sie nicht«, flüsterte sie.

Er lächelte, küßte ihr sanft die Hand und wandte sich ab; durch die Schwingtür trat er auf die Straße hinaus.

Wie ein Cowboy, dachte er, und er richtete sich auf und ging auf das Haus der Hoffnung zu.

Eileen trocknete sich die Tränen; die Schauspieler, die sich im Foyer versammelten, sollten sie nicht in diesem Zustand sehen. Sie brachen bereits zum Theater auf; eine planmäßige Probe sollte in wenigen Minuten beginnen.

Auf der anderen Seite des Foyers stand ein Mann auf, kam auf sie zu und nahm seinen Hut ab. Mit seiner fransenbesetzten gelben Lederjacke, den Stiefeln und den ledernen Überhosen sah er aus wie ein Schauspieler in einem Western-Melodrama. Wenigstens trug er kein weißes Hemd. Aber fünf sorgenvoll blickende Jünglinge in weißen Hemden folgten ihm auf dem Fuße, als er zu ihr herüberkam.

»Ma'am, dürfte ich kurz mit Ihnen sprechen?«

Groß war er. Und gutaussehend war nicht das richtige Wort. Und, du lieber Gott, was für eine Stimme – wie ein tiefer Ton auf einem Cello.

Sofort revidierte sie ihren ersten Eindruck; sie verbrachte viel zuviel Zeit in der Gesellschaft von Schauspielern. Wie er sich bewegte, wie er sich hielt: Der Mann war ein echter Cowboy.

Sie holte eine Zigarette hervor, ihre bevorzugte Hinhaltetechnik; er hatte mit dem Daumennagel ein Streichholz angerissen, bevor sie eines aus ihrer Handtasche fischen konnte.

»Worüber?«

»Hätten Sie was dagegen, für einen Moment mit nach draußen zu kommen?« Er zuckte die Achseln und deutete mit dem Kopf vielsagend auf die fünf Weißhemden.

»Mit Vergnügen.«

Er hielt ihr die Tür auf und ließ sie hinausgehen; dann verstellte er den Weißhemden den Weg, als sie ihnen folgen wollten.

»Ihr Jungs bleibt, wo ihr seid«, sagte er.

»Aber wir sollen Sie in Ihr Zimmer bringen …«

»Hier ist ein Dollar«, sagte er und warf ihnen eine Münze zu. »Geht los und kauft euch ein paar Lollies.«

»Aber, Sir …«

»Clarence, wenn ihr weiter hinter mir herlauft, trete ich euch persönlich in den Hintern, daß es raucht.«

Frank schloß die Schwingtür vor ihren Nasen, setzte den Hut auf und kam zu Eileen auf den Gehsteig.

»Ihr Name ist Eileen, stimmt's, Miß?«

»Ja.«

»Ich heiße Frank.«

»Frank, ich habe das Gefühl, Sie sind nicht an einem Autogramm interessiert.«

»Nein, Ma'am. Dürfte ich Sie fragen, wie lange Sie in dieser Klapsmühle zu bleiben gedenken?«

»Das Gastspiel soll eine Woche dauern. Warum?«

»Um es ganz einfach zu sagen, wir sitzen hier auf einem Pulverfaß, das jeden Augenblick hochgehen kann.«

Sie zogen die Blicke der Weißhemden auf der Straße auf sich – zwei große, gutaussehende, unangepaßte Fremde.

»Lächeln Sie sie nur immer an«, sagte Frank leise.

»Man fragt sich, weshalb sie so verdammt glücklich sind«, sagte sie lächelnd und freundlich nickend. »Seit wir hier sind, halten sie uns hinter Schloß und Riegel. Nicht, daß dies bei Schauspielern eine so schlechte Idee wäre. Seit wann sind Sie denn hier?«

»Seit ungefähr einer Stunde.«

»Haben Sie eine Ahnung, was zum Teufel hier vorgeht?«

»Sie stehlen Gewehre von der US-Army; damit fängt's mal an.«

»Gewehre? Für *diese* Leute?«

»Und jeden einzelnen von ihnen trennen nur ein paar Schaufeln Erde vom Grab.«

Eine stämmige schwarze Frau mittleren Alters kam heran und baute sich vor ihnen auf; in der Hand hielt sie ein Exemplar der gedruckten Regeln. »Entschuldigt, Freunde«, sagte sie mit einer derangierten Grimasse, »aber es ist gegen die Regeln, daß Besucher ohne Eskorte in The New City herumlaufen.«

»Danke sehr, Ma'am, aber der Reverend hat gesagt, es ist okay«, antwortete Frank und lächelte zurück.

»Wir haben gerade mit ihm gesprochen«, sagte Eileen und grinste wie eine Idiotin. »Er schickt Ihnen liebe Grüße.«

Die Frau blieb wie vom Donner gerührt stehen; sie gingen um sie herum und setzten ihren Weg fort.

»Rauchen ist auch verboten«, rief die Frau ihnen nach, aber es klang schon weniger zuversichtlich.

Eileen winkte und schnippte ihre Zigarette über die Schulter.

»Ich wollte Ihnen deshalb einen Vorschlag machen«, sagte Frank. »Falls Sie Lust haben sollten, zu verschwinden, bevor Onkel Sam hier nach seinen Gewehren sucht und die Kacke anfängt zu dampfen – verzeihen Sie diesen Ausdruck ... also, ich würde Ihnen mit dem größten Vergnügen dabei behilflich sein, schleunigst von hier abzuhauen.«

Sie blieb stehen und sah ihn an. Jawohl: Echte amerikanische Aufrichtigkeit.

»Das ist ein sehr freundliches Angebot, Frank.«

»Mache ich gern.«

»Aber ich fürchte, ich kann im Moment nicht weg. Nicht ohne Jacob.«

»Der alte Mann.«

»So alt ist er nun auch wieder nicht. Finden Sie, daß er so alt aussieht?«

»Er ist doch nicht Ihr Mann, oder?«

»Nein.«

»Gut«, sagte er mit dem ersten echten Grinsen, das sie sah, seit sie das Hotel verlassen hatten. »Dann nehmen wir Jacob mit.«

»Ich fürchte, so einfach wird das nicht gehen«, sagte sie.

Er schaute sie an. »Für mich eigentlich auch nicht.«

Sie sah sich um, warf einen Blick zu den Weißhemden auf der Straße und machte eine diskrete Handbewegung. Sie bogen um die Ecke in eine menschenleere Gasse.

»Sie fangen an«, sagte sie.

Frank schob den Hut in den Nacken und hakte die Daumen in seinen Gürtel. »Ich werd' Sie nach dem Chinamann fragen müssen.«

Sie machte schmale Augen und musterte ihn. Sie mußte zugeben, daß er für einen so gutaussehenden Mann gar keinen so mangelhaften Charakter zu haben schien.

»Haben Sie in letzter Zeit irgendwelche ungewöhnlichen Träume gehabt, Frank?«

Frank überlegte kurz. »Nein, Ma'am.«

»Dann muß ich Ihnen zunächst eine sehr merkwürdige Geschichte erzählen.«

»Kommen Sie herein, kommen Sie herein, Rabbi Jacob Stern.« Der Reverend deutete mit einer Bewegung seines

Armes auf ein Samtsofa in einer Ecke seines Arbeitszimmers. »Ich bin entzückt, zu sehen, daß Sie mir heute Gesellschaft leisten können.«

»Es ist mir gelungen, trotz meines vollen Terminkalenders ein bißchen Zeit zu finden«, sagte Jacob.

Der Reverend stand nicht von seinem Schreibtisch auf und machte auch keine Anstalten, ihm die Hand zu geben. Jacob nahm neben einem großen Globus auf einem Eichenholzständer auf dem Sofa Platz. Abgesehen von einer vergoldeten byzantinischen Ikone an der Wand hinter dem Schreibtisch und einer King-James-Bibel, die aufgeklappt auf einem Lesepult lag, deutete nichts darauf hin, daß dieses Zimmer das Büro eines Geistlichen war. Die Möblierung war üppig, ja, opulent wie auf einem Bild von John D. Rokkefellers Arbeitszimmer, das Jacob einmal gesehen hatte. Die Luft war schwer und kühl. Nur das strahlend weiße Licht, das sich in feinen Streifen durch hölzerne Fensterläden in das schattige Zimmer schnitt, erinnerte daran, daß dieses Haus mitten in einer Wüste stand. Stäubchen tanzten in den Lichtstrahlen und kreisten über dem schweren Perserteppich. Seine Augen mußten sich an das Zwielicht erst gewöhnen; Jacob konnte den Reverend, der im Dunkel hinter seinem Schreibtisch saß, nicht genau erkennen.

»Ein sehr komfortables Zimmer«, sagte Jacob.

»Gefällt es Ihnen? Ich habe mein Haus mit den dicken Lehmziegelmauern bauen lassen, wie sie für die heimische Architektur so charakteristisch sind; sie halten die Hitze bis weit in den Nachmittag hinein in Schach. Die Möbel sind übrigens lauter Spenden, Spenden von großzügig bemittelten Anhängern. Ich finde nicht, daß ein Geistlicher ein regelmäßiges Gehalt empfangen sollte; was meinen Sie, Rabbi? Ich halte es für einen Verstoß gegen das heilige Vertrauen zwischen Gott und Seinen … Vertretern.«

»Das ist schön und gut für Gott, aber ein Mensch muß essen.«

»Zehntabgaben – das ist die Antwort. Und wie die meisten vernünftigen Ideen gibt es das natürlich auch schon seit Jahrhunderten. Jeder in der Gemeinde leistet das glei-

454

che Opfer – oder wollen wir sagen: den gleichen Beitrag? –, indem er einen Teil seiner Einkünfte dafür reserviert, den Hirten der geistlichen Herde zu unterhalten, sei er nun Prediger, Pfarrer oder Rabbi.«

»Zehn Prozent ist eine übliche Zahl«, sagte Jacob.

»Ich habe nur eine ganz winzige Neuerung vorgenommen«, sagte der Reverend und beugte sich vor, so daß ein Lichtstrahl auf ihn fiel. »Ich nehme hundert.«

Days Augen schienen hervorzukriechen und waren in dem heißen Streifen Sonnenlicht erst jetzt zu sehen. Jacob spürte, wie sie ihm öligen Tentakeln gleich entgegenkamen und schaute weg. Er schluckte heftig, und sein Herz setzte einmal aus.

»Ich hatte das große Glück, einen steten Strom von Millionären durch die Taufe in den Schoß unserer Kirche zu holen, und zwar schon sehr früh in meiner geistlichen Laufbahn. Ich kann nicht behaupten, daß dieser Zins ganz und gar ihre Idee war, aber nachdem der Vorschlag einmal in ihre Herzen eingedrungen war, stieß er auf ein bemerkenswertes Maß von Verständnis. Und ich stellte fest, daß es in den Staaten hier im Westen einen außerordentlichen Überfluß an Reichtum gibt: Transportunternehmen, landwirtschaftliche Produkte, Silber, Öl. Millionäre sind hier kaum so seltene Vögel, wie man sie im Osten findet – um es unverblümt zu sagen, hier draußen sind sie im Dutzend billiger. Und all diesem Gerede über Kamele und Nadelöhre zum Trotz habe ich festgestellt, daß ein reicher Mann der Erlösung ebenso verzweifelt bedarf wie ein mittelloser Sünder.«

»Und sie sind immer noch bei Ihnen, diese ehemaligen Millionäre.«

»O ja. Gleich hier, in The New City.« Day versäumte es, zu erwähnen, daß der Anblick dieser ehemaligen Industriekapitäne und ihrer verwöhnten Weiber, wie sie die Latrinen ausleerten, ihn immer noch mit Glückseligkeit erfüllte. »Und wenn Sie sie fragen würden – nun, ich wäre schockiert, wenn sie nicht bis auf den letzten Mann erklären würden, daß ihr Leben heute um hundert Prozent reicher sei als damals.«

»Einhundert Prozent.«

»Soviel sinnlose Herzensqual, dieses streng materielle Leben. Es bereitet soviel Unruhe und Sorge, nur festzuhalten, was man angehäuft hat. Oder danach zu streben, seinen Wert über alles vernünftige Maß der Befriedigung unserer Bedürfnisse hinaus zu steigern. Und welch machtvolle Freude, von diesem Leiden befreit zu werden und sich wieder einem Leben der geistlichen Einfachheit zu widmen.«

»Muß ja eine schreckliche Bürde sein, dieses ganze Geld.« Jacob schaute sich unter den Reichtümern im Zimmer um. »Sagen Sie, wie schaffen *Sie* es denn, so gut damit zurechtzukommen?«

»Ich bin mit einer besonderen Gnade gesegnet, wahrhaftig.« Reverend Day stand auf und kam langsam hinkend um seinen Schreibtisch herum und auf Jacob zu. »Ungeheurer Reichtum scheint meine Seele keineswegs über Gebühr zu belasten: Er ruht wie ein Kolibri auf meinen zerbrochenen Schultern.« Er wedelte mit der Hand durch einen Lichtstrahl, und die Stäubchen wichen ihm aus und wirbelten umher.

»Was ist Ihr Geheimnis?«

»Ich beanspruche nichts für mich selbst. Ich bin Diener, nicht Herr. Ich lebe, um meine Verpflichtung gegen Gott zu erfüllen, und was an irdischen Gütern durch meine Hände geht, hinterläßt keine Spur. Fragen Sie mich, was mir all dieses Geld bedeutet, und ich würde Ihnen ehrlich sagen, Jacob Stern, daß ich einen Silberdollar nicht von einer Kreissäge unterscheiden kann. Geld ist lediglich ein Werkzeug, das mir gegeben wurde, damit ich das Heilige Werk vollende.«

»Das Heilige Werk …«

»Nun, The New City. Unsere Kathedrale. Alles, was Sie um sich herum sehen.«

»Und zu welchem Zweck?«

»Um den Menschen näher zu Gott zu bringen. Oder sollte ich sagen, um Ihn dem Menschen näherzubringen …?« Der Reverend unterbrach sich und lächelte erwartungsvoll. »Sie bersten von Fragen, nicht wahr? Warum sprechen wir nicht … unumwunden?«

»Worüber?«

»Ich kenne Sie, Jacob Stern.« Reverend Day setzte sich ihm gegenüber in einen Lehnstuhl. »Ich gebe zu, anfangs konnte ich Sie nicht unterbringen; Sie haben sich den Bart abrasiert, mein Alter. Das Parlament der Religionen, letztes Jahr in Chicago, nicht?«

Jacob spürte, wie das Pochen in seiner Brust herannahte wie die Schritte eines Riesen. Er nickte.

»Sie sind kein Pensionär auf Vergnügungsreise. Sie sind ein Gelehrter der Kabbala, wie ich mich erinnere, und zwar einer der führenden. Die Kabbala ist eines der heiligen Bücher, die ich mich zu entziffern bemühe, seit ich angefangen habe, ernsthaft zu sammeln. Also bin ich natürlich sehr neugierig, zu erfahren, Rabbi Stern, was … genau … Sie hier suchen?«

Jacob fühlte, wie eine Welle von Energie um seinen Kopf und seine Brust herumglitt, glatt wie ein wirbelloses Insekt, und nach einer schwachen Stelle suchte. Er nahm alle seine Kräfte zusammen und errichtete eine Barriere aus Gedanken, um das nagende Raunen abzuhalten. Sein Leben fühlte sich zerbrechlich und schutzlos an wie die Stäubchen, die in der lichtgefleckten Luft schwebten.

»Ich glaube, ich habe Sie zuerst gefragt«, sagte er.

»Einverstanden«, sagte Reverend Day »Wir haben Zeit; Sie müssen nirgends hin.« Er lachte – ein erster Anflug von Grausamkeit.

»Ich höre zu«, sagte Jacob.

Reverend Day beugte sich vor und sprach in theatralischem Flüsterton wie ein Erwachsener, der einem Kind vor dem Schlafengehen eine Geschichte erzählt. »Ein Mann wacht eines Tages auf und entdeckt in sich ein brennendes Licht. Einen gewaltigen Born der Kraft. Nennen Sie es einen Funken des Göttlichen – nennen Sie es, wie Sie wollen: Die Gnade hat ihn angerührt.«

»Das soll schon vorgekommen sein«, sagte Jacob.

»Mit der Zeit lernt er, die Kraft zu benutzen – nein, das stimmt nicht: Er lernt, wie er die Kraft *befähigen* kann, ihr heiliges Werk durch ihn zu tun; so ist es bescheidener formuliert. Von diesem Augenblick an führt das Licht ihn in all seinem Denken und Tun, und es leitet ihn an, eine Gemeinde um sich zu scharen und sein Volk aus der verderbten Welt der Menschen fortzubringen. In die Wüste. Ein neues Jerusalem zu bauen. Die Kraft schenkt ihm eine Vision, die ihm zeigt, wie und wohin sie sich zurückziehen sollen, einen Traum von einem schwarzen Turm, seiner Kirche, die sich aus dem Sand erhebt.«

»Sie hatten einen solchen Traum?« fragte Jacob und schaute überrascht auf; dann zwang er sich, seinen Blick auf den Staub zu konzentrieren.

»Seit neun Jahren«, sagte der Reverend. »Seit jenem Tag, da ich aufwachte und in einem dreckigen Graben am Rande eines Flusses lag. In der Schweiz, ausgerechnet. Keine Erinnerung an den, der ich war, oder an irgendein Detail von dem, was mein Leben vielleicht einmal gewesen war. Alles, was ich besaß, war dieser Traum. Diese Vision. Und ich zahlte einen schrecklichen Preis für meine Erleuchtung. Mein Körper war verkrüppelt, viel, viel schlimmer als das arme Etwas, das Sie heute vor sich sehen: ein Jahr, bis ich geheilt war, zwei, bevor ich wieder gehen konnte. War es das wert? Ohne zu zögern muß ich Ihnen sagen: Jawohl.

Geh nach Amerika, befahl meine Vision, und pflanze deine Saat in den Sand. Wer war ich, daß ich einer Stimme von solcher Autorität widersprochen hätte? Nichts – ein Stäubchen nur. Und so legte ich, ohne daß ich das Privileg der Weihe genossen hätte, das geistliche Gewand an«, erzählte Day und packte die Revers seines Gehrocks. »Genau gesagt, ich nahm es einem Baptistenprediger ab, den ich in Charleston, South Carolina, umgebracht hatte. Es paßte tadellos, keine einzige Änderung vonnöten – und dabei ist es nicht leicht, mich einzukleiden, berücksichtigt man meine diversen ... Unregelmäßigkeiten. Aber Kleider machen letzten Endes Leute. Was meinen Sie, Rabbi? Bin ich nicht das Inbild des modernen Evangeliumspredigers?« Er summte ein paar Takte aus einer Operette von Gilbert und Sullivan und lachte dann.

»Und so hat Ihre Vision Sie hierher geführt«, sagte Jacob. Er bemühte sich angestrengt, sich zu konzentrieren und den Mann in Fahrt zu halten.

»Mit Hilfe der Millionäre, die ich zwischen Charleston und New Orleans auf meine Seite ziehen konnte – New Orleans erwies sich übrigens als besonders fruchtbares Gelände; man verbinde ausschweifendes Leben mit neuem Reichtum, und sie werden praktisch um Absolution *betteln*. Mit ihren großzügigen Beiträgen dauerte es nicht lange, bis The New City Leben in diese unfruchtbare Ebene brachte. Sie können sich gut vorstellen, wieviel Aufmerksamkeit man auf Details verwenden muß, um ein solches Kind der Vorstellungskraft auf die Welt zu bringen: Architektur, soziale Organisation, Versorgungswege, lokale Verwaltung. Jahre vergingen wie der Blitz, und kaum einmal blieb ein Augenblick Zeit für Theologisches.

Und eines Tages dann blickte ich auf und sah, daß unsere kleine Stadt sich prächtig entwickelte. Fast tausend waren wir, und in Scharen strömten sie an unsere Seite, als ich die Westküste bereiste und von einem Wagen herunter predigte ... und ich erkannte, wie gründlich ich es versäumt hatte, das *schriftliche* Fundament unserer Gemeinde zu entwickeln. Unser Geist war willig, aber das Fleisch war ... unwissend.

So begab ich mich auf eine Wallfahrt. Nach Chicago, im letzten Jahr, um mich unter meine geistlichen Brüder zu mischen. Welch eine Versammlung des Wissens, welch eine Inspiration! Ich kann Ihnen wahrheitsgemäß sagen, Rabbi: Das Parlament der Weltreligionen hat mein Leben verändert. Mein Weg ward mir offenbart, und er war entmutigend: Ich mußte die *prima materia* aller Religionen der Welt studieren und ausjäten und sodann ihre jeweiligen Wahrheiten miteinander vereinen im Namen der einen wahren Vision, die ich zwar schon besaß, aber noch nicht zu artikulieren vermochte.

Und ich begann, die großen Heiligen Bücher der Welt zu sammeln und ihre Geheimnisse zu studieren. Eine der ersten Erkenntnisse aber, zu denen man gelangt, ist die, daß es keinen Zufall gibt. Und ich muß Ihnen sagen, Jacob Stern, Ihr Auftauchen hier in The New City in just diesem Augenblick erscheint mir als ein bemerkenswerter Zufall.«

»Wieso?«

Das unerbittliche Stampfen in Jacobs Kopf verschluckte beinahe alle anderen Geräusche, als Reverend Day mit seinem Sessel näher heranrückte. Der widerlich schwere Geruch von faulenden Blumen schwängerte die Luft.

»Weil ich glaube, daß Sie hergeschickt wurden, damit wir dieses große Heilige Werk zusammen vollenden. Darum sind Sie hier. Darum haben Sie meinen Traum von unserer Kirche mit mir geteilt.«

»Was macht Sie so sicher, daß auch ich diesen Traum gehabt habe?« fragte Jacob.

»Bitte, lassen Sie uns nicht unaufrichtig sein, Rabbi Stern; ich weiß manches über Sie, und ich habe keinen Zweifel, daß Sie weise genug sind, um sich denken zu können, ›warum‹ das so ist.«

Der Reverend wedelte lässig mit dem Arm. Jacob fühlte, wie es ihm heiß aus der Nase rann, und hob die Hand an sein Gesicht: Blut. Ihm schwindelte, er schaute auf und konnte dem Blick des Reverends um Haaresbreite ausweichen. Aber er sah das Rinnsal auf der Oberlippe des Mannes: Auch er blutete.

Jacob nickte wieder. Das ›Warum‹ war nicht wichtig. Die einzige wichtige Frage war das ›Wie‹: Wie konnte man ihn aufhalten?

»Sie werden einsehen, daß es mir angesichts meiner ganzen Verantwortung hier unmöglich war, einen dieser Leute als *Kollegen* zu betrachten.« Reverend Days Stimme schwoll erregt an, und er schien gar nicht zu merken, daß er blutete. »Ich wußte, daß Sie kommen würden; es wurde mir im Traum vorausgesagt.«

»Und was erwarten Sie von mir?«

»So lange ist es her, daß ich mit jemandem zusammengesessen habe, der qualifiziert genug war, um meine Entdeckungen zu würdigen. Ich weiß fast nicht, wo ich anfangen soll. Ich will Ihnen erzählen, was ich aus meinen Studien ge-

schlossen habe, und dann sagen Sie mir, ob Sie mir beipflichten.«

»Gut.«

Der Gestank von fauligen Blumen wurde stärker. Jacob
atmete durch den Mund und blickte starr zu Boden, aber er
spürte, daß die Augen des Reverends seine Verteidigungs-
anlagen Stück für Stück zerpflückten.

»In den hebräischen Schriften gibt es keine unmittelbare
Erwähnung Gottes; viele andere Namen werden Ihm gegeben, aber *Ain Sof*, die Gottheit, der Quell aller Schöpfung,
wird niemals direkt genannt, denn ihre Identität liegt jenseits alles menschlichen Fassungsvermögens. Korrigieren
Sie mich, wenn ich mich irre.«

Jacob nickte zustimmend; die Kopfschmerzen wurden
allmählich unerträglich. Er legte die Hände an die Schläfen
und konzentrierte sich auf den Staub, der die Gebärden des
Mannes umwirbelte.

»Die Abwesenheit Gottes ist Dunkelheit. Dunkelheit gilt
als das Böse. Bevor das Licht in die Welt kam, bevor das
Gute existierte – denn Gott ist gut –, gab es nur Dunkelheit.
Wir wissen, daß Gott dem Menschen einen freien Willen
gegeben hat, weil Er wollte, daß wir frei auf Erden leben.
Aber *wahrhaft* frei zu sein bedeutet, dem zu trotzen, was tra-
ditionell als Wille Gottes bezeichnet wird – verstehen Sie?
Indem wir uns Gott widersetzen, werden wir selbst gott-
ähnlicher. Das war Seine ursprüngliche Absicht, als Er uns
schuf. Und damit der Mensch lebe, wie Gott es wollte, mußte das Böse im Herzen des Menschen von Anfang an existieren, denn ohne die Möglichkeit des Bösen, ohne die Möglichkeit, zwischen zwei Wegen zu *wählen*, kann er seinen
freien Willen nicht ausüben.

Also: *Das Böse war Gottes Urgeschenk an den Menschen.*
Folgen Sie mir bis dahin, Rabbi?«

Irgendwie fand Jacob die Kraft, den Kopf zu schütteln;
zu dem Stampfen hatte sich jetzt ein markerschütterndes
Rasseln in seinen Ohren gesellt, das alles bis auf Reverend
Days Stimme übertönte.

»Das Böse hat einen Sinn, ja«, sagte Jacob. »Aber nur den,

daß der Mensch mit seiner Zerbrochenheit kämpfen kann. Daß er danach streben kann, wieder ganz heil zu werden.«

»Ja, das ist eine Möglichkeit, die uns offensteht; da stimme ich Ihnen zu. Aber es gibt offensichtlich noch einen zweiten Weg zur Göttlichkeit: das Streben nach jener Macht, die wir das Böse nennen«, fuhr der Reverend fieberhaft fort. »Ich gebe zu, den meisten Menschen steht dieser Weg nicht offen. Nur den wenigen, die in die Dunkelheit gestürzt und von ihr verdorben worden sind, und die doch die Kraft gefunden haben, sich wieder zu erheben –«

»Das ist kein Weg für Menschen«, sagte Jacob, und seine Stimme klang fern und blechern.

»Genau das meine ich«, sagte der Reverend mit breitem Lächeln, und Blut rann ihm über die Zähne. »Dieser weniger bereiste Weg besteht darin, Gott *nachzuahmen*, nicht darin, Ihm zu gehorchen. Gott gleich zu werden, indem man die Macht sucht und sich über Fragen von Gut und Böse hinausbegibt. Näher an Gott heranzukommen, als je ein Mensch es gewagt hat, indem man Seine Autorität herausfordert und bekämpft.«

»Sie können Gott nicht besiegen«, sagte Jacob; eine ungeheure Last zermalmte seine Gliedmaßen und drückte auf seinen Nacken.

»Ach, meinen Sie? Dann will ich Ihnen folgendes sagen: Damit wir dem Weg des Guten folgen, dem Weg *Gottes*, dem die meisten Menschen folgen, sind die großen Heiligen Bücher in die Welt gekommen. Das ist eine verbreitete Weisheit, nicht wahr? Uns gegeben als Wort Gottes – eine Reihe von Handbüchern für das Leben, geistliche Handbücher, die uns die Gebote Gottes im einzelnen darlegen, der Menschheit gegeben durch die Propheten der Weltreligionen.«

»Ja, ja.«

»Dann können wir sagen, daß Gott *in* diesen Büchern ist, nicht wahr? Gott erscheint uns in Seinen Worten und in Seinen Geboten, welche uns einschränken und definieren. Auf diese Weise manifestiert Gott sich am ehesten in unserer physikalischen Welt.«

»Einverstanden.«

Reverend Day beugte sich vor, und sein Gesicht war nur noch eine Handbreit von Jacobs entfernt. »Rabbi, wie können wir so sicher sein, daß es dem Menschen nicht bestimmt ist, Gott zu *gehorchen*, sondern, sich von Ihm zu befreien? Warum sollen wir weiter von der unbezweifelten Annahme ausgehen, daß der Plan, den Gott uns in diesen Büchern umreißt, der *richtige* ist?«

»Es liegt außerhalb unserer Möglichkeiten —«

»Aber Er hat uns doch den freien Willen gegeben; wie können wir sicher sein, daß es nicht Seiner wahren Absicht entspricht, wenn wir die Welt von Seinem Einfluß befreien und uns damit eines Tages selbst zu Göttern entwickeln? Was ist, wenn sich diese Befreiung als die wahre Funktion des Messias erweist, von dem die Bücher sprechen?«

»Ich verstehe nicht«, sagte Jacob und klammerte sich an sein Bewußtsein; Dunkelheit schob sich an den Rändern seines Gesichtsfeldes heran, und Tränen tropften ihm aus den Augen.

»Es wird in Ihren Ohren blasphemisch klingen: Stellen Sie sich vor, unsere sogenannte *Gottheit* ist nach kosmischen Maßstäben nichts als ein törichter, unentwickelter *Welpe*, von Zweifeln geplagt, besorgt und Seiner eigenen Absichten so unsicher wie nur jeder Mensch auf Erden. Stellen Sie sich ein solches Wesen vor, das nicht mehr fähig oder willens ist, uns zuverlässig zu führen, einen Vater, der die Gewalt über seine Kinder verliert, während wir über das Bedürfnis nach seinem Schutz hinauswachsen —«

»Das können wir nicht wissen —«

»Aber da bin ich anderer Meinung. Sehen Sie sich die Indizien an, Jacob. Betrachten Sie die Bosheit dieser Welt: Sünde, Gewalt, Korruption, Krieg. Würden Sie den Schöpfer eines solchen Hölleninfernos als ›unfehlbar‹ bezeichnen? Sind seine Wege, seine Methoden so sehr über unseren Tadel erhaben? Ich finde nicht.«

»Aber das ist Menschenwerk, nicht das Werk Gottes ...«, protestierte Jacob. Sein Herz raste bedrohlich und stolperte unkontrolliert.

Reverend Day hörte nicht mehr auf ihn; er packte Jacob bei den Handgelenken, und seine Stimme war bohrend wie ein Messer.

»Ich glaube, die wahre Aufgabe von uns Menschen ist es, Gottes Gebote auf Erden *auszutilgen.* Uns von den Beschränkungen zu befreien, die ER uns vor Jahrtausenden auferlegt hat. Die Ironie daran ist, daß dieser sogenannte Gott weiß, daß Er gescheitert ist, auch wenn Er diesen Gedanken bei sich selbst nicht zuläßt. Und ich habe erkannt, daß dieser endgültige Akt der Rebellion, in dem Gott aus unserer Welt hinausgestoßen wird, gerade der Grund ist, weshalb Gott *selbst* den Menschen erschaffen hat – auf daß er Ihn besiege und übertreffe –, auch wenn Er selbst es nicht zugeben will.«

»Aber wie?«

»Indem wir Gottes Anwesenheit auf dieser Erde zerstören«, sagte der Reverend in wildem Flüsterton.

»Aber wie wollen Sie –«

»Der Plan zu Seiner Zerstörung lag von Anfang an in Seinen Büchern verborgen. Er selbst hat ihn dort versteckt. Ich habe die Botschaft entziffert, und ich habe Seinen heiligen Anweisungen gemäß eine Kammer unter meiner Kirche gebaut, um die Kraft des Unterfangens zu verstärken.«

»Welches Unterfangens?«

»Es ist so einfach, Jacob: *Er will, daß wir die Bücher verbrennen.*«

Jacob blickte starr zu Boden, schüttelte den Kopf und versuchte, sich vor diesem Wahnsinn abzuschirmen.

»Die Bücher verbrennen! Seine Gebote vernichten, Seine Anwesenheit auf Erden auslöschen! Das ist es. Das ist das große Heilige Werk, für das Gott den Menschen von Anfang an erschaffen hat. Und dieses Unterfangen wird den Messias freisetzen, der uns den Rest des Weges zur endgültigen Freiheit führen kann. Den einen, wahren Messias!«

»Sie?«

Reverend Day lachte. Blut sickerte ihm aus den Ohren und aus der Nase, und rotglänzende Tropfen sammelten sich auch in den Augenwinkeln. »Du lieber Himmel, nein –

464

ich bin nur ein Bote. Unser Messias ist der eine Engel, der zu rein und selbstlos ist für Gott und Seinesgleichen, der Erzengel, den er in Ketten gelegt, aus dem Himmel gestürzt und der Grube überantwortet hat, aus Angst, er könnte in seiner Rechtschaffenheit dem Menschen eines Tages seine wahre, höhere Bestimmung offenbaren.

Wir werden das Werk des Erzengels hier vollenden; das ist Sinn und Zweck unserer Stadt. Wir werden die Bücher vernichten und die Ketten zerreißen, die unseren Messias in der Finsternis halten. Das ist das Göttliche an dem Traum, deshalb ist uns die Vision geschenkt. Deshalb müssen wir … wir …«

Reverend Day stand abrupt auf, und ein heftiges Zittern ergriff seine Glieder. Jacob hatte das Gefühl, sein eigener Schädel werde gleich bersten, und der faulige Geruch verursachte ihm Übelkeit.

Er schaute den Reverend an; der Mann verdrehte die Augen im Kopf, ein rauhes Stammeln brach aus seiner Kehle, sein Körper wurde steif, und er fiel hart auf den Teppich. Staub explodierte im Licht, und er schlug mit Armen und Beinen um sich wie ein gestrandeter Fisch. Blut quoll aus jeder Öffnung seines Gesichts.

Der Druck in Jacobs Kopf hatte aufgehört, als habe jemand ein Ventil zugedreht. Sein Sehvermögen wurde wieder normal, das Pochen ließ nach, und er sah, wie der Reverend vor ihm auf dem Boden lag.

Ein Anfall von *grand mal*, erkannte Jacob. Der Mann ist Epileptiker.

Und seine Kraft kann den Schleier dieser Attacke nicht durchdringen.

Jacob umklammerte die Sofakante, als ihm klar wurde, was er tun mußte. Woher würde er die Kraft nehmen? Der Mann hätte ihn fast umgebracht, ohne ihm auch nur direkt in die Augen zu schauen. Jacob kam wacklig auf die Beine; der Anfall schien nicht nachzulassen, aber man konnte nicht wissen, wieviel Zeit er hatte.

Er schaute sich suchend im Zimmer um, und sein Blick verharrte auf einem kristallenen Briefbeschwerer, der auf dem Schreibtisch stand, einer von gläsernen Trauben umhüllten Kugel. Jacob taumelte zum Schreibtisch und rang nach Atem. Er hob die Kristallkugel mit beiden Händen – ja, schwer genug. Etwa so groß wie die Stahlkugeln, mit denen die Italiener auf der Wiese in Greenwich Village kegelten.

Zwei Schritte zurück, und er stand über dem Reverend. Schaute auf ihn hinunter. Die Intensität des Anfalls ließ nach. Jacob suchte in panischer Hast sein Gleichgewicht zu finden, atmete tief ein und hob die Kristallkugel über den Kopf.

Ein jäher Schwindel. Die Anstrengung war zu groß. Ihm wurde alarmierend schwarz vor Augen, er ließ die Kugel sinken, fiel schmerzhaft auf die Knie. Blut und Schweiß strömten ihm übers Gesicht. Er legte die Kugel auf den Boden und wischte sich mit dem Ärmel über die Stirn.

Weiteratmen, mein Alter; und wenn es das letzte ist, was du tust – mach, daß dein Leben etwas zählt, und wische diese abscheuliche Beleidigung der göttlichen Gnade vom Angesicht der Erde.

Das fürchterliche Zittern des Reverends ließ weiter nach; seine Zunge drang seitlich aus seinem schäumenden Mund. Er stöhnte bewußtlos.

Bring's zu Ende, Jacob: Erlöse das elende Vieh aus seinem Jammer.

Jacob schob sich an den Mann heran und hob noch einmal die Kristallkugel. Er hielt inne und wartete, daß der Reverend den Kopf ruhig hielt, damit er den Briefbeschwerer genau auf die Stirn hinabsausen lassen könnte.

Die Augen des Reverends klappten auf, hell und wach, und starrten Jacob ins Gesicht, als habe der Mann die ganze Zeit über im Schatten seines Anfalls zugeschaut.

Jacob wandte den Kopf ab und schlug zu.

Zu spät. Eine Druckwelle schob seinen Arm leicht zur Seite, und die Kugel schlug in den Teppich, zwei Fingerbreit neben dem Kopf des Reverend.

Days Hand schoß hoch und packte Jacobs Handgelenk wie eine Schraubzwinge. Der Zeigefinger der anderen Hand wackelte mißbilligend vor Jacobs Gesicht.

»Ungezogen, ungezogen«, flüsterte Reverend Day, bleich und furchtbar anzusehen wie ein Toter.

Er machte eine Bewegung, und die Kugel sauste unter Jacobs Hand hervor und krachte gegenüber an die Wand, wo sie in einer Explosion von Glas zerbarst.

Noch eine Geste von Day, und Jacob rollte zurück und fiel gegen den Schreibtisch, und dort schien er hilflos festzukleben und konnte keinen Muskel rühren.

»Die Hindus haben eine interessante Theorie«, sagte der Reverend und kam auf ihn zu. »Sie glauben, Gott spricht zu ihnen … durch die *Augen*.«

15

Zwar war ihr eine strahlende Zukunft bestimmt, wenn erst die Nord-Süd-Strecken im Arizona Territory durch ihren Bahnhof miteinander verbunden wären, aber vorläufig war Prescott, Arizona, noch kaum mehr als eine kleine Provinzstation. Doyles Charterzug war der einzige auf dem Bahnhofsgelände, als sie am späten Nachmittag hier eintrafen.

Sechs kräftige Pferde und zwei Packmulis erwarteten sie am Frachtdepot, und ebenso die Ausrüstung, die Innes bestellt hatte: Landkarten, Gewehre, Munition, Sanitätsmaterial sowie Proviant und Wasser für eine Woche. Der pensionierte Goldsucher hinter der Theke rüstete seit fünfzehn Jahren Bergbauexpeditionen aus, und hin und wieder waren sogar ein oder zwei Engländer darunter gewesen – der Name Arthur Conan Doyle sagte dem Alten gar nichts; er war kein Leser –, aber einen merkwürdigeren und zugleich zielstrebigeren Haufen als den, mit dem er jetzt seine Geschäfte machte, hatte er noch nie gesehen.

Ein jüngerer Mann, der neben der Kekstonne saß und an einem Stück Holz herumschnitzte, sah zu, wie sie ihre Transaktionen zu Ende führten; dann stand er auf und ging langsam zum Telegrafenbüro hinüber.

Als Doyle aus dem Depot kam, sah er Jack und Mary Williams; sie waren wieder die letzten, die aus dem Zug stiegen. Sie schien neue Energie gewonnen zu haben; die Farbe war in ihr Gesicht zurückgekehrt, und sie hatte Reitkleidung und Stiefel angezogen. Jack blickte immer noch ausdruckslos wie eine Wand. Sie ließ ihn draußen vor dem Corral auf einem Stein sitzen, eine Decke fest um die Schultern gewickelt, Edisons Koffer wohlverwahrt zwischen den Knien, während sie sich daran machte, die Pferde aufzuzäumen. Doyle packte die Gelegenheit, allein mit ihr zu sprechen, beim Schopf, stahl sich an ihre Seite und flüsterte:

»Wie geht's ihm?«

»Zu früh, um das zu sagen.« Sie schaute ihn nicht an, sondern schnallte eine Segeltuchtasche an ihren Sattel.

»Aber Sie glauben, es hat geklappt?«

»Die Heilung war schwierig.«

»Das konnte man sehen. Braucht eine Weile, bis man sich davon erholt, was?«

»Manchmal gibt es keine Erholung.« Sie warf einen Blick zu Jack hinüber, der zusammengekauert unter seiner Decke saß und zu Boden starrte.

»Wann werden wir es wissen?«

»Es liegt bei ihm.« Damit war das Thema für sie abgeschlossen.

»Schrecklich unsicher letzten Endes, nicht wahr, Ihre Medizin?« sagte Doyle mit einem Anflug von Gereiztheit.

»Auch nicht unsicherer als Ihre.« Sie wandte sich ihm zu; er sah, wie tief sich Anstrengung und Belastung in ihr Gesicht gegraben hatten, und empfand auf der Stelle Reue.

»Ich hoffe, wir haben Sie letzte Nacht nicht gestört«, sagte er.

»Wann?«

»Wir haben einen Schrei gehört und sind in Ihr Abteil gekommen.«

»Ich erinnere mich nicht«, sagte sie und sah ihm in die Augen.

Er glaubte ihr.

»Mary, können Sie mir jetzt besser sagen, was Sie glauben, was ... ihm gefehlt hat?« fragte er.

»Ich weiß nicht, wie ich es mit Ihren Begriffen beschreiben soll.«

»Dann tun Sie's mit Ihren.«

Sie schwieg eine Weile.

»Seine Seele hatte sich verirrt«, sagte sie geradeheraus.

»Können Sie sagen, wie es genau geschehen ist?«

»Die Seele kann weit reisen, aber irgendwann muß sie den Heimweg finden. Und der Weg zurück in seinen Körper war versperrt.«

»Versperrt?«

»Wenn die Seele fortgeht, kann ihr Platz gestohlen werden.«

»Von wem?«

»Von einem *wendigo*.«

»Von einem was?«

»Einem Dämon.«

Die Erinnerung an die fleischige Masse, die sie in ihren Händen erblickt hatten, blitzte vor ihm auf. Er fühlte sich hilflos und täppisch, und ihm war ein bißchen übel.

»Wie das?«

»Ist das wichtig?«

»Nehmen wir an, es ist nicht wichtig«, sagte Doyle. »Aber was wir letzte Nacht in diesem Abteil gesehen haben, habe ich noch nie zuvor gesehen.«

Sie schaute ihm wieder in die Augen. »Ich auch noch nicht.«

»Mary, ich –«

»Mein Name ist Die Allein Geht.«

Doyle nickte; ihm war bekannt, daß diese Offenbarung ein Vertrauensbeweis war, und er wußte ihn zu schätzen. »Wenn ich irgend etwas tun kann …«

Sie schüttelte den Kopf. »Jetzt liegt es bei ihm.«

Bevor er weiterfragen konnte, führte sie die beiden Pferde zu Jack. Doyle sah zu, wie sie ihm langsam auf die Beine und beim Aufsitzen half. Jack schaute sie nicht an; er bewegte sich und reagierte auf ihre Bewegungen wie ein gehorsamer Schlafwandler. Jeder Gedanke, der womöglich hinter seinen verhüllten Augen existierte, war dem Beobachter verborgen. Doyle kehrte zu den andern zurück.

Lionel Stern war der einzige unter ihnen, dem das Reiten fremd war. Man beschloß, ihn auf einen großen, ruhigen Wallach zu setzen und die Nachhut bilden zu lassen. Jetzt stand er draußen vor dem Corral, hielt das Pferd auf Armeslänge von sich und starrte voller Unbehagen zu dem Tier auf.

»Aus Prinzip«, sagte er zu Doyle, als dieser vorüberging, »bin ich eigentlich dagegen, mich auf etwas zu setzen, das größer und dümmer ist als ich.«

Innes hatte sich um den Erwerb und das Beladen der Maultiere gekümmert und studierte jetzt mit Presto eine Landkarte, die sie auf einem Felsen ausgebreitet hatten. Doyle trat zu ihnen.

»Der alte Knabe da drinnen hat gesagt, wir werden ungefähr dort eine Straße finden, die nicht auf der Karte verzeichnet ist.« Innes zog eine Linie von Osten nach Westen.

»Was ist das für eine Straße?« fragte Doyle.

»Die Irren haben sie selbst gebaut; sie wird uns geradewegs zu ihrer Siedlung führen«, erklärte Presto.

»Wie lange wird das dauern?«

»Wenn wir stramm durchreiten, sind wir vielleicht spät in der Nacht da.«

»Was für ein Ort ist das hier – Skull Canyon?« fragte Doyle.

»Postkutschenstation. Wir kürzen hier durch die Berge ab und stoßen zehn Meilen westlich davon wieder auf die Straße«, meinte Innes, der sich in der Welt der Landkarten und der taktischen Überlegungen sehr heimisch fühlte.

»Der alte Mann sagt, in den letzten paar Jahren kommt hier ein steter Strom von Leuten durch, die alle nach The New City wollen«, erzählte Presto.

»Wild blickende Fanatiker, alle miteinander«, sagte Innes. »Er hat auch erzählt, daß gestern früh fünf Männer mit dem Zug gekommen sind, die Pferde bestellt hatten.«

»Und die Beschreibung Frederick Schwarzkirks und seiner Komplizen paßt prächtig auf sie«, sagte Presto und senkte seine Stimme, als er einen Blick zu Die Allein Geht hinüber warf. »Einer war darunter, der hatte ziemlich unverkennbar ein prächtiges blaues Glasauge.«

Doyle zog die Stirn kraus; er war gar nicht auf den Gedanken gekommen, daß der Überfall auf Die Allein Geht irgend etwas mit dieser Bande zu tun haben könnte.

»Beunruhigend«, sagte er.

»Ja«, sagte Presto mit einem Seitenblick auf Innes. »Fanden wir auch.«

Ein lautes Gepolter ertönte in der Nähe. Lionels Satteltaschen waren zu Boden gefallen. Er saß kerzengerade, obgleich verkehrt herum auf seinem Pferd und klammerte sich an die hintere Sattelkante.

»Kann sein, daß ich hier noch ein bißchen Hilfe brauche«, sagte er.

Frank konnte das Haus der Hoffnung vom Fenster seines Hotelzimmers im ersten Stock aus sehen. Zigarrenasche hatte sich in säuberlichen Streifen auf dem Fensterbrett gesammelt; seit einer Stunde beobachtete er die Eingangstür des Hauses, wie er es Eileen versprochen hatte, bevor sie ins Theater gegangen war.

Jacob war von seiner Verabredung mit Reverend Day nicht zurückgekommen; um sechs Uhr war Eileen hinübermarschiert, um ihn zu suchen, und man hatte sie abgewiesen: Die Besprechung sei noch im Gange, hatte ein Schwarzhemd erklärt, und sie wünschten nicht gestört zu werden. Ihr Instinkt sagte ihr etwas anderes, und sie war in heller Aufregung ins Hotel zurückgekommen. Frank hatte sie beruhigt, so gut er konnte, und ihr sein Wort gegeben, daß er Jacob suchen und sie nach der Vorstellung im Theater abholen werde.

Nicht, daß er nicht schon genug Sorgen gehabt hätte: Der Chinamann war den ganzen Weg seit Wickenburg in ihrem Wagen gewesen, hatte sie ihm erzählt, auch an dem Morgen, als Frank sie in Skull Canyon beobachtet hatte. Er hatte den Killer im Visier gehabt und ihn laufenlassen. Und jetzt lief Chop-Chop irgendwo in The New City herum – Kanazuchi hieß der Mann übrigens, und er war eine Art Priester aus Japan, nicht aus China –, und wenn man allem anderen, was Eileen erzählt hatte, glauben konnte, dann waren er und auch dieser Jacob von einem Alptraum hier herausgelockt worden, der sich um diesen großen schwarzen Turm drehte.

In den alten Zeiten hätte das allein schon gereicht, um ihn wieder zur Flasche greifen zu lassen.

Aber ein Teil seines Dilemmas war jetzt kristallklar: Wenn er vorhatte, mit Eileen etwas Ernsthaftes anzufangen – und nachdem er mit ihr gesprochen hatte, wollte er das mehr denn je –, dann würde der Versuch, diesem Japaner eine Kugel in den Leib zu jagen, seine Chancen auf unter Null bringen. Insofern sah Frank sich mehr als je zuvor eingeklemmt zwischen einem Felsblock und einem sehr harten Gegenstand.

Er schaute auf seine Uhr, die aufgeklappt auf dem Fensterbrett lag: halb acht. Die Vorstellung sollte um acht anfangen. Er wollte gern einen Spaziergang um das Haus der Hoffnung herum machen, aber das mußte warten, bis es dunkel war. Genausogern, wenn nicht noch lieber, wollte er Eileen auf der Bühne sehen.

Eine weitere Möglichkeit hatte in seinem Hinterkopf nach und nach Gestalt angenommen; sie barg die Aussicht auf ein besseres Resultat, war aber auch riskanter. Er brauchte seinen Henry-Stutzen dazu, und höchstwahrscheinlich würde es ihn Kopf und Kragen kosten. Natürlich neigte er gerade zu dieser Möglichkeit.

Frank setzte den Hut auf, verließ sein Zimmer und spähte die Treppe hinunter: Clarence und die Schwachköpfe warteten immer noch im Foyer auf ihn. Er versuchte es mit den Türen oben im Korridor und fand eine, die offen war; er schlüpfte zum Fenster hinaus, kletterte an einem Regenrohr in einen leeren Hinterhof hinunter und lief zur Einmündung in die Main Street; es wurde Abend, und eine große Schar von Weißhemden sammelte sich vor dem Theater.

Eileen in dieser oder in irgendeiner zukünftigen Vorstellung zu sehen, damit würde er warten müssen. Aber einen besseren Grund, um am Leben zu bleiben, konnte er sich momentan nicht vorstellen.

Vom Rand der Hüttensiedlung aus beobachtete Kanazuchi, wie die letzten der Weißhemden das Theater betraten. Fakkeln, die vorn in den Haltern brannten, mußten allmählich gegen die aufziehende Dunkelheit arbeiten. Er wartete noch fünf Minuten, und dann überquerte er die leere Straße und ging zwischen zwei Häusern hindurch zu den Stallungen.

Er hatte erfahren, daß Reverend Day in dem Lehmziegelhaus dem Theater gegenüber wohnte. Dieser Mann würde wissen, wo der unterirdische Tempel und die Bücher waren, dessen war Kanazuchi sicher; wahrscheinlich war er auch der Mann, der den Diebstahl des *Kojiki* veranlaßt hatte.

Kanazuchi hatte stundenlang darauf gewartet, daß der Reverend aus diesem Haus kam, das die Weißhemden ›Haus der Hoffnung‹ nannten; aber es war keine Spur von ihm zu sehen gewesen. Das Haus war schwer bewacht, und diese Posten waren allesamt schwarz gekleidet und sehr viel gefährlicher und besser bewaffnet als die Weißhemden, die er bisher gesehen hatte. Um dort hineinzukommen, würde er den Grasschneider brauchen.

Seltsam: Während er von seinem Versteck aus alles beobachtete – kurz nachdem er damit angefangen hatte –, hatte Kanazuchi eine deutliche Unterbrechung in der Konzentration der Weißhemden bemerkt: als sei die Kraft, die sie lenkte, unvermittelt zusammengebrochen. Einige waren wie angewurzelt mitten auf der Straße stehengeblieben, andere waren auf die Knie gefallen, und ein paar hatten offenbar starke Schmerzen gehabt. Kurze Zeit später hatte die Kontrolle wieder eingesetzt, und die Weißhemden waren ihren Geschäften nachgegangen, als sei nichts passiert.

Niemand behelligte ihn, als er sich dem Stall näherte. Die Scheune schien leer zu sein. Im Lichtschein einer einzelnen Laterne betrat er den Hof dahinter, wo die Wagen der Schauspieler standen. Er blieb stehen und lauschte: niemand da. Behutsam teilte Kanazuchi die Plane des Wagens, mit dem er gefahren war, und starrte im nächsten Moment in die Mündung eines Gewehrs.

»Eileen sagt, ich darf dich nicht umbringen«, sagte der Mann, der drinnen kniete.

Der Hahn war schon gespannt, der Finger krümmte sich um den Abzug.

Wenn ich angreife, trifft mich die Kugel, erkannte Kanazuchi.

»Ich möchte es nicht«, sagte der Mann. »Aber ich tu's.«

Kanazuchi schaute ihm in die Augen. Ein ernsthafter, ein guter Mann; nichts hatte seine Anwesenheit im Wagen verraten. Er wußte, wie man sich versteckte, und er wußte zweifellos auch, wie man tötete.

»Was willst du?« fragte Kanazuchi.

»Sie haben Jacob. Eileen sagt, du brauchst ihn für irgend was, und du würdest ihn zurückholen wollen. Stimmt das?«

»Ja.«

»Dann brauche ich deine Hilfe.«

Kanazuchi nickte. Der Mann ließ den Schlagbolzen langsam zurückfedern, senkte aber das Gewehr nicht.

»Wo ist er?« fragte Kanazuchi.

»In dem großen Lehmziegelhaus.«

»Wir müssen ihn herausholen.«

»Ich hatte gehofft, daß du das sagen würdest. Suchst du das hier?«

Der Mann warf ihm den Grasschneider zu. Kanazuchi fing die Waffe auf und hatte in einer schwindelerregend schnellen Bewegung das Schwert gezogen. Die Hand des Mannes am Gewehr zuckte nicht.

»Mein Name ist Frank«, sagte der Mann.

»Kanazuchi.« Er verneigte sich leicht.

»Kana … bedeutet das etwas auf Englisch?«

»Es bedeutet ›Hammer‹.«

»Na, was du nicht sagst, Hammer.« Endlich ließ Frank sein Gewehr sinken. »Dann wollen wir mal ein kleines Feuerwerk veranstalten.«

Kanazuchi trat beiseite, als Frank aus dem Wagen stieg. Sie musterten einander wachsam; das spürbare Gefühl von professioneller Verwandtschaft und einer gemeinsamen Sache bildete ein empfindliches Gegengewicht zu einem starken Selbsterhaltungsinstinkt. Beide warteten, daß der andere sich als erster bewegte, und dann drehten sich beide wie ein Tanzpaar um und gingen im Gleichschritt auf den Stall zu.

»Haben mir den Revolver weggenommen, als ich angeritten kam, aber das Gewehr haben sie in der Satteltasche gelassen. Und in meinem Stiefel haben sie nicht gesucht.« Frank berührte den Kolben des zweiten Revolvers in seinem Halfter.

475

»Ein Fehler.«

»Diese Stadt ist noch erbärmlicher als ein Sack ersäufter Katzen.«

»Sie ist wie eine Uhr. Aufgezogen, bald abgelaufen.«

»Wird nachlässig.« Frank nickte. »Du spürst es auch.«

»Ja.«

»Der Fisch stinkt vom Kopf her«, sagte Frank.

»Wenn man den Kopf abschneidet, fällt der Körper.«

»Na, davon verstehst du ja was.«

»Sorry?«

»Das war so was wie ein Witz, Hammer.«

Kanazuchi überlegte kurz und nickte dann. »Verstehe.«

Unmittelbar vor der Ecke zur Main Street blieben sie stehen. Geisterhaftes Gelächter, gefolgt von Applaus, wehte vom Theater herüber und verhallte in gespenstischer Stille. Im Haus der Hoffnung brannte Licht in den Fenstern beider Stockwerke; vorn auf der breiten Veranda sahen sie mindestens sechs Wächter in Schwarz auf und ab gehen.

Frank riß an der Scheunenwand ein Streichholz an und zündete sich einen Zigarillo an. »Schätze, dieser Reverend A. Glorious Day ist derjenige, den wir uns schnappen müssen«, meinte er.

»Zwölf Männer bewachen das Haus. Nur drei sind hinten«, sagte Kanazuchi und beobachtete ihre Bewegungen.

»Laufen sie viel herum?«

Kanazuchi nickte. »Sie wechseln jede Stunde.«

Frank sah auf die Uhr. »Hätte da eine Idee, wie wir vielleicht hineinkommen. «

Während sie die Main Street überquerten, erklärte Frank, was er sich gedacht hatte. Kanazuchi war einverstanden. Sie bogen in eine Seitengasse ein und näherten sich der Hintertür des Hauses der Hoffnung.

Drei Wächter saßen auf der Veranda, bewaffnet mit Winchester-Gewehren und Colts. Frank ging fünf Schritt voraus, die Hände über dem Kopf. Kanazuchi war hinter ihm – Franks Revolver steckte in seinem Gürtel, und der Grasschneider war hinten unter seinem Hemd versteckt – und zielte mit dem Henry-Stutzen zwischen Franks Schulterblätter.

Die Wächter standen auf. Sie trugen weite schwarze Kleidung, und ihre Augen blickten klar und wachsam. Es waren nicht dieselben Männer, aber ihre Art erinnerte Frank an die Gruppe, die er heute hatte zum Haus reiten sehen.

»Ich habe diesen Mann im Stall gefunden«, sagte Kanazuchi.

»Ich hab's dir schon gesagt, du blöder, schlitzäugiger Hurensohn«, sagte Frank taumelnd und schwerzüngig, »ich wollte nachsehen, ob sie mein Pferd ordentlich versorgt haben –«

»Sei still«, sagte der Anführer der Wache.

»Das Tier hatte vor ein paar Wochen die Kolik; da kann man nicht vorsichtig genug sein. Die verdammten Bengels haben sich nicht mal drum gekümmert, daß er –«

Kanazuchi stieß ihm mit dem Gewehrkolben gegen den Hinterkopf; Frank stolperte und fiel dann vornüber auf die Treppe.

»Er hat gesagt, du sollst still sein«, sagte Kanazuchi.

Die drei Wächter schauten neugierig auf Frank hinunter und ließen die Gewehre sinken. Frank ballte die Fäuste vor dem Magen und stöhnte, als müsse er sich gleich übergeben.

»Er ist einer von den Besuchern«, sagte ein Wächter.

»Ja. Er hat getrunken«, sagte Kanazuchi.

»Bringt ihn in die Strafabteilung«, sagte der Anführer.

Die beiden anderen Wächter bückten sich und wollten Frank bei den Armen packen; im selben Augenblick zog dieser Kanazuchis langes Messer unter dem Hemd hervor. Als sie ihn hinstellten, rammte Frank dem Anführer die Schulter in die Brust und stieß ihn hart gegen einen Pfosten; dann drückte er ihm die Hand ins Gesicht und stieß dem Mann das Messer hinter das linke Ohr. Er starb ohne einen Laut.

Hinter sich hörte Frank zweimal ein Rauschen wie von einem Regenschauer; als er sich umdrehte, fielen die Körper der beiden anderen Wächter auf die Veranda, und ihre Köpfe rollten die Treppe herunter. Kanazuchis Schwert steckte schon wieder in der Scheide.

Verdammt. Der Kerl verstand seinen Job.

Kanazuchi warf Frank sein Gewehr zu; Frank spannte mit einer Hand den Hahn und tauschte zugleich das lange Messer gegen den Revolver. Kanazuchi schob das *wakazashi* in seine Scheide, und Frank steckte den Revolver ins Halfter. Sie schlichen sich rechts und links neben die Hintertür und warteten.

»So hart brauchtest du nun auch nicht zuzuschlagen«, flüsterte Frank.

»Sieht echter aus.«

»Gut, daß ich mich nicht totstellen mußte.«

Niemand kam; die Wachen auf der Vorderseite hatten von dem Handgemenge nichts gemerkt. Frank drückte die Türklinke herunter; die Tür ging auf.

Drinnen erhellte mattes Lampenlicht den Korridor. Dikke Teppiche dämpften ihre Schritte. Luxuriöse Möbel überall im Haus, Ölgemälde an den Wänden, ein kristallener Kronleuchter über der Treppe im vorderen Eingangsflur. Nirgends ein Spucknapf in Sicht. Vornehmer als ein Puff in New Orleans.

In einem Salon zur Linken hörten sie jemanden mit erhobener Stimme reden, und sie schlichen sich zu der geöffneten Schiebetür, die einen Spaltbreit offen stand. Drinnen sahen sie vier Mann von der Schwarzhemden-Elite, die von einem großen blonden Kerl mit ausländischem Akzent, erkennbar ihr Vorgesetzter, abgekanzelt wurden

»... Telegramm steht, sie sind in Prescott ausgestiegen und heute nachmittag losgeritten. Haltet auf der östlichen Straße nach ihnen Ausschau. Fünf Männer, eine Frau. Sie müßten ein Buch bei sich haben. Laßt sie durchreiten, und schnappt sie euch, wenn sie das Tor passiert haben. Der Reverend bezahlt uns erst, wenn er das Buch hat. Los.«

Die vier Männer kamen auf die Schiebetür zu; Kanazuchi und Frank drückten sich gegenüber in ein dunkles Zimmer, und die Männer gingen durch den Flur Richtung Ausgang.

»Sie nicht, Mr. Scruggs.«

Einer der vier, ein milchgesichtiger Mann mit einem kleinen Koffer, blieb gehorsam stehen; der blonde Mann legte ihm einen Arm um die Schultern und ging mit ihm zur Tür.

»Sie bleiben bei mir«, sagte er.

Frank und Kanazuchi warteten, bis sie die Haustür zufallen hörten, bevor sie wieder in den Flur hinaustraten. Durch die Gardinen konnten sie die Wachen sehen, die vorn auf der Veranda patrouillierten. Kanazuchi legte eine Hand auf den Schwertknauf und deutete mit dem Kopf zur Treppe; Frank nickte, und sie gingen hinauf. Oben knarrte eine Bodendiele, und sie blieben auf dem Treppenabsatz stehen. Ein Schwarzhemd kam in Sicht und spähte über das Geländer nach unten in den Flur.

Kanazuchis Arm zuckte in einer peitschenden Bewegung nach vorn, und der Griff seines Messers ragte aus der Kehle des Wächters. Der Mann sackte zu Boden, seine Hände tasteten nach der Klinge. Kanazuchi brachte den Rest der Treppe mit drei Sätzen hinter sich, ohne ein Geräusch zu machen, stellte dem Mann einen Fuß in den Nacken und brach ihm das Genick.

Dieser Kerl versteht seinen Job wirklich, dachte Frank und folgte ihm nach oben.

Sie gingen durch die erste Tür auf der rechten Seite eines Mittelkorridors. Kanazuchi schloß die Tür hinter ihnen und verriegelte sie. Das Licht war heller. Das Zimmer fühlte sich bewohnt an, mehr als die anderen Räume, die sie gesehen hatten. Regale voller Bücher. Arbeit auf einem Schreibtisch. Ein großer Globus. Eine aufgeschlagene Bibel auf einem Lesepult.

»Reverend Day«, sagte Kanazuchi.

Frank kniete nieder, um ein paar dunkle Flecken im Teppich zu untersuchen.

»Hier ist Blut«, stellte er fest. »Frisch, vielleicht zwei Stunden alt.«

»Jacob«, sagte Kanazuchi und schaute zu den Glasscherben hinüber, die in einer Ecke auf dem Boden lagen.

»Sieht aus, als ob er sich gewehrt hat. Sie haben ihn rausgeschleift … hier entlang«, sagte Frank. Er folgte der verschmierten Blutspur. Sie endete jäh vor einem glatten Paneel der Wandtäfelung.

Die beiden Männer studierten die Wand.

Schreie hinter dem Haus, die sich rasch nach vorn fortpflanzten. Alarm. Jemand hatte die Leichen gefunden.

Frank und Kanazuchi schauten einander gelassen an. Sie hörten, wie Schritte die Treppe heraufgepoltert kamen, aber keiner der beiden zeigte Eile. Frank verfolgte eine kaum sichtbare Naht, die parallel zur Kante der rosafarbenen Tapete verlief. Kanazuchi entdeckte einen verfärbten Fleck an der Tapete; das Papier war dunkel von Hautfett. Er legte den Finger auf den Fleck und drückte; ein Riegel schnappte auf, und das Wandpaneel schwang entlang der Naht auf und offenbarte einen engen Gang.

Der Knauf der Zimmertür hinter ihnen ratterte, aber das Schloß hielt. Sie hörten Schlüssel klirren. Als ein Schlüssel ins Schloß geschoben wurde, beugte Frank ein Knie und feuerte in weniger als fünf Sekunden die fünfzehn Schuß aus dem Magazin des Henry-Stutzens durch die Tür, und gleich danach die sechs Patronen aus seinem Colt. Kanazuchi lief zur Tür und öffnete sie.

Vier Schwarzhemden tot draußen im Flur.

Dieser Mann ist gut, dachte Kanazuchi.

Neuerliches Geschrei draußen und unten, Reaktionen auf die Schüsse, der Alarm breitete sich im ganzen Haus aus. Frank folgte Kanazuchi in den Geheimgang. Verwischte Blutflecke führten eine Treppe hinunter, durch einen kurzen Gang und zu einer nur von innen zu öffnenden Tür in der Geschirrkammer bei der Küche. Im Dunkeln blieben sie stehen, Frank lud gelassen seine Waffen. Die Schritte und lauten Stimmen ringsum nahmen zu.

»Der Reverend ist nicht hier«, sagte Kanazuchi.

Frank ließ die volle Trommel in den Colt zurückschnappen. »Ach was.«

»Sie haben Jacob dort hinausgeschafft.« Kanazuchi deutete auf die Tür, wo die Flecken aufhörten. »Die konnte ich da, wo ich war, nicht sehen.«

480

»Tja«, sagte Frank; er hörte Gepolter oben im Gang hinter ihnen. »Hier können wir nicht bleiben.«

Leise huschten sie durch die Küche und zur Tür hinaus, durch einen kleinen Vorratsraum und in einen schmalen Durchgang an der Nordseite des Hauses. Blutflecken und Fußspuren waren hier zu Ende; es war unmöglich, sie im Dunkeln weiter zu verfolgen. Die Gasse war menschenleer, aber sie hörten, wie die Leute in Scharen aus allen Himmelsrichtungen zum Haus der Hoffnung gerannt kamen. Ganz oben in der schwarzen Kirche begann eine Glocke zu läuten.

Kanazuchi lief durch das Gewirr der Hütten voraus, und der wachsende Aufruhr blieb in der Ferne hinter ihnen zurück. Die Hütten waren leer; die meisten Stadtbewohner waren im Theater, um sich die Vorstellung anzusehen. Die beiden Männer duckten sich unter ein schäbiges Blechdach.

»Die gute Nachricht ist«, flüsterte Frank, »daß sie nicht wissen, wie wir aussehen.«

»Jeder einzelne wird uns suchen«, sagte Kanazuchi, ohne eine Miene zu verziehen. »Und wir wissen nicht, wo Jacob ist.«

»Das ist die schlechte Nachricht.«

Sie ritten so stetig durch das rauhe Gelände, wie es nur ging, ohne Lionel zu verlieren, und kurz vor sieben fanden sie die Straße nach The New City. Innes übernahm die Führung; er las die Karte fehlerlos. Die Allein Geht brachte sie über zwei unsichere Etappen. Doyle beobachtete Jack während des ganzen Rittes und wartete auf irgendein Lebenszeichen, das über bloßes Vegetieren hinausdeutete. Aber es kam keines. Er antwortete nicht auf Doyles Fragen, sein Blick war starr auf den Horizont gerichtet, und sein Gesicht ohne jeden Ausdruck.

Offenes Wüstenland erstreckte sich vor ihnen, und als der Mond am klaren Himmel aufging, beschleunigten sie ihr Tempo zu einem gleichmäßigen Galopp. Lionel klammerte sich aus Leibeskräften an seinen Sattel. Nach zwei Meilen scheuten die Pferde plötzlich heftig, und fast wäre

Innes abgeworfen worden; irgend etwas war auf der rechten Seite, das ihnen angst machte. Doyle sah dunkle Schwingen, die über ihnen im Mondlicht kreisten.

»Nachteulen?« fragte er.

Die Allein Geht schüttelte den Kopf. Sie stieg ab und ging rechts vom Weg auf einem schmalen Pfad zwischen zwei Felsen hindurch. Dann hörte man sie rufen, und die andern stiegen ebenfalls ab und führten ihre Pferde zwischen die Felsen. Nach fünfzig Schritten, vor der Öffnung der Felsen, zeigten sich die Tiere erneut widerspenstig. Jack und Lionel blieben zurück; die andern schlichen sich mit gezückter Waffe weiter.

Der Gestank prallte ihnen mit voller Wucht entgegen, als sie zwischen den Felsen hervorkamen. Drei Dutzend Geier stoben auseinander.

Ein Nachmittag in der heißen Sonne hatte die achtunddreißig Leichen über die schrecklichen Greuel hinaus, die sie erlitten hatten, weiter verwüstet. Die meisten waren erschossen worden; ein Dutzend war an Messerstichen gestorben. Den Rest hatten Aasvögel erledigt.

Gut, daß wir im Dunkeln herkommen, dachte Doyle. Im Mondlicht sah das Blut schwarz aus, unwirklich.

»Nichts anrühren«, warnte er.

Er schaute nach links. Jack war zwischen den Felsen hindurchgekommen, und jetzt stand er abseits und starrte die verstümmelten Leichen an. Sein Gesicht verzerrte sich, belebt von aufkeimenden Gedanken und, dachte Doyle, den ersten Regungen von Wut. Etwas Wildes war da in ihm, ausgelöst durch den Geruch des Blutes.

Doyle trat vor und hob ein Abzeichen auf, das im Sand lag.

»Deputy«, las er vor. »Phoenix.«

»Sie haben alle eins«, sagte Die Allein Geht und watete weiter hinein.

»Lionel, bleiben Sie, wo Sie sind«, rief Doyle, der eben niederkniete, um eine Leiche zu untersuchen, und dabei sah, wie jener zwischen den Felsen auftauchte.

»Was ist denn da?« fragte Lionel.

»Bleiben Sie nur da«, rief er, und leiser sagte er: »Die meisten sind mittleren Alters und offensichtlich eher sitzende Tätigkeiten gewohnt.«

»Begreifen Sie das?« fragte Presto.

»Die mögen keine Polizisten«, meinte Innes.

»Das sind keine. Es sind Freiwillige.« Doyle studierte ein blutbeflecktes Stück Papier, das er einem der Opfer aus der Jacke gezupft hatte. »Ein Bürgerwehraufgebot – so nennt man es wohl. Sie haben diesen Mann gesucht.«

Doyle hielt ihnen das Flugblatt entgegen. Presto zündete ein Streichholz an, und sie sahen die grobe Tuschzeichnung eines diabolisch aussehenden Asiaten und darunter die kurze, blutrünstige Beschreibung seiner angeblichen Verbrechen.

»›Chop-Chop, der kopfabschlagende Chinamann‹«, las Innes. »›Gesucht wegen zehnfachen schrecklichen Mordes im ganzen Arizona Territory. Zahlloser anderer feiger Verbrechen verdächtigt.‹«

»Ein fleißiger kleiner Halunke, was?« sagte Presto.

»›Der gefährlichste Mann der Welt‹«, las Doyle mit düsterer Heiterkeit. »Zumindest haben sie dem Impuls zum Übertreiben widerstanden. Und fünftausend Dollar Belohnung. Das erklärt die Freiwilligen.«

»Du lieber Gott, kann ein einzelner Mann denn all das getan haben?« fragte Presto und schaute sich fassungslos das Blutbad um sie herum an.

»Nicht allein. Diese Männer sind in ein Kreuzfeuer geraten.« Doyle zeigte auf zwei verschiedene Stellen am Rande des Platzes. »Von hier und von dort, hinter den Felsen. Vier Mann – mindestens.«

»Mit Repetiergewehren«, ergänzte Innes, der hinter den Felsen verschwunden war. »Alles voll Patronenhülsen.«

»Und sie haben alle noch ihren Kopf«, bemerkte Presto. »Kaum der traditionelle *modus operandi* dieses Chop-Chop –«

Das Flugblatt wurde ihm aus der Hand gerissen. Jack war von hinten herangekommen; er hielt das Blatt in der Hand und betrachtete intensiv das Bild.

»Was ist, Jack?« fragte Doyle leise.

»Er kennt«, sagte Die Allein Geht.

»Was kennt er?«

»Der Mann da ist im Traum.« Sie deutete auf den Handzettel. »Einer der Sechs.«

Jack hob den Kopf und sah sie an; Zustimmung glänzte in seinen Augen.

»Dann können wir daraus schließen, daß die Leute hier ihn nach The New City verfolgten, als sie überfallen wurden«, sagte Doyle.

Jack gab ihm den Steckbrief zurück und lief zielstrebig zu den Pferden zurück.

»Gehen wir«, sagte Doyle.

»Wir sollten ihnen vorher eine ordentliche Beerdigung zukommen lassen«, sagte Presto und schaute sich nach den Geiern um, die sich am Rande des Platzes sammelten.

»Die Wüste wird sich darum kümmern«, sagte Die Allein Geht und ging auf die Öffnung zwischen den Felsen zu.

»Schlechtes Benehmen, meinen Sie nicht auch?« fragte Presto die Doyles.

»Doch«, sagte Doyle und folgte ihr.

»Haben Sie den Burschen denn nicht selbst im Traum gesehen?« fragte Innes ihn.

»Ich schätze ja, wenn ich es mir recht überlege«, sagte Presto auf seine eigentümlich gleichgültige Art und betrachtete die Zeichnung. »Die Ähnlichkeit ist schließlich nicht sehr groß.«

»Hoffentlich ist der Knabe mit dem Schwert, das er angeblich mit sich herumträgt, wenigstens halb so gut wie Sie mit dem Degen«, meinte Innes und lief Doyle nach.

»Hoffentlich ist er auf unserer Seite«, sagte Presto leise. Er bekreuzigte sich, sprach ein stilles Gebet für die Toten und verließ den Schauplatz des Massakers.

Jack saß schon im Sattel, als die Gruppe zurückkam, und galoppierte, dicht gefolgt von Die Allein Geht, in westlicher Richtung davon, ehe die anderen aufgestiegen waren. Niemand sagte ein Wort, während sie hinter ihm her hasteten, um ihn einzuholen, und das heimliche Entzücken, das

Doyle über die Anzeichen der Genesung bei Jack empfand, wurde gedämpft durch den Gedanken an das, was sie in The New City womöglich erwartete.

Die Weißhemden waren ein eigenartiges Publikum, fand Eileen. Aber warum sollten sie ausgerechnet in dieser Hinsicht nicht eigenartig sein? Die Aufmerksamkeit, mit der sie das knallige Melodram aus Ruritanien verfolgten, grenzte an Ehrfurcht. Eine weiße Woge, aus der der Applaus in gleichförmigen Salven hervorbrach, unerwartet wie Donnerschläge. Alle Reaktionen – Lachen, Seufzen, Aufschreien – kamen im Chor, als sei da ein einziger Geist, der ein und demselben Gedanken mit tausend Stimmen Ausdruck gab.

Rymer hatte am Tag eine irrationale Zufriedenheit mit der glanzlosen Probe gezeigt, und er konnte nicht aufhören, sich für das Theater von The New City zu begeistern. Bildete sie es sich nur ein, oder führte der Mann sich noch überdrehter auf als sonst? Herrgott, er war so aufgeregt, daß man hätte meinen können, der verdammte Edwin Booth würde heute abend im Publikum sitzen.

In einem Punkt mußte sie ihm zustimmen: Die Einrichtungen hinter der Bühne wirkten funktional und gut durchdacht, wenn auch ein bißchen primitiv, aber der Zuschauersaal war atemberaubend: so prunkvoll und modisch, wie sie in New York oder London nur irgendeinen gesehen hatte, von den Pferdeopernhäusern, die sie in den letzten sechs Monaten heimgesucht hatten, einmal ganz zu schweigen. Vielleicht war Bendigo durch den Anblick dieser samtenen Opulenz in Fieberträume vom Broadway versetzt worden; jedenfalls donnerte er heute abend durch seinen Text, als könne man ihn noch jenseits des Hudson hören.

Eileen hatte ihre Szenen im ersten Akt hinter sich – beinahe taub von dem furiosen Auftritt, den Rymer sich, zumeist nur eine Handbreit vor ihrem Gesicht, geleistet hatte –, aber statt sich in die Garderobe zurückzuziehen, suchte sie sich ein ungestörtes Plätzchen in der Seitendekoration, wo sie hinausschauen und das Publikum studieren konnte.

Sie war beunruhigt: Frank war nicht erschienen, um ihr

Neuigkeiten von Jacob zu überbringen, aber er hatte ihr gesagt, es könnte bis nach der Vorstellung dauern. Sie versuchte, sich zu beruhigen. Daß Frank McQuethy sein Wort halten würde, darauf konnte sie sich verlassen; dessen war sie sicher. In Gegenwart eines solchen – es gab keinen anderen Ausdruck: eines solchen *Mannes* wäre unter anderen Umständen sie selbst diejenige gewesen, der sie nicht unbedingt hätte trauen können.

Wenn Frank nach der Vorstellung mit Jacob zurückkäme, würden sie die Stadt zu dritt verlassen, und sie würde Bendigo Rymer zu den Akten legen, zusammen mit ihren übrigen Fehltritten. Mochte der knauserige Irre ihre verdammte Gage doch behalten: Dies war jedenfalls ihre letzte Vorstellung mit dem Ultimativen Tournee-Theater. Noch einmal in den Clinch mit Bendigo, und die Strafe wäre abgesessen.

Und dann? Sie würde mit Jacob in den Osten zurückfahren und dafür sorgen, daß er wohlbehalten nach Hause kam. Darüber hinaus – nun ja, sie liebte den alten Mann inniglich, aber sei realistisch, Schätzchen: Ist ein Leben mit Rabbi Stern wirklich das, was du dir für deinen Ruhestand vorstellen könntest? Eine Wohnung in der Lower East Side, wo du im Kopftuch den Abwasch machst und ihn in seinen Lebensabend begleitest – und wie lange mochte der wohl noch auf sich warten lassen? Frank McQuethy hingegen …

Eine Reihe von schwarzgekleideten Männern – die ersten, die sie sah, die nicht Weiß trugen – fiel ihr ins Auge, rechts über der Bühne, in der vordersten Loge im Rang. Sie standen um einen Mann herum, der allein ganz vorn vor der Balustrade saß. Sie beschirmte die Augen vor dem Gleißen des Rampenlichts.

Reverend Day.

Die Besprechung war also zu Ende. Ein Flattern begann in ihrer Brust, daß ihr schwindlig wurde. Dabei müßte das doch eine gute Nachricht sein. Frank und Jacob würden sie erwarten. Wieso war ihr plötzlich so mulmig?

Während der Reverend die Aufführung verfolgte, schienen die harten Konturen seines Gesichts von irgendeiner bösartigen, abscheulichen Freude erleuchtet zu sein; er strahlte kalte Intelligenz und Grausamkeit aus, wie er den Kopf auf dem schrecklich vorgereckten, dürren Hals so unablässig hin und her drehte.

Jacob war nicht in Sicherheit, und sie wußte es.

Sie hörte ein fernes Knattern, als würden draußen vor dem Theater Knallfrösche gezündet, gefolgt von gedämpftem Geschrei und dem dunklen Klang einer Glocke – die Schauspieler wirkten plötzlich albern; die Wirklichkeit drang in die zerbrechliche Pose ihrer Scheinwelt ein und entlarvte die Illusion als hohl und ein wenig lächerlich.

Die Wachen in der Loge strafften sich. Der Reverend fuhr herum und gestikulierte, und zwei der Männer liefen rasch hinaus. Die Aufmerksamkeit des Reverends war nicht mehr bei der Handlung auf der Bühne – Bendigo stolzierte herum, schwenkte sein Schwert und erging sich in den Zuckungen des Heroentums. Die anderen Schauspieler merkten nichts …

Eine Handvoll schwarz behemdeter Wachen stürzte in die Loge, geführt von dem Mann im langen grauen Mantel, den Eileen schon auf der Straße gesehen hatte; Reverend Day drehte sich zu ihnen um, hob erschrocken die Stimme, redete jetzt gegen die Schauspieler an.

»Nein! NEIN!« schrie er.

Im Publikum wandten sich Köpfe, verwirrtes Gemurmel setzte ein. Das Chaos in der Loge drohte überzukochen.

»NEIN! NEIN! NEIN! NEIN!«

Reverend Day schien außer sich, und die Männer um ihn herum wichen erschrocken vor ihm zurück. Die Schauspieler verloren den Faden, fielen aus der Rolle, spähten in die Unruhe hinaus. Bühnenarbeiter guckten aus der Seitendekoration. Bendigo brach seinen Auftritt ab, verfolgte das Problem bis zu seinem Ursprung und marschierte ungeduldig bis an die Rampe.

Reverend Day wirbelte herum, trat hinkend an die Balustrade seiner Loge und brüllte ins Publikum.

Alle Augen richteten sich auf ihn. Ein verzweifelter Eifer verzerrte seine Züge.

»ES KOMMT! ES KOMMT! DAS ZEICHEN! ES HAT BE-
GONNEN, MEINE KINDER! DIE ZEIT IST DA!«

Jäh fegte ein Sturm des Entsetzens über die Weißhemden
im Publikum hinweg. Stöhnen, Heulen, Schreien, von Männern wie von Frauen. Furchtbar, erbärmlich, elend.

»DIE ZEIT DES HEILIGEN WERKES IST GEKOMMEN!
DER AUGENBLICK UNSERER ERLÖSUNG!«

Die Weißhemden erhoben sich taumelnd von den Sitzen
und drängten die Gänge hinauf; krochen übereinander hinweg in ihrer Hast, irgendeine unbekannte Aufgabe zu erfüllen, an einem Ort, den sie verzweifelt zu erreichen versuchten.

»Entschuldigung!«

»AUF EURE POSTEN, JEDER VON EUCH, SOFORT!
DER AUGENBLICK IST GEKOMMEN –«

»Ent-SCHUL-digung!«

Bendigo Rymer stand an der Rampe, ein empörter Pfau,
und fuchtelte mit seinem Schwert zu der Loge hinauf.

Gespenstische Stille. Reverend Day starrte den Mann
entsetzt an.

»Wirklich, Sir. Wir ver-SUCHEN hier eine VOR-stellung
zu geben. Eine verdammt GUTE, wenn ich das SELBST SA-
GEN darf. Was IMMER hier vorgeht, ist SICHER alles
SEHR WICHTIG. Aber ich glaube NICHT, daß es zu-VIEL
verlangt ist … damit zu WARTEN, bis wir FERTIG sind!«

Niemand atmete. Bendigo, aufgeplustert und empört,
stand da und wich keinen Zollbreit.

Und Reverend Day lachte. Ein Glucksen erst, von echter
Heiterkeit, das sich dann in ein rollendes, nachhaltiges Gelächter verwandelte, das anschwoll, bis sein Echo von den
Wänden des Theaters widerhallte. Das Publikum fiel ein,
und das Gelächter wuchs zu einer Brandung, deren Wellen
nacheinander tosend über die Bühne hereinbrachen, die
Kulissen erschütterten und Bendigos Selbstvertrauen mit
sich rissen. Er tat zwei taumelnde Schritte rückwärts, und
Schweißtropfen fielen von seinem feuchten, geschminkten
Gesicht. Sein Schwert hing herunter; verzweifelt sah er sich
nach Hilfe um, aber instinktiv zogen sich die anderen

Schauspieler auf der Bühne zurück und wichen seinem Blick aus, denn sie witterten eine bevorstehende Bühnenkatastrophe.

Das Gelächter brach unvermittelt ab. In der Stille lehnte Reverend Day sich aus seiner Loge und lächelte zu Bendigo Rymer herunter.

»Ihr seid fertig.«

Er machte eine scharfe Geste mit der rechten Hand. Der Vorhang sauste auf die Bühne herunter, und Bendigo stand ganz allein am Rand des Proszeniums. Panisch tastete er sich am Vorhang entlang und suchte nach einer Öffnung.

Der Reverend ballte die Hände zu Fäusten und drehte sie. Bendigos Hosenträger zerrissen mit lautem Schnappen, seine Hose rutschte herunter und fiel ihm auf die Knöchel. Bendigo reagierte auf das Geräusch, bevor ihm klar war, was geschehen war; er tat einen Schritt nach hinten und fiel krachend aufs Kinn.

Hinter dem Vorhang machten Schauspieler und Bühnenarbeiter kehrt und rannten davon, sie stürzten aus dem Theater und stoben in alle Himmelsrichtungen davon. Eileen blieb allein zurück, gelähmt vor Angst, und schaute aus der linken Seitendekoration zu.

Bendigo Rymer rappelte sich mit dem fassungslosen Blick eines verletzten Kindes mühsam auf die Knie hoch, ein Bild dumpfer Ratlosigkeit. Wieder rollte das Gelächter des Publikums über ihn hinweg, ein rauhes, körperloses, freudloses Stampfen, das nicht aufhörte, gleichförmig und stetig.

Reverend Day lehnte sich an die Balustrade seiner Loge und schwenkte die Hände wie ein Orchesterdirigent. Die Knöpfe an Bendigos Hemd sprangen ab und tanzten über die Bühne. Die Schnürriemen an seinem Korsett zwirbelten und knoteten sich zusammen, die Stangen ächzten vor Anspannung und quetschten seinen Oberkörper in die Form einer Sanduhr; sie hörte, wie ihm die Luft aus der Lunge gequetscht wurde. Die absurde Prinz-Eisenherz-Perücke kreiste auf seinem Kopf und rutschte ihm über die Augen. Blind kroch er auf dem Boden dahin, und dann schien es, als verliere er nach und nach die Herrschaft über seine Bewegungen, bis er abrupt auf die Füße gestellt wurde, von einem Dutzend unsichtbarer Hände.

Eileen schaute an Rymer vorbei und sah, wie Reverend Day die Finger in der Luft bewegte, als bediene er eine Marionette. Und Bendigo tanzte mit kraftlos in der Luft hängenden Armen, ein erbärmliches Schlurfen, behindert durch die herabgerutschte Hose –

Und Eileen erinnerte sich, woher sie A. Glorious Day kannte.

Sein Name war Alexander Sparks. Und sie hatte gesehen, wie er einmal auf die gleiche gespenstische Art Besitz von einem Mann ergriffen hatte, einem kleinen, liebenswerten Cockney und Gauner namens Barry. Das war vor zehn Jahren gewesen. Im Speisezimmer eines Landhauses an der Küste von Yorkshire. Zusammen mit sechs anderen wahnsinnigen Aristokraten hatte Sparks ein Komplott gegen die königliche Familie geschmiedet. Sie war ganz zufällig in die äußeren Maschen seines Netzes geraten, hatte sich aber schließlich in seinem Zentrum wiedergefunden, wo sie zusammen mit Sparks Bruder, einem Agenten der Königin Victoria, und einem jungen Arzt, der später ein berühmter Schriftsteller geworden war, gegen die Sieben gekämpft hatte. Unmittelbar nach diesem Erlebnis hatte sie England verlassen und war nach Amerika gegangen, und seitdem hatte sie keinen von diesen Leuten wiedergesehen.

Aber Alexander Sparks hatte nicht die geringste Ähnlichkeit mit diesem Reverend Day gehabt, und sie wußte keine Erklärung für diese Diskrepanz, es sei denn, das dämonische Herz des Mannes hatte sich langsam wie ein Wurm an die Oberfläche gefressen. Wenn es sich um denselben Mann handelte, war freilich erklärt, wie er diese Menschen in seinen eisernen Griff bekommen hatte; sie hatte schon beim letzten Mal erlebt, wie er ähnliche schwarze Wunder vollbrachte. Ja, der Gedanke, daß der abstoßend verdrehte Körper und die Visage, an die er jetzt gefesselt war, die wahre Natur dieses Mannes widerspiegelten, war nur allzu überzeugend.

Aus irgendeinem Grund hatte auch er sie nicht erkannt. Aber warum, und zu welchem Zweck diese Mißgeburt von Stadt geschaffen worden war, das waren Fragen, die sie nicht einmal im Ansatz beantworten konnte. Kaltes Entsetzen fesselte sie an ihren Platz hinter den Kulissen.

Ein manisches Grinsen hatte sich in Rymers Gesicht gegraben; sein Tanz war zu Ende, und er kippte in einem tiefen Hofknicks auf die Bühne. Eileen konnte hören, wie die Muskeln in seinen Beinen von den Knochen rissen; so wüst verrenkte sich sein Körper.

Mit einem Wirbel von Gebärden ließ Day ihn nochmals hochfahren; seine Hand riß den Säbel aus dem Gürtel, und er marschierte mit emporgereckter Klinge auf der Bühne auf und ab: eine höhnische Parodie auf den militärischen Parademarsch. Das seelenlose Gelächter des Publikums verdoppelte sich und wurde ohrenbetäubend. Einen gräßlichen Moment lang schaute sie Bendigo in die Augen, und sie sah, daß dort bewußte Qual und Entsetzen hervorbluteten; aber kein Wort vermochte das grausige Grinsen abzulösen, das seine Stimme erstickt hatte. Dann wurde sein Körper herumgerissen und marschierte wieder davon.

Sie bereute jeden einzelnen Augenblick, da sie Unheil über diesen Mann herabgewünscht hatte. Diese Demütigung war etwas, das kein Mensch sollte ertragen müssen. Sie hatte Tränen in den Augen und wünschte sich eine Pistole, um den armen Hund von seinem Leiden zu erlösen, und die restlichen Kugeln wollte sie für Reverend Day aufheben.

Bendigo kam zum Stehen und salutierte zur Loge hinauf. Der Reverend hob die Hände über den Kopf, und Bendigo erhob sich sanft in die Luft. Seine nackten, spindeldürren Beine strampelten wie Windmühlenflügel, als renne er eine unsichtbare Treppe hinauf. Er schwebte über dem Publikum empor und blieb auf der Höhe des Reverend hängen. Der Reverend ließ eine Hand flattern, und Bendigos Perücke hob sich vom Kopf und sauste wie ein fliegender Terrier durch die Luft davon. Der Gelächter wurde zu einem hysterischen Crescendo und brach jäh ab.

»Doch jetzt erzählen Sie uns, Mr. Rymer – wie ich höre, hegen Sie den geheimen Wunsch, einmal den Hamlet zu spielen«, rief Reverend Day mit einem übertriebenen Hinterwäldler-Näseln.

Bendigo rang keuchend nach Luft und nickte kurz – seine dumpfe Antwort. Eileen sah, wie ein Zucken der Erregung in den Augen des erbärmlichen Dummkopfs aufleuchtete, sogar eine leise Regung von Stolz.

»Nun, dann seien Sie nicht so schüchtern – warum beehren Sie uns nicht mit einer kleinen Kostprobe von Ihrem melancholischen Dänen, Sie unverschämter, ungezogener Köter?«

Die Zuschauer applaudierten wie wild, trampelten mit den Füßen und pfiffen und drängten ihn zu einer Darbietung. Bendigo salutierte Reverend Day mit seinem Schwert und antwortete dem Publikum mit einem gnädigen Winken. Dann trat er mitten in der Luft einen Schritt zurück und senkte den Kopf: ein Augenblick der inneren Betrachtung, der Schauspieler, der sich auf seinen Auftritt vorbereitete. Das Publikum verstummte.

Bendigo drehte sich um; er war in seine Rolle geschlüpft und dümpelte dort oben wie ein Korken auf dem Wasser. Das eng geschnürte Korsett marterte seine Stimme zu einer gequetschten Parodie auf seinen vollen Bariton, und er rief: »Sein oder nicht sein, das ist hier die Frage.«

Reverend Day lehnte sich auf die Brüstung seiner Loge, verschlagene Langeweile im Blick; er stützte das Kinn in die Handfläche und trommelte sich mit den Fingern auf die Wange, während er mit der anderen Hand müßig in der Luft herumwedelte.

Als Reaktion auf Days Gesten hob Bendigo nach jeder Zeile seines Monologs das Schwert und schlug sich damit wild auf einen Körperteil; nichts blieb verschont: Arme, Beine, Rücken, Brust, Hals, Gesicht. Jeder Hieb riß eine klaffende Wunde.

»Ob's *edler*… im *Gemüt* … die *Pfeil'* und *Schleudern* … des wütenden *Geschicks* erdulden … oder, sich *waffnend* … gegen eine *See* von *Plagen*, durch *Widerstand* sie *enden*.«

Eileen wußte, daß die Klingen für die Bühnengefechte gründlich stumpfgeschliffen wurden, aber Rymer schlug mit übermenschlicher Kraft auf sich ein. Sein Blut regnete auf das Publikum herab, aber die Weißhemden zeigten keine Reaktion; sie starrten in die Höhe und hoben nicht einmal die Hände, um die Augen vor den Tropfen zu schützen, die herniederprasselten.

»*Sterben – schlafen* – nichts weiter – und zu *wissen*, daß ein *Schlaf* das Herzweh und die *tausend Stöße endet*, die unsers *Fleisches* Erbteil!«

Ein verheerender Schlag trennte Bendigos linke Hand fast vollständig vom Gelenk; zersplitterte Knochen baumelten an ein paar Fleischfasern. Ströme von Blut aus Schnitten an seiner Kopfhaut flossen ihm in Kaskaden übers Gesicht, und Höllenqualen durchdrangen jedes seiner Worte; Eileen glaubte zu hören, wie hin und wieder ein verzweifelter Schrei unter seiner Rede hervorhallte.

»'s ist ein *Ziel*, auf innigste zu wünschen. *Sterben* – schlafen – *schlafen* – vielleicht auch träumen! – Ja, da liegt's –«

Kreischend bohrte Bendigo sich die Spitze seines Schwertes unter dem Korsett in den Bauch und plagte sich mit beiden Händen, um die stumpfe Spitze durch die widerstrebende Haut seines Rückens zu rammen.

Eileen wandte sich schluchzend ab; blind von Tränen der Wut versuchte sie sich aufzuraffen.

Reverend Day stand vor Bendigo und begann langsam zu applaudieren; er klatschte seine Affenhände zusammen, das Publikum nahm den Takt auf, und das Klatschen schwoll zu einem dröhnenden, rhythmischen Stampfen.

»– was in dem Schlaf für Träume kommen mögen …«

Bendigos Stimme versagte; sein Gesicht war eingefallen und aschgrau, und alle seine Empfindungen brachen hervor und unterstrichen seine letzten Worte.

»… wenn wir den Drang des Ird'schen abgeschüttelt … das zwingt uns stillzustehn …«

Und Bendigo starb mit weitoffenen Augen, schlaff in der Luft hängend. Das Publikum erhob sich, und der Applaus wurde zu einem donnernden Crescendo.

»Bravo! BRAVO!« rief Reverend Day.

Das Publikum verstärkte den höhnischen Tribut einhundertfach.

Reverend Day ließ die Hand kreisen: Und Bendigos Leichnam verneigte sich hierhin und dorthin in dumpfer Entgegennahme des einzigen Beifalls seiner langen, mittelmäßigen Karriere, den ihm das Publikum im Stehen spendete.

Eileen taumelte blindlings gegen die Rückwand. An einem Haken neben der Tür hing eine brennende Laterne. Sie nahm sie und schleuderte sie gegen den gefallenen Vorhang; die Laterne zerbarst, das Öl spritzte umher, der Lampendocht entzündete es, und es brannte.

Und als die Flammen am Bogen über der Bühne hinaufleckten, wandte Eileen sich um und floh durch die Hintertür aus dem Theater.

Dante hatte noch nie ein Theaterstück gesehen. Frederick und er kamen zu spät; die Vorstellung hatte schon angefangen. Sie nahmen hinter Reverend Day in einer Loge oberhalb der Bühne Platz. Er nahm an, daß die Schauspieler da unten eine Art Geschichte erzählten, aber er hatte wenig Lust, sich zu bemühen, dahinterzukommen. Was ihm gefiel, waren die bunten Bilder der Berge und die Teile der Burg, die auf die Bühne und wieder herunter gerollt wurden, und auch die Uniformen der Soldaten waren hübsch anzusehen: leuchtend rot mit vielen glänzenden Knöpfen.

Aber ganz besonders gefiel ihm das Mädchen mit den schwarzen Haaren und den Titten, die sich oben aus dem tief ausgeschnittenen Kleid wölbten. Er schob eine Hand in seinen Koffer und strich mit dem Daumen über die Schneide eines der Messer, und dabei träumte er davon, wie schön es sein würde, sie damit zu bearbeiten. Der Reverend und Frederick hatten ihm das Gefühl gegeben, in seiner Arbeit so frei zu sein, daß nun alles möglich zu sein schien. Wenn es zu Ende wäre, würde er sie vielleicht sogar fragen, ob er dieses Mädchen zum Spielen bekommen könnte.

Alles fing an, schiefzugehen, als dieser große Kerl, dieser

Cornelius, in die Loge gestürzt kam. Es würde geschossen, berichtete er, und ein paar Wächter seien umgebracht worden. Als der Reverend aufstand und anfing zu schreien, sah Dante, wie eine große rote Wolke aus ihm hervorkam, als ob ein Pulverfaß explodierte.

Was immer der Reverend den Leuten da unten zubrüllte, es machte ihnen eine Heidenangst. Sogar Frederick wurde ein bißchen blaß, aber was Dante anging, so hatte er das Gefühl, daß der eigentliche Spaß jetzt erst richtig losging. Und dann schwebte der dicke Schauspieler vor ihnen in der Luft herum und fing an, auf sich einzuhacken, und Dante wußte, daß er recht gehabt hatte: Das hier war besser als die Mißgeburten auf dem Jahrmarkt.

Als das Feuer ausbrach, schrie Reverend Day den Leuten in den weißen Hemden zu: »AUF EURE PLÄTZE, LOS, LOS! WARTET AUF DAS SIGNAL!«

Was immer den Körper des Schauspielers bis jetzt in der Luft gehalten hatte, ließ ihn los, und er fiel schlaff wie ein loses Stück Seil auf die Sitze hinunter. Die Leute in den weißen Hemden waren so sehr damit beschäftigt, zu den Ausgängen zu stürmen, zu brüllen und zu kreischen, daß sie anfingen, übereinander weg zu klettern, und ein paar wurden in der Panik zertrampelt. Dante beugte sich auf seinem Platz weit über die Brüstung und schaute zu, und er wiegte sich vor Lachen vor und zurück: Verflucht, das war viel komischer als alles, was diese dämlichen Schauspieler aufgeführt hatten.

Reverend Day fuhr herum und wandte sich den Männern in der Loge zu.

»Rufen Sie die Brigade heraus«, befahl er Cornelius. »Jeder kennt seine Zuständigkeit. Folgen Sie dem Plan!«

»Ja, Sir«, sagte Cornelius und lief hinaus.

»Wie viele Ihrer Männer habe ich noch?« fragte der Reverend Frederick.

»Fast sechzig«, antwortete Frederick.

»Versammeln Sie sie zum Heiligen Werk vor der Kirche. Dann kommen Sie allein in die Kapelle und bringen mir dieses Buch, sobald unsere Gäste angekommen sind. Sie haben eine Stunde, bis das Werk beginnt.«

»Was ist mit dem Feuer?« Frederick deutete mit dem Kopf zu den Flammen, die am Vorhang hinaufleckten.

»Lassen Sie es brennen. Lassen Sie alles brennen.«

Frederick winkte Dante, er solle mitkommen, und lief zum Ausgang, aber die Hand des Reverend schloß sich um Dantes Arm.

»Nein«, sagte er. »Er bleibt bei mir.«

Dante sah, daß Fredericks Kiefer mahlten; der Mann war wütend. Er schlug die Hacken zusammen, nickte knapp und verließ die Loge. Reverend Day streckte Dante die Hand entgegen; dieser kicherte und schmiegte sich unter den schützenden Arm, als sie die Loge verließen und draußen den Korridor hinuntergingen. Rauch wälzte sich ringsum herein und erfüllte die Luft; die Flammen breiteten sich aus, und es wurde wärmer, aber die beiden beschleunigten ihren Schritt nicht.

»Wie fühlen Sie sich, Mr. Scruggs?«

»Gut, Sir. Wirklich gut.«

»Das ist schön, mein Junge. Das ist sehr schön«, sagte Reverend Day und drückte ihn fester an sich, als sie die Treppe hinuntergingen. »Das wird eine herrliche Nacht.«

16

Als Frank die gestohlenen Gewehre erwähnte, erzählte Kanazuchi ihm von den Maschinengewehren, und beide kamen auf den Gedanken, daß dieses Lagerhaus ein guter Ort wäre, um anzufangen. Wind war aufgekommen; er wirbelte den Staub auf und machte die Luft trüb. Im Kirchturm läuteten immer noch die Glocken, und als sie sich langsam zur Hauptstraße zurückschlichen, liefen immer wieder kleine Trupps von Weißhemden mit Fackeln und Waffen an ihnen vorbei zur Stadtmitte.

Dort erhellte ein rotes Glühen den Himmel, und sie erkannten, daß ein Feuer ausgebrochen war.

»Sicht aus, als wäre es das Theater«, sagte Frank, als er sah, wie die Weißhemden auf die Straße strömten. »Eileen ist da drin.«

»Sie wird weglaufen.«

»Wohin denn? Wenn das Feuer auf diese Hütten übergreift, brennt die ganze Stadt wie Zunder.« Jacob verschwunden, Eileen irgendwo unterwegs – Scheiße, sein ganzer Plan ging zum Teufel. Frank schaute sich um und sah, daß Kanazuchi ihn musterte. »Was ist?«

»Darf ich ein Wort des Rates anbieten?«

»Ich schätze, dazu kennen wir einander gut genug.«

»Ereignisse bewegen sich im Strom. Denke dir Wasser in einem Bach.«

»Okay.« Was zum Teufel sollte das werden – eine Lektion in Naturbetrachtung?

»Mehr Wasser bedeutet größere Kraft. Schwerer zu widerstehen.«

»Wie bei einer Strömung.«

»Wie bei einer Flut. Nimmt alles mit, was ihr im Wege steht. So. Hier sind wir, in der Flut.«

Frank sah, wie eine große Zahl von Bewaffneten sich vor dem Haus der Hoffnung versammelte – in der gleichen Milizausrüstung, die er schon in der vergangenen Nacht im Dunkeln hatte herumlaufen sehen. Er erkannte Cornelius Moncrief, der umherstapfte, ein Gewehr schwenkte und Befehle brüllte.

»Wenn man also einmal nasse Füße hat, springt man besser ganz hinein; das willst du damit sagen«, meinte Frank.

»Wenn man einmal angefangen hat, macht man sich besser keine Sorgen mehr. Der Fluß wird dich tragen. Vertraue auf ein gutes Ende.«

»Okay.«

Über Kanazuchis Schulter sah Frank ein Weißhemd schimmern; jemand schlich sich von hinten durch die Gasse heran. Lässig stand er da und schwang den Gewehrkolben wie einen Baseballschläger um die Ecke. Der Schlag schmetterte den Mann gegen die Wand, er fiel zu Boden und blieb regungslos liegen.

»Verdammt, es funktioniert schon«, sagte Frank.

Es hatte keinen Sinn mehr, auf den richtigen Augenblick zum Hinüberlaufen zu warten; auf der Main Street herrschte jetzt Gedränge. Weißhemden strebten zu der Kirche am Ende der Stadt; hundert Fackeln brannten dort schon und erhellten die dunkle Fassade. Die Milizbrigade kam die Straße herunter auf sie zu marschiert, und kleine Trupps spalteten sich ab und verschwanden in den Nebenstraßen.

Sie suchen uns, erkannten die beiden Männer.

Sie ließen die Waffen sinken, warteten, bis ein neuer Schwall von Weißhemden die Straße verstopfte, und spazierten dann ruhig durch die Menge. Niemand griff sie an; die Miliz war noch eine Viertelmeile weit weg, und die Augen der Vorübergehenden waren allesamt starr auf die Kirche gerichtet.

Als sie die Gasse gegenüber erreicht hatten, rannten sie los; Kanazuchi zog sein Schwert und übernahm die Führung. Bei der nächsten Kreuzung bog vor ihnen eine Patrouille der Weißhemden um die Ecke. Kanazuchi rannte geradewegs durch die vier Männer hindurch, und das Schwert in seiner Hand wirbelte so schnell herum, daß man es nicht mehr sehen konnte. Bevor jemand einen

Schuß abfeuerte, fielen drei zerstückelte Leichen zu Boden. Frank tötete den vierten mit einem einzigen Schuß. Er sah eine abgetrennte Hand, die immer noch die Fackel umklammerte.

Vor ihnen Licht und Betrieb: das Lagerhaus. Eine lange Schlange von Weißhemden stand vor dem breiten Vordertor. Schwarzhemden drinnen vor einem Stapel Kisten reichten jedem, der vorbeikam, ein Gewehr und eine Schachtel Patronen. Frank folgte Kanazuchi zum Hintereingang, und sie betraten das Lagerhaus.

Drinnen wimmelte es von Weißhemden; sie hatten eine Kette gebildet und reichten Kisten nach vorn zur Verteilung. Die beiden gingen hinten in Deckung und sahen rechts vor sich, wie Teams von Männern in Schwarz die Maschinengewehre auf zweirädrige Karren luden; zwei der vier Gewehre wurden bereits nach vorn gefahren.

»Gatling-Kanonen«, sagte Frank. »Scheiße, das war kein Witz.«

»Das ist schlecht.«

»Schlecht ist gar kein Ausdruck.«

»Kannst du diese Kanonen bedienen?« fragte Kanazuchi.

»Ja.«

Als sie sich zum Gehen wendeten, kamen zwei Wachen in Schwarz mit gezogenen Revolvern zur Tür herein; sie reagierten schnell und rissen die Waffen hoch, um zu feuern. Kanazuchi rollte über den Boden, und als er auf den Knien hochkam, flog sein langes Messer zwischen ihnen hindurch und nagelte den Unterarm des einen an die Tür. Sein Finger krümmte sich noch um den Abzug, bevor der Revolver zu Boden fiel, aber die Kugel schlug in die Decke. Kanazuchi tötete ihn mit dem Grasschneider, bevor er schreien konnte.

Der zweite Mann hatte Frank aufs Korn genommen. Der hatte keine Zeit mehr, den Henry hochzureißen; er zog seinen Colt und schoß. Der Mann ging zu Boden, aber der Schuß, den er abfeuerte, streifte Franks Gesicht; er berührte die Wange und schlug einen Splitter vom Knochen ab. Blut spritzte aus der Wunde, und der Schmerz versengte seine

Nerven. Frank betastete die Wunde und erkannte, daß der Schaden nicht groß war.

Aber der scharfe Knall der beiden Schüsse hatte alle Arbeiter im Lagerhaus innehalten lassen, und hundert Augenpaare schauten sich suchend um. Kanazuchi riß das *wabizashi* aus dem Arm des toten Wächters, und sie rannten hinaus, überquerten den freien Platz und spurteten in eine Gasse hinein. Fackeln kamen von der Main Street auf sie zu und schwenkten nach rechts. Flammen erhellten den Himmel vor ihnen, dunkles Orange und gleißendes Rot – das Feuer breitete sich aus. Hinter ihnen strömten die Männer aus dem Lagerhaus in die Seitenstraßen; die Suche verstärkte sich.

Frank bemühte sich stolpernd, mit Kanazuchi Schritt zu halten; der Mann hatte das Nachtsehvermögen einer Katze. Fünfzig Schritt vor ihm stürmte Kanazuchi in einen vollbesetzten Hühnerstall; die Hennen stoben auseinander. Frank rang nach Atem, Kanazuchi schloß die Augen, atmete tief, lenkte seine ganze Energie nach innen und lauschte. Draußen rannte eine Gruppe vorbei und rief einer anderen etwas zu. Einen Augenblick später kam eine zweite Gruppe vorbei und lief in die entgegengesetzte Richtung.

Das Tosen und Prasseln des Feuers kam immer näher; ferne Schreie drehten sich im Wind, und ein ausgebranntes Gebäude stürzte krachend ein. Wolken von Asche wehten vorüber, schwarze Schneeflocken. Mattroter Glanz erhellte den Hühnerstall; Frank konnte soeben die scharfen Konturen von Kanazuchis Gesicht erkennen, das in die Nacht hinausspähte. Aus Gewohnheit lud Frank seinen Colt nach. Er blickte hoch, als ein neues Geräusch zu hören war, schockierend und völlig unerwartet.

Kindergesang. Ein Chor von Stimmen.

»Was zum Teufel …«, flüsterte Frank.

Kanazuchi war sofort in Alarmbereitschaft. »Komm.«

Sie verließen ihr Versteck und folgten dem Gesang die Gasse hinunter zur nächsten Straße. Dort vor ihnen marschierten mindestens hundert Kinder, getrieben von einem Ring von Weißhemden; es waren die Kinder, die Kanazuchi in dem umzäunten Auslauf gesehen hatte. Sie sangen ›Old McDonald had a Farm‹. Ein paar der Kleinen weinten und hatten Angst, aber die meisten hüpften daher, hielten einander reihenweise bei den Händen und lachten fröhlich.

»Die einzigen Kinder, die ich hier gesehen habe«, sagte Frank.

Zum ersten Mal sah er Zorn in Kanazuchis Augen.

»Was machen sie da?«

»Sie bringen sie zur Kirche. Sie gehen alle in die Kirche.«

Das Feuer war bereits aus meilenweiter Entfernung zu sehen. Das rasende Tempo, das Jack an der Spitze angeschlagen hatte, hatte ihre Gruppe eine Viertelmeile weit auseinandergezogen, aber als der Wachtposten in Sicht kam, verlangsamte er seinen Ritt und wartete, bis Die Allein Geht ihn eingeholt hatte. Zur Rechten schimmerten zusammengestauchte Felsformationen im Mondlicht. Als sie an seiner Seite war, flüsterte Jack:

»Drei Mann.«

»Rechts«, sagte sie.

Jack nickte.

Doyle und die anderen waren immer noch ein ganzes Stück zurück. Jack und Die Allein Geht ritten um das Tor herum weiter, bis die Felsen hinter ihnen lagen; dann machten sie kehrt, banden die Pferde vor dem Eingang zu einer schmalen Passage in den Felsen an und drangen mit gezückten Messern dort ein.

Auf einem freien Platz in der Mitte der Formation fanden sie drei Pferde und die kalten Überreste eines Lagerfeuers. Sie verständigten sich mit Gebärden; dann teilten sie sich und pirschten sich lautlos auf zwei Öffnungen an der dem Wachhaus zugewandten Seite des Platzes zu. Jack kletterte auf einen hohen Felsen, um sich Übersicht zu verschaffen, während Die Allein Geht unten auf Anweisungen wartete.

Drei Mann in weiter schwarzer Kleidung hatten sich auf einen Abschnitt von etwa hundert Schritt am Rand der Felsen verteilt. Sie hatten Scharfschützengewehre in den Händen. Einer hatte ein Fernglas und beobachtete, wie Doyle und die anderen am Wachhaus ankamen. Jack deutete mit einer Handbewegung auf den Mann, der links stand, sprang auf leisen Sohlen vom Felsen und bewegte sich auf den in der Mitte zu.

Die Allein Geht warf eine Handvoll Steine an die Felsen links neben dem Mann. Als er sich umdrehte, sprang sie von rechts heran und schnitt ihm mit einer einzigen Abwärtsbewegung ihres Messers die Kehle durch. Der Mann stieß sie mit einem kräftigen Schlag rückwärts gegen die Felsen, griff sich an den Hals und stellte fest, daß die Arterie zerschnitten war. Besonnen preßte er eine Hand auf die sprudelnde Wunde und zog mit der anderen seinen Revolver. Sie duckte sich unter seinem Arm hindurch, bevor er schießen konnte, stieß ihm das Messer unterhalb der mittleren Rippen in den Körper und riß die Klinge nach oben. Sie ließ den Messergriff los, drückte dem Mann mit einer Hand den Mund zu und entwand ihm mit der anderen den Revolver. Er sank schwerfällig in den Staub und starb.

Der mittlere Wächter vernahm schwache Geräusche von einem Handgemenge zu seiner Linken. Dann scharrte hinter ihm etwas über die Felsen, aber er sah nur noch einen tödlichen Schatten, der sich auf ihn herabsenkte.

Die Allein Geht traf sich in der Mitte mit Jack, und zusammen schlichen sie sich an die Stelle heran, wo der dritte Wächter lauerte, aber sie fanden nur noch ein paar Zigarettenstummel im Sand. Die beiden rannten zurück in die Mitte. Doch der Wächter saß schon im Sattel und ritt auf die Passage zu. Die Allein Geht warf ihr Messer; es prallte neben dem Kopf des Mannes an den Felsen ab und fiel klappernd zu Boden.

Sie liefen ihm nach, aber er war schneller; und als sie ihre Pferde erreicht hatten, war er schon auf der Straße und galoppierte tiefgebeugt auf The New City zu. Jack riß sein Gewehr aus der Satteltasche, rannte ein Stück, legte den Lauf auf einen Felsen und nahm die verschwindende Gestalt aufs Korn.

Doyle und die anderen untersuchten den Telegrafenapparat im Wachhaus, als die beiden Gewehrschüsse durch die Nacht hallten. Sie stürzten auf die Straße hinaus. Jack und Die Allein Geht kamen aus der Dunkelheit auf sie zugeritten.

»Uns nach«, rief Jack. »Einer ist entkommen.«

Beide waren blutbespritzt.

Jack und Die Allein Geht rissen ihre Pferde herum und ritten die Straße hinunter.

»Jack ist wieder da«, sagte Doyle.

»Das ist nicht zu übersehen«, sagte Innes.

»Lionel«, sagte Doyle, »vielleicht sollten Sie hier warten –«

»Allein?« Lionel schwang sich wie ein Veteran in den Sattel. »Sind Sie wahnsinnig? Reiten wir.«

Sie folgten Jack und seinem Höllentempo. Der Himmel wurde rot. Das wilde Auf und Ab im Sattel ließ die Sicht verschwimmen und den Horizont flirren wie eine Fata Morgana, bis schließlich The New City selbst vor ihnen auftauchte. Die ganze südliche Hälfte der Stadt stand in Flammen, und Windböen ließen das Feuer turmhoch lodern. Die meisten Gebäude nördlich der Main Street waren noch verschont geblieben.

Sie hörten Kirchenglocken, und am Ende der Straße erblickten sie zum ersten Mal den schwarzen Turm, der sich scharf vom Himmel abhob, erhellt von dem Inferno, marmoriert in allen Schattierungen der wirbelnden roten Reflexe. An seinem Fuße flackerte ein Meer von Fackeln über einer wogenden weißen Masse, und sie sahen, daß es eine Menschenmenge war.

Ein zweites Tor in einem Zaun, der die Siedlung umgab, versperrte die Straße. Jack und Die Allein Geht trieben ihre Pferde beim Heranreiten zu gleichmäßigem Galopp und setzten im Sprung über die Schranke hinweg. Zwei schwarz gekleidete Wachen sprangen aus dem Schuppen und zielten auf den Rücken der beiden. Presto und Innes sprangen aus dem Sattel und mähten die Torwache mit einer Salve nieder, bevor sie schießen konnten.

»Los geht's!« schrie Innes. Er rannte zum Tor und öffnete es, während Presto ihm Feuerschutz gab.

»Lassen Sie die Pferde hier«, sagte Doyle und stieg ab.

»Aber sie sind schon weitergeritten«, sagte Lionel und deutete zur Main Street, wo Jack und Die Allein Geht verschwunden waren.

»Wir müssen später wieder von hier fort können«, sagte Doyle und beendete die Debatte. »Binden Sie sie hier an.«

Sie machten die Pferde am Tor fest und zogen ihre Waffen.

»Lionel«, sagte Doyle, »warum warten Sie nicht hier auf uns —«

»Nein, verdammt«, sagte Lionel und lud seine Winchester durch, wie er es bei den anderen gesehen hatte. »Hören Sie auf, mich zu behandeln, als sei ich Ihnen ein Klotz am Bein. Mein Vater ist da irgendwo drin, und ich habe mehr Recht als sonst irgendeiner, hier —«

Eine Kugel pfiff vorbei und riß ihm den Hut vom Kopf; Innes zerrte ihn zu Boden, und alle vier krochen hastig hinter den Wachschuppen in Deckung. Ein zweiter Schuß traf das Tor.

»Ich bitte sehr um Entschuldigung«, sagte Doyle zu Lionel, der nervös das Loch in seinem Hut befingerte.

Jack und Die Allein Geht hielten auf halber Strecke der Main Street vor einem großen Lehmziegelhaus an. Das Feuer brannte zu heiß, als daß sie hätten riskieren können, die Pferde noch weiter mit hineinzunehmen. Sie zogen ihre Gewehre aus den Sattelhalftern, drehten die Tiere um und trieben sie mit einem Schlag auf die Hinterteile zurück zum Tor.

Durch dichte Schleier aus Rauch und Staub sahen sie am Ende der Straße eine Kolonne von Leuten in weißen Hemden, die sich auf die schwarze Kirche zubewegten. Eine große Menschenmenge zog langsam und stetig durch die Portale.

»Da«, sagte Jack und deutete auf die Kirche. »Dort sollen wir hin, nicht wahr?«

Die Allein Geht nickte. Sie setzten sich in Bewegung.

Eine Patrouille von Weißhemden kam aus einer Seitengasse; Jack zog ruhig den Revolver und feuerte viermal. Als sie über die Leichen hinwegstiegen, kam noch eine Gestalt aus der Dunkelheit auf sie zu gestolpert. Die Allein Geht hob ihr Schrotgewehr, um zu schießen, aber Jack drückte den Lauf zur Seite.

Es war eine Frau. Sie trug ein weißes, tiefausgeschnittenes Kleid mit schmal tailliertem Mieder, und eine Tiara aus Pappe steckte auf ihrem dichten schwarzen Haar. Ihr Gesicht war rußgeschwärzt, das Kleid zerrissen, und sie hob verzweifelt die Arme.

»Helfen Sie mir, bitte«, rief sie.

Jack starrte sie an. »O mein Gott.«

Die Frau erblickte Jack und riß die Augen auf. »O mein Gott.«

Die Allein Geht sah, daß auch Jacks Augen aufleuchteten, als er die Frau erkannte. Er stürzte auf sie zu, und sie fiel ihm in die Arme und klammerte sich an ihn, als gelte es ihr Leben.

»Sie sind es. Sie sind es wirklich, Sie sind es wirklich.« Eileen öffnete die Augen wieder und sah die blutbeschmierte Indianerin hinter Jack. Sie schrie auf.

»Ist alles in Ordnung mit Ihnen?« fragte Jack.

Sie nickte, und ihre Tränen tropften auf seine Schulter.

»Wo ist Frank?« fragte sie in der irrationalen Annahme, daß nun alle einander kennen müßten.

»Wer ist Frank?« fragte Jack.

»Er wollte Jacob suchen.«

»Jacob ist hier?« fragte Die Allein Geht.

»Sie kennen Jacob?« fragte Eileen.

»Also ist er hier«, sagte Jack.

»Ja, er ist bei Ihrem Bruder«, sagte Eileen. »Er hat Bendigo umgebracht.«

»Jacob?« fragte Jack.

»Nein, Ihr Bruder.«

»Mein Bruder ist also hier.«

»Ja.«

»Wer ist Bendigo?« fragte Die Allein Geht zunehmend verwirrt.

»Wer ist sie denn?« fragte Eileen.

»Eine Freundin. Wo ist Jacob jetzt?«

»Ich weiß es nicht. Wir sind mit dem Japaner hergekommen …«

»Mit einem Japaner?« fragte Die Allein Geht.

»Mit *diesem* Japaner?« Jack zog den Steckbrief hervor.

»Das ist er«, sagte Eileen.

»Wo ist er?« fragte Jack.

»Ich weiß nicht, vielleicht bei Frank.«

»Wer ist Frank?« fragte Die Allein Geht.

»Halt«, sagte Jack zu beiden. »Langsam. Gehen wir ein Stück zurück.«

Er zog sie in den Schatten der Gasse, und Eileen holte tief Luft und versuchte nach besten Kräften, alles zu erzählen.

Am Torhaus prallten Kugeln in die Holzbalken rings um die vier Männer. Sie hatten das Feuer erwidert, aber es war ihnen nicht gelungen, den Heckenschützen hervorzutreiben. Doyle spähte durch sein Fernglas und sah im Schatten einer Hütte Mündungsfeuer aufblitzen, etwa hundert Schritt weit nordöstlich hinter einer offenen Sandfläche.

»Hier können wir nicht bleiben«, sagte er.

»Ich versuch's«, sagte Presto.

Die Männer sahen einander an.

»Ein bißchen wie früher auf der Tigerjagd«, meinte Presto. »Nichts dabei.«

»Sie sind einer der Träumenden«, sagte Doyle. »Sie haben hier eine Rolle zu spielen. Wir können nicht riskieren, Sie zu verlieren.«

Presto fügte sich widerstrebend. Doyle sah seinen Bruder an.

»Also ich«, sagte Innes.

Doyle nickte. Innes schob sich an die Ecke der Blockhütte, spähte nach links und sah, wie die Pferde von Jack und Die Allein Geht auf sie zugelaufen kamen.

»Ein wenig Ablenkungsfeuer käme mir sehr entgegen«, sagte Innes.

Auf Doyles Zeichen hin machten sich die anderen drei Männer bereit und schossen ihre Gewehre in die Richtung des Heckenschützen leer. Innes huschte vor den herangaloppierenden Pferden hinter dem Wachhaus hervor. Sie bäumten sich auf, als er vor ihnen auftauchte; er packte eines bei den Zügeln und benutzte die Tiere als Deckung, um die nächstgelegenen Gebäude zu erreichen, eine Reihe von Hütten nördlich der Main Street. Bevor der Scharfschütze ihn entdecken konnte, hatten die Pferde kehrtgemacht und waren zurückgelaufen. Innes saß in Deckung, und die Kugeln schlugen harmlos über ihm ins Holz.

Während der Scharfschütze auf Innes feuerte, sprang Doyle hervor und packte das Zaumzeug der Pferde; er zog sie heran und band sie neben den anderen hinter dem Wachhaus fest. Presto entdeckte Edisons Koffer, der noch an Jacks Sattel geschnallt war, und nahm ihn herunter.

Innes schlüpfte lautlos durch die Hintertür der Hütte hinaus und suchte sich einen Weg durch etliche leere Häuser, bis er sich unmittelbar hinter der Position des Scharfschützen befand. Er hob einen Stein auf, spannte seinen Revolver und schlich auf die Hintertür zu.

Durch die Scheibe sah Doyle eine Bewegung im Fenster des Schuppens, und sofort spurtete er schnurstracks auf den Bau zu.

Innes warf seinen Stein auf das Dach eines Verschlages zur Rechten und trat im nächsten Augenblick die Hintertür auf. Er war schießbereit, aber der Schuppen war leer. Er hörte, wie links von ihm ein Hahn gespannt wurde, und warf sich zu Boden; die erste Kugel durchschlug das Fleisch seines Oberarms, die zweite schlug neben seinem Kopf in den Boden. Er erwiderte das Feuer; sein Schuß ging durch das Fenster und verfehlte den Scharfschützen, einen Mann in Schwarz, der draußen stand. Der Scharfschütze hob sein Gewehr, um ihn zu erledigen, als drei hintereinander abgefeuerte Schüsse ihn außer Sicht schleuderten.

Innes lag regungslos da und spannte den Revolver; seine Hand zitterte heftig.

»Erwischt? Hast du ihn erwischt?«

Stille. Innes ließ die Waffe sinken, als Arthur mit rauchendem Gewehr im Fenster erschien.

»Hab ihn«, sagte Doyle und schaute auf den schwarzgekleideten Mann hinunter.

»Ist er das?« fragte Innes; er fühlte sich matt und redselig zugleich. »Ist das der, der entkommen ist? Da draußen, meine ich? Du weißt doch, der, den sie gesehen haben.«

»Er genügt jedenfalls. Es ist nicht allzu schlimm, oder, alter Junge?«

»Nein, nicht allzu schlimm«, sagte Innes und betastete behutsam seinen verletzten Arm. »Glatter Durchschuß, glaube ich.«

Doyle trat die Wand des Schuppens ein, um zu seinem Bruder zu kommen, und legte ihm einen Notverband aus einem Streifen von seinem Hemd an, um die Blutung zu stoppen.

»Schon praktisch, wenn man seinen eigenen Arzt dabei hat«, sagte Innes und sah interessiert zu, wie er arbeitete. »Eigentlich müßte ich mich jetzt für einen Orden qualifiziert haben. Zumindest für eine Einsatzmedaille.«

»Das Victoria-Kreuz, wenn ich etwas zu sagen hätte. Von dem alten Mädchen persönlich überreicht.«

»Kleine Brüder sind also doch zu etwas gut«, bemerkte Innes.

Doyle beendete seine Arbeit an dem Verband und klopfte Innes auf die Schulter; er fürchtete, in Tränen auszubrechen, wenn er jetzt spräche. Als er Innes auf die Beine half, stürzten die beiden anderen Männer zu ihnen herein. Er sah, daß Lionel den Kasten mit dem Buch Sohar bei sich trug.

»Wir müssen Jack suchen«, sagte Doyle. »Und dann sollten wir Sie, glaube ich, zu dieser Kirche schaffen.«

Sie kehrten noch einmal zu den Pferden zurück, und Doyle nahm den Sanitätskoffer aus seinem Sattelgepäck. Bis an die Zähne bewaffnet, gingen die vier Männer in der Mitte der Main Street entlang. Die Gebäude auf der linken Seite waren bereits eingestürzt; der Kern der Feuersbrunst hatte die Südhälfte der Stadt verwüstet. Rotglühende Funken und Asche wehten zu ihnen herüber. Der Wind drehte sich nach Norden; Doyle schätzte, daß es nicht mehr lange dauern würde, bis die Nordhälfte der Stadt ebenfalls in Brand geriet.

Als sie sich dem größten Gebäude auf der rechten Seite näherten, einer soliden Lehmziegel-Hacienda, rief Jack zu ihnen herüber und winkte sie in eine schützende Gasse.

»Hier ist jemand für Sie, Doyle«, sagte Jack.

Eileen trat aus dem Schatten.

Doyle starrte sie an, vom Donner gerührt bis ins Mark. Tausend Bilder aus der Vergangenheit wurden wach, als er ihre Stimme hörte, und ein Dutzend machtvolle Emotionen prallten im Galopp gegeneinander.

»Hallo«, sagte sie.

Sie sah betreten aus, erleichtert, verlegen, beschämt, ängstlich, glücklich – mit anderen Worten, es war jenes heftig oszillierende Spektrum von Gefühlen, das sie schon während ihrer kurzen und unvergeßlichen Liebesaffäre hatte vermitteln können.

»Eine Bekannte?« fragte Innes mit jenem intuitiven Unterton, den nur ein Bruder zustande bringen konnte.

Doyle nickte knapp und winkte ab; er konnte nicht sprechen.

»Du hast meinen Brief bekommen, nehme ich an«, sagte sie, als sie allein waren. Den Brief, in dem sie ihm Lebewohl gesagt hatte, als sie England zehn Jahre zuvor verlassen hatte. Den Brief, der sein junges Herz entzweigebrochen hatte.

»Ja.« Mehr brachte er nicht hervor.

»Wie ist es dir ergangen?« fragte sie, und bevor er antworten konnte, fuhr sie fort: »Was für eine dumme Frage. Ich weiß genau, wie es dir ergangen ist: Du bist berühmt, mein Gott, wahrscheinlich sagenhaft reich, und verheiratet ...«

»Ja.«

»... ich entsinne mich, daß ich es irgendwo gelesen habe: eine reizende Frau und drei prächtige Kinder. Und wie ist es mir ergangen? Nun, sieh mich an.«

»Du siehst ... schön aus.«

Sie lächelte wehmütig und riß sich die Pappkrone vom Kopf. »Schrecklich nett von dir, das zu sagen, Arthur.«

»Im Ernst.«

»Wenn ich bei dir geblieben wäre, hätte ich inzwischen wahrscheinlich eine echte. Ich habe wirklich ein Talent, wenn es darum geht, auf den Sieger zu setzen, nicht wahr – nein, es ist schon in Ordnung, es war ein gutes Leben. Ich bin nur gerade nicht ganz auf der Höhe …«

Und sie brach in Tränen aus. Doyle legte ihr tröstend die Hand auf die Schulter und ließ sich kurz von ihr umarmen, bevor er sich zusammenriß. »Gib mir einen Augenblick Zeit, ja, meine Liebe?«

Sie entfernte sich ein Stück weit, ohne ihm in die Augen zu sehen.

Tausend Dinge, die er ihr so gern hätte sagen wollen. Lauter Erfahrungen, die sie nicht gemeinsam gemacht hatten. Er wollte sie immer noch, das wußte er. Und es war nicht möglich, nicht hier, nicht jetzt. Und wenn er das Leben, für das er so hart gearbeitet hatte, nicht zerstören wollten, überhaupt nie.

Jack stand mit Presto und Die Allein Geht am Straßenrand. Jetzt kam er zu Doyle herüber. »Wir müssen weiter.«

Doyle nickte müde. Jack schaute zu Innes hinüber, der seinen verletzten Arm schonte. »Mit Innes alles in Ordnung?«

»Er wird's überleben.«

»Und Sie?« fragte Jack mit einem verschmitzten Blick zu Eileen.

Doyle ging darauf ein. »Das bleibt abzuwarten.«

»Arthur, Sie haben keine weiteren Verpflichtungen. Haben bereits weit mehr als das Erforderliche getan. *Wir* machen jetzt weiter.«

»Aber Jack –«

Sparks hob sanft die Hand und schnitt ihm das Wort ab. »Eigentlich sind ja nur wir zu dieser Party eingeladen – erinnern Sie sich?«

»Was werden Sie tun, wenn Sie ihn finden? Alexander.«

»Das weiß ich wirklich nicht.«

In seine turbulenten Gefühle verstrickt, erkannte Doyle doch, daß vor ihm ein Mann stand, der seinem alten Freund Jack aufs Haar glich; seine Augen leuchteten wieder, Leben beseelte seine Gesten, und seine Mundwinkel bogen sich amüsiert nach oben.

Wie unglaublich, ihn hier zu finden, heute, in diesem Augenblick. Gerade jetzt, wo ich ihn gleich wieder verlieren könnte.

»Mein Gott, Sie sind es«, sagte Doyle und blinzelte erstaunt.

»Niemand anderes. Stets treulich der Ihre, alter Freund«, sagte Jack.

Er legte Doyle die Hand auf die Schulter, und Doyle legte seine Hand auf Jacks und drückte sie fest; alles übrige, und das war eine Menge, ging wortlos zwischen ihnen hin und her. Doyle nickte dankbar und wischte eine einzelne Träne weg, die ihm über die Wange rollte. Jack trat einen Schritt zurück, salutierte zackig und ging, flaniert von Presto und Die Allein Geht, die Main Street hinunter auf die schwarze Kirche zu.

Die Glocken im Kirchturm hörten auf zu läuten; das Heulen des Feuers erfüllte die Stille.

»Ich komme mit«, rief Lionel und trabte hinter den dreien her, das Buch Sohar noch immer unter dem Arm.

»Wir sollten Ihnen mit etwas Abstand folgen«, rief Doyle Jack nach. »Damit wir Feuerschutz geben können …«

»Liegt bei Ihnen, alter Freund«, rief Jack zurück. »Ich kann Sie nicht hindern.«

»Tja«, sagte Innes, der sich nach und nach ein Herz gefaßt hatte, um Eileen anzusprechen. »Woher kennen Sie meinen Bruder denn?«

Eileen saß auf den Stufen vor dem Haus der Hoffnung und hatte den Kopf in beide Hände gestützt; jetzt blickte sie mit verquollenen Augen auf und musterte den jungen Mann. »Kirchengemeinde.«

»Haben die Bank mit ihm geteilt, was?« fragte Innes mit wissendem Lächeln.

Sie lächelte zurück; ein Frechdachs, wie?

»Meine Tanzkarte ist im Augenblick voll, Junior«, sagte sie. »Aber danke der Nachfrage.«

»Wie bitte?« Innes war völlig perplex. Zum ersten Mal kam ihm der Gedanke, daß es Frauen auf der Welt geben könnte, die außerhalb seiner Liga spielten.

Doyle kam zurück; er trug zwei Gewehre.

»Kannst du noch schießen?« fragte er Eileen.

»Ich habe eigentlich nicht viel vergessen.«

»Gut«, sagte Doyle und gab ihr ein Gewehr. »Dann komm mit.«

Als die Stadt in Trümmer fiel, brach auch die organisierte Jagd der Weißhemden auf die beiden Eindringlinge zusammen. Frank und Kanazuchi hetzten vor dem Feuer her durch den Südteil der Stadt und verfolgten die Schar der Kinder und ihre Eskorte. Sie kamen an den Arbeiterbarakken vorbei, wo Kanazuchi die Nacht verbracht hatte, und die Kathedrale tauchte vor ihnen auf. Die breite Kluft zwischen ihr und den Hütten diente als Brandsperre; weder die Kirche noch die Gebäude in ihrer Umgebung waren in unmittelbarer Gefahr.

Als die Kinder über den freien Platz auf die Kirche zu marschierten, erkannten Frank und Kanazuchi, daß sie keine Chance hatten, die Bewacher zu überfallen und zu töten, ohne die Kinder zu gefährden. So blieben sie bei den Vorratshütten zurück und schauten zu, wie die Kinder sich den Weißhemden vor der Kathedrale anschlossen und gehorsam mit der Menge durch das Portal zogen. Als der größte Teil der Stadtbevölkerung einschließlich der bewaffneten Miliz sicher in der Kirche war, wurden die Türen dröhnend zugeschlagen.

»Die falsche Zeit für eine Sonntagspredigt«, sagte Frank.

Die Glocken im Turm hörten auf zu läuten. Ihr Klang verhallte, und dann hörte man nur noch das Stöhnen des Feuers im Wind.

Kanazuchi winkte und führte Frank zu einem Werkzeugschuppen am Rande des Baugeländes. Als sie hineinschlüpften, kamen aus verschiedenen Richtungen schwarzgekleidete Wachtrupps auf die Kirche zugetrabt und stellten sich in Verteidigungsformation vor der ganzen Länge der Fassade auf.

Frank zählte knapp fünfzig Mann.

Die Männer in Schwarz hoben dicke Holzbalken auf und schoben sie durch die massiven Eisenschlaufen an den Türen der Kathedrale. Frank und Kanazuchi schauten einander an, und beide fragten sich das gleiche: Warum verriegeln sie die Türen auf *dieser* Seite?

Cornelius Moncrief kam außen um die Kirche herum. Eine Kolonne in Schwarz brachte die Gatling-Kanonen auf ihren Wagen in Stellung und sicherten die Portale der Kirche, eine vorn, je eine an den Seiteneingängen. Ein Trupp rollte die vierte nach hinten.

Cornelius sah auf seine Uhr und erteilte einen Befehl; Drei-Mann-Teams, die anscheinend genau wußten, was sie zu tun hatten, nahmen ihre Plätze an den Gatling-Stellungen ein.

»Soll das alles für uns sein?« fragte Frank. »Ich meine, wir sind ja ganz gut, aber…«

»Nicht für uns«, sagte Kanazuchi.

»Vielleicht haben sie was gesehen. Vielleicht kommt die Army ihre Gewehre holen.«

Frank sah, daß Kanazuchi eine sehr beunruhigende Idee hatte.

»Hier entlang«, sagte er.

Sie zogen sich von der Baustelle in der Nähe des Kathedraleneingangs zurück und folgten den Männern, die das vierte Maschinengewehr nach hinten rollten. Frank und Kanazuchi duckten sich hinter einen der hohen Stein- und Schutthaufen oberhalb des Pfades und beobachteten, wie die Männer unter ihnen vorüberzogen und sieben Schritt vor der Hintertür der Kirche die Kanone in Stellung brachten. Frank drehte sich um und betrachtete die nackte Felswand, die hinter den Schutthalden emporragte.

»Von dieser Seite kann doch niemand angreifen«, stellte er verwirrt fest.

Ein paar Augenblicke später kam die Hälfte der

schwarzgekleideten Wachen, die sie vorn gesehen hatten, nach hinten gelaufen und stellten sich zu beiden Seiten der Gatling in einer Reihe an der Rückseite der Kirche auf. Jeder war mit einem Winchester-Repetiergewehr und einem zusätzlichen Patronengurt bewaffnet. Sie knieten in Feuerposition nieder, luden ihre Gewehre durch und spannten die Hähne. Dann drehte das Team an der Gatling-Kanone den Wagen um und richtete die Mündung auf die Hintertür der Kirche.

»Willst du mir mal sagen, was zum Teufel deiner Meinung nach hier vorgeht, Hammer?«

»Sie wollen sie töten.«

»Wen?«

»Die Leute in der Kirche.«

Frank schwieg einen Moment lang. »Das ist schlichter Wahnsinn.«

Kanazuchi sah ihn an und nickte.

»Und ich nehme an, du findest, wir sollten sie daran hindern.«

»Ja.«

»Das dachte ich mir. Scheiße.«

Frank spähte nach Süden, über den geröteten Horizont.

»Mexiko«, sagte er leise.

»Was hast du gesagt?«

»Ich habe gefragt, in welchem Teil des Flusses sind wir jetzt?«

Kanazuchi lächelte leise. »In einem sehr tückischen.«

»Ich nehme an, du hast 'ne Idee, wie wir die Sache angehen sollen.«

»*Hai.*«

Frank zündete sich einen Zigarillo an »Wirst du es mir erzählen, oder muß ich raten?«

Und Kanazuchi erzählte es ihm.

Reverend Day lockerte seinen harten Griff an Dantes Arm auf dem Weg von der Main Street zur Kirche nicht; auf halber Strecke begriff Dante, daß der Reverend ihn deshalb so festhielt, weil er Hilfe beim Gehen brauchte. Rauch und Hitze machten die Luft stickig, und das Atmen war im günstigen Fall mühsam. Der Reverend hatte seit einer Weile kein Wort mehr gesprochen; sein Gesicht war grau im roten Licht, und sein Atem roch schlimmer als manches Glas in Dantes Koffer.

Vom Theater aus waren sie zum Haus der Hoffnung gegangen, und Dante hatte gewartet, während der Reverend in seinem Schreibtisch gewühlt und sehr intensiv in einigen Papieren gelesen hatte, als versuche er, sich an etwas zu erinnern. Die Leichen der vier Wachen, die draußen vor seinem Arbeitszimmer lagen, hatte er keines Blickes gewürdigt. Schließlich waren sie durch einen Geheimgang in der Wand hinunter- und hinausgegangen und hatten sich hierher auf den Weg gemacht. Der Reverend war mit jedem Schritt schwächer geworden. Dante bekam Angst; er wollte nicht einmal daran denken, daß Reverend Day etwas zustoßen könnte.

Links vor ihnen drängten sich die letzten einer Gruppe von Weißhemden in die Kirche. Dante sah sogar ein paar kleine Kinder unter ihnen. Der Reverend schaute zur Kirche, sah auf die Uhr und machte ein zufriedenes Gesicht. Er lenkte sie nach rechts, bis sie auf zwei Stahlplatten im Boden stießen. Er wühlte einen Schlüsselbund hervor, ließ ihn aber gleich fallen.

»Wenn Sie die Güte hätten … mir die Ehre zu geben …«, sagte der Reverend müde und angestrengt.

»Na klar.«

Dante hob die Schlüssel auf, der Reverend suchte den richtigen heraus, und Dante öffnete das Vorhängeschloß. Dann klappte er die beiden Platten in ihren schweren Angeln hoch. Zum Vorschein kam eine Treppe, die tief hinunter in die Erde führte.

Wieder faßte der Reverend Dantes Arm, und Dante half ihm die Stufen hinunter. Der Reverend reichte ihm eine Schachtel Streichhölzer und bedeutete ihm, eine Laterne anzuzünden, die an einem Haken neben der schwarzen Steintür am Fuße der Treppe hing. Die Tür erinnerte Dante an einen Banktresor, den er einmal gesehen hatte. Im Schein der

Laterne schloß der Reverend die Tür mit einem anderen Schlüssel auf und stieß mit einer Hand leicht dagegen. Lautlos schwang sie auf.

Ein Schwall kühler, erfrischender Luft wehte ihnen entgegen. Der Reverend atmete tief ein und lehnte sich haltsuchend an den Türrahmen.

»Alles okay, Sir?« fragte Dante in kläglichem Ton.

Der Reverend nickte und lachte leise über soviel Fürsorge; er zerzauste Dante das Haar und winkte ihn hinein. Es war ein sauberer Raum, aus glattem Stein gehauen, kalt und einladend wie Quellwasser. Ein erdiger Geruch, der Dante an einen Friedhof im Regen erinnerte. Der Reverend ließ sich langsam auf den einzigen Stuhl sinken, nestelte seine Uhr hervor und schaute noch einmal nach der Zeit.

»Sie werden hier warten, mein Junge«, sagte er und nahm Dantes Hand; er sprach einfach und geradeheraus. »Lassen Sie die Tür offen. Frederick wird kommen und etwas bringen, das ich brauche; wenn er es tut, läuten Sie diese Glocke hier an der Wand, und ich komme es holen. Gehen Sie nicht wieder nach oben, und folgen Sie mir nicht in diesen Gang ...«

Der Reverend deutete in einen dunklen, gebogenen Korridor, der aus der Kammer hinausführte. Er war aus dem gleichen schwarzen Marmor gehauen.

»Wenn jemand anderes als Frederick kommt, werden Sie ihn töten. Haben Sie verstanden?«

»Jawohl, Reverend.«

»Braver Junge.« Der Reverend tätschelte Dantes Hand. »Helfen Sie mir auf, und es kann losgehen.«

Dante zog den Reverend auf die Beine; der Mann war so leicht wie eine Vogelscheuche. Reverend Day packte die Laterne mit einer Hand und ging zur Mündung des schwarzen Korridors; er lächelte und winkte Dante noch einmal zu. Dante winkte zurück. Dann hinkte der Reverend um die Ecke und war verschwunden. Dante blieb allein im Dunkeln zurück; er setzte sich der Tür gegenüber auf den Stuhl, legte seinen Koffer auf die Knie und öffnete sorgfältig die Schließen. Tastend erfühlte er seine beiden Lieblingsmesser und nahm sie heraus; dann klappte er den Koffer zu und stellte ihn behutsam neben seinen Stuhl. Seine Augen gewöhnten sich allmählich an die Dunkelheit, und bald erhellte ein mattrotes Glühen die Umrisse der offenen Tür.

Er bemerkte, daß draußen die Glocken verstummt waren.

Lange bevor es ihn erreichte, sah Jacob das Licht der Laterne aus dem Labyrinth näherkommen; es schimmerte auf den glatten schwarzen Wänden. So lange hatte er in völliger Finsternis gelegen, daß er ein paar Augenblicke brauchte, um herauszufinden, in welche Richtung er schaute: nach oben? nach unten? Seit einer Weile schon hörte er das geisterhafte, unzusammenhängende Echo von tausend murmelnden Stimmen, das gleichförmige Gesumm einer Menschenmenge, das von irgendwo dort oben herabwehte.

Er entsann sich, daß er auf dem Boden lag; unter ihm war kalter Stein, und Hände und Füße waren taub von den Einschnürungen des Seils. Als sein Bewußtsein zurückgekehrt war und er gemerkt hatte, daß er immer noch atmete, hätte die Überraschung kaum größer sein können; sicher mußte der Reverend ihn doch inzwischen umgebracht haben. Vielleicht hatte er es ja auch getan. Vielleicht war dies der Beweis für ein Leben nach dem Tode. Wenn ja, sollte man doch meinen, daß die sich hier drüben ein paar Lampen leisten könnten.

Wenn man bedenkt, wie lausig ich mich fühle, dachte Jacob, als ihm klar wurde, daß er noch lebte, dann könnte ich genausogut tot sein. Aber wenn das Reverend Day ist, den ich da kommen höre, dann brauche ich vielleicht nicht mehr lange zu warten.

Die schlurfenden Schritte, das Sporengeklirr.

Ja, er war es.

Reverend Day betrat die Kammer, und im Licht seiner Laterne sah Jacob zum ersten Mal, daß es ein runder Raum war, in dem er lag, in einer sanften Mulde im Zentrum eines runden Musters, irgendeines detailreichen Mosaiks, das in den Steinboden eingelassen war. Ringsherum am Rande des Kreises zählte er sechs silberne Sockel. Ein gedrungenes Kohlenbecken stand an der Seite. Der kalte Luftzug, den er gespürt hatte, wehte aus einem rohbehauenen, klaffenden Loch im Boden am anderen Ende des Raumes, dem Eingang zum Labyrinth gegenüber. Eine breite Rinne führte vom Rand des Loches zu der Mulde, in der er lag. Über ihm in der Decke befand sich ein enger Kreis von Gittern, die aussahen wie die Abdeckungen von Einstiegslöchern; die Geisterstimmen, die er gehört hatte, kamen von dort.

Der Reverend hinkte im Raum umher und zündete mit dem Licht seiner Laterne eine Reihe von weiteren Lampen an, die an den Wänden hingen. Dann kam er zu Jacob, blieb vor ihm stehen und betrachtete ihn. Als Jacob sich nicht rührte, stieß der Reverend ihn mit der Stiefelspitze an.

»Ich bin wach«, sagte Jacob.

»Wirklich? Ich hätte mich mit ›am Leben‹ begnügt; *wach* ist beinahe ein Bonus. Ich hatte befürchtet, Sie würden den ganzen Spaß versäumen.«

Jacob schwieg.

»Ich weiß, wie außergewöhnlich bewandert Sie in Ihrer Thora sind, Rabbi. Wie steht es mit der Bibel?«

»Verzeihen Sie, aber ich –«

»Mit dem Buch der Offenbarung, zum Beispiel?«

Jacobs Herzschlag setzte einmal aus; er versuchte seine Lage zu ändern, um ihn durch einen Ruck wieder in den rechten Rhythmus zu bringen, und dabei konnte er zum ersten Mal, seit der Mann hereingekommen war, einen Blick in das Gesicht des Reverend werfen.

Gütiger Himmel. Er sieht schlimmer aus, als ich mich fühle. Wie eine exhumierte Leiche.

Sein Gesicht, weißer als Elfenbein, war von geronnenem Blut überkrustet. Die Blutgefäße, die seine Schläfen überzogen, ringelten sich, als seien sie zum Leben erwacht und hätten sich aus ihren Befestigungen gelöst. Seine Augen waren rot und wüst wie rohes Fleisch.

»Ich will Ihre Erinnerung auffrischen«, sagte der Reverend. »»Das Blut der Unschuldigen soll regnen in die Wunde, welche sich hat geöffnet in der Erde, und das Tier wird aufsteigen, welches ist der Engel des bodenlosen Abgrunds, des Name heißt auf Hebräisch Abaddon. Und er wird Krieg führen wider sie und sie überwinden und töten.‹ Läutet da ein Glöckchen bei Ihnen, ja, Rabbi?«

Jacob schüttelte den Kopf.

»Oh, das kommt noch«, sagte Reverend Day und reckte den Hals, um zu den Gittern an der Decke hinaufzuspähen. »Wenn die Glocke wieder läutet und das Heilige Werk beginnt.«

Dante sah einen Schatten über die Wand vor der Tür kriechen; er stand auf, die Messer in den Händen, sprungbereit. Die Tür öffnete sich. Frederick. Dante entspannte sich. Dann sah er den schrecklichen Ausdruck in Fredericks Gesicht.

»Ist er da drin?« fragte Frederick und deutete auf das Labyrinth.

Dante nickte.

»Dann finden wir ihn nie.« Er sah wütend aus, und erregter, als Dante ihn je gesehen hatte.

»Haben Sie das Buch?« fragte Dante.

»Nein. Unsere Situation sieht folgendermaßen aus, Mr. Scruggs: Wir haben keine *Zeit* mehr, der Reverend hat nicht bezahlt, was er mir schuldet – eine enorme Summe –, und es ist kein *Geld* in der Stadt.« Fredericks Gesicht war wutverzerrt. »Jedenfalls keines, das ich finden kann. Daß wir unser Leben einsetzen, ohne eine Vergütung zu erhalten, ist nicht Bestandteil meiner Abmachungen. Haben Sie verstanden? Unsere Dienste sind hier nicht mehr erforderlich; ich verabschiede mich. Wenn Sie weiterleben wollen, schlage ich Ihnen vor, desgleichen zu tun.«

Dante schaute zum Gang hinüber und überlegte kurz. Dann schüttelte er den Kopf. Er mochte Frederick durchaus, aber den Reverend mochte er noch lieber.

»Wie Sie wollen«, sagte Frederick und verschwand auf der Treppe.

Dante stellte sich in die Mitte der Kammer. Was sollte er tun? Die Glocke läuten und den Reverend den weiten Weg zurückkommen lassen, nur um ihm zu erzählen, daß Frederick das Buch nicht gebracht hatte? Das würde ihn nur böse machen. Vielleicht sollte er ihn suchen gehen. Aber der Reverend hatte ihm verboten, ihm in den Gang dort zu folgen.

Von Unschlüssigkeit gelähmt, stand Dante da, bis er wiederum Schritte auf der Treppe hörte.

Als sie sich der Fassade der Kirche näherten, sahen sie, daß die schwarzgekleideten Wachen dort etwas auf Rädern in Stellung brachten.

Jack ließ sie alle hinter einer Steinmetzhütte in Deckung gehen. Presto und Lionel versuchten eine Erklärung für das Treiben rings um die Kathedrale zu finden.

»Was wir suchen, ist unter dem Turm«, sagte Jack.

»Richtig«, sagte Presto.

Die Allein Geht sah sich um, blickte nach rechts und entdeckte ungefähr hundert Schritt weit entfernt einen Mann im Anzug, der aus einer Öffnung im Boden heraufkam und eilig in der Dunkelheit untertauchte.

»Da drüben«, sagte sie leise.

Sie führte sie zu der Stelle, wo sie den Mann hatte heraufkommen sehen. Zwei Stahlklappen waren geöffnet, und eine Treppe führte in die Erde hinunter.

»Das ist es«, sagte Jack.

Die Allein Geht lief allen voran die Treppe hinunter.

»Dem Traum zufolge sollen es doch sechs sein, wer oder was sie auch immer sein sollen. Korrekt?« fragte Innes.

Innes redete fast ununterbrochen, seit er angeschossen worden war; er kämpft gegen den Schock, dachte Doyle. Er war mit Innes und Eileen am Nordrand der Hüttensiedlung in Deckung gegangen und beobachtete Jack und die anderen, als diese sich vorsichtig der Kirche näherten.

»Richtig«, sagte er.

»Also: Jack und Presto und Mary Wie-heißt-sie-gleich, das sind drei«, sagte Innes.

»Und Jacob und Kanazuchi«, sagte Eileen. Sie lag zwischen ihnen, das Gewehr im Anschlag.

520

»Das sind fünf«, sagte Doyle.

»Meine Frage ist also: Wenn es so rasend wichtig ist, wie viele es sind – und das scheint es ja zu sein –«

»Wer ist dann Nummer sechs?« vollendete Doyle. »Keine uninteressante Frage.«

Er schwenkte das Glas nach rechts, um ihren Freunden zu folgen. Die Allein Geht führte sie eben zu einer flachen, konturlosen Stelle, wo sie stehenblieben und etwas am Boden studierten.

»Was tun sie da?« flüsterte Doyle.

Im nächsten Augenblick sah er, wie sie in der Erde verschwanden.

»Was zum Teufel …«

»Was denn?« fragte Eileen.

»Schaffst du es noch?« fragte er Innes.

»Natürlich – geh nur voraus.«

»Eileen?«

»Ich habe keine Lust, mutterseelenallein hier zurückzubleiben, vielen Dank.«

Sie halfen Innes auf die Beine und schlichen sich näher heran.

Dante zog sich in die Dunkelheit des Ganges hinter sich zurück, als die Tür aufging; er war dem Reverend dankbar für die Erlaubnis, jeden umzubringen, der durch diese Tür käme. Er umklammerte die Messer fest, erhitzt und erpicht darauf, hervorzustürzen und sich an die Arbeit zu machen.

Er blieb wie angewurzelt stehen, als er die Indianerin erkannte.

Der Schreck verzögerte seinen Angriff lange genug, um die drei Männer hinter ihr ebenfalls hereinkommen zu lassen. Alle waren bewaffnet, und einer hatte einen kleinen Koffer. Sein Blick schoß zu dem Stuhl hinüber, auf dem er gesessen hatte.

Verdammt, er hatte seinen Koffer auf dem Boden stehenlassen.

Der vordere Mann, ein großer, hagerer, der ihn irgendwie an Reverend Day erinnerte, ging zu dem Koffer, klappte ihn auf, zeigte den anderen, was er enthielt, und warf ihn beiseite. Sie tuschelten miteinander – Dante hörte das Wort »Chicago« –, und dann zeigte der große Mann auf den Gang, in dem Dante sich versteckte.

Dante tastete sich hastig bis zur nächsten Ecke. Er holte tief Luft, streckte die Hände vor sich aus und lief weiter in die tiefe Finsternis.

Presto öffnete Edisons Koffer und nahm die elektrische Laterne heraus. Jack nahm eine Handvoll kleiner, viereckiger Flicken und einen Kompaß aus der Westentasche. Er verkleinerte die Öffnung der Laterne zu einem feinen Spalt und schaltete sie ein; er richtete den Lichtstrahl kurz auf die Flicken, las den Kompaß ab, schaltete das Licht wieder aus und führte sie zur Mündung des Korridors.

»Erinnern Sie sich an diesen Teil des Traumes?« fragte er die andern mit leiser Stimme.

»Tunnel«, sagte Die Allein Geht. »Verschlungene Gänge.«

»So etwas wie ein Labyrinth«, sage Presto.

»Genau«, sagte Jack und drückte einen der Flicken in Augenhöhe an die Wand. Die Rückseite war mit Klebstoff überzogen, und er leuchtete in mattem Phosphorgrün. »Unser Kurs ist Nord-Nordwest, auf die Kirche zu.«

Jack öffnete noch einmal den Koffer, nahm das Nachtsichtgerät heraus und gab Presto und Lionel Lampe und Kompaß. Dann stülpte er sich die Brille über und spähte in den Korridor.

»Halten Sie die Lampe bereit. Und bleiben Sie dicht zusammen«, sagte er.

Der Gang, gerade breit genug, daß zwei Leute nebeneinander gehen konnten, gähnte vor ihnen wie ein schwarzer Schlund. Die drei anderen folgten Jack hinein, und die endlose Finsternis verschluckte sofort das wenige Licht, das aus der Kammer hinter ihnen kam. Zehn tastende Schritte, und sie hatten die erste Ecke erreicht. Jack untersuchte jeden der drei Gänge, die sich hier auftaten.

»Kompaß«, flüsterte er.

Presto schaltete die Lampe ein, und ein winziger Strahl traf den Kompaß in Lionels Hand.

»Nordwest.« Presto wies nach links und schaltete das Licht aus.

Jack klebte einen weiteren Leuchtflecken an die Wand, und sie schoben sich Zoll für Zoll den linken Gang hinunter. Das rötlich getönte Gesichtsfeld, das ihm die Brille eröffnete, zeigte kaum mehr als die groben Konturen der Wände; die Gläser entdeckten vor allem Gegenstände, die Wärme ausstrahlten. Aber solche waren nirgends zu sehen.

Die Allein Geht witterte etwas in dem Luftzug, der ihnen entgegenwehte. Chloroform, Formaldehyd. Ihre Nackenhaare sträubten sich.

War das möglich? Lautlos zog sie das Messer aus dem Gürtel.

Doyle, Innes und Eileen schlichen die Treppe zum Heiligtum hinunter und warteten in der Eingangskammer, bis ihre Augen sich an die Dunkelheit gewöhnt hatten. Innes entdeckte einen grün leuchtenden Flecken im Korridor gegenüber. Er wollte ihn sogleich betreten, aber Doyle hielt sie instinktiv zurück.

»Noch nicht«, sagte er.

Er führte sie wieder die Treppe hinauf. Unterhalb des Ausstiegs machten sie Halt, legten die Gewehre auf die Stahlplatten und richteten sie auf die Kirche.

»Ich möchte niemanden kritisieren, aber worauf warten wir?« flüsterte Eileen.

»Ich weiß es nicht genau«, antwortete Doyle.

»Hast du mich vermißt, Arthur?« flüsterte sie gleich darauf.

»Überhaupt nicht«, sagte er. »Verzweifelt.«

»Gut«, sagte sie. »Sorry«

Totenstille bei der Kirche. Als er durch das Glas schaute, sah er einen massigen Mann, der an einer Reihe von Männern in Schwarz vor den Portalen entlangging. Der große Mann blieb stehen und sah auf die Uhr. Er gab ein Zeichen, die Querbalken vor den Türen wurden herausgezogen, und ein Team von Männern drehte etwas, das aussah wie ein Maschinengewehr, herum, so daß es auf die Kathedrale gerichtet war.

»Du lieber Gott«, sagte Doyle.

Wieder wurde ein Flecken an die Wand geklebt; sie folgten dem Kompaß, aber Die Allein Geht hätte sie allein aufgrund der Luft führen können, die ihnen entgegenwehte. Jack blieb stehen; er war mit dem Fuß gegen eine Unebenheit gestoßen.

»Licht«, flüsterte er.

Presto richtete die Laterne auf den Boden und schaltete sie ein; Jack drückte mit der Sohle auf ein etwas erhabenes Stück Marmor. Ein Stück Boden, drei Fuß im Quadrat, versank vor ihnen. Als sie in die Grube leuchteten, die sich da aufgetan hatte, sahen sie am Boden blinkende Spieße aufragen.

»Hinüberspringen oder umkehren?« fragte Jack.

»Das ist der richtige Weg«, sagte Die Allein Geht und zeigte nach vorn.

»Also springen.«

Presto vergrößerte die Öffnung an der Laterne und leuchtete zum Sprung. Lionel mit dem Buch ging als erster, Presto mit der Laterne als letzter. Als sie sich auf der anderen Seite zum Weitergehen anschickten und Jack noch einmal einen Blick auf den Kompaß geworfen hatte, begann das Licht zu flackern.

»Die Batterie läßt nach«, sagte Presto und schaltete die Lampe ab.

Sie tasteten sich Schritt für Schritt voran und gelangten zu einer Kreuzung, wo links und rechts Gänge abzweigten, drei insgesamt, zwischen denen sie wählen mußten und die alle in die gleiche Richtung führten. Jack spähte durch seine Brille in jeden der Gänge hinein. Presto hatte das Gefühl, in allen dreien einen matten Lichtschein zu sehen.

»Wir sind ganz nah«, sagte Die Allein Geht.

Jack klebte eine Markierung an die Wand und gab die

übrigen Presto und Die Allein Geht. »Wir nehmen uns jeder einen Gang vor und gehen ein Stück weit hinein. Lionel, Sie kommen mit mir. Rufen Sie sofort, wenn es heller wird; wir treffen uns dann hier.«

Jack klebte einen zweiten Leuchtflecken neben den ersten.

Sie trennten sich, und jeder schob sich in einen der Korridore hinein. Presto klappte die Öffnung der Laterne auf und legte den Finger an den Schalter; in der anderen Hand hielt er seinen Revolver. Die Allein Geht umklammerte ihr Messer und tastete sich an der Wand entlang. Lionel hielt sich an Jacks Gürtel fest. Jack blieb stehen, als er vor sich den schwachen Widerhall von Stimmen hörte.

»Jacob!« rief er.

»Vater!« schrie Lionel.

Durch den trüben Filter seiner Brille sah Jack vor sich eine Linie von Wärme und Bewegung in dem Gewirr der Gänge, und er wußte, daß er einen Fehler gemacht hatte.

Reverend Day drehte den Kopf nach hinten, als er die Stimmen aus dem Tunnel rufen hörte.

Nein, das war nicht richtig, sie waren zu nah, der Junge hätte sie aufhalten sollen.

Er zog seine Uhr hervor: zwei Minuten, bevor Cornelius das Zeichen geben und das Heilige Werk beginnen würde. Er hörte jemanden lachen und riß den steifen Hals herum. Der Rabbi *grinste* ihn an.

»Erwarten Sie jemanden?« fragte Jacob.

Ein dumpfes, anhaltendes Rumoren drang aus der Tiefe der Grube.

»Ehrlich gesagt, ja«, sagte der Reverend und lächelte zurück.

Das Ganze noch mal, dachte Frank.

Er hatte die Hände erhoben, und Kanazuchi bohrte ihm den Gewehrlauf ins Kreuz.

Was soll's, zum Teufel – vielleicht sah Hammers schwarzer Pyjama der Uniform dieser Leute ja hinreichend ähnlich, um sie nah genug herankommen zu lassen. Wenn nicht, war alles andere auch egal.

Sie marschierten die Böschung hinunter und über den freien Platz zwischen ihnen und der Kette der Männer, und dann auf die Gatling-Kanone zu. Der erste der Schwarzgekleideten erblickte sie, aber er starrte sie nur an. Die Nachricht verbreitete sich rasch entlang der Kette und war eher als sie selbst bei der Kanone, just als Cornelius Moncrief um die Kirche herumkam.

»Noch zwei Minuten!« rief er.

Zwei Männer in Schwarz zogen den Riegelbalken aus den Halterungen an der Kirchentür. Die Türflügel schwangen auf, und die Mannschaft an der Kanone richtete ihr Geschütz in die Kirche.

Cornelius sah die beiden Männer herankommen und ging ihnen entgegen; er zog seinen Revolver. Frank sah, daß sie einander vor dem Maschinengewehr begegnen würden. Er sah, daß es entsichert war und daß der Patronengurt bereits in die Führung eingeschoben war.

Gut.

»Was zum Teufel ist hier los?« fragte Cornelius.

Sie hatten einander erreicht und blieben stehen, einen Schritt Abstand zwischen sich.

»Einer der Eindringlinge«, sagte Kanazuchi.

»Hallo, Cornelius«, sagte Frank. »Kennst du mich noch?«

Cornelius starrte ihn an, und seine Augenbrauen kräuselten sich wie zwei Raupen. Frank sah, wie sich seine Pupillen zusammenzogen. Cornelius riß den Revolver hoch.

»Du dummes Arschloch«, sagte Frank.

Er zog seinen Colt, feuerte sechsmal, schoß ihm einen Kreis von Löchern rings ums Herz.

Kanazuchi drehte sich um, schoß mit dem Gewehr auf die Männer an der Gatling und tötete alle drei. Bevor jemand in der Kette rechts oder links reagieren konnte, hatte er den Grasschneider herausgerissen und stürmte nach rechts.

Frank sprang an die Gatling und schwenkte sie nach links. Durch die Türen erhaschte er einen Blick auf ein Meer von weißen Hemden auf dem Boden der Kathedrale. Ein Kreis aus rotem Mondlicht beschien sie durch ein rundes Fenster. Seine Hand fand die Kurbel, und er ließ das Maschinengewehr losrattern. Eine Salve von Kugeln schlug links von der Kette in den Boden und wirbelte eine Staubwolke auf – das verdammte Ding war nicht justiert; die Scheiß-Army hatte keine Scheiß-Ahnung, wie sie ihre Scheiß-Ausrüstung instandzuhalten hatte.

Schwarzhemden in der Kette erwiderten das Feuer. Frank schoß immer weiter und drängte die Kanone nach rechts, bis er sie ausbalanciert hatte. Jetzt ratterten die Kugeln geradewegs an der Kette entlang und zerfetzten sie, schleuderten die Männer zurück und zur Seite; die hintersten rannten in Deckung, als sie die anderen fallen sahen.

Ein Schuß traf Franks Stiefel und zerschmetterte ihm den linken Knöchel. Er taumelte, kurbelte aber immer weiter. Er hörte, wie eine Kugel sein Ohr streifte. Eine zweite sauste glatt durch seinen Oberschenkel.

Am Knochen vorbei, dachte Frank. Seine rechte Hand klebte an der Kurbel, und er schrie über den Schmerz hinweg.

Hinter Frank stürmte Kanazuchi nach rechts durch die Reihe. Der Grasschneider wirbelte in einem fort. Die Männer hatten Mühe, ihn von ihren Kameraden zu unterscheiden, und seine rasende Attacke lenkte sie von dem Maschinengewehr ab. Bevor er über sie kam, wußten sie nur: Dieser Mann hatte ein Schwert, und er bewegte sich wie der Wind. Sie feuerten wild um sich und trafen sich gegenseitig; einige wurden von Schüssen niedergestreckt, die den Mann an der Gatling verfehlten. Sie waren allesamt hochdisziplinierte Soldaten, aber ihr panisches Geschrei bewies, daß sie einen so hitzigen Kampf noch nie erlebt hatten. Ihre Kugeln schwirrten durch den Mann hindurch, aber sie schienen ihn nicht zu treffen. Sie sahen, wie die Gliedmaßen ihrer Kameraden durch die Luft flogen. Köpfe fielen von den Hälsen, Leiber klafften offen, und das Schwert mähte durch ihre Reihen, als führe es ein eigenes Leben.

Zehn Mann starben, bevor die anderen ihre Waffen fallen

ließen und die Flucht ergriffen, und immer noch setzte der Mann mit dem blutroten Schwert ihnen nach. Ein Streich pro Mann; er beendete seine Attacke mit einer schrecklichen Ökonomie der Gewalt. Als der letzte Mann gefallen war, verschwand Kanazuchi ohne Zögern um die Ecke und stürmte dem Trupp an der zweiten Kanone entgegen.

Frank erledigte den letzten der Schwarzhemden auf seiner Seite mit einem Feuerstoß, der glatt durch den Schutthaufen fuhr, hinter dem der Mann in Deckung gegangen war. Er ließ den Abzug los, als die letzte Patrone durch die Kanone gerattert war, und bückte sich nach einem zweiten Gurt. Als er den Lauf berührte, verbrannte er sich die Hand.

Ein Hagel von Kugeln heulte über ihm durch die Luft. Frank schaute durch das offene Portal und durch die Kathedrale und sah Mündungsfeuer an der Tür gegenüber. Scheiße – das andere Maschinengewehr. Sie schossen quer durch die Kirche auf ihn. Die Weißhemden schrien. Sie wurden abgeschlachtet da unten.

Eine Kugel riß ihm einen Fetzen aus der Schulter, und Frank ging zu Boden. Die meisten Schüsse waren immer noch zu hoch angesetzt. Seine Schulter wollte nicht mehr mitspielen, und so blieb er unten, nestelte einen Patronengurt aus der Kiste und schob ihn mit der unverletzten Hand in die Führung. Dann packte er die Kurbel, und ein Feuerstoß zerschmetterte das Fenster über der Tür. Rotes Glas regnete herab.

Eine Schießerei brach los. Doyle vermutete sie an der Rückseite der Kathedrale: Maschinengewehrfeuer. Das Team an der Gatling vor der Kirche bemühte sich hektisch, seine Kanone in Gang zu bringen; die übrigen Schwarzhemden zielten mit ihren Gewehren in die Kirche und schossen. Verzweifelte Schreie gellten durch das Geknatter der Schüsse nach draußen.

Innes hatte Mühe, das Gewehr mit seinem verletzten Arm zu halten, und er grunzte vor Schmerzen bei jedem Schuß. Aber zu dritt gelang es ihnen, ruhig und genau zielend, das Team an dem Maschinengewehr auszuschalten, bevor es einen stetigen, gleichmäßigen Kugelhagel abgeben konnte. Als zwei andere Männer herzusprangen, um den Platz einzunehmen, erschossen sie sie ebenfalls, und dann richteten sie ihre Feuer auf die Winchester-Schützen.

Niemand sprach; sie waren ganz auf das blutige Geschäft konzentriert. Beim Nachladen warf Doyle einen Blick zu Eileen hinüber. Sie hatte ganz und gar nicht vergessen, wie man schoß.

Die ersten Salven hallten metallisch durch die Gitter zu Jacob hinunter. Reverend Day wirbelte in heller Aufregung herum, die aufgeklappte Uhr in der Hand.

»Nein, nein! Wo bleiben die Glocken? *WO BLEIBEN DIE GLOCKEN?*«

Die Schießerei wurde heftiger, und allmählich hallte es ohrenbetäubend durch die Kammer. Jacob bewegte sich nicht und hielt den Mund; er wagte nicht, den Reverend auf sich aufmerksam zu machen, denn er war fast sicher, daß es die Stimme seines Sohnes gewesen war, die aus der Dunkelheit des Labyrinths seinen Namen gerufen hatte.

Er hörte ein Geräusch wie von fließendem Wasser über sich und hob den Kopf, um hochzuschauen. Ein Rinnsal von Blut sickerte durch die Gitter und tropfte zu ihm herab.

Mit dem Schwert in der einen und dem Messer in der anderen Hand attackierte Kanazuchi das Maschinengewehr an der Seite der Kirche. Nur drei Mann waren hier stationiert; sie richteten das mörderische Feuer der Gatling in die Kathedrale, und sie hörten ihn nicht einmal kommen.

Kanazuchi schlug dem Mann an der Kurbel die Hand ab, erledigte den, der den Munitionsgurt nachschob, mit einem Rückhandschwung des Messers und bohrte dem letzten den Grasschneider in die Kehle. Dann übernahm er die Kanone, stemmte die Mündung hoch und feuerte, bis der Gurt leer war und die Maschinengewehrstellung an der gegenüberliegenden Seitentür nicht mehr existierte.

Er schaute an sich herunter und betrachtete die dunklen Flecken, die sich an den Ärmeln seines Hemdes und an der

Hose ausbreiteten. Er war dreimal getroffen worden; lebenswichtige Organe waren nicht verletzt, aber er verlor rasch Blut.

Keine der Gatlings feuerte mehr; nur noch vorn hörte man Gewehre.

Kanazuchi eilte zur Kirchentür und schaute hinein. Weißhemden kauerten geduckt beieinander; schreckliches Stöhnen kam aus allen Richtungen, tausend Leiber bedeckten den Steinboden. Er konnte nicht sagen, wie viele tot waren; er wußte auch nicht, wie lange hier geschossen worden war, aber er sah viel Blut. Das Mondlicht, das durch den zerbrochenen Rahmen des Fensters drang, beleuchtete die Mitte des Raumes mit einem grellweißen Kreis. Er lauschte nach den Kindern. Hörte sie auf der rechten Seite.

Er stieg die paar Stufen ins Innere der Kirche hinunter. Jetzt, da die Schießerei aufgehört hatte, bewegten sich die Weißhemden. Sie krochen übereinander her. Bittere Laute: Schock, Angst, gräßliches Leiden. Kanazuchi sah viele weggeworfene Gewehre: Die Miliz war mit hineingeschickt worden, um mit den übrigen abgeschlachtet zu werden.

Die Schreie der Kinder führten ihn weiter nach rechts; er fand sie zusammengedrängt hinter einer Reihe von Säulen, in einer Nische in der Wand, einer Kapelle. Die Kugeln hatten diesen Winkel nicht erreichen können; sie waren alle noch am Leben.

Kanazuchi trat zwischen sie; er sprach leise und ermutigend, sammelte die Kinder um sich, half Nachzüglern beim Aufstehen, hielt sie zusammen. Behutsam führte er sie zu den Treppenstufen, auf denen sie hereingekommen waren. Gehorsam und leise weinend folgten ihm die Kinder, stolpernd und über die Leichen Gefallener kletternd. Die erwachsenen Überlebenden, an denen sie vorbeikamen, nahmen keine Notiz von ihnen; sie starrten dumpf vor sich hin, mit glasigem, verständnislosem Blick.

Die Allein Geht blieb stehen, als sie Jacobs Namen rufen hörte, und dann begannen irgendwo oben viele Gewehre zu schießen. Sie hatte eine weitere Weggabelung erreicht, zwanzig Schritt weit von der Stelle, wo sie sich getrennt hatten, und sie erkannte, daß der Bereich vor ihr von Gängen durchzogen war wie ein Ameisenhaufen; noch zehn Schritte, und sie würde sich hoffnungslos verirren. Mit vielen Gedanken beschäftigt, kehrte sie zum Treffpunkt zurück, und als der Geruch des einäugigen Mannes und der Lufthauch der Bewegung ihre Sinne erreichte, war es einen Sekundenbruchteil zu spät zum Reagieren.

Sie hatte sich halb umgedreht, und die erste Klinge schnitt ihr quer über die linke Schulter; sie schrie auf, als der Stahl bis auf den Knochen drang. Sie fühlte, wie seine andere Hand an ihr vorbeisauste und von ihrer Hüfte abprallte; auch in dieser hatte er ein Messer. Sie ließ sich zu Boden fallen, packte den Griff ihres eigenen Messers mit beiden Händen und stieß es nach oben in die Dunkelheit; sie fühlte, wie die Klinge etwas berührte und durchdrang, und sie hörte, wie der Mann vor Schmerz und Überraschung grunzte.

Er stieß mit beiden Händen auf sie herab; die Messer verfehlten sie um Haaresbreite, eines fuhr ihr durchs Haar, und Funken sprühten auf der Wand neben ihrem Kopf. Sie schlug zurück, spürte, wie die Klinge durch sehniges Fleisch an der Rückseite seines Beins fuhr. Brüllend fiel er auf die Knie.

»Hierher, Jack!« Prestons Stimme, ganz in der Nähe, und sie kam näher.

Der einäugige Mann winselte wie ein Tier und holte noch einmal mit den Messern aus. Sie rutschte an der Wand entlang nach rechts und parierte den Hieb der einen Klinge mit ihrem Messer, aber die andere fuhr an ihrem Arm herunter und riß eine tiefe Wunde.

»Du *Biest*, warum *stirbst* du nicht?«

Sein Gesicht war nur eine Handbreit von ihrem entfernt, als ihre ineinander verhakten Messer gegeneinander drückten. Sie roch Blut und Angst in seinem Atem. Ihr Arm begann unter seinem Gewicht nachzugeben.

Ein scharfer Lichtstrahl schoß durch die Dunkelheit und

fand sein Gesicht; es leuchtete auf wie ein Mond, und sein gesundes Auge war geblendet. Die Allein Geht fiel zur Seite und hob das Messer. Er fiel vornüber, und sie rammte das Messer tief in die himmelblaue, blinde Murmel in seiner Augenhöhle; hörte, wie die Murmel an der Klinge zerbrach. Er kreischte auf und taumelte zurück, ließ seine Klingen fallen und versuchte, das Messer am Griff aus der Augenhöhle zu ziehen.

Sie richtete ihren Revolver auf ihn und schoß. Zwei rote Löcher erschienen im Kopf des Ungeheuers. Er fiel nach hinten und verschwand aus ihrem Blickfeld, während die Schüsse im Gang verhallten.

Jack war als erster bei ihr. Presto kam aus der anderen Richtung und hielt ihnen die Laterne.

»Können Sie sich bewegen?« fragte Jack.

»Ich will ihn nicht sehen«, wisperte sie. »Ich will ihn nicht sehen.«

Sie halfen ihr auf, wandten sich von Dantes Leiche ab und liefen rasch zurück zu der Kreuzung mit den beiden leuchtenden Flecken.

Jack war ohne ein Wort in die Dunkelheit davongestürmt; Lionel wollte ihm folgen, aber er stolperte durch den Gang und hatte sich bald verirrt. Er hörte jemanden schreien, und aus einiger Entfernung hallten Schüsse von links herüber, wo das Licht heller wurde; er lief gleich los, und nach zwei Biegungen kam er unvermittelt in dem runden Raum heraus. Gespenstische Schreie von oben unterstrichen stakkatohafte Feuerstöße. Das Licht in der Kammer blendete seine Augen, und er hob den Arm, um sie vor der Helligkeit zu schützen. Es sah aus, als fließe in der Mitte des Raumes ein steter Strom von Blut aus der Decke auf eine Gestalt, die dort unten in einer Lache lag.

Sie sah aus wie sein Vater.

»Was haben Sie da?« fragte eine Stimme von links.

Er fuhr herum. Eine alptraumhafte Gestalt, die aussah wie eine wandelnde Leiche, winkte ihn zu sich, und der Kasten, den er trug, flog ihm aus den Händen drei Schritt weit

durch die Luft und landete in den Armen des gespenstischen Mannes. Der riß den Deckel hoch und legte die Hand
auf das Gerona Sohar.

»Ich weiß nicht, wie ich Ihnen danken soll«, sagte der
Mann.

Er schien all sein Interesse an Lionel verloren zu haben,
und Lionel stürzte sich auf seinen Vater und zerrte ihn aus
dem Katarakt von Blut, das in mächtigem Schwall durch eine
Rinne in einen offenen Schacht am Ende der Kammer floß.

»Du lebst«, keuchte Lionel.

»Und ich bin wirklich sehr froh, dich zu sehen, mein
Sohn«, sagte Jacob leise. »Hast du eine Waffe?«

Lionel zog den Revolver aus seinem Gürtel.

»Erschieße ihn.«

Jacob deutete mit dem Kopf auf den Mann auf der anderen Seite des Kreises, der ihnen seinen buckligen Rücken
zugewandt hatte und eben das Buch Sohar in die letzte der
silbernen Laden legte.

Lionel hob den Colt und zielte mit zitternden Händen.
Der Mann drehte sich um und schwenkte den Arm; ein
Ruck durchfuhr Lionels Körper, und der Schuß ging weit
daneben. Der Revolver flog ihm aus der Hand in den
Schacht. Lionel fiel auf die Knie.

Ohne weiter auf sie zu achten, ging Reverend Day zu einem Kohlenbecken am Rande des Kreises. Er nahm eine
Handvoll Streichhölzer aus der Tasche und versuchte, eines
an dem Becken anzureißen, aber es brach ab. Er versuchte
es noch einmal, mit dem gleichen Ergebnis, und dann ein
drittes Mal.

»Verdammt.« Reverend Day lachte auf. »Wegen eines
Streichholzes …«

Ein Schrei, der einem das Blut in den Adern gerinnen
ließ, und zwei dröhnende Schüsse hallten aus dem Labyrinth. Reverend Day legte den Kopf schräg und lauschte;
dann warf er die Streichhölzer weg, hinkte zur Wand, nahm
eine Laterne herunter und kehrte damit zu dem Kohlenbek-
ken zurück.

Lionel bemühte sich in wilder Hast, seinem Vater die

Handfesseln zu lösen. Über ihnen erstarb die Schießerei; sie hörten nur noch vereinzelte Gewehrschüsse und das anschwellende, jämmerliche Geheul der Verwundeten.

Das Blut floß durch die Gitter herunter und strömte durch die Rinne in den Schacht, und das Grollen aus der Tiefe der Erde wurde lauter.

Die letzten Schwarzhemden vor der Kirche warfen ihre Gewehre weg und rannten davon, gleich nachdem das letzte Maschinengewehr sein Feuer eingestellt hatte. Durch sein Fernglas sah Doyle die ersten rotbespritzten Weißhemden aus dem offenen Turm der Kathedrale kriechen.

»Kommt«, sagte er.

Zusammen mit Eileen half er Innes auf die Beine, und sie eilten auf die Kirche zu. Doyle fing an zu laufen und rannte ihnen voraus. Er kam an schwarz behemdeten Leichen vorbei, die rings um die Kirche lagen, und blieb stehen, als er das Portal erreicht hatte

Drinnen hatte ein Massaker stattgefunden. Tote lagen übereinander. Der Boden der Kirche war ein roter See. Betäubte Überlebende kamen taumelnd auf die Beine.

Eileen und Innes hatten ihn eingeholt. Eileen verschlug das Entsetzen den Atem.

»Guter Gott, Arthur«, sagte Innes und schüttelte fassungslos den Kopf. »Guter Gott.«

Es gab zahlreiche Verwundete, Hunderte, und sie brauchten schnelle Hilfe.

»Wir müssen sie hinausschaffen, wo wir etwas sehen können«, sagte Doyle. Er packte Eileen bei den Armen, schaute ihr in die Augen und sagte mit fester Stimme: »Ich brauche deine Hilfe. Jetzt ist keine Zeit für Tränen.«

Sie sah das wilde Mitgefühl in seinem Blick und nickte. Zusammen gingen sie die blutigen Stufen hinunter. Sie sprachen mit denen, die noch gehen konnten, und schickten sie nach vorn, damit sie den Überlebenden halfen, sich vor der Kirche zu sammeln. Viele reagierten nicht, andere mußten die Anweisung zweimal hören; die Schüsse hatten sie fast taub gemacht. Doyle hatte den Eindruck, daß sich die meisten Todesopfer in der Mitte des Raumes befanden, wo das Blut in einen Ring von Abflüssen gurgelte.

Kindergeschrei von draußen ließ Innes zur linken Seitentür laufen.

»Arthur, hier drüben!«

Doyle kam zu ihm auf die Treppe, und sie sahen die Kinder fünfzig Schritt weit vor der Kirche im Kreis sitzen. Sie lauschten einem Mann in Schwarz, der vor ihnen auf der Erde kniete. Doyle und Innes gingen an der toten Maschinengewehrbesatzung vorbei zu dem Mann hinüber. Er blickte auf, als sie bei ihm stehenblieben.

»Kanazuchi?« fragte Doyle.

Der Mann nickte; sein Gesicht war aschfahl. Er war lebensgefährlich verwundet.

»Bitte sorgen Sie für sie«, sagte Kanazuchi.

Mit schmerzverzerrtem Gesicht und entsetzlicher Mühe erhob er sich. Doyle half ihm. Innes versuchte, ihn zurückzuhalten.

»Sie brauchen Ruhe, Sir«, sagte er.

»Nein«, sagte Kanazuchi. »Danke.«

Kanazuchi verbeugte sich leicht, raffte sich auf und ging langsam auf die Kirche zu; seine Hand umklammerte den Griff seines Schwertes.

Innes und Doyle schauten in die kleinen, mitleiderregenden Gesichter, die hoffnungsvoll und ängstlich zu ihnen aufblickten.

»Ich kümmere mich um sie«, sagte Innes mit rauher Stimme.

Doyle umarmte Innes und hielt ihn fest, bis die Tränen versiegten; beide zitterten von der Anstrengung, sie zu unterdrücken.

»Lieber Gott. Lieber Gott im Himmel.«

»Wir dürfen ihnen nicht zeigen, daß wir auch Angst haben«, flüsterte Innes.

Doyle wandte sich ab; er drückte Innes die Hand und folgte Kanazuchi zurück in die Kirche.

Als Eileen an der Rückseite der Kathedrale ankam, sah sie Frank draußen vor der Hintertür; er lag in verdrehter

Haltung um das Maschinengewehr geschlungen. Sie rannte die Stufen zu ihm hinauf, sah die Blutpfütze um ihn herum im Staub und sank auf die Knie.

»Nein. Nein, bitte.«

Frank öffnete die Augen und blickte auf, aber er sah sie nicht.

»Bist du das, Molly?«

»Frank, ich bin's, Eileen«

Seine Augen fanden sie, sein Blick wurde schärfer. »Molly. Hübsch siehst du aus in diesem Kleid.«

Seine Hand hob sich; sie umfaßte sie mit beiden Händen, und die Tränen strömten ihr über das Gesicht.

»Es ist Molly, Frank. Ich bin hier.«

»Ich wollte dir nie weh tun, Molly«, flüsterte er.

»Hast du nicht, Frank. Nie.«

»Es tut mir leid. So leid.«

»Es ist alles gut.«

»Jetzt steht uns nichts mehr im Weg. Mir und dir.«

Sie schüttelte den Kopf. »Nein.«

»Das ist gut.«

»Ja, Frank.«

Frank lächelte; er war so glücklich, sie wiederzusehen.

»Werde dich immer lieben«, sagte er.

Seine Augen blickten an ihr vorbei und schlossen sich. Seine Hand ließ sie los.

Eileen senkte den Kopf und weinte.

Doyle kehrte in die Kathedrale zurück. Er konnte nicht genau feststellen, wie viele hier gestorben waren – vielleicht ein Viertel der tausend, die hier gewesen waren, und noch einmal genauso viele waren verwundet. Es war durchaus schlimm genug, aber als er die mörderische Aufstellung der Maschinengewehre sah, wurde ihm klar, um wieviel schlimmer es hätte sein können: Hunderte waren verschont geblieben.

Er hörte ein dunkles Rumpeln aus dem Boden tief unter der Kirche.

Kanazuchi fand er in der Mitte; er kniete vor einem offenen Gitterwerk im Boden, durch das noch immer das Blut der Opfer ablief.

»Helfen Sie mir«, sagte Kanazuchi. »Ich muß mich beeilen.«

Doyle sprang ihm sofort bei, und mit den Klingen seiner Messer hebelten sie eines der bluttropfenden Gitter aus dem Rahmen.

Jack und Presto trugen Die Allein Geht durch die letzten Windungen des Labyrinths auf das Licht zu, das sie vor sich sahen. Ein mächtiges Rumpeln ließ die Wände beben; Staub und Steinchen rieselten in Rinnsalen aus den Ecken. Als sie in die runde Kammer kamen, sahen sie, wie Reverend Day gerade Öl aus einer Laterne in ein Kohlenbecken schüttete; die Kohlen gerieten in Brand, Day griff zu einem langen Kienspan, entzündete ihn am Feuer und ging zur nächstbesten Silberschatulle.

Jacob sah sie kommen; Lionel hatte seine Hände losgebunden und arbeitete jetzt an seinen Beinfesseln. Jack ließ Die Allein Geht bei Presto, trat in den Kreis und zog seinen Revolver. Reverend Day drehte sich nach ihm um, und Jack blieb dicht vor ihm stehen. Sein Gesicht war zu einer grimmigen Maske erstarrt, als er den Revolver hob und auf den Kopf des Reverend zielte.

Der Reverend machte eine Bewegung, als wolle er ein lästiges Insekt beiseite wedeln. Jack reagierte nicht; er streckte den Arm aus und drückte dem Reverend die Mündung an die Stirn. Ein Ausdruck der Verwunderung huschte über dessen Gesicht; dann war es Zorn, und sein Blick bohrte sich in Jacks Augen.

Die Hand, die den Revolver hielt, begann zu zittern, und dann ließ Jack sie sinken, aber es geschah aus seinem eigenen Willen; er war entschlossener als je zuvor. Er streckte die Hand aus und erstickte den brennenden Kienspan, den der Reverend in den Fingern hielt.

Immer noch rann das Blut durch die Rinne, und das Grollen aus der Tiefe schwoll gleichmäßig an und erschütterte den Raum.

»Wer sind Sie?« fragte Reverend Day und starrte Jack argwöhnisch an.

Jack ließ den Revolver fallen. Er umfaßte das Gesicht des Reverend fest mit beiden Händen und schaute ihm in die Augen.

»Sieh mich an«, sagte er leise.

Der Reverend brachte seine Kräfte mit ihrer ganzen Wucht zum Einsatz. Entsetzt erkannte er, daß er über diesen Mann keine Macht hatte. Mit wachsender Verzweiflung durchforschte er das Gesicht des Fremden. Dann entdeckte er etwas Vertrautes in seinen Augen, und seine eigenen Augen weiteten sich vor Schrecken; er wollte zurückweichen, aber Jack hielt seinen Kopf mit wilder Kraft fest.

»*Nein*«, sagte Jack.

Der Reverend wollte den Blick abwenden, aber Jack hielt ihn fest und drehte seinen Kopf, bis ihre Augen wieder Kontakt hatten.

»Du weißt, wer ich bin«, sagte Jack.

Das jammervolle, kranke Gesicht sträubte sich, bis sein Widerstand schließlich dahinschmolz.

»Du weißt, was ich bin.«

»Ja«, wisperte der Reverend.

»Wer bin ich? Sag es mir.«

»Mein Bruder.«

Jack nickte. »Hör mir zu«, sagte er leise. »Hör mir zu, Alex. Wir sind alle hier, in diesem Raum: Mutter, Vater. Unsere kleine Schwester. Niemand von uns weiß, warum das alles so gekommen ist, wie du so tief hast fallen können, so weit weg von uns, und niemand von uns versteht diese Finsternis, die dich erfaßt und dich gezwungen hat, die Verbrechen zu begehen, die du uns und anderen angetan hast. Aber das alles ist auch nicht mehr wichtig. Hörst du?«

Alexander Sparks nickte und begann lautlos zu weinen, hilflos, wehrlos. Nur Jack war nah genug, um ihn zu hören.

»Sie alle sind jetzt hier bei uns in diesem Raum, und hier ist es zu Ende. Ich spreche für sie; ihre Stimmen verschmelzen mit meiner. Hör mir zu …«

Jack beugte sich vor und flüsterte ihm ins Ohr.

»Wir verzeihen dir, mein Bruder.«

Ein leises Schluchzen entrang sich Alexanders Brust.

»Wir verzeihen dir.«

Alexander sackte zusammen und fiel seinem Bruder in die Arme; Jack ließ die spröde Last zu Boden gleiten, kniete neben seinem Bruder nieder und nahm den erbarmungswürdigen, zerbrochenen Körper auf den Schoß.

»Wir verzeihen dir.«

Ein langgezogenes Heulen kam aus Alexanders Mund, die Trauer eines Lebens um Scharen verlorener und gestohlener Seelen. Er klammerte sich an seinen Bruder, und das Schluchzen erschütterte seine zerbrechlichen Knochen.

Eines der Gitter über der Kammer hob sich aus dem Rahmen; Jacob schaute hoch und sah Kanazuchi, der sich durch die Öffnung herabließ und auf den Boden fiel. Ein Rest Blut folgte ihm und verrann in dem Schacht. Das Rumpeln von unten nahm noch einmal an Lautstärke und Macht zu. Wind wehte aus der Tiefe herauf und ließ die Flammen in den Laternen blaken.

Kanazuchi saß wie betäubt auf dem Boden; kraftlos versuchte er auf die Beine zu kommen. Jacob bedeutete Lionel mit einer Handbewegung, er solle bleiben, wo er sei, und ging auf unsicheren Beinen die paar Schritte auf Kanazuchi zu.

»Kommen Sie her, mein Freund«, sagte Jacob leise.

Er streckte Kanazuchi die Hände entgegen und half ihm, langsam aufzustehen. Aufeinander gestützt, gingen sie zu Jack und Alexander. Jacob half Kanazuchi, sich niederzulassen, und setzte sich dann neben ihm zu den beiden Brüdern.

Die Allein Geht sah Presto an; er legte den Arm um sie, und sie traten vor und nahmen die letzten Plätze im Kreis ein. Die Allein Geht hielt Prestos Hand fest und streckte Jack die Rechte entgegen. Er umfaßte sie fest mit der Linken und hielt in der anderen Alexanders Hand. Kanazuchi hielt Jacobs rechte Hand, und dieser lehnte sich hinüber und bedeckte mit seiner Linken behutsam Alexanders Rechte. Kanazuchi streckte Presto die Hand entgegen, und der Kreis war geschlossen.

Alexanders Schluchzen verstummte; er hob den Kopf und schaute Jack in die Augen. Jack nickte ihm zu, sanft und gütig.

Lionel saß am Rand und drückte in tiefer Bescheidenheit den Rücken an die Wand. Er würde sich dessen zwar nie wieder so sicher sein wie in diesem Augenblick, aber als die sechs Menschen einander anschauten, war ihm, als sehe er eine leuchtende Aureole in der Luft über ihnen, einen durchscheinenden Lichtschleier, der aus Scharen von wirbelnden Formen und Gestalten und Gesichtern gewebt zu sein schien, und lautlos vermittelten sie die Kraft und den Mut und das Mitgefühl von hunderttausend menschlichen Herzen.

In jenem Augenblick war es das, was Lionel, ein weltlicher Mann, zu sehen glaubte, aber als die Jahre vergingen, war er nie mehr so sicher.

Und als das Licht über dem Kreis heller wurde, versank das dunkle Grollen in dem Schacht nach und nach wieder in der Tiefe.

Als es ganz verstummt war, verschwand auch das Licht.

In der friedlichen Stille, die nun folgte, stieß Alexander einen leisen Schrei aus, und dann starb er leise in den Armen seines Bruders.

Doyle hatte nach einem Seil gesucht und in einer der Ecken der Kirche auch eines gefunden, als Kanazuchi hinuntergeklettert war. Als das Grollen aufhörte – ein Erdbeben, irgendeine seismische Störung, folgerte Doyle, und später widersprach ihm niemand –, band er sich das eine Ende des Seils um den Leib und ließ das andere in die Kammer hinunter, und er rief den Freunden zu, sich daran festzuhalten. Einen nach dem anderen zogen seine kräftigen Arme die Überlebenden und ihre Bücher auf den Boden der mondhellen Kathedrale herauf.

Jack Sparks kam als letzter; er blieb noch eine Weile allein dort unten und gab den Leichnam seines Bruders dem Andenken an ihre verlorene Familie anheim. Dann packte er das Seil, und Doyle zog ihn hinauf ins Licht.

540

Caleb Carr

Die Einkreisung

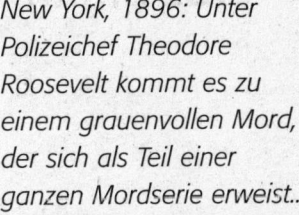

New York, 1896: Unter Polizeichef Theodore Roosevelt kommt es zu einem grauenvollen Mord, der sich als Teil einer ganzen Mordserie erweist...

»Ein glänzend geschriebener, atmosphärisch dichter, historischer Psychothriller.«

STERN

01/9843

Heyne-Taschenbücher

Martin
Cruz Smith

*»Martin Cruz Smith
gelang mit
GORKI PARK
ein Bestseller –
zu Recht.«*

Der Spiegel

*Arkadi Renko –
»Ein liebenswerter
Einzelgänger…
unbeirrbar, verbissen,
eben ein Held.«*

Die Welt

01/9587

Heyne-Taschenbücher

Eric Van Lustbader

Geheimnis, Sinnlichkeit und atemberaubende Spannung in der rätselhaft-grausamen Welt des Fernen Ostens.

Der Ninja
01/6381

Schwarzes Herz
01/6527

Die Miko
01/7615

French Kiss
01/8446

Der Weiße Ninja
01/8642

Schwarze Augen
01/8780

Der Kaisho
01/9083

Okami
01/9456

Schwarzes Schwert
01/9625

Schwarzer Clan
01/9785

Schwarze Heimkehr
01/9961

Drachensee
01/10573

01/9961

Heyne-Taschenbücher

HEYNE BÜCHER

Thomas Harris

*Beklemmende
Charakterstudien von
unheimlicher Spannung
und erschreckender
Abgründigkeit.*

Roter Drache
01/7684

Schwarzer Sonntag
01/7779

Das Schweigen der Lämmer
01/8294

01/8294

Heyne-Taschenbücher